Knaur

Über die Autorin:

Brenda Gates-Smith lebt mit ihren Söhnen in West Linn, Oregon.
Sie arbeitet für Zeitschriften, für Radiostationen und fürs Fernsehen.

Brenda Gates Smith

TOCHTER DER GROSSEN GÖTTIN

Roman

Aus dem Amerikanischen von
Sigrid Langhaeuser

Knaur

Die amerikanische Originalausgabe erschien 1999 unter dem Titel
»Secrets of the Ancient Goddess« bei Dutton, New York

Besuchen Sie uns im Internet:
www.droemer-knaur.de

Vollständige Taschenbuchausgabe 2004
Knaur Taschenbuch. Ein Unternehmen der Droemerschen Verlagsanstalt
Th. Knaur Nachf. GmbH & Co. KG, München

Umschlaggestaltung: ZERO Werbeagentur, München
Umschlagabbildung: Corbis, Düsseldorf
Satz: Ventura Publisher im Verlag
Druck und Bindung: Clausen & Bosse, Leck
Printed in Germany
ISBN 3-426-62266-1

2 4 5 3 1

Für Judd,
meinen ältesten, besten und immer wieder
neuen Freund

VORWORT

Eines Morgens erwachte ich aus einem Traum und setzte mich hin, um diesen Roman zu schreiben, der die frühe Vergangenheit wieder erstehen lassen soll. Der Traum handelte von einer kleinen Gruppe von Menschen, die in den Bergen lebte und eine Göttin verehrte. Während die Geschichte Gestalt annahm, fand ich meine Gedanken zu meiner Freude in archäologischen Funden bestätigt.

Bei den Ausgrabungsarbeiten an einem Schrein in einer der ältesten Ausgrabungsstätten der Türkei, Catas Hüyük in Anatolien, wurde der kleine Fußabdruck eines Kindes in rotem Ocker gefunden. Darüber ist eine große gebärende Göttin in Form eines Reliefs dargestellt. In der gleichen Siedlung befinden sich auch einige Wandgemälde, welche kopflose Gestalten auf großen Türmen zeigen, die von riesigen Aasgeiern umgeben sind. Lange rätselten die Forscher über die religiöse Bedeutung der Obsidianspiegel, wie sie in den Gräbern vieler Priesterinnen gefunden wurden.

Niemand kann mit Bestimmtheit sagen, was die Menschen jener Zeit von der Großen Göttin wirklich dachten, was sie glaubten. Wir sind hier auf unsere Vermutungen angewiesen, die sich mit unseren eigenen Vorstellungen ändern. Obwohl ich mich auf die Erkenntnisse von Archäologen, Anthropologen und Historikern gestützt habe, sollte dieses Buch als Allegorie über die Vergangenheit gelesen werden, wobei jedoch moderne Probleme zur Sprache kommen. Viele moderne Theoretiker nehmen an, dass Vergangenheit, Zukunft und Gegenwart einen Zyklus darstellen, der sich in gegenseitiger Abhängigkeit wiederholt. Wer weiß? Just in jenem Moment, in dem Sie diese Zeilen lesen, könnte so etwas wie Terns Hochzeitsstab oder Hennis Talisman entdeckt werden, weil wir die Dinge gerade wieder mit anderen Augen betrachten.

KAPITEL 1

IN DER ALTEN TÜRKEI, 5700 VOR CHRISTI GEBURT

Schweißtropfen flossen ihr in die brennenden Augen. Ihr ganzer nackter Körper brannte. Der Raum war erfüllt vom Rauch eines Holzfeuers und dem Duft von Salbei. Ihre Haut war schweißüberströmt. Mit glasigen Augen sah sie die Frauen ihres Clans zusammengedrängt in einer Ecke des Raumes kauern. Sie warten, dachte sie bitter. Sie sind neugierig, ob auch dieses Kind zu den Göttern zurückkehren wird.

Die junge Frau richtete sich auf und stützte sich auf die Ellenbogen. »Raus hier«, schrie sie. »Ihr alle, macht, dass ihr hier rauskommt.«

Die alte Frau, die neben Yana saß, nickte der Gruppe in der Ecke schweigend zu. Eine nach der anderen schlurften die Frauen aus der Hütte. Die junge Frau fiel auf die Geburtsmatte zurück und rang nach Atem. Der Schmerz wurde wieder stärker. Sie kämpfte dagegen an. Der Schmerz erreichte einen Höhepunkt, ihr Bauch hob und senkte sich. Raue, runzelige Hände drückten und stießen die Wölbung. »Beweg dich, Kind«, keuchte Yana mit zusammengebissenen Zähnen.

Plötzlich veränderte sich etwas. Ein scharfer Schmerz, ein Strömen, etwas drehte sich. Im Kopf der jungen Frau begann alles zu kreisen.

»Unterwirf dich der Göttin«, befahl die Alte.
Es ist geschehen, dachte Yana. Das Kind hat sich gedreht. Die Mutter des Lebens hat mich für würdig befunden. Ich werde leben. Das Kind wird leben.
Der monotone Gesang der Alten erfüllte den rauchigen Raum. Die Worte überfluteten Yana, hielten sie gefangen und trugen sie und das Kind aufwärts, über die Wellen von Übelkeit hinweg, die sie zu ersticken drohten. Sie rang nach Atem und klammerte sich an den Klang der zittrigen Stimme.

Mutter, voll des Lebens, bring Überfluss hervor.
Mutter, die du überquillst von schwellendem,
Wogendem, strömendem Leben,
Unaufhaltsamer Lauf des Lebens,
Du trägst das Leben, du begräbst das Leben,
Fruchtbare Mutter.

»Unterwirf dich der Göttin«, befahl die Alte wieder, als eine neue Wehe die junge Frau erfasste. Sie spreizte Yanas Beine und griff dazwischen. »Es ist Zeit«, sagte sie. Mit erstaunlicher Kraft in ihrem gebrechlichen Arm zog sie Yana hoch, in eine hockende Stellung. Wieder begann der Singsang.

Werde geboren, kleiner Stier,
Werde geboren, kleine Mutter,
Komm heraus, lebe, werde geboren.
Die große Mutter hat dich hervorgebracht,
Die großen Wasser haben das Tal überflutet.

Die junge Frau begann am ganzen Körper heftig zu zittern. Sie stöhnte unter dem überwältigenden Bedürfnis zu pressen. Der rauchige Raum begann, sich um sie zu drehen, sich mit jedem keuchenden Atemzug zu heben und zu senken. Das Haar hing ihr in dunklen nassen Strähnen über das Gesicht. Sie sah an sich hinunter und presste. Sie schloss die Augen und sah rote und weiße Flecken durch die geschlossenen Lider. Ihr Gesicht verzerrte sich, sie hatte das Gefühl, als würde ihr Körper auseinander gerissen, und dann strömte eine warme Flüssigkeit an ihren Beinen hinunter.

»Unterwirf dich der Göttin«, sang die Alte. »Fester pressen, Kind.«

Eine neue Wehe ließ den Körper der jungen Frau sich aufbäumen. Sie stürzte sich hinein, begrüßte sie. Ich bin die Mutter, dachte sie entschlossen und lauschte auf den Singsang der Alten. Ich bin der Stier. Ich stoße, ramme, treibe das Leben an. Sie fühlte ein Brausen in allen Poren. Ich werde dieses pulsierende Leben in dich hineinpressen, Göttin. Ich werde dich zwingen zu fühlen, wie ich ... Sie erbebte, und wieder strömte etwas an ihren Beinen hinunter. Und noch etwas, etwas Rundes, Weiches. »Mein Baby«, rief sie aus, und Tränen der Erleichterung mischten sich in ihren Schweiß. Die junge Frau presste noch einmal, und dem milchig rosafarbenen Kopf des Kindes folgte ein gedrungener Körper.

»Willkommen, kleiner Stier«, murmelte die alte Frau. Sie half Yana, sich wieder hinzulegen, und legte das Neugeborene sanft auf den Bauch seiner Mutter. Dann band sie die Nabelschnur mit einer Sehne ab und durchtrennte sie mit einem alten Steinmesser.

Ich habe wieder einen Sohn, dachte Yana überglücklich. Und dieser wird leben. Die Mutter hat mich für würdig befunden.

Die junge Frau entspannte sich und ließ sich von der Alten bei der Nachgeburt helfen. Sie streichelte das Neugeborene, das leise vor sich hinwimmerte. Sein Kopf bewegte sich auf ihrem Bauch; er suchte schon nach Nahrung. Sie schob den Säugling an ihre Brust und hielt ihn zufrieden fest.

Sobald die alte Frau mit der Nachgeburt fertig war, trat sie mit einer Hand voll getrocknetem Moos auf Mutter und Kind zu. »Ich

muss das Baby reinigen«, sagte sie sanft und streckte die Hände nach dem Neugeborenen aus.
Yana setzte sich mühsam auf. »Ich möchte gerne helfen.« Sie lächelte schwach und wollte ihr Kind nicht loslassen. Gemeinsam rieben sie den Kleinen ab, und seine nachtschwarzen Augen leuchteten im Feuerschein.
»Ist er nicht schön«, flüsterte die junge Frau, aber dann wurde sie plötzlich blass und wollte nicht glauben, was sie da sah: An einem Fuß befand sich ein überzähliger kleiner Zeh. Ein durchsichtiges hauchdünnes Häutchen verband ihn mit dem Zeh daneben. Der Fuß war zudem nach innen gebogen, sodass das Bein kürzer wirkte als das andere. Alles andere schien vollkommen. Die junge Mutter sah auf. Sie blickte in die alten Augen der Greisin und entdeckte Mitleid, doch dann wandte die Frau sich ab.
»Dieses Kind wird zu den Geistern der Ahnen gehen«, sagte die Alte schlicht. »Die Göttin wird für ihn sorgen.«
»Nein«, widersprach Yana entsetzt. »Er ist gesund. Nicht wie der andere. Sieh doch, er atmet normal, und er ist kräftig. Er trinkt sogar schon. Ich will meinen Sohn nicht verlieren! Die Geister verlangen zu viel von mir!«
»Sei ruhig, Kind«, mahnte die Alte. »Oder willst du den Zorn der Geister über uns alle bringen?«
Die Hand der jungen Mutter flog zu ihrem Mund, als wollte sie ihre Worte wieder einfangen. Natürlich hatte die Alte Recht. Angst erfasste sie. Sie drückte das Neugeborene fest an sich, ihr Blick irrte in der Hütte hin und her und suchte verzweifelt nach einem Ausweg.
Die Greisin streckte ihre runzelige Hand aus, um die junge Frau zu beruhigen. »Yana«, sagte sie fest und plötzlich sehr sanft: »Frau meines Blutes. Die Diener der Göttin verlangen viel von uns allen. Ich habe zahlreiche Erntezeiten gesehen und alle Arten des Leids erlebt. Dieser Kummer wird vorübergehen, das verspreche ich dir.«
Yana schüttelte die faltige Hand ab. »Was weißt du schon, alte

Frau?«, fauchte sie. »Du hast Söhne und Töchter, die für dich sorgen. Ich habe nichts.«
Die Alte antwortete nicht. Sie sah die junge Mutter forschend an, die besitzergreifend ihr Baby anstarrte.
»Yana«, erwiderte sie ruhig. »Als ich noch jünger war, als du es jetzt bist, da hat es einmal lange Zeit nicht geregnet. Täglich mussten wir auf der Nahrungssuche weiter vom Dorf wegwandern. Endlich kam der Regen. Aber er war so heftig, dass er unser Tal überflutete und unsere Hütten wegschwemmte. Viele von unseren Jägern versuchten, unser Hab und Gut zu retten, aber sie alle kehrten in den Mutterschoß der Göttin zurück. Mein erster Gefährte war einer von denen, die ums Leben gekommen sind. Er war der Mann meines Herzens.«
Die alte Frau schwieg nachdenklich, und einen Augenblick lang entdeckte Yana den Schmerz eines jungen Mädchens in dem alten Gesicht.
»Nach der Flut versammelten die Priesterinnen das Volk«, fuhr die Alte fort. »Sie hatten die Zeichen studiert. Die Diener der Göttin waren zornig auf uns, weil wir eigensüchtig mit unserem Wohlstand gewesen waren. Die Strafe fiel hart aus: Jede Familie musste ihr ältestes Kind opfern, das jünger als fünf Erntezeiten war.« Die Hände der Alten begannen zu zittern. »Mein erster Sohn, der Sohn meines Herzens, war drei Erntezeiten alt und konnte schon sprechen. Er hörte nicht auf, nach mir zu schreien. Er wurde mit den anderen zum Schrein der Göttin gebracht.«
Yana beugte sich über das Neugeborene, legte den Kopf in den Schoß der Alten und begann zu weinen. Die junge Frau überließ sich ganz ihrer Verzweiflung, und die Greisin streichelte ihr beruhigend übers Haar. Der hoffnungslose Schmerz war einfach zu viel. Die Geburt hatte Yana geistig wie körperlich erschöpft, und jetzt gab es keine Hoffnung mehr für sie. Selbst wenn man ihrem Sohn gestattete zu leben, würde jedes Übel, das über das Dorf kam, diesem kleinen Kind angelastet werden.

Die silberhaarige Greisin sah auf die junge Frau herab, die Erinnerungen in ihr geweckt hatte, die sie am liebsten vergessen hätte. Wie die anderen Frauen im Dorf hatte auch sie ihr hochmütiges Auftreten verabscheut. Aber sie so gebrochen zu sehen, bereitete ihr keine Freude. Das dunkle Haar, das gewöhnlich in schweren Strähnen herabfiel, hing ihr schmutzig und verfilzt über Gesicht und Schultern. Die Wangen mit den hohen Backenknochen, die ihr ein fremdartiges Aussehen verliehen, waren nun fleckig und verquollen von all den Tränen. Die langen Glieder, noch geschwollen von der Schwangerschaft, zuckten bei jedem Schluchzen.

Die alte Frau begann darüber nachzudenken, ob die Frauen ihres Dorfes das Mädchen wohl falsch eingeschätzt hatten. Unglücklicherweise hatte Yanas Mutter den Zorn der Göttin herausgefordert, indem sie während der heiligen Fruchtbarkeitsriten im Frühling mit einem Fremden davongelaufen und als Folge dieser Tat mit Yana schwanger geworden war. In der Nacht, als Yana das Licht der Welt erblickt hatte, war sie gestorben. Die Leute waren überzeugt, dass die Göttin sie gestraft hatte, und konnten den Skandal um Yanas Geburt niemals vergessen.

Die alte Frau runzelte nachdenklich die Stirn. Yana war von den Frauen im Dorf aufgezogen worden, die keine eigenen Kinder kriegen konnten, aber sie konnte sich nicht erinnern, dass die Kleine sich an eine bestimmte Frau angeschlossen hätte, was in solchen Fällen eigentlich meistens geschah. Stattdessen war Yana von einem Haushalt zum anderen gewandert, hatte gegessen und geschlafen, hatte sich im Schatten herumgedrückt und war zu den warmen Herden der Familien geschlichen, bis der Priester der Geiergöttin sie bereits in sehr jugendlichem Alter für sich beansprucht und ihre Schlafmatte an seinen Herd getragen hatte. Hätte die Hohepriesterin das Mädchen nicht so verabscheut, hätten die Dorfbewohner vielleicht die unglücklichen Umstände ihrer Geburt irgendwann einmal vergessen. Sosehr sich die Leute auch über Yana lustig machten, so vermutete die Alte doch, dass die meisten Angst vor ihr hatten. Auch sie selbst hatte sich vor Yana gefürchtet. Sie erschauerte. Das Betragen der jungen Frau war seltsam. Sie mied die Menschen, verbrachte den größten Teil ihrer Zeit am Fluss oder in den Feldern und sang seltsame Lieder. Und die Geburt von Yanas zweitem Sohn bewies, dass sie kein Glück hatte. Sie hatte nicht nur eines, sondern gleich zwei missgestaltete Kinder zur Welt gebracht. Die Alte schüttelte traurig den Kopf. Der Priester würde vermutlich eine andere Frau zu seiner Gefährtin wählen. Es war sehr gut möglich, dass diese junge Mutter trotz ihres Status als Priesterin wirklich keinen Menschen hatte.

Die Zeit verging. Yanas herzzerreißendes Schluchzen wich einem stillen Jammer, bis sie vollkommen leer und ohne jedes Gefühl war. Mit geschwollenen Augen beobachtete sie ruhelos das ersterbende Herdfeuer. Ein Holzscheit bewegte sich. Es krachte, und die Flammen erwachten zu neuem Leben. Funken tanzten in der Dunkelheit. Manchmal sah Yana auf das schlafende Neugeborene hinunter, und neuer Schmerz durchfuhr ihre Brust. Aber dann war sie wieder betäubt und leer.

»Yana, ich muss das Kind nun mitnehmen«, erklärte die Alte ruhig. »Dein Mann und die Priesterin müssen sich um alles kümmern. Es ist nicht gut, dass es so lange bei dir ist.«

Yana drückte das Kind fester an sich. »Du wirst es mir nicht nehmen«, sagte sie ruhig. »Ich will diese Nacht mit ihm haben und eine Handspanne von Tagen. Dann werden wir beide in den Schoß der Mutter zurückkehren.« Sie sah auf. »Das ist mein Recht und meine Entscheidung.«

Die alte Frau wusste, dass es in ihrem gegenwärtigen Zustand sinnlos war, Yana zu widersprechen. Aber nach einer Handspanne von Tagen ohne Hilfe von irgendjemandem im Dorf, einer Handspanne von Tagen und schlaflosen Nächten, in denen sie sich allein um das schreiende Neugeborene kümmern musste, würde sie das Baby vermutlich aufgeben. Die Alten hatten sehr weise gehandelt, als sie eine Vorbereitungszeit vorschrieben, be-

vor ein Mensch sich selbst opfern durfte. Die junge Frau würde ihren Entschluss vermutlich noch ändern.
Die Alte stand auf, um zu gehen. »Ich werde deinem Mann und der Priesterin der Mutter von deinem Entschluss berichten«, erklärte sie.

KAPITEL 2

Dagrons Kehle war rau vom Staub der Wanderung dieses Tages, und Sand knirschte zwischen seinen Zähnen. Sein Umhang aus rotem Hirschleder flatterte im Wind. Mit gerunzelter Stirn sah er zur Sonne empor. Für einen Frühlingstag war es überraschend heiß. Er hielt die Hand über die Augen, um sie vor dem blendenden Licht zu schützen, und sah auf die unter ihm liegende Siedlung hinunter. Dann winkte er seiner Schwester Henni und seinem Herdbruder Tern, zu ihm auf die Bergkuppe zu kommen. »Dieser Ort hat sich verändert«, sagte er, ohne sich zu seinen Begleitern umzudrehen. »Ich kann mich nicht erinnern, dass jemals so viele Leute hier gelebt haben.«

Sie standen auf einem Hügel, von dem aus sie eine an einem Fluss gelegene Ansiedlung überblicken konnten, deren Häuser aus getrockneten Lehmziegeln erbaut waren. Von ihrem Aussichtspunkt aus ließ sich erkennen, dass die rechteckigen Behausungen dicht beieinander standen. Menschen kamen und gingen durch miteinander verbundene Innenhöfe, während Ziegen und Hunde frei herumliefen und in den Abfällen stöberten. In einigen Höfen brannten große Feuer, um die sich viele Menschen mit ihrer Arbeit versammelt hatten. Nicht weit von der Siedlung entfernt wand sich ein Fluss durch die Landschaft, bis er am Horizont den Blicken entschwand. Am Ufer dieses Flusses waren einfache Bewässerungsanlagen in Form von wassergefüllten Gräben erkennbar, in denen sich das Licht spiegelte. Männer und

Frauen arbeiteten in den frisch gepflügten Weizenfeldern. Weiter flussaufwärts graste eine kleine Herde gezähmter langhaariger Schafe.

Die Siedlung sah sehr friedlich aus und war auch nicht durch Barrikaden gegen Eindringlinge geschützt. Bisher hatten die Bewohner der Dörfer größten Wert darauf gelegt, Handel zu treiben, aber neuerdings waren sie vielerorts Fremden gegenüber misstrauisch. Dagron waren erschreckende Gerüchte über nomadische Eindringlinge zu Ohren gekommen, aber das war im Augenblick nicht der Grund seiner Sorge. Er rieb sich das verkrampfte Genick und kratzte sich den kurz geschnittenen Bart. Die Erinnerung an das letzte Mal, dass er dieses Dorf besucht hatte, machte ihn unruhig.

Tern legte seinen Speer neben den von Dagron auf die Bergkuppe und stellte sich neben ihn. Ebenso wie Dagron war er bärtig und trug die Reisekleider der Handelsleute. Die eng anliegenden Hosen waren aus weichem Rehleder genäht. Die Stiefel hatten doppelte Sohlen und waren auf dem Rist eng geschnürt. Beide Männer trugen perlenverzierte Tuniken und Umhänge, die sie vor Wind und Staub schützten und nachts als Schlafdecken dienten. Auch Henni hatte eng anliegende Hosen aus Rehleder an, aber ihre Tunika war länger als die der Männer und reich mit blauen und weißen Kalksteinperlen bestickt, die zu geometrisch geformten Symbolen der Göttin angeordnet waren. Ihre schweren Zöpfe waren im Nacken zusammengefasst und mit einem gewebten Schal umwunden.

Tern strich sich das sandfarbene Haar aus den Augen und starrte mit trockenem Mund angestrengt auf die Siedlung hinunter. »Meinst du, dass wir hinuntergehen sollten, oder sollen wir lieber warten, bis sie zu uns kommen?«, fragte er.

»Wir sollten lieber warten«, erwiderte Henni ernst. »Wir wollen sie nicht reizen.«

Dagron sah seine Schwester grimmig von der Seite an. Er hatte versucht, sie zu überreden, mit den anderen im Lager zu bleiben, aber sie hatte darauf bestanden mitzukommen. Sie hatte die Meinung vertreten, dass die Anwesenheit einer Frau die Spannung bei der Begegnung mildern würde. »Ja, wir werden warten«, stimmte Dagron zu und sah seine Schwester bedeutungsvoll an. »Aber macht euch darauf gefasst, dass sie mit erhobenen Speeren kommen könnten.«

Er hatte den Satz kaum ausgesprochen, als plötzlich Bewegung in die Siedlung kam. Kinder schrien und deuteten auf den Hügel, auf dem sie standen. Aus allen Ecken tauchten Männer und Frauen auf und versammelten sich im Haupthof. Aus einem der größten Gebäude trat ein Mann mit einer seltsamen Kopfbedeckung und einem dunklen Mantel. Dagron vermutete, dass er ein Dorfpriester war. Die Leute drängten sich um diesen Mann. Der Priester löste sich von den Dorfbewohnern und verschwand in einem der größeren Häuser, um wenige Augenblicke später mit einer reich geschmückten Frau unbestimmbaren Alters wieder zu erscheinen. Die Frau deutete auf fünf Männer, die daraufhin ihre Speere aufhoben und ihr und dem Priester aus dem Dorf und den Hügel hinauf folgten.

Als sie näher kamen, sah Dagron, dass ihr Gesichtsausdruck keineswegs freundlich war. Sein Rücken begann zu prickeln, und er musste sich zwingen, nicht seinen eigenen Jagdspeer zu holen.

Die Frau, die voranging, war nicht mehr jung, aber doch beweglich genug, um sich entschlossenen Schrittes zu nähern. Lange Ketten aus röhrenförmigen blauen Kalksteinperlen und feuerfarbenem Achat schwangen um ihre schweren nackten Brüste. Ihre Haut war mit Ocker rot gefärbt. Dagron nahm an, dass sie die Hohepriesterin des Dorfes war und die Große Göttin verkörperte. Bei ihnen angekommen, blieb die Frau abrupt stehen und starrte sie an.

Tern straffte sich, aber Dagron bedeutete ihm, sich zu beruhigen, und zwang sich auch selbst, Ruhe zu bewahren. Er legte die Zeigefinger und Daumen beider Hände zu dem heiligen Symbol des

Geburtsausgangs der Göttin zusammen. »Ich grüße euch bei allem, was lebt und von der Großen Mutter gesegnet ist«, sagte er laut und deutlich. Dabei war ihm bewusst, dass sich sein Dialekt ein wenig von dem ihren unterschied.
Die Frau musterte ihn eindringlich. Kleine Schweißbäche begannen sich in den Falten ihres breiten Gesichts zu sammeln und Spuren durch die Farbe zu zeichnen. »Du willst also immer noch mit uns Handel treiben, Neffe des Derk«, zischte sie. »Und wir weigern uns immer noch, mit dir zu handeln.«
Dagron versuchte sich seinen Ärger nicht anmerken zu lassen.
Henni beeilte sich vorzutreten. »Was geschehen ist, ist lange her, Erhabene«, sagte sie beschwörend, die Handflächen erhoben. »Mehr als drei Handspannen von Erntezeiten sind vergangen, und wir haben Derk seitdem nicht mehr gesehen. Die Göttin hat ihn gestraft. Unser Volk zählt ihn zu den Geistern der Ahnen.« Sie straffte die Schultern. »Es ist Zeit, dass dieser Unfriede zwischen unseren Völkern ein Ende findet.«
»Bevor ich nicht die gebleichten Knochen dieses Mannes gesehen habe, wird der Gestank seines verrottenden Fleisches immer zwischen unseren Völkern sein!«, gab sie hitzig zurück. »Das Mädchen, das er entführt hat, war dazu bestimmt, eine große Priesterin zu werden. Sie sollte die Gefährtin meines Sohnes sein.« Sie deutete auf den maskierten Priester. »Und dieser dein Verwandter hat sie entführt«, fuhr sie wütend fort. »Er hat sie während unserer heiligsten Riten zwischen der Mutter und dem Stier entführt. Wir werden uns nicht mit Leuten verunreinigen, welche die Göttin nicht ehren!« Ihre Augen blitzten zornig.
Henni konnte den Hass der Frau fast körperlich spüren. Sie wurde bleich und trat zurück.
Dagron schüttelte müde den Kopf. Es war zwecklos. Solange diese Frau und ihr Sohn lebten, würde es keinen Handel mit dieser Siedlung geben. Er rieb sich die Stirn. »Wir hatten gehofft,

dass die Zeit die Missstimmung zwischen unseren Völkern heilen würde. Eine vergebliche Hoffnung!«, meinte er ruhig. »Aber mein Anliegen ist nicht der Handel.« Er hielt inne und atmete tief ein, bevor er fortfuhr: »Wir haben auf unserem weiten Weg eine junge Mutter dabei. Sie kämpft mit zornigen Geistern. Die graue Wüstenschlange hat sie gebissen, und nun brennt die Hitze der Wüste in ihrer Haut. Unsere Frauen haben keine magische Medizin, um sie zu heilen. Ihr Kind ist noch ein Säugling und wird ohne Muttermilch sterben.«

»Schickt uns eure Heilerin«, warf Henni flehend ein. »Die Große Mutter, die alles Leben erhält, wird euch dafür ehren.«

Die Frau sah beiden tief in die Augen und forschte nach der Wahrheit in ihren Worten. Dann wandte sie sich abrupt ab und ging ein Stück beiseite, um ungehört mit ihren Leuten zu sprechen. Tern, der stille, hoch gewachsene Begleiter, der neben Dagron stand, begann zu zittern. Die junge Frau, deren Leben so schnell zu Ende zu gehen drohte, war seine Gefährtin und die Mutter seiner kleinen Tochter.

Der Vogelpriester entfernte sich von den anderen und ging langsam auf Dagron zu.

Der dunkle Umhang des Mannes war mit Geierfedern gesäumt, die bei jeder Bewegung im Wind wogten. Das Gesicht des Priesters war von einer ausladenden Kopfbedeckung halb verdeckt. Die obere Hälfte bestand aus einer Geiermaske mit großen Augen und einem Schnabel. Mund und Kinn ragten unter der Maske hervor.

Dagron fühlte sich unbehaglich. Die Augen des Priesters wurden durch die Kopfbedeckung überschattet, sodass er keine Schlüsse auf den Charakter des Mannes ziehen konnte. Selbst als er nur im Hintergrund gestanden hatte, war eine Schwere, eine Art von Bedrückung von seiner maskierten Gestalt ausgegangen. Er hatte tödliche Macht und war jederzeit bereit zuzuschlagen – der Priester der Geiergöttin, der Vernichter alles Unreinen, die große reinigende Kraft. Der Geier symbolisierte eine Seite der Göttin,

die im Kreislauf von Leben und Tod notwendig war. Er hielt die Erde frei von Verwesung, indem er das Fleisch verzehrte, damit es im Herzen des großen fliegenden Vogels weiterleben konnte und der Geist zu den Ahnen entlassen wurde. Aber Dagron wusste, dass diese Leute glaubten, dass der Geier auch das Recht habe, Leben zu nehmen, wenn er Grund hatte anzunehmen, dass der Geist in Gefahr sei zu verrotten.
Der Priester baute sich mit in die Hüften gestemmten Händen in herausfordernder Haltung direkt vor Dagron auf. Seine Stimme klang missmutig. »Wir wollen den Zorn der Lebensspenderin nicht auf uns lenken, indem wir einer Frau unsere Hilfe verweigern, die mit einem Kind gesegnet worden ist. Aber wir werden keine unserer Heilerinnen Leuten anvertrauen, die Frauen entführen.« Er hielt inne, um seinen Worten Nachdruck zu verleihen. »Ich selbst verstehe mich ebenfalls auf die Kunst des Heilens, und ich werde für die junge Frau tun, was ich kann.«
Dagron war wie versteinert. Henni und Tern sahen ihn entsetzt an. Was sollten sie nun machen? Es war gewagt genug, die Hilfe einer Heilerin zu erbitten, aber ein Mann? Wie konnte er zulassen, dass ein fremder Mann eine Frau seines Clans untersuchte? Frauen waren viel zu kostbar, als dass man einem Fremden gestatten durfte, eine Frau, die in sein Volk hineingeboren war, ohne ihre Zustimmung zu berühren. Und die Kranke war nicht bei vollem Bewusstsein. Nach den Sitten seines Volkes war so etwas streng verboten, und es gab gute Gründe dafür. Aber was sollte er tun? Die junge Frau lag im Sterben, und das nächste Dorf war eine Handspanne von Reisetagen entfernt.
Er hob die Augenbrauen und schüttelte entschuldigend den Kopf. »Die Kranke hat die Hand einer Heilerin zu ihrer Hilfe erbeten, und sie duldet nur Frauen in ihrem Zelt. Schickt so viele Männer mit, wie ihr zum Schutz der Heilerin für nötig haltet. Wir sind eine kleine Gruppe, und es wird ihr kein Leid geschehen.«
Die Nasenflügel des Priesters flatterten. Wie konnte dieser Mann

es wagen, sein großzügiges Angebot zurückzuweisen? Wenn seine Mutter nicht darauf bestanden hätte zu helfen, hätte er es vorgezogen, die fremde Frau einfach sterben zu lassen. Ärgerlich wandte er sich ab, um zu gehen, doch Tern verstellte ihm den Weg. In seinen Augen stand nackte Angst.

»Erhabener«, sagte er. »Die Kranke ist meine Gefährtin, und unsere Sitten schreiben vor ...« – er warf Dagron einen schuldbewussten Blick zu – »... dass eine Frau unseres Volkes ihr geheimes Selbst keinem anderen Mann als ihrem Gefährten enthüllen darf. Aber in diesem Fall wäre ich dankbar für deine Unterstützung.« Mit einem hilflosen Blick auf Dagron und Henni schob er einen kostbaren Bernstein in die Hand des Schamanen.

Dagron nickte langsam. Tern hatte nicht die ganze Wahrheit gesagt. Eine Frau konnte sich jedem Mann zeigen, solange er ihrem Volk angehörte und er ihre Zustimmung hatte. Dieser Mann gehörte nicht zu ihrem Volk, aber die junge Frau war sehr krank und brauchte dringend Hilfe. Er hoffte, dass der Priester die kleine Missbildung an ihr nicht bemerken würde.

Er wandte sich an den Schamanen. »Tern hat seine Erlaubnis gegeben.«

Henni seufzte erleichtert auf.

Der Geierpriester musterte das Mädchen. Sie war ungewöhnlich schön, obwohl ihr Haar unter einem unscheinbaren Schal verborgen war, und etwas in ihrem Gesicht, die fremdartigen Linien ihrer Wangen und ihres Kinns, zog seine Aufmerksamkeit auf sich. Henni zuckte unter seinem abschätzenden Blick zusammen und sah beunruhigt zu ihrem Bruder hinüber.

Der Priester beobachtete ihren stillen Blickwechsel und wurde neugierig. Er musterte Tern. Er vermutete einen Betrug hinter der Erklärung des jungen Mannes, und die Händler waren ja offensichtlich auch wegen irgendetwas in Sorge. Was hatten sie zu verbergen? Er reichte den Bernstein seiner Mutter, der Hohenpriesterin. Sie nickte kurz. »Ich muss mich auf die Reise vorbereiten«, sagte der Priester mit unbewegter Stimme. »Ihr seid in

unserem Dorf nicht willkommen. Wenn der Schatten zwischen diesen beiden Felsen lang geworden ist«, er deutete auf zwei nahe Erhebungen, »bin ich wieder bei euch.«
Er drehte sich um und schritt mit wehendem Federumhang den Hügel hinunter.

KAPITEL 3

Yana stolperte. Sie hatte das Dorf schon lange hinter sich gelassen, und nun wurde die Sonne heiß. Zu essen oder zu trinken hatte sie nichts mitgenommen, bis auf eine kleine, dunkle, holzgeschnitzte Flasche, die sie in das Tragetuch neben das Baby gesteckt hatte. Sie überlegte, ob sie schon weit genug gegangen sei, weit genug weg von den Lebenden, sodass die Geister sie willkommen heißen und zur Wohnung der Ahnen führen würden. Ihre Hoffnung war, dass ihre Mutter, die sie nie gekannt hatte, auf sie warten würde, um sie zu begrüßen. Yana sah nach der Sonne. Nein, dachte sie. Es ist noch nicht die richtige Zeit. Ich bin noch nicht weit genug gegangen.

Der Rhythmus ihrer wandernden Füße hatte das Baby in einen gnädigen Schlaf gewiegt. Yanas Atem ging mühsam, und ihre Augen wurden glasig. Die Luft war schwer, und eine Staubschicht sammelte sich auf ihrem Rock und ihrer feuchten Haut. Hügel und Felsen verschwammen ihr vor den Augen.

Vor ihr tauchte eine große alte Eiche aus dem Dunst auf. Die dicken Äste ragten kahl in den strahlend blauen Himmel, nur an den Spitzen der Zweige saßen einige wenige Blätter. Als Yana den Baum sah, wusste sie sofort, dass dies der Ort war, an dem die Geister sie und das Kind abholen würden. Sie legte das Baby ins Gras unter dem Baum und zog sorgfältig ihr Gewand aus, sodass sie nackt dastand und die Sonne warm auf ihrem Rücken spürte. Dann holte sie eine kleine Hirschhaut aus dem Korb, den sie mitgeführt hatte, und kletterte auf den Baum. Die Hirschhaut war mit Löchern und Lederbändern versehen; sie ließ sich ohne Mühe zwischen zwei großen Ästen befestigen, sodass eine sanfte Wiege für sie und das Baby daraus entstand. Hier würden sie zwischen Himmel und Erde schaukeln, bis die Ahnen kamen, um ihre Geister abzuholen.

Der Gedanke, dass ihre Körper von den Dienern der Göttin verzehrt werden würden, erschreckte Yana nicht. Sie wusste, dass der Inhalt des dunklen Fläschchens ihnen einen qualvollen Tod ersparen würde und dass ihr Geist bei den Ahnen sein würde, wenn die Geier ihr Fleisch auffraßen und Sonne und Wind ihre Gebeine bleichten.

Als das Baby zu weinen begann, kletterte Yana vom Baum herunter. Schnell wickelte sie ihren Sohn aus, bis er ebenfalls nackt war, und begann dann, sein Gesicht und seine Hände, wie auch die ihren, mit rotem Ocker zu bemalen, den sie im Korb unter der Hirschhaut verstaut hatte. Es war notwendig, Gesichter und Hände rot zu färben, damit die Göttin erkannte, dass sie in ihren Schoß zurückkehrten. Als Yana fertig war, band sie sich die dunkle Flasche mit einem Stück Sehne um den Hals, legte das Kind wieder in das Tragetuch und kletterte auf den Baum.

Die Hängematte schaukelte sanft hin und her. Yana beschloss, das Baby noch ein letztes Mal zu stillen, um es zu beruhigen. Liebevoll streichelte sie die Wange ihres Sohnes und küsste ihn auf die Stirn. Tränen, die sie längst versiegt geglaubt hatte, strömten ihr übers Gesicht. Wenn sie nur mehr Zeit mit ihm gehabt hätte, wenn es ihr nur vergönnt gewesen wäre, seine rundlichen Ärmchen um ihren Nacken zu fühlen und ihn mit den anderen Kindern tollen und lachen zu sehen. So vieles hätten sie miteinander erleben können. Aber wenigstens haben wir dies, dachte sie und küsste ihn wieder.

Der Kleine hörte auf zu trinken. Yana bemerkte, dass die Sonne auf ihrer Haut brannte, also löste sie die Sehne, mit der das dunkle Fläschchen an ihrem Hals befestigt war. Zärtlich schob sie einen Finger in den Mund des Säuglings und öffnete seine Backentasche. Langsam ließ sie einen Schluck vom Inhalt des Fläschchens in den Mund des Kleinen und in seine Kehle tropfen. Er spuckte und begann zu weinen, aber sie wusste, dass er genug geschluckt hatte. Das Baby beruhigte sich schnell und war bald in tiefem Schlaf versunken. Die junge Mutter schluckte die restliche Flüssigkeit.

Yana fühlte, wie ihr Körper leicht wurde. Die Glieder wurden ihr taub und kribbelten. Der blaue Himmel färbte sich perlgrau. Alles bewegte sich langsam. Ein sanfter Wind blies ihr das Haar ums Gesicht und brachte die kleine Hängematte zum Schwingen. Sie ließ sich mit der Bewegung treiben. Das Rascheln der Blätter klang wie das Flüstern von Geistern, und der perlgraue Himmel verschmolz mit der Landschaft. Um sie herum wurde alles weiß, bis nichts mehr vorhanden war als nur kreisender Nebel. Yana klammerte sich instinktiv an ihr Bewusstsein. Sie tastete nach der Rinde des Baumes und fühlte die raue Oberfläche nur noch schwach mit absterbenden Fingern. Ein helles Licht explodierte hinter ihren Augen. Ein Bild erfüllte den ganzen Raum um sie herum.

Augen, große formlose Augen. Um die Augen herum wurde ein Gesicht erkennbar, dann der Körper einer Frau. Yana war überwältigt von widersprüchlichen Gefühlen. War dies die Göttin der Fruchtbarkeit und des aufkeimenden Verlangens, oder konnte es die Muttergottheit des Lebens und der Geburt sein, oder vielleicht sogar die Großmuttergottheit des Wissens und des Todes? Sie hatte hundert Eindrücke zugleich und erkannte alle drei Formen der Gottheit in ihrer Vision. Die Haut der Frau war durchsichtig und doch so wirklich, als ob man sie berühren könnte. Yana hatte das Bedürfnis, sie anzufassen, ihren Traum festzuhalten. Die Frau sprach nicht, aber sie strahlte der jungen Mutter und dem Baby Wärme entgegen.

Yana wollte zu ihr gehen und sich ihr in die Arme werfen. Sie kämpfte nicht mehr gegen die Leichtigkeit und das Weiß um sie

herum an. Sie ließ sich vom Nebel einhüllen und löste sich von ihrem alten Körper. Sie fühlte sich so frei wie ein Kind, das in die sicheren Arme seiner Mutter läuft. Sie begrub ihr Gesicht in der freundlichen Brust der anderen, klammerte sich an die Frau und weinte um alles, was sie verloren hatte, um die Einsamkeit der Jahre, die sie ohne Mutter und Freunde verbracht hatte, um die niederschmetternde Leere, die sie empfunden hatte, als ihr erster Sohn fortgetragen wurde, um die verlorene Hoffnung, als der zweite geboren wurde.
Die Umarmung der Geisterfrau tröstete sie. Der Schmerz ließ nach, ruhig nahm sie ihr Schicksal an. Yana blickte zurück zu dem gebrochenen Mädchen, das schlafend mit dem Baby an der Brust in der Hängematte lag, deren Tränen ihr Furchen ins staubbedeckte Gesicht gezeichnet hatten. Sie sah das Mädchen mit tief empfundener Zärtlichkeit an, um sich dann von ihr zu lösen. Sie war ein kleines Mädchen gewesen, ein kleines Mädchen mit zerstörten Hoffnungen und Träumen, bitter und einsam. Jetzt war sie ein Teil der unendlichen Göttin.
Yana erwachte aus ihrem Traum. Ihre Schlafmatte war schweißdurchtränkt, ihr Gesicht nass von Tränen. Es fiel ihr schwer zu glauben, dass sie nur geträumt hatte. Sie blinzelte, aber jedes Mal, wenn sie die Augen öffnete, lag sie noch in der Geburtshütte.
Was hatte der Traum zu bedeuten? Wollte die Göttin ihr zeigen, dass sie sich vor dem Tod nicht zu fürchten brauchte? Sie war ruhig geworden und hatte keine Angst mehr. Ich hatte einen Todestraum und lebe, dachte sie entschlossen. Vielleicht hat die Göttin ja beschlossen, dass ich weiterleben soll? Ich muss mit Eom über den Traum reden und um mein Recht, Mutter zu sein, kämpfen.
Yana erhob sich von ihrer Matte und sah nach ihrem Sohn. Er war die Nacht über wach gewesen und schlief noch. Aus den Geräuschen des Dorfes und dem Licht, das auf dem Fußboden spielte, schloss sie, dass der Morgen schon weit fortgeschritten war. Rasch aß sie ein wenig getrocknetes Fleisch und Nüsse, die

in einem Tontopf an der Rückwand der Geburtshütte aufbewahrt wurden. Dann nahm sie das Baby in die Arme und suchte alles zusammen, was sie brauchte, um sich auf den langen Weg zu den Geistern vorzubereiten. Heute war der fünfte Tag, und wenn die Sonne ihren höchsten Punkt erreichte, würde die Abschiedszeremonie stattfinden.
Sie trat aus der Hütte. Die Sonne blendete sie. Yana blieb blinzelnd stehen, bis ihre Augen sich an das Licht gewöhnt hatten. Das Kind begann zu weinen. Die Leute gingen ihr aus dem Weg, niemand machte Halt oder lächelte sie freundlich an. Nur die alte Frau, die ihr bei der Geburt geholfen hatte, sah von der Matte auf, an der sie gerade webte. Yana sah die Frage in den Augen der Alten und lächelte ihr zu. Die grauhaarige Frau runzelte besorgt die Stirn. Yanas entschlossenen Schritten und ihrem Gesichtsausdruck entnahm sie, dass sie ihren Entschluss wegen des Babys nicht geändert hatte.
Yana ging zur Behausung des Priesters, doch als sie dort ankam, war niemand da. Ihr Gefährte nahm eine Machtstellung im Dorf ein. Er war der einzige Sohn der Hohenpriesterin, und allein diese Tatsache verlieh ihm gewisse Privilegien. Sie hoffte, dass seine Position ihr zugute kommen würde, wenn sie die Priesterinnen um das Leben ihres Sohnes bat. Yana überlegte, ob Eom vielleicht bei seiner Mutter sei. Sie ging durch den Hof und sah in das düstere Haus der Priesterin, aber auch dort war niemand. Sie fragte eine Dienerin, die gerade das Mittagessen zubereitete, wo sie die Hohepriesterin und ihren Sohn finden könne. Die Dienerin erzählte Yana, dass Fremdlinge in der Nähe des Dorfes entdeckt worden seien und dass die beiden fortgegangen seien, um diese zu begrüßen.
Yana seufzte enttäuscht und stand eine Weile unentschlossen und nachdenklich herum. Sie beschloss, im Fluss zu baden. Eom schätzte es, wenn sie frisch gewaschen war und ein Öl mit seinem Lieblingsduft in ihre Haut rieb; und sie wollte seinen Augen angenehm sein, wenn er sie sah.

Yana verließ also die Hütte und ging mit ihrem Gepäck zum Fluss. Sie setzte sich ans Ufer, stillte ihren Sohn und sah zu, wie das Wasser vorbeiströmte. In der Nacht hatte es geregnet, und ein warmer Nebel stieg aus dem Gras auf. Nahe am Ufer war das Wasser ein wenig schlammig. Sie würde auf Schlangen achten müssen, die das nächtliche Gewitter aus ihren Verstecken herausgespült hatte.

Der Tag begann heiß zu werden. Yana legte das Baby in einen Korb, der mit weichem Fell gefüttert war, und entfernte die Knochennadel, die ihr Kleid aus lose gewebter Wolle auf der Schulter zusammenhielt. Es fiel zu ihren Knöcheln herunter, und sie trat heraus. In den Stoff des Gewandes waren geometrische Figuren in Blau, Rot und Gelb eingewebt, die die verschiedenen Erscheinungsformen der Göttin darstellten. Yana breitete das bunte Kleid über den Korb, sodass das Baby genug Luft bekam, aber vor der Sonne geschützt war. Dann sammelte sie ein paar Wurzeln, die im Schilf nahe am Wasser wuchsen, und zerstieß sie auf einem Stein zu Staub. Mit dem Staub rieb sie Haut und Haare ein, dann ging sie ins Wasser, wobei sie den Korb am Ufer sorgfältig im Auge behielt. Ihre Glieder waren noch schwer und schmerzten von der Geburt, doch das kühle Wasser war erfrischend und weckte ihre Lebensgeister.

Sie entfernte sich von dem schlammigen Ufer und der Gefahr, auf eine Schlange zu treffen. Mit ausgebreiteten Haaren ließ sie sich auf dem Rücken treiben. Das Wasser klatschte ihr sanft ins Gesicht. Sie beobachtete die vorüberziehenden Wolken und dachte über ihren Traum nach. Es muss die Göttin gewesen sein, überlegte Yana, die mich getröstet hat. Es scheint ihr zu gefallen, dass ich meinen Sohn beschützen will. Seine Missbildung wird seine Leistungsfähigkeit als Mann in keiner Weise beeinträchtigen. Einer der besten Jäger des Dorfes hinkt wegen einer alten Verletzung, aber er ist durchaus in der Lage, für die Leute zu sorgen und die Priesterinnen zu beschützen. Es ist lächerlich, dass das Baby wegen einer so geringfügigen Missbildung sterben soll.

Den Tod meines ersten Sohnes kann ich verstehen. Seine Hände waren verkrüppelt, und er konnte nicht richtig atmen. Er hätte sowieso nicht überlebt. Aber bei diesem Kind ist es etwas anderes. Ich muss mit meinem Mann und der Priesterin über meinen Traum reden. Vielleicht kommen sie ja zu dem Schluss, dass die Göttin wünscht, dass dieser Sohn am Leben bleibt.

Yana stieg aus dem Wasser und sah nach dem Baby. Es schlief fest, und so setzte sie sich zum Trocknen in die Sonne. Sie flocht sich das Haar in viele lange dicke Zöpfe, türmte sie auf dem Kopf auf und steckte sie mit Knochenkämmen fest. Leise sang sie vor sich hin. Viele Leute sagten, dass ihre Lieder eine bezaubernde Wirkung hatten, und so wurde Yana oft gebeten, bei besonderen Zeremonien zu singen. Wenn sie sang, hatte Yana das Gefühl, nützlich zu sein und von den Leuten angenommen zu werden. Sie pflegte ihre Begabung mit Sorgfalt. Viele wunderbare Stunden brachte sie damit zu, alleine durch die Hügel zu wandern, ihre Stimme zu üben und Lieder zu erfinden, die nur von der Göttin in all ihrer Schönheit inspiriert werden konnten. Und dennoch fühlte sie sich oft einsam. Aber jetzt sang sie nur für sich selbst und ihre Hoffnung.

Als Yana mit ihren Haaren fertig war, legte sie ein schlichtes Wickelkleid aus Hirschhaut an Stelle des bunt gemusterten Kleides an, das sie vorher getragen hatte. Die Todeszeremonie machte es erforderlich, dass sie die alte Kleidung des Volkes trug, und obwohl das Gewand schmucklos war, brachte das weiche Leder den Glanz ihres schwarzen Haares gut zur Geltung. Dann griff sie vorsichtig an ihrem Sohn vorbei in den Korb und suchte unter der Fellunterlage herum. Ihre Hand ertastete ein kleineres Behältnis, dem sie ein ovales Stück Obsidian entnahm. Es war so glatt poliert, dass sich ihr Spiegelbild deutlich darin abzeichnete. Der Spiegel hatte eine Fassung aus Ton, und er war ihr sehr wertvoll. Er war das einzige Stück, das sie besaß, das einmal ihrer Mutter gehört hatte. Yanas Mutter hatte ihn aus ihrem Heimatdorf mitgebracht. Niemand in der Siedlung besaß etwas

Derartiges. Yana vermutete, dass sie ihn nur deshalb hatte behalten dürfen, weil sich die Hohepriesterin insgeheim vor dem Spiegelbild in dem Stein fürchtete, ihn aber für zu mächtig hielt, um ihn zu zerstören. Aber Yana hatte keine Angst. Sie sah ihr Spiegelbild an und holte eine Muschel aus dem Korb, die eine Mischung aus Ocker und Fett enthielt. Ein wenig davon verteilte sie auf ihren Lippen und Wangen. Dann nahm sie eine Paste aus Kohlenstaub und Fett und umrahmte damit ihre Augen. Das half gegen das blendende Sonnenlicht und ließ ihre Augen noch strahlender erscheinen. Schließlich griff sie nach einem ausgehöhlten Knochen, der ein duftendes Öl enthielt. Sie verrieb es auf ihrem Körper, bis die Haut einen weichen Schimmer bekam.

Yana blickte auf und stellte fest, dass die Sonne sich dem Mittag näherte. Da sie vor der Zeremonie noch genug Zeit haben wollte, um mit Eom und der Hohenpriesterin zu sprechen, sammelte sie rasch ihre Sachen ein. Sie legte das bunte Kleid zusammen, das sie über das Kind gebreitet hatte, und legte es neben ihren schlafenden Sohn.

Als Yana sich bückte, um den Deckel des Korbes aufzuheben, hielt sie plötzlich inne und schnappte nach Luft. Eine Schlange, die ein Sonnenbad genommen hatte, hatte ihre Haut auf dem Deckel hinterlassen. Yana schüttelte verwundert den Kopf. Die Schlangenhaut hob sich kaum vom Geflecht des Korbes ab. Sicher war auch dies ein Zeichen der Göttin, dass ihr Sohn leben sollte. Die abgelegte Haut einer Schlange zu finden bedeutete Glück, neues Leben und Kraft. So, wie die Schlange wieder geboren wird und ihre Winterhaut ablegt, so wird alles Leben erneuert. »Ich muss mich beeilen und Eom von diesen Zeichen der Göttin erzählen, bevor es zu spät ist«, flüsterte sie ehrfürchtig und sammelte eilig ihre Sachen ein.

Im Dorf hatte sich etwas verändert. Die Leute gingen nicht ihrer normalen Beschäftigung nach. Yana erkannte ein kleines Mädchen, das ein junges Hündchen aus einem Haus jagte. »Was ist

los?«, fragte Yana und fasste das Mädchen am Arm. »Wo sind denn die Leute?«
»Der Priester und einige der Männer gehen fort«, sagte das Mädchen aufgeregt und hüpfte von einem Bein auf das andere. »Mammars Gefährte geht auch mit. Er sagt, er würde einen Handel machen und Mammar und mir ein Geschenk mitbringen.«
Yana legte beruhigend die Hand auf die Schulter des Mädchens. »Ja«, sagte sie geduldig, »aber wo sind sie alle hin?«
»Mammar ist gegangen, um Essen für den langen Weg zu holen, und Mammars Gefährte ist im Haupthof und wird von der Hohenpriesterin gesegnet. Mammar sagt, dass die Leute Schutz brauchen, weil die Fremden die Göttin nicht auf die gleiche Weise verehren wie wir.«
Yana nickte und wollte das Mädchen schon wegschicken, aber dann fiel ihr noch etwas ein, was sie wissen musste. »Der Priester«, sagte sie drängend und blickte in das eifrige Gesicht des kleinen Mädchens. »Der Priester – ist er bei der Priesterin und den anderen?«
Die dunklen Augen des Kindes verfinsterten sich. »Ich weiß nicht«, sagte sie zögernd. »Ich habe ihn nicht gesehen.«
Yana ließ das Kind stehen und eilte auf Eoms Behausung zu. Sie sah nach der Sonne. Es ist fast Mittag, dachte sie angstvoll. Das hätte nicht geschehen dürfen. Die Priesterin der Mutter und Eom müssen von meinem Traum erfahren. Wenn sie sich auf eine Reise vorbereiten, werden sie keine Zeit haben, mir zuzuhören. Die Ankunft der Fremden hat sie abgelenkt. O Große Mutter, habe ich mich geirrt? Sollte der Traum mich nur auf deinen Schoß vorbereiten?
Yana fand sich vor dem Lehmziegelhaus des Priesters wieder und zögerte, bevor sie eintrat. Alles hing von seiner Laune ab. Ob er überhaupt zu Hause war? Obwohl der strahlende Tag und der Geistertraum ihr Hoffnung gegeben hatte, wagte sie es nicht, sich Eoms Reaktion auf ihre Bitte vorzustellen. Er war unberechenbar. Jahre der Enttäuschungen hatten sie gelehrt, vorsichtig

zu sein, wenn sie mit einem Wunsch an ihn herantrat. Eine Seite von Eom war undeutbar und kalt. Yana schauderte beim Gedanken an seine Pflichten als Priester der Todesgöttin. Aber ihr Mann konnte auch freundlich sein. Sie hatte seine Freundlichkeit oft gefühlt, besonders, wenn sie ihn erfreute. Sie wollte vorsichtig sein und alles richtig machen. Sie hoffte nur, dass er allein und nicht mit seiner Mutter zusammen war, was die Auseinandersetzung sehr viel schwieriger gestalten würde. Bei dem Gedanken, die Priesterin zu bitten, ihr Baby zu verschonen, erschauerte sie. Die Frau war grausam. Aber Eoms Meinung hatte bei ihr Gewicht.

Yana holte tief Luft, bevor sie den gewebten Vorhang zur Seite schob.

»Yana, was willst du denn hier?«, fragte Eom gereizt. Ihre Anwesenheit überraschte ihn. »Warum bist du nicht in der Geburtshütte? Ich habe nicht nach dir geschickt.« Er nahm die Maske und den Mantel ab und hängte sie sorgfältig an einen Holzpfosten in einer Ecke des Zimmers.

»Hast du vergessen, dass heute der Tag ist, an dem mein Sohn und ich den Weg der Geister gehen werden?«, antwortete sie vorwurfsvoll, bedauerte aber augenblicklich den harten Ton ihrer Worte und fügte sanft hinzu: »Ich wollte dich vor der Zeremonie noch ein letztes Mal sehen.«

Der Priester bemühte sich, seinem grimmigen Gesicht einen besorgten Ausdruck zu verleihen. »Ich habe es nicht vergessen«, sagte er und hoffte, dass seine Stimme mitleidig klang. »Fremde haben sich unserem Dorf genähert, und ich werde in ihrem Lager gebraucht. Deine Abschiedszeremonie muss um ein paar Tage verschoben werden.« Er sah ihr mit stechendem Blick in die Augen. »Oder hast du deinen Entschluss geändert?«

Insgeheim hoffte er, dass sie bei ihrem Entschluss bleiben würde. O ja, er würde Yana vermissen. Sie hatte das fremdartige Aussehen ihrer Mutter, das er so anziehend fand. Aber um ihretwillen begannen die Leute, seine Kraft als Priester anzuzweifeln. Nicht

alle Dörfer hatten einen Priester, der die Geiergöttin des Todes verkörperte. In der Regel wurde dieses Amt von Frauen versehen.
Yana hatte es gewagt, ihm zwei missgebildete Kinder zu schenken. Offensichtlich war die Göttin ihr nicht gewogen. Sie hatte kein Glück. Seine Mutter hatte Recht gehabt, es wäre besser gewesen, wenn sie schon bei ihrer Geburt gestorben wäre.
Yana sah ihren Mann forschend an. Selbst ohne die Geiermaske waren sein Gesicht und seine Augen oft undurchdringlich, und er verbarg seine Gedanken. Als Kind hatte sie sich bemüht, ihm zu gefallen, aber es war nie genug gewesen. Sie hatte schon sehr früh die Erfahrung gemacht, dass er umso unfreundlicher wurde, je mehr sie ihn brauchte. Aber Eom war das einzige Familienmitglied, das sie hatte, und der einzige Freund, den zu haben ihr gestattet war. Wenn nur ihre Mutter nicht vor so langer Zeit mit einem Barbaren davongelaufen wäre. Wenn sie nur mit Geschwistern und Freunden hätte aufwachsen dürfen, und mit einer Mutter, die sie geliebt hätte. Ihre Gedanken kehrten zu ihrem Sohn zurück. Ich muss ihn behalten, dachte sie verzweifelt. Ich will einen Menschen haben, der zu mir gehört.
»Nein, ich habe meinen Entschluss, zu den Ahnen zurückzukehren, nicht geändert«, sagte sie schließlich und richtete sich auf. »Wenn mein Sohn den Weg der Geister gehen muss, werde ich ihn begleiten. Aber, Eom«, fügte sie schnell hinzu, »ich hatte einen Traum. Ich bin mir sicher, dass er ein Zeichen der Göttin war. Ich glaube, sie will, dass ich um mein Recht, Mutter zu sein, kämpfe. Das Kind ist nicht bei der Geburt gestorben. Ich bin nicht gestorben. Die Missbildung ist geringfügig …«
Der Priester hob die Hand und unterbrach die junge Frau. »Ich bin überzeugt, dass du glaubst, was du da sagst«, erklärte er herablassend. »Aber jetzt ist nicht der richtige Zeitpunkt, um darüber zu reden. Andere warten, und ich muss mich auf die Reise in das Lager der Fremden vorbereiten. Ich werde über die Sache nachdenken und die Geister dazu befragen.«

»Aber du hast ja meinen Traum noch gar nicht gehört!«, warf Yana ein.
»Yana«, sagte er bestimmt, »dies ist eine Frage für die Geister, und jetzt ist nicht der richtige Zeitpunkt dafür. Geh jetzt. Ich werde mich darum kümmern, wenn ich zurückkomme. Dränge mich nicht zu einer übereilten Entscheidung.« Seine Stimme klang drohend.
Yana wusste, dass sie zu weit gegangen war. Vielleicht war es ja wirklich besser, ein paar Tage abzuwarten, bis alle sich wieder beruhigt hatten. Sie nickte und ließ den Kopf hängen. »Das Kind und ich werden warten«, sagte sie leise.

KAPITEL 4

Die Händler warteten im Schatten der Felsen. Der Gedanke an die fiebernde junge Frau, die im Lager im heißen Krankenzelt lag, ließ ihnen keine Ruhe. Kostbare Zeit verstrich.
Tern, der die Spannung nicht länger ertrug, stand auf und begann, auf und ab zu gehen. »Wo bleiben sie nur?«, murmelte er, ohne eine Antwort zu erwarten. »Der Rückweg wird zwei Tage dauern, und dann kann es zu spät sein.«
Er war zornig. »Ich hätte Dala niemals gestatten dürfen, mit mir auf diese lange Wanderung zu gehen.«
Wie alle anderen Ehen auch, war die Heirat von Tern und Dala von den Dorfältesten arrangiert worden, doch hatten sich die beiden von Anfang an innig geliebt. Nach drei Erntezeiten hatten sie die Hoffnung auf ein Kind allerdings fast aufgegeben, und die Dorfältesten hatten ihnen nahe gelegt, dass Dala Priesterin werden sollte. Um nicht getrennt zu werden, hatte sich das junge Paar freiwillig für die Handelsreise gemeldet. Es wurden fremde Kinder als künftige Ehepartner benötigt, um das Blut des Clans zu stärken. Sie sollten in den Dörfern nach unerwünschten Kindern suchen und sie in ihr Heimatdorf bringen. Die Reise erschien den beiden als wunderbare Möglichkeit, ein Kind für sich selbst zu finden, ein Kind, für das Dala sorgen konnte. Sie hatte darauf bestanden mitzukommen. Nachdem sie einen Monat lang unterwegs gewesen war, hatte sie festgestellt, dass die Große Mutter sie gesegnet hatte. Ihre Monatsblutung hatte vollständig

aufgehört, und es gab auch noch andere Zeichen. Er musste an die Freude denken, die sie empfunden hatten, und an Dalas Glückstränen, als sie die ersten Anzeichen der Mutterschaft verspürte.
Drei Männer unter der Führung des Priesters verließen das Dorf und gingen auf sie zu. Tern beendete seine rastlose Wanderung und deutete auf die Gruppe. »Sie kommen«, rief er und konnte seine Erregung kaum verbergen.
Dagron stand auf und sammelte ihre Habseligkeiten ein. Er bemerkte, dass der Priester die anderen auch ohne seine Geiermaske deutlich überragte. Ein scharfer Wind wehte von Osten, und eine kleine Wolke schob sich vor die Sonne. Dagron erschauerte unter dem Gefühl einer bösen Ahnung. Der Gedanke, gegen die Sitten seines Volkes zu verstoßen, erschreckte ihn, auch wenn er dadurch das Leben einer Frau rettete, die von der Göttin gesegnet worden war. Was würde geschehen, wenn der Priester die Abnormitäten an der Kranken bemerkte? Sie waren nur eine kleine Gruppe. Er konnte sie ohne weiteres verfolgen und töten lassen. Die Frauen müssen sich in den Zelten verbergen, dachte er, und machte sich Vorwürfe, dass er nicht schon früher daran gedacht hatte.
Er wandte sich an seine Begleiter. »Tern, lauf voraus und warne die anderen. Baut eine eigene Hütte für die Gäste.« Er nickte seiner Schwester zu. »Henni, ich will nicht, dass sie erfahren, wie viele Frauen und Kinder wir bei uns haben. Sorge dafür, dass sie in den Zelten bleiben. Und haltet eine Mahlzeit bereit, sobald wir ankommen.«
Der Schamane und seine Begleiter trafen gerade ein, als Tern und Henni davoneilten. »Wo gehen sie hin?«, fragte der Priester unhöflich.
Dagron beachtete die Beleidigung nicht. »Wir müssen für Essen und sonstige Bequemlichkeiten für euch sorgen, Erhabener«, erklärte er ausweichend. »Unser Lager ist klein, und es müssen viele Vorbereitungen für eure Ankunft getroffen werden.«

Der Priester nickte kurz, aber er argwöhnte, dass die beiden jungen Leute einen sehr viel wichtigeren Auftrag hatten, als nur Vorbereitungen für die Ankunft müder Reisender zu treffen. Wieder fragte er sich, was diese Leute wohl zu verbergen hatten.

Am zweiten Tag ihrer Wanderung ließen sie das kleine Flusstal und das Grasland bereits hinter sich, obwohl Dagron absichtlich ein gemächliches Tempo angeschlagen hatte. Als sie sich den Vorbergen des Gebirgszugs näherten, veränderte sich die Landschaft. Der Weg war felsig, und oft mussten sie im Gänsemarsch gehen, weil das Unterholz zunehmend dichter wurde. Das Gebirge war karg. Es gab nur einige vereinzelte Kiefern, die wenig oder gar keinen Schatten spendeten. Alle waren erleichtert, als die Sonne hinter den Hügeln versank und das blasse Grün und Braun des Trockenwaldes sich in die grauen und schwarzen Schatten der Nacht verwandelte.

In der Abenddämmerung nahmen die Wanderer den Duft von brutzelndem Tierfett auf heißen Steinen wahr, noch bevor sie das Lagerfeuer sehen konnten. Tern und zwei weitere Männer aus dem Lager kamen ihnen entgegen, um sie zu begrüßen und dem Priester und seinen Begleitern das Gepäck abzunehmen. Die beiden Männer, die Tern begleiteten, warfen Dagron fragende Blicke zu. Offensichtlich verursachte es ihnen Unbehagen, die Fremden so nah bei ihrem Lager zu wissen.

Tern, der die Peinlichkeit der Situation bemerkte, trat impulsiv auf Dagron zu und fasste ihn bei den Schultern. »Dagron«, sagte er, »wie gut, dass ihr endlich da seid. Wir haben auf dich und den Erhabenen gewartet. Essen und Trinken stehen bereit. Ihr müsst euch ans Feuer setzen.« Terns Stimme verriet seine Ungeduld. Alle wussten, dass er es kaum erwarten konnte, dass der Priester endlich seine Gefährtin untersuchte.

Die Neuankömmlinge setzten sich ans Feuer, und Tern und die beiden Männer, die sie begrüßt hatten, reichten ihnen gebratenes Geflügel und Kuchen, die aus Getreide und Tierfett zubereitet waren. Der Priester sah sich misstrauisch um. Er bemerkte eine hastig errichtete Schilfhütte, die ein wenig abseits von zwei Zelten aus Tierhäuten stand. Er nahm an, dass sie für seine Leute bestimmt war. Da nirgends Frauen zu sehen waren, überlegte er, ob sie sich wohl in den Zelten verbargen. Er hörte das Weinen eines Kindes. »Wo sind eure Frauen?«, fragte er vorwurfsvoll. »Wird das Essen bei euch immer von den Männern aufgetragen?« Der Priester sah, dass die Männer des Lagers erschrockene Blicke wechselten.

Dagron räusperte sich. »Unsere Frauen bedienen keine Fremdlinge, Erhabener. Die jungen Mädchen reichen den Leuten das Essen nur bis zu ihrer Hochzeit. Wenn sie verheiratet sind, gelten sie als Verkörperung der Großen Göttin, die das Leben schenkt und nimmt. Sie bedienen dann nur noch ihre eigene Familie, bis die Zeit ihrer Geburtsfähigkeit vorüber ist.«

Der Priester warf einen Knochen ins Feuer und wischte sich die fettigen Finger an seiner Tunika ab. »Sind euch eure Frauen so kostbar? Sind sie so angenehm für das Auge, dass ihr ihnen die Gesellschaft von Fremden untersagt? Oder sind sie so abstoßend? Vielleicht ist das ja der Grund, warum euer Verwandter eines von unseren Mädchen entführt hat?«

Dagron wurde blass. Er durfte sich jetzt nicht auf Feindseligkeiten einlassen. Der Priester war einfach zu gerissen, und der junge Anführer machte sich Vorwürfe, dass er es zugelassen hatte, dass er in das Lager gekommen war. Irgendwie musste er seine Neugier ablenken. »Wir haben ein junges Mädchen bei uns«, sagte er bedächtig und wischte sich die klebrigen Hände an der Hose ab. »Meine Schwester Henni ist unverheiratet, und sie ist bereit zu helfen, wenn du sie benötigst, um Terns Gefährtin zu untersuchen.«

Der Priester merkte, dass er nicht weiterfragen durfte, wenn er es mit Dagron nicht zu weit treiben wollte. Aus irgendeinem Grund taten diese Leute sehr geheimnisvoll mit ihren Frauen, und der junge Anführer konnte sein großzügiges Hilfsangebot jederzeit ablehnen und ihn auffordern, das Lager zu verlassen. Das aber wollte Eom nun, da seine Neugier erst einmal geweckt war, unter gar keinen Umständen. Er zuckte mit gespielter Gleichgültigkeit die Achseln. »Ich werde nur einen Helfer brauchen«, sagte er desinteressiert und stand auf. »Ich habe mich lange genug ausgeruht, und wenn diese Frau so krank ist, wie ihr sagt, muss ich sie sofort sehen.«

Dagron sprang auf. »Ich hole meine Schwester.«

Im Zelt saßen die Frauen eng aneinandergedrängt und versuchten, die Kinder mit Geschichten ruhig zu halten. Dagron winkte Henni zu.

»Was ist los?«, flüsterte sie. »Stimmt etwas nicht?«

»Der Priester ist misstrauisch«, gab Dagron flüsternd zurück. »Er ist neugierig wegen der Frauen. Ich habe ihm gesagt, dass ich dich bitten würde, ihm mit Dala zu helfen.«

Henni bekam einen roten Kopf.

»Ich weiß, dass es gegen die Sitten verstößt, einen Fremden zu bedienen«, sagte Dagron eilig. »Aber wir müssen seine Neugier irgendwie zerstreuen, und du bist die einzige unverheiratete Frau im Lager. Aber du musst dein Gesicht verschleiern und den Schal wieder anlegen. Sprich so wenig wie möglich mit ihm.«

Henni sah, wie der Mund ihres Bruders sich besorgt verzog, und nickte zustimmend.

»Ich glaube nicht, dass er jemals eine Frau mit solchen Haaren gesehen hat, wie du sie hast.« Zärtlich hob er eine ihrer goldroten Locken hoch und bemerkte zu seinem Ärger, dass sie die Zeit gefunden hatte, ihr Haar frisch zu waschen.

Henni bedeckte ihr Gesicht und eilte zum zweiten Zelt. Sie war ebenso nervös wie aufgeregt. Sie hatte den Priester nur kurz gesehen, und da war er maskiert gewesen. Sie fragte sich, ob er wohl anders sein würde, als die Männer, die sie kannte. Insgeheim hoffte sie, dass es tatsächlich so wäre. Ihre Abenteuerlust war einer der Gründe, warum sie mit auf diese Handelsreise gekommen war, aber Dagron hatte die Frauen so gut behütet, dass ihr aufregendstes Erlebnis seit Beginn der Wanderung die Geburt von Dalas Tochter gewesen war. Der Gedanke an die beiden ernüchterte sie augenblicklich. An diesem Tag war die Milch der jungen Mutter versiegt. Niemand wusste, ob das Kind ohne Milch überleben konnte, und Henni fürchtete, dass Grütze zu schwer verdaulich sein würde.

Henni ging in das Zelt der jungen Mutter. Der Gestank der Krankheit füllte den halbdunklen Raum. Die Frau hatte sich im Schlaf hin und her gewälzt und ihre Decken weggestoßen. Henni deckte sie wieder zu und versuchte, Dala ein wenig Wasser einzuflößen, aber es lief ihr wieder aus dem Mund und tropfte ihr am Hals herunter. Henni unternahm noch einen Versuch, aber Dala schluckte nicht. Henni gab es auf und beschäftigte sich damit, ein paar kleine Öllampen zu entzünden und im Zelt zu verteilen.

Ein Mann betrat den Raum. Er musterte sie mit stechendem Blick. Rasch bedeckte sie ihr Gesicht mit dem Schleier und sah zu ihm auf. Sein Haar war dunkel und gewellt, seine Knochen schienen so fein wie die einer Frau, doch war seine Männlichkeit unübersehbar. Im ersten Augenblick hielt sie ihn für einen Jungen, weil er keinen Bart im Gesicht hatte, aber seine tief liegenden Augen waren nicht die eines unerfahrenen Knaben. Schnell senkte sie den Blick.

Er betrachtete sie einen Augenblick lang, dann wandte er sich ab. »Zünde ein kleines Feuer an«, ordnete er an. »Wenn die Ahnen den Tod in diesem Raum riechen, werden sie kommen, um die Frau zu holen.«

Henni tat hastig, was er befohlen hatte. Aber immer wenn sie dachte, dass er sie nicht ansah, warf sie einen neugierigen Blick in seine Richtung. Als Erstes zog er seine Kleider aus und bemalte seinen nackten Körper mit Ocker. Dann legte er einen Rock aus rot getupften Geierfedern um seine Taille und befestigte ein Band mit Federn in seinem Haar. Henni musste sich zwingen, die schmale Gestalt nicht anzustarren. Die Männer ihres Clans waren muskulös und hatten einen breiten Brustkorb.

Der Priester öffnete seine Tasche und kauerte sich neben die fiebernde Frau. Er zog eine besonders gewebte Matte mit Schlangen und dreieckig geformten Uterussymbolen heraus, die das immer wiederkehrende Leben der Göttin darstellten. Auf der Matte stellte er Muschelschalen sorgfältig im Kreis auf, ein Symbol des ewigen Kreislaufs von Leben, Tod und Wiedergeburt durch den Geburtskanal der großen Mutter. Jede der Süßwassermuscheln füllte er mit besonderen Heilkräutern. Dann wandte er sich an Henni. »Bevor ich hilfreiche Geister herbeirufen kann, musst du ihren Körper waschen und ölen«, erklärte er.

Henni holte eine wassergefüllte Tierhaut, die an einem Pfosten in einer Ecke aufgehängt war, und machte sich an die Arbeit, während der Geierpriester sich niedersetzte und ihr zusah. Mit zitternden Händen wusch sie ihre kranke Freundin. Der Mann beunruhigte sie. Sie hatte oft den Priesterinnen und Priestern ihres eigenen Clans geholfen, aber diesmal war es etwas anderes. Gewöhnlich ließ sie sich nicht so leicht einschüchtern. Aber Dagron hatte ihr untersagt, mit diesem Mann zu sprechen, und der Schleier, der ihr Gesicht verbarg, überschattete ihren unabhängigen Geist.

Es belustigte Eom, dass das Mädchen durch seine Anwesenheit so verunsichert war, aber wenn ihre Hände auch zitterten, waren ihre Bewegungen doch fließend. Sie ist so anmutig wie das Reh der Großen Mutter, das sich durch das Gras bewegt, dachte er. Und wo hatte er schon einmal solche Augen wie die ihren gesehen? Ein Schatten flog über sein Gesicht. O ja, dachte er, der Mann, der Yanas Mutter entführt hatte, er hatte solche Augen gehabt, moosgrüne Augen.

Der Gedanke an die Ereignisse von damals ließ seinen alten Zorn neu aufflammen. Er konnte sich nur zu gut daran erinnern. Er war erst dreizehn Erntezeiten alt gewesen, aber seine Mutter hielt ihn für groß genug, in die Priesterschaft aufgenommen zu werden. Es gab da eine Dienerin, der die Göttin ihre Gunst zu schenken schien. Sie war aus einem weit entfernten Dorf in ihre Siedlung gebracht worden und versprach einen hohen Status. Das Mädchen war vier Erntezeiten älter als er, aber er hatte sie bereits begehrt, seit die ersten lustvollen Gedanken in ihm aufgekeimt waren.

Und dann kam die Pflanzzeremonie, die Zeit der Initiation. Man hatte ihm einen Trank gereicht, der seine Männlichkeit erstarken ließ. Im Schatten stehend beobachtete er, wie die junge Dienerin tanzte, und die Begierde brannte in seinen Lenden. Auch sie hatte den Trank erhalten, ihre Glieder glänzten und bewegten sich fließend im Licht der Öllampen. Sie war die Fruchtbarkeitsgöttin, unberührt und verletzlich, offen für ihn, offen für seine pulsierende Kraft. Aus ihrer Vereinigung würde neues Leben entspringen.

Gekleidet als der große Stiergott, der die Kraft des Mutterschoßes verkörpert, trat er in den heiligen Kreis. Die Dienerin bewegte sich langsam auf ihn zu. Ihr Gesicht hatte einen hungrigen, verlangenden Ausdruck. Ihr Gewand war tief ausgeschnitten, ihre festen Brüste glänzten vom Schweiß, ihre von schweren Lidern überschatteten Augen leuchteten. Das Dröhnen der Trommeln beschleunigte seinen Puls und hallte in seinen Lenden wider. Er fühlte, wie sein Glied anschwoll. Und dann war da plötzlich ein Schatten vor ihm, ein Gesicht.

Aus der Menge der Zuschauer sprang ein Mann in den heiligen Kreis, umschlang die Fruchtbarkeitsgöttin mit seinen Armen und trug sie fort. Jemand schrie: »Haltet ihn fest!« Aber sie reagierten nicht schnell genug. Alle waren betrunken und bis zum Äußersten erregt. Keiner konnte den Mann und das Mädchen aufhalten, das dem Dorf bis zur nächsten Mondspanne fernblieb. Und dann war es zu spät gewesen.

Diese Leute hatten genommen, was für ihn bestimmt gewesen war. Danach hatte sie nie wieder etwas von ihm wissen wollen, hatte ihn nie wieder mit Verlangen angesehen. Der Gedanke daran weckte in ihm den Wunsch, der jungen Frau, die nun vor ihm kauerte, den Schleier wegzureißen. Er wollte diesen Leuten auch etwas wegnehmen, dieses Mädchen besitzen, aber er wusste, dass er vorsichtig sein musste. Wenn sie schrie, würden die Männer des Lagers herbeigerannt kommen. »Ich bin neugierig«, sagte er deshalb vorsichtig. »Ich habe dein Gesicht bereits gesehen, und dennoch trägst du jetzt einen Schleier. Warum?«

»Unsere Sitte befiehlt es so«, erwiderte Henni ruhig. »Wir sind allein, und du gehörst nicht zu unserem Volk.«

Er streckte die Hand langsam nach ihrem Gesicht aus. »Junge Frau«, flüsterte er, »die Zauberkraft der Göttin kann nicht wirken, wenn wir unser Gesicht vor ihr verbergen. Komm und lass mich den Schleier entfernen. Niemand wird davon erfahren.« Und ohne ihr Zeit für eine Antwort zu lassen, hob er den Schleier und zog ihr zugleich den Schal vom Kopf.

Im trüben Licht weiteten sich ihre dunklen Augen. Sie wollte sich wehren, stieß aber nur einen ungehaltenen Seufzer aus. Er legte einen Finger auf ihre geöffneten Lippen, die voll und weich waren, und bedeutete ihr, still zu sein. Sie hatte hohe Backenknochen und eine makellose Haut, von ein paar Sommersprossen abgesehen. Gerne hätte er ihr Gesicht gestreichelt. Aber dann fiel sein Blick auf ihr Haar – flüssiges Gold, von der Farbe der sinkenden Sonne. Noch nie hatte er so etwas gesehen. »Große Mutter«, flüsterte er.

Sie beobachtete seine Reaktion und bemerkte die Begehrlichkeit in seinem Gesicht. Mit dem Verlust des Schleiers kehrte ihre Verwegenheit zurück. Unter gesenkten Lidern sah sie ihn an. »Ja, es ist gut, wenn wir unsere Gesichter nicht vor der Göttin verbergen«, sagte sie spöttisch.

Einen Augenblick lang war Eom zu verblüfft, um zu antworten, aber er fasste sich schnell. Am Ausdruck ihrer Augen erkannte er, dass dieses Mädchen nicht so leicht zu gewinnen war und dass es ein Fehler gewesen war, ihr zu zeigen, wie sehr er sie begehrte.

Sie hatte den Ausdruck einer Jägerin. Er würde sich in Acht nehmen müssen. Wenn er eine leichte Beute war, würde sie mit ihm spielen wie eine junge Berglöwin mit einer Schlange, die sie hin und her schüttelte, bis alles Leben aus ihr gewichen war. Nein, sollte sie nur glauben, dass sie die Verfolgerin sei. Dieses Mädchen musste verführt werden, und dazu brauchte er Zeit, mehr Zeit, als er jetzt hatte.

Die fiebernde Frau zitterte und stöhnte, während Henni sie wusch. Der Priester zwang sich, ihr seine Aufmerksamkeit zuzuwenden.

Es war zu erkennen, dass die Kranke einmal hübsch gewesen sein musste. Nicht zu vergleichen mit Henni, aber sie hatte angenehme Gesichtszüge. Jetzt war ihr dunkles Haar glanzlos und ihre blasse Haut wächsern und grau, mit roten Flecken, die das Fieber auf ihre Wangen gezeichnet hatte. Er hob ihren Arm an, er war schlaff und leblos. Sie stöhnte wieder. Das Bein, in das die Schlange die Frau gebissen hatte, war geschwollen und lila verfärbt. Was für Riten er auch immer ausführen würde, er wusste, dass diese Frau zu den Ahnen gehen würde. Schon bald würden ihre Knochen in den Mutterschoß zurückkehren. Aber er musste wenigstens versuchen, ihr zu helfen, sonst würden die Leute an der Ehrlichkeit seiner Absichten zweifeln.

Er bedeutete Henni, Wasser zu erhitzen, und warf Körner aus einer der Muscheln in das kleine Feuer. Bald erfüllte ein betäubender Duft das Zelt. Henni brachte einen kleinen Topf mit heißem Wasser, und Eom goss ein paar Tropfen in eine der Muscheln, die bitter riechende Kräuter enthielt. Er verrührte die Kräuter zu einer Paste und fügte dann noch etwas Wasser hinzu. Als die Mischung abgekühlt war, half Henni ihm, die Kranke zum Sitzen aufzurichten. Ihr Kopf sank zurück, Hals und Kehle lagen frei.

»Hilf mir, deiner Freundin diese Flüssigkeit einzuflößen«, sagte er grimmig zu Henni und hielt die Kranke aufrecht. Henni öffnete die fieberheißen Lippen der Kranken und ließ die bittere

Flüssigkeit in ihre Kehle hinunterrinnen. Die junge Frau spuckte nicht einmal. Es gab keine Hoffnung. Die Augen der Kranken blieben glasig, die Haut feucht und klebrig. Sie ließen sie auf die Matte zurücksinken.

Dann bemerkte Eom, dass Dalas Hände seltsam aussahen, irgendwie verkümmert. Er sah Henni forschend an. »Was ist das?«, fragte er und deutete auf die Hände der jungen Frau.

Henni wurde blass. »Bevor sie krank wurde, sahen sie ganz normal aus«, log sie.

Der Priester nickte. Als Priester der Todesgöttin hatte er viele Formen des Leids gesehen. Schlangengift hatte oft eine eigenartige Wirkung auf den Körper, aber so etwas war ihm noch nie untergekommen. Er zuckte die Achseln. Die Frau würde ja sowieso an dem Schlangenbiss sterben.

Er warf etwas ins Feuer und in den Wassertopf daneben. Ein weißer Nebel erfüllte den Raum. Der Schamane begann zu tanzen und füllte sich Kopf und Lungen mit dem Rauch. Der bedeutungsvolle Schrei einer Eule drang in das Zelt. Der Künder des Todes war unterwegs.

Aus den Augenwinkeln sah er, wie die Ahnen der Sterbenden sich versammelten. Ja, die Zeit des Todes war nah. Er streckte die Hand aus und nahm einen großen Schluck aus dem Wassertopf. Dann begann er, sich frenetisch zu drehen. Plötzlich fiel er auf die Knie, aber in Gedanken folgte er dem Eulenschrei. Durch die Augen des Tieres sah er auf seinen sich wiegenden, nackten Rücken hinunter. Durch die Augen der Eule sah Eom, wie der Tod sich näherte. Doch die Ahnen, die auf die sterbende Frau zugingen, jagten ihm Angst ein. Sie hatten unterschiedliche Größe und Gestalt, einige waren missgebildet, verbogene Geister, Abscheulichkeiten. Sie wurden von Geistertieren begleitet. Das müssen zornige Geister sein, dachte er besorgt. Was hat die Frau nur getan, um so viele herbeizulocken? Wo waren ihre wirklichen Ahnen? Warum beschützten sie sie nicht? Diese Gedanken ernüchterten ihn. Er fühlte, wie er in seinen Körper zurückstürzte.

Taumelnd raffte er sich auf. »Henni, du musst hinausgehen«, befahl er und kämpfte darum, sich wieder in die Gewalt zu bekommen. »Hier ist eine Verdorbenheit, die ich allein bekämpfen muss. Du bist hier deines Lebens nicht sicher.«

Henni sah die Angst in seinen Augen und glaubte ihm. Schnell suchte sie ihre Sachen zusammen, legte sich Schleier und Schal wieder um den Kopf und verließ das Zelt.

Eom wusste, dass die einzige Möglichkeit, die Kranke davor zu bewahren, von bösen Geistern entführt zu werden, darin bestand, ihr Leben auszulöschen, bevor diese Mächte sie noch in Besitz nehmen konnten. Sie war dem Tod so nah, dass es ohnehin keine Rolle mehr spielte. Verzweifelt suchte er im Zelt nach etwas, womit er sie ersticken konnte, und fand schließlich ein Kaninchenfell in einem Korb. Mit einer Hand presste er das Fell auf ihr Gesicht, mit der anderen hielt er sie nieder. Die Frau begann, gegen seinen Griff anzukämpfen. Sie war sehr schwach, ihr Widerstand nur gering. Ein Todeskrampf schüttelte ihren Körper. Dann war es vorbei.

Eom atmete erleichtert auf und stimmte den Totengesang an, während er ihren Körper für die Geisterreise vorbereitete. Mit der gleichen Ockermischung, mit der er seinen eigenen Körper bemalt hatte, färbte er Gesicht und Hände der jungen Frau rot. Auf Bauch und Brüste zeichnete er Dreiecke mit Kreisen in der Mitte, die den Samen aller Dinge in der Göttin darstellten.

Als er die Tote wieder bekleidete, rutschte ein kleiner Gegenstand aus den Falten des Wollstoffes hervor. Eom hob ihn auf. Der Gegenstand hatte eine rötliche Farbe und war glatt und glänzend mit grünen Flecken, anders als alle Steine, die er je gesehen hatte. Das Ding war hart und künstlich geformt und schwerer als jeder Stein. Auf einer Seite des Gegenstandes befand sich ein Loch, durch das eine Lederschnur gezogen war. Es musste etwas sein, das man um den Hals trug.

Eom kauerte sich neben eine der Öllampen nieder, um den Gegenstand genauer zu untersuchen. Überrascht hob er die Augenbrauen. Die Form schien eindeutig. »Die Vogelgöttin«, flüsterte er. Das Ding schimmerte im Licht der Öllampe und lag schwer in seiner Hand. Dieses Amulett hatte all die seltsamen Geister angelockt, die er gesehen hatte. Jetzt wurde ihm klar, dass sie den Talisman hatten holen wollen. Er muss große Macht haben, dachte er erregt. Die Frau hatte offenbar nicht gewusst, welchen Gebrauch sie davon machen konnte. Er schloss die Hand fest um das Amulett. Ich bin der Priester der Geiergöttin. Nur ein großer Priester oder eine Priesterin kann solche Macht beherrschen. Die Göttin hatte sie nicht für würdig befunden, diese Macht zu besitzen. Am liebsten hätte der das Amulett sofort in seinem Medizinbeutel versteckt, aber er entschloss sich, es nicht zu tun. Dagron und seine Gruppe würden einen solchen Gegenstand ganz sicher vermissen. Aber warum hatten sie der Kranken den Zauber abgenommen und in ihrer Kleidung versteckt? Hatten sie Angst, dass er ihn sehen könnte? Vielleicht hatte die junge Frau ihn ja gefunden und selbst versteckt, ohne jemandem etwas davon zu sagen. Darüber würde er nachdenken müssen.

Er legte das Amulett wieder dahin, wo er es gefunden hatte, und beendete die rituelle Vorbereitung der Toten. Als er fertig war, stand er auf, holte seinen Mantel und wickelte ihn um seinen bemalten Körper. Er verließ das Zelt und ging auf das Feuer zu. Die meisten Mitglieder der Gruppe schliefen schon, aber Tern, Dagron und Henni waren noch wach. Sie sahen ihn erwartungsvoll an.

Der Priester zuckte die Achseln. »Es tut mir Leid«, sagte er ehrlich. »Ich habe getan, was ich konnte. Der Atem der Großen Mutter hat sie verlassen. Aber ich habe sie für die Geisterreise vorbereitet und beschützt, und ich bin sicher, dass die Göttin sie in Empfang nehmen wird.«

Er sah Henni an. »Die zornigen Geister sind fort. Deine Freundin kann nun gefahrlos mit ihren Ahnen gehen.« Darauf wandte er sich an Tern. »Ich wünschte, ich hätte mehr tun können.«

Tern war unfähig, seinen Schmerz zu verbergen. Zitternd stand er auf. Er hatte Dala verloren, die Liebe seiner Jugend und die Mutter seiner Tochter. Und was sollte nun ohne Muttermilch aus der kleinen Ischa werden? Wortlos verließ er das Feuer, um sich allein seinem Kummer zu überlassen.

KAPITEL 5

Eine Dienerin der Hohenpriesterin schlüpfte in die dämmrige Geburtshütte, um nach dem verkrüppelten Kind und seiner Mutter zu suchen. Yana sah die Angst im Gesicht der jungen Frau und trat mit dem Baby in den Armen aus dem Schatten hervor. »Du brauchst dich nicht vor ihm zu fürchten«, sagte sie ruhig und hielt das Kind ins Licht. »Die Veränderung ist nur geringfügig.«

Die Frau schlug die Augen nieder und wich einen Schritt zurück. Sie hatte Angst, dass das Baby Unglück über sie bringen könnte. »Die Priesterin der Mutter wünscht, das Kind der Yana zu untersuchen«, erklärte sie förmlich. »Du musst dich bereit machen und mir folgen.«

Yanas Kehle zog sich zusammen, und sie presste das Baby fester an sich. Sie wusste genau, dass Eom von seiner Wanderung mit den Fremden noch nicht zurückgekehrt war. Was hatte seine Mutter vor? Die Zeit, zu der sie sich auf die Seelenreise hätte begeben sollen, war bereits verstrichen, aber Eom hatte gesagt, dass es auf die Zeit nicht ankomme und dass er die Zeremonie durchführen würde, sobald er zurück sei. Aber vielleicht konnte die Hohepriesterin es ja nicht erwarten, sie loszuwerden. »O Göttin«, flüsterte sie. »Diese Frau hasst mich. Gib mir die Kraft und die richtigen Worte, um ihr Herz zu besänftigen.«

Geschäftig eilte sie in der Geburtshütte hin und her. Sie zog ihre beste Tunika an, steckte das Haar zusammen und befestigte es

mit Kämmen auf dem Kopf. Sie wollte, dass ihr Sohn bei der Untersuchung ruhig blieb, deshalb hob sie eine schwere Brust aus dem Kleid, um ihn zu stillen. Nach wenigen Augenblicken blickte die Dienerin sie ungeduldig an, und Yana war irritiert. »Du kannst draußen warten, bis ich fertig bin«, meinte sie ärgerlich. Die Frau sah sie kalt an. »Die Priesterin erwartet dich. Es ist nicht klug, eine Dienerin der Göttin warten zu lassen.«
»Glaubst du, dass ich das nicht wüsste?«, fauchte Yana und nahm ihren Sohn von der Brust. Sie warf ein paar Sachen in einen Korb, dann stand sie auf, um zu gehen. Aber noch bevor sie die Tür erreichte, fiel ihr etwas ein. »Ich habe vergessen, eine saubere Windel für das Baby einzupacken.«
Yana ging zu ihrem Bündel, das an einem Pfosten hing, und stellte sich so davor, dass die Dienerin nicht sehen konnte, was sie tat. Sie wühlte in den Sachen, bis ihre Hand auf etwas Rundes, Kühles stieß. Es war das dunkle Fläschchen. Sie versteckte es in einer sauberen Windel und legte beides in ihren Korb. Wenn die Priesterin vorhatte, sie und das Kind zu den Ahnen zu schicken, wollte sie wenigstens sicher sein, dass ihre Reise schmerzlos war. »Ich bin fertig«, sagte sie und bedeutete der Dienerin, vorauszugehen.
Vorsichtig wich Yana den Abfällen aus, die in die miteinander verbundenen Höfe des Dorfes geworfen worden waren. Am Abend wurden die Überreste der letzten Mahlzeit zusammen mit anderen Abfällen vor die Hütten gelegt, was das Gehen oft erschwerte. Die Asche der Küchenfeuer war lästig und haftete an Yanas Rock und an ihren Füßen, aber der Geruch nach verkohltem Holz war angenehm und überdeckte den Gestank.
Hier und da liefen einige magere Ziegen und Hunde herum, nagten an den herumliegenden Abfällen und wühlten in der Asche. Nackte Kinder rannten durch die Höfe, die älteren blieben stehen und starrten Yana und ihr Baby an. Yana stellte fest, dass die Nachricht von der Missbildung ihres Kindes sich bereits im ganzen Dorf verbreitet hatte.
Bald erreichten sie den Schrein der Großen Mutter, der abseits

von den Hütten stand und sich auch sonst von den anderen Gebäuden unterschied. Er sah aus wie ein runder glatter Hügel mit einer langen schmalen Öffnung, die ins Innere führte. Das Gebäude war aus Steinen und handgeformten Ziegeln erbaut. Die runde Form symbolisierte den übervollen Mutterschoß der Göttin.

Yana musste sich bücken, um den heiligen Ort zu betreten. Sie folgte der voraneilenden Dienerin durch einen dunklen Tunnel, der in eine dämmrige, schlecht gelüftete Halle führte. Der Rauch eines Feuers hing in dünnen Schwaden im Raum.

Yana sah sich um. Sie kam nicht oft hierher. Ihre Beziehung zu Eoms Mutter war nicht so, dass sie sich willkommen gefühlt hätte. Dennoch hatte der Schrein der Göttin sie immer fasziniert. Die verputzten Wände waren mit blauen, roten und gelben Blumen bemalt. An der dem Eingang gegenüberliegenden Wand befand sich ein Abbild der Göttin selbst. Der aus Lehm geformte Körper war üppig und rund wie eine wunderbare Statue. Die Gestalt schien im flackernden Feuerschein zu atmen und sich zu bewegen. Ihre Arme ruhten auf zwei gewaltigen Raubkatzen. In hockender Stellung gebar sie einen Stierkopf. Über ihren Bauch waren Handabdrücke verteilt. Die Dorfbewohner hatten ihre Hände in rote Ockerfarbe getaucht und sie liebevoll und ehrfürchtig auf die Figur gelegt, um die Kraft ihrer Fruchtbarkeit zu erbitten.

Unterhalb der großen Statue befand sich ein Altar mit Widderhörnern auf beiden Seiten, auf dem die Leute häufig Opfergaben für die Große Mutter niederlegten, aber Yana fiel auf, dass der Altar heute seltsam leer war. Ehrfurchtsvoll sah sie die Göttin an, doch die Stimme der Hohenpriesterin unterbrach sie in ihrer Andacht. »So bequemst du dich also endlich, meinem Befehl zu folgen, Gefährtin meines Sohnes«, sagte sie unfreundlich.

»Das Baby war hungrig«, antwortete Yana gelassen. »Ich wollte nicht, dass es mit seinem Geschrei die Ohren der Priesterin beleidigt.«

»Ach! Seit wann wird die Priesterin der Mutter durch das Weinen eines Kindes beleidigt? Neues Leben heißt die Göttin immer willkommen. Du hättest deinen Sohn früher zu mir bringen sollen«, sagte die Priesterin tadelnd. »Selbst die Verkrüppelten sind willkommen, wenn sie in den Mutterschoß zurückkehren. Bring ihn zu mir.«

Yana wurde blass. Rasch trat sie zu der Priesterin. Diese saß auf einer mit dem Fell eines großen Auerochsen bedeckten Bank, und ihre Arme ruhten auf den gewaltigen Hörnern des Tieres. Ihre Hände umklammerten die scharfen Spitzen, ihre üppigen Brüste wogten, als sie sich vorbeugte, um das eingewickelte Kind anzusehen, das in Yanas Armen lag.

Zögernd wollte Yana ihren Sohn in die Arme der Priesterin legen.

Diese wich entsetzt zurück. »Ich wünsche nicht, das verkrüppelte Kind zu berühren, solange es atmet, und auf diese Weise den Zorn der Geister auf mich zu lenken. Es ist Aufgabe deines Mannes, des Geierpriesters, verderbtes Leben zu beseitigen, und er ist für diese Tat gerüstet. Die Dienerin der Großen Mutter darf nicht verunreinigt werden. Nein, ich will ihn nur sehen. Zeige mir, wo er verkrüppelt ist.«

Yana wickelte ihr Kind langsam aus der Decke, in die sie ihn gehüllt hatte, und erklärte hastig: »Die Veränderung ist nur geringfügig, Erhabene. Er hat nur einen Zeh zu viel. Ein Bein ist ein bisschen gebogen und wirkt deshalb kürzer als das andere. Aber das kann an der Stellung liegen, in der er im Mutterleib lag. Vielleicht wird es sich auswachsen.«

Yana sah den Zweifel in den Augen der älteren Frau. Sie redete noch schneller, ihre Worte überstürzten sich. »Erhabene«, sagte sie aufgeregt, »ich hatte einen Traum, ein Zeichen der Göttin. Ich glaubte, ich würde sterben. Ich glaubte, das Baby würde sterben. Aber dann habe ich erfahren, dass ich für das Leben kämpfen muss, dass ich für das Leben meines Kindes kämpfen muss. Priesterin, dieses Kind lag falsch herum im Mutterleib, wir beide hätten sterben sollen, aber die Göttin hat uns gestattet zu leben. Ich hatte solche Schmerzen ...«

»Viele Frauen glauben, dass sie bei der Geburt sterben werden«, unterbrach sie die Priesterin. »Viele haben seltsame Visionen. Du bist erschöpft und überreizt, mein Kind.«

»Nein, nein! Du verstehst mich falsch«, jammerte Yana. »Den Traum hatte ich erst später, eine Handspanne von Tagen nach der Geburt, an jenem Morgen, an dem ich die Seelenreise hätte antreten sollen.«

»Dennoch ...«

»Aber das ist noch nicht alles«, fuhr Yana hastig fort. »Es hat auch noch andere Zeichen gegeben. Als ich im Fluss badete, hat eine Schlange ihre Haut auf dem Deckel meines Korbes hinterlassen. Mein Baby schlief in dem Korb. Bedeutet das Ablegen einer Schlangenhaut nicht neues Leben für den, der sie findet?«

Die Priesterin hob die Hand. »Genug, Yana! Alle diese Zeichen lassen sich auch anders deuten. Die Schlangenhaut kann sowohl für den Tod eines alten als auch für die Geburt eines neuen Lebens stehen. Hast du daran gedacht, dass die Göttin dich vielleicht nur auf das Unvermeidliche vorbereiten will?« Die Priesterin beugte sich vor, um das Baby genauer zu betrachten. »Zieh die Zehen auseinander«, befahl sie.

Die junge Mutter gehorchte und zeigte der Priesterin das dünne, durchsichtige Häutchen zwischen den beiden Zehen. »Diese Haut kann aufgeschnitten und der überzählige Zeh entfernt werden, wenn er den Leuten Angst macht.«

Die Priesterin der Mutter setzte sich befriedigt zurück. »Die Missbildung ist tatsächlich nur geringfügig«, gab sie zu. »Und dennoch ist es eine Missbildung, die Unglück über das Volk bringen wird.«

»Aber«, stieß Yana hervor, »die Zehen werden bei seiner Mannbarkeitszeremonie überhaupt nicht stören. Er wird trotzdem in der Lage sein, für das Volk zu jagen und zu arbeiten. Wie kannst du ihn verdammen, wenn die Göttin ihm gestattet hat zu leben?«

Die Augen der Priesterin blitzten auf. Yana wusste, dass sie über ihren offenen Ungehorsam verärgert war. Die ältere Frau gab den anderen Priesterinnen, die im Schatten gesessen und den Wortwechsel mit angehört hatten, ein Zeichen. Sie erhoben sich und umringten sie. Yana hörte sie murmeln, aber sie konnte nicht verstehen, was gesagt wurde. Im Stillen betete sie zur Göttin, während sie wartete, bis sich die Gruppe auflöste und sie wieder allein vor Eoms Mutter stand.
»Eom wird niemals ein Kind mit einem überzähligen Zeh annehmen«, stieß die Frau zornig hervor, »und ich ebenso wenig. Wenn die Haut zwischen den Zehen und der überzählige Zeh jetzt augenblicklich entfernt werden und kein Unglück das Dorf heimsucht, bevor mein Sohn zurückkehrt, werde ich bei ihm ein gutes Wort für das Kind einlegen. Aber der Eingriff muss auf dem Altar der Göttin erfolgen. Wenn sie die Gabe nicht annehmen will, wird er sterben.«
Yana erschrak. »Aber, Erhabene, er ist noch so klein und sein Fuß ist noch nicht richtig ausgebildet. Wenn es nicht richtig gemacht wird, wird er dadurch zum Krüppel werden.«
»Es gibt keine andere Möglichkeit«, erklärte die Priesterin hochmütig. »Das Risiko muss eingegangen werden, und selbst dann kann ich nicht garantieren, dass Eom das Kind annehmen wird.«
»Aber wer kann das tun?«, flüsterte Yana ängstlich. »Mein Mann ist der Einzige, der die Anordnung der Knochen kennt, und …«
Die Hohepriesterin unterbrach sie. »Du musst es selbst tun.« Sie lächelte über Yanas Entsetzen. »Ich werde nicht das Unglück auf mich ziehen, indem ich selbst Hand anlege, und meine Dienerinnen ebenso wenig.«
Yana wurde blass. »Bitte lass uns auf Eoms Rückkehr warten«, bat sie. Verlange das nicht von mir. Ich bin keine Heilerin. Ich verstehe nichts von den Knochen. Eom würde es richtig machen, das weiß ich. Gib meinem Sohn eine Chance.«
Die Augen der Priesterin wurden schmal. »Ich gebe deinem Sohn ja eine Chance«, fauchte sie. »Ich habe dir bereits gesagt,

dass der überzählige Zeh für die Göttin nicht akzeptabel ist. Wie lange willst du ihr diese Beschmutzung denn noch zumuten?«
Yana erstarrte und stand sprachlos da.
Die Priesterin räusperte sich und sagte laut, sodass alle im Raum ihre Worte hören konnten: »Wenn ein junger Vogel ohne Augen geboren wird, wirft ihn die Mutter aus dem Nest, damit die übrige Brut wachsen und stark werden kann von dem Futter, das sie bringt. Ich darf für unseren Clan nicht weniger tun. Das ist der Wille der Göttin. Du musst den Zeh entfernen. Unser Volk muss geschützt werden.«
Yana sah den Zorn in den Augen der älteren Frau. Kein Bitten und Betteln würde sie dazu bewegen, ihre Meinung zu ändern. Was sollte sie nur machen? Wenn sie sich weigerte, würde das den Tod ihres Sohnes bedeuten. »O Große Mutter«, flüsterte sie vor sich hin. »Gib mir Kraft.«
Betäubt von dem, was von ihr verlangt wurde, hob Yana den Blick und nickte. »Ich werde tun, was du befiehlst, Erhabene, aber ich brauche ein wenig Zeit, um mich darauf vorzubereiten.«
Die Priesterin bedeutete ihr zu gehen.
Yana warf sich vor dem Abbild der Göttin nieder. »Beschütze meinen Sohn«, flehte sie. »Du hast mir Träume und Zeichen gesandt, und ich glaube, dass es dein Wille ist, dass mein Sohn und ich leben sollen. Hilf mir, mich deiner Wünsche würdig zu erweisen. Ich weiß, dass du die Große Mutter des Lebens bist, und zum Leben gehört auch der unvermeidliche Tod. Wende das weiße Antlitz des Todes von meinem Sohn ab und festige meine Hände.«
Yana stand auf, schüttelte den Staub von ihrem Kleid und ging zu den Priesterinnen. Eine von ihnen reichte ihr ein scharfes Messer, das sie nahm und neben die Kohlen im Herd legte. Das Feuer prasselte und zischte. Sie spürte die Spannung im Raum. Ihre Schultern waren steif vor Angst, ihre Handflächen schweißnass; sie wischte sie an ihrem Kleid ab.
Yana nahm das Baby aus dem Korb und wickelte es aus. Die

kühle Luft auf seiner Haut weckte den Jungen, und er begann zu wimmern. »Ich werde dich beschützen«, flüsterte sie tröstend. »Deine Missbildung ist nicht schlimm. Die Ahnen werden dich nicht holen.«

Dann suchte sie noch etwas anderes im Korb, die dunkle Flasche. Sie verbarg sie in ihrer Hand und ging in eine Ecke des Raumes, in der ein großes Tongefäß stand. Es war stets mit einem vergorenen, mit Datteln gesüßten Gebräu gefüllt. Jeder durfte von der Flüssigkeit trinken. Es war ein Geschenk an alle, die kamen, um die Göttin anzubeten. Yana stürzte eine große Schale davon hinunter, und gleich noch eine zweite. Das Getränk stärkte sie. Sie gab vor, auch dem Baby etwas davon zu geben. In Wirklichkeit flößte sie ihm jedoch ein paar Tropfen von dem Trank ein, den Eom ihr für ihre Seelenreise gegeben hatte, nicht genug, um das Kind in den Todesschlaf zu versetzen, wie sie hoffte, aber doch genug, dass es das, was nun kommen würde, nicht spüren würde. Dann trank sie selbst noch einen kleinen Schluck von dem Getränk und ging zum Altar vor der Statue der Göttin. Das Kind hatte aufgehört zu wimmern und atmete tief, als sie es auf den Altartisch aus Stein legte.

Sie berührte das in den Kohlen liegende Obsidianmesser. Es war heiß genug. Das Messer schimmerte im Licht, die geschliffenen Ränder reflektierten das Feuer. Sie nahm die saubere Windel aus dem Korb, wickelte sie um den Griff des Messers und ging zum Altar. Sie hatte das Gefühl zu schweben, alle Sinne waren geschärft. Das Baby lag in tiefem Schlaf, nur die winzigen blaugeäderten Augenlider bewegten sich bisweilen. Er träumt, dachte sie, und zog vorsichtig die Zehen auseinander, sodass das Häutchen dazwischen sichtbar wurde. Rasch durchtrennte sie es, so nahe am Zeh, wie sie es wagte. Es blutete kaum. Das Baby bewegte sich nicht. Sie sah auf den überzähligen Zeh hinunter. »O Göttin«, flüsterte sie, »führe meine Hand.« Sie tastete nach den Knochen und fühlte, wo sie sich trennten. Der Zeh war winzig, nicht größer als ihr kleiner Fingernagel. Sie holte tief Luft und drückte zu. Der Zeh war abgetrennt. Das Baby bäumte sich auf und begann zu weinen. Rasch drückte sie das heiße Messer auf die kleine Wunde, um sie zu versiegeln, dann verband sie sie mit einem sauberen Tuch. Als sie das Baby wieder in die Arme nahm, standen ihr Tränen in den Augen. »Es ist alles gut«, tröstete sie. »Es ist schon alles vorbei.«

Das Betäubungsmittel, das sie dem Kind gegeben hatte, wirkte, und der Junge schlief wieder ein. Im Raum herrschte Schweigen, als sie ihr Baby wiegte. Mit glitzernden Augen sah Yana zu der Hohenpriesterin auf. Selbst sie schien von Yanas Tapferkeit beeindruckt. Die junge Mutter ging zu dem Tongefäß mit der Ockerfarbe hinüber, nahm entschlossen den verwundeten Fuß des Kindes und bedeckte ihn mit Farbe. Vor aller Augen drückte sie einen Abdruck vom Fuß ihres Kindes auf den Bauch der Mutter. »Jetzt muss die Göttin meinen Sohn annehmen«, sagte sie fest.

Plötzlich entstand ein Auflauf am Eingang des Schreins. Eine jammernde Frau zog ein junges Mädchen hinter sich her. »Die Göttin muss meinem Kind helfen«, schrie sie. »Eine Wasserschlange hat sie am Fluss gebissen.«

»Nein«, flüsterte Yana. »Das kann nicht wahr sein, nicht jetzt.« Aber niemand achtete auf sie. Alle hatten sich um das unglückliche Kind und seine Mutter versammelt. Sie stimmten Gesänge an, während andere davoneilten, um Heilkräuter zu holen. Yana stand steif mit ihrem Baby im Arm da, während die andere Mutter immer wieder jammerte: »Warum ist dieses Unglück über meine Tochter gekommen, Große Mutter, warum? Sie ist so ein braves Mädchen. Was habe ich nur getan, womit habe ich dieses Unglück verdient?«

Yana sah zu der Hohenpriesterin hinüber, die ruhig in ihrem Stuhl saß und die Szene verfolgte. Ihre Mundwinkel verzogen sich zu einem Lächeln. Plötzlich wurde Yana klar, dass dies alles Betrug war, eine gestellte Szene. Die wehklagende Mutter steckte mit der Priesterin unter einer Decke. Wenn man Yana und ihrem

Baby die Schuld an ihrem Unglück gegeben und sie aus dem Dorf vertrieben hatte, würde das Mädchen wie durch ein Wunder wieder gesund werden. Die Priesterin der Mutter fing ihren ungläubigen Blick auf und nickte. Hass funkelte in ihren Augen.
Yana drehte sich um und floh. Zornestränen standen in ihren Augen und machten sie fast blind. Eoms Mutter missbrauchte ihre Macht, um ihren Hass zu befriedigen. Sie verdiente es nicht, Hohepriesterin der Göttin zu sein. Yana wollte nicht auf ihre unvermeidliche Verbannung warten. Eom war nun ihre einzige Hoffnung. Sie musste ihn finden, musste ihm vom Betrug seiner Mutter erzählen. Er würde wissen, was zu tun war. Er würde sehen, dass dem Baby nun, da der überzählige Zeh entfernt war, nichts mehr fehlte.
Sie rannte in ihr Haus und warf zornig alles, was sie brauchen würde, in ihr Tragetuch. In ihrem Kopf begann ein Plan Gestalt anzunehmen: Sie wollte sich zwischen den Felsen der Vorberge verstecken. Der Ort, den sie meinte, war eine Tageswanderung vom Dorf entfernt, aber es gab dort eine Wasserstelle, an der Eom vorbeikommen musste. Dort würde sie auf ihn warten, ihm alles erklären. Sollten sie glauben, dass sie geflohen sei. Sollten sie glauben, dass sie sich fürchtete. Dann wickelte sie getrocknetes Fleisch in ein Tuch und füllte einen Ledersack mit Wasser. Sie überlegte sehr genau, was sie unbedingt brauchen würde.
So verließ Yana das Dorf, in dem sie geboren worden war, und ging auf die Berge zu, ohne jemandem auf Wiedersehen zu sagen und ohne sich noch einmal umzusehen.

KAPITEL 6

Die Hitze lag brütend über der sonnenverbrannten Landschaft. Schon von weitem konnten sie erkennen, dass sie sich dem Wasserloch näherten. Das grüne Band von Pflanzen, das es umgab, war eine willkommene Abwechslung für die Augen. Eom, der es eilig hatte, nach Hause zu kommen und mit seiner Mutter zu reden, hatte die Männer zu großer Eile angetrieben. Er wusste, dass sie erwarteten, dass am Wasserloch eine Rast eingelegt würde, und dass sie die schlimmste Mittagshitze dort verschlafen dürften. Es war ihm deshalb klar, dass sie nicht eben glücklich sein würden, wenn sie erfuhren, dass er entschlossen war, die Wanderung schon nach einer kurzen Pause fortzusetzen.

Eom musste Entschlüsse fassen, und zwar schnell. Auf irgendeine Weise musste er das Amulett an sich bringen. Er fühlte immer noch seine Schwere und Kraft in der Hand. Sobald er diesen Talisman besaß, würde er große Macht erlangen. Die Leute aus den Nachbardörfern würden kommen und ihm Geschenke für seine Dienste bringen. Er würde reich werden, besonders, wenn er dazu noch eine strahlend schöne Priesterin mit feuerfarbenem Haar an seiner Seite hatte.

Eom war von dem Gedanken wie besessen. Er wusste, dass die Frau, die er entschleiert hatte, ihm ebenbürtig war. Keine andere Frau mit Ausnahme von Yanas Mutter hatte jemals seine Leidenschaft auch nur annähernd so heftig entflammt. Yana war seit

ihrer Kindheit sein Eigentum gewesen, und er besaß eine absolute Macht über sie, Dagrons Schwester jedoch hatte einen wilden ungezähmten Geist. Die Intelligenz strahlte ihr aus den Augen. Er wusste, dass er sie nicht hatte zum Narren halten können. Er beschleunigte seine Schritte, um zu verhindern, dass sein Glied steif wurde allein bei dem Gedanken an sie. Haare von der Farbe brennender Glut, dachte er. Sie soll eine Priesterin werden, an meiner Seite der Göttin dienen und für die Leute tanzen. Unsere Kinder werden wunderbare Kunstwerke der Göttin sein und nicht solche Missgeburten, wie Yana sie mir gebracht hat.
Seine Gedanken wurden finster. Yana. Er musste sie möglichst schnell loswerden, samt dem Unglück, das sie umgab. Aber was sollte er tun, wenn die Göttin nicht bereit war, ihre Seele zu den Ahnen zurückzuschicken? Yana hatte von einem Traum gesprochen, und sie hatte zwei schwere Geburten überlebt. Er musste vorsichtig sein und alle Zeichen beachten, die auf sie hinwiesen. Wenn er die Macht gewinnen wollte, die er ersehnte, musste er sich ihrer entledigen, ohne die Göttin zu beleidigen.
Eom war immer noch tief in Gedanken versunken, als die kleine Gruppe die Wasserstelle erreichte, deren Anblick schon aus der Ferne so verlockend gewesen war. Die Männer eilten darauf zu und tauchten ihre Gesichter in das kühle Nass. Eom hielt sich zurück, bis sie fertig waren. Er hatte es eilig, zum Dorf zurückzukehren. Er wusste nicht, wie lange die Fremden bleiben und um das tote Mädchen trauern würden, und er hatte sich noch nicht entschieden, ob er ihnen folgen und feststellen sollte, woher sie das Amulett hatten, oder ob er mit genügend Leuten zurückkommen sollte, um das Amulett zu rauben und Henni zu entführen.
Während die Männer noch im Wasser herumplanschten, erregte eine schwache Bewegung an einem schattigen Felsvorsprung seine Aufmerksamkeit. War das nur ein kleines Tier? Nein, dafür war es zu schnell gewesen. Wachsam geworden, überprüfte er mit den Augen den Ort, wo er die Bewegung wahrgenommen

hatte. Hatten die Fremden seine Absichten erraten und waren ihm gefolgt? Mit klopfendem Herzen und zusammengekniffenen Augen trat er näher. Er sah, wie der Schatten des Felsens seine Form veränderte, rund wurde. Yana trat halb aus dem sicheren Versteck heraus, winkte ihm kurz zu und verschmolz wieder mit den Schatten.

Eom wusste sofort, was geschehen war. Meine Mutter hat sie aus dem Dorf vertrieben, dachte er, und jetzt möchte sie, dass ich ihr zusichere, dass sie bei den Ahnen auch willkommen ist. Ihre offensichtliche Verzweiflung berührte ihn stark. Die Zeit ist gekommen. Sie wird sterben. Aber hier, weit entfernt von den Erfordernissen des Dorfes, stieg Zuneigung für sie in ihm auf. Er dachte an ihre sanften Finger auf seinem Körper, und plötzlich wurde ihm klar, dass er sie begehrte. Bald würde das Verlangen, das sich während des Tages in seinen Lenden aufgestaut hatte, gestillt werden. Er wusste, dass sie erst vor kurzem Mutter geworden war und noch nicht zum Geschlechtsverkehr in der Lage war, aber er hatte sie alles gelehrt, und sie würde ihm in seiner Not Erleichterung verschaffen.

Eom tauchte den Kopf ins Wasser und wusch den Staub der Wanderung ab. Dann stand er auf und sagte den Männern, dass sie sich eine Weile ausruhen könnten, während er mit den Geistern sprach.

Yana wartete ungeduldig im Schatten. Es war nun schon zwei Handspannen von Tagen her, seit das Baby geboren war, und Eom hatte ihren Sohn noch immer nicht gesehen. Sie war sicher, dass er erfreut sein würde. Abgesehen von dem einen Bein und dem Fuß war der Junge wohl geformt, und trotz des schwierigen Beginns seines Lebens hatte ihn die Geburt nicht gezeichnet.

Bald sah sie, dass Eom den Hügel hinauf auf sie zuging und erhob sich, um ihn zu begrüßen. Er war schön in der grellen Sonne. Er hatte seine Tunika ausgezogen, auf seinen sehnigen Armen und seiner Brust glitzerten Wassertropfen. Sein kohlschwarzes Haar war nass und klebte in weichen Locken am Kopf. Yana lä-

chelte. Er ist älter als ich, dachte sie, aber er hat den Körper eines jungen Mannes.
Eom kam außer Atem bei ihr an und zog sie an sich. Seufzend legte er das Gesicht auf ihr Haar und sog ihren weiblichen Duft ein.
Yana schmiegte sich an ihn. Erst in diesem Augenblick wurde ihr klar, wie sehr sie sich gefürchtet hatte. »O Eom«, flüsterte sie, »deine Mutter, sie hat mich betrogen. Alle …«
Er unterbrach sie. »Sei ruhig, ich weiß alles. Die Geister haben es mir gesagt, als ich sah, dass du dich hier in den Felsen versteckt hast. Aber jetzt bin ich da. Alles wird gut.«
Yana spürte seine Armmuskeln, als er sie an sich drückte.
»Du hast mir so gefehlt«, stöhnte er und küsste ihren weichen Nacken und dann den Spalt zwischen ihren Brüsten. »Lass uns jetzt und hier die Göttin feiern«, drängte er.
Yana schnappte nach Luft, überrascht über ihre eigene Erregung. Als er nach ihren schweren, milchgefüllten Brüsten griff, entlud sich alle Spannung, die sich in den letzten Tagen in ihr aufgestaut hatte. Sie begegnete seinem Verlangen mit ihrer eigenen verzweifelten Leidenschaft. Er war ihr Retter. Sie würde alles für ihn tun.
Er umschlang ihre Oberschenkel und zog sie heftig an sich. »Nimm mich«, flüsterte er ihr ins Ohr und drückte ihre Hände gegen sein Glied.
Mit wilder Leidenschaft tat Yana, was er von ihr verlangte.
Hinterher lagen sie Haut an Haut aneinander geschmiegt mit ineinander verschlungenen Beinen. Mit dem Finger umkreiste Eom zärtlich Yanas große Brustwarzen und sah zu, wie ein Tropfen Milch heraustrat. Sie errötete über den Strom von Milch, der ihre Brüste füllte. Das Baby im Korb wurde wach.
Seufzend löste sich Yana aus Eoms Umarmung. »Ich muss ihn schnell füttern, sonst fängt er an zu weinen. Vielleicht schläft er ja beim Stillen wieder ein.« Yana hob das Baby auf, das verschlafen nach dem Duft suchte, der es geweckt hatte. Bald saugte es genüsslich.

Eom sah mit nachdenklich gerunzelten Brauen zu. Plötzlich kam ihm eine Idee. Er dachte lange nach, bevor er zu sprechen begann. Das Baby hatte aufgehört zu trinken und war wieder eingeschlafen. »Leg ihn wieder hin«, sagte Eom. »Wir haben wichtige Dinge zu besprechen.«
Yana hätte sich gewünscht, dass Eom mehr Interesse für ihren Sohn gezeigt hätte. Sie wünschte sich, er würde ihn in den Arm nehmen oder wenigstens berühren wollen. Aber sie wollte die Stimmung zwischen ihnen nicht zerstören, und so legte sie das Kind wieder in den Korb zurück.
Er ergriff ihre Hände und sah ihr tief in die Augen. »Du brauchst die Seelenreise noch nicht anzutreten. Die Zeit dafür ist noch nicht gekommen«, sagte er fest und küsste sie. »Ich habe dich zu sehr ins Herz geschlossen, um dich jetzt gehen zu lassen.«
Yana begann zu zittern. Noch nie hatte er solche Worte zu ihr gesprochen. Seit ihrer Kindheit war sie von ihm abhängig gewesen, aber noch nie hatte er irgendwelche Zuneigung bekundet oder von Liebe gesprochen. Alle Kraft verließ sie. Alle Barrieren, die sie aufgebaut hatte, um seine offensichtliche Gleichgültigkeit gegenüber ihren Nöten zu verkraften, brachen zusammen. Ihre Augen weiteten sich vor Verwunderung. Sie klammerte sich an ihn. »O Eom, ich mag dich auch … so lange schon«, flüsterte sie.
Er betrachtete zufrieden ihr Gesicht. Seine List hatte gewirkt. Er hatte gewusst, dass sie wirken würde. Seine Liebe war immer das Einzige gewesen, was sie sich verzweifelt gewünscht hatte, was sie gebraucht hätte und was er ihr immer vorenthalten hatte. Jetzt würde sie alles tun, was er von ihr verlangte. Selbst wenn es bedeutete, dass sie ihn verlassen musste. Selbst wenn es bedeutete, dass sie mit ihrer Milch das Kind einer anderen Frau ernähren musste. Von Yana würde er alles erfahren, was er über die Fremden wissen wollte. »Ich erkläre dir jetzt, was du zu tun hast«, sagte er drängend. »Ich bin gerade aus dem Lager der Händler zurückgekommen. Sie brauchen Muttermilch für ein kleines

Mädchen, dessen Mutter gerade gestorben ist. Du musst zu ihnen gehen …«

»Aber Eom, ich will nicht …«

»Hör mir genau zu, denn was ich zu sagen habe, ist sehr wichtig. Du darfst ihnen nicht mitteilen, dass du meine Gefährtin bist. Meine Mutter und ich stehen nicht in freundlichen Beziehungen zu ihnen. Wenn du ihnen sagst, wer du bist, werden sie dir wahrscheinlich nicht gestatten, mit ihnen zu reisen. Verheimliche ihnen auch die Missbildung deines Kindes, so gut es geht.«

»Aber gerade darüber wollte ich mit dir reden. Ich habe den überzähligen Zeh bereits entfernt. Deine Mutter hat verlangt, dass ich es vor den Augen aller Priesterinnen tue. Es fängt schon an zu heilen. Ich sehe nicht ein, warum ich nicht mit dir nach Hause zurückkehren kann.«

»Yana, verstehst du das denn nicht?«, sagte er und fasste sie bei den Schultern. »Sie werden dich niemals akzeptieren, wenn du dich nicht bewährst. Du musst dir vorstellen, dass die Göttin diese Leute geschickt hat, damit du den Geistern entkommen kannst. Wenn dem so ist, musst du gehen.«

Eoms Augen leuchteten vor Eifer. »Als ich im Lager der Fremden war, habe ich etwas gesehen, was ich vorher noch nie gesehen habe. Bei der kranken Frau war ein Amulett in Form der Vogelgöttin versteckt. Es war weder aus Stein noch aus Knochen, noch aus Obsidian. So einen Stoff habe ich noch nie gesehen. Es leuchtete im Licht und sah so aus, als sei es lange Zeit glatt gescheuert worden, aber ich glaube, dass es neu war. Und für einen so kleinen Gegenstand war es sehr schwer. Ich habe seine Kraft und Wärme in meiner Handfläche gespürt. Die Göttin hat mir gestattet, das Amulett zu sehen und in der Hand zu halten, und ich denke, dass seine Kraft für unser Volk bestimmt ist.«

Yana runzelte zweifelnd die Stirn. »Dann willst du also, dass ich das Amulett stehlen und zu unserem Volk bringen soll?« Sie schwieg einen Augenblick. »Eom, das kann ich nicht. Selbst wenn ich wüsste, wo ich danach suchen muss, wie sollte eine

Frau mit einem Baby ein so wertvolles Stück entwenden? Sie würden mich mühelos wieder einfangen. Außerdem kann ich dich jetzt nicht verlassen.«

»Ich werde dir mit ein paar Tagesreisen Abstand folgen. Ich möchte sehen, wo sie leben und ob sie noch mehr solche Amulette haben. Du brauchst nichts anderes zu tun, als die Fremden dazu zu bringen, dir zu vertrauen. Ich folge dir mit dem besten Spurenleser des Dorfes. Es wird nicht schwer sein. Die Fremden reisen als Gruppe. Sie werden eine deutliche Spur hinterlassen.« Eoms Augen wurden durchdringend. »Wenn ich mit dir reden will, werde ich das Symbol vom Uterus der Mutter, ein Dreieck, in einen Felsen ritzen. Die Ecke, die in die Richtung zeigt, in der ich versteckt bin, werde ich dunkel malen. Dann brauchst du nur in diese Richtung zu gehen. Ich werde nach dir Ausschau halten.«

Yana nickte gedankenverloren. Vielleicht hatte die Göttin diese Leute ja wirklich gesandt? Aber die Vorstellung, sich und das Baby diesen Fremden auszuliefern, flößte ihr Angst ein. Sie blickte auf und bemerkte, dass Eom sie beobachtete. »Woher weißt du, dass diese Leute mich haben wollen?«, fragte sie mit gedämpfter Stimme.

Eom legte seine Hand unter ihr Kinn, wie er es getan hatte, als sie noch ein Kind war, und sah in ihr sorgenvolles Gesicht. »Sie sind Fremde«, gab er zu. »Und ihre Sitten sind anders als die unseren. Aber du und das Baby, ihr seid wehrlos und keine Bedrohung für sie. Sie brauchen deine Milch. Sie werden dich aufnehmen.« Er schwieg. Als er weitersprach, wählte er seine Worte mit Sorgfalt. »Erzähle ihnen nichts von deiner Vergangenheit. Du möchtest doch nicht, dass sie glauben, du könntest ihnen Unglück bringen. Denk dir eine Geschichte aus. Vielleicht kannst du ihnen ja sagen, du hättest einen Streit mit der Hohenpriesterin gehabt und das Leben im Dorf sei sehr schwierig für dich geworden. Das kommt der Wahrheit sehr nahe.«

Sie wechselten bekümmerte Blicke, und Yana seufzte. »Vielleicht ist es besser, wenn ich eine Zeit lang fort bin«, stimmte sie zu.

Eom bückte sich und begann, eine Karte des Weges, den sie nehmen musste, in den Staub zu zeichnen. »Es ist schon zu spät, als dass du ihr Lager noch vor Anbruch der Dunkelheit erreichen könntest«, meinte er. »Hier bist du für die Nacht sicher. Zünde ein großes Feuer an, um die Tiere fern zu halten, und brich gleich im Morgengrauen auf. Du solltest bei dem Lager ankommen, noch bevor die Sonne untergeht.

KAPITEL 7

Je weiter sich Yana von ihrem Dorf und von Eoms sicheren Armen entfernte, umso mehr Zweifel kamen ihr. Es war sehr gut möglich, dass Eoms Plan sich als undurchführbar erwies. Er hatte sich so vernünftig angehört, und dennoch konnten unzählige Dinge schief gehen. Das andere Kind konnte ohne die Milch seiner Mutter inzwischen krank geworden sein, vielleicht war es sogar schon gestorben oder nahe daran. Selbst wenn es dem Kleinen noch gut ging, bestand noch immer die Möglichkeit, dass sie nicht genug Milch für beide Babys haben würde. Die Angst saß ihr wie ein kalter Knoten im Magen. Was soll ich nur tun, wenn sie mich zwingen, das andere Kind zu stillen, und mir mein Baby wegnehmen, dachte sie besorgt und verlangsamte ihre Schritte. Aber dann ging sie entschlossen weiter. Ich werde mich nicht von meinen Ängsten beherrschen lassen. Ich will mir nicht einbilden, dass immer das Schlimmste geschehen muss. Die Göttin und Eom sollen stolz auf mich sein.

Plötzlich hörte sie Klagelaute in der Ferne. Sie ging den Gesängen nach und fand sich bald vor einer Lichtung wieder. Eine Gruppe von Leuten hatte sich um eine Tote versammelt. Sie merkten nicht, dass sie sich näherte. Yana versteckte sich. Offensichtlich betrauerten sie eine Verwandte. Es war also nicht der geeignete Augenblick, sie anzusprechen. Sie würde eine Weile im Schatten warten und sich ausruhen.

Yana lehnte sich gegen einen knorrigen Baum und schloss die

Augen, das Baby fest an die Brust gepresst. Müde seufzend lauschte sie den traurigen Gesängen der Fremden, und dann wusste sie nichts mehr.
Ein Schatten neigte sich bedrohlich über sie. Mit einem Schreckensschrei wachte sie auf. Der Fremde stand über ihr und hielt mit seinem Körper die Sonnenstrahlen von ihr ab. Sie blinzelte und sah misstrauisch zu ihm auf, konnte aber sein Gesicht nicht erkennen. Sie versuchte aufzuspringen, doch er hielt sie mit dem Fuß nieder. Instinktiv presste sie das Baby an sich und drückte den Rücken gegen die raue Rinde des Baumes.
»Wer bist du?«, fragte er drohend.
Yana sah ihn mit aufgerissenen Augen an.
Hinter dem Rücken des Mannes ertönte eine sanftere Stimme: »Lass sie aufstehen, Dagron. Siehst du denn nicht, wie sehr die arme Frau sich fürchtet?«
»Ich werde sie nicht aufstehen lassen«, entgegnete er entschlossen. »Nicht bevor ich nicht weiß, wer sie ist und wo ihre Leute versteckt sind.«
Eine junge Frau trat vor den Mann. »Sie ist hilflos«, sagte sie vorwurfsvoll. »Sie hat ein Baby im Umhang. Mit dem Kind im Arm wird sie nicht sehr weit rennen können.«
Das Mädchen mit der freundlichen Stimme beugte sich vor, um Yana auf die Füße zu helfen. »Mach dir keine Sorgen wegen meines Bruders«, flüsterte sie und sah ihn unwillig an. »Manchmal vergisst er, wie man eine Frau behandelt, die von der Göttin gesegnet worden ist.«
Yana ließ sich von der jungen Frau aufhelfen und stellte mit Überraschung fest, dass sie größer war als sie selbst. Die Mühelosigkeit, mit der die junge Frau sie hochgezogen hatte, zeugte von Kraft. Aber das Überraschendste an ihrer Erscheinung waren ihre Haare: Sie waren lang und dick und hatten die Farbe brennender Glut.
»Ich bin Henni«, stellte das Mädchen sich vor. »Und dieser unangenehme Mensch ist mein Bruder Dagron. Wir sind Händ-

ler, die durch diese Gegend ziehen. Du brauchst dich nicht vor uns zu fürchten.«
Yana stand mit offenem Mund da und schnappte nach Luft. »Ich … also …« Sie machte eine hilflose Handbewegung. Wie sollte sie den Leuten ihre Lage in wenigen Worten erklären?
Henni lächelte ihr ins Gesicht. »Du bist müde«, sagte sie. »Setzen wir uns im Lager in den Schatten, dann können wir miteinander reden. Du siehst so aus, als könntest du Ruhe und etwas zu essen vertragen.«
»Ich werde nicht gestatten, dass sie unser Lager betritt, bevor ich nicht weiß, wer sie ist und wo ihre Leute sind«, stieß Dagron hervor.
Yana nahm sich zusammen. »Ich komme aus dem Dorf, das man Veznt nennt, es liegt am Fluss Alta.« Sie straffte die Schultern. »Und ich bin allein.« Yanas Kinn zitterte. Sie war wirklich allein. O Eom, wo bist du?, dachte sie verzweifelt. Dieser Mann wird niemals zulassen, dass ich mit seinen Leuten reise.
Henni warf ihrem Bruder einen beunruhigten Blick zu und legte schützend einen Arm um Yana. »Beachte ihn nicht«, flüsterte sie ihr ins Ohr. »Er ist nicht wirklich so. Aber weil er zum Anführer unserer Gruppe ernannt worden ist, glaubt er, er könnte uns alle herumkommandieren wie der Stier der Mutter persönlich. Wir wollen etwas zu essen für dich holen, und dann kannst du uns erzählen, wie du hierher gekommen bist.«
Dagron warf mit einer hilflosen Geste die Arme hoch. »Also gut, mach, was du willst«, knurrte er Henni an und stapfte zum Lager.
Yana und Henni folgten sehr viel langsamer nach. Yana hoffte, dass Henni nicht bemerkte, wie aufgeregt und ängstlich sie war. Sie hatte große Achtung vor dem jungen Mädchen, das es gewagt hatte, sich gegen den Anführer zu stellen. Der Mann sah aus, als sei er stärker als ein Bulle, mit breiter Brust und muskulösen Beinen. Wie Henni war er groß, aber seine Haarfarbe war so ähnlich

wie die ihre. Sie schätzte, dass er etwa zwei oder drei Erntezeiten älter war als seine Schwester.
Yana stützte das Baby auf die Hüfte und schob ihr Gepäck zurecht. Als Henni sah, wie viel sie zu tragen hatte, nahm sie ihr das Gepäck ab. Yana lächelte sie dankbar an und überlegte, was sie sagen sollte. Dann fiel ihr die Zeremonie auf der Lichtung ein.
»Ich hoffe, dass ich die Totenfeier nicht unterbrochen habe. Ich wollte warten, bis sie beendet ist.« Sie senkte den Blick. »Ich wollte nicht stören.«
»Keine Sorge. Dagron hat dich erst gefunden, als die Zeremonie schon zu Ende war. Dala ist nun bei den Ahnen.« Hennis Augen trübten sich und sie seufzte schwer. »Dala war meine Freundin. Wir sind zusammen aufgewachsen. Ich kann immer noch nicht glauben, dass sie fort ist.« Henni schwieg und Yana bedrängte sie nicht weiter.
Bald erreichten sie das Lager, und die Leute sprangen überrascht auf. Yana sah mehrere Frauen und Kinder. Das erschreckte sie. Eom hatte nichts von Kindern gesagt. Warum sollten die Händler Kinder mit auf die Wanderung nehmen? Ihr wurde kalt. Vielleicht handelten sie ja mit Kindern. Sie hatte gehört, dass es weit entfernte Siedlungen gab, die Sklaven kauften, was sie aber nie hatte glauben wollen. Sie drückte ihren Sohn fester an sich. Der Mann, der Dagron hieß, gab den Frauen und Kindern ein Zeichen und scheuchte sie in die Zelte. Er versteckt sie, dachte sie, und Panik stieg in ihr auf. Er will nicht, dass ich erfahre, dass sie Sklaven sind. Sie drehte sich um und wollte wegrennen, doch Henni, die sah, dass sie Angst hatte, fasste sie am Arm.
Yana wirbelte herum und riss sich los. »Mein Sohn und ich wollen keine Sklaven werden!«, stieß sie hervor.
Henni sah ehrlich verwirrt aus.
»Ich habe gesehen, dass dein Bruder den Frauen und Kindern befohlen hat, sich in den Zelten zu verstecken«, erklärte Yana. »Es ist noch früh. Die Sonne steht noch hoch. Es gibt keinen Grund, warum sie in den Zelten sein sollten.«

»Das verstehst du vollkommen falsch«, sagte Henni geduldig. Dann schnaubte sie. »Mein Bruder ist übervorsichtig. Er würde auch mich ins Zelt schicken, wenn ich im Lager wäre und ein Fremder käme. Er will nicht, dass Außenstehende wissen, dass wir so viele Kinder bei uns haben. Das würde uns verwundbar machen. Aber beruhige dich. Wir werden dir und dem Baby nichts Böses tun.«

Yana ließ nicht locker. »Wenn ihr wirklich Händler seid, warum habt ihr dann so viele Kinder bei euch?«

Henni seufzte. Die Situation war mit nichts anderem als der Wahrheit zu erklären. Sie zuckte die Achseln und versuchte, ihre Stimme so beiläufig wie möglich klingen zu lassen. »Es ist wahr, wir kaufen Kinder. Aber niemals, um sie zu Sklaven zu machen«, fügte sie rasch hinzu, als sie Yanas entsetztes Gesicht sah. »Auch wenn du es nicht für möglich hältst«, fuhr sie fort, »es gibt viele unerwünschte Kinder in den Dörfern, mit denen wir Handel treiben, besonders in den größeren. Sie irren in den Höfen herum und suchen nach Nahrung und einem Platz zum Schlafen. Manche werden nicht versorgt, weil ihre Familie in Ungnade gefallen ist. Manche haben Eltern, die dem vergorenen Getränk verfallen sind, oder sie haben durch einen Unglücksfall ihre Eltern verloren. Andere weisen leichte Missbildungen auf und werden deshalb gemieden. Wir kaufen sie oder fragen die Dorfältesten, ob sie einverstanden sind, die Kinder als künftige Ehepartner für unseren Clan mit uns ziehen zu lassen. Niemals mehr als eines oder zwei aus einer Siedlung. Wir nehmen sie mit zu uns nach Hause. Wir sorgen für sie, und sie werden Mitglieder unseres Clans. Siehst du den Mann da drüben, der mit Dagron redet?«

Yana nickte.

»Sein Name ist Tern. Er ist unser Herdbruder und in unserem Haushalt aufgewachsen. Er wurde gekauft, als er gerade erst eine Handspanne von Erntezeiten alt war. Er ist kein Sklave, nicht einmal ein Diener, sondern ein Freund.«

Yana zitterte, ihre Gefühle waren ihr deutlich ins erregte Gesicht geschrieben. Wie schön wäre es gewesen, mit Leuten aufzuwachsen, die sich um sie gekümmert hätten. Sie dachte an ihre eigene einsame Kindheit. »Warum tut ihr das?«, flüsterte sie.
Henni sah den Schmerz in ihrem Gesicht. Dieses Mädchen hätte zu uns kommen sollen, dachte sie und legte ihr tröstend den Arm um die Schultern. »Es ist ein Teil unseres Glaubens«, vertraute sie Yana an. »Die Große Göttin verlangt es von uns. Ohne diese Kinder sind die Blutlinien unseres Clans nur schwach. In der Vergangenheit haben viele unserer Kinder die Geburt nicht überlebt. Es ist der Wille der Göttin, die unerwünschten Kinder in unserem Nest zu sammeln, damit wir stark werden können durch ihre Kraft.«
»Ist das wahr?«
Henni lächelte die junge Mutter an. »Bei uns droht dir keine Gefahr«, versprach sie und schob Yana sanft auf das Lager zu.
Dagron empfing sie mit gerunzelter Stirn, als sie in dem kleinen Kreis von Zelten ankamen. »Warum habt ihr so lange gebraucht?«, wollte er wissen.
»Yana sah die Kinder und dachte, sie seien Sklaven«, erwiderte Henni ernst. »Sie glaubte, dass wir sie auch zur Sklavin machen würden, also musste ich ihr die Sache mit den Kindern erklären.«
Dagron sah sie scharf an.
»Vertrau mir«, sagte Henni sanft und wandte sich an Yana. »Setz dich hierher und ruh dich aus. Ich hole dir etwas zu essen.« Im Vorbeigehen flüsterte sie Dagron zu: »Sei freundlich zu ihr, sie hat Schweres durchgemacht.«
Dagron sah seine Schwester immer noch mit gefurchter Stirn an, aber als er sich Yana zuwandte, war sein Gesicht freundlich. »Was hat dir meine ungehorsame Schwester über uns erzählt?«, fragte er.
Yana versuchte zu lächeln. »Sie hat gesagt, dass du gewöhnlich netter bist.«

Er zuckte zurück.
»Und sie hat gesagt, dass ihr keine Sklavenhändler seid, sondern unerwünschte Kinder aufnehmt, um ihnen ein Zuhause zu geben.«
»Das ist richtig«, bestätigte er und setzte sich neben sie. »Und warum bist du hier und nicht bei deinen Leuten? Weißt du nicht, dass es gefährlich ist, sich so weit von seinem Dorf zu entfernen?«
Yana sah zu Boden. Wie viel sollte sie diesen Menschen anvertrauen? Was würden sie glauben? Eom hatte ihr gesagt, sie solle nicht zu viel von ihrer Vergangenheit sagen, doch schienen diese Leute Verständnis für jemanden wie sie zu haben. Und hatte Henni nicht gesagt, dass sie auch Kinder mit leichten Missbildungen aufnahmen? Vielleicht würden sie auch sie und ihr Baby aufnehmen, wenn sie ihnen die Wahrheit sagte. Aber sie durfte ihnen nichts von Eom und dem Talisman erzählen. Doch wenn sie so freundlich waren, wie es den Anschein hatte, wie konnte sie sie dann hintergehen? Sie beschloss, das Wagnis einzugehen und ihnen wenigstens einen Teil der Wahrheit zu sagen.
Das Baby wachte gerade auf, und Yana wickelte es aus, um es Dagron zu zeigen. »Ich bin wegen meines Sohnes fortgegangen«, sagte sie und bemühte sich zu verhindern, dass ihre Stimme schwankte. »Er hat eine leichte Missbildung. Ein Bein ist nach innen gebogen und sieht kürzer aus als das andere. Außerdem hatte er einen Zeh zu viel. Der Zeh war für die Hohepriesterin und für meinen Gefährten unannehmbar und wurde entfernt, aber sie beschlossen dennoch, dass seine Missbildung …« Die Stimme versagte ihr, und sie konnte nicht weitersprechen.
»Fahre fort«, drängte Dagron.
»Die Männer im Dorf redeten. Ich hörte, dass Händler in der Nähe seien. Ich hörte auch, dass eine junge Mutter sehr krank sei und ihr Baby Milch brauche. Ich dachte, wenn ich

euch finden könnte, würdet ihr mir vielleicht erlauben, für das Baby zu sorgen, und auch meinem kleinen Jungen gestatten zu leben.« Sie schwieg und sah Dagron mit hoffnungsvollen Augen an.
»Aber was ist mit deinem Gefährten? Wird er dich nicht verfolgen?«
Yanas Gesicht verfinsterte sich beim Gedanken an die Lüge, die sie nun erzählen musste. »Er will mich nicht mehr«, sagte sie einfach. »Dies hier ist unser zweites Kind, und schon das erste ist nicht am Leben geblieben. Ich bin allein, und ich bin sicher, dass er erleichtert ist, dass ich weg bin.« Sie war überrascht, wie ehrlich ihre Worte klangen.
Dagron saß ruhig da und überdachte, was sie gesagt hatte. Dann stand er auf, um ihren Sohn zu untersuchen. »Ich habe so etwas schon einmal gesehen«, sagte er. »Du musst sein Bein mit Stöcken bandagieren, so wie man es bei einem Knochenbruch tut. Wenn man das macht, kann es sein, dass das Bein normal wächst.«
Er schwieg. Dann wechselte er entschlossen das Thema. »Das Baby, für das du sorgen sollst, heißt Ischa. Sie ist zwei Mondspannen alt. Seit zwei Tagen hat sie keine Nahrung bekommen, deshalb ist sie sehr schwach. Die Grütze, die wir ihr angeboten haben, hat sie nicht angenommen. Wir mussten sie zwingen, etwas davon zu schlucken, aber sie hat alles wieder ausgespuckt. Seine Stimme klang besorgt. »Henni wird Ischa zu dir bringen, sowie sie aufwacht«, fuhr er fort. »Du kannst bei uns bleiben, bis Ischa abgestillt werden kann. Dann müssen wir ein Dorf suchen, in dem du und dein Sohn willkommen seid.«
Damit wandte Dagron sich ab und ging rasch fort. Er brauchte Zeit zum Nachdenken. Eine Fremde im Lager würde für sie alle ein Problem darstellen. Er wusste, dass er nicht so viele Frauen hätte mitnehmen sollen. Sie alle würden das neue Mädchen kennen lernen wollen. Es war nur natürlich, neugierig zu sein. Dagron seufzte.

Frauen waren für die Gruppe sehr wichtig. Sie liebten die Kleinen, brachten ihnen die Sitten ihres Volkes bei und halfen ihnen über ihre Ängste hinweg. Aber Terns Gefährtin hätte er niemals mitnehmen dürfen. Dagron hatte es längst aufgegeben, verstehen zu wollen, warum die Dorfältesten es gestattet hatten. Tern und Dala hatten sich nicht voneinander trennen wollen, aber das war noch lange kein Grund zuzulassen, dass eine Frau mit einer Missbildung den Schutz ihres Volkes verließ. Dagron schüttelte den Kopf. Und jetzt musste er noch für die kleine Ischa sorgen, die kleine Ischa, die das Geheimnis ihrer Mutter geerbt hatte und die nun von einer Fremden genährt werden sollte. Das alles passte einfach zu gut zusammen.

Henni kam auf ihn zugeeilt. »Ischa ist jetzt wach, aber sie ist furchtbar schwach«, sagte sie bekümmert. »Ich hoffe, dass sie Yanas Milch annimmt.«

Dagrons Brauen zogen sich besorgt zusammen. »Das hoffe ich auch, um Terns willen.« Dann flüsterte er ihr zu: »Achte auf die Frau. Bleib bei ihr, bis sie mit dem Stillen fertig ist, und dann bring das Kind wieder weg. Ich möchte nicht, dass Yana Ischa zu sehr ins Herz schließt.«

Henni wollte widersprechen, aber dann überlegte sie es sich anders. »Ich nehme an, dass wir nicht vorsichtig genug sein können«, stimmte sie zu.

Dagron sah zu, wie Henni im nächsten Zelt verschwand und wenig später mit dem Baby im Arm wieder auftauchte. Er nickte grimmig. Henni trug das Kind über die Lichtung und setzte sich neben Yana. Sie tauschten die Babys aus.

Sie ist kaum größer als mein Sohn, dachte Yana, und sie ist schon zwei Mondspannen alt. Die kleinen Finger und Zehen waren blass und zart, und ihre Haut wirkte bläulich. Sie war so schwach, dass ihr Schreien mehr wie das Maunzen eines jungen Kätzchens als wie das Geschrei eines hungrigen Babys klang. In plötzlicher Angst und Sorge flog Yanas Herz dem kleinen Mädchen zu. Was sollten sie tun, wenn Ischa nicht trinken wollte, nicht trinken konnte? »Komm her, mein Kleines«, sagte sie zärtlich und legte das Baby an ihre Brust. »Du musst trinken, du musst wieder zu Kräften kommen.« Das Baby nuckelte einen Augenblick lang, dann drehte es das Gesicht weg und begann wieder kläglich zu weinen.

Henni sah besorgt zu. »Was sollen wir machen?«, flüsterte sie mit Tränen in den Augen. »Ich kann es nicht ertragen, wenn sie auch noch stirbt. Ihre Mutter war meine Freundin, und sie hatte sich dieses Kind so sehr gewünscht.«

»Warte«, sagte Yana. »Sie braucht ein bisschen Zeit, um sich an mich zu gewöhnen.«

Sie stand mit Ischa in den Armen auf und ging ein Stück weit weg. Dann legte sie ihr Gesicht an das Ohr des Kindes und sang leise vor sich hin, bis das Kleine sich beruhigte und aufhörte zu wimmern. Schließlich begann sie mit ruhiger Stimme mit dem Baby zu sprechen: »Hör mir zu, mein Kleines«, flüsterte sie. »Ich weiß, dass ich nicht deine Mutter bin, und ich weiß auch, dass du deine Mutter sehr vermisst. Du bist traurig, und tief in deinem Herzen wirst du sie immer vermissen, so wie ich mich immer nach meiner Mutter gesehnt habe. Aber deine Mutter wollte, dass du lebst, und die Große Mutter hat mich geschickt, um dir Milch zu geben. Das bedeutet, dass du ein sehr wichtiges kleines Menschenkind bist. Wende dein Gesicht nicht ab von der Gabe der Göttin. Bitte gestatte mir, für dich zu sorgen.«

Yana wickelte das Baby aus und ließ das Tuch zu Boden fallen. Dann löste sie ihr eigenes Kleid und drückte das Kind an ihre nackte Brust, Haut an Haut, Herz an Herz. So hielt sie die Kleine fest und ging lange auf und ab.

Endlich setzte sie sich nieder und legte das Kind wieder an die Brust. Die Augenlider des Babys flatterten, und es sah mit traurigen und seltsam weisen Augen zu ihr auf. Rasch drehte es den Kopf, nahm die dargebotene Brustwarze in den Mund und versuchte zu saugen. Yana fühlte, wie die Milch in ihre Brust strömte. »Ich danke dir für deinen Überfluss, Große Mutter«, flüsterte sie ehrfürchtig. Sie sah auf das flaumig behaarte Köpfchen hinunter und fühlte, wie der kleine Mund an ihrer Brust nuckelte.

Tern kam mit besorgtem Gesicht zögernd auf sie zu, aber er wollte nicht stören und blieb deshalb in einigem Abstand stehen. Yana winkte ihm, zu ihnen zu kommen. »Das Glück ist mit uns. Dieses Kind hat beschlossen zu leben«, erklärte sie mit einem Lächeln.

Er legte die Hand schützend auf den Kopf des kleinen Mädchens und sah Yana an. Erleichterung und Dankbarkeit standen in seinem müden Gesicht. »Dala wäre glücklich«, sagte er mit erstickter Stimme.

Eine Weile saß Tern schweigend da und betrachtete die Mutter und das Kind. Es sollte Dala sein, die sie stillt, dachte er verzweifelt. Warum musste das geschehen? Warum muss eine Fremde meine Ischa stillen? Was habe ich getan, um dieses Unglück über mich heraufzubeschwören? Die Ältesten hatten uns gewarnt und gesagt, dass Dala nicht mit auf den langen Marsch gehen sollte, und nun ist sie fort, bei den Ahnen. Er musste wegsehen. Er stand auf und wollte gehen, aber dann fiel ihm ein, was er Yana hatte sagen wollen. Er räusperte sich. »Ich bin dir sehr dankbar, dass du so weit von zu Hause fortgegangen bist, um für das Kind von jemandem zu sorgen, den du noch nie gesehen hast.«

Yana wollte protestieren, aber Tern unterbrach sie.

»Dagron hat mir deine Gründe geschildert«, fuhr er eilig fort. »Und ich weiß, dass du glaubst, du hättest keine andere Wahl gehabt. Dennoch war es sehr tapfer von dir, alleine so weit zu wandern. Aber es wird nicht leicht für dich sein, zwei Babys zu füttern und zu versorgen.«

Diese freundschaftlichen Worte kamen so unerwartet, dass Tränen in Yanas Augen aufstiegen. »Ich werde mein Bestes tun«, murmelte sie.

»Ich gehe Wasser holen. Du musst viel trinken«, ermahnte er sie und wandte sich zum Gehen.

Yana sah dem jungen Mann nach, als er zum nahen Bach ging. Seine Schultern waren zusammengezogen, als könnte er so seinen Schmerz abwehren. Sie wusste, dass er an seine Gefährtin dachte, und sie überlegte, ob Eom sie auch so sehr vermissen würde, wenn sie plötzlich zu den Ahnen gerufen würde. Ihre Gedanken wurden durch das Hungergeschrei ihres eigenen Sohnes unterbrochen, und da kam Henni auch schon mit ihm herbeigeeilt.

»Wirst du genug Milch für beide haben?«, fragte sie.

»Ich glaube ja«, sagte Yana. »Ischa ist schwach, und es wird noch ein paar Tage dauern, bis sie wieder zu Kräften kommt. Sie hat nicht viel getrunken. Ich hoffe, dass meine Milch mit ihrem Hunger zunimmt.«

Henni nickte, und sie tauschten die Babys aus. Yanas Sohn begann lustvoll zu nuckeln. Henni lachte. »Diesem Kind fehlt es jedenfalls nicht an Appetit.«

Yana versuchte zu lächeln. »Ja, er trinkt gerne«, stimmte sie zu. Ihr Sohn ließ die Brust los und fing an zu brüllen. »Es ist ja gut«, flüsterte sie ihm zu. »Ich werde auch nicht mehr reden, während du trinkst.«

Henni brachte Ischa ins Lager zurück, und Yana setzte sich in behaglicher Ruhe nieder, um ihr Kind zu stillen. Zum ersten Mal, seit sie das Lager der Fremden betreten hatte, war sie ohne Angst.

Sie lehnte sich gegen den Baumstamm, schloss die Augen und genoss die durchdringende Wärme der Sonne auf ihrem Gesicht. Ein tiefer Seufzer der Erleichterung entfuhr ihr. Ein sanfter Wind strich über ihr üppiges braunes Haar. Der Duft nach heißer Erde und wilden Gräsern stieg ihr in die Nase. Bei solchen Gelegenheiten fühlte sie sich der Göttin am nächsten, und der Drang zu singen überkam sie. Aber das durfte sie jetzt nicht. Diese Leute würden das womöglich nicht verstehen. Nein, Eom hatte

Recht. Sie musste vorsichtig mit ihnen sein. Yana riss die Augen auf, der Augenblick des Friedens war vorbei. Eom war ihre einzige Hoffnung. Er allein hatte die Kraft und Macht eines Priesters. Nur er konnte sie und das Baby beschützen, und die Geister hatten ihm gesagt, dass ihr Volk das Amulett der Händler brauchte. Wer war sie, dass sie es wagte, die Weisheit der Geister anzuzweifeln?

Eom stand mitten in der Behausung seiner Mutter und starrte auf das Chaos, das hier herrschte. Er würde nie verstehen, wie sie ihre Sachen so herumliegen lassen konnte. Es war gut, dass er nie Geschwister gehabt hatte, die die Unordnung nur noch verschlimmert hätten. Aber seine Mutter zog die Gesellschaft der Priesterinnen der eines männlichen Gefährten vor.

Seine Mutter kam herein und winkte grüßend mit der Hand. »Hier bist du also«, sagte sie. »Ich habe gehört, dass du zurück bist. Und ich habe auch gehört, dass die junge Frau gestorben ist«, sie schnalzte mit der Zunge. »Das ist schlimm. Aber ich nehme an, dass es der Wille der Göttin ist.«

»Bitte setz dich nieder, Mutter«, sagte er ernst.

Die Augen seiner Mutter wurden schmal, und sie ließ ihren üppigen Körper auf den nächsten Stapel Decken fallen. Hatte dieser Habicht von einem Sohn etwa die Absicht, ihre Autorität in Frage zu stellen?

Eom saß seiner Mutter gegenüber. Ihre Augen blitzten herausfordernd. »Ich habe Yana auf dem Rückweg vom Lager der Händler getroffen«, sagte Eom. »Sie war sehr aufgebracht. Sie sagte, du hättest dafür gesorgt, dass es den Anschein hatte, als hätte ihr Sohn Unglück über das Volk gebracht.«

Die Priesterin zuckte die Achseln. »Es war Zeit, dass sie endlich ging.«

»Da gebe ich dir Recht.«

Sie warf ihm einen überraschten Blick zu.

»Aber nicht aus den gleichen Gründen, aus denen du sie fortgeschickt hast. Es war Zeit, dass Yana fortging«, fuhr er fort, »und die Götter haben dafür gesorgt, dass sie es auch wirklich tat. Inzwischen ist Yana im Lager der Händler und ernährt mit ihrer Milch das Kind der Frau, die zu ihren Ahnen gegangen ist.«

Die Priesterin runzelte die Stirn. »Yana hätte sich auf die Seelenreise begeben sollen«, knurrte sie.

Eom achtete nicht auf ihren Einwand. »Ich habe Yana gesagt, dass sie mit dem Baby zu den Fremden gehen soll. Sie zieht Unglück auf sich. Möge das Unglück in ihrem Lager wohnen. Aber die Fremden besitzen etwas, was ich haben will. Und ich habe Yana dazu gebracht, es für mich zu holen.«

Die Priesterin sah ihren Sohn böse an. »Bist du dir sicher, dass es nicht Yana ist, die du haben willst? Könnte es vielleicht sein, dass der Zauber ihrer Mutter noch immer so stark in dir ist, dass du ihre Tochter beschützt? Ich schaudere bei dem Gedanken, welche Macht Yanas Mutter als Priesterin gehabt hätte. Unglücklicherweise hat Yana nichts von den Gaben ihrer Mutter geerbt, aber ich nehme an, dass das die Schuld des unwürdigen Mannes ist, der ihre Mutter entführt hat. Und jetzt ist Yana bei den Leuten ihres Vaters. Weiß sie das?«

»Nein.« Eom schüttelte den Kopf. »Das habe ich ihr nicht gesagt. Aber selbst wenn sie es herausfände, würde sie mir treu bleiben. Das Einzige, was sie über das Volk ihres Vaters weiß, ist, dass es der Göttin nicht würdig ist.«

Seine Mutter schürzte nachdenklich die Lippen.

Eoms Augen leuchteten auf, und er beugte sich eifrig vor. »Ich habe herausgefunden, warum die Göttin in Gestalt einer Wüstenschlange die Frau im Lager der Fremden gebissen und getötet hat. Sie trug einen mächtigen Talisman in ihrem Mantel. Ich habe seine Wärme in meiner Hand gefühlt. Die Göttin hat mir die Geister gezeigt, die dieser Talisman beherrscht. Nur ein mächtiger Sucher des Geistes ist seiner Kraft würdig. Diese Frau war nicht würdig und starb. Yana hat mir von Träumen und Zeichen der Göttin erzählt, und ich fange an, ihr Glauben zu schenken. Die Fremden besitzen etwas, das die Göttin unserem Volk zugedacht hat, und ich werde es mit Yanas Hilfe holen. Wenn ich alles weiß, was ich wissen muss, wird für Yana die Zeit gekommen sein, in den Schoß der Mutter zurückzukehren.«

KAPITEL 8

Die kleine Gruppe von Wanderern ließ das karge Gebirge hinter sich. Als sie die Vorberge erreichten, wurde das Gehen leichter. Breitblättrige Eichen und Ahornbäume, die reichen Schatten spendeten, begannen die schmalen Kiefern und Fichten abzulösen, die in den höheren Lagen wuchsen. Die Bäche wurden wasserreicher, und warme feuchte Luft füllte die Lungen der Reisenden. Moose und Flechten wucherten in den Felsspalten und an der rauen Rinde der Bäume. Die unterschiedlichen Grüntöne wurden von farbigen Punkten unterbrochen. Wilde Blumen, zarte weiße und rosafarbene Lilien, Lerchensporn und Türkenbund verbargen sich im Schatten des Waldes, während weißer und blauer Lavendel mit seinen Reihen winziger, vogelförmiger Blüten in den sonnenüberfluteten Wiesen stand und sich im Frühlingswind wiegte.

Dagron freute sich über die Veränderung. Die Schönheit der Landschaft half ihm, mit den Sorgen fertig zu werden, die ihn während der Mondspanne gequält hatten, in der Yana nun schon bei ihnen war.

Ein Händler im letzten Dorf hatte von Furcht erregenden Gerüchten über einen fremden Gott und nomadische Eindringlinge aus dem Norden gesprochen. Seitdem befand sich Dagron in ständiger Anspannung und erschrak vor jedem Schatten. Er wusste, dass er seine Launen an den anderen ausließ, aber er konnte es nicht verhindern. Und dann war da noch das Problem

mit Tern. Bekümmert knickte er einen Zweig, den er zwischen den Fingern gedreht hatte.
Als Henni den besorgten Ausdruck im Gesicht ihres Bruders bemerkte, löste sie sich von der Gruppe der Frauen, die am Lagerfeuer arbeiteten. Sie waren außer Hörweite, dennoch flüsterte sie. »Ich nehme an, dass du dir wegen Tern Sorgen machst.«
Er grunzte und nickte. »Es macht mir auch Sorgen, Yana und Ischa voneinander zu trennen. Bald werden wir in der Nähe der Siedlung der Leopardenleute ankommen, und für Yana und ihren Sohn wird es das Beste sein, bei ihnen zu bleiben.«
Henni machte ein bestürztes Gesicht. »Das ist einfach gemein«, flüsterte sie hoffnungslos. »Ischa hat bereits eine Mutter verloren. Sie darf nicht auch noch Yana verlieren.«
Dagrons Stimme klang gequält. »Ihr alle tut so, als sei es meine Schuld, dass Yana und Ischa voneinander getrennt gehalten werden, obwohl ihr meine Gründe kennt. Wir haben schon zu viel riskiert. Seit Dalas Tod ist das Glück nicht mehr mit uns gewesen. Grausame Geister folgen uns. Ich fühle es. Unsere Ahnen sind nicht einverstanden mit dem, was wir tun. Sieh dir doch an, was Tern widerfahren ist.«
»Wahrscheinlich hast du Recht«, stimmte Henni zu und dachte über Tern nach. Tern war nicht mehr er selbst, seit Dala gestorben war. Seine ursprüngliche Verzweiflung über den Tod seiner Frau war stillem Schmerz und Auflehnung gewichen. Eine ganze Mondspanne war vergangen, und noch immer setzte er sich von der Gruppe ab, ging voraus oder blieb zurück, stets allein und mit versteinertem Gesicht. Oft ertappte man ihn bei Selbstgesprächen. Gelegentlich verfiel er ohne besonderen Grund in einen finsteren Zorn. Hinterher murmelte er eine Entschuldigung und stapfte davon, um im Wald vor sich hinzubrüten.
Dagron brach das Schweigen. »Dalas Geist verfolgt ihn«, stellte er grimmig fest.
Henni zuckte zusammen und wünschte, Dagron hätte nicht ihre

eigenen Gedanken ausgesprochen. »Ich weiß«, flüsterte sie ängstlich. »Er sieht sie, und das macht ihn traurig, und ich habe ihn dabei ertappt, wie er zu ihr sprach. Selbst ich«, sie erschauerte, »habe bisweilen ihre kalte Berührung auf der Haut gespürt, wenn ich es am wenigsten erwartete. Und ich fühle, dass der weiße Schatten des Todes unserem Volk folgt.«

Eine der Frauen, die am Feuer damit beschäftigt gewesen waren, eine gewebte Schlafmatte zu reparieren, legte ihre Arbeit nieder und gesellte sich zu dem flüsternden Paar. Der Gefährte der Frau fing ihren Blick auf und verließ die Häute, die er gerade an den Zeltpfosten festband. Dagron sah, wie die beiden auf sie zugingen.

Es war kaum zu glauben, dass Dak und seine Frau Lolim Vetter und Cousine waren und nicht Geschwister. Abgesehen davon, dass sie eine Frau und er ein Mann war, sahen sie vollkommen gleich aus. Sie waren zwar noch nicht alt, aber dennoch die ältesten Teilnehmer der langen Wanderung, und Dagron respektierte ihre Meinung. Beide waren starkknochig und gedrungen, und ihre breiten Gesichter zeigten häufig den gleichen Ausdruck. Im Augenblick wirkten sie ausgesprochen besorgt. Dagron wappnete sich für die Auseinandersetzung mit ihnen.

»Was sollen wir mit Tern machen?«, fragte Lolim ohne besondere Einleitung. »Jeden Tag wird es schlimmer mit ihm. Die Kinder fangen an, sich vor ihm zu fürchten. Selbst seine eigene Tochter brüllt, wenn er in ihre Nähe kommt. Das ist nicht gut für uns.«

»Ich muss Lolim Recht geben«, fuhr Dak fort. »Einer von uns wird noch zu Schaden kommen durch Terns Verwirrung. Das weiße Gift, das Dala getötet hat, ist immer noch am Werk. Es vergiftet ihn und nährt sich von seinem Geist. Bald wird die Angst uns alle vergiften.«

Die beiden sahen Dagron und Henni erwartungsvoll an. Dagron rieb sich die Stirn. »Ich habe die ganze letzte Mondspanne beobachtet, wie es mit Tern immer schlimmer wurde. Und ich habe mit ihm geredet. Täglich hoffe ich, dass es besser wird, und täglich werde ich enttäuscht. Aber ich bin eurer Meinung. Das Wohl der Gruppe muss vor den Bedürfnissen eines einzelnen Mannes kommen.«

»Was sagst du da?«, protestierte Henni. »Du willst doch nicht etwa vorschlagen, Tern fortzuschicken! Er ist mit uns aufgewachsen. Er ist unser Herdbruder und Freund. Wie kannst du ihm das antun, wo du doch weißt, dass es die Trauer um Dala ist, die ihn quält?«

Lolim wandte sich mit einem fragenden Ausdruck an Dagron. »Dagron, weißt du, ob Tern noch seinen Hochzeitsstab bei sich trägt?«

Dagron überlegte angestrengt. »Ich denke schon. Jedenfalls glaube ich nicht, dass er ihn weggeworfen hat.«

»Ich habe mir überlegt, wenn wir eine Zeremonie zur Feier der Wiedergeburt abhalten würden, würde unsere Gruppe sich vielleicht wieder sicherer fühlen.«

»Daran habe ich auch schon gedacht«, entgegnete Dagron. »Aber wir haben keine Priesterin bei uns, die die Zeremonie abhalten könnte.«

»Aber wir brauchen keine Priesterin für eine Zeremonie zur Verbrennung des Hochzeitsstabs.«

Dagron begann zu verstehen, worauf Lolim hinauswollte.

»Und nach der Verbrennung des Hochzeitsstabs«, fuhr sie eifrig fort, »könnte unsere Gruppe das Fest der Wiedergeburt feiern, genau so, wie wir es zu Hause tun.«

Henni runzelte die Stirn. »Meinst du, das hilft? Wir haben Dala bereits betrauert, und damals war Tern so verzweifelt. Jetzt ist er wütend. Vielleicht wird er an der Zeremonie nicht einmal teilnehmen wollen.«

»Ich bin überzeugt, dass es helfen wird«, sagte Lolim aufgeregt.

Dagron kratzte sich nachdenklich im Gesicht und nickte langsam. »Ja, ich gebe dir Recht. Die größte Schwierigkeit wird darin bestehen, Tern zu überzeugen.«

Yana saß am Feuer und schälte gerade Kamassiaknollen, als Lolim zurückkam. Sie hatte die vier eine Zeit lang aus den Augenwinkeln beobachtet, und sie war nervös. Obwohl sie das Gefühl hatte, dass die Mitglieder der Gruppe sie gern hatten und sie willkommen war, fühlte sie sich noch immer nicht wirklich sicher bei ihnen. Alle waren so angespannt. Tern, der anfangs so freundlich zu ihr gewesen war, nahm sie überhaupt nicht mehr zur Kenntnis, oder er starrte sie wütend an, wenn sie Ischa stillte. Oft waren seine Augen ausdruckslos, und wenn ihn jemand ansprach und in die Gegenwart zurückholte, stieß er einen gequälten Seufzer aus. Und seit Neuestem konnte nicht einmal Ischas Gebrabbel seine verzagte Stimmung zerstreuen. Yana seufzte.

»Irgend etwas macht dir Sorgen«. Lolim setzte sich neben Yana.

Yana blickte auf. »Ich habe gesehen, wie du mit den anderen dahinten bei den Bäumen geflüstert hast. Das beängstigt mich. In diesem Lager wird zu viel geflüstert.«

Lolim hob mit ihren abgearbeiteten Händen die Matte auf, die sie geflickt hatte, und begann automatisch, wieder daran zu arbeiten. »Ja«, stimmte sie zu. Beide schwiegen bedrückt.

Eine andere Frau kam aus einem der Zelte und ließ sich anmutig am Feuer nieder. Yana mochte Napore am liebsten. Bei ihr musste sie nicht so vorsichtig sein mit dem, was sie sagte. Napore sprach immer aus, was sie gerade dachte. Und Yana mochte ihr Gesicht. Sie sah aus wie ein aufgeschrecktes Reh, mit runden sanften Augen, die für jeden und alles weit offen waren. Sie lächelte.

Napore gab ihr ein warmes Lächeln zurück. »Ischa wird bald Hunger haben, und dein Sohn auch«, sagte sie.

»Ich weiß«, antwortete Yana. »Meine Brust ist schwer von der Gabe der Mutter, aber ich hoffe, dass die beiden noch so lange schlafen, bis ich mit diesen Knollen hier fertig bin.« In diesem Augenblick glitt ihre Hand aus, und sie schnitt sich mit dem Feuersteinmesser. Winzige Blutströpfchen traten aus der kleinen Wunde, und sie steckte den verletzten Finger in den Mund.

»Aua«, lachte Lolim. »Das ist nun schon das zweite Mal in einer Handspanne von Tagen, dass du dich schneidest.«
Yana nickte stumm und sog an ihrem Finger.
Napore kam ihr zu Hilfe. »Ich finde, Yana macht alles sehr gut. Sie kann doch nichts dafür, dass sie im Haus einer Priesterin aufgewachsen ist.«
»Das Kochen haben sie mir jedenfalls nicht beigebracht«, gab Yana zu und schüttelte ihre Hand, um den Schmerz zu vertreiben.
»Ich finde es sehr lieb, dass du uns helfen willst. Dabei hast du doch mit den beiden Babys schon genug zu tun.«
»Mir erscheint es immer noch seltsam, dass eure Priesterinnen Dienerinnen haben, die alle Arbeit für sie erledigen«, warf Lolim ein. »Unser Dorf ist auch groß, aber wir können es uns nicht leisten, Diener für alle Priesterinnen und Priester zu haben. Deine Familie muss sehr angesehen sein, wenn sie so viele Diener hat.«
Yana wurde rot und mied den Blick der anderen Frau.
Napore wechselte schnell das Thema und wandte sich an Lolim. »Vom Zelt aus habe ich gesehen, dass du mit Henni und Dagron gesprochen hast«, sagte sie rund heraus. »Es hatte den Anschein, als ob ihr über etwas Wichtiges tuscheln würdet.«
Lolim warf Yana einen kurzen Blick zu und sah dann Napore vorwurfsvoll an. »Ich weiß nicht, wie viel ich weitersagen darf.«
Henni kam aus einem der Zelte heraus und trat rasch auf sie zu. Alle verstummten. Sie setzte sich nieder. Lolim räusperte sich. »Napore hat gerade nach unserer Unterredung mit Dagron gefragt«, meinte sie leichthin.
Henni lächelte grimmig. »Heute Abend wird Dagron mit Tern reden. Wenn Tern einverstanden ist, wird die Zeremonie der Verbrennung des Hochzeitsstabs in einer Handspanne von Tagen stattfinden, wenn der Mond nicht mehr voll ist und die Kräfte, die die Gefühle regieren, am schwächsten sind. Dann wird Tern stark genug sein, um sich von Dala zu lösen.«

»Das ist das Erste, was ich von einer Zeremonie höre«, sagte Napore erstaunt. »Wir haben keine Priesterin. Wie soll das gehen?«
»Für die Verbrennung des Hochzeitsstabs brauchen wir keine Priesterin, das weißt du doch, Napore. Wir haben die Zeremonie oft genug in unserem Dorf miterlebt. Außerdem vergisst du, dass ich eine Ausbildung hatte ...«
»Ja, aber die Dorfältesten waren der Meinung, dass du noch nicht bereit bist. Die Verbrennung des Hochzeitsstabs ist eine sehr ernste Sache. Beide Seiten müssen willens sein, sich voneinander zu trennen.«
Lolim unterbrach sie. »Es war meine Idee. Ich erinnere mich an einen Fall, wo ein frisch verheirateter Mann auf der Jagd in einen Abgrund stürzte. Er war sofort tot. Seine Gefährtin verlor alles Interesse am Leben, sogar an ihrem Kind. Es wurde beschlossen, dass sie ihren Hochzeitsstab verbrennen sollte, damit der Geist ihres Mannes erfuhr, dass sie sich von ihrem Hochzeitsversprechen gelöst hatte und er zu den Ahnen zurückkehren konnte. Es hat geholfen. Zur nächsten Erntezeit wählte sie einen neuen Gefährten.«
»Eine Zeremonie«, sinnierte Napore, »wir können es ja versuchen. Es wäre schön, ein paar Tage lang an einem Ort zu lagern. Ich habe das Marschieren satt.«
»Und hinterher wollen wir das Fest der Wiedergeburt feiern«, fügte Henni hinzu. »In den nächsten Tagen werden wir hart zu arbeiten haben, um alles vorzubereiten.«
Während dieser Unterhaltung saß Yana unbehaglich schweigend da, bis den anderen plötzlich einfiel, dass es sie auch noch gab.
»Du musst natürlich auch an der Zeremonie teilnehmen, Yana«, sagte Henni schnell, um ihre Verlegenheit zu verbergen.
»Aber ich weiß nichts von euren Sitten«, erwiderte Yana ängstlich.
»Du brauchst überhaupt nichts zu tun«, versicherte ihr Napore.

»Außer beim Zubereiten des Essens zu helfen«, lachte Lolim.
»Es gibt wirklich keinerlei Grund zur Sorge«, fügte Henni hinzu. »Jedenfalls nicht, wenn Tern nicht beschließt, dass er sich nicht von Dala trennen kann, oder Dala ihn nicht verlassen will.«
»Die Hochzeitsstabverbrennung ist eine alte Sitte, die es nur bei unserem Volk gibt«, erklärte Napore, als sie Yanas verwirrtes Gesicht sah. »Wenn ein Mann eine Frau begehrenswert findet, fragt er die Dorfältesten, ob er den Hochzeitsstab für sie anfertigen darf. Er verziert den Stab mit Symbolen, die die Göttin und ihre lebensspendende Kraft darstellen. Manchmal schnitzt er Symbole des Werdens, wie Raupen, Eier, Wasserwellen und Schlangennester, manchmal auch Symbole des Mutterleibs und der Geburt, ein Dreieck oder ein Oval, das den Ort darstellt, an dem der Kopf des Kindes erscheint, wenn eine Frau gebiert. Er kann sogar ein Abbild der Großen Mutter schnitzen. Wenn er fertig ist, bietet er den Stab der Frau an, die er sich wünscht. Wenn sie ihn nimmt, findet bald darauf die Hochzeitszeremonie statt.«
Yana runzelte fragend die Stirn. »Aber wofür wird der Hochzeitsstab benutzt?«
Die anderen Frauen sahen sich amüsiert an. Dann brachen sie in schallendes Gelächter aus.
»Das müssen wir dir erst noch erklären«, grinste Henni.
Napore schnaubte vorwurfsvoll. »Wenn Yana an der Zeremonie teilnehmen soll, muss sie alles verstehen.« Sie drehte den anderen den Rücken zu und sah in Yanas noch immer ernstes Gesicht. Sie kicherte. »Vor langer Zeit bekamen die Frauen den Stab, um ihre Männer damit zu schlagen, wenn sich diese unvernünftig betrugen«, fuhr Napore fort und unterdrückte ein Lachen. »Wenn der Mann seine Frau unvernünftig fand, musste er ihr den Stab entwinden und sie damit verprügeln. Wenn einer von beiden wütend genug war, den Stab zu zerbrechen, trennten sie sich. Dann gab es eine Verbrennungszeremonie.«

»Das ist natürlich eine sehr alte Sitte, Yana«, kicherte Lolim.
»Natürlich verprügeln unsere Leute sich nicht gegenseitig«, fügte Henni schnell hinzu. »Aber wenn ein Mann oder eine Frau das Heiratsversprechen brechen will, ist die Stabverbrennungszeremonie etwas, was wir immer noch anerkennen.«
Yana nickte. »Wir haben einen ähnlichen Brauch, nur dass die Frau an Stelle eines Hochzeitsstabs die Schlafmatte ihres Gefährten in das öffentliche Küchenfeuer wirft, sodass jeder im Dorf es sehen kann. Dann muss sich der Mann eine andere Frau suchen, die ihm eine Schlafmatte macht.«
»Ich glaube, dass alle Völker ähnliche Sitten haben«, meinte Lolim. »Aber unser Problem ist Tern. Bist du sicher, dass Dagron Tern dazu bewegen kann, an der Zeremonie überhaupt teilzunehmen?«, fragte sie Henni.
»Dagron sagt, dass Tern zustimmen muss, oder er wird aus der Gruppe verbannt«, erklärte Henni besorgt. »Er glaubt, dass Tern Unglück auf uns zieht und dass unsere Frauen und Kinder zu wertvoll sind, als dass wir es riskieren könnten, sie zu verlieren.«
Die Frauen verstummten bekümmert. Ein Baby weinte. Yana stand auf, stocherte im Feuer und legte einen Ast nach. »Die Kleinen sind wach«, entschuldigte sie sich.
Zu ihrer Erleichterung fand sie das Zelt leer. Sie brauchte Zeit zum Nachdenken. Sie nahm beide Kinder in die Arme und legte jedes an eine Brust. Die Babys hatten sich inzwischen daran gewöhnt, auf diese Weise zu trinken, und waren zufrieden. Sie hatte ihrem Sohn den Namen Atum gegeben. Er war ein kräftiges Kind, und sein Bein, das anfangs nach innen gebogen gewesen war, begann in Folge der hölzernen Schiene sich zu begradigen. Yana musste daran denken, welchen Dank sie diesen Fremden schuldete und wie wenig fremd sie ihr inzwischen waren. Ihr Heimatdorf war so weit entfernt, und langsam wurde ihr klar, dass sie sich nicht mehr danach sehnte, dorthin zurückzukehren, nicht einmal mit Eoms Unterstützung. Aus vielen unerklärli-

chen Gründen fühlte sie sich bei diesen Leuten geborgener als zu Hause.
Der Gedanke an Eom machte sie traurig. Sie schüttelte den Kopf über die verschwendeten Jahre mit ihm. Seit sie die ruppige Kameradschaft zwischen Lolim und Dak und die zärtliche Zuneigung zwischen Napore und Sente kennen gelernt hatte, wusste sie, dass ihr Zusammenleben mit Eom leer und öde gewesen war. Seit dem Traum von der Göttin war etwas Neues in ihr aufgeblüht. Sie gab sich nicht mehr damit zufrieden, die Gefährtin des Sohnes der Hohenpriesterin zu sein. Sie war sich nicht einmal sicher, ob Eom ihnen folgte. Sie hatte keine Spur von ihm bemerkt, und tief in ihrem Herzen hoffte sie, dass er ihnen nicht nachkam. Außerdem hatte sie, seit sie bei den Händlern war, nichts Ungewöhnliches bemerkt. Sie handelten mit Obsidian, der schwer zu bekommen war, und seltsam aussehenden, glänzenden Perlen, die, wie Henni gesagt hatte, aus Kupfer waren, ebenso wie der Talisman in Form der Vogelgöttin, den sie um den Hals trug. Yana hatte nicht den Eindruck, dass man ihr irgendetwas verbarg.
Als ob er ihre Gedanken lesen könnte, ließ Atum plötzlich ihre Brust los und sah mit ernsten dunklen Augen zu ihr auf. »Mach dir keine Sorgen, mein Kleiner«, sagte sie zärtlich. »Ich werde schon aufpassen.« Zufrieden begann er wieder zu saugen.
»Ich werde wirklich vorsichtig sein«, dachte Yana. »Ich darf nichts tun, wodurch ich unsere Beziehung zu diesen Leuten gefährden könnte. Wenn ich mich nützlich genug mache, werden sie uns vielleicht gestatten, bei ihnen zu bleiben.«

Die Kinder waren endlich eingeschlafen. Sie hatten den ganzen Tag über Holz und Nahrung für die Feierlichkeiten am Abend gesammelt, und nachdem sie so hart gearbeitet und sich den Bauch mit warmem Essen voll geschlagen hatten, hatte Yana angenommen, dass sie sehr schnell zur Ruhe kommen würden. Aber die Kinder spürten, wie wichtig die bevorstehende

Zeremonie war, an der sie nicht teilnehmen durften. Sie hatte den Jungen etwas vorgesungen und ihnen Geschichten erzählt. Schließlich hatte Lolim vorgeschlagen, ihnen etwas von dem vergorenen Getränk zu geben, das sie für festliche Anlässe aufgehoben hatte. Bald darauf waren die Kleinen fest eingeschlafen.
Yana sah sich im Zelt um. Ihre Augen ruhten auf den schlafenden Kindern. Das Haar des einen war zerzaust, er hatte einen Arm übers Gesicht gelegt, als wolle er die Dunkelheit abwehren. Ein anderer lag auf dem Bauch, den Kopf zur Seite gedreht, und atmete tief. Der Jüngste, Duues, war erst drei Erntezeiten alt. Seine stämmigen Glieder ragten unter der Decke hervor. Er hatte noch ein richtiges Babygesicht mit langen Wimpern. Yana zog die Decken zurecht und legte ihm einen Augenblick lang die Hand auf den kleinen Kopf. Wie konnte eine Mutter sich von einem so hübschen Kind trennen? Sie fragte sich, ob die Mutter des Jungen ihn wohl vermisste und in dunklen Nächten wie dieser an ihn dachte. Sie seufzte dankbar, dass ihr eigener Sohn bei ihr war und nicht bei Fremden. Dann drehte sie sich um und sah nach ihm und Ischa. Beide schliefen fest in ihren Körben. Noch einmal ließ sie ihren Blick über die Kinder schweifen.
Yana schlüpfte aus dem Zelt und blieb im Schatten stehen. Der verkohlte Geruch von brutzelndem Rehfett und Holzrauch schlug ihr entgegen. Zikaden zirpten, das Feuer prasselte, und gelegentlich klang das Quaken eines Froschs durch die Nacht. Dunkle Gestalten bewegten sich um das Feuer, und die gemurmelten Gespräche waren kaum vernehmbar. Manchmal kam ein halb beschattetes, halb vom Feuer rot beleuchtetes Gesicht so nah ans Licht, dass sie es erkennen konnte. Yana war nervös.
Wenn eine Gemeinschaft alle ihre Kräfte vereinigte, regierte etwas Größeres als nur die Gruppe. Dies war zu erwarten, wenn man sich an die Geister wandte. Religiöse Riten hatten Yana schon immer zutiefst bewegt. Vermutlich hatte das etwas mit ihrem Erbe als Priesterin zu tun. Oft quollen seltsame Gesänge aus ihrem Inneren hervor, Gesänge, die sie nicht zu unterdrücken

vermochte und die eine eindringliche Wirkung auf ihre Zuhörer hatten. Noch Tage danach schwamm sie in einem Gefühl der Erlösung, einem Nachglühen, während die Leute sie mieden und heimlich beobachteten. Einige glaubten, dass sie eigentlich eine Priesterin sein sollte, und sie wäre es sicher gewesen, hätte Eoms Mutter es ihr gestattet. Aber jetzt wollte sie keine Priesterin sein. Hier war sie ganz einfach Yana. Und zum ersten Mal in ihrem Leben wollte sie auch nichts anderes sein.

Henni stand auf und blickte in die Dunkelheit zum Zelt. Yana wusste, dass sie aufhören musste, die anderen zu beobachten. Sie sollte sich zu ihnen gesellen. Also ging sie hinüber und setzte sich ans Feuer. Als sie sich umsah, stellte sie fest, dass sie nicht die Einzige war, die nervös war. Lolim und Dak saßen steif da, ihre sonst so lebhaften Gesichter wirkten ausdruckslos. Napore biss sich auf die Lippen und sah Hilfe suchend ihren Gefährten an.

Henni reichte Yana eine Schale mit dem vergorenen, aus Gerste hergestellten Getränk, und sie trank begierig, in der Hoffnung, dadurch ihre Ängste zu betäuben. Dann fiel ihr Blick auf Tern, und ihr Magen mit dem Getränk, das sie zu schnell getrunken hatte, zog sich zusammen.

Tern saß alleine da und neigte sich über etwas, das er in den Händen hielt. Er war nur mit einem Lendentuch bekleidet. Er hatte Asche aus dem Feuer über seinen Kopf gestreut und dann auf seinem Gesicht und Körper verrieben. Frische Blasen bildeten sich auf seiner Haut, wo die heiße Asche ihn verbrannt hatte. Es war noch erträglicher, ihn zornig zu sehen als so gebrochen wie jetzt.

Henni erhob sich. Sie hatte ihre feuerfarbenen Locken zu vielen langen Zöpfen geflochten und auf dem Kopf getürmt. Sie hielt sich königlich, und Yana überlegte, ob sie wohl zur Priesterin ausgebildet worden war. Dann trat Henni zu Tern und legte ihm eine Hand auf die Schulter. »Wir alle haben um Dala getrauert und vermissen sie«, sagte sie förmlich und ruhig. »Und obwohl wir uns von ihr verabschiedet haben, sind unsere Gefühle für sie noch immer stark. Am Tag gaukelt der Wind uns etwas vor, und wir hören ihren Namen im Rauschen der Bäume. In der Nacht schreit die Eule in der Dunkelheit und erinnert uns an ihren Tod. Doch wenn wir auch um Dala trauern, können wir Lebenden im Reich zwischen Leben und Tod nicht existieren. Nur Priesterinnen und Priester haben Zugang zu diesem Ort.«

Alle nickten und murmelten zustimmend.

»Unter uns ist einer, der kein Priester ist und der nach der Toten ruft«, fuhr Henni fort. »Wie kann ein so schöner Geist wie Dala jemandem widerstehen, der so traurig und verzweifelt ist?«

Tern stöhnte auf und vergrub seinen Kopf in den Händen.

»Es ist Zeit für Tern und uns alle, mehr zu tun, als Dala nur auf Wiedersehen zu sagen. Wir müssen sie beschwören fortzugehen«, erklärte Henni fest.

Wieder nickten alle und murmelten ihre Zustimmung.

Lolim stand auf und schritt hinüber zu Henni.

»Wie ihr alle wisst«, sagte sie, »versammeln sich die Leute im Dorf bei einer Hochzeitsstabverbrennung, um über die Auflösung des Hochzeitsversprechens zu reden. Wenn eine Versöhnung unmöglich ist, wird der Hochzeitsstab ins Feuer geworfen, und die Ehe wird aufgelöst.«

Sie schwieg, um ihren Worten Nachdruck zu verleihen. »Hier sind die Umstände anders«, fuhr sie fort. »Doch das Endergebnis ist das gleiche. Eine Versöhnung ist unmöglich. Dala ist tot. Die Ehe muss aufgelöst werden.«

Terns Kopf sank noch tiefer auf seine Brust, und er drückte den Hochzeitsstab an sich.

Henni räusperte sich. »Wir wissen alle, dass die beiden sich nicht trennen wollen, aber wir müssen ihnen dabei helfen, so wie die Dorfgemeinschaft mithilft, über das Schicksal eines Paars zu entscheiden. Dala ist gestorben, und wir müssen sie daran erinnern; wir müssen sie daran erinnern, dass sie tot ist, und sie dann auffordern zu gehen.«

Die beiden Frauen setzten sich nieder. Eine Weile herrschte

bedrücktes Schweigen, nur Terns tiefe Seufzer waren zu hören. Die Bäume standen wie dunkle Wächter um das Lager, und Yana erschauerte, wenn der Schrei einer Eule die Stille unterbrach. Henni stimmte einen monotonen Gesang an, die anderen fielen ein und folgten dem Auf und Ab der alten Melodie mit ihrer unaussprechlichen Bedeutung. Yana war gefangen von den traurigen Klängen und benommen von dem Getränk. Der Rhythmus des Gesangs wurde langsamer und weicher, und Yana hörte, dass jemand sprach.
Napore sagte mit leiser trauriger Stimme: »Dala hat immer davon geträumt, ein Baby zu haben, ein kleines Mädchen. Ischa hat die Augen ihrer Mutter. Bevor sie starb, hat Dala mir gesagt, dass sie ihren Mann und ihr Kind nicht alleine lassen will.«
Napore schwieg, aber Lolims Stimme fiel ein. »Die Geburt war schwer, aber Dala war tapfer. Sie ist immer ein tapferes Mädchen gewesen.«
Dak räusperte sich. »Die Männer nannten sie Lachende Augen. Wir freuten uns, dass sie Tern wählte. Tern war aus einem fremden Dorf gekommen, und er war ein trauriger Junge. Lachende Augen brachte ihn zum Lächeln, und wir waren glücklich, sie zusammen zu sehen.«
Ein langes Schweigen voller Erinnerungen folgte, dann hob der eindringliche Gesang wieder an.
»Dala war unsere Freundin und Spielkameradin«, unterbrach Dagron den Singsang. In seiner rauen Stimme schwang viel Gefühl. »Wir nannten sie Kleine Bergziege. Es machte ihr Freude, höher zu klettern als alle anderen. Sie fand es lustig, schneller und geschickter zu sein. Und dann, eines Tages, bemerkte ich, dass sie eine junge Frau geworden war, obwohl sie noch immer das Lachen eines Kindes hatte. Sie wählte Tern, und er wurde ihr Geliebter. Ich sah, wie er sich veränderte. Ich sah, wie sie sich veränderte, und eine Zeit lang war ich eifersüchtig.«
Yana zitterte. Sie hatte das Mädchen nicht gekannt, aber sie fühlte, dass sie nahe war. Sie fühlte ein Prickeln im Rücken. Das

Feuer, die Schatten, die Leute, alles verschwamm vor ihren Augen. Nur schwach hörte sie, dass eine andere Stimme wieder zu singen begann.
»Kleine Bergziege – sie sprang auf den Felsen herum, sie wollte in der Sonne sitzen und die Schönheit der Mutter bewundern und dabei die kleine Ischa stillen.«
Jemand stöhnte auf.
»Lachende Augen hörte auf zu lachen, als die graue Schlange sie biss. In ihren Augen stand Angst. Sie liebte ihr kleines Mädchen zu sehr, um es zu verlassen.«
»Die Schlange war schnell, in den Felsen verborgen. Ein Feuer brannte in ihrem Bein.«
»Das Bein wurde blau, und sie hatte Durst, aber als wir ihr Wasser brachten, konnte sie nicht trinken.«
Eine neue Stimme fiel in den Gesang ein, eine Stimme, die Yana noch nicht kannte. Sie war so erstickt vor Schmerz, dass sie die gestammelten Worte kaum verstehen konnte. Schnell nahm sie noch einen tiefen Zug von dem Getränk in der Hoffnung, dass es sie beruhigen würde. Das Singen wurde zu einem leisen Summen, und dann war plötzlich alles still, als ob selbst die Bäume den Atem anhielten.
Die neue Stimme wurde laut und anklagend. »Ich konnte dir nicht einmal auf Wiedersehen sagen. Wir haben uns auf den Weg gemacht, um Hilfe zu holen, und als wir wiederkamen, konntest du mich nicht mehr erkennen. Warum bist du nicht wenigstens lange genug geblieben, um auf Wiedersehen zu sagen?«
Eine tiefe erstickende Trauer erfasste Yana. Ich muss hier weg, dachte sie, und kroch vom Feuer weg. Sie kauerte sich hinter einen Baum und atmete heftig. Sie bekam nicht genug Luft. Ihr Atem wurde schneller, ihr Gesicht glühte. Ein wilder Schmerz zerschnitt ihr die Brust, und ihr Herz hämmerte laut. Sie schlang die Arme um ihren Körper und versuchte, ihrer Angst Herr zu werden. »Mein Herz! Es schlägt zu schnell«, dachte sie entsetzt. »Ich kann dies alles nicht verkraften.«

Das Wimmern eines Babys drang durch die Nacht. Das ist Atum, dachte Yana mit noch größerem Entsetzen.
Sie stand auf und taumelte auf das Zelt und ihren schlafenden Sohn zu, fand sich aber plötzlich vor dem Feuer wieder. »Mein Baby braucht mich«, murmelte sie mit wilden Augen und hämmerndem Herzen. »Ich muss für mein Kind sorgen. Ich bin noch nicht bereit für die Totenfeier. Es tut zu weh. Die Göttin ist mir im Traum erschienen ...«
Ein Mann stand auf und ging auf sie zu. Sie trat einen Schritt zurück.
»Ich bin zu jung«, sagte sie mit sich überschlagender Stimme und presste die Hände an die Brust. »Es sind noch viele Kinder in meinem Schoß, sie sprechen zu mir, nennen mich Mutter.« Sie hob beschwörend die Arme. »Göttin, wende die weiße Maske des Todes von meinem Gesicht!«
Ein Mann kam zu ihr. War das Eom? Sie wusste es nicht. Er versuchte sie zu beruhigen. Er schlang die Arme um sie und flüsterte ihr etwas ins Ohr.
»Nein, ich will nicht fort!«, schrie sie ihn an und riss sich los. »Du hast nicht das Recht, mich fortzuschicken. Du hast gesagt, dass du mich liebst ...«
Der Mann hielt einen Stab in der Hand. Sie riss ihn, rasend vor Zorn, aus seinen Händen und erhob ihn, um ihn damit zu schlagen. »Geh fort«, sagte sie drohend. Der Mann trat zurück. Als sie sah, wie verletzt sein Gesicht wirkte, wollte sie ihn plötzlich nicht mehr strafen.
Sie wirbelte herum und suchte nach einem Ausweg, aber sie war von einem Kreis von Augen umgeben, die sie beobachteten. Es hatte keinen Sinn, sie konnte nicht mit ihnen allen kämpfen. Sie wollten sie und das Baby nicht. Es gab keinen Ort, wo sie hingehen konnte. Sie konnte nicht allein mit ihrem Baby in den Bergen leben. Es war hoffnungslos.
Yana ließ den Stab fallen. Bald würden sie das Baby bringen, und dann war es Zeit, zu den Ahnen zu gehen. Die Zeremonie der

Selbstaufopferung war zu Ende. Sie lehnte sich schwer an den Mann, der vor ihr stand. »Es tut mir so Leid«, sagte sie geschlagen. »Ich wollte würdig sein ... der Göttin würdig sein. Ich wollte, dass mein Baby lebt.«

Der junge Mann zog sie an sich. Seine Wärme hüllte sie ein. »Jetzt weiß ich, dass es dir Leid tut«, flüsterte er heiser. »Ich werde dafür sorgen, dass unsere Tochter lebt und dass sie immer an dich denkt. Aber du musst nun zu den Ahnen gehen.«

Er bückte sich, um den Stab aufzuheben, den sie hatte fallen lassen.

»Du darfst nicht so traurig sein«, sagte er fest. »Hier, nimm unseren Hochzeitsstab mit dir zu den Ahnen, und wenn du ihn ansiehst, denk an uns.«

Yana sah verständnislos den Stab an und blickte dann in das besorgte Gesicht des jungen Mannes. Was meint er damit? dachte sie und war plötzlich entsetzlich müde. Aber dann wollte sie es schon nicht mehr wissen. Alles war ihr gleichgültig. »Es ist vorbei«, flüsterte sie. »Es ist wirklich vorbei.«

Yana fror, fror bis auf die Knochen. Sie nahm den Stab und schritt auf das Feuer zu. Noch näher. Sie war wie betäubt. So kalt. Die Flammen lachten sie aus, verspotteten sie mit ihrem Tanz. Sie begann, sich mit ihnen zu wiegen, und summte leise vor sich hin. Warum wurde ihr nicht warm? Sie beugte sich vor, um mit dem Stab in der Hand im Feuer zu stochern. Selbst die Flammen waren kalt. Sie leckten spöttisch an ihren Fingern. Da ließ sie den Stab ins Feuer fallen und lachte. Das Feuer. Sie würde im Feuer tanzen. Alles war gleichgültig. Es war Zeit, zu den Ahnen zu gehen.

Als sie in die Glut steigen wollte, griffen viele Arme nach ihr. Sie wehrte sich. Jemand hielt sie fest in den Armen. »Yana«, sagte er drängend, und noch einmal, lauter, »Yana.« Sie sah erschrocken in die fremden Gesichter um sie herum. Alles wurde schwarz.

KAPITEL 9

Was hältst du davon?«, fragte Eom. Er beugte sich tief über die erkaltete Feuerstelle, kehrte die weiße Asche zur Seite und zog die verkohlten Überreste eines geschnitzten Knochens heraus.

Ein kleiner älterer Mann trat leise und zielstrebig zu dem Priester. Er hieß Ledo und war bekannt für seine Geschicklichkeit als Jäger und Fährtenleser. Der erfahrene Mann rieb gedankenverloren die große Beule auf seiner Nase, die er sich vor Jahren gebrochen hatte. Er runzelte die Stirn und untersuchte den Knochen mit langsamen, besonnenen Bewegungen. Eom wartete ungeduldig.

»Das ist ein Stab für rituelle Zwecke«, sagte Ledo ruhig wie zu sich selbst.

»Das weiß ich«, erklärte Eom. Es fiel ihm schwer, seine Ungeduld zu zügeln. Der Mann irritierte ihn. Offenbar kannte er seinen Platz in der Rangordnung nicht. Eom hatte das herablassende Gehabe satt. Vor einem Priester sollte er wahrhaftig mehr Respekt haben.

Der alte Jäger bemerkte, dass der Jüngere ungehalten war, und lächelte vor sich hin. Er erinnerte sich nur zu gut an die Zeit, als Eom noch ein kleiner Junge war. Er hatte sich hinter den Röcken seiner Mutter versteckt und höhnisch hervorgegrinst, als Ledo erklärt hatte, Eom müsse erst lernen, ein Jäger zu sein, bevor er Priester werden könne. Aber seine Mutter hatte es nicht

für nötig gehalten, dass ihr Sohn auch in der Jagd ausgebildet wurde.
»Ich wollte sagen«, erklärte der Alte trocken und selbstbewusst, »dass an dieser Stelle irgendeine rituelle Feier stattgefunden hat.« Er hielt kurz inne und fuhr dann fort, so als müsse er einem Kind etwas erklären: »Dies hier war ein Feuer für ein Fest. Sieh dir an, wie groß die verkohlte Stelle ist. Das war nicht nur ein Feuer zum Kochen. Und hier ist auch deutlich zu erkennen, dass sie getanzt und gefeiert haben. Ich habe Eicheln und Eierschalen gefunden. Sie haben ein Reh getötet.« Er nickte vor sich hin. »Sie sind einige Tage lang in diesem Lager geblieben, um Vorbereitungen für eine Zeremonie zu treffen. Jetzt haben sie nur noch einen Vorsprung von zwei Tagen. Von jetzt an werden wir sehr vorsichtig sein müssen, wenn wir nicht entdeckt werden wollen.«

Dagron war der Erste, der auf dem Hügel ankam, von dem aus man die weite Ebene überblicken konnte. Er ließ die Augen zum Horizont schweifen und hatte das Gefühl, als ob ihm eine gewaltige Last von den Schultern genommen sei. Vor ihm erstreckte sich nichts als Gras unter perlweißen Wolken an einem blauen Himmel. Die goldenen Gräser wiegten sich im Sommerwind wie eine gekräuselte Wasserfläche, und ihr Duft wehte zu Dagron herauf. Schmetterlinge flatterten auf und ab auf der Suche nach Wildblumen, auf denen sie sich niederlassen wollten.
Dagron wusste, dass ihr Weg nun eine Zeit lang beschwerlich sein würde, besonders für die Kinder. Aber der Gedanke daran konnte seine frohe Stimmung nicht trüben. Im Westen standen kaum wahrnehmbar dunkle Schatten, Bäume, die das Ufer eines Flusses säumten. Wenn sie erst einmal dorthin gelangt waren, würde das Gras nicht mehr so hoch sein und das Gehen würde wieder leichter werden. Nach einigen Tagen würde der Fluss tiefer und reißender werden und sie zur Siedlung der Leopardenleute führen.

Die Leopardenleute waren gute Menschen. Sie respektierten die Göttin und ihre Diener. Das Leben war ihnen kostbar und voll von Freuden. Niemals opferten sie ihre Kinder, auch nicht solche mit Missbildungen. Aber sie hatten seltsame Sitten. Sie glaubten nicht an die Heiligkeit der Ehe. Die Zwillingspriesterinnen, die die Stadt regierten, trafen alle Entscheidungen. Dagron und Henni hatten vereinbart, dass Yana mit Ischa bei den Leopardenleuten bleiben sollte. Tern konnte wiederkommen und seine Tochter abholen, wenn sie alt genug war, um abgestillt zu werden. Nicht zum ersten Mal wünschte sich Dagron, dass auch sein Volk Fremde aufnehmen würde, wie es bei anderen Völkern üblich war.
Die Sommermonate waren schnell vergangen. Dagron hatte Yana ins Herz geschlossen. Sie erinnerte ihn an ein Mädchen zu Hause, das ihn geheiratet hätte, wenn er geblieben wäre. Aber er war wie sein Vater. Er liebte das Wandern und wollte immer wieder neue Erfahrungen machen. Keine Frau wollte einen Mann, der immer wieder jahrelang fort blieb. Doch wenn er Yana ansah, wie sie strahlend die beiden Babys im Arm hielt, dachte er mit Wehmut an sein Zuhause.
Er hörte, wie seine Reisegefährten hinter ihm den kleinen Hügel erklommen. Henni stand als Erste an seiner Seite. »Das Grasland«, sagte sie aufgeregt. »Wir sind fast zu Hause.«
Dagron hob die Hand. »Nicht so schnell, kleine Schwester. Wir haben noch mehr als vier Handspannen von Reisetagen vor uns. Und wenn wir bei den Leopardenleuten Halt machen, um mit ihnen zu handeln, kommt noch eine weitere Handspanne von Tagen hinzu. Wir werden Mühe haben, zum Erntefest zu Hause zu sein.«
Henni schnaufte vor Ungeduld. »Erzähl mir nicht, dass du nicht genau so aufgeregt bist wie ich, das Grasland wieder zu sehen.«
Sente und Napore, Dak und Lolim gesellten sich zu ihnen. Sente ließ sein Gepäck fallen, nahm Napore in die Arme und wirbelte

sie herum. »Das Grasland!« Er lachte glücklich. »Wir haben es geschafft!«
Die beiden ließen sich kichernd zu Boden fallen. Lolim und Dak grinsten über die Torheit der jungen Leute, aber auch ihre Augen leuchteten vor Freude. »Das Glück ist wieder mit uns«, murmelte Dak und legte den Arm um Lolim. Sie nickte zustimmend.
Yana und Tern kamen als Letzte den Hügel herauf. Sie trugen die Babys und führten die Kinder an. Yana hielt Atum in seinem Tragetuch und führte Duues an der Hand. Der Anblick des vor ihr liegenden Graslandes erfüllte sie mit Ehrfurcht. Staunend setzte sie sich nieder. Noch nie hatte sie etwas Derartiges gesehen. So weit das Auge reichte, war die Welt mit Gras bedeckt. »Was ist das?«, flüsterte sie, ohne eine Antwort zu erwarten.
Tern hatte ihre leise Frage gehört. »Wie nennen es das Grasland«, antwortete er freundlich. »Es ist ein wunderbarer Ort. Große Herden von Pferden, Rothirschen und Rindern grasen hier. Die Erde ist tief und schwarz und wunderbar zum Pflügen.«
»Ja, aber es gibt keine Bäume«, meinte sie verwundert.
Tern, der Ischa getragen hatte, legte das Baby dem ältesten der Jungen in den Arm und zeigte nach Westen. »Siehst du diese dunklen Schatten in der Ferne?«
Yana suchte mit den Augen blinzelnd den Horizont ab. Sie hatte die dunklen Umrisse für ferne Wolken gehalten. Dann nickte sie.
»Das sind Bäume«, fuhr er fort. »Wir werden zwei Tage zu wandern haben, aber wenn wir dort ankommen, finden wir Schatten und können rasten. Die Bäume stehen am Ufer eines Flusses, dem wir folgen, bis wir fast in unserer Heimat sind.«
Yana lächelte über seine Begeisterung, aber gleichzeitig wurde sie von Angst erfasst. Noch mehr Fremde, dachte sie besorgt. Rasch wandte sie den Blick ab.
Tern bemerkte, dass die Farbe aus Yanas Gesicht gewichen war. Sie fürchtet sich, stellte er fest, und er musste daran denken, wie groß seine Angst damals als kleiner Junge gewesen war, als er als

Fremder zu Dagrons Volk gekommen war. Er wollte die Hand nach ihr ausstrecken, sie trösten und ihr sagen, dass alles gut werden würde.
Seit der Stabverbrennungszeremonie ertappte Tern sich ständig dabei, dass er Yana heimlich beobachtete. Obwohl die Erfahrung sehr schmerzlich gewesen war, dachte er immer noch daran, wie er Yana in den Armen gehalten hatte. Immer, wenn er sah, wie sie Ischa stillte, hatte er das Bedürfnis, an ihrer Gemeinsamkeit teilzuhaben. Sie war nicht Dala, aber in ihrer Gegenwart fand er wieder Frieden. Er zog die Lippen zusammen und runzelte die Stirn. Wie konnte er nur an eine andere Frau denken? Er wandte sich ab, nahm Ischa und ging abrupt davon.
Yana sah ihm verwirrt nach. Tern betrug sich seltsam in ihrer Gegenwart. Manchmal waren seine Augen zärtlich, fast verehrungsvoll, doch im nächsten Augenblick wirkte er kalt und undurchschaubar. Vielleicht ist er dankbar, dass der Schatten des Todes ihn verlassen hat, überlegte sie, und ein anderer Teil von ihm fürchtet mich und hält mich für seltsam, genau wie die Dorfbewohner zu Hause. Vielleicht bin ich ja auch seltsam, dachte sie trotzig. Aber diesmal werde ich mich hüten, mein Herz an einen Mann zu hängen, der sich seiner Gefühle für mich nicht sicher ist.
Am nächsten Tag war der Weg beschwerlich. Es war hart, den ganzen Tag ohne jeden Schatten der prallen Sonne ausgesetzt zu sein. Am folgenden Tag kam es dann noch schlimmer. Die Männer gingen voraus. Sie trugen das schwere Gepäck, trampelten das brusthohe Gras nieder und hinterließen einen rauen Pfad. Das Gras wickelte sich warm und klebrig um ihre Arme und Knie, und abgerissene Halme hängten sich an ihre Kleider. Schlangen flüchteten vor ihren Füßen, und Grashüpfer prallten an ihre Beinkleider. Gegen Mittag waren die Babys unruhig und müde; auch die Kinder wirkten erschöpft. Der Jüngste blieb ständig zurück, bis einer der Erwachsenen sich entschloss, ihn zu tragen. Aber außer Yana und den Kindern wollte niemand

rasten. Sie konnten es kaum erwarten, den Fluss wieder zu sehen, der sie ihrer Heimat entgegenführen würde.
Yana wurde ärgerlich. »Warum ist es so wichtig, dass wir heute Nachmittag beim Fluss ankommen?«, murmelte sie vor sich hin. »Die Kinder sind müde, ich bin müde. Ich durfte nicht einmal lange genug rasten, um die Babys richtig zu stillen.«
»Hast du etwas gesagt?«, fragte Henni, die hinter Yana herging und Ischa trug.
Yana warf ihr einen Blick zu, der ihren Ärger nicht verbarg. »Ich bin müde, und mir ist heiß«, gab sie zurück. »Und den Kindern geht es ebenso. Ich sehe nicht ein, warum wir keine Rast einlegen dürfen. Bis zum Einbruch der Dunkelheit könnten wir trotzdem am Fluss sein.«
Überrascht von Yanas Heftigkeit, trat Henni einen Schritt zurück. »Du bist wütend«, sagte sie erstaunt. Es war unübersehbar.
»Ja, ich bin wütend«, gab Yana zu und wischte sich grimmig den Schweiß von der Stirn. »Es ist euch allen völlig egal, dass die Kinder und ich nicht mehr können.« Ihre Augen blitzten.
»Aber wenn wir erst einmal am Fluss sind ...«
»Der Fluss interessiert mich nicht!«, schnaubte Yana. »Es ist nicht mein Fluss und nicht mein Zuhause. Die Kinder brauchen eine Rast, und ich auch.«
Henni war verblüfft. Es war das erste Mal, dass sie Yana so wütend erlebte. »Ich werde mit Dagron reden«, sagte sie und wandte sich ab, um zu flüchten. »Vielleicht macht er ja eine kleine Pause.«
Yana sah, wie Henni sich bis zum Anfang der Wanderer durchkämpfte und Dagron in seinen fieberhaften Anstrengungen, einen Pfad zu trampeln, unterbrach. Die Säuglinge schmiegten sich aneinander. Dagron warf mit enttäuschtem Gesicht einen scharfen Blick in ihre Richtung. Yana schlug die Augen nieder und bedauerte ihre harten Worte, aber dann begann Atum zu jammern, und sie fand, dass sie Recht hatte.

Dagron stapfte missmutig zu ihr zurück. »Henni meint, dass du eine Ruhepause brauchst«, sagte er vorwurfsvoll.
Yana fuhr auf. »Nicht nur ich«, erklärte sie und deutete auf die Kinder.
Dagron sah, dass die beiden Älteren sich verzweifelt bemühten, mit den Erwachsenen Schritt zu halten, aber die Erschöpfung stand deutlich in ihren Gesichtern. Seine Stimme wurde etwas freundlicher. »Es ist nicht mehr so weit. Ich weiß, dass es hart ist für die Kinder. Sobald wir am Fluss sind, können die Jungen im Wasser spielen. Wenn wir jetzt Rast machen, wird es zu dunkel, um noch das Lager aufzuschlagen.«
Atum begann zu wimmern.
»Dann erklär das mal den Babys«, antwortete Yana aufgebracht.
»Kannst du sie nicht im Gehen stillen, damit sie wieder einschlafen?«
Sie sah ihm in seine sturen grünen Augen. »Nein«, erklärte sie ruhig und fest. »Das habe ich schon versucht.«
Ihre kurz angebundene Antwort erbitterte ihn. »Wenn du müde bist, muss eben jemand anders die Babys tragen.«
Yana verlor die Geduld. »Dann lass mich einfach mit den Kindern hier«, zischte sie mit zusammengebissenen Zähnen. »Wenn wir uns ausgeruht haben, kommen wir nach. Das dürfte nicht weiter schwierig sein.« Sie deutete auf den breiten Pfad von niedergetretenem Gras.
Dagron brauste auf. »Das kann ich nicht zulassen. Du könntest zu lange schlafen und es dann bis zum Einbruch der Dunkelheit nicht mehr bis zum Lager schaffen. Die anderen würden mir die Schuld geben, und dann müsste ich dich suchen gehen. Außerdem gibt es auch noch andere Gefahren.« Er wollte ihr nichts von den Leoparden sagen, für die diese Gegend bekannt war.
»Ich kann selbst auf mich aufpassen«, erwiderte Yana trotzig.
»Es sind die Kinder, um die ich mir Sorgen mache«, erklärte er erbost.
Sie sah ihn entsetzt an.

Er wandte schnell das Gesicht ab. »So habe ich es nicht gemeint.« Dann fügte er ruhig hinzu: »In der Gruppe ist jeder wichtig.«
Yana fühlte sich wie ausgehöhlt. Sie war ihnen gleichgültig. Sie war eine Fremde. Am liebsten hätte sie angefangen zu weinen. Sie schluckte schwer und straffte die Schultern. »Ich werde weitergehen bis zum Fluss.«
Yanas Stimme hatte seltsam gekünstelt geklungen. Dagron sah sie von der Seite an. Er wusste, dass er sie zutiefst gekränkt hatte. »Nein«, sagte er ruhig. »Du hast Recht. Die Kleinen brauchen eine Pause. Ich werde die anderen vorausschicken, um das Lager aufzuschlagen. Ich werde hier bleiben und euch bewachen, während ihr schlaft.«
Dagron ging zu Henni zurück, um ihr die Lage zu erklären. Sie lächelte ihn erleichtert an. »Ich habe gehofft, dass ihr euch irgendwie einigen würdet. Ich weiß, dass du es genau so eilig hast wie wir anderen, an den Fluss zu kommen, aber vielleicht ist es so das Beste.«
Er hob die Augenbrauen und sah sie fragend an.
Henni legte Dagron die Hand auf den Arm. »Wann willst du Yana sagen, dass sie bei den Leopardenleuten bleiben muss?«, fragte sie.
Dagron runzelte die Stirn und begann zu stottern. »Ich … also, ich habe gedacht, du würdest es ihr sagen.« Seine Worte waren nur ein Flüstern.
Henni schüttelte den Kopf. »Nein. Du musst es ihr sagen. Sie würde versuchen, mich umzustimmen, und dann müsstest du es ihr doch sagen.«
Dagrons Magen zog sich zusammen.
»Wenn sie sich ausgeruht hat und ihr auf dem Weg zum Fluss seid, hast du eine gute Gelegenheit, mit ihr zu reden«, fuhr Henni fort. »Das Gras wird niedergetreten sein und außer den Kindern wird niemand bei euch sein. Die Leopardenleute sind gute Menschen. Erzähl ihr von ihnen. Gib ihr die Möglichkeit, sich an den Gedanken zu gewöhnen.«

Dagron rieb sich die Stirn. »Vermutlich hast du Recht«, seufzte er.

Yana schlief zusammengerollt unter dem Schattendach, das Dagron eilig aus einer Decke und ein paar hölzernen Zeltpfosten errichtet hatte. Die Jungen lagen neben ihr, und die Babys ruhten in ihren Körben. Dagron lauschte auf ihre gleichmäßigen Atemzüge und sah forschend zur Sonne. Er würde sie wecken müssen.

Er nahm den Grashalm, an dem er gekaut hatte, aus dem Mund und warf ihn fort. Dann stand er auf und streckte die steifen Beine. Er sah auf Yana hinunter. Sie schwitzte ein wenig in der Hitze des stillen Nachmittags, und das Haar klebte ihr in feuchten lockigen Strähnen an Stirn und Wangen. Nicht zum ersten Mal fiel ihm auf, wie hübsch sie war. Er beugte sich hinunter und rüttelte sie behutsam wach.

Yana fuhr verwirrt hoch.

»Du hast so schön geschlafen, dass ich dich nur ungern wecke«, sagte Dagron. »Aber es wird spät. Glaubst du, dass du ausgeruht genug bist, um weiterzugehen?«

Die Verwirrung verschwand aus Yanas Gesicht. Sie setzte sich auf und nickte schweigend. Dagron reichte ihr den Wasserschlauch, und sie trank begierig. Dann weckte sie die Jungen.

Am späten Nachmittag war ein leichter angenehmer Wind aufgekommen. Die Kinder liefen lachend und spielend voraus. Yana genoss die Wanderung, war aber erstaunt über das langsame Tempo, das Dagron anschlug. Sie sah ihren Weggefährten neugierig von der Seite her an. »Ich dachte, du hättest es eilig, zum Fluss zu kommen«, neckte sie ihn.

Dagron zuckte die Achseln und grunzte. »Jetzt spielt es keine Rolle mehr. Bis wir dort sind, werden die anderen das Lager aufgeschlagen haben. Wir können den Spaziergang genauso gut genießen.«

Yana versuchte, ein dreistes Lächeln zu unterdrücken, aber ihre

Augen blitzten vor Boshaftigkeit. »Ich glaube, dass du froh bist, dass du dich vor der Arbeit, das Gras niederzutreten, drücken konntest«, sagte sie frech.

Der Seitenhieb ließ Dagron auffahren, aber dann lachte er doch herzlich. »Vermutlich hast du Recht. Es ist sehr viel netter, mit dir und den Kindern zu gehen. Ich gehe sonst immer voraus. So ist es viel angenehmer.«

In kameradschaftlichem Schweigen trotteten sie dahin. Dagron hatte sich den kleinsten Jungen auf die Schultern gesetzt. Duues lachte und spielte mit seinen Haaren. Es war ein eigenartiges Gefühl für Dagron.

Für Yana war es immer noch ungewohnt, unter dem weiten Steppenhimmel zu wandern. Manchmal, wenn sie glaubte, dass er es nicht merkte, sah sie Dagron aus den Augenwinkeln an. Sein rauer Ton als Anführer hatte sie immer eingeschüchtert, und sie hatte sich möglichst fern von ihm gehalten. Die unbeschwerte Wanderung gab ihr jedoch Gelegenheit, ihn näher zu betrachten. Sein Bart gefiel ihr, aber sie hätte gern gewusst, wie sein Gesicht darunter aussah; die Männer in ihrem Heimatdorf rasierten sich. Seine breite Stirn und seine gerade Nase verliehen seinem Aussehen eine gewisse Würde. Sein Auftreten war herrschsüchtig und überheblich, aber sie hatte den Verdacht, dass er mit seinem ruppigen Gebaren nur seine treue Gesinnung gegen die Seinen verdecken wollte. Yana lächelte vor sich hin.

Dagron versuchte, seine Gedanken zu ordnen. Wie sollte er ihr beibringen, dass sie bei den Leopardenleuten bleiben musste? Mehr als einmal setzte er an zu sprechen und verstummte wieder. Wenn er mehr über ihre Vergangenheit wüsste, könnte er es ihr vielleicht eher begreiflich machen, dass es leichter für sie sein würde, bei den Leopardenleuten zu leben, als mit ihnen in sein eigenes Heimatland weiterzuziehen.

Er sah sie mit seinen grünen Augen fragend an. »Allmählich nähern wir uns meiner Heimat, und mir ist der Gedanke gekommen, dass ich noch sehr wenig über dich weiß.«

»Was möchtest du gerne wissen?«, fragte sie in möglichst gleichgültigem Ton.
Dagron holte tief Luft und stellte mit Überraschung fest, dass es da vieles gab. Wenn er in ihre sanften braunen Augen sah, wollte er eigentlich sogar alles über sie wissen. »Du hast erzählt, dass deine Mutter Priesterin war, aber ich verstehe nicht, wie die Tochter einer Priesterin aus ihrem Dorf weglaufen konnte, ohne dass ihr jemand folgte. Du hast mir erklärt, dass dein Mann kein missgebildetes Kind haben wollte, aber du bist die Tochter einer Priesterin. Warum hast du dir keinen anderen Gefährten gewählt?«
Yanas Augen verfinsterten sich, und ihre Schultern sanken herab. Warum hatte er die schwerste Frage zuerst gestellt? Nun würde sie ihm von ihrer dunklen Vergangenheit erzählen müssen. Nur die Wahrheit war glaubwürdig, und sie brauchte sein Vertrauen.
»Es ist schwierig«, sagte sie und starrte vor sich hin. »Meine Mutter hat etwas Furchtbares getan.« Sie strich sich nervös das Haar aus den Augen. »Während der Fruchtbarkeitszeremonie im Frühling sollte sie sich mit dem Stiergott vereinigen, der für die Ernte und das Volk Kraft und Fruchtbarkeit bringt. Danach sollte sie einen Ehrenplatz unter den Priesterinnen einnehmen. Aber sie lief mit einem Fremden davon, einem Händler, der nicht aus unserem Dorf stammte. Ich wurde während ihrer Flucht gezeugt, und meine Mutter starb bei meiner Geburt.«
»Weißt du, was mit dem Mann passiert ist?«, fragte Dagron mit erhobener Stimme und versuchte, sein plötzlich aufflammendes Interesse zu verbergen.
Yanas Wangen wurden rot vor Scham. »Man hat mir gesagt, dass die Göttin erzürnt war. Das Unglück verfolgte ihn, und er kehrte in den Schoß der Großen Mutter zurück.«
»Ja, aber wie ist das passiert?«, wollte er wissen.
Yana schüttelte den Kopf. »Ich weiß es nicht. Niemand durfte mit mir darüber reden. Ich weiß nichts als seinen Namen. Er hieß Derk oder Derik, oder so ähnlich.« Sie verzog das Gesicht.

»Meine Eltern hatten kein Glück. Ich wurde wie ein Außenseiter behandelt. Die Priesterin der Mutter hasste mich, aber auch sie wollte nicht zulassen, dass ein Kind starb, das in der heiligen Zeit der Fruchtbarkeitszeremonie im Frühling gezeugt worden war.«

Dagron nickte. »Es hätte Unglück bedeutet, so etwas zu tun«, bestätigte er. »Niemand konnte wissen, ob du deinem Volk Glück oder Unglück bringen würdest.«

Sie gingen eine Weile gedankenverloren nebeneinander her. Yana hatte das Gefühl, sie müsse vor Spannung bersten. Was würde Dagron jetzt tun, nun, da er ihr Geheimnis kannte? Würde er es den anderen sagen? Sie glaubte nicht, dass Dagron sie und Atum im Stich lassen würde, aber sie war sich sicher, dass die anderen sie anders behandeln würden als bisher, wenn er ihnen von ihrer Vergangenheit erzählte. Dieser Gedanke war wie ein Stich ins Herz.

Yana blieb stehen und sah Dagron ins Gesicht. »Es ist viel leichter für mich, bei deinen Leuten zu sein als bei meinen eigenen«, gestand sie mit einem vorsichtigen Lächeln, das ihre Ängste nicht verhüllen konnte. »Wirst du es den anderen sagen?«

»Es würde keinen Unterschied machen, wenn ich es täte«, erwiderte er rau und etwas zu schnell. »Du hast uns kein Unglück gebracht. Tern geht es seit der Stabverbrennungszeremonie viel besser, und das ist zum großen Teil dein Verdienst. Sie würden dich auch weiter akzeptieren.«

Yanas Lächeln verschwand. Das war nicht die Antwort, die sie gerne gehört hätte. Er wird es ihnen sagen, dachte sie verzweifelt. Sie werden mich verstoßen, genau wie sie mich zu Hause verstoßen haben. Sie wollte ihn anflehen, ihre Geschichte geheim zu halten, aber noch bevor sie etwas erwidern konnte, kam einer der Jungen keuchend und aufgeregt angerannt. »Amoon und ich haben ein Kaninchen gefangen«, rief Seke und sprang von einem Bein auf das andere.

»Nein«, sagte Dagron ungläubig. »Amoon kann zwar schnell

rennen, aber ich glaube nicht, dass er ein Kaninchen fangen kann.«

»Komm und sieh es dir an«, verlangte der Junge.

Dagron und Yana liefen hinter ihm her und holten die Kinder bald ein. Dagron stellte fest, dass das Kaninchen ein verletztes Bein hatte, was vermutlich der Grund war, warum die Kinder es hatten fangen können. Amoon war der älteste der Jungen. Mit vor Stolz gerötetem Gesicht drückte er das zappelnde Tier zu Boden.

Dagron zog sein Steinmesser aus der Tasche und reichte es dem Kind. »Sende das Blut des Kaninchens zurück in den Schoß der Großen Mutter, bevor es dir die Arme noch mehr zerkratzt. Und du musst der Mutter danken, dass sie dem Volk ihr Fleisch schenkt.«

Amoons aufgeregtes Gesicht wurde ernst, und er tat entschlossen, was Dagron ihm befohlen hatte.

»Ich will es tragen«, rief Seke, der aufgeregt herumsprang. »Ich habe auch mitgeholfen, es zu fangen.«

»Da werden die anderen aber überrascht sein, wenn wir mit einem Kaninchen im Lager ankommen«, sagte Amoon mit leuchtenden Augen. »Vielleicht wird Lolim es ja für uns kochen.«

»Vielleicht«, meinte Dagron und lächelte die Jungen liebevoll an. »Aber ich glaube, dass ich das Kaninchen tragen sollte, wenigstens bis kurz vor dem Lager. Der Blutgeruch könnte Raubtiere anlocken.«

Die Jungen verzogen enttäuscht das Gesicht, aber dann grinste Amoon. »Komm«, rief er Seke zu und rannte den Pfad entlang. »Fangen wir noch ein Kaninchen!«

Dagron sah den Jungen nach. Ihr kleines Abenteuer hatte ihm die Möglichkeit verschafft, Yanas fragenden Augen auszuweichen und ein wenig nachzudenken. Yana setzte sich nieder, um die Babys zu stillen.

Die Geschichte, die Yana erzählt hatte, hatte Dagron mehr überrascht, als sie ahnen konnte. Er wusste mehr über ihre Eltern als sie selbst. Der Mann, der Yanas Mutter verführt hatte, war sein Onkel Derk gewesen, der sich damals gerade auf einer Handelsexpedition befunden hatte. Das Paar hatte sich einen Monat lang in einer Berghöhle in der Nähe von Yanas Dorf verborgen. Eines Nachts hatte sich Derk fortgeschlichen und den Leiter der Handelsexpedition gebeten, dem Mädchen zu gestatten, mit ihnen nach Hause zu kommen. Da der Anführer wusste, dass die Dorfältesten niemals eine fremde Frau akzeptieren würden, hatte er ihm die Bitte abgeschlagen. Derk hatte sich jedoch nicht zur Vernunft bringen lassen, und unter den Männern im Lager war schließlich ein Kampf ausgebrochen. Derk war verwundet worden, hatte sich aber geweigert, bei der Gruppe zu bleiben. Das Letzte, was man von ihm gesehen hatte, war, dass er sich zu der Berghöhle zurückschleppte, in der Yanas Mutter sich versteckt hielt.

Dagron sah Yana verstohlen an. Sie hatte ungefähr das richtige Alter. Konnte sie wirklich die Frucht der Vereinigung zwischen Derk und der jungen Priesterin sein? Wenn es stimmte, trug sie das Blut seines Volkes in sich. Jetzt fiel ihm auch die Familienähnlichkeit in ihren dunklen Augen und in ihrem scharf geschnittenen Gesicht auf. Das erklärte, warum er so sehr das Bedürfnis hatte, sie zu beschützen. Er schüttelte verwundert den Kopf. Aber was würden die Dorfältesten denken, wenn er sie mit nach Hause brachte? Würden sie zornig sein oder würden sie sie willkommen heißen? Würde sie ihnen Glück oder Unglück bringen? Sicher war es kein Zufall, dass sie nun mit den Leuten ihres Vaters wanderte. Er sah sie schuldbewusst an. Nein, er konnte es nicht wagen, ihr die Wahrheit zu sagen. Selbst wenn Yana mit ihm verwandt war, musste er sie bei den Leopardenleute lassen, bis er die Zustimmung der Dorfältesten eingeholt hatte und sie nach Hause bringen konnte. Es war am besten, wenn sie nichts ahnte.

Yana warf immer wieder ängstliche Blicke in Dagrons Richtung. Sie hatte die kurze Pause dazu genutzt, die Babys zu stillen.

Atum sog gierig an ihrer Brust, aber Ischa schien ihre Nervosität zu spüren und hörte immer wieder auf zu trinken, um Yana mit fragenden Augen anzusehen. »Es ist gut, mein Kleines«, sagte sie beruhigend. »Du musst trinken, sonst habe ich auf einer Seite zu viel Milch, und Atum muss deine Portion auch noch nehmen.«
Yana wünschte, dass Dagron etwas sagen würde, um ihre Ängste zu zerstreuen. Aber die Art, wie die Muskeln in seinem Gesicht arbeiteten, ließ sie verstummen. Er dachte über irgendetwas Wichtiges nach, und sie wartete voll Unbehagen, dass er endlich redete.
Dagron hob den Kopf. Der Nachmittagswind war stärker geworden, und er brachte den warmen, feuchten Geruch von nasser Erde und Wasser mit. Er atmete tief ein. »Der Fluss ist nicht mehr weit weg.«
»Ja«, stimmte Yana zu. »Ich rieche es auch.«
Sie stand rasch auf und legte die beiden Kleinen in ihre Tragetücher. Dagron nahm sein Gepäck und rief nach den Jungen. Es ist nicht mehr weit bis zum Fluss, dachte er, und ich habe ihr immer noch nichts von den Leopardenleuten gesagt.
Er räusperte sich. »Bald werden wir wieder bei den anderen sein.«
Yana nickte lächelnd, aber ihr Lächeln war ohne Zuversicht.
»Wir befinden uns jetzt im Land der Leopardenleute«, erklärte er bedächtig. »Ihr Dorf ist sehr groß, vermutlich größer als alle Siedlungen, die du kennst. Sie sind ein sehr wohlhabendes Volk und meiner Meinung nach sehr gute Menschen. Ich bin in meinem Leben sehr weit gereist, und wenn ich an irgendeinem anderen Ort leben müsste als in meiner eigenen Heimat«, er sah sie bedeutungsvoll an, »dann würde ich zu den Leopardenleuten gehen …« Er brach ab. Seine Stimme klang entschuldigend.
Yana warf ihm einen raschen Blick zu. Nein. Er wollte ihr doch nicht etwa vorschlagen, dass sie bei neuen Fremdlingen bleiben sollte, während er mit den anderen die Reise fortsetzte. Das wäre einfach gemein!

Dagron konnte an ihrem Gesicht ablesen, dass sie sich betrogen und im Stich gelassen fühlte. Am liebsten hätte er sie in die Arme genommen, ihr versichert, dass er wiederkommen und sie abholen würde, wenn die Dorfältesten es gestatteten. Doch er stand nur hilflos da und sah zu, wie die unterschiedlichsten Gefühle sich in Yanas Gesicht widerspiegelten. »Es tut mir so Leid«, sagte er ruhig. »Ich würde dich wirklich gerne mit zu uns nach Hause nehmen, aber die Dorfältesten würden ihre Zustimmung nicht geben. Bei unserem Volk werden nur Kinder aufgenommen. Kinder haben Zeit genug, sich an unsere Bräuche zu gewöhnen. Sie stellen unsere Traditionen nicht in Frage und wollen sie nicht ändern. Sie bringen keine neuen Sitten mit, die das Volk verwirren würden.«
»Aber ich habe euch kennen gelernt«, sagte Yana verzweifelt. »Eure Sitten sind nicht so anders als meine eigenen.«
»Darüber habe ich nicht zu entscheiden«, erwiderte Dagron in einem Ton, der keine Hoffnung zuließ. »Selbst Händler nehmen unsere Gastfreundschaft nicht zu lange in Anspruch.«
»Aber was ist mit Ischa?«, fragte sie gequält. »Sie muss noch gestillt werden. Sicher werdet ihr niemanden zurücklassen wollen, der eigentlich zu euch gehört.« Yana konnte nicht verhindern, dass ihre Stimme sarkastisch klang.
Dagron versuchte, sich gegen ihre wachsende Furcht und Wut zu wappnen. »Die Leopardenleute sind freundlich«, erklärte er. »Sie werden Ischa aufnehmen. Die Mutterpflichten sind ihnen sehr wichtig. Wenn du Ischa nicht mehr stillen willst, wird es irgendjemand im Dorf tun. Nach der Pflanzzeremonie im nächsten Frühling kann Tern kommen und sie abholen. Bis dahin ist sie alt genug, um abgestillt zu werden.«
Yana war schockiert von seiner Gleichgültigkeit. Wie konnte er nur glauben, dass sie sich so ohne weiteres von Ischa trennen könnte? Bei der Vorstellung, dass sie dieses Kind, das für sie inzwischen wie eine Tochter war, verlieren könnte, durchfuhr sie ein eisiger Schreck. Wie konnte dieser Mann so gefühllos sein?

Mit plötzlich aufflammender Wut fuhr sie ihn an. »Ich habe dir und deinen Leuten vertraut«, fauchte sie. »Ihr wart alle so nett und gabt vor, meine Freunde zu sein. Aber ihr habt es schon immer gewusst.« Ihre Stimme klang anklagend. »Ihr habt mich benutzt. Warum habt ihr mich nicht gewarnt? Ihr hättet mich darauf vorbereiten können …« Ein unerwartetes Schluchzen stieg in ihrer Kehle auf.

»Wir haben dich nicht absichtlich irregeführt«, erklärte Dagron besorgt. »Zuerst haben wir dich nicht gekannt … Aber dann …«, seine Schultern sanken herab, und er sah ihr niedergeschlagen in die Augen. Er wünschte sich verzweifelt, er könnte ihr verständlich machen, dass er ihr nicht wehtun wollte. »Yana«, sagte er drängend und ergriff ihre Hand. »Ich würde dich und die Babys niemals an einem Ort zurücklassen, an dem ihr nicht sicher wäret. Die Leopardenleute halten es für eine Ehre, einer jungen Mutter oder einer Witwe zu helfen. Wenn sie erfahren, dass du die Tochter einer Priesterin bist, werden sie dir eine Ehrenstellung einräumen. Du musst mir glauben, dass du nichts zu befürchten hast.«

Yana entzog ihm ihre Hand. Sie wollte wirklich nichts mehr hören von seinen Erklärungen und Entschuldigungen. Sie war ihm ausgeliefert. Nach all den Monaten kameradschaftlichen Wanderns hatte er entschieden, dass sie nicht gut genug war, eine der ihren zu sein. Und um alles noch schlimmer zu machen, würde er ihr irgendwann auch noch Ischa wegnehmen. Sie spürte, wie die Angst in ihrem Inneren sich zu einem kalten Klumpen verhärtete.

Der Nachmittag ging in den Abend über. Yana sprach immer noch nicht mit Dagron, aber sie war ruhig geworden. Sie zermarterte sich das Gehirn nach einer Lösung. Es war wichtig, dass sie einen klaren Kopf behielt. Sie war nun schon so weit gekommen. Der weite Steppenhimmel schimmerte in allen Regenbogenfarben. Am goldenen Horizont standen rötliche und rosafarbene Federwölkchen. Schwärme von winzigen, fast unsichtbaren In-

sekten schwebten über der feuchten, rasch kühler werdenden Erde. Yana konnte die Bäume, die den Fluss säumten, nun deutlich erkennen. Bald mischte sich auch der Rauch eines Holzfeuers in den warmen Geruch des Flusses.
Sowie die Kinder den roten Feuerschein in der Ferne erblickten, rissen sie Dagron das Kaninchen aus der Hand und rannten laut rufend mit der zwischen ihnen baumelnden Beute voraus.
Der Abendhimmel war dunkel geworden. Yana runzelte die Stirn vor Anstrengung, aus den Schatten, die sich um das Feuer bewegten, ihre Freunde herauszukennen. Ihr Herz übersprang einen Schlag. Täuschte sie sich? Im Lager waren mehr Leute, als zu ihrer Gruppe gehörten.
»Das sind Jäger!«, rief Dagron begeistert und beschleunigte seine Schritte. »Sie müssen das Feuer gesehen haben.«
Yana blieb zurück. Ihr Magen krampfte sich zusammen. Von den Menschen, die um das Feuer versammelt waren, klang freundliches Gelächter zu ihnen herüber. Bebend holte sie Luft und presste Atum an sich, bis er einen Protestschrei ausstieß. Wieder war sie die Außenseiterin. Sie wollte sich umdrehen und leise in die Dunkelheit verschwinden. Sie wollte nichts mit den Leopardenleuten zu tun haben, jedenfalls nicht in diesem Moment.
Dagron bemerkte nichts von ihrem Unbehagen. Mit vor Aufregung leuchtenden Augen griff er nach ihrem Arm. »Wenn Lokuitum der Anführer der Jäger ist, können wir uns auf viel Spaß gefasst machen. Er ist ein großartiger Geschichtenerzähler«, kündigte er an.
Das laute Begrüßungsgeschrei der Jungen bewog zwei Gestalten dazu, Dagron und Yana entgegenzugehen. Dagron griff nach oben, hob behutsam das Kind, das er getragen hatte, von seinen Schultern und stellte es auf den Boden. Yana erkannte Tern in einem der beiden Männer, die auf sie zukamen, den anderen hatte sie noch nie gesehen.
»Dagron«, rief der Fremde und legte ihm freundschaftlich den Arm um die Schultern. »Sei mir gegrüßt bei allem, was von der

Göttin gesegnet ist. Wir wollten schon eine Suchmannschaft nach dir ausschicken, aber jetzt sehe ich, was dich so lange aufgehalten hat.« Der Mann blinzelte in Yanas Richtung.
Dagron lachte laut auf. »Wirst du dich denn niemals ändern, Lokuitum?« Er schob Yana nach vorn. »Dies hier ist Yana.« Er lachte sie an. »Ich muss dich warnen. Du darfst nichts ernst nehmen, was dieser Mann von sich gibt …«
»Aber nein«, protestierte der Fremde lachend und löste sich aus Dagrons Umarmung. »Gib ihr doch die Chance, sich selbst ein Bild zu machen.«
Er trat auf sie zu. Sein männlicher Geruch mischte sich mit dem angenehmen Duft wohlriechenden Öls. Der Fremde war groß und muskulös. Seine braun gebrannte Haut glänzte im Dämmerlicht. Er muss sehr wohlhabend sein, dachte Yana, wenn er so reichlich Gebrauch von Öl machen kann. Auch sein Haar war geölt, und es war säuberlich zu kleinen Knoten geflochten, die fest auf seiner Kopfhaut saßen. Sie stellte fest, dass er sich mit der Anmut einer Katze bewegte. Er war mit einem gefleckten Leopardenfell bekleidet und trug auch eine kleine Fellkappe. Als er neben ihr stand, überragte er sie bei weitem.
Er sah ihr mit spöttischen, intelligenten Augen ins Gesicht. Dann streckte er die Hand aus und strich ihr mit einer unglaublich intimen Geste mit dem Finger über Wange und Kinn. »Ich glaube, ich habe die Göttin der Fruchtbarkeit in all ihrer Schönheit vor mir«, flüsterte er mit rauer Stimme.
Yana war schier überwältigt von der Gegenwart des Mannes. Mit offenem Mund starrte sie in seine durchdringenden Augen. Sie senkte den Blick und brachte kein Wort heraus. Er trat noch näher an sie heran.
Dagron näherte sich von hinten und zog Lokuitum gutmütig am Arm. »Hab Erbarmen, Lokuitum. Dieses Mädchen hat ihr Dorf noch nie verlassen. Sie ist keine Jägerin. Woher soll sie wissen, wie man einen Fleischfresser wie dich zu behandeln hat?«
Lokuitums Augen blitzten. »Ich würde es ihr mit Vergnügen

beibringen«, erklärte er und beugte sich wieder zu Yana herunter.
Tern unterbrach ihn und trat zwischen Yana und Lokuitum. Er nahm Ischa aus Yanas Tragetuch und meinte: »Yana hat Besseres zu tun. Sie ist von der Mutter gesegnet worden, und sie trägt die Verantwortung für zwei Babys.« Er lächelte, doch in seiner Stimme schwang eine Drohung mit.
Lokuitum trat einen Schritt zurück. »Oh, ich verstehe«, sagte er ein wenig spöttisch. Er wandte sich mit einer tiefen Verbeugung an Yana und legte Daumen und Zeigefinger zum förmlichen Gruß zusammen. »Schöne Mutter, ich grüße dich bei allem, was von der Göttin gesegnet ist. Ich bin Lokuitum, der Jagdpriester des Leopardenvolkes. Willkommen in unserem Land.«

Tagsüber gingen die Fremden auf die Jagd, und am Abend gesellten sie sich wieder zu den Händlern. Für die Jäger war es nicht schwer, mit den Reisenden Schritt zu halten, weil sie kein schweres Gepäck zu tragen hatten und auch nicht durch Kinder aufgehalten waren.
Yana war erstaunt über die eigenartige Wirkung, die die Anwesenheit der jungen Männer auf ihre kleine Gruppe hatte. Alle schienen angeregt und zum Scherzen aufgelegt. Abends drehten sich die Gespräche um die Jagderfolge des Tages, und die Jäger machten sich beständig übereinander lustig. An diesem Abend wurde eine besonders amüsante Geschichte erzählt. Anscheinend hatte sich einer der jungen Männer an diesem Tag ungeschickter angestellt als gewöhnlich und hatte seinen mit Pfeilen gefüllten Köcher fallen lassen. Sie lachten über das Schauspiel, wie der junge Mann gerade in dem Augenblick verzweifelt nach seinen Pfeilen angelte, als von seinen Jagdgenossen ein Sprung Rehe an ihm vorbeigetrieben wurde. Glücklicherweise waren Lokuitum und sein Freund Nago in Schussposition gewesen, sodass sie zwei Rehe und einen Bock erlegt hatten.
Die Hälfte der Jäger hatte an Ort und Stelle ein Lager aufgeschla-

gen, um das Fleisch vorzubereiten und dann in die Siedlung zu bringen. Die anderen hatten sich wieder zu Dagrons und Hennis Gruppe gesellt, und natürlich hatten sie für alle frisches Wild mitgebracht.

Lokuitums Augen suchten nach Yana. Sie saß am Feuer. Er ging zu ihr hinüber. Die Glut spiegelte sich in seinen großen, dunklen Pupillen. Er beugte sich zu ihr hinunter und legte etwas in ihre Hände, das in dunkelgrüne Blätter gewickelt war.

Sie betrachtete das Geschenk und sah dann auf in seine herausfordernden Augen. Er stand so nahe bei ihr, und sein Selbstvertrauen war verführerisch. Sie senkte den Blick und löste langsam die Blätter. Ein köstlicher Duft von fremden Gewürzen erfüllte die Luft. In ihrer Hand lag die Zunge des Bockes, den Lokuitum geschossen hatte.

»Dies ist eine Köstlichkeit, die wir bei besonderen Gelegenheiten zubereiten. Es wäre eine große Ehre für mich, wenn du sie mit mir teilen würdest«, flüsterte er in ihr Haar.

»Es riecht wunderbar«, antwortete sie. »Die Gewürze kenne ich nicht. Hast du das selbst gemacht?«

Henni, die sie heimlich beobachtet hatte, trat rasch zu ihnen. Bevor Lokuitum noch antworten konnte, stellte sie selbst eine Frage. »Was hat er dir gegeben?«, wollte sie wissen.

Yana hielt ihr das Geschenk hin.

»Das habe ich mir gedacht«, meinte sie und sah Lokuitum ärgerlich an. »Warum hörst du nicht auf, Yana nachzustellen? Sie kennt eure Sitten nicht. Du hättest sie ihr wenigstens erklären können. Und was ist mit Loren? Genügt dir die Gunst einer Priesterin nicht, oder könnte es sein, dass sie deiner schon müde ist?«

Lokuitum zwinkerte vergnügt mit den Augen und lachte. »Henni, du bist wie eine Wildkatze. Es ist wirklich schade, dass dein Clan nicht dulden will, dass eure Frauen sich mit unseren Männern verbinden. Ich glaube, dass diese Kombination sich als …«

»Eure Sitten sind …«

»Ach ja, unsere Sitten …«
»Richtig, eure Sitten«, sagte sie fest und stemmte die Hände in die Hüften. »Unser Volk legt keinen Wert darauf, dass junge Mädchen mit gebrochenem Herzen und Kindern im Arm zu uns zurückkehren, für die niemand sorgen will.«
Lokuitum hob entrüstet die Hand. »Das Leopardenvolk sorgt für alle Frauen und Kinder gleich gut. Niemand geht leer aus, das weißt du. Wenn sie nicht bei uns bleiben wollen, dann ist das ihre Sache, und was die gebrochenen Herzen anbelangt …« Er zuckte die Achseln.
Henni wandte sich an Yana und deutete auf das Fleisch in ihrer Hand. »Wenn du möchtest, kannst du die Zunge essen. Sie ist köstlich, besonders wenn sie auf diese Weise zubereitet ist. Aber teile sie nicht mit ihm.« Sie deutete mit dem Kopf auf Lokuitum. »Es sei denn, du möchtest ihn heute Nacht unter deiner Schlafdecke wiederfinden.«
Yana wusste nicht, was sie denken sollte. Ihre Augen suchten die von Lokuitum. Sie glitzerten verführerisch und mutwillig. Er verbeugte sich. »Es wäre mir eine Ehre, das Geschenk der Mutter mit dir zu teilen«, sagte er leise und feierlich.
Yanas Gesicht wurde heiß. Sie spürte, dass sie errötete, und eine unerwartet sehnsüchtige Erregung erfasste ihren Körper.
Henni fasste sie beim Arm. »Bevor du deine Entscheidung triffst, solltest du eines wissen, Yana: Die Leopardenleute glauben nicht an die Heiligkeit der Ehe. Du darfst nicht damit rechnen, dass dieser Mann bei deinem Herd bleiben wird. Die Frauen führen den Haushalt und tragen die Kinder aus, aber die Jäger können gehen, wohin auch immer sie wollen.«
»Das ist nicht ganz richtig«, fuhr Lokuitum sie an. Zorn brannte in seinen Augen. »Es ist das Recht der Frau, sich den Mann auszuwählen, den sie an ihren Herd laden will. Ein Mann kann nichts anderes tun, als zu versuchen, ihre Aufmerksamkeit zu erregen. Manche Paare bleiben lange Zeit zusammen«, endete er schwach.

»Und wie steht es mit dir, Lokuitum?«, fragte Henni herausfordernd.

Lokuitum richtete sich stolz auf. »Ich bin der Jagdpriester des Leopardenvolkes.« Er warf Henni einen trotzigen Blick zu. »Der heilige Leopard jagt allein.«

»Genau, wie ich mir das vorgestellt habe«, sagte Henni vorwurfsvoll. »Eure Männer warten so lange, bis sie den Ruf der weißen Göttin des Todes hören, warten, bis sie am Morgen die ersten Schmerzen spüren, die sie daran erinnern, dass sie eines Tages in den Schoß der Mutter zurückkehren werden. Dann suchen sie sich eine Frau, die für sie sorgt und sie pflegt. Unsere Sitten sind anders.«

Lokuitum streckte die Hand aus und berührte ihr rötliches Haar. »Nun gut, dann sind wir also wieder beim Thema. Es ist zu schade …« Er brach bedauernd ab.

Er wandte sich an Yana und berührte leicht ihre Hand, in die er sein Geschenk gelegt hatte. Seine Augen lächelten wieder. »Ich hoffe, dass die Sitten deines Volkes nicht so streng sind, schöne Mutter. Das wäre sehr betrüblich.«

Yana zog bedauernd die Hand weg. »Ich muss darüber nachdenken«, sagte sie leise.

KAPITEL 10

Als Yana die Siedlung der Leopardenleute zum ersten Mal zu Gesicht bekam, erschien sie ihr wie ein Ort aus einer Sage. Die leuchtend weiße Stadt war auf dem Gipfel eines großen Hügels erbaut und ragte hoch über die umliegenden Ebenen auf, wo weite Felder mit reifem Getreide auf die Ernte warteten. Weiter in der Ferne konnte sie verstreute Herden von gezähmten Rindern und Schafen ausmachen. Diese Leute mussten wirklich sehr wohlhabend sein.

Heimlich beobachtete sie Lokuitum mit neuem Respekt. Er unterhielt sich gerade mit Tern, fing aber ihren Blick auf, brach sein Gespräch ab und schenkte ihr ein breites Lächeln. Sie errötete, aber sie lächelte tapfer zurück. Dann wandte sie sich wieder um und betrachtete die ausgedehnte Stadt. Sie sah nicht, dass Terns Mundwinkel sich missbilligend verzogen, als er den Blickwechsel bemerkte.

Ein wenig später trat Lokuitum zu Yana und ergriff ihre Hand. »Bei uns lässt es sich wunderbar leben«, sagte er freundlich, als beantworte er eine unausgesprochene Frage. »Alle haben zu essen. Jeder wählt sich die Aufgabe, die er am liebsten verrichtet, und erfüllt sie freudig, um der Göttin zu gefallen. Unsere Priesterinnen und Priester dienen dem Volk mit täglicher Hingabe. Es gibt keinen besseren Ort.« Er sprach mit großer Überzeugung.

Yana warf ihm einen prüfenden Blick zu. Hatte Dagron ihm bereits gesagt, dass sie in seiner Stadt zurückbleiben würde? Sie runzelte die Stirn und entzog ihm ihre Hand.

Er ergriff sie erneut und sah ihr ernst in die Augen. »Ach, Yana«, sagte er leise. »Ich weiß, dass unsere Sitten dir seltsam vorkommen müssen, aber du wirst dich an uns gewöhnen, das kann ich dir versprechen. Bald wirst du Freunde gewinnen, und ich werde mit anderen um deine Aufmerksamkeit wetteifern müssen. Kannst du mir nicht wenigstens bis dahin deine Freundschaft schenken?«

»Dagron hat dir also schon gesagt, dass ich bei deinem Volk bleiben muss«, stellte sie anklagend und mit brennenden Augen fest.

»Nein, aber ich konnte es erraten. Ich weiß, dass Dagrons Volk keine Fremden aufnimmt. Auch unsere Händler bleiben immer nur für kurze Zeit in ihrem Dorf. Sie tun sehr geheimnisvoll mit ihren religiösen Überzeugungen, und so habe ich angenommen …« Er wischte ihr sanft eine Träne von der Wange. »So schlimm wird es nicht«, flüsterte er. »Unser Volk wird für dich und Atum sorgen.«

Tern pirschte sich an die beiden heran. »Du beunruhigst sie!« Er sah Lokuitum wütend an. »Als Priester solltest du wissen, dass du eine, die von der Göttin gesegnet worden ist, nicht so behandeln darfst. Warum kannst du sie nicht zufrieden lassen?«

Yana legte die Hand auf Terns Arm. »Er hat es nicht böse gemeint, Tern. Lokuitum hat nur versucht, mir Mut zu machen.«

Tern zuckte zurück. »Dir Mut zu machen?«

»Du solltest doch am besten wissen, wie es ist, das eigene Volk zu verlassen und bei anderen Leuten leben zu müssen«, schalt ihn Lokuitum. »Hat Dagrons Volk dich nicht aufgenommen, als du noch ein Kind warst? Ich habe Yana nur gesagt, dass unser Volk mit Freuden für sie und die Babys sorgen wird.«

Tern erschrak, und seine Augen trafen die von Yana. Sie wusste nicht genau, was in ihm vorging, aber es war deutlich zu erkennen, dass er nicht glücklich war. Er wollte etwas sagen, aber dann überlegte er es sich anders. Er runzelte die Stirn und kniff die

Lippen zusammen. »Das werden wir erst noch sehen«, knurrte er und wandte sich ab. Er sah sich nach Dagron um, und als er ihn entdeckte, stampfte er auf ihn zu.
Yana blickte ihm nach. An seinen steifen Bewegungen und an der Art, wie er hitzig auf Dagron einredete, war deutlich zu erkennen, dass er wütend war. Dagron antwortete ebenso heftig. Henni gesellte sich zu ihnen und schien zu versuchen, beide zu besänftigen.
»Tern möchte Ischa nicht hier lassen«, sagte Yana nachdenklich. »Aber ich habe nicht geahnt, dass er so zornig werden würde.«
Lokuitum wickelte eine Strähne von Yanas Haar um seinen Finger. »Es ist nicht nur Ischa, die ihm fehlen wird«, entgegnete er. »Und der arme Narr weiß es noch nicht einmal. Aber vielleicht sollte ich dir das nicht sagen.«
Yana sah ihn mit großen, fragenden Augen an.
»Ach, Yana«, flüsterte er. »Siehst du denn nicht, was du einem Mann antust?« Mit brennenden Augen ließ er einen Finger in das Vorderteil ihres Gewandes gleiten, bis er ihre Brustwarze fand. »Ein Baby an jeder Brust«, wisperte er ihr heiser ins Ohr, »der süße Geruch der Milch an deinem Körper, und Hüften, die sich mit dem Versprechen der Fruchtbarkeitsgöttin wiegen.«
Yana erschauerte und lehnte sich an ihn. Über Lokuitums Schulter sah sie, dass Dagron und Tern aufgehört hatten zu streiten. Beide starrten zu ihr herüber. Sie versuchte, sich Lokuitum zu entziehen. Er folgte ihrem Blick und lächelte bedauernd. »Sie begehren dich auch.« Er lachte rau. »Aber sie wissen nicht, dass es die Leopardin ist, die sich den Gefährten für das Jahr wählt.« Er zog sie an sich, ließ die Finger über ihren Busen gleiten und küsste sie leicht.
Ein Baby weinte, und Yana fühlte, wie ihre Brüste anschwollen. Lokuitum sah in ihr Gewand hinunter und lächelte über den Milchtropfen, der sich an einer ihrer Brüste gebildet hatte. Er fing den Tropfen mit dem Finger auf und hob ihn an die Lippen. »Süße Mutter«, sagte er lächelnd. »Dein Sohn ist glücklich dran.

Ich hoffe, dass dein Körper eines Tages ebenso schnell antworten wird, wenn ich dich rufe.« Zögernd ließ er sie los.
Dankbar, einen Grund zur Flucht zu haben, lief Yana in die Richtung, aus der Atums hungriges Geschrei ertönte. Lokuitum zog sie so stark an, dass sie sich kaum dagegen wehren konnte, und das erschreckte sie. Seine erregenden Worte und sein mächtiger Körper überwältigten ihre Sinne. Instinktiv wusste sie, dass er ein Meister der Leidenschaft war, und sie war sich nicht sicher, ob sie seinem Drängen noch lange widerstehen konnte. Sie fürchtete, dass Lokuitum sie mit seinem beständigen Werben dazu bewegen könnte, beim Leopardenvolk zu bleiben. Aber war er wirklich ihr Freund, konnte sie ihm vertrauen?

Die Nachricht von der Ankunft der Reisenden war ihnen vorausgeeilt. Als sie vor den Mauern der Stadt ankamen, war eine Leiter herabgelassen worden, und eine Gruppe von Leuten wartete auf dem Dach, um sie zu begrüßen.
Hilfreiche Hände streckten sich nach Yana aus, um ihr die letzten Leitersprossen hinaufzuhelfen. Alte Freunde begrüßten sich mit lauten Rufen und klopften sich gegenseitig auf den Rücken. Lolim und Dak lachten herzlich mit einem grauhaarigen Mann. Sein erregtes Gesicht verzog sich zu einem breiten Lächeln, das seine großen Zahnlücken enthüllte. Dagron, Tern und Sente scherzten mit ein paar Männern, die ihnen spaßeshalber ihre Handelstaschen wegzunehmen versuchten. Mehrere Frauen scharten sich um Napore und Henni. Sie waren begierig, Neuigkeiten über ihre Wanderung zu hören, und sie führten die Jungen zu einem Ort, wo Essen und Trinken auf sie wartete.
Yana sah sich um. Sie stand auf einem Dach. Über ihr filterte ein Sonnensegel aus Schilf das Sonnenlicht, sodass angenehmer Schatten herrschte und die Augen vor dem grellen Licht der Mittagssonne geschützt waren. Von ihrem Standort aus hatte sie einen weiten Blick über die Ebene und auf die Menschen, die auf den nahen Äckern arbeiteten. Rechteckige Gebäude aus sonnen-

getrockneten Ziegeln waren aneinander gebaut, die Wände waren jeweils durch weitere gestützt, was vermutlich ihre Standfestigkeit verbessern sollte. Die Häuser erhoben sich in Reihen an der Flanke des Hügels, jede Reihe in anderer Höhe als die nächste, sodass Licht in die hoch gelegenen Fenster fallen konnte. Leitern ermöglichten den Zugang von einer Dachebene zur anderen. Yana sah, wie eine Frau in einem rechteckigen Loch in einem der Dächer verschwand und eine hölzerne Tür hinter sich schloss. Sie sah sich um und bemerkte ähnliche Türen in sämtlichen Dächern. Der Zugang zu den Häusern war nur von oben möglich.

Schließlich wurde Yana von jemandem, den sie nicht kannte, zu einer der Türen geführt. Napore kam zu ihr und lächelte sie ermutigend an. »Ich bin erst einmal hier gewesen, aber die Stadt ist sehr beeindruckend. Es gibt reichlich zu essen, und die Leute sind sehr großzügig. Ihre Häuser sind einfach wunderbar, du wirst es gleich sehen.«

»Das sehe ich schon jetzt«, antwortete Yana.

»Warte, bis du erst drinnen bist«, meinte Napore. »Komm, gib mir Ischa. Mit nur einem Baby im Tragetuch ist es einfacher, die Leiter hinunterzusteigen.«

Yana folgte Napores Rat und spähte neugierig in das klaffende Loch vor ihr. Sie konnte die obersten Sprossen einer Holzleiter erkennen. Napore versetzte ihr einen Klaps und lächelte gutmütig. Zögernd schwang Yana sich in die Öffnung und kletterte in den schwach erleuchteten Raum. Die stabile, in den Wandverputz eingelassene Leiter hinunterzusteigen, war leichter, als sie erwartet hatte.

Es dauerte eine Weile, bis Yanas Augen sich an das trübe Licht gewöhnt hatten. Kleine Öllämpchen standen in Wandnischen, einige davon brannten. Yana drehte sich zu Napore um, die hinter ihr hergeklettert kam.

»Na, was sagst du jetzt?«, fragte Napore aufgeregt.

Yana sah sich überrascht um. Die Wohnung war makellos sauber und so kühl wie ein Lagergebäude. Durch die hohen Fenster strömte frische Luft in den Raum. Sie bückte sich und strich mit der Hand über den glatten, sauber gefegten Fußboden. Er bestand aus gestampftem Lehm und war rot gestrichen, in der Farbe des Lebens. Geflochtene Matten aus Marschgras schützten den Boden überall da, wo er am stärksten begangen wurde. Was Yana am meisten in Erstaunen versetzte, waren die kniehohen Lehmbänke, die an den Wänden entlangliefen. Sie waren breit genug, um auch als Betten zu dienen, und hervorragend zum Sitzen geeignet. Dicke, saubere, kunstvoll gewebte Decken und ausgestopfte Kissen bedeckten sie. Noch nie hatte Yana solchen Reichtum gesehen. Sie ließ sich auf eine der Bänke sinken und staunte, wie weich sie war.

Verwundert sah Yana zu Napore auf. »Es kann doch nicht sein, dass wir hier bleiben sollen. Das muss ein Irrtum sein. Dieses Haus gehört sicher einer großen Priesterin. Allein um die Matten in diesem Raum zu flechten, muss eine ganze Schar von Frauen gearbeitet haben, ganz zu schweigen von den Decken und Körben. Nicht einmal die Hohepriesterin in meinem Dorf hat ein Zimmer, das sich mit diesem vergleichen ließe.

Napore lachte erfreut. »Dies hier ist ein einfacher Raum. Alle Häuser haben solche Zimmer. Aber warte nur, bis du einen der Schreine der Göttin zu sehen bekommst.«

Yana schüttelte ungläubig den Kopf. »Wie ist es möglich, dass sie all das Fremden zur Verfügung stellen können?« Sie zeigte auf die polierten Schalen aus Stein und Holz, die in einem Regal aufgereiht standen. In einer Nische neben dem eingebauten Herd war das Feuerholz sauber aufgeschichtet, daneben befand sich ein großer Korb mit Kohle.

Bevor Napore noch antworten konnte, hörte Yana ein schurrendes Geräusch an der Tür in der Decke und bemerkte Henni, die zu ihnen hinunterstieg. »Ich glaube, dass ich hier bei euch wohnen soll«, erklärte sie fröhlich und sprang von der letzten Leitersprosse. »Die Jungen sind zu aufgeregt, um gleich jetzt herunter-

zukommen. Sie spielen mit den anderen Kindern und werden erst später wieder auftauchen.
Atum begann in Yanas Armen zu zappeln, und sie legte ihn auf ein Kissen, sodass er strampeln konnte. Dabei achtete sie darauf, dass er nicht zu nah an der Kante der Bank lag. Das Baby gab gurgelnde Laute von sich, und sie lachte. »Ich glaube, Atum gefällt es in seinem neuen Zuhause.«
Napore warf Henni einen raschen Blick zu. Diese machte ein verlegenes Gesicht, und Yana wurde klar, was sie da soeben gesagt hatte. Alle drei standen unbehaglich herum, bis Napore zur Bank hinüberlief und Ischa neben Atum legte. Sie plapperte unentwegt, um ihre Verlegenheit zu verbergen. »Yana hat mich gerade gefragt, wie die Leopardenleute zu all diesem Luxus kommen«, sagte sie über die Schulter zu Henni. »Du weißt mehr über sie als ich. Erzähl ihr doch von ihnen.«
Henni setzte sich nieder. Sie sah zu Yana auf und lächelte. »Die Leopardenleute handeln mit Obsidian. Sie haben einen großen Steinbruch, nicht weit von hier in den westlichen Bergen. Sie befördern den Obsidian auf großen Flößen den Fluss hinunter. Sie holen auch Holz aus den Wäldern.«
Yana nickte Henni zu fortzufahren.
»Die Stadt ist in Handwerkerviertel eingeteilt. Es gibt Korbmacher, Töpfer, Holz- und Knochenschnitzer, Werkzeugmacher und viele andere Berufe.«
»Es gibt sogar Leute, die den ganzen Tag nichts anderes tun als backen«, warf Napore aufgeregt ein. »Kannst du dir vorstellen, dass man jederzeit frisches Brot bekommen kann?«
Henni lachte über Napores Begeisterung. Dann fuhr sie fort. »Gewöhnlich werden ein Mann oder eine Frau in einen Beruf hineingeboren, aber manchmal zeigt jemand auch Geschick für etwas anderes als das Geschäft seiner Familie. Jedenfalls tauschen die Leute ihre Erzeugnisse gegen die Dinge ein, die sie haben wollen oder die sie brauchen. Was sie entbehren können, ist für den Lebensunterhalt der Priester und Priesterinnen

bestimmt. Sogar übers Meer kommen Leute angereist, um mit dem Leopardenvolk zu handeln, sie bringen Kaurimuscheln und Turmschnecken mit.«

»Unser Dorf tauscht jedes Jahr Obsidianwerkzeug, Getreide, gewebtes Tuch und viele andere Dinge ein«, fügte Napore hinzu.

Yana schüttelte verwirrt den Kopf. »Soll das heißen, dass die Frauen in dieser Stadt das, was sie für ihre Familie brauchen, nicht selber machen, sondern eintauschen? Ich dachte, nur die Wohlhabenden, die Priester und Priesterinnen könnten das.«

»Es ist etwas komplizierter, als es klingt«, antwortete Napore. »Jedermann beteiligt sich am Pflanzen und am Ernten des Getreides. Dann wird alles gleichmäßig verteilt, und niemand muss hungern.«

»Du hast Recht«, fuhr Henni fort. »Die Frauen machen vieles selbst, was sie für ihre Familien brauchen. Aber weil jeder in einem besonderen Handwerk ausgebildet ist, ist ihre Arbeit gewöhnlich viel besser, und was übrig bleibt, wird gegen andere Luxuswaren eingetauscht.«

Yana nahm einen gewickelten Korb in die Hand und bewunderte die feine Arbeit. »In meinem Dorf müssen die Leute alles, was sie brauchen, selber machen, und es wird von ihnen erwartet, dass sie außerdem noch Geschenke für die Priesterinnen anfertigen. Das Getreide wird von allen gemeinsam geerntet, aber die oberste Priesterin bestimmt, wie es verteilt wird, und sie sorgt auch dafür, dass die Priesterklasse einen großzügigen Anteil bekommt.« Sie zögerte und fügte dann leise hinzu: »Aber ich sehe ein, dass dies hier eine viel bessere Methode ist.«

Henni nickte. »In unserem Dorf ist es genauso. Die jungen Leute haben versucht, die Dorfältesten davon zu überzeugen, dass das Getreide gleichmäßig verteilt werden sollte, aber die Ältesten beharren darauf, dass die Ernte der Göttin und ihren Dienern gehört. Sie sagen, unser Dorf sei zu klein, und was hier gut sei, wäre in unserem Dorf schädlich. Viele der Sitten des Leopardenvolkes lehnen sie ab, und deshalb hören sie nicht auf uns.«

Napore nickte heftig mit dem Kopf und kicherte. »Falls du es noch nicht bemerkt haben solltest, die Männer und Frauen betragen sich hier sehr frei, was das Teilen der Gabe der Mutter betrifft.«
»Ja, einige ihrer Sitten sind uns sehr fremd«, fügte Henni hinzu. »Aber man muss zugeben, dass für alle gut gesorgt wird.« Sie warf Yana einen bedeutungsvollen Blick zu.
Yana wandte sich abrupt ab, hob Ischa auf und schlang schützend die Arme um das Baby.
»Und eure Dorfältesten verfahren selbstsüchtig bei der Verteilung des Getreides. Ist es das, was du mir mitteilen möchtest?«, fragte sie wachsam.
Hennis Stimme klang entschuldigend. »Ich wünschte, es wäre anders, aber ich fürchte, einige Leute erhalten wirklich mehr Getreide als andere.«
»Und Dagron hat entschieden, dass die Tochter einer entweihten Priesterin nicht gut genug ist, etwas von eurem Getreide zu bekommen«, fauchte Yana.
Henni und Napore sahen sie verständnislos an.
»Aha, so ist das also«, fuhr Yana mit zornig funkelnden Augen fort. »Dagron wollte es euch wohl erst kurz vor eurer Abreise sagen und so tun, als ob wir uns noch immer mögen und gegenseitig respektieren würden. Tut mir Leid, aber damit kann ich mich nicht ...«
Henni packte Yana am Arm. Auch in ihr begann Zorn aufzusteigen. »Ich habe keine Ahnung, wovon du redest«, erwiderte sie heftig.
Yana riss sich los. »Dann will ich es dir erklären«, sagte sie wütend. »Ich habe Ischa gestillt, als wäre sie mein eigenes Kind, und nur weil meine Mutter während der Fruchtbarkeitszeremonie im Frühling mit einem Händler davongelaufen ist, will Dagron mich hier zurücklassen und mir Ischa wegnehmen. Und ihr macht nicht einmal den Versuch, uns zusammenzulassen.« Sie konnte nicht weiterreden.

Henni ließ sich wie betäubt auf die Bank fallen. »Was sagst du da, wer deine Mutter war?«, fragte sie flüsternd.
Yana riss sich zusammen. »Meine Mutter war eine Priesterin, und mein Vater war ein ... ein Fremder. Ich glaube, sie nannten ihn Derk.«
Henni antwortete nicht sofort. Sie starrte Yana an, als sähe sie sie zum ersten Mal. »Natürlich«, sagte sie endlich. »Derk. Jetzt verstehe ich. Das ändert natürlich alles.«
Jetzt war es an Yana, verwirrt zu sein. »Du kennst seinen Namen?«
Napore setzte sich mit besorgtem Gesicht zu den beiden. »Henni, ich verstehe nicht, was los ist. Was hat sich verändert? Ich dachte, Dagron hätte gesagt ...«
Henni hob die Hand und schnitt ihr das Wort ab. Sie sah Yana ins Gesicht und ergriff ihre Hand. »Yana, in deinen Adern fließt das Blut unseres Volkes.«
Yana sah schweigend und verständnislos von einer zur anderen.
»Ja, es ist wahr«, flüsterte Henni. »Ich weiß nicht, warum Dagron es dir nicht gesagt hat, aber meine Mutter hatte einen Bruder, der vor vielen Jahren in eurem Land mit einer jungen Priesterin verschwand. Wir haben nie wieder etwas von ihm gehört. Sein Name war Derk.«
Über ihnen wurde die Holztür geöffnet, und Sonnenlicht flutete in den Raum. Eine junge Frau in Sandalen und einem Rock aus Bändern stieg anmutig mit einem Tablett voller Speisen die Leiter hinunter.
Yana schloss die Augen. Unzählige Fragen wirbelten in ihrem Kopf herum. Als sie die Augen wieder öffnete, sah sie, dass Henni sie musterte. Aber der Essensduft und die Anwesenheit des fremden Mädchens machten es ihr unmöglich, weitere Fragen zu stellen.
Das fremde Mädchen stellte das Tablett ab und holte Schalen von einem Regal. Auf dem Tablett befanden sich köstlich gewürzte

geröstete Vögel. Das Mädchen brach große Stücke von einem mit Honig gesüßten Brot ab und reichte jedem der Gäste eines davon. Yana wurde zuerst bedient. Mandeln, Äpfel und Heidelbeerwein vervollständigten das Mahl.

Das schweigende Mädchen, das sie bediente, war nicht weniger bemerkenswert als das Essen. Sie hatte das Aussehen einer Priesterin. Ihr prachtvolles Haar war zu neun schweren Zöpfen geflochten, welche die neun Monate der Schwangerschaft symbolisierten. Die Zöpfe waren zu Schlaufen gelegt und mit Knochenkämmen auf dem Kopf befestigt. Yana stellte fest, dass die Bänder ihres Rocks in verschiedenen Farben gefärbt und mit Perlen aus Stein beschwert waren, die um ihre Knöchel klapperten. Wenn das Mädchen sich bewegte oder niederkauerte, ragten ihre langen, braunen Beine zwischen den Bändern hervor, wobei ihre festen Schenkel sichtbar wurden. Die kleinen Brüste des Mädchens waren von einem Stoffstreifen verdeckt, der im Rücken gebunden war und die Schultern frei ließ. Um Arme, Hand- und Fußgelenke trug sie Ketten aus geschnitztem Knochen mit eingelegten Muscheln und Perlen. Ein Amulett der Vogelgöttin hing um ihren Hals.

Während die Gäste aßen, saß das Mädchen mit gekreuzten Beinen in einer Ecke.

Sie aßen mit gierigem Schweigen. Die kleinen Vögel waren zart geröstet, das Fleisch haftete lose an den Knochen und war mit einer köstlichen fetten Soße bedeckt. Yana leckte sich genüsslich die Finger ab, tunkte die restliche Soße mit einem Stück Brot auf und probierte einen Schluck Wein. Das Getränk floß würzig über ihre Zunge, wärmte ihr den Magen und beruhigte sie für den Augenblick. Sie beendete ihr Mahl, trank den Wein aus und schob ihre Schale beiseite.

Das warme Essen machte sie mutig. Sie holte tief Luft und sah Henni entschlossen in die Augen. »Ich habe viele Fragen, und du sicher auch«, sagte sie ein wenig scharf. »Aber eines muss ich vor allem wissen: Was ändert sich dadurch, dass mein Sohn und ich das Blut deines Volkes in uns tragen? Müssen wir trotzdem hier bleiben?«

Napore wollte etwas sagen, doch Henni unterbrach sie. »Darüber können wir jetzt nicht reden«, erklärte sie und sah bedeutungsvoll auf das Mädchen, das in der Ecke hockte.

Das Mädchen verstand, dass sie ungestört sein wollten. Sie nickte und begann, die Reste ihrer Mahlzeit in eine große Schale zu legen. Rasch spritzte sie Wasser in die benutzten Schüsseln, reinigte sie mit einem Tuch und stellte sie wieder auf das Regal. Sie hob das Tablett und die Holzschale mit den Essensresten auf und wollte schon gehen, aber dann zögerte sie und begann zum ersten Mal, seit sie den Raum betreten hatte, zu sprechen. »Ich habe gehört, dass du die Ehre hast, für zwei Säuglinge zu sorgen.« Sie zeigte auf Yana und die schlafenden Babys. »Und eines davon ist die Frucht deines eigenen Leibes. Die Mutter hat dich wirklich gesegnet.«

Ihre Stimme hatte einen melodischen Klang.

»Die Hohepriesterin hat befohlen, dass ich dir dienen und mich um all deine Bedürfnisse kümmern soll, weil du die Frauen unserer Stadt nicht kennst und sonst niemanden hast, der dir mit den Kindern helfen kann.«

Yana neigte den Kopf auf die Weise, in der die Priesterinnen ihres Dorfes einer Dienerin zunickten. Das Mädchen lächelte.

»Ich heiße Linene«, sagte sie. »Wenn du baden und dich umziehen möchtest, werde ich dich und deine Freundinnen zum Fluss begleiten. Ich bin gleich mit neuen Kleidern wieder zurück, aber wenn du mich brauchst, findest du mich im Nachbarhaus mit der roten Tür.«

Yana nickte wieder und wartete schweigend und ungeduldig, bis das Mädchen die Leiter hinaufgeklettert war und den Raum verlassen hatte.

Als sich die Tür über ihnen fest schloss, wandte sie sich aufgeregt an Henni. »Dann war derjenige, der den Schoß meiner Mutter geweckt hat, also ein Mann aus eurem Volk. Darin wirst du doch

sicher ein Zeichen der Göttin sehen, dass ich mit euch in eure Heimat weiterreisen soll.«
Henni nickte langsam, aber ihre Augen waren sorgenvoll. Während sie gegessen hatten, war ihr klar geworden, warum Dagron Yana nicht gesagt hatte, dass Derk ihr Vater war. Jetzt, da sie das Geheimnis kannte, würde sie entschlossener sein denn je, mit ihnen in ihre Heimat zu ziehen. Aber was würde geschehen, wenn die Dorfältesten sich nicht zu Yanas Gunsten entschieden? Henni wusste nun, wie klug es von Dagron gewesen war, Yana ihre Herkunft zu verschweigen.
Henni zog die Lippen zusammen und seufzte. »Ich weiß, dass es schwer für dich ist, das zu verstehen«, sagte sie zu Yana. »Aber ich glaube noch immer, dass es klüger wäre, wenn du bis zur Fruchtbarkeitszeremonie im Frühling bei den Leopardenleuten bleiben würdest. Für mein Volk bist du trotz allem eine Fremde. Die Ältesten könnten zornig werden. Vielleicht fürchten sie sich sogar und bezweifeln, ob du uns Glück bringst. Wenn irgendein Unglück geschieht, während du bei uns bist, könnten die Ältesten beschließen, dich und Atum während der Schneemonate fortzuschicken. Du möchtest doch Atums Leben nicht auf solche Weise aufs Spiel setzen?«
Die Hoffnung schwand aus Yanas Augen, und ihre Schultern sanken herab. Sie sprach leise und mit abwesender Stimme. »Ich hatte dich für meine Freundin gehalten, einen Augenblick lang sogar fast für meine Schwester. Aber auch du willst nicht versuchen, mir zu helfen.« Sie sah sehr verlassen aus.
Napore konnte den Schmerz in Yanas Stimme nicht ertragen. Sie lief zu ihr, umarmte sie und legte den Kopf auf ihre Schulter. »Für mich bist du eine Schwester«, sagte sie leise. »Sente und ich lieben dich und Atum. Bitte glaub mir das.«
Hennis Augen waren verschleiert, sie war nahe daran, in Tränen auszubrechen. Aber sie hatte ihren Gefühlen noch nie nachgegeben. »Auch für mich ist es eine Ehre, deine Schwester zu sein, Yana«, erklärte sie ernst. »Wenn wir nach Hause kommen, werde

ich alles tun, was in meiner Macht steht, um die Ältesten davon zu überzeugen, dass es der Wille der Göttin ist, dass du bei uns ein Heim findest. Wenn Tern im Frühling Ischa abholen kommt, wird er hoffentlich auch dich und Atum mit nach Hause bringen können.« Sie zuckte müde die Achseln. »Mehr kann ich nicht tun.«

Yana sah auf und wusste, dass Henni die Wahrheit sagte. Ihre Lippen zitterten. »Ich habe mich bei euch so sicher gefühlt, und jetzt weiß ich auch, warum. Es wird hart sein zu wissen, dass ich irgendwo Verwandte habe, wo ich doch noch nie eine Familie hatte.«

Hennis Kehle war wie zugeschnürt bei dem Gedanken, wie glücklich ihre eigene Mutter sein würde, Derks Enkel in den Armen zu halten. Ihre Augen fielen auf den pausbäckigen kleinen Jungen. Atum sollte wirklich bei seinen eigenen Leuten aufwachsen.

Die Frauen hörten Schritte. Die Tür öffnete sich knarrend, und Linenes Kopf erschien in der Öffnung. »Ich habe die Kleider«, rief sie mit ihrer weichen Stimme. »Wir können zum Fluss gehen, wann immer ihr möchtet.«

Napore stand auf. »Ich weiß nicht, wie es euch geht, aber ich kann es gar nicht erwarten, dieses staubige Reisegewand loszuwerden.«

Yana lächelte zustimmend. Alles, was sie besaß, war ein Wickelkleid aus Rehleder mit ledernen Beinkleidern sowie ein lose gewebtes Gewand aus Wolle. Alle Kleidungsstücke waren vollkommen abgetragen, schon fast Lumpen. Sie hatte es dringend nötig, etwas anderes zu bekommen.

Rasch stand sie auf und begann, das Tragetuch für die Säuglinge zu knoten, aber noch bevor sie dazu kam, die beiden zu wecken, rief Linene zu ihr hinunter: »Lass die Babys schlafen. Ich hole meine kleine Schwester. Die kann auf sie aufpassen.«

Linenes Kopf verschwand, und wenig später kletterte ein junges Mädchen die Leiter hinunter. Sie war die kleinere Ausgabe ihrer älteren Schwester. In ihren Augen und ihrer goldenen Haut begannen die ersten Anzeichen von Schönheit gerade erst sich zu entfalten.

Yana lächelte. Sie mochte das Mädchen auf Anhieb. »Sie sollten noch eine ganze Weile schlafen«, erklärte Yana. »Sie haben reichlich getrunken, und es war ein aufregender Tag für sie.«

Das Mädchen lachte und nickte. »Lasst euch am Fluss so viel Zeit, wie ihr wollt. Mammar hat versprochen, mir meine Perlenarbeit zu bringen. Ich bin gerade mit einem Amulett der Vogelgöttin beschäftigt, wie es die erwachsenen Frauen tragen«, sagte sie stolz.

Linene führte sie über die Dächer und erklärte ihnen, dass es näher sei, so durch die Stadt zu gehen, als außen herum auf dem Boden. Hier und da saßen Leute unter ihrer Veranda bei der Arbeit. Freunde, die Linene kannten, winkten und lächelten und warfen neugierige Blicke auf die Fremden in ihrer Begleitung.

Sie durchquerten ein Stadtviertel, in dem die Leute Tuch webten und mit Knochennadeln Kleidungsstücke nähten. In einem anderen Stadtteil waren Männer dabei, Leder zu bearbeiten. Ein Mann spaltete Obsidian und stellte Werkzeug her, während ein Kind ihm zusah. Überall roch es nach warmem Brot und Essen.

Yana fiel auf, dass sie an mehreren Höfen vorbeikamen, wo verlassene Häuser langsam verfielen. Diese Höfe wurden nicht für Tiere oder für Versammlungen genutzt, sondern als Abfallplätze, wobei die Häuser trocken und sauber blieben. Linene erklärte, dass die Asche und die weggeworfenen Knochen zermahlen und zu dickem Mörtel zusammengemischt wurden, mit dem man Häuser baute und reparierte. Jeden Frühling, gleich nach der Fruchtbarkeitszeremonie, erhielten die Häuser eine neue weiße Schicht.

Yana staunte, wie gut in dieser Stadt alles geregelt war. Offenbar wurde nichts verschwendet, und jedermann schien glücklich und gesund zu sein. Die Leute zeigten auch große Ehrfurcht vor der Göttin. Für alle drei bis vier Häuser gab es ein Gebäude mit roter

Tür, das der Großen Mutter geweiht war. Als sich Yana nach diesen Schreinen erkundigte, erfuhr sie, dass sie nur gelegentlich von Priestern oder Priesterinnen bewohnt wurden, die Leute sie aber täglich benutzten, um vor der Hitze zu fliehen und in stiller Einsamkeit über die Gaben der Göttin nachzusinnen. Yana schüttelte erstaunt den Kopf.

Bald hatten sie den Stadtrand erreicht. Linene führte sie eine Leiter hinunter, dann folgten sie einem gewundenen Pfad zum Fluss. Der Weg gabelte sich. Am Ende des einen Pfades waren Männer und Frauen damit beschäftigt, Kleider zu waschen und auf den Felsen trocknen zu lassen. Linene schlug jedoch die andere Richtung ein, flussaufwärts. Der Weg wurde steil und felsig. Sie gingen bergauf und mussten großen Felsbrocken ausweichen. Endlich erreichten sie einen gewaltigen Felsvorsprung am Fluss.

Die vier Frauen sahen auf einen geschützten Badeplatz hinunter. Eine natürliche Bucht lag zwischen sonnengebleichten Felsen, das tiefe, klare Wasser war von weißem Sand gesäumt und von der Strömung des Flusses getrennt. An den flachen Rändern der Bucht spielten Kinder, sorgsam von ihren Müttern behütet. Die Frauen saßen nackt auf flachen Steinen, flochten sich gegenseitig die Haare und ließen sie in der Sonne trocknen. Einen so schönen Badeplatz hatte Yana noch nie gesehen. Beim Anblick des Wassers hatte sie es plötzlich sehr eilig, ihre schmutzigen Reisekleider loszuwerden und in das klare kühle Nass zu tauchen. Hastig sprang sie die in den Fels gehauenen Stufen hinunter, die zu der Bucht führten.

KAPITEL 11

Eom lag flach auf dem Bauch im trockenen Gras. Er blickte über den Rand der Klippe hinunter und beobachtete die Frauen, wie sie den felsigen Pfad zur Bucht hinunterstiegen. Es war nicht schwer, Yanas schlanke Gestalt zwischen den anderen auszumachen. Er kannte ihren Körper gut, und er wusste Bescheid über ihre Gewohnheiten. Sie liebte es, möglichst oft zu baden.

Als Eom die Stadt zum ersten Mal gesehen hatte, war ihm auf Anhieb klar gewesen, dass er sehr vorsichtig vorgehen musste, um nicht entdeckt zu werden. Er hatte sich niemals vorstellen können, dass so viele Menschen an einem Ort zusammenleben konnten. Verglichen mit dieser Stadt erschien ihm sein eigener Heimatort wie ein winziges Dorf.

Yana war als Erste am Wasser. Sie blieb nicht stehen, um mit den Frauen zu plaudern, wie die anderen. Sie öffnete ihr Wickelkleid aus Rehleder und ließ es zu Boden gleiten. Von hinten konnte Eom die sanften Kurven ihrer Hüften erkennen, ihre scharfen Schulterblätter und die weiche Biegung ihres Rückens. Sie löste die Sehne, mit der ihr Haar zurückgebunden war, und beugte sich mit gespreizten Beinen nach vorn, um mit den Fingern die Haarsträhnen auseinanderzuschütteln. Eoms Augen wanderten zu dem silbernen Lichtstreifen zwischen ihren Oberschenkeln. Er befeuchtete die Lippen und stöhnte leise ins Gras. Seit sie das letzte Mal durch ein Dorf gekommen waren, hatte keine Frau

mehr seine Haut berührt, und er war es nicht gewohnt, lange ohne die Gabe der Göttin auskommen zu müssen. Er beobachtete, wie Yana ins kühle Wasser tauchte. Die Sonne spiegelte sich in der Wasserfläche. Kleine Wellen schienen an der Innenseite ihrer Oberschenkel zu lecken.
Yana bewegte sich langsam. Sie genoss den Augenblick. Als ihr das Wasser bis zur Taille reichte, streckte sie die Hände aus und strich fast ehrfürchtig über die Oberfläche. Dann lies sie sich langsam hinuntersinken, bis ihr Oberkörper und Kopf ganz untergetaucht waren. Ebenso langsam tauchte sie wieder auf und atmete tief.
Sie hob das Gesicht aus dem Wasser. Ihr Haar floß um ihre Schultern, Wassertropfen schimmerten auf ihren großen Brüsten. Er war eifersüchtig auf das Wasser, das ihre grazilen Glieder streichelte, als sie in langgezogenen Stößen vom flachen Ufer der Bucht ins tiefere Wasser strebte. Umspielt von schimmernden Wellen schwamm sie hinaus.
Als Eom die Umrisse ihres Körpers nicht mehr erkennen konnte, sah er sich nach den anderen Frauen um, die mit Yana zum Fluss gekommen waren. Eine von ihnen erregte seine Aufmerksamkeit. Es war Henni. Sie musste es sein. Niemand außer ihr hatte Haare von der Farbe des Feuers.
Henni löste sich aus der Schar der Frauen und legte ihre Kleider ab. Ihr Körper war anders als der von Yana. Ihre Haut war heller, fast wie warmer Honig. Ihre Hüften waren breit und stark und wölbten sich herausfordernd unter einer zarten Taille. Ihr Oberkörper war vergleichsweise schmal. Sie wandte sich von ihm ab und begann einen großen flachen Felsvorsprung zu erklettern, der über die tiefste Stelle der Bucht hinausragte. Ihre Muskeln bewegten sich kraftvoll und rhythmisch, während ihre Füße Halt in der Felswand suchten.
Eom überlegte, wie sich der raue Fels wohl an Hennis zarter Haut anfühlen mochte. Er wünschte sich, er könnte sie von hinten dort fest halten, in ihr Genick atmen und die Hände gleich-

zeitig über ihren glatten Körper und den rauen Felsen gleiten lassen. Eom begann zu schwitzen, und er bemerkte, dass auch Henni schwitzte, als sie sich zum Gipfel des Felsvorsprungs hinaufarbeitete.
Als sie endlich auf dem Gipfel stand, blieb sie in der heißen Sonne stehen und blickte, nackt und selbstbewusst, zum Horizont. Dann löste sie einen Wasserfall von glutfarbenem Haar und ließ ihn über Gesicht und Busen fallen.
Eom spürte den köstlichen Schmerz des Verlangens in den Lenden. Sein Atem ging flach, und er stieß das Becken rhythmisch gegen die Erde.
Henni hob die Arme und bog den Rücken durch wie eine goldene Katze. Ihre Brust hob sich, sie atmete tief ein und sprang in die Tiefe. Eom spürte den Schock des kalten Wassers fast an seinem eigenen Körper.
Tief atmend kam Henni an die Wasseroberfläche.
Zitternd und stöhnend rollte Eom sich auf den Rücken und bedeckte seinen Orgasmus mit den Händen, bis sein Glied aufhörte zu zucken.

Für kurze Zeit schüttelte Yana die Verantwortung der Mutterschaft ab. Sie ließ sich im Wasser treiben, bis ihre Haut und ihr Körper ganz gesättigt waren. Sie sah die Wolken vorüberziehen und fühlte sich wunderbar schwerelos und offen. Sie spürte die Göttin überall, in den Vögeln, die über ihr kreisten, in dem Leben spendenden Wasser, das gegen ihre Wangen schlug und ihren Körper umspülte, selbst in dem wogenden trockenen Gras, das sich über den Rand der Klippen neigte. Yana fühlte, wie die Liebe und Kraft der Göttin alles erfasste und aus allem leuchtete, und empfand plötzlich eine tiefe Zufriedenheit, die ihr Gemüt ganz und gar zur Ruhe kommen ließ.
Als Yana aus dem Wasser stieg, schien ihr die Nachmittagssonne warm auf den Rücken. Sie zog sich an und freute sich über das weiche saubere Gewand auf ihrer Haut. Gerade wollte sie sich

wieder den anderen Frauen anschließen, als sie eine alte Frau entdeckte, die nicht weit entfernt allein im Sand saß.
Sie trug ein einfaches braunes Kleid und blickte mit seltsamem Gesichtsausdruck über die Bucht nach der sinkenden Sonne. Yana entdeckte die gleiche Zufriedenheit im faltigen Gesicht der Alten, die sie selbst empfand. Sie lächelte und wollte sich schon abwenden, als eine plötzliche Eingebung sie veranlasste, auf sie zuzugehen.
Ein Paar alte Augen sahen zu ihr auf, ein Lächeln machte sich breit. Yana sah die Einladung in den Augen der Alten und setzte sich zu ihr in den Sand. Schweigend saßen sie nebeneinander und blickten zum Horizont.
Nach einer Weile brach die Alte das Schweigen. »Auch du suchst also Frieden in der Göttin«, murmelte sie und blickte unverwandt in die Ferne.
Yana nickte und sagte leise: »Ich bin allerdings lange nicht mehr dazugekommen. Ich war niemals allein und ruhig genug, um sie zu finden.«
»So ist das oft mit den jungen Leuten.«
Wieder schwiegen sie.
»Großmutter«, fragte Yana zögernd, »kommst du oft hierher, um über die Göttin nachzudenken?«
Die Alte bejahte.
»Hier sind so viele Menschen«, fuhr Yana fort und deutete auf die Kinder im seichten Wasser. »Ihre Sorgen und Ängste sind eine so … bedeutungslose Ablenkung, wenn man nach der Größe der Mutter sucht.«
Die alte Frau schien ihre Worte mit Bedacht zu wählen. »Das ist wohl wahr. Aber sind nicht auch die Menschen ein Ausdruck der Göttin?«
»Ja, aber mit den Menschen ist so viel Schmerz verbunden.«
»Und du bist in der Einsamkeit am glücklichsten?«
»Wenn ich alleine bin, fühle ich mich der Göttin am nächsten«, flüsterte Yana.

Die alte Frau legte ihr beruhigend die Hand aufs Knie. »Für viele Menschen ist es zu qualvoll, mit der Göttin allein zu sein. Sie erleben ihre Freuden und Schmerzen in den anderen, die um sie herum leben. Wir alle haben Teil an den Freuden und Schmerzen der Göttin, nur erfahren wir sie auf unterschiedliche Weise.« Mit sanftem Vorwurf fügte sie hinzu: »Nichts ist bedeutungslos in den Augen der Göttin.«

Yana sah, wie die Mütter ihre Sachen zusammensuchten und nach ihren lachenden Kindern riefen. Sie dachte an Atum und ihre neuen Freunde, die ihr so viel Kummer bereiteten. »Wahrscheinlich hast du Recht«, meinte sie und ließ eine Hand voll warmen Sand durch ihre Finger rieseln. »Aber davon wird das Leiden auch nicht leichter.«

»In der Mutter ist immer auch Schmerz enthalten; in der Freude der Geburt liegt auch Leiden. Sie zeigt uns, dass das Grab der Schmerzen auch der Schoß des Lebens sein kann. Es kommt ganz darauf an, wie man die Mutter betrachtet.«

Yana nickte und musste plötzlich lachen. »Ja, so ist das mit den Alten.«

Die Augen der Greisin blinzelten vergnügt. »Du hörst gut zu, Tochter.«

Napore entdeckte Yana und winkte ihr zu. Die Frauen wollten gehen. Yana stand auf und schüttelte den Sand aus ihrer Kleidung. »Ich muss jetzt los.« Sie lächelte schüchtern. »Es war schön, sich mit dir zu unterhalten. Es tut wohl, mit jemandem über die Göttin zu reden, der einen versteht. Ich hoffe, dass wir uns wieder sehen.«

Die alte Frau lachte wie über einen Scherz. »Da bin ich mir ganz sicher.«

Yana wandte sich ab und lief zu ihren Freundinnen.

Linene fasste sie am Arm und lächelte vertraulich. »Ich muss zugeben, als ich hörte, dass deine Mutter eine Priesterin gewesen sei, da war ich mir nicht so sicher. Aber jetzt sehe ich, dass du die Berufung zur Priesterin hast.«

Yana runzelte verwirrt die Stirn. »Das verstehe ich nicht.«
»Weißt du nicht, mit wem du gerade gesprochen hast?«
Yana schüttelte den Kopf. »Meinst du die alte Frau da drüben?«
Linenes Augen glitzerten vergnügt. »Die meisten Leute würden es nicht wagen, sie so anzusprechen, wie du es getan hast. Sie ist die Großmutter der Zwillingspriesterinnen, die über unsere Stadt herrschen.«
Henni und Napore standen mit offenem Mund da, und Yana war nicht weniger verblüfft.
Henni schnappte nach Luft. »Aber warum kleidet sie sich so einfach, ganz unter ihrem Stand?«
Linene zuckte die Achseln. »Wer weiß schon, warum alte Leute so handeln, wie sie es tun? Das Einzige, was ich weiß, ist, dass sie die mächtigste Frau der Stadt ist.«
Yana bekam einen roten Kopf. Und ich habe es gewagt, ihre Ansichten in Frage zu stellen, dachte sie. Dann musste sie lächeln.

Eom lag auf dem Rücken und genoss die Wärme der sinkenden Sonne auf seinen Gliedern. Das Gras stand hoch über ihm und bildete eine heimliche Höhle, in der sich die nachlassende Hitze des Tages noch hielt. Der staubige Duft der Erde mischte sich mit dem scharfen Geruch seiner vergangenen Leidenschaft. Er wusste, dass er sich eigentlich zum Lager zurückschleichen und Ledo mitteilen sollte, dass Yana und die anderen endlich angekommen waren. Aber er wollte die Süße der Göttin noch eine Weile genießen.
Eom verspürte eine Veränderung in sich. Die Erfahrung, jeden Morgen an einem anderen Ort zu erwachen und nicht zu wissen, was der Tag bringen und wie er enden würde, weckte eine neue Erregung in ihm. Seit er sein Dorf verlassen hatte und dem Einfluss seiner Mutter entkommen war, hatte seine Welt sich geweitet, und um zu überleben, musste auch er sich weiten. Er hatte sich widerwillig dazu durchringen müssen, Ledo zu bewundern und zu respektieren, dessen unerschöpfliches Wissen über die

Göttin und ihre Diener sie beide am Leben erhalten hatte. Er hatte sogar seine Freude an Ledos sarkastischem Humor und seinen erbarmungslosen Sticheleien. Der alte Mann konnte ihn noch immer in Wut bringen, aber er hatte festgestellt, dass seine Worte bei näherem Hinhören meistens von Verstand zeugten. Es gab so viel für ihn zu lernen. An manchen Tagen vergaß er fast, warum er diese Wanderung überhaupt angetreten hatte.

Eom schloss die Augen. Nun kam ihm der Grund wieder klar zu Bewusstsein. Er sah Henni stolz auf der Spitze der Klippe stehen. Ihre Willenskraft und die Macht der Göttin wurden ihm deutlich. Es kam ihm jetzt nicht mehr nur darauf an, sie zu besitzen, sondern sie kennen zu lernen, nicht sie zu zähmen, wie er es sich einst gewünscht hatte, sondern zu lernen, mit ihr Schritt zu halten. In seiner Brust war ein dumpfer Schmerz. Er verstand das Gefühl nicht. Sein Leben veränderte sich einfach zu schnell.

Plötzlich hatte er das dringende Bedürfnis, wieder im Lager zu sein. Er kroch durch das hohe Gras, bis er sicher war, dass er nicht mehr gesehen werden konnte. Dann stand er auf und trottete auf eine Baumgruppe am Ufer des Flusses zu. Als er die Bäume erreicht hatte, fühlte er sich wieder sicher. Er folgte den Biegungen des Flusses nach Süden. Ledo hatte das Lager weit genug von der Stadt entfernt aufgeschlagen, dass niemand sie durch Zufall entdecken würde. Das machte seine tägliche Wanderung zum Badeplatz allerdings sehr ermüdend.

Eom ruhte sich ein Weilchen auf einem umgestürzten Baumstamm aus. Das Gefühl der Dringlichkeit, das er schon vorher empfunden hatte, trieb ihn weiter. Als er endlich im Lager ankam, seufzte er erleichtert auf; es wirkte unverändert. Alles war so, wie es sein sollte. Ledo saß mit gekreuzten Beinen in der Nachmittagssonne und schärfte einen Speer.

Eom ging auf den alten Mann zu, der ein Grußwort grunzte ohne aufzusehen.

Eom lächelte vage. »So, mein Alter«, sagte er spöttisch, »hast du

diesen Speer heute auch benutzt, oder kannst du nur noch den ganzen Tag in der Sonne sitzen und ihn schärfen?«
Ledo grunzte wieder, erwiderte jedoch nichts. Dann aber stand er auf, sah ihn missbilligend an und reichte ihm den Speer. Erst jetzt bemerkte Eom, dass er seine eigene Markierung trug. Da wusste er, dass der Alte ihn tadelte, weil er seine Waffe nicht gebrauchsfähig hielt.
Eom nahm den Speer und wollte sich verteidigen, aber dann besann er sich und grinste. »Ich wusste, dass ich nur lange genug abwarten musste, bis du ihn für mich schärfen würdest.«
»Unglücklicherweise befinden wir uns aber im Leopardenland«, gab Ledo zurück. »Ich möchte nicht auf deinen stumpfen Speer angewiesen sein, wenn wir unerwartet einem jagenden Leoparden gegenüberstehen.«
»Ich dachte, dir passiert nie etwas Unerwartetes«, stichelte Eom.
»Das liegt daran, dass ich im Voraus plane«, antwortete der alte Mann streng. »Selbst wenn ich deshalb den Speer eines anderen schärfen muss.« Er wechselte das Thema. »Hast du übrigens darüber nachgedacht, wie du Yana an einem so belebten Ort ansprechen willst?«
Eom sah überrascht auf und schüttelte den Kopf. »Alter Mann«, erwiderte er, »du hättest Priester werden sollen. Ja, ich habe sie gesehen. Yana und die anderen Frauen haben in der Bucht gebadet.« Er runzelte die Stirn. »Bevor sie zu den Händlern ging, haben Yana und ich vereinbart, wie wir ein Treffen verabreden würden. Morgen werde ich das Zeichen der Göttin in einen Felsen bei der Bucht ritzen. Niemand wird Verdacht schöpfen. Das Symbol wird ständig verwendet. Wenn sie es sieht, wird sie wissen, dass sie nach mir Ausschau halten soll.«
Ledo nickte langsam. »Wir sollten heute lieber kein Feuer machen«, sagte er ernst. Es gibt eine klare Nacht heute, und jemand könnte den Rauch sehen.«
»Aber du hast doch gesagt, dass wir weit genug von der Stadt

entfernt sind und dass niemand ein kleines Feuer bemerken würde, wenn wir es nicht zu lange brennen lassen.«
»Ich habe meine Meinung eben geändert.«
Eom grunzte.
Im runzeligen Gesicht des Alten machten sich ernste Sorgen breit. »Ich fühle, dass die Göttin will, dass wir vorsichtig sind«, erklärte er unfreundlich. »Heute habe ich den Totenruf der Eule gehört, als die Sonne noch hell am Himmel stand. Das ist kein gutes Zeichen. Der weiße Tod lauert im Schatten.«
Eom wollte den alten Mann auslachen, konnte es aber nicht. Auch er hatte am Ende dieses Tages ein Gefühl der Dringlichkeit und Angst verspürt. Er sah zum Himmel auf, der sich langsam dunkel färbte, und erschauerte. Zum zweiten Mal an diesem Abend dachte er sich, dass Ledo Priester hätte werden sollen.

KAPITEL 12

Yana war eine der Ersten in der Badebucht. Wieder hatte man ihr die Säuglinge abgenommen, und sie freute sich auf das kühle Wasser. Der Himmel war klar, und beim Gehen quoll der warme Sand zwischen ihren Zehen hindurch. Sie blieb stehen und atmete tief. Andere Frauen gesellten sich mit ihren Kindern zu ihr. Gerade wollte sie ihr Kleid ablegen, da entdeckte sie ein Zeichen auf einem Felsbrocken nicht weit von dem Platz, an dem sie am vergangenen Tag gebadet hatte.

Sie streckte die Hand aus und hielt überrascht inne. Es war ein Dreieck, das Symbol für den Uterus der Mutter, das Eom an jenem nun so lange zurückliegenden Tag in den Sand gezeichnet hatte, als sie aus ihrem Heimatdorf geflohen war. Er musste in der Nähe sein.

Mit zitternder Hand strich Yana über das Zeichen. Sie drehte sich um und suchte mit den Augen die umliegenden Felsen ab. Dann hob sie den Kopf. Natürlich, sicher hatte sich Eom dort oben im Gras verborgen. Von dort aus konnte er alles beobachten, was unten in der Bucht vor sich ging. Er wollte, dass sie zu ihm kam.

Am liebsten wäre Yana fortgerannt und hätte sich versteckt. Er beobachtete sie. Sie spürte seinen Blick. Wie lange er wohl schon auf sie wartete? Was würde er tun, wenn sie nicht zu ihm käme? Wie hatte sie nur so einfältig sein können. Dagron kannte Eom. Er würde erraten, was für ein doppeltes Spiel sie spielte, und würde sie fortschicken. Niemand würde ihr mehr trauen, nicht einmal die Leopardenleute. Yana erkannte überrascht, dass sie lieber bei den Leopardenleuten bleiben wollte, als zu Eom und seiner Mutter zurückzukehren. Ich muss mit ihm reden, dachte sie, sofort.

Eilig kletterte sie den Pfad wieder hinauf, den sie soeben hinuntergestiegen war. Auf halbem Weg begegnete sie Henni und Napore, die ebenfalls dem Badeplatz zustrebten. Sie schlug die Augen nieder und drängte sich an ihnen vorbei.

Henni fasste sie lachend am Arm. »Ich dachte, du hättest es so eilig, ins Wasser zu kommen? Ich wollte dich gerade zu einem Wettschwimmen zum großen Felsen auffordern.«

»Vielleicht später«, murmelte Yana. »Ich möchte zuerst noch ein bisschen spazieren gehen.« Als sie Hennis erstauntes Gesicht sah, lächelte sie unsicher und fügte hinzu: »Wegen Atum und Ischa habe ich wenig Zeit für mich selbst, und ich möchte das Alleinsein noch ein bisschen genießen. Geht ihr nur schon vor. Wenn wir es auf etwas später verschieben können, freue ich mich auf das Wettschwimmen.«

Henni schien mit Yanas Erklärung zufrieden zu sein. Sie nickte lächelnd und setzte ihren Weg fort. Napore drehte sich noch einmal um, winkte und rief Yana zu, dass sie auf sie warten würden.

Eom beobachtete die Begegnung der drei Frauen. Er merkte gar nicht, dass er die Luft angehalten hatte, bis die anderen Yana vorbeiließen.

Eom ließ seine Augen über Hennis große Gestalt gleiten. Der Saum ihres Rockes schlug gegen ihre nackten Beine. Er hätte sie gerne weiter beobachtet, sich die Szene vom vorangegangenen Tag noch einmal vorgestellt, aber da kam Yana schon mit sorgenvollem Gesicht den Hügel herauf. Er kroch wieder tiefer in das Gras hinein.

Yana wanderte am Rand der Klippe entlang. Das Gras reichte ihr fast bis zur Taille. Sie ließ den Blick über die Bucht und den breiten Fluss schweifen. Gerne wäre sie der Begegnung mit Eom aus dem Weg gegangen und hätte sich nur in die wunderbare Aus-

sicht vertieft. »Bitte hilf ihm, mich zu verstehen«, betete sie leise zur Göttin. »Ich kann nicht mehr zu ihm zurückkehren.«
Yana hörte ein Rascheln im Gras und drehte sich um, aber da war er auch schon an ihrer Seite. Er ergriff ihre Hände und zog sie zu sich herunter. Seine Finger glitten über ihre Hüften und in den Schlitz ihres Rockes. Sein Mund bedeckte den ihren, noch bevor sie protestieren konnte. Sie wurde steif und entzog sich ihm. »Dafür bin ich nicht gekommen«, zischte sie.
Wenn Eom überrascht war, ließ er es sich nicht anmerken. Er sah ihr in die Augen und gab sie frei. »Ich eigentlich auch nicht. Aber es ist lange her.«
Yana sah zu Boden.
Eom war erstaunt, nicht über Yana, sondern über sich selbst. Seit mehr als einer Mondspanne hatte er mit keiner Frau die Gabe der Mutter geteilt. Dennoch war keine Wärme in seinen Lenden gewesen, kein Feuer in seinem Kuss. Yanas voller weiblicher Geruch war verführerisch, aber sein Glied blieb schlaff. Was stimmte nicht mit ihm? Seine Gedanken wanderten zu Henni, und da spürte er ein Kribbeln in den Lenden. Ach ja, Henni.
Eom wandte sich zu Yana um. Sie saß da und rieb sich den Arm, wo er sie gepackt hatte. Sie wirkte verschreckt und unsicher. Eom legte die Hand unter ihr Kinn, wie er es getan hatte, als sie noch ein kleines Mädchen gewesen war, und sah ihr in die sorgenvollen Augen. »Ich dachte, du würdest glücklich sein, mich wieder zu sehen«, sagte er, als spräche er zu einem Kind. »Du hättest nicht so vor mir zurückweichen sollen.«
Yana schob seine Hand weg. »Lass das, Eom. Zwischen uns hat sich einiges geändert.«
Seine Augen wurden wachsam. Das hatte er nicht erwartet. »Was sagst du da?«
Sie zuckte entschuldigend die Achseln. »Ich kann nicht mehr so leben wie früher. Ich will nicht mit dir zurückkehren. Deine Mutter hat mich schon immer gehasst. Ich habe jetzt Freunde. Ich kann nicht …«

»Du bist kindisch, Yana. Natürlich brauchst du mich. Glaubst du wirklich, dass du diesen Leuten trauen kannst?« Er sprach in herablassendem Befehlston.
Yana riss ein Büschel Gras aus und warf es missmutig fort. »Du bist genau so, wie du immer warst«, stellte sie ärgerlich fest. »Du redest mit mir, als ob ich ein kleines Mädchen wäre.« Sie erhob die Stimme. »Ich bin jetzt Mutter. Ich habe zwei Kinder geboren. Der Tod des einen hat auch mich fast getötet, das andere wirst du schwerlich jemals ansehen. Tu doch nicht so, als ob dir etwas an mir läge. Ich bin kein Kind mehr, Eom!«
Verblüfft über ihren Ärger wich Eom zurück.
»Ach, Eom, ich weiß, dass es nicht einmal deine Absicht ist, so herablassend mit mir umzugehen, aber ich war gerade erst zwei Handspannen alt, als ich an deinen Herd kam. Ich war noch ein Kind, und du hast niemals aufgehört, mich so zu behandeln.«
Eom wandte den Blick ab. Yana hatte sich verändert. Die Yana von früher hätte es niemals gewagt, sich gegen ihn aufzulehnen.
»Hast du einen anderen? Ist das der Grund?«
In Yanas Gesicht spiegelte sich eine wilde Mischung von Gefühlen. Einerseits liebte sie Eom, andererseits hatte sie das dringende Bedürfnis, sich von ihm zu befreien.
Vorsichtig legte sie die Hand auf sein Knie und sah ihm in die Augen. »Ich weiß jetzt, dass dir nicht so viel an mir liegt, wie mir an dir gelegen hat«, erwiderte sie fest. »Du wolltest mich nur benutzen, um dem Volk meines Vaters zu schaden.«
Yana war selbst überrascht über diese Erkenntnis. Ja, es war wahr: Eom und seine Mutter hegten immer noch einen Groll gegen Dagrons und Hennis Volk. Wie hatte sie nur so blind sein können? »Ich werde mich nicht mehr von dir benutzen lassen«, erklärte sie entschlossen.
Eom starrte sie wütend an. »Dann hast du also festgestellt, dass du eine Familie hast, und deshalb stellst du dich gegen mich.« Seine Stimme wurde drohend. »Ich frage mich nur, wie viele von diesen Leuten dich noch als Verwandte betrachten würden,

wenn sie wüssten, dass deine Mutter sich gegen die Göttin versündigt hat.«

Yana sah ihn gelassen an. »Das wissen sie schon.«

Sie schwiegen; die Stille wurde bedrückend.

Mit zusammengekniffenen Augen beugte Eom sich vor. Seine Stimme klang hinterhältig. »Du schuldest mir etwas. Mein Einfluss hat dich all diese Jahre lang am Leben erhalten. Ich will diesen Talisman haben.«

»Ich werde ihn nicht für dich stehlen«, entgegnete Yana trotzig. »Der Halsschmuck gehört Henni. Er ist ein Geschenk ihres Bruders Dagron. Er hat ihn eingetauscht. Er ist aus etwas gefertigt, das man Kupfer nennt. Die Leute glauben tatsächlich, dass diese Amulette große Macht haben, aber eigentlich ist nichts Geheimnisvolles daran.«

Eom schwieg und runzelte zweifelnd die Stirn. »Meinst du, man könnte es ihr abhandeln?«

Unter ihnen dröhnte plötzlich die Erde. Männer brüllten, und das schrille Wiehern eines Pferdes war zu hören. Yana und Eom sahen sich angstvoll an. »Das ist ein Überfall«, keuchte er und stieß sie vorwärts. »Lauf!«

Sie rappelten sich auf, aber der Anblick, der sich ihnen bot, ließ sie fassungslos und wie gelähmt erstarren: Männer auf Pferden! Eom fasste sich als Erster und zog Yana zu Boden.

»Glaubst du, sie haben uns gesehen?«, flüsterte Yana entsetzt.

Eom antwortete nicht. Von der Bucht her drangen Schreie zu ihnen herauf. Er robbte flach auf dem Bauch durch das Gras. Yana folgte ihm mit hämmerndem Herzen. Endlich erreichten sie den Rand der Klippe und sahen hinunter. In Yanas Augen stand blankes Entsetzen.

Eine Horde von Männern befand sich unten in der Bucht. Andere standen oben auf der Klippe und hielten Pferde an ledernen Zügeln fest. Sie feuerten die Männer in der Bucht mit erhobenen Fäusten an und schwangen ihre Speere.

Einer der Krieger schlug die hübsche Linene hart ins Gesicht. Sie

drehte sich um und wollte fliehen, wurde aber zu Boden gestoßen. Ein Mann riss ihren Bänderrock zur Seite und entblößte ihre Oberschenkel und ihren Unterleib. Er hielt sie fest und stieß hart von hinten zu. Sie kämpfte, um wieder auf die Beine zu kommen, aber er hielt sie nieder, bohrte, lachte.
Napore wollte ihr mit einem großen Stein in der Hand zu Hilfe kommen, doch ein Mann riss ihn ihr aus der Hand und schlug ihn ihr an den Kopf. Sie brach zusammen. Eine andere Frau wurde ebenfalls vergewaltigt. Ein kleiner Junge kam angerannt, um seiner Mutter zu helfen. Er wurde gnadenlos mit einem Speer durchbohrt.
In Yanas Kehle stieg Galle auf, als sie sah, wie die Frauen geschändet wurden. »Nein, das kann doch nicht möglich sein«, keuchte sie.
Henni tauchte nackt aus dem Wasser auf, um den anderen zu Hilfe zu kommen. Ein Mann versuchte, sie zu packen, doch sie entglitt ihm. Sie griff nach dem weggeworfenen Speer des Mannes, der Linene vergewaltigt hatte, und wollte ihn damit durchbohren.
Drei Männer stürzten sich gleichzeitig auf sie. Sie kreischte wie eine zornige Wildkatze und fuhr herum, um sich zu verteidigen.
»Nein!« Yana war aufgesprungen und schrie. »Hinter dir!«
Ein muskulöser Mann mit dunklem Haar pirschte sich an Henni heran. Er packte sie bei den nassen Haaren und zerrte ihren Kopf nach hinten. Sie stürzte nieder und ließ den Speer los. Sie biss und schlug um sich. Der Mann hielt sie noch immer an den Haaren fest und schlug ihren Kopf auf und nieder, bis ein anderer dazukam und sie zu Boden drückte. Der dunkle Mann versetzte ihr einen harten Schlag, und einen Augenblick lang schien sie betäubt. Er ergriff sie von hinten und hob sie auf. Sie schlug mit rudernden Armen um sich, aber der starke Mann lachte nur und trug sie die Klippe hinauf.
Eom versuchte, Yana wieder ins Gras hinunterzuziehen. »Wir

können nichts tun«, flüsterte er. »Wir müssen in unserem Versteck bleiben.«
Yana konnte nicht mehr denken. Sie sah, wie Henni sich verzweifelt wehrte. Angehörige ihrer neuen Familie wurden vor ihren Augen niedergemacht. Da konnte sie nicht tatenlos zusehen. Sie riss sich von Eom los und rannte auf die Angreifer zu. Sie musste Henni helfen.
Der Mann versetzte Henni wieder einen Schlag, sodass sie das Bewusstsein verlor. Er warf sie über den Rücken eines Pferdes und schwang sich hinter ihr auf das Tier. Auch andere Männer schleppten Gefangene davon; die Toten und Verwundeten ließen sie am Ufer liegen.
»Sie werden dich töten«, schrie Eom hinter Yana her.
Doch Yana war bereits aus seiner Reichweite. Aus einem unerklärlichen Grund wollte er jedoch nicht, dass sie starb. Gerade wollte er hinter ihr herrennen, als die Männer des Leopardenvolkes mit Wutgebrüll aus der Stadt herbeigerannt kamen, um sich auf die Angreifer zu werfen.
Die Leopardenleute hatten Speere und Bogen, und sie waren in der Überzahl. Ein einzelner Pfeil schwirrte durch die Luft. Eom hörte den Aufprall, und ein Pferd schrie auf, als der Pfeil sich in seine Seite bohrte. Die Vorderbeine des Tieres knickten ein, und der Reiter und seine Gefangene stürzten zu Boden. Das Rückgrat des Reiters krachte im Fallen. Eom bückte sich, um dem nächsten Schwall von Pfeilen auszuweichen. Er ließ sich wieder ins Gras gleiten und kroch auf den Fluss und die Bäume zu. Er musste zurück zu Ledo, zum Lager.
Yana rannte, so schnell sie konnte. Sie hastete an dem gestürzten Pferd vorbei und griff nach dem Speer des Mannes. Wie ein zorniger Adler kreischte sie: »Nein, nein, nein!« Dabei ließ sie Hennis Gestalt nicht aus den Augen, die nackt und schlaff über dem Pferd hing.
Yana griff an. Der dunkelhaarige Mann, der Henni fest hielt, sah sie nicht kommen. Er wurde gleichzeitig von der anderen Seite

attackiert. Yana war nahe genug herangekommen, um den scharfen Schweißgeruch des Pferdes wahrzunehmen, das den Boden aufwühlte und angstvoll schnaubte. Sie schleuderte den Speer mit aller Kraft, verfehlte aber ihr Ziel. Der Speer bohrte sich in die Flanke des Pferdes. Das Tier stieg, der Reiter verlor die Kontrolle und ließ seine Waffe fallen.

Er fuhr herum und entdeckte Yana. Seine schwarzen Augen funkelten vor blutrünstiger Wut. Er brüllte zornig auf und kämpfte, um sein Pferd wieder unter Kontrolle zu bekommen. Der Hengst drehte sich um und schoss auf Yana zu. Jemand packte sie von hinten und zog sie aus der Reichweite der hämmernden Hufe. Sie wehrte sich und schlug um sich. Aber der Mann warf sie ins tiefe Gras und hielt sie nieder. Sein Körper war über ihr. Es war Tern, der sie mit seinem eigenen Leib schützte. »Bleib hier!«, befahl er. Er selbst sprang auf, um sich wieder in den Kampf zu stürzen.

Yana keuchte, ihr Herz hämmerte vor Angst. Sie zitterte am ganzen Leib. Das Kampfgetümmel entfernte sich mehr und mehr. Sie setzte sich auf. Die Angreifer galoppierten fort, verfolgt von den Leopardenleuten.

Sie wusste nicht, wie lange sie so dasaß. Sie war wie betäubt. Das Gras raschelte, als wäre nichts geschehen. Später hörte sie in der Ferne das Wehklagen der Stadtbewohner, als sie ihre Toten fanden.

In Yanas Lebenserfahrung gab es nichts, was sie mit dem, was soeben geschehen war, vergleichen konnte. Pferde bedeuteten Nahrung, nicht etwas, worauf man reiten konnte. Was für ein furchtbarer neuer Gott war hier erschienen, der diese großen Tiere gezähmt hatte und wilde Männer dazu anspornte, Menschen umzubringen? Warum sollte irgendjemand Frauen verletzen und töten, die Lebensspenderinnen des Volkes? Alles war unvorstellbar schrecklich.

Yana saß lange Zeit mit verschleierten Augen da. Es war ihr, als ob etwas Kostbares geraubt worden sei. Sie wollte aufstehen, aber ihre Beine gehorchten ihr nicht. Sie ließ den Kopf hängen, aber die Tränen wollten nicht kommen. Der Schmerz war zu groß.

Nach einer Weile hörte sie undeutlich, dass jemand ihren Namen rief. Nein, es waren zwei Stimmen. Sie klangen vertraut, aber gedämpft und kamen langsam näher. Plötzlich waren sie neben ihr. Ihre Schultern sanken herab. Sie schaffte es nicht aufzusehen.

Einer der beiden Männer kauerte sich neben sie. »Yana«, sagte er sanft. »Bist du verletzt?«

Yana hob langsam den Kopf. Terns Gesicht war nahe bei ihr. Auf seiner Wange klebte verkrustetes Blut, und seine Augen waren voller Mitleid.

»Ich konnte sie nicht retten«, stammelte Yana. »Ich habe es versucht, aber ...« Die Stimme versagte ihr.

Eine Träne trat in Terns Auge. Sie lief seine Wange hinunter und hinterließ eine hellrote Spur im verkrusteten Blut. »Ich weiß«, sagte er leise und zog sie an sich. »Ich weiß.«

Sanft hob er sie auf. Dagron stand neben den beiden. Sein Gesicht war vor Kummer erstarrt. Henni, seine Schwester, war verschwunden. Er wusste nicht, welche Qualen sie durchmachen musste oder ob sie überhaupt noch lebte. Aber er hatte Yanas wilden Versuch beobachtet, sie zu retten. Plötzlich stiegen zärtliche Gefühle für die Frau, die da zusammengesunken in Terns Armen lag, in ihm auf. Er streckte die Hand aus und streichelte sie behutsam.

Yana wusste, dass sie eine Zeit lang das Bewusstsein verloren haben musste. Sie konnte sich nur noch dunkel erinnern, dass jemand nach Napore und Sente gefragt hatte. Aus dem bedrückten Schweigen, das folgte, hatte sie geschlossen, dass beide tot waren. Sie stöhnte und konnte das Bild der fliehenden Kinder und schreienden Frauen, die vergeblich versuchten, sie zu schützen, nicht aus ihrem Kopf verbannen. Wieder wurde es Nacht um sie.

Als Yana wieder zu sich kam, befand sie sich an einem seltsamen Ort. Ihr Kopf lag in einem fremden Schoß, jemand streichelte ihr Haar und murmelte leise. Schatten tanzten im Licht der Öllampen an den Wänden. Bilder von riesigen Geiern schienen flatternd zum Leben zu erwachen. Auf einem der Gemälde kämpfte ein Mann mit einem Geier. Er hatte den Speer erhoben, um den herabstoßenden Vogel des Todes abzuwehren.

Yana sah auf, um herauszufinden, in wessen Schoß sie lag. Es war die alte Frau, die sie in der Bucht getroffen hatte. Sie summte mit geschlossenen Augen eine Melodie, rieb Yanas Schläfen und streichelte ihr Haar.

Yana schloss die Augen und lauschte dem leisen Gesang. Sie hatte das Gefühl, schon einmal hier gewesen zu sein, und schon einmal hatte eine Großmutter ihr Haar gestreichelt. Ach ja, als Atum geboren wurde. Eine Zeit des Leidens und der Schmerzen. Was willst du mich lehren, Göttin, klagte sie leise. Warum bringst du mich wieder an diesen Ort?

Die alte Frau spürte, dass Yana wach war, und öffnete die tränenden Augen. Sie streichelte Yanas Wange. »Steh nicht auf, Tochter«, murmelte die Alte. »Lass mich alte Frau dich ein Weilchen pflegen. Dein Körper ist unverletzt, aber dein Geist ist verwundet. Ruhe dich aus.« Sie schloss die Augen und stimmte wieder ihren wortlosen Gesang an.

Yana drehte den Kopf zum Herd und gestattete den zerbrechlichen Händen, ihre Schläfen zu reiben. Sie sah den blauen und goldenen Flammen zu, die zuckten und ihre Form veränderten. Ihre Gedanken wanderten. Sie dachte an ihren Sohn. Ganz sicher hatte er Hunger. Warum brachte sie nicht die Kraft auf, zu ihm zu gehen? Ihre Brüste waren voll von Milch. Ihr Körper sehnte sich nach ihm, aber sie konnte sich nicht bewegen.

»Du musst weinen, mein Kind, damit dieser Schmerz vergehen kann«, flüsterte die Alte.

Yana hob die Hand in einem vergeblichen Versuch, zu erklären, und ließ sie wieder fallen. »Ich kann nicht«, stöhnte sie. »Ich weiß nicht warum, aber ich kann nicht.«

Die alte Frau nickte verständnisvoll. »Wir müssen eine Form für den Schmerz finden. Wenn wir ihn neu schaffen können, können

wir ihn auch loslassen. Ich will dir ein Lied singen, das meine Mutter für mich gesungen hat, als meine erste Tochter bei der Geburt starb. Vielleicht hilft es dir.«
Yana ließ den Kopf wieder zurücksinken. Die Alte überlegte einen Augenblick, dann räusperte sie sich und begann mit zittriger Greisenstimme zu singen.

Schneeweiße Göttin des Todes und des Wunders
Die Ernte ist eingebracht
Bevor deine weiße Decke sich über die Erde legt
Lass uns deine tröstliche Gruft betreten
Den Ort der verborgenen Saat.

Schwarzes Antlitz der sprießenden Fruchtbarkeit
Jugendliche Tochter, Göttin des Frühlings,
Hüll uns ein, dunkle Erde, erfüll uns mit Lust
Wir treiben durch die Finsternis
Zum strahlenden Licht.

Rote Mutter der Geburtswehen
Spur des Blutes auf unseren Händen
Mutter und Kind, die kurz nur leiden
Um wieder zu sehen.

Die Stimme der Alten erstarb, und es wurde still im Raum. Die runzeligen Finger berührten Yanas Augen. »Du musst weinen, Kind«, drängte sie.
Stille Tränen liefen Yana übers Gesicht. »Ich habe mir das nicht ausgesucht.« Ihre Stimme war heiser vor Zorn und Schmerz. »Das ist nicht wie eine Geburt. Das ist eine Art von Tod. Die Große Mutter verlässt uns. Ich weiß nicht, woher ich das weiß, aber ich weiß es. Ich habe gesehen, wie jene Männer und ihr fremder Gott sie zerstörten.« Sie schluchzte heftig und konnte kaum noch sprechen. »Ohne das Herz der Göttin will ich nicht weiterleben.«

Die alte Frau schwieg. Sie ließ Yana in ihrem Schoß weinen. Sie streichelte weiter ihr Haar, bis sie sich vollständig verausgabt hatte und nur noch still ins Feuer starrte.
Endlich begann die Alte zu sprechen. »Ach, Yana. Deine Worte stimmen mich traurig. Glaubst du wirklich, dass die Göttin so schwach ist?«
»Ich weiß es nicht«, entgegnete Yana. »Ich weiß nur, dass das, was ich heute gesehen habe, nicht von der Göttin war.«
»Vielleicht«, antwortete die Alte nachdenklich. »Vielleicht.«

KAPITEL 13

Eom hastete mit wachsender Sorge durch das Unterholz. Er achtete nicht auf die Äste und Zweige, die sich um seine Beine schlangen und ihm ins Gesicht schlugen. Ledo. Ich muss zurück zu Ledo. Er wird wissen, was jetzt zu tun ist.

Eoms Gedanken flogen so schnell wie seine Füße. Männer auf Pferden! Welchen Sinn hatte es, Frauen und Kinder abzuschlachten, die Lebensspender eines Dorfes? Es war ein offener Angriff auf die Göttin.

Eom stürmte in die Lichtung, in der sich das Lager befand. Fassungslos blieb er stehen: Ledo war tot, sein Schädel zerschmettert. Schnell verschwand Eom wieder im schützenden Unterholz. Seine Augen jagten von einer Seite zur anderen, sein Atem ging keuchend.

Er kauerte sich nieder und wartete. Kaum ein Lufthauch bewegte die Blätter der Bäume, selbst die Insekten und Vögel waren still. Endlich wurde es Abend, und das Licht verblasste. Das vorsichtige Zirpen der Grillen und das erwachende Leben der Nacht erfüllten die Stille. Die Fremden und das Böse, das sie mit sich gebracht hatten, kamen nicht zurück.

Eom erhob sich mit steifen Gliedern. Er brach durch die Zweige, ging auf den toten Ledo zu und sah im trüben Licht auf ihn hinunter.

Der Geist des alten Mannes hatte seinen Körper verlassen, aber Eom fühlte noch immer seine Nähe. An diesem Tag war zu viel geschehen. Eom setzte sich nieder und stützte den Kopf in die Hände. »Du hattest Recht, alter Mann«, sagte er laut. »Die weiße Großmuttergöttin des Todes hat uns gewarnt.«

Eom stimmte einen Gesang an, um Ledos Geist zu den Ahnen zu senden. Als er geendet hatte, flüsterte er leise: »Ein Teil deines Geistes wird immer mit mir gehen, alter Freund.« Er drehte Ledos Leichnam um, sodass er nach Osten blickte, wo die Ahnen wohnten. Dann bückte er sich, um Gesicht und Hände des Alten mit Ocker zu bemalen, damit die Göttin seine Wiedergeburt erkennen konnte. Verwundert hob er die Augenbrauen. Ledos Gesicht war bereits rot von seinem eigenen Blut, und er musste seine Hände über das Gesicht gelegt haben, bevor er starb, denn sie waren ebenfalls rot. Eom brauchte den Toten nicht vorzubereiten, damit die Diener der Göttin kommen und ihn verzehren konnten. Die Große Göttin hatte ihn bereits gezeichnet und zur Wiedergeburt willkommen geheißen. »Ich glaube, dass das Blut von Schamanen in deinen Adern fließt, alter Mann«, sagte Eom ehrfurchtsvoll.

Danach ging Eom durch das Lager und versuchte aufzusammeln, was nicht brutal zerstört worden war. Er fand seinen gefiederten Geiermantel weggeworfen im Gebüsch. Schwermütig legte er das schwarze Gewand an und setzte sich in der Dunkelheit neben den Toten. Er roch das getrocknete Blut seines Freundes und überlegte, dass dieser Geruch bald größere Raubtiere herbeilocken würde. Aber es war ihm gleichgültig. Eom beobachtete die Sterne, die immer heller wurden, je mehr das Tageslicht verblasste.

Eom wusste, dass er sich am Scheideweg seines Lebens befand. All seine wohl durchdachten Pläne waren zunichte gemacht worden. Ledo war tot. Yana war vermutlich ebenfalls tot oder verwundet, und Henni ... sein ganzes Inneres lehnte sich auf gegen die Ungerechtigkeit der Geister. »O Göttin«, flüsterte er. »Habe ich ihr Glück zerstört? Ich wollte sie entführen, sie besitzen, sie zähmen, und sieh, was geschehen ist.« Wartend saß er in

der Dunkelheit, aber bis auf das Zirpen der Grillen und einen Eulenschrei erhielt er keine Antwort.
Eom wusste nicht, dass er eingeschlafen war, aber er träumte. Im Traum sah er Henni nackt im Licht rennen. Wirbelnde dunkle Wolken formten sich, wurden zu den schwarzen Schwingen eines Geiers, die den ganzen Himmel erfüllten. Der Geier stieß drohend auf Henni herab. Der Vogel schrie: »Nein, nein, nein, ich brauche Nahrung.« Aber Henni rannte weiter. Das Tier schwang sich tiefer herab und brachte die Dunkelheit mit. Finsternis umhüllte Henni, als sie unter den ausgebreiteten Schwingen des Geiers verschwand. Erschrocken fuhr Eom aus dem Schlaf. Er schwitzte, und sein Mund war trocken.
Es war noch dunkel, aber die ersten Singvögel erwachten bereits. Langsam stand er auf und schüttelte die Kälte aus den Knochen. Seine Kleider waren feucht von Schweiß und Tau. Er schüttelte den Geiermantel zurecht. Nach dem Traum lag er seltsam schwer auf seinen Schultern. Er suchte ein paar Sachen zusammen, setzte sich dann aber wieder. Wo sollte er hingehen, nun, da Ledo tot war?
Er spürte ein Prickeln im Rücken und wurde aufmerksam. Er war nicht allein auf der Lichtung. Langsam wandte Eom sich um und blickte in das weiße Morgenlicht. Hinter ihm saß eine große, hochträchtige Leopardin und sah ihn an. Sie schien nicht die Absicht zu haben, ihn anzugreifen. Er wusste nicht, wie lange sie schon dort gesessen hatte. Ihre wilden Augen beobachteten jede seiner Bewegungen. Sie wartete.
Eom erhob sich langsam. »Du musst hungrig sein, Mutter«, flüsterte er. »Ich danke dir, dass du gewartet hast. Ich weiß, dass Ledo stolz darauf wäre, dass sein Körper von einem Leoparden verzehrt und hinfort in seinem Fell einhergehen wird. Gestatte mir zu gehen, damit du in Frieden fressen kannst.«
Ein Grollen kam aus der Kehle der Leopardin, dann ein tiefes Schnurren. Sie sah ihn weiter unverwandt an. Es war Zeit, sich auf den Weg zu machen, aber er wusste immer noch nicht, wo-

hin. Ohne die Leopardin aus den Augen zu lassen, verließ er rückwärts die Lichtung und zermarterte sich dabei das Gehirn. Die Leopardin hob den Kopf, und ihm fiel die Stadt der Leopardenleute ein. Natürlich. Diese Leopardin hatte Geduld mit ihm gehabt. Sie hatte ihm gestattet, sich in ihrem Territorium aufzuhalten. Er konnte der Hohenpriesterin erzählen, dass er einen heiligen Leoparden getroffen und mit ihm geredet hatte. Vielleicht würde sie sich dann ebenfalls geduldig zeigen und ihm gestatten, den Winter über in der Stadt zu bleiben. Im Frühling konnte er dann mit einem Händler in seine Heimat zurückkehren.
Eom beschleunigte seine Schritte und hoffte, dass der Gefährte der Leopardin nicht in der Nähe war. Tief in Gedanken versunken, hörte er plötzlich das Schnauben eines Pferdes. Er kauerte sich nieder. Fast wäre er in das Lager der Barbaren hineingestolpert. Vermutlich war es derselbe Erkundungstrupp, der Ledo getötet hatte. Er wandte sich um und wollte fliehen, da traten zwei Männer mit Speeren aus dem Schatten heraus.
Eom blieb stehen, aber seine Gedanken rasten. Er hatte keinen Speer. Womit sollte er sich verteidigen? Die Antwort fiel ihm augenblicklich ein: Macht. Er musste diese Leute davon überzeugen, dass er mit der Macht der Göttin ausgestattet war.
Die beiden Männer gingen vorsichtig auf Eom zu. Der eine hatte den Speer drohend erhoben. Eom holte tief Luft, weitete die Brust und hob langsam die Arme, als wolle er eine Zeremonie beginnen. Der Mantel mit den Geierfedern breitete sich aus wie zwei Schwingen. Er verbarg seine Furcht hinter einem unbeweglichen Gesicht und begann den Totentanz der Vogelgöttin. Als er in der symbolischen Gebärde der Flucht herumwirbelte, hoben sich die schwarzen Federn des Mantels im Wind. Er sprang auf und nieder, machte hackende und reißende Bewegungen, als fresse er von dem toten Körper der Göttin. Die Männer wussten instinktiv, dass es der Tod war, den er darstellte. Mit weit aufgerissenen Augen traten sie zurück.
Als der Tanz vorüber war, kreuzte Eom die Arme vor der Brust.

Der Mann, der ihn bedroht hatte, senkte den Speer. Er gestikulierte und redete in einer rauen gutturalen Sprache, die Eom nicht verstand. Der Krieger an seiner Seite stach mit dem Speer in Eoms Richtung und trieb ihn auf das Lager zu. Er hatte keine Wahl. Er musterte die Männer voller Abscheu, wandte sich um und ging langsam in die Richtung, in die die Männer ihn drängten.

Sie trieben ihn ins Lager. Zwei weitere Krieger sprangen erschrocken auf. Die vier begannen, heftig aufeinander einzureden. Schließlich zwang einer der Männer Eom mit dem Speer, sich niederzuknien und schnürte ihm mit einem Lederband die Hände hinter dem Rücken zusammen. Dann schlug man ihm mit etwas Rundem, Hartem von hinten auf den Kopf. Ein scharfer Schmerz durchzuckte ihn, und er versuchte vergeblich, auf die Füße zu kommen. Warmes Blut floß über seinen Hals, dann versank er in Dunkelheit.

Als Eom wieder zu sich kam, lag er auf dem harten Boden unter einem Baum. Alle Knochen im Leib schmerzten heftig. Er bemerkte Pferdegeruch an seinem Körper, und sein Mantel war mit Pferdehaaren bedeckt. Er richtete sich an dem Baum auf, lehnte den Rücken gegen die raue Rinde und sah sich um.

Er befand sich nun in einem sehr viel größeren Lager, einem Lager mit Frauen und Kindern. Überall standen Zelte.

Als jemand bemerkte, dass er aufgewacht war, sammelte sich sofort eine Gruppe von Leuten um ihn. Ein Kind zupfte an den Geierfedern an seinem Mantel. Er fuhr herum und sah es zornig an. Das Kind rannte erschrocken davon. Ein großer Mann drängte sich durch die Menge. Eom erkannte ihn als den Krieger, der Henni entführt hatte.

Der Mann erschien Eom sehr grobknochig. Sein Haar war vorne kurz geschnitten, aber am Hinterkopf hing es lang herab. Sein schwerer Körper und seine Arme waren mit dunklem Fett eingerieben, sodass die Haare auf seiner Brust im Sonnenlicht glänzten. Er hielt ein dickes, hölzernes Zepter mit einem geschnitzten

Pferdekopf aus Bernstein in der Hand und war nur mit einem gegürteten Lendentuch aus Leder bekleidet. Lange Ketten aus Zähnen und Perlen baumelten um seinen Hals, aber ein Schmuckstück war besonders auffallend: eine große, flache Scheibe aus Bernstein mit seltsamen, eingeritzten Zeichen, die strahlenförmig um eine runde Sonne angeordnet waren.
An der Hochachtung, mit der die Leute diesem Mann begegneten, erkannte Eom, dass er ihr Anführer war. Er sprach in strengem Ton zu den beiden Kriegern, die ihn gefangen hatten. Einer der beiden fuchtelte wild mit den Händen herum. Eom vermutete, dass er ihm die Ereignisse bei seiner Gefangennahme schilderte. Mühsam erhob er sich. Erleichtert stellte er fest, dass er nicht so schlimm verletzt war, wie er befürchtet hatte, und richtete sich auf. Hoch erhobenen Hauptes stand er da.
Der Anführer betrachtete den Gefangenen zum zweiten Mal. Abschätzend musterten sie sich gegenseitig. Eom bemerkte eine rohe Art von Intelligenz in den Augen des großen Mannes. Aber er ließ sich nicht einschüchtern. Kühl und gelassen hielt er seinem Blick stand. Plötzlich lachte der andere, und alle fielen in sein Gelächter ein. Auch Eom gestattete sich einen belustigtes Lächeln. Der Augenblick der Spannung war vorüber.
Die Fesseln an seinen Händen wurden durchschnitten, man führte Eom zum Feuer, und er bekam einen Platz angewiesen. Der Anführer setzte sich ihm gegenüber nieder, sodass er Eoms Gesicht im Auge behalten konnte. Dann reichte ihm jemand eine Schale mit gekochten Heuschrecken und eine zweite mit Beeren in warmer Pferdemilch. Bis zu diesem Augenblick war Eom noch gar nicht bewusst gewesen, wie ausgehungert er war. Die Heuschrecken waren köstlich und knackten zwischen seinen Zähnen. Der kräftige Geschmack der wilden Beeren in der Milch würzte das Mahl.
Als er aufgegessen hatte, wurden die Schalen fortgetragen. Der Anführer rief nach einer jungen Frau, die gerade damit beschäftigt war, die angebundenen Pferde zu füttern. Die Frau schlug

sofort die Augen nieder und trat zu den um das Feuer versammelten Männern. Der große, muskulöse Mann bedeutete ihr, sich neben ihn zu setzen. Sie folgte dem Befehl und neigte sich so tief, dass ihre Stirn den Staub berührte. Er klopfte ihr auf die Schulter und forderte sie auf, den Kopf zu heben. Sie richtete sich auf, doch blieb ihr Blick gesenkt. Der Anführer redete in seiner rauen Sprache auf sie ein und deutete auf Eom.

»Ich heiße Rea«, sagte die junge Frau mit zitternden Händen. »Ich soll für ihn zu dir sprechen. Er will wissen, warum du mit den Federn eines Vogels tanzt.«

Eom war überrascht, dass er die Frau verstehen konnte. »Du gehörst nicht zu diesem Volk«, meinte er erstaunt.

Das Mädchen sah rasch vom Anführer zu Eom. »Darüber können wir jetzt nicht reden«, erwiderte sie eilig. »Du musst Ralics Frage beantworten.«

Eom versuchte, den anderen einzuschätzen. Was konnte er sagen, um diesen Mann davon zu überzeugen, dass er Macht besaß? Was war mächtig in seinen Augen? Wieder fiel sein Blick auf die langen Ketten, die um den dicken Hals des Mannes hingen, und auf die große Bernsteinscheibe, die neben seinem Herzen ruhte. Eom richtete sich auf und zog den Geiermantel fester um sich. Er hatte eine Idee. »Vögel sind die Diener der Göttin«, erklärte er und sah dem anderen direkt in die Augen. »Sie fliegen von der Erde zur mächtigen Sonne.« Er deutete auf die Sonnenscheibe. »Im Tod entlassen die Vögel unseren Geist zu den Ahnen. Der Geier ist der Geistervogel, der das Fleisch verzehrt und zwischen Leben und Tod hin und her fliegt. Ich bin der Priester der Geiergöttin.«

Ohne den Blick vom Boden zu wenden, übersetzte die Frau Eoms Worte in die Sprache des anderen.

Der Anführer, der Hetman, saß schweigend da und dachte offensichtlich über Eoms Worte nach. Mit durchdringenden Augen sah er ihn an. »Welche Art von Tod bringt deine Göttin meinem Volk?«

Eom schüttelte den Kopf. Die rasche Auffassungsgabe des Mannes überraschte ihn. »Für uns ist der Tod der Schoß der Wiedergeburt. Der Vogel muss die Verwesung des Todes verzehren, damit der Geist frei fliegen kann. Das ist das Wesen der Göttin.«
Der große Mann schnaubte. Er griff roh in das Haar des neben ihm knienden Sklavenmädchens und stieß ihr Gesicht in den Schmutz. »Eure Göttin muss unserem Gott dienen«, erklärte er fest und deutete auf die Sonne. »Er wohnt auf den Berggipfeln und am leuchtenden Himmel. Er hat uns das Pferd als Geistertier geschenkt. Der Hengst sammelt so viele Stuten um sich, wie er bekommen kann, und füllt sie mit seinem Samen. Alle Kinder der Herde gehören ihm, bis ein Stärkerer kommt und gegen ihn aufsteht. Wenn ein großer Mann stirbt, reitet er auf seinem Pferd in die Unterwelt und nimmt seine Frauen und Kinder mit sich.«
Das Mädchen hob langsam den Kopf aus dem Staub, wagte es aber nicht, den Schmutz aus ihrem Gesicht zu wischen. Wieder übersetzte sie die Worte des Anführers.
In den Augen des Mannes las Eom die Warnung, ihn und seinen Gott ja nicht vor den Augen seines Volkes herauszufordern. Er sah ihn kühl an. »Dein Gott ist mir fremd«, sagte er vorsichtig. »Ich weiß nichts von dem Ort des Todes, den du Unterwelt nennst. Aber die Pferde machen euch stark und schnell. Es ist euch ein Leichtes, eure Feinde zu unterwerfen. Die Wege unserer Göttin sind anders. Der Tod ist ein Geheimnis, das im Glück enthalten ist.«
Der große Mann lachte rau. »Wie mir scheint, hat deine Göttin gerade ihr Glück verloren, aber ich sehe, dass du zu klug bist, um mich herauszufordern. Ich werde dich hier behalten, weil du ein Mann und ein Priester bist. Vielleicht wirst du ja Gefallen an unseren Sitten finden.« Seine Augen blitzten belustigt. »Ich will mehr über die Macht deiner Göttin erfahren. Außerdem musst du mit den gefangenen Frauen reden und sie davon überzeugen, dass es ihre Pflicht ist, uns zu dienen und unseren Gott zu fürchten. Sonst werden wir sie töten.«

Er redete schnell auf das Mädchen ein und deutete dann auf Eom. Sie stand auf, um zu gehen. »Wir sind entlassen«, drängte sie Eom. »Du musst gehorchen und mit mir zum Zelt der gefangenen Frauen kommen.«
Eom ging hinter dem schlanken Mädchen her. Seine Gedanken rasten. Wie konnte er diesen Männern entkommen? Er wusste, dass er unmöglich schneller rennen konnte als ein Pferd. Er würde sehr viel List aufwenden müssen, wenn er am Leben bleiben wollte.
Das ängstliche Mädchen vor ihm wandte sich um und sagte mit fester Stimme: »Einige von den Frauen sind schwer verwundet. Ich tue für sie, was ich kann, aber …« Sie zuckte die Achseln. »Dennoch werden einige von ihnen sterben. Die Frauen dieses Stammes haben keine Lust, Gefangene zu pflegen, obwohl es ihnen befohlen wird. Es ist sehr traurig. Die Frauen hier sind anders als die in meinem Heimatland. Sie wetteifern um die Gunst der Männer und sind eifersüchtig aufeinander. Sie betrachten die Gefangenen als Bedrohung. Ich werde deine Hilfe gut brauchen können.«
Eom sah das Mädchen, das neben ihm ging, erstaunt an. Was er für Ängstlichkeit gehalten hatte, war in Wirklichkeit Stärke. Das Mädchen hatte nur eine Rolle gespielt. Auch Eom verstellte sich oft, wenn er eine Zeremonie ausführte, und er wusste, dass die Leute häufig das glaubten, was sie sehen wollten. Aber wo hatte das Mädchen diese Kunst gelernt?
Rea zog den Vorhang am Eingang eines Zeltes zur Seite und schlüpfte hinein. Der Geruch nach ungewaschenen Körpern, männlichem Samen und Erbrochenem erfüllte die Luft wie ein ungesunder Dampf.
Im trüben Licht konnte Eom die zusammengekauerten Gestalten der Frauen erkennen. Es fiel ihm ein, dass Henni und Yana vermutlich gefangen genommen worden waren und sich vielleicht unter diesen Frauen befanden. Der Gedanke erregte ihn. Rasch ging er auf die erste von ihnen zu, die zusammenge-

rollt dalag. Rea folgte ihm mit einer Schüssel voll frischem Wasser.
Eom berührte die Haut der Frau. Sie war heiß, zu heiß. Als Rea sie zu waschen begann, fuhr die Frau aus dem Schlaf auf. Mit fieberglänzenden Augen wich sie entsetzt zurück. »Nein«, wimmerte sie.
»Wir tun dir nichts«, sagte Rea geduldig. »Wir wollen dich nur ein bisschen waschen.«
Die Frau wich noch weiter zurück. Sie schlang die Arme um die Knie und ihre Augen funkelten wild. »Fass mich nicht an«, flüsterte sie mit geschwollenen Lippen. »Ich will nicht, dass jemand von euch mich berührt.«
»Du brauchst Pflege«, erklärte Eom und hoffte, dass seine Stimme tröstend und ermutigend klang. »Du bist sehr krank.«
Die verletzte Frau sah ihn mit angstgeweiteten Augen an, aber dann trat ein anderer Ausdruck in ihr Gesicht. War es Schmerz, war es Verzweiflung? Stöhnend legte sie den Kopf in die Hände und wiegte sich vor und zurück. »Mein Kind, mein Kind. Warum habt ihr ihn umgebracht? Er wollte doch nur seiner Mutter helfen ...« Ihre Worte erstarben zu einem erstickten Flüstern. Still starrte sie vor sich hin, ohne etwas zu sehen, ganz gefangen im Entsetzen jenes Augenblicks. Eom erschauderte.
Das Stöhnen der Frau hatte die anderen Gefangenen geweckt. Augen, in denen das Grauen stand, sahen sie an.
Rea übernahm die Führung.
»Ich heiße Rea«, sagte sie. »Ich komme aus einem Land weit im Norden. Vor langer Zeit wurde ich gefangen genommen, so wie ihr jetzt gefangen worden seid. Aber ich habe gelernt zu überleben. Wenn ihr mir vertraut, werde ich alles tun, was in meinen Kräften steht, um euch zu helfen.«
»Was ist mit ihm?«, fragte jemand aus der hintersten Ecke des Zeltes. »Er ist einer von ihnen. Diese Männer warten nicht, bis ihnen die Gabe der Göttin angeboten wird. Sie nehmen sich ihr Geschenk und verunreinigen es.«

Rea sah ihn an, und Eom war klar, dass er für sich selbst sprechen musste. Er räusperte sich. »Ich bin Eom und ebenfalls ein Gefangener. Meine Mutter ist die Hohepriesterin in meinem Heimatdorf.« Er hob das Kinn und fuhr stolz fort: »Ich bin der Geierpriester der Göttin. Diese Leute haben einen seltsamen Gott, und ihre Sitten unterscheiden sich sehr von den unseren. Aber ihr Gott scheint mir sehr mächtig zu sein.«

Eine der Frauen begann zu schluchzen, und Eom musste die Stimme erheben, um sich verständlich zu machen. »Da wir die gleiche Sprache sprechen, ist mir aufgetragen worden, euch zu erklären, was dieser Gott von euch erwartet. Bisher weiß ich selbst nur sehr wenig, aber eines habe ich gesehen: Sie haben keine Achtung vor der Großen Mutter …«

Rea unterbrach ihn. »Ich weiß, dass es schwer für euch ist. Ihr alle seid verletzt und verwirrt. Aber wir brauchen euer Vertrauen. Wir können euch nicht helfen, wenn ihr es nicht zulasst.«

Eom spürte den leisen Vorwurf in Reas Worten. Natürlich. Er war ziemlich gefühllos gewesen. Diese Frauen waren gerade erst von ihren Familien und aus ihrer Heimat fortgerissen worden. In diesem Augenblick brauchten sie niemanden, der ihnen vom Gott ihrer Entführer erzählte.

Rea und Eom gingen zwischen den Frauen hin und her, um zu sehen, welche von ihnen am dringendsten Hilfe benötigte. Eine Gefangene im hinteren Teil des Zeltes hatte sich die ganze Zeit über nicht gerührt. Sie schien bewusstlos zu sein. Eom kauerte sich neben sie nieder und drehte sie vorsichtig um. Über ihren kleinen Brüsten befand sich ein dunkelvioletter Bluterguss, und auch ihre Beine, vor allem die Innenseite ihrer Oberschenkel, waren mit Blutergüssen bedeckt. Schmutzig verfilztes Haar verdeckte ihr Gesicht. Eom strich die dicken Strähnen von ihren verschwollenen Augen und Lippen. Galle stieg in seiner Kehle auf. Es war Henni.

KAPITEL 14

Die Totenfeiern mussten sehr bald stattfinden, noch bevor der Verwesungsgeruch sich in der Stadt ausbreiten konnte. Yana zog sich langsam für den Anlass um. Ihr Kopf war schwer. Eine tiefe Verzweiflung, die sie nicht abschütteln konnte, erfüllte sie. Seit Atums Geburt war einfach zu viel passiert. Sie hatte alle Kraft zu kämpfen eingebüßt; selbst ihr Zorn war verraucht. Manchmal weinte sie hemmungslos. Henni war verschwunden. Napore, die süße Napore, mit ihren tröstlichen Händen, ihren warmen Augen und ihrem ruhigen Wesen hatte sie verlassen und war in den Schoß der Göttin zurückgekehrt. Und dann waren da Atum und Ischa, die mit ihren ständigen Bedürfnissen und Forderungen ihre ganze Kraft aufzehrten. Lolim versuchte ihr beizustehen, aber nach dem Verlust von Henni und Napore reagierte sie unbeholfen auf ihre Freundschaftsbekundungen. Yana hatte nichts mehr zu geben. Alles, wonach sie sich sehnte, war Schlaf.

Sie schlüpfte in das Kleid, das man ihr zur Verfügung gestellt hatte, und befestigte die Knochenspange auf der Schulter. Dann gürtete sie das Gewand mit einem perlenbestickten Lederriemen. Schließlich griff sie in den kleinen Korb mit dem Obsidianspiegel, der von ihrer Mutter stammte. Sie betrachtete ihr Gesicht. Ihre Augen würde sie nicht mit der Kohlepaste umrahmen müssen. Aus dem Spiegel sahen ihr Augen entgegen, die bereits von dunklen Ringen umrahmt waren. Sie legte den Spiegel aus der Hand und nahm den ausgehöhlten Knochen aus dem Korb, der das wohlriechende Öl enthielt. Es war das einzig Wertvolle, das ihr geblieben war. Sie verteilte das Öl gleichmäßig über Gesicht und Arme. Napore, Sente und die anderen Toten verdienten das Beste, was sie hatte.

Yana hörte ein Geräusch über ihrem Kopf. Linenes jüngere Schwester stieg die Leiter herunter. Yana sah in die aufgerissenen, erschreckten Augen des Mädchens und musste daran denken, wie sehr sie sich alle durch den brutalen Angriff verändert hatten. Linene befand sich im Haus ihrer Mutter, wo sie sich von den Schlägen und der Vergewaltigung erholen sollte. Sie hatte Glück gehabt, mit dem Leben davongekommen zu sein. Die Angreifer hatten sie für tot gehalten und liegen gelassen.

Yana legte die Hand auf die Schulter des Mädchens. »Wie geht es deiner Schwester?«

Das Mädchen sah sie hilflos an und zuckte bekümmert die Achseln.

»Sie ist jung und kräftig und wird ganz bestimmt wieder gesund«, versicherte ihr Yana und versuchte, zuversichtlicher zu wirken, als sie es eigentlich war. »Die Priesterinnen werden sicher alles für sie tun, was in ihrer Macht steht.«

Das Mädchen nickte mit zitterndem Kinn und wandte schnell den Blick ab.

Beim Klang von Yanas Stimme begannen sich die Babys zu regen. Atum lugte über den Rand seiner Decke. Schlaftrunken lächelte er seine Mutter an. Yana nahm ihn in die Arme, und er schmiegte sich an ihren Körper. Er legte den Kopf an ihre Brust und nahm den Daumen in den Mund. Ischa schlief noch.

Yana legte Atum dem Mädchen in die Arme. »Vor dem Einschlafen hat er getrunken, aber geschlafen hat er noch nicht lange«, flüsterte sie. »Ich glaube nicht, dass er so bald Hunger bekommt. Für alle Fälle habe ich aber ein bisschen Getreide eingeweicht. Es steht dort, neben dem Herd. Ischa dürfte noch eine Zeit lang schlafen.«

Das Mädchen nickte.
Yana bückte sich und wollte ihren Spiegel und die anderen Sachen wieder in den kleinen Korb legen, aber das Mädchen fasste sie am Arm. »Darf ich mir den ansehen?«, fragte sie und deutete auf den Spiegel. Das Mädchen betrachtete den Stein, und ihre Augen leuchteten auf. »Meine Mutter hat auch so einen Spiegel«, sagte sie feierlich. »Alle Priesterinnen haben einen. Sie verwenden sie bei den Totenfeiern und Wiedergeburtszeremonien.« Sie gab Yana den dunklen Stein zurück. »Ich glaube, du solltest ihn mitnehmen.«
Yana sah erstaunt auf. »Hier gibt es Leute, die solche Steine haben?«, fragte sie verwundert. »Ich habe immer gedacht, meiner sei der einzige weit und breit.«
Das Mädchen runzelte die Stirn und dachte angestrengt nach. »Nein, nicht weit von hier entfernt gibt es ein Dorf, in dem sie hergestellt werden. Man nennt sie Wesenssteine. Unsere Priesterinnen tauschen sie ein.«
In Yanas Gesicht stand Enttäuschung. Einen Augenblick lang hatte sie gehofft, sie könnte etwas über die Heimat ihrer Mutter erfahren, aber wenn die Spiegel zum Tauschhandel benutzt wurden, konnte ihr Stein aus jedem beliebigen Ort stammen.
Das junge Mädchen sah die Enttäuschung in Yanas Gesicht. Sie begriff, dass Yana die Bedeutung des Steins offensichtlich nicht kannte. »Der Stein ist heilig«, sagte sie rasch. »Weißt du denn nicht, wofür er verwendet wird?«
Yana schüttelte den Kopf. »Meine Mutter hat ihn aus ihrer Heimat mitgebracht. Ich weiß, dass er eine besondere Kraft haben muss, weil die Hohepriesterin meines Dorfes es nicht gewagt hat, ihn wegzuwerfen.«
»Nimm ihn mit«, ermutigte das Mädchen sie. »Heute wirst du erfahren, worin seine Bedeutung besteht.«
Die Tür über ihren Köpfen öffnete sich, eine Frau streckte den Kopf herein und bedeutete Yana, ihr zu folgen. Yana warf noch einen Blick auf die Kinder und kletterte dann die Leiter hinauf.

Es sollte eine öffentliche Feier geben, bei der die ganze Stadt die Toten betrauern konnte. Später sollte noch eine kleinere Zeremonie für die Familien der Opfer abgehalten werden. Yana war eingeladen worden, an beiden Veranstaltungen teilzunehmen. Sie wusste, dass es ein kummervoller Tag werden würde, und sie betete zur Göttin um die Kraft, ihn durchzustehen. Gesenkten Blickes folgte sie den in Sandalen steckenden Füßen der Frau vor ihr.

Sie kamen zu dem Platz, wo die Körper der Toten aufgebahrt werden sollten. Alle Bewohner der Stadt waren herbeigeströmt, um beim Bau des Gerüsts zu helfen. Yana seufzte. So viele von den Opfern waren Kinder, die allein zum Badeplatz gegangen waren, um dort zu spielen. Ihre Mütter hatten sich keine Sorgen gemacht, weil sich immer irgendwelche Frauen in der Bucht befanden, die auf die Kinder aufpassten. Jetzt waren die Gesichter dieser Mütter grau und gealtert vor Schmerz. Mit steifen Fingern flochten sie die Plattform, welche die kleinen Körper tragen sollte.

Gegen Mittag war die Arbeit getan. Die kopflosen nackten Körper wurden die Leitern hinaufgetragen und sorgsam auf der Plattform aufgereiht. Die Köpfe würde man später bei der kleineren Zeremonie brauchen. Yana zählte dreimal fünf Tote. Die Menschen zeigten offen ihren Schmerz, als eine Leiche nach der anderen auf das Gerüst getragen wurde.

Als der letzte Tote niedergelegt worden war, stiegen drei Priesterinnen auf das Dach, das dem Gerüst am nächsten stand. Sie trugen schwarze Gewänder und kunstvolle dunkle Masken mit scharfen Schnäbeln und stechenden Geieraugen. Sie wiegten sich und tanzten in der heißen Nachmittagssonne. Die Leute reckten die Hälse, um sie zu sehen.

Plötzlich bemerkte Yana fünf dunkle Punkte hoch am Himmel, und auch die Leute machten einander darauf aufmerksam. In Spiralen schwangen sich die Vögel herab. Die Diener der Göttin hatten die Gebete gehört und waren gekommen. Alle saßen still da und sahen zu. Bald war der ganze Himmel erfüllt von dunklen Gestalten, die kurz darauf in dichten Reihen auf dem Gerüst hockten. Als der Tag sich neigte, gingen die Leute langsam nach Hause.

Nur Yana saß noch unbeweglich da und sah den ungelenken Bewegungen der Vögel zu, die auf dem Gerüst herumhüpften und fraßen. Ihre Köpfe und Schnäbel waren rot vom Blut der Opfer.

Yana wollte aufstehen, doch ihre Glieder waren schlaff und taub. Einer der Vögel hörte auf zu fressen, wandte den Kopf und blickte sie an. »Göttin«, flüsterte sie dem Geier zu. »Auch ich wäre in der Bucht gewesen, wenn nicht Eom gekommen wäre. Hat die Göttin des Todes mich verfolgt? Habe ich das Unglück über dieses Volk gebracht? Hätte ich mit meinem Sohn zu den Ahnen gehen sollen?

Der Vogel neigte den Kopf, breitete die Schwingen aus und stieß sich vom Gerüst ab. Er strich dicht an ihr vorbei, bevor er sich zum Himmel schwang. Yana legte das Gesicht in die Hände. Die Qual der Ungewissheit war ihr unerträglich.

Plötzlich fühlte sie einen kühlen Schatten über sich und sah auf. Eine der jungen Priesterinnen stand mit besorgtem Gesicht vor ihr. »Es tut mir Leid, dich zu stören, Mutter, aber deine Babys haben Hunger. Die zweite Zeremonie wird bald beginnen, und du solltest sie vorher noch füttern.«

Yana nickte müde und stand auf. »Ich danke dir«, flüsterte sie und schüttelte den Staub aus ihrem Rock. »Ich gehe sofort zu ihnen. Sage der Hohenpriesterin, dass es nicht lange dauern wird.«

Das Mädchen nickte und eilte mit der Botschaft davon.

Die Zeremonie der Wiedergeburt fand in zwei verschiedenen Schreinen statt, weil so viele Tote zu beklagen waren, dass nicht alle Familien in einen Raum passten. Yana wurde zu dem Schrein geführt, in dem sich die Köpfe von Napore und Sente befanden.

In Yanas Dorf waren die Toten auf dieselbe Weise bestattet worden. Die Leute glaubten, dass das Wesen des Lebens im Gemüt eines Menschen enthalten sei, so wie der Samen das Wesen des

Baumes enthielt, zu dem er einmal heranwachsen würde. Sie versammelten sich, um ihre Ehrerbietung zu erweisen und um einen Teil des Geistes eines jeden Opfers einzuladen, bei seinem Volk zu bleiben.

Yana folgte der Priesterin, die langsam in den Schrein hinunterstieg. Sie vermied es, das Relief mit den Stierköpfen anzusehen, das die Ostwand schmückte. Diese Darstellungen symbolisierten den Samen, der aus dem Schoß der Göttin hervorging, und Yana wusste, dass die Köpfe der Toten darunter aufgereiht waren.

Da die Leute glaubten, dass nach dem Tod alles Fleisch von den Knochen entfernt werden musste, wussten sie, wie es im Inneren eines Körpers aussah. Der heilige Ort der Geburt hatte die Form eines Stierkopfes; der Uterus einer Frau und die Eierstöcke waren wie das Haupt und die Hörner. Die Hörner stellten zugleich das Symbol für den zunehmenden Mond dar, das Maß, mit dem das Leben gemessen wurde. Der Stierkopf bewies, dass das Männliche im Weiblichen verborgen war, und aus dieser Einheit erwuchs das Leben. Jeder Kopf war deshalb liebevoll unter ein Stierhaupt gestellt worden, zum Zeichen, dass der Samen des Lebens aus dem Uterus hervorging, um wieder geboren zu werden.

Yana setzte sich neben Dagron und Tern. Scheu lächelten sie sich gegenseitig an. Bald hatten alle sich niedergesetzt, und im Raum machte sich Stille breit.

Eine Priesterin betrat den Raum. Sie war nackt, ihr ganzer Körper mit Ocker bemalt; sie war hochschwanger. Langsam tanzte sie durch den Raum, ihr langes Haar fiel über ihre geschwollenen Glieder. Sanft wiegte sie sich hin und her und sang leise von den Schmerzen der Geburt und von der Angst, nicht zu wissen, ob der Tod sie und das Kind erwartete.

Die Priesterin ging in eine Ecke, um etwas aufzuheben. Dann stellte sie sich wieder vor das Volk. In ihrer Hand lag ein ovaler Stein, dessen eine Seite flach und glatt poliert war, während die andere in Gips eingebettet lag. Ihre Hand hielt die raue, gerundete Rückseite des Steins, wobei sie die glänzende, flache Seite so hob, dass jeder sie sehen konnte. Es war ein schwarzer Obsidianspiegel. Ein Seufzen ging durch den Raum.

Die Stimme der Frau klang hell und klar. »Wir sind nur ein Spiegelbild der dunklen Höhlung, aus der wir hervorgegangen sind«, so sagte sie. Euer Körper ist wie ein Spiegel dessen, was ihr seid, und wir sehen unser Spiegelbild in den Augen unserer Mitmenschen. Die Menschen, die uns lieben, schenken uns unser schönstes Spiegelbild. Doch der Tod kann schmerzhaft sein, wenn er uns unserer schönsten Spiegelbilder beraubt.« Sie erhob die Stimme. »Wenn das geschieht, besteht unsere einzige Hoffnung darin, selbst in die dunkle Höhle zu schauen und unseren Kummer mit beiden Händen zu erfassen. Ich fordere jeden von euch auf, in diesen Stein zu blicken und den Geist eurer Lieben in eurem eigenen Spiegelbild zu erkennen. Bedenket, dass der Schoß des Lebens und die Gruft des Todes ein und dasselbe sind.«

Die Priesterin begann, Spiegel an die Trauernden zu verteilen. Zitternd zog Yana ihren eigenen hervor. Ihre Brust weitete sich, sie atmete tief ein, und ein süßer Schmerz erfüllte sie.

»Mutter«, flüsterte sie, »dies ist alles, was du mir hinterlassen konntest. Hätte ich doch all die Jahre lang gewusst, was der Stein zu bedeuten hat. Ich war so bitter. In jenem Dorf gab es für mich kein liebevolles Spiegelbild, und so habe ich aufgehört, in meinen Mitmenschen nach der Göttin zu suchen.« Sie betrachtete ihr Bild in dem Stein. »Und ich habe auch dich nicht gesehen.«

KAPITEL 15

Die Jäger waren tagelang unterwegs gewesen und hatten nach den Angreifern gesucht, aber die Pferde hatten die Fremden weit aus dem Gebiet der Leopardenleute fortgetragen. Sie mussten ihre Niederlage eingestehen und unverrichteter Dinge wieder nach Hause zurückkehren.

Dagron konnte trotz seiner Erschöpfung nicht schlafen. Sein Herz war ermattet, es schmerzte vor Sorge um Henni und vor Sehnsucht nach ihr. Seine Augen waren blutunterlaufen und trübe vom Absuchen des Bodens und des Horizonts. Er konnte nicht aufhören, sich an Hennis Entführung schuldig zu fühlen, sich an allem schuldig zu fühlen. So viele waren ums Leben gekommen. Zuerst Dala, dann Napore und Sente, und nun war Henni verschwunden. Er wünschte sich nur, endlich wieder zu Hause zu sein, Frieden zu finden, den Kopf in den Schoß seiner Mutter zu legen und ihre Verzeihung zu erbitten. Er wusste, dass dies seine letzte Handelsfahrt sein würde. Er hatte jeden Mut für neue Abenteuer verloren.

Dagron kroch aus dem Bett und kletterte die Leiter hinauf auf das Dach. Er sah in die sternklare Nacht hinaus. Er war kein Mann vieler Worte, aber heute hatte er das dringende Bedürfnis, mit jemandem zu reden. Etwas in seinem Inneren drängte nach außen und schrie nach Befreiung.

Mit einem Mal fand er sich auf Yanas Dach wieder und überlegte, ob sie wohl wach sei. Er hob ihre Tür an und rief leise ihren Na-

men in die Dunkelheit hinab. Dann setzte er sich nieder. Einen Augenblick später hörte er, dass sich etwas bewegte, und Yana schob mit schlaftrunkenem und erstauntem Gesicht die Tür auf.
»Ich hatte gehofft, dass du noch wach bist«, sagte Dagron entschuldigend.
»Was ist los?«, fragte sie erschrocken und kroch auf das Dach. »Ist jemand verletzt?«
Dagron wollte etwas sagen, fand aber keine Worte. Die Brust wurde ihm eng. Ihr Gesicht war so hübsch im Nachtlicht, ihr Haar zerzaust, wie das eines kleinen Mädchens. Er sah sie an und versuchte erst gar nicht, seinen Schmerz zu verbergen. Er schüttelte stumm den Kopf, nahm ihre Hand und bedeutete ihr, sich neben ihn zu setzen. Verwirrt ließ sie sich niedersinken.
Dagron rang nach Worten. Er verzog das Gesicht vor Anstrengung, zu erklären, was er meinte. »Ich wollte nur …« Er hustete nervös und versuchte es noch einmal. »Ich konnte nicht schlafen, und ich konnte doch immer mit Henni über alles reden …« Er brach verzweifelt ab.
Yana verstand ihn sofort und rückte näher an ihn heran. Sie sah ihm ins Gesicht und bemerkte, dass die winzigen Lachfältchen in seinen Augenwinkeln zu tiefen Furchen geworden waren. Seine Augen waren rot gerändert, sein Kinn vor Kummer verkrampft. In seinem Gesicht standen nackter Schmerz und Hilflosigkeit. Sie nahm seine Hand. »Du hast alles getan, was du nur tun konntest, Dagron«, sagte sie. »Henni würde nicht wollen, dass du dich um ihretwillen so quälst …«
»Es ist nicht nur, dass ich versagt habe«, erwiderte Dagron mühsam. »Sie fehlt mir auch so sehr. Wir haben miteinander geredet, und sie hat mich immer verstanden …« Er schwieg und sah weg.
Yana wandte das Gesicht zu den Sternen und spürte den warmen Nachtwind auf der Haut. Sie zog die Knie an, schlang die Arme um ihre Beine und zog die nackten Zehen unter ihren Rock. »Und jetzt hast du das dringende Bedürfnis, dich auszusprechen«, beendete sie den Satz für ihn, »und sie ist nicht da.«

Dagron nickte blinzelnd, sein Gesicht arbeitete. »Mit ihr konnte ich immer reden«, sagte er rau. »Mit anderen Frauen war es immer schwer für mich, aber mit ihr war es anders …« Er ließ die Schultern hängen und runzelte die Stirn. »Bei dem Angriff war ich zu weit von Henni entfernt, um ihr helfen zu können, aber ich war doch nahe genug, um zu sehen, wie du den Fremden angegriffen hast, der sie gefangen hatte.« Er holte tief Luft. »Ich kann mich an jede Einzelheit genau erinnern. Du tauchtest plötzlich aus dem Nichts auf und ranntest mit einem Speer auf den Fremden zu. Ich habe dein Gesicht gesehen. Du hast überhaupt nicht an dich selbst gedacht. In deinem Gesicht standen Wut und Angst um Henni, und noch etwas. Ich wusste nicht, was dieses andere Gefühl war, bis ich allein war und zum Nachdenken kam.«

Wieder schwieg er, und Yana wusste, dass es ihm schwer fiel, ihr dies alles zu sagen.

»Ich weiß nicht, ob ich dir das verständlich machen kann, aber …« Seine Stimme versagte fast vor Bewegung. »Die Große Mutter hat uns Männer mit bestimmten Eigenschaften ausgestattet. Alle Männer wissen das, aber wir reden nur selten darüber. Wenn wir eine Frau sehen, deren Leib mit einem Kind angeschwollen ist, haben wir das dringende Bedürfnis, sie zu schützen. Sie ist auf eine Weise schön, wie sie es als Mädchen niemals gewesen ist. Das Gefühl geht über alles körperliche Begehren hinaus. Es …es ist schwer zu erklären.« Er zuckte die Achseln.

Yana nickte und drängte ihn weiterzureden.

»Ein Mann versteht die Wildheit, mit der eine Leopardenmutter ihre Jungen verteidigt. Er versteht die Wildheit und die Wut der Göttin. Das zwingt ihn, in seinem Leben zu handeln und mit aller Kraft gegen die Mächte anzukämpfen, die zerstören wollen, was ihm so teuer ist.«

Yana sah ihn verwundert an. »Du willst mir sagen, dass ein Mann die Wildheit der Leopardenmutter beständig in sich spürt, ohne selbst je Mutter gewesen zu sein?«

Dagron blickte wehmütig über die Dächer und dann hinauf zu den Sternen. »Wir alle kommen aus dem Schoß der Mutter«, sagte er schlicht. »Am Tag des Angriffs habe ich diese Wildheit in deinem Gesicht gesehen, Yana. Du hast verteidigt, was zu dir gehört. Du gehörst zur Familie. Du weißt, dass ich dir anfangs nicht gleich getraut habe. Ich habe mich geirrt. Ich hoffe, dass du mit uns nach Hause kommen wirst. Meine Mutter wäre glücklich, Derks Enkel in den Armen zu halten, und jetzt, wo Henni nicht mehr da ist, wird sie eine Tochter brauchen, die sie tröstet.«
Yanas Kehle wurde eng. Eine Familie. Ihr ganzes Leben lang hatte sie sich eine Familie gewünscht, und nun, da sie ihr angeboten wurde, wagte sie nicht, das Angebot anzunehmen. Was würde geschehen, wenn das Unglück sie weiter verfolgte? Henni, Napore und Sente waren fort. Sie durfte nicht auch noch das Leben anderer aufs Spiel setzen. Sie sah in Dagrons offenes Gesicht. Er vertraute ihr, doch verdiente sie sein Vertrauen nicht. Eom verfolgte sie noch immer. Sie schlug die Augen nieder. »Ich weiß nicht, was ich tun soll.« Sie kaute auf ihrer Lippe. »Es ist so viel Trauriges passiert.«
Dagron seufzte. »Ja, du hast Recht. Trauer ist über uns gekommen. Aber du sollst wissen, dass wir in wenigen Tagen von hier aufbrechen werden und dass wir uns freuen würden, wenn du mit uns kämest.«
Dagron stand auf, nahm Yanas Hand und half ihr auf die Füße. Yana war überrascht, wie ruhig ihre Hand in der seinen lag. Innerlich zitterte sie. Noch einmal sah sie Dagron ins Gesicht, dann stieg sie die Leiter hinunter in ihren Schlafraum. Aber der Schlaf wollte sich lange nicht einstellen.

KAPITEL 16

Das Licht war trübe. Als Henni aufwachte, wusste sie zuerst nicht, wo sie war. Sie hörte das Stöhnen der Frauen um sich herum, konnte aber die zusammengekrümmten Gestalten in der Dunkelheit kaum erkennen. Und dann, mit einem Schlag, überfiel sie der Schmerz. Jeder Knochen im Leib fühlte sich an wie zerschlagen. Zwischen den Beinen war alles wund und zerschunden, und der pochende Schmerz im Kopf war fast unerträglich. Die Erinnerung an die Vergewaltigung der anderen Frauen kehrte zurück, und sie dankte der Göttin, dass sie bewusstlos gewesen war, als ihr das Gleiche geschah. Sie versuchte, sich auf die Ellenbogen aufzurichten und sich umzusehen, fiel aber keuchend auf die Matte zurück. Alle Rippen taten ihr weh.

Jemand hatte ihre Bemühungen bemerkt, kam mit einer Öllampe auf sie zu und setzte sich neben sie. Henni blickte auf das scharfe Profil einer Frau. »Endlich bist du aufgewacht«, sagte sie ruhig. »Wir wussten nicht, ob du am Leben bleiben würdest, aber heute Morgen hat die Fieberhitze deinen Körper verlassen, und wir hofften, dass du erwachen würdest. Es gibt hier jemanden, der sehr besorgt um dich ist. Ich werde ihn holen.« Die fremde Frau eilte davon.

Henni lag da und wunderte sich. Sie konnte sich dunkel daran erinnern, dass sie über den Rücken eines Pferdes geworfen worden und tagelang in der Hitze unterwegs gewesen war. Man hatte sie so sehr geschlagen, dass sie immer wieder das Bewusstsein verloren hatte. Sie erinnerte sich auch, dass ihr jemand warmes Wasser über den Kopf gegossen und dass man sie zum Trinken gezwungen hatte, aber der Männer, die sie entführt hatten, entsann sie sich nicht. Sie konnte sich nicht vorstellen, dass irgendein Mann hier sie kennen könnte, es sei denn, dass auch einer aus dem Leopardenvolk gefangen genommen worden war. Unzählige Fragen schossen ihr durch den Kopf. Wie lange war sie bewusstlos gewesen? Wo war sie? Welchen Grund hatten die Fremden, ihr und den anderen all das anzutun?

Der Vorhang am Eingang des Zeltes öffnete sich. Henni sah die Silhouette eines Mannes und einer Frau, die den Raum betraten. Der Mann kauerte sich neben ihr nieder. »Henni«, sagte er zögernd. »Rea sagt, dass du wach bist. Kannst du sprechen?«

Henni kniff die Augen zusammen und starrte in die Dunkelheit. Die Stimme des Mannes kam ihr bekannt vor.

Eom zog die Öllampe näher heran.

»Der Geierpriester«, keuchte sie.

Eom legte ihr einen Finger auf die Lippen und bedeutete ihr, still zu sein. Dann neigte er den Kopf und brachte den Mund an ihr Ohr. »Du darfst nicht zeigen, dass du mich kennst«, flüsterte er. »Ich bin ein Gefangener wie du, aber ich habe gewisse Vorrechte. Wenn der Anführer der Barbaren herausfindet, dass wir uns kennen, könnte es schlecht für uns stehen.«

Sie nickte langsam.

Rea ging, um sich um die anderen zu kümmern, und ließ Henni und Eom allein.

»Ich habe einiges über diese Leute erfahren«, fuhr Eom fort. »Wenn wir vorsichtig sind und sie davon überzeugen, dass wir Macht haben, könnten wir erreichen, dass wir anders behandelt werden als die anderen Gefangenen.«

Henni schloss die Augen und atmete tief ein. Warum tut er das für mich? Was will er von mir? Dann erinnerte sie sich an die hastig errichtete Hütte, an Dala und an den Gestank des Todes. Sie sah Eoms schlanke Gestalt vor sich, wie er im Lampenlicht ge-

tanzt hatte. Sie erinnerte sich daran, wie er ihr den Schleier vom Gesicht gezogen hatte, und an das Begehren in seinen Augen. Nein! Daran konnte sie jetzt nicht denken. Ihr Inneres war zerrissen und blutig. Sie fühlte sich beschmutzt, unrein. Der Gedanke, dass ein Mann sie anfassen könnte, war ihr widerwärtig. Sie riss die Augen auf. »Kein Mann wird mich je wieder in dieser Weise berühren«, zischte sie mit zusammengebissenen Zähnen.
»Deshalb musst du tun, was ich dir sage«, flüsterte Eom, der sie missverstand. »Wenn wir den Anführer davon überzeugen können, dass du eine mächtige Priesterin der Göttin bist, werden sie sich vielleicht hüten, so rau mit dir umzuspringen.«
Sie hob den Kopf und nickte stumm, aber dann verfinsterte sich ihr Gesicht. »Diese Männer haben offensichtlich keine Ehrfurcht vor der Göttin«, flüsterte sie. Ihr Kopf fiel auf die Matte zurück.
»Nein, aber sie respektieren Macht. Als du mir mit der kranken Frau geholfen hast, habe ich gemerkt, dass du zur Priesterin ausgebildet bist. Wir müssen den Anführer überzeugen. Er ist sehr neugierig, etwas über die Macht der Göttin zu erfahren.«
Rea kam mit einer Schale mit frischem Wasser zurück und sah Eom vorwurfsvoll an. »Diese Frau braucht Ruhe«, sagte sie bestimmt. »In einer Handspanne von Tagen findet die Zeremonie statt, in der die Männer Anspruch auf eine der Gefangenen erheben. Wenn es ihr bis dahin nicht so gut geht, dass einer der Männer sie haben will, wird man sie schlagen und als tot liegen lassen.«
Henni schluckte schwer. »Eine Zeremonie, bei der die Männer eine Frau beanspruchen?«
»Ja«, sagte Rea, doch als sie Hennis entsetztes Gesicht sah, wurde ihre Stimme mitleidig. »Der Hetman will die Männer belohnen, die beim Angriff am wildesten gekämpft haben. Jeder Mann bekommt die Frau, die ihm am besten gefällt. Die wird dann seine Sklavin oder die Sklavin seiner Frau. Alle Kinder, die eine Frau bekommt, gehören dem Mann.«

Hennis Gesicht wurde rot vor Zorn. »Niemals!«, grollte sie. »Lieber will ich sterben.«
»Nein«, sagte Eom tröstend. »Dazu wird es gar nicht erst kommen. Ich werde mir etwas einfallen lassen. Aber Rea hat Recht. Du brauchst Ruhe und musst wieder Kräfte sammeln.«
»Ich werde niemals eine Sklavin sein«, flüsterte Henni entschlossen.

KAPITEL 17

Yana flocht rasch ihr Haar und streifte sich ein Kleid über. Sie war aufgeregt. Sie war von den Zwillingspriesterinnen der Stadt aufgefordert worden, an den Erntefeierlichkeiten teilzunehmen, und man hatte ihr gesagt, sie solle Atum und Ischa mitbringen. Man hatte sie auch wissen lassen, dass am Ende der Zeremonie eine förmliche Einladung an sie und die Kinder ausgesprochen werden würde, beim Leopardenvolk zu bleiben.
Schnell fütterte und wickelte Yana die beiden Babys. Atums dunkle Augen funkelten vor Übermut. Er strampelte und lachte und warf seinen Unterleib herum, sodass es schwierig war, ihm die Windeln zu wechseln. »Du wirst zu kräftig, kleiner Mann«, tadelte ihn Yana und gab sich Mühe, nicht zu lächeln. »Wenn du dich vor den Hohenpriesterinnen auch so beträgst, werden sie dich womöglich nicht haben wollen.«
Yana biss sich auf die Lippen und hätte ihre Worte am liebsten zurückgenommen. Allein bei dem Gedanken, dass Atum nicht angenommen werden könnte, traten Kummerfalten auf ihre Stirn. Noch einmal untersuchte sie Atums Bein ganz genau. Schon am frühen Morgen hatte sie die Stöcke entfernt, die das Bein des Babys begradigen sollten. Ja, das Bein und auch das Fußgelenk sahen schon sehr viel besser aus. Die Biegung nach innen war kaum noch wahrnehmbar, und der Zeh war vollständig verheilt. Sie holte tief Luft. Er war ein hübscher Junge.
Danach kam Ischa an die Reihe. Yana konnte nicht umhin, die

beiden Kinder miteinander zu vergleichen. Ischa war um zwei Mondspannen älter als Atum, aber sie war bei weitem nicht so kräftig. Ihre Finger waren lang und zart, ihr Gesicht schmaler und ihre Knochen winzig. Ischa nahm einen besonderen Platz in Yanas Herz ein. Das Kind liebte es, auf den Arm genommen und gedrückt zu werden, als wolle sie ganz in denjenigen hineinsinken, der sie trug. Auch ihre Augen waren etwas Besonderes, durchdringend und ernst, und doch verblüffend lebendig. Ischa lachte selten, aber sie lächelte ständig, anders als Atum, der lachte oder laut brüllte, je nachdem, wie seine Stimmung gerade war.

Yana beeilte sich, fertig zu werden. Tern wartete geduldig auf dem Hausdach auf sie. Yana wusste, dass es ihm schwer fallen würde, Ischa zurückzulassen.

Sie rief nach Tern, und er öffnete die Tür in der Decke. Sie nahm Ischa, stieg die untersten Sprossen der Leiter hinauf und legte ihm das Baby in die ausgestreckten Arme. Beim Anblick ihres Vaters stieß Ischa entzückte Gurgellaute aus. Yana folgte mit Atum auf der Hüfte.

Tern griff nach Yanas Hand, um ihr auf das Dach zu helfen. Er lächelte schwach und sah gleich wieder weg. Er verpasste Ischa einen leichten Klaps, um die Schwere des Augenblicks zu vertreiben, und das Baby kicherte.

Yana versuchte, in Terns Gesicht zu lesen. Er sah seine Tochter zärtlich an und strich mit den Fingerspitzen über ihr feines Haar. Dann seufzte er und blickte zum Horizont, wo seine Heimat lag, und sein Gesicht nahm einen entschlossenen Ausdruck an. Yana empfand tiefes Mitgefühl für Tern. Er musste Ischa, seine einzige Verbindung zu Dala, zurücklassen. Sie konnte nur versuchen sich vorzustellen, was er empfand. Sie lächelte das kleine Mädchen an.

Tern war verwirrt. Es war, als ob Dala da sei, ein gemeinsamer Augenblick zwischen zwei Menschen, die liebten, was sie miteinander geschaffen hatten. Aber es war nicht Dala, es war Yana, die für Ischa sorgte. Er kniff die Augen zusammen und schluckte. »Ich weiß, dass du gut zu Ischa sein wirst, während ich nicht da bin, aber ich wünschte, du würdest es dir noch einmal überlegen. Dagron hat gesagt, dass du mit uns nach Hause kommen darfst. Ich hatte gedacht, das hättest du dir gewünscht …« Verwirrt und vorwurfsvoll brach er ab.

»Ich möchte ja so gerne, aber es ist zu viel Schreckliches passiert. Alle, die ich liebe, sterben entweder, oder sie werden mir entrissen. Das Glück ist nicht mit mir.« Sie sprach mit leiser Stimme und wandte sich ab.

Schweigend gingen sie nebeneinander her, und Tern dachte über ihre Worte nach. Er hätte sie so gerne davon überzeugt, dass sie sich irrte. Er hatte auf schmerzliche Weise gelernt, dass das Unglück nicht den einen Menschen mehr verfolgte als den anderen. Hätte Dagrons Volk nicht an ihn geglaubt, an sein Glück geglaubt, wäre er heute vermutlich nicht mehr am Leben. Aber wie sollte er ihr das klarmachen?

Yana konnte sich in ihrem Kummer kaum noch beherrschen. Sie hatte die Last ihrer Schuld nun schon zu lange getragen. Die Angreifer waren gekommen, als sie mit Eom im Gras versteckt lag. Sie hatte gelogen, hatte sich selbst und die anderen belogen. Nun war es an der Zeit, nachzugeben und die schwere Finsternis einzulassen, die sie einhüllen wollte. Sie war zu müde, um noch länger dagegen anzukämpfen, selbst um Atums willen.

Sie kamen an der Tür des Schreines an. Yana reichte Atum einer wartenden Priesterin hinunter und stieg die Leiter in den schwach beleuchteten Raum hinab. Tern folgte ihr. Die junge Priesterin, die Atum im Arm hielt, lächelte strahlend und gab Yana das Kind zurück.

Das Innere des Schreins war größer als alle Räume, die Yana je zuvor gesehen hatte. Öllampen flackerten in Nischen, die in die Wände eingelassen waren. In den Ecken der gegenüberliegenden Seite befanden sich zwei Türen. Dazwischen ragten zwei Statuen der Zwillingsgöttin auf, die vom Fußboden bis zur Decke reichten. Beide Statuen hatten Arme und Beine in Geburtshaltung erhoben, aber nur eine davon gebar einen Stierkopf. Yana wusste, dass die Göttin in ihren Erscheinungsformen als Fruchtbarkeitsgöttin und als Mutter dargestellt war. Die Statuen waren in feines buntes Tuch gehüllt. Die vereinigte geistige Macht der Göttinnen schlug wie eine Welle über Yana zusammen.

Die Priesterin an ihrer Seite deutete in die Richtung, wo Lokuitum stand und breit lächelnd winkte, um ihre Aufmerksamkeit zu erregen. Sie lächelte zurück, aber sie bemerkte auch die schöne Frau, die hinter ihm stand.

Sie war eine Priesterin, groß und stattlich, mit scharf geschnittenen, markanten Zügen. Lokuitum und die Frau waren beide in Leopardenfelle gehüllt. An der Nordwand, wo sich das Paar befand, gab es ein Relief mit zwei Leoparden, die einander Nase an Nase gegenüberstanden. Die eine der beiden Raubkatzen war offensichtlich ein trächtiges weibliches Tier, die andere ein Männchen – die heiligen Tiere der Jagd. Yana bemühte sich, Lokuitum nicht anzustarren. Sie hatte gewusst, dass er einen hohen Rang bekleidete, aber erst jetzt wurde ihr klar, wie hoch sein Status war.

An der Vorderseite des Raumes entstand Bewegung. Die Leute suchten nach einem Platz, wo sie sich setzen konnten. Tern zog Yana neben sich nieder, und beide saßen nun gegenüber der Wand mit den Statuen der Zwillingsgöttin. Dagron gesellte sich zu ihnen. Es wurde still im Raum.

Eine Priesterin schüttelte eine aus einem Flaschenkürbis hergestellte Rassel und leitete die Festlichkeiten mit einem herausfordernden Tanz vor den Statuen ein. Sie trug einen schwarzen Rock, die Farbe der Fruchtbarkeitsgöttin. Gesicht und Hände waren ebenfalls schwarz bemalt, in der Farbe fruchtbarer Erde. Der Tanz wurde ekstatisch und erreichte seinen Höhepunkt, als eine zweite Tänzerin sich dazugesellte. Sie glitt zur Mitte des Raumes, wo die erste sich drehte. Die rote Priesterin der Mutterschaft fasste die dunklen Hände der Fruchtbarkeitspriesterin und begann mit ihr im Kreis zu wirbeln. Die Perlen an ihren

Röcken klapperten wild. Endlich wurden die Bewegungen der roten Priesterin langsamer, und sie zwang die schwarze, sich ihrem Rhythmus anzupassen. Die dunkle Priesterin wurde langsam ruhiger und glich ihre Schritte denen der Mutter an. Schließlich verbeugte sie sich vor der schwangeren Göttin und tanzte aus dem Raum.

Die rote Priesterin des Lebens begann nun den mühseligen Tanz der Schwangerschaft. Ihre Bewegungen wurden schwerfällig, ihr Atem schwer. Da sprangen Lokuitum und die Frau an seiner Seite in die Mitte des Raumes und begannen den Leopardentanz. Sie beschützten die schwangere Mutter in den Wehen, jagten für sie und brachten ihr die Beute.

Eine weitere Gruppe von Tänzern kam herein, nackte Männer und Frauen. Die eine Hälfte ihrer Körper war weiß bemalt, die andere rot. Yana war verblüfft.

»Wer sind sie?«, flüsterte sie Tern zu.

»Das sind die Geister der Ahnen«, flüsterte er zurück. »Sie tanzen, um der gebärenden Göttin zu helfen. Sie wissen, dass ein Teil von ihnen selbst wieder geboren wird.«

Yana nickte. Das verstand sie. Die weiße Farbe symbolisierte den Tod und alles Geistige, das Rot stand für das Leben der Menschen, die in der Vergangenheit gelebt hatten. Fasziniert beobachtete sie die rot-weißen Geistergestalten, die zunehmend lebhafter wurden. Sie schnitten Grimassen und ahmten das verzerrte Gesicht der Priesterin in den Wehen nach. Sie führten Scheinkämpfe miteinander aus und versuchten, näher an sie heranzukommen. Atum lachte und klatschte in die Hände. Yana sah sich erschrocken um, aber sie bemerkte, dass andere Kinder sich ebenso verhielten und ihre Eltern mit ihnen lachten. Da beruhigte sie sich wieder. Aber bald darauf wurde sie durch das Dröhnen von Tontrommeln aufgeschreckt, die den Augenblick der Geburt ankündigten.

Die Geisterahnen zogen sich in die äußersten Winkel des Raumes zurück. Der Leopardenpriester und seine Priesterin stellten sich schützend vor die Gebärende und verwehrten den Zuschauern so den Anblick der Geburt. Alle saßen mit angehaltenem Atem da. Die Spannung im Raum war fast körperlich zu spüren. Plötzlich trat eine Kette von Tänzern durch die Tür neben der schwangeren Göttin. Sie drehten sich in den Raum hinein und warfen reifes Getreide, Früchte und Blumen aus Körben unter die Zuschauer. Das Volk begann zu jubeln. Blumen fielen in Yanas Schoß und in Atums Haare. Er lachte beglückt. Sie nahm eine Blüte in die Hand, hielt sie sich an die Nase und sog ihren kräftigen Spätsommerduft ein.

Im Raum herrschte eine festliche Stimmung. Die Leute lachten und klatschten in die Hände. Die Tänzerinnen trugen leuchtende Kleider mit aufgedruckten roten, blauen, grünen und gelben Blumen. Ihr Haar war zu dramatischen Frisuren aufgetürmt, die Stierhörner darstellten. Die tanzenden Männer hatten sich Hirschgeweihe auf den Kopf gebunden und trugen Muschelketten, die klapperten, als sie durch den Raum rannten. Yana bemerkte, dass die gebärende Priesterin verschwunden war. An ihrer Stelle stand ein großer Korb mit Getreide, neben dem hölzerne Schalen gestapelt waren.

Der Lärm im Raum erstarb zu einem aufgeregten Flüstern. Mütter griffen ihre Kinder und wiesen sie an, still zu sein. Zwei prachtvoll aussehende Frauen kamen durch die Türen neben den Göttinnen. Yana erkannte die schwangere Priesterin, die die Totenfeier geleitet hatte. Sie betrat den Raum durch die Tür neben der gebärenden Muttergöttin. Yana war überrascht, wie ähnlich ihr ihre Zwillingsschwester war, die einen Augenblick später durch die Tür neben der Fruchtbarkeitsgöttin hereinkam. Yana sah rasch von einer zur anderen. Abgesehen vom geschwollenen Bauch der Schwangeren und der Farbe ihrer Kleider glichen sie sich vollkommen.

Beide Frauen trugen lange, fließende Gewänder, die Fruchtbarkeitsgöttin in Schwarz, die Mutter in Rot. Jede trug ein lebendiges Leopardenjunges auf der Schulter. Die kleinen Katzen

schnurrten leise, offensichtlich hatten sie ein Beruhigungsmittel bekommen, und blickten unbeteiligt in die Menge. Die Zwillingspriesterinnen nahmen auf zwei Bänken Platz, jede unter ihrer besonderen Göttin. Zwischen ihnen stand ein Altar.
Die Statuen über ihnen schienen plötzlich zum Leben zu erwachen. Yana schloss die Augen. Hier war die Macht der Göttin konzentriert. Was die Großmutter mir in der Bucht gesagt hat, ist wahr, stellte sie fest. Die Göttin ist in den Menschen, besonders wenn sie sie anbeten. Yana wurde von der Macht der göttlichen Gegenwart schier überwältigt. Sie sah sich um und blickte in die verzauberten Augen der Leute. Hier hatte die Ehrfurcht gebietende Macht der Göttin zu viele Gesichter, und sie durfte nicht allen trauen.
Sie begrub das Gesicht in Atums Nacken und atmete seinen süßen Babygeruch ein. Er war eingeschlafen. Zitternd holte sie Luft. Tern spürte, dass ihre Stimmung sich gewandelt hatte, und legte tröstend den Arm um sie. Yana sah auf und blickte in Augen, denen sie trauen durfte. Schüchtern lächelte sie.
Die Tänzer klatschten in die Hände, um die Aufmerksamkeit der Zuschauer wieder auf das Geschehen zu lenken. Als alle still waren, schritt Lokuitum stolz zum Getreidekorb in der Mitte des Raumes. Er nahm eine der kleinen Holzschalen in die Hand und füllte sie mit Getreide.
Mit lauter Stimme verkündete Lokuitum: »Ein Mädchen hat mich empfangen, eine Mutter hat mich geboren, und eines Tages werde ich in den Schoß der Göttin zurückkehren. Es ist ein Geheimnis. Aber als Leopardenpriester will ich der Göttin und ihren Priesterinnen dienen und sie beschützen. Ich werde ihr Korn verzehren, damit sie im Überfluss wachsen und im Volk leben kann ... und ich werde ihr immer einen Teil zurückgeben, damit sie wieder geboren werden kann. Damit streute er eine Hand voll Getreide aus seiner Schale auf den Altar zwischen den Hohenpriesterinnen. Dann kehrte er zu seinem Platz an der Wand mit dem Leopardenrelief zurück.

Einer nach dem anderen folgten die Diener der Priesterinnen und die Tänzer seinem Beispiel. Auch den Zuschauern wurden Schalen gereicht. Sie alle zogen nacheinander an den Priesterinnen vorbei und opferten eine symbolische Menge Getreide. Als alle fertig waren und wieder Platz genommen hatten, hob die schwangere Hohepriesterin ihren schweren Körper mühsam von ihrem Sitz und stellte sich hin. »Unter uns ist eine junge Mutter, die in unser Volk aufgenommen werden möchte«, sagte sie mit heiserer, aber wohlklingender Stimme. »Meine Großmutter hat mit ihr gesprochen und sie für würdig befunden.«
Die Zuhörer murmelten leise ihre Zustimmung, und Yana spürte, wie ihr Gesicht warm wurde.
»Sie nährt zwei Kinder«, fuhr die Priesterin fort, »und sie hat Tapferkeit bewiesen, als die Fremden unsere Frauen angriffen.«
Lokuitum und einige andere Männer stießen laute Beifallsrufe aus. Yanas Wangen brannten vor Scham, als sie an das geflüsterte Gespräch mit Eom im hohen Gras dachte. Würde sie dieses Schuldgefühl und das Bewusstsein ihres Betrugs jemals abschütteln können? Diese Menschen verdienten Besseres, sie verdienten es, die Wahrheit zu erfahren.
Jemand drückte ihr eine Schale in die Hand. Yana sah auf. Es war die Großmutter der Zwillingspriesterinnen. Yana lächelte dankbar, konnte aber nicht verhindern, dass sie zitterte, als sie sich erhob. Die alte Frau nahm ihr Atum aus den Armen und schritt hinter ihr her, als Yana um die Leute herum in den vorderen Teil des Raumes ging. Alle Gesichter waren ihr freundlich zugewandt. Die schwangere Priesterin bedeutete ihr, zu dem Getreidekorb zu kommen. In Yanas Augen glitzerten Tränen.
Sie seufzte tief auf und wollte mit ihrer Schale aus dem Korb schöpfen, aber die alte Frau neben ihr hielt ihren Arm fest. »Tochter«, sagte sie so laut, dass alle es hören konnten, »bevor du von dem Leopardenvolk aufgenommen wirst und der Göttin deine Opfergabe darbringst, willst du uns nicht verraten, was dich so bekümmert? Dein Geist ist von tiefer Trauer erfüllt, und

dies sollte doch eine Zeit der Freude sein. Die Tränen in deinen Augen sind keine glücklichen Tränen.«

Yana ließ den Kopf hängen. »Großmutter … Erhabene«, brachte sie mühsam hervor. »Ich kann nicht länger lügen …« Sie sah mit flehendem Blick an der Alten vorbei zu Dagron hinüber und hoffte, dass er sie verstehen würde. »Aber ich habe die Menschen angelogen, die mich hierhergebracht haben, und ich bin willens, für das Unglück zu bezahlen, das ich dadurch vielleicht verursacht habe. Ich bin jetzt bereit, zu den Ahnen zu gehen, was ich schon lange hätte tun sollen, aber ich war eigensüchtig und wollte mich und meinen Sohn retten. Das Unglück haftet an mir, nicht an dem Kind. Bitte gestattet Atum, bei eurem Volk zu bleiben. Er ist jetzt ein kräftiger, gesunder Junge.«

Die Augen der Alten wurden schmal. »Von was für einem Unglück sprichst du, Tochter? Die Stadt wurde angegriffen, aber das kann wohl schwerlich deine Schuld sein.«

Die schmerzlichen Erinnerungen standen Yana ins Gesicht geschrieben. »Es ist alles zu schrecklich, zu schwer zu erklären«, stieß sie mühsam hervor. »Und ich begann gerade, die Göttin in ihrem Volk zu sehen, obwohl ich dessen nicht würdig bin.«

Die alte Frau gab Yana Atum zurück und ließ sich mit gekreuzten Beinen zu Boden sinken. Sie bedeutete Yana, dasselbe zu tun. Sie saßen mitten im Raum, das Gesicht den Zuhörern zugewandt.

»Tochter«, sagte die Alte freundlich. »Wenn wir uns entschließen sollen, deinen Sohn aufzunehmen, müssen wir deine Geschichte von Anfang an kennen. Du darfst nichts auslassen, hörst du? Alle deine Träume, Gedanken und Gründe. Nur dann können wir urteilen.«

»Aber, Erhabene, meine Geschichte ist zu lang …« Yana machte eine hilflose Geste.

»Wir werden zuhören. Alle, die kleine Kinder haben und gehen müssen, werden gehen. Aber die Priesterinnen und Priester werden bleiben.« Die Augen der Alten schweiften befehlend durch den Raum. »Ich möchte jedoch empfehlen, dass so viele wie möglich bleiben. Ich will, dass möglichst viele die Geschichte kennen, damit es kein überflüssiges Gerede gibt, wenn wir uns entschließen, Yana und ihren Sohn zu bitten, bei uns zu bleiben.«

Nur wenige Leute mit kleinen Kindern verließen den Raum. Es fiel Yana schwer, in Dagrons verstörte, fragende Augen zu sehen. Wenn es ihr nur gelang, sie alle zu überzeugen, dass das Unglück an ihr haftete und nicht an Atum. Irgendwie musste sie es schaffen.

Im Raum trat erwartungsvolle Stille ein. Yana schloss die Augen und suchte nach den richtigen Worten. »Die Geschichte begann schon lange bevor ich geboren wurde«, begann sie leise.

Yana erzählte die Geschichte von ihrem Vater und ihrer Mutter, so wie sie sie kannte. Sie sprach wie in Trance, wie außerhalb ihrer selbst. Sie wusste nichts vom Zauber ihrer melodischen Stimme und von der Wirkung, die sie auf ihre Zuhörer hatte. Sie sprach wie zu sich selbst, läuterte ihren Schmerz, überließ sich ihrem Kummer.

Sie erzählte von der Entführung ihrer Mutter und der glücklosen Liebe, die folgte. Yana bemerkte nicht, dass ihre Zuhörer bei ihren Worten an ihre eigenen entführten Lieben dachten, für sie hofften und beteten, dass sie auf irgendeine Weise Glück finden würden.

Yana sprach von ihrer Geburt und dem Tod ihrer Mutter, wie die Dorfbewohner vor ihr zurückgeschreckt waren und sie dennoch am Leben ließen, weil sie während der Fruchtbarkeitszeremonie im Frühling gezeugt worden war. Sie berichtete vom Tod ihres ersten Sohnes und von ihrem Entsetzen, als sie den verkrümmten Fuß ihres zweiten Sohnes entdeckte. Sie schilderte den Todestraum von der Göttin, der ihr Mut gemacht hatte, und wie sie die Schlangenhaut auf dem Korb mit ihrem Baby gefunden hatte. Und dann erzählte sie vom Betrug der Hohenpriesterin und wie sie aus dem Dorf geflohen war, um Eom zu suchen.

Yana wurde die Kehle eng, als sie zum letzten Teil ihrer Geschichte kam. Sie hatte das Gefühl, als würde sie innerlich sterben, als sie sah, wie Dagrons Gesicht versteinerte. Sie erklärte, wie Eom ihr vorgeschlagen hatte, ihr Glück wieder zu gewinnen, indem sie das Kind der Fremden nährte und ihnen das heilige Amulett stahl, das er in der Nacht gesehen hatte, als er Dala zu heilen versuchte.

»Aber ich konnte es nicht tun«, sagte sie flehenden Blickes direkt zu Dagron. »Ich konnte nicht für ihn stehlen, nicht, nachdem ihr für uns gesorgt hattet.« Sie sah auf ihren Sohn herunter und legte eine Hand auf seine Wange. »Das habe ich versucht, Eom zu erklären.« Sie kämpfte mit den Tränen. »Wir lagen versteckt im Gras und stritten, als … als die Angreifer kamen.« Sie sah ihre Zuhörer an und bemerkte die traurigen Gesichter all derer, die Angehörige bei dem Überfall verloren hatten. »Seht ihr denn nicht … es ist alles meine Schuld. All dieses Unglück hat mich verfolgt …«

Yana stand langsam auf. »Aber nun bin ich bereit, zu tun, was ich schon längst hätte tun sollen«, sagte sie resigniert. »Es ist Zeit für mich, den Weg zu den Ahnen zu suchen.«

Mit sehnsuchtsvollem Blick drückte sie Atum an sich. »Aber Atum ist unschuldig. Er hat niemanden belogen oder betrogen. Die Göttin hat ihn gesegnet. Dank Dagron und seinen Leuten ist sein Bein gerade und kräftig. Wenn es etwas gibt, was ich ganz gewiss weiß, dann ist es das: dass es ihm bestimmt ist zu leben.«

Yana schwieg. Ihre bewegende Geschichte hatte alle verstummen lassen. Atum hatte den Kopf schläfrig auf ihre Schulter gelegt und suchte nach seinem Daumen. »Ist hier jemand, der meinen Sohn nehmen und ihn lehren will, was ein Mann wissen muss, wenn er heranwächst?«

Yana drehte sich um und sah Lokuitum erwartungsvoll an. Ihre Augen trafen sich. Er schien verlegen, sah schuldbewusst weg und trat näher an seine Gefährtin heran. Yana fühlte den stechenden Schmerz des Verlustes. Sie atmete tief ein, um sich wieder zu sammeln, und wandte sich erneut an ihre Zuhörer. »Ist wirklich niemand hier, der sich einen guten Sohn wünscht? Bitte gebt ihm doch eine Chance!« Ihre Stimme überschlug sich, sie war nahe daran, in Panik zu verfallen.

Faltige Hände griffen nach Atum. Yana sah in das Gesicht der alten Frau neben ihr. In den Augen der Greisin stand Vergebung, sie würde ihren Sohn nehmen. Er war in Sicherheit. Yana schluchzte erleichtert auf, aber gerade als sie ihn der Alten in die Arme legen wollte, rief eine laute Stimme: »Ich erhebe Anspruch auf den Jungen, Erhabene!« Es war Dagron, und er sprach in entschlossenem Ton. Tern stand an seiner Seite.

Überraschtes Flüstern erfüllte den Raum.

»Yana hat nicht die ganze Geschichte erzählt.« Dagron wartete, bis wieder Stille eintrat. »Es war mein Onkel, der für die Entführung von Yanas Mutter verantwortlich war. Ich glaube, dass Yana das nicht dazugesagt hat, weil sie mein Volk schützen wollte. Der Junge gehört zu uns, genau wie sie. Und auch Yanas Unglück ist unser eigenes. Sie wird nicht den Weg zu den Geistern gehen. Sie wird mit uns nach Hause kommen und dort ihre Geschichte erzählen.«

Yana schüttelte müde den Kopf. Nach ihrer langen Erzählung waren alle Gefühle in ihr erstorben. »Es ist zu spät für mich, Dagron. Du hast mir gesagt, dass die Ältesten deines Dorfes unerbittlich an ihren Aufnahmesitten festhalten, dass sie Kinder aber gerne nehmen. Wie kannst du so sicher sein, dass sie mich akzeptieren würden? Atum wird es viel leichter haben, wenn ich nicht durch meine Anwesenheit die Leute daran hindere, ihn anzunehmen. Das ist jetzt meine einzige Sorge.«

Dagrons Magen krampfte sich zusammen. Warum hatte er ihr all das nur gesagt? Wäre er nicht so überzeugend gewesen, wäre sie dann jetzt auch so bereit, in den Schoß der Mutter zurückzukehren? Wenn er seine Worte nur zurücknehmen und ihr klarmachen könnte, dass er alles tun würde, was in seiner Macht stand, um die Ältesten dazu zu bewegen, sie aufzunehmen. Seine

Augen flehten sie an, es zu versuchen, aber sie zuckte nur hoffnungslos die Achseln und sah weg.

Die Zuhörer waren seltsam bedrückt, als sie den Raum verließen. Alle waren tief in Gedanken versunken. Sie dachten an die Einsamkeit ihrer gefangenen Angehörigen und grübelten über Yanas bewegende Geschichte nach. Wurde das Mädchen wirklich vom Unglück verfolgt, oder hatte die Göttin in ihrer Weisheit Yana gerettet? Sie alle konnten nicht umhin, in Yana die Tochter, die Geliebte oder die Gefährtin zu sehen, die sie gerade verloren hatten, und sie verstanden ihre leidenschaftliche Liebe für ihren Sohn.

Yana und die Priesterinnen waren die Letzten, die den großen Raum verließen. Die Zwillingspriesterinnen und ihre Großmutter sammelten sich um Yana und warteten darauf, dass die alte Frau zu sprechen begann.

»Yana«, sagte sie mit seltsam gebrochener Stimme. »Du musst das tun, von dem du wirklich glaubst, dass es die Große Mutter von dir verlangt. Aber ich hege den Verdacht, dass du die Entscheidung, die du heute getroffen hast, aus Trauer um deine Freunde gefällt hast. Die Wege der Göttin sind geheimnisvoll. Tochter, wenn die Mutter dein Fleisch verzehren wollte, hätte sie längst einen Weg gefunden.«

»Ich weiß es, Erhabene, aber …«

Die Großmutter unterbrach sie. »Hör mir gut zu: Ich bin eine alte Frau, und die Göttin hat mir im Laufe meines Lebens viele Tode abverlangt.« Die alte Frau lächelte über die Verwirrung in Yanas Gesicht. »Es sind die kleinen Tode, von denen ich spreche«, erklärte sie. »Heute hast du uns von deinem Herzen erzählt, von deinem Kummer. Du hast dem Volk einen Teil von dir selbst geschenkt. Du bist ein wenig gestorben und dadurch ein bisschen mehr zu Geist geworden. Genau darin besteht die Bedeutung des Priesteramts … deinen Ängsten ins Gesicht zu sehen, ein wenig zu sterben, damit die Leute an deiner Erfahrung wachsen können. Die Göttin der Ernte schenkt uns freigebig ihren Leib, und wir verehren sie dafür. Das Leben einer wahren Priesterin ist ein Leben vieler kleiner Tode, bis zu ihrer letzten Reise in den Schoß der Göttin. Die Freude der Priesterin ist ein kleiner Blick in die Welt des Geistes, die mit jedem kleinen Tod neu geboren wird.«

»Ich verstehe deine Worte nicht, Großmutter. Ich höre die Worte, aber ich kann ihren Sinn nicht begreifen.«

»Das macht nichts, Tochter«, sagte die Alte und streichelte Yanas Hand. »Du bist immer noch betäubt vom Schmerz des kleinen Todes. Triff die Entscheidung für den Schoß der Göttin noch nicht heute. Warte auf das Morgenlicht. Warte ab, wie du dich dann fühlst.«

KAPITEL 18

Henni lag auf dem Rücken und überließ sich den geschickten Händen der Sklavin Rea, die sie wusch und ihre Haut mit Öl einrieb. Die Blutergüsse im Gesicht und an den Armen waren fast verschwunden. Nur an der Innenseite der Oberschenkel war noch eine Unzahl blauer Flecke zu sehen, die langsam von Dunkelviolett in hellere Schattierungen von Gelb und Grün übergingen.

Als Rea ihr bedeutete, dass sie ihr die Haare flechten wolle, setzte Henni sich auf.

Während Rea ihr das Haar in langen kupfernen Schlangen um die Schultern legte, sah Henni zu den anderen Frauen hinüber, welche die Schläge überlebt hatten. Sie wurden von den Frauen und Töchtern der Stammesangehörigen gewaschen und angezogen. Die Frauen schienen nicht gerade glücklich über ihre Aufgabe und gingen ausgesprochen unfreundlich und grob mit den Gefangenen um. Ihre Bemühungen zeigten dementsprechend geringen Erfolg. Die Frauen wirkten fast genauso mitgenommen, wie sie es gleich nach ihrer Entführung gewesen waren.

Plötzlich erregte ein Tumult Hennis Aufmerksamkeit. Zwei Frauen stießen sich gegenseitig. Die eine griff nach einer Wasserschale und warf sie nach der anderen. Bevor der Kampf noch ernstere Formen annehmen konnte, schritt eine Frau ein, die Henni noch nie gesehen hatte. Sie schimpfte laut in ihrer harten Sprache. Die Frau, die mit der Schale geworfen hatte, wurde

fortgeschickt. Im Raum trat eine unbehagliche Stille ein, und die anderen Frauen machten sich wieder an die Arbeit.
Henni sah sich die Frau, die sich in den Kampf eingeschaltet hatte, genauer an. Offensichtlich war sie eine hoch gestellte Persönlichkeit. Ein Nasenflügel war durchstochen und mit einem ungewöhnlichen Stein geschmückt. Auch die Kleidung der Frau war von feinerer Qualität. Außerdem trug sie zum Zeichen ihres Wohlstands und Status viele Armbänder und Halsketten.
»Das ist Marne«, flüsterte Rea Henni ins Ohr. »Sie ist die erste Frau des Anführers, des Hetmans, und ich gehe ihr nach Möglichkeit aus dem Weg.«
Als ob sie ihren Namen gehört hätte, drehte Marne sich plötzlich um und fing Hennis abschätzenden Blick auf. Sie baute sich vor Henni auf, die Hände in die Hüften gestemmt, und umrundete sie langsam, so als begutachtete sie eine der Stuten, die in der Nähe der Zelte zusammengekoppelt standen. Henni kochte innerlich, verbarg aber ihren Ärger. Schließlich fuhr Marne wütend auf Rea los und überschüttete sie mit einer Tirade hässlicher Laute, die Henni nicht verstand. Rea ertrug ihre Beleidigungen in gebeugter Haltung und schwieg, bis die Frau fertig war. Dann erst antwortete sie leise und schüchtern.
Auf Reas Erklärung hin verflog Marnes Ärger. Sie lachte spöttisch und wandte sich ab, sodass Rea mit ihrer Arbeit fortfahren konnte.
»Was hast du zu ihr gesagt?«, fragte Henni flüsternd.
»Sie war wütend, weil ich dich so gut zurechtmache.«
»Aber ist das denn nicht deine Aufgabe?«
Rea zuckte die Achseln. »Die Männer befehlen den Frauen, die Gefangenen herzurichten und anzuziehen, und sie dürfen nicht widersprechen. Aber die Frauen sind eifersüchtig und wollen ihre Männer nicht mit anderen teilen. Sie haben Angst.«
Henni machte ein verwirrtes Gesicht.
»Wenn eine Sklavin Gefallen findet, kann sie die zweite Frau ihres Herrn werden und so einen besseren Status gewinnen. Wenn

sie mehr Söhne bekommt als die erste Frau, kann sie die gleiche Stellung wie diese erlangen.«
»Aber das ist doch Unsinn«, widersprach Henni ungläubig. »Jedermann weiß doch, dass die Kinder der Mutter gehören und nicht dem Vater. Das Kind nährt sich von ihrem Körper, so wie die Kinder der Göttin sich von ihrem Überfluss nähren. Was hat denn ein Mann mit der Geburt und Ernährung eines Kindes zu tun?«
»Du vergisst, Schwester«, erinnerte sie Rea, »dass der Glaube dieser Leute anders ist. Sie sind Nomaden und leben nach dem Gesetz der Herde. Der Hengst ist Herr der Herde, und er nimmt sich jede Stute, die er haben will. Marne war der Meinung, dass ich zu viel Zeit für dich aufwende und dich zu begehrenswert mache. Aber ich habe ihr gesagt, dass dem Vogelpriester die erste Wahl zugestanden wurde und dass du bereits von ihm beansprucht worden bist. Ich habe den Eindruck, dass sie erleichtert war.«
»Aber Eom hat gesagt, es sei wichtig, dass ich bei dem Beanspruchungsritual so gut wie möglich aussehe.«
»Eom will, dass du schön bist, weil er dem Anführer beweisen will, dass du eine Priesterin bist und Macht hast. Wenn das nicht gelingt, wird man dich hier wie eine Sklavin behandeln.«
Bei dem Gedanken, man könnte versuchen, sie zur Sklavin zu machen, blitzten Hennis Augen zornig auf. Aber dann machte sie wieder ein besorgtes Gesicht. »Als ich ein junges Mädchen war, wurde ich zur Priesterin ausgebildet«, erklärte sie nachdenklich. »Aber dann habe ich aufgehört, die Riten zu üben. Ich weiß nicht, wie überzeugend ich bin.«
»Mach dir keine Sorgen«, antwortete Rea ermutigend. »Ich nehme an, dass der Priester einen Plan hat. Nach dem Beanspruchungsritual wird er zu dir kommen. Er wird dir alles erklären, bevor er dich dem Hetman vorstellt.«
Als Rea Henni fertig angekleidet hatte, beeilte sie sich, auch noch den anderen Gefangenen zu helfen, die aus dem Zelt in einen im-

provisierten Hof hinausgeführt wurden. Kaum hatten alle das Zelt verlassen, als Eom hereinschlüpfte und Henni zusammengekauert in der Dunkelheit vorfand. Er winkte ihr zu, und sie stand auf und trat auf ihn zu. Seit Eom sie zum letzten Mal gesehen hatte, hatte sich ihr Aussehen sehr verbessert, und er gratulierte sich zu seiner Geschicklichkeit, mit der er sie in seinen Besitz gebracht hatte. Es war nicht schwierig gewesen, die entzündete Hand des erstgeborenen Sohnes des Anführers zu heilen, und Henni war ein wahrhaft würdiger Preis. Aber als er das Misstrauen in ihrem Gesicht bemerkte, wurden seine Augen schmal. »Komm, Henni, du brauchst dich nicht vor mir zu fürchten.« Er grinste anzüglich. »Du und ich, wir sind doch alte Freunde. Ich will dir doch nur helfen.«

Henni warf den Kopf hoch. »Dann bin ich also deine Sklavin und nicht die Sklavin der anderen Barbaren. Das kann ich nicht besonders tröstlich finden.« Sie wandte den Blick ab.

Eom trat einen Schritt näher auf sie zu und sah in ihr trotziges Gesicht. Dann strich er mit dem Finger über ihre Wange und hob ihr Kinn hoch, sodass sie ihn ansehen musste.

»Es ist wahr«, bestätigte er. »Du bist nun mein Eigentum. Aber ist das so schlimm? Wenigstens achte ich die Göttin.« Er gab ihr Kinn frei und ließ seine Hände leicht über die weiche Haut ihrer Arme gleiten. »Und ich habe Freude an ihren Gaben«, sagte er heiser.

»Wie jeder andere Mann auch«, antwortete sie ärgerlich und entzog sich seinem Griff. »Davon habe ich genug.«

»Die Göttin hat uns wieder zueinander geführt, vergiss das nicht, Henni«, tadelte er. »Jedenfalls müssen wir jetzt zusammenarbeiten.« Er schob ein aus Knochen geschnitztes Armband über ihren Ellenbogen hinauf. Es umschloss ihren Oberarm.

Henni sah hinunter auf das, was Eom ihr da gegeben hatte. Es fühlte sich glatt und kühl an unter ihrer Hand: eine wunderbare Schnitzerei in Form der Schlangengöttin. Zwei schimmernde schwarze Obsidiansteine waren als Augen in den Knochen ein-

gelegt und verliehen der Schlange ein unwirkliches Aussehen. Sie fühlte, wie sich die Kraft der Göttin in ihrem Inneren entfaltete.
»Ich habe dieses Armband in einem der kleinen Dörfer eingetauscht, durch die ich bei meiner Wanderung gekommen bin«, sagte Eom feierlich. »Es hat einem Schamanen gehört. Ich nehme an, du hast gelernt, mit Schlangen umzugehen?«
Henni nickte stumm und betrachtete mit Bewunderung das machtvolle Geschenk. »Als Kind hat man mir beigebracht, keine Angst vor ihnen zu haben.«
»Gut, das erleichtert die Durchführung meines Plans. Als ich gestern die Geister um Hilfe für dich bat, glitt eine Schlange in mein Zelt, um Schutz vor der Mittagshitze zu suchen. Zuerst war ich erschrocken, weil ich sie für giftig hielt, aber sie war es nicht. Es war die Schwesterschlange, die fast genauso aussieht wie die giftige. Kennst du die Schlange, die ich meine?«
Henni nickte. »Ich glaube, ja. Sie ist braun und grau, aber ihr Kopf ist etwas anders geformt.«
Eom nickte heftig. »Ich habe sie gefüttert, aber sie ist noch immer sehr wild und nicht daran gewöhnt, dass ein Mensch mit ihr umgeht.« Er schwieg. Von seiner nächsten Frage hing sein ganzer Plan ab. »Glaubst du, dass du einen Schlangentanz vorführen könntest?«
Henni nickte langsam, aber in ihren Augen standen viele Fragen. »Es ist zwar lange her, aber der Schlangentanz war einer der Lieblingstänze meiner Lehrerin. Sie hat ihn mich immer wieder üben lassen. Ich bin sicher, dass ich mich an fast alle Schritte und Bewegungen erinnern kann.«
Eom atmete erleichtert auf. »Wenige Augenblicke, nachdem man dich gerufen hat, musst du mit dem Tanz der Schlangengöttin beginnen. Mache deine Sache gut! Unser Leben hängt davon ab. Du musst die Zuschauer ablenken, damit ich die Schlange aus einem Gefäß befreien kann, das ich in der Nähe der Pferde aufgestellt habe. Diese Leute haben schreckliche Angst vor Schlangen. Sie symbolisiert für sie die Unterwelt und den Tod. Die Barbaren

glauben nicht an die Wiedergeburt und die Große Mutter. Wenn du eine Schlange fängst, noch dazu eine, die sie für giftig halten, werden sie wissen, dass du den Tod nicht fürchtest.«

Henni sah, wie klug der Plan durchdacht war, und nickte langsam.

Eoms Augen glänzten wie im Fieber. »Ich habe noch ein Geschenk für dich. Ich habe es selbst gemacht.«

Henni betrachtete den Halsschmuck, den Eom ihr nun reichte. Es war eine holzgeschnitzte Schlange, in lebhaften Farben bemalt. Sie hing an einem Stück Sehne, als habe sie sich mit dem Maul darin verbissen.

Eom löste den Knoten auf ihrer Schulter, der ihr Kleid über dem Busen fest hielt, und ließ den Stoff auf ihre gegürtete Taille heruntergleiten. »Du musst dich als wahre Priesterin der Schlangengöttin präsentieren«, erklärte er. Seine Pupillen verengten sich beim Anblick ihrer festen kleinen Brüste. Henni trug noch immer das Amulett der Vogelgöttin aus Kupfer. Es hing hoch auf ihrer Brust. Er zog ihr den neuen Halsschmuck über den Kopf, und die Schlange lag genau da, wo er es sich vorgestellt hatte: zwischen ihren Brüsten, gerade unter der Vogelgöttin. Es sah so aus, als ob der Vogel vom Himmel herunterstoßen und die Schlange sich von der Erde aufrichten würde, jeder bei dem Versuch, den anderen zu verschlingen.

Dann zog Eom ein Töpfchen mit einer Mischung aus Ocker und Fett aus der Tasche. Er malte Henni Spiralen auf die Wangen und strich mit der Farbe über ihre vollen Lippen. Noch einmal tauchte er die Finger in die Farbe und trat mit brennenden Augen auf sie zu. Mit sanften kreisenden Bewegungen begann er, die Spitzen ihrer Brustwarzen zu bemalen.

Henni trat zurück und flüsterte erbost: »Ich habe dir nicht gestattet, mich anzufassen, Priester. Du bist um nichts besser als die anderen.« Sie riss ihm den Farbtopf aus der Hand. »Ich werde meine Brüste selbst bemalen.« Dann drehte sie ihm den Rücken zu, sodass er sie nicht beobachten konnte.

Es war hart für Eom, so nah bei Henni zu stehen und sie doch nicht berühren zu dürfen. Er versuchte, die Gefühle zu beherrschen, die sie in ihm hervorrief, aber sein Körper verriet ihn. Er sehnte sich danach, seine Hände über die sanfte Biegung ihres Rückgrats gleiten zu lassen und jeden einzelnen Wirbel zu betasten. Seine Hände juckten, ihre zarten Schultern und Arme zu umfassen; er wollte sein Gesicht im langen Bogen ihres Nackens vergraben. Sein Herz klopfte wild, und sein Atem ging flach. Bald würde er sie besitzen.

Henni wandte sich wieder um und gab ihm den Farbtopf zurück. Ihre Lippen zitterten, und eine Träne des Widerwillens hing an ihren Wimpern. Sie wischte sie ärgerlich weg.

Eom wurde weich. »Ach, Henni«, sagte er rau. »Ich bin taktlos gewesen. Aber du musst mir glauben, dass ich dies tue, weil ich um dein Leben fürchte. Es ist wahr, ich begehre dich, aber ich würde dir niemals absichtlich wehtun wie die anderen Männer.«

Ihre Unterredung wurde von zornigem Gebrüll unterbrochen. Als sie vorsichtig aus dem Zelt spähten, sahen sie zwei Männer um eine Frau kämpfen. Die Menge lachte und feuerte sie an.

»Ich muss jetzt gehen«, erklärte Eom rasch. »Wir haben schon zu lange miteinander geflüstert, und ich möchte nicht, dass der Anführer einen Verdacht hegt. Denke an alles, was ich dir gesagt habe. Tanze gut, meine Priesterin.« Er streichelte ihre Wange mit unerwarteter Zartheit.

Henni sah Eom nach, der möglichst unauffällig fortschlenderte und sich zu den anderen gesellte. Sie überlegte, ob sie nicht aus dem Zelt schlüpfen und einen Fluchtversuch wagen sollte, während die Menge abgelenkt war. Aber dann fiel ihr das Schicksal einer anderen Frau ein, die versucht hatte, zu fliehen. Jetzt war die Gefangene lahm, ein Fuß war nur noch ein Stumpf, auf dem sie qualvoll im Lager umherhumpelte. Henni schauderte. Nein, was Eom vorhatte, war besser.

Der Streit um die Frau zog sich eine ganze Weile hin. Henni wartete geduldig. In ihrem Kopf begann ein Plan Gestalt anzuneh-

men. Ich werde mit meinem Tanz Eoms Erwartungen übertreffen, beschloss sie. Diese Leute wissen nichts von der Macht der Mutter. Ich werde ihnen die Göttin selbst zeigen.
Langsam erstarb der Lärm. Henni spähte vorsichtig aus dem Zelt und sah, wie der Anführer Eom ein Zeichen gab. Es geht los, dachte sie.
Anstatt darauf zu warten, dass Eom sie abholte, trat sie kühn aus dem Zelt und ging mit entschlossenen Schritten auf den Anführer zu. Sie erkannte in ihm den Mann, der sie gefangen genommen hatte, und gestattete es sich deshalb, ihren Abscheu vor ihm deutlich zu zeigen. Sie fixierte ihn mit den Augen, doch er verzog keine Miene. Mit blitzenden Augen warf sie den Kopf hoch.
Ralic verschlang sie mit den Blicken. Seine Augen blieben an ihrem feuerfarbenen Haar und ihren bemalten Brüsten hängen. Vor langer Zeit, als er noch ein Junge gewesen war, hatte er einmal hoch im Norden solches Haar gesehen. Er fühlte, wie sein Glied anschwoll. Wäre nicht sein Versprechen an den Vogelpriester gewesen, hätte er sie jetzt und hier vor aller Augen genommen und den Trotz aus ihren Augen verbannt.
Ralic bedeutete Rea, für ihn zu übersetzen. Sie schlurfte hinüber und stellte sich im Schatten des großen Mannes auf.
»So stehen wir uns jetzt also von Angesicht zu Angesicht gegenüber, Priesterin«, höhnte er laut, »ohne dass du auf dem Rücken im Dreck liegst.«
Die Menge brüllte vor Lachen, und jemand rief laut dazwischen: »Es scheint deiner Göttin egal zu sein, wer ihre Felder pflügt.«
Rea übersetzte zögernd seine Worte.
Henni wurde blass, aber sie hielt das Kinn hoch gereckt, und ihre Augen wurden hart. »Ich hatte das Glück, ohne Bewusstsein zu sein, als es geschah. Ich habe nichts von deinem Vergnügen gemerkt.«
Als Rea Hennis Antwort übersetzte, blitzten Ralics Augen gefährlich auf. Eom beeilte sich einzugreifen: »Erhabener, diese

Frau weiß nichts von der Macht der Reiter. Schließlich war sie die ganze Zeit im Genesungszelt gefangen. Sie wird sehr schnell lernen, wie man dich als Anführer anzureden hat.«

»Ich finde es noch immer ungeheuerlich, dass eine Frau das Recht haben soll, über etwas anderes zu reden als die heilende Wirkung von Kräutern und Tränken. Warum soll sie keine Sklavin sein wie die anderen Frauen auch?«

»Keine Frau sollte eine Sklavin sein«, zischte Henni und unterbrach Reas stockende Übersetzung. »Es verstößt gegen den Willen der Göttin. Jedermann sollte sich gegen die Sklaverei wenden.«

»Ach ja?«, erwiderte der muskelbepackte Mann mit bedeutungsvoller Stimme. »Der Gott des leuchtenden Himmels teilt die Meinung deiner Göttin nicht. Eine Frau ist die Dienerin ihres Mannes, selbst im Tod, und ihre Kinder gehören ihm, und er kann mit ihnen machen, was ihm gefällt.«

»Du beleidigst die Göttin!«, tobte Henni.

»Henni«, flehte Rea. »Reize ihn nicht. Ich wage nicht zu wiederholen, was du gerade gesagt hast.«

Ralic packte Rea bei den Haaren. »Du sollst nicht mit ihr reden«, schimpfte er. »Du sollst nur übersetzen, was sie sagt.« Er stieß sie von sich.

Stolpernd versuchte Rea, ihr Gleichgewicht wieder zu finden, und beeilte sich, seinem Befehl zu gehorchen.

»Ich will mehr über eure Göttin erfahren«, erklärte Ralic mit gefährlich ruhiger Stimme. Er wandte sich an Eom. »Du und deine Priesterin, ihr sollt mir von ihrer Macht erzählen, dann werde ich entscheiden, wer stärker ist.«

Eom verneigte sich tief. »Du bist ein kluger Anführer. Ich werde Henni tanzen lassen. Sie ist für den Dienst an der Göttin ausgebildet und wird dir den Schlangentanz vorführen.« Eom zog eine Flöte aus dem Gewand, die er für rituelle Zwecke immer mit sich führte. Sie war aus dem langen, hohlen Beinknochen eines Geiers gefertigt. »Ich werde zu ihrem Tanz aufspielen.«

Henni stand da, still wie eine Statue, und lauschte auf die ersten heiseren Töne aus Eoms Flöte. Sie neigte den Kopf, als seien es Worte und nicht eine Melodie, die sie vernahm. Ihre Augen verengten sich zu schmalen Schlitzen, und ihr Körper passte sich der Musik an. Sie war die Schlange, geschmeidig, biegsam. Sie sonnte sich auf einem Stein. Ihre Bewegungen wurden fließend, ein einziger bebender Muskel, der vom Kopf bis zum Ende ihrer langen Beine reichte. Sie wiegte sich, bog den Rücken in sanften Zuckungen gen Himmel.

Eom folgte ihren Bewegungen mit seiner Musik, die ihre Ausdruckskraft noch verstärkte. Noch nie hatte er eine Priesterin den Schlangentanz so vollkommen darbieten sehen. Er wusste, dass die Zuschauer wie gebannt waren. Zu seiner Überraschung begann Henni zu den erotischen Lauten seiner Flöte nun auch noch zu singen.

»Die Mutter träumt«, sang sie heiser und wartete, bis Rea ihre Worte übersetzt hatte. »Und dies ist das Lied der Schlangengöttin.«

Schlange,
Sie entrollt sich,
Ein Muskel pulsierenden Lebens.
Sie dehnt sich im Sonnenlicht, glänzend, nass,
Sie streift ihre alte Haut ab.

Henni dehnte sich wie die Schlange, als habe sie keine Knochen. Sie glättete ihre neue Haut und freute sich an ihrer Weichheit. Ihr Haar und ihre geölte Haut schimmerten in der Sonne.

Schlange,
Sie ist neu geboren,
Und Blumen wachsen.
Die Bäume treiben neue Blätter.
Reich ist die Ernte, die auf den Feldern reift.

Henni wirbelte über den Hof und warf die Arme nach vorn. Sie suggerierte die sich entfaltende Kraft des Lebens, das sich der Sonne entgegenstreckt. Ihre Bewegungen wurden immer schneller, aber nicht weniger fließend. Sie drehte sich, stieß blitzschnell nach den Zuschauern, die hingerissen den Atem anhielten. Die Schlange bewegte sich, fraß, lebte, wie auch die Pflanzen, die im Überfluss wucherten. Aber dann begann Hennis Kraft langsam zu schwinden.

Schlange,
Sie entrollt sich,
Ein Muskel pulsierenden Lebens.
Sie geht in den Schoß der Mutter Erde ein.

Die Blumen verblühen,
Die Vögel ziehen fort,
Die Felder ruhen.

Henni tanzte den Schlangentanz des Todes. Es war der schleichende Tod durch Gift. Ihre Glieder wurden matt, ihre Bewegungen langsam und schwach.

Die Schlange schläft,
Die Mutter schläft,
Und all ihre Kinder warten.
Unter einer Decke von Weiß.
Sie warten.

Hennis Stimme wurde schwer und eindringlich. Sie senkte lasziv die Lider, ihre Bewegungen suggerierten Erotik.

Die pulsierende Lebenskraft des Mannes
Entfaltet sich, bewegt sich frei.
Sie nimmt ihn in ihre Höhlung auf.

Er füllt ihren Schoß mit der brennenden Kraft des Lebens,
Und der Strom des Monatsbluts schläft.

Die Schlange schläft,
Die Mutter schläft,
Und all ihre Kinder warten
Unter einer Decke von Weiß.
Sie warten.

Langsam rollte sich Henni zusammen. Sie schlang die Arme um ihren Körper und atmete tief in die Brust. Sie hielt still, aber ihr Körper vibrierte von künftigem Leben. Ein Gefühl der Erwartung bemächtigte sich der Menge. Henni sah auf. Ihr Gesicht war qualvoll verzogen. Langsam griff sie nach oben, richtete sich hoch auf die Zehenspitzen auf. Ihr Körper bewegte sich rhythmisch, in Wellen.

Ein Kind weint in der Dunkelheit.
Die Schlange der Mutter hat es ernährt,
Hat es geschützt.
Sie entrollt sich und schiebt es vorwärts.

Ein Kind weint, und die Schlange,
Die es mit der Mutter verbunden hat,
Wird durchtrennt.

Ein Mädchen wurde geboren.
Sie streckt sich, nassglänzend in der Sonne,
Sie lässt ihre alte Haut zurück.
Und die Blumen wachsen …

Hennis Tanz wurde freudevoll. Die Leute tanzten mit ihr und jubelten, als sie zwischen ihnen herumwirbelte. In der allgemeinen Erregung glitt Eom zu dem Gefäß, das bei den Pferden stand,

und stieß es, immer weiter auf seiner Flöte spielend, mit dem Fuß um. Rasch entfernte er sich wieder.
Jemand schrie auf, die Pferde stiegen und zerrten an ihren Stricken. »Sie hat eine Schlange angelockt!«, schrie jemand. »Eine Schlange ist im Lager!«
Ralic griff nach einer Steinaxt und lief zu den Pferden. Henni rannte hinter ihm her.
»Tu ihr nichts«, bat sie ihn. Und da sie wusste, dass er sie nicht verstand, versuchte sie, ihm die Axt zu entwinden.
Ralic blieb stehen und starrte sie wütend an. »Rea«, brüllte er. »Was will diese Frau?«
Rea kam eilig gerannt und redete kurz mit Henni. »Sie sagt, dass die Schlange euch kein Leid zufügen wird.«
»Schlangen sind widerwärtige Geschöpfe der Unterwelt und des Todes. Die Pferde treten sie unter ihre Hufe, und ich kann ihnen nicht nachstehen.« Er schüttelte sie ab.
Rea wandte sich Henni zu und übersetzte ihr, was er gesagt hatte. Henni beobachtete mit Widerwillen, wie der muskulöse Mann sich entfernte. Seine Sturheit erbitterte sie. Mit blitzenden Augen stemmte sie die Hände in die Hüften. »Eure Pferde fürchten sich vor der Schlange. Sie zertrampeln sie nur aus Angst, und die Pferdeleute sind nicht weniger furchtsam!«, schrie sie ihm wütend nach.
Ralic reagierte auf den Zorn in Hennis Stimme und wandte sich um. Die Menge verstummte. »Was hat sie gesagt, Rea?«, wollte er wissen.
Rea sah Henni entschuldigend an und wandte sich wieder dem Anführer zu. Stammelnd übersetzte sie ihm Hennis Vorwurf.
Die Muskeln in Ralics Nacken traten hervor, und ein mörderischer Glanz blitzte in seinen Augen. »Wenn du ein Mann wärest, würdest du für deine Worte sterben. Aber es gibt andere, vergnüglichere Arten, eine Frau leiden zu lassen.«
Henni ließ sich nicht einschüchtern. »Rühre sie nicht an«, sagte sie in ebenso drohendem Ton und zeigte auf das zusammenge-

rollte Tier. »Die Schlange wurde uns als Geschenk von der Göttin gesandt, die so den Schlangentanz ehrt. Ich werde sie forttragen, damit deine Leute keine Angst mehr zu haben brauchen.«

Henni wartete, bis Rea ihre Antwort übersetzt hatte, und bemerkte die Überraschung in Ralics Augen. Sein Gesichtsausdruck veränderte sich, sie entdeckte einen Anflug von Bewunderung. »Du willst eine Giftschlange anfassen?«, fragte er ungläubig und zeigte auf das in die Enge getriebene Tier, das sich ängstlich zusammengerollt hatte und mit dem Kopf drohend nach allen Seiten stieß.

Henni nickte und sah ihr Gegenüber abschätzend an. Plötzlich schien er Schwäche zu zeigen, er wirkte weniger selbstsicher. Es war kaum zu glauben, welch eine Abneigung diese Leute gegen die Schlange hatten! Sie verstand ihre Furcht vor Giftschlangen, aber etwas in den Augen des Mannes verriet eine Urangst, eine Dunkelheit, tiefer als der Schoß der Mutter. »Wenn die Schlange giftig ist und ich sterbe«, sagte sie leise, »dann kehre ich in den Schoß der Mutter zurück. Es ist ein Geheimnis. Und wenn ich Glück habe, wird ein Teil meines Geistes in meinem Volk wiedergeboren werden. Der Wille der Göttin wird geschehen.«

Ralic schüttelte verwirrt den Kopf. »Du sprichst in Rätseln, Frau. Rette die Schlange, wenn du kannst. Ich gebe zu, dass du sie herbeigerufen hast. Dein Tanz war sehr eindrucksvoll. Aber ich werde dich nicht daran hindern zu sterben, wenn das deine Wahl ist.«

Henni schritt zum Feuer und hob einen armlangen Knüppel auf. Langsam näherte sie sich der Schlange, die sie mit offenem Maul anzischte und ihre brandrote Zunge hervorschnellen ließ. Wieder begann sie mit ihren fließenden Tanzbewegungen. Eom folgte ihr mit seiner Flöte und spielte. Hennis Bewegungen waren langsam und träge. Die Schlange beäugte sie neugierig und schien sich zu beruhigen. Plötzlich hob Henni den Knüppel und schlug ihn mit lautem Krachen auf den Boden. Die erschreckte

Schlange schnellte vor und verbiss sich ins Holz. Noch bevor sie ihren Körper wieder zusammenrollen konnte, griff Henni von hinten nach ihrem Kopf und hielt das Tier fest. Die Schlange ringelte ihren langen Leib um ihren Arm. Eine Frau schrie auf, die Menge stöhnte. Henni hielt die Schlange hoch, sodass alle sie sehen konnten. Die Hand fest um den Hals der Schlange geschlossen, ging sie auf den Anführer zu.

Seine Augen verengten sich, und er hob sein Zepter mit dem Pferdekopf, als wolle er Henni damit abwehren. »Wie ich sehe, hast du gut gelernt, mit Schlangen umzugehen. Aber wenn du die Absicht hast, mich vor den Augen meines Volkes zu bedrohen, wird dein Tod sehr schnell sein.«

Henni wartete auf Reas Übersetzung.

»Nein«, sagte sie mit ruhiger, klarer Stimme. »Ich will dich nicht bedrohen.« Ihre Augen wurden weich und ihre Stimme flehend. »Ich will dir nur zeigen, welche Achtung die Göttin verdient.« Sie deutete auf die beiden Halsketten, die auf ihrer Brust hingen. »Die Vogelgöttin des Himmels schwingt sich zur Erde nieder, fängt die Schlange, die auf dem Bauch kriecht, verzehrt ihr Fleisch, und das Fleisch der Schlange fliegt in dem Vogel. Ebenso kann die Schlange den Vogel töten und sich von seinem Fleisch ernähren, sodass der Vogel lernt, im Staub zu kriechen, als ein Geschöpf der Erde. Es ist ein Wunder. Einer verzehrt den anderen.«

»Deine Worte haben keine Bedeutung, Priesterin«, erklärte Ralic laut, sodass alle Umstehenden es hören konnten.

Eom trat vor. »Erhabener«, sprach er Ralic an. »Ich glaube, ich kann es dir erklären. Du hast mir gesagt, dass der Sonnengott jeden Tag lebt und stirbt und dass die Tage eines Menschen ebenso sind. Sein Leben ist die Zeit, in der die Sonne scheint, und sein Tod ist die dunkle Nacht, die niemals endet.«

Rea übersetzte, und Ralic nickte voll Ungeduld.

»Wir glauben«, fuhr Eom fort, »dass das Leben rund ist wie der Schoß einer Frau. Es ist rund wie die Sonne.« Er deutete auf die

Scheibe auf Ralics Brust. »Die Dunkelheit des Todes und das Licht der Geburt erneuern sich immer wieder, wie die wiederkehrenden Jahreszeiten. Jeder Mensch hat beständig am Tod wie auch am Leben teil. Wer teilweise tot ist, ist auch teilweise lebendig.«

»Du sprichst in Rätseln, Priester«, knurrte Ralic belustigt.

Henni trat vor. »Er spricht nicht in Rätseln«, versicherte sie. »Die Mutter ist Leben und Tod, alles ist eine Verkörperung von ihr.« Sie hielt inne und sah Ralic direkt in die Augen. »Ich bin sie, du bist sie, sogar diese Schlange, die ich in der Hand halte, ist eine Verkörperung von ihr.«

Ralic erstarrte, als er sich Reas Übersetzung anhörte, und biss zornig die Zähne zusammen. »Wie kannst du es wagen, mich mit einem so bösen Geschöpf zu vergleichen, das auf dem Bauch über den Mist meiner Pferde kriecht!«

Henni warf den Kopf in den Nacken, und in ihre Augen trat ein Ausdruck, den Ralic nicht deuten konnte. Langsam hob sie die Schlange an ihr Gesicht und lockerte ihren Griff. Das Tier stieß zu und grub die Zähne in ihre Wange. Henni zuckte vor Schmerz zusammen und ließ das Tier einen Augenblick lang hängen, bevor sie ihr den Kiefer öffnete. Die Menge stöhnte auf. Dann trat Stille ein, und alle warteten darauf, dass ihr schwindlig werden würde. Ralics Augen waren weit aufgerissen vor Entsetzen über ihren Entschluss.

Sie wischte sich die Blutstropfen vom Gesicht und sah Ralic zornig an. »Ich habe mich selbst auch mit der Schlange verglichen. Diese Tiere greifen aus Angst an.« In ihrer Stimme schwang eine Warnung. »Die Göttin zeigt ihren Kindern Mittel und Wege, sich zu verteidigen. Du bist es, der die Schlange für böse erklärt. Das Glück hat mir mein Leben geschenkt in Form einer Schlange, die nicht giftig ist. Ich werde leben. Aber das Unglück hat mich zu euch geschickt.« Henni warf die Schultern zurück. »Die Frage ist nur: Wer von uns wird aus Furcht vor dem anderen zuerst angreifen?«

Rea übersetzte ihre Worte, und Ralic musterte sie kalt. Henni hielt den Atem an. Eom wollte vortreten und etwas sagen, aber Ralic hob das Zepter und brachte ihn zum Schweigen. Nachdenklich fixierte er die trotzige Frau, die vor ihm stand.

Endlich räusperte sich Ralic. »Priesterin, wenn du ein Mann wärst, würde ich dich töten. Ich spüre in dir eine Kraft, die sich auch bei Männern nur selten findet. Ich glaube, dass deine Göttin sehr stark sein muss, wenn sie sogar einer Frau solche Macht verleihen kann. Nun erkenne ich, warum der Sonnengott mein Volk in dieses Land geführt hat.«

Ralic wandte sich an sein Volk und sagte mit lauter Stimme. »Der Hengst paart sich mit jeder Stute, die ihm gefällt, aber nur die Würdigste darf an seiner Seite laufen. Diese Frau hat mir die Stärke und den Mut ihrer Göttin gezeigt. Ich glaube, dass der Sonnengott sich mit der Göttin dieses Landes paaren will und dass durch unsere Vereinigung eine neue großartige Rasse gezeugt werden wird.«

Das Volk jubelte auf. Ralic brachte es mit erhobenem Zepter zum Schweigen.

»In einer Handspanne von Tagen werde ich sie«, er deutete auf Henni, »zu meiner ersten Gemahlin machen. Es wird ein großes Fest stattfinden.«

Eine Frau begann zu klagen. Sie zog ihren halbwüchsigen Sohn hinter sich her und warf sich zu Ralics Füßen in den Staub. »Mein Gemahl«, schrie Marne, »tu das nicht. Wir kennen uns seit unserer Jugend. Diese Frau ist böse. Sie hat dich mit ihrem Tanz verhext.«

Ralic hob das Zepter und befahl: »Genug, Frau. Steh auf. Für die Frau des Hetmans ziemt es sich nicht, wie eine Sklavin im Staub zu liegen.«

Marne erhob sich. Staub und Tränen mischten sich in ihrem Gesicht. Sie griff nach der Hand ihres Sohnes und stieß ihn vorwärts. »Dies ist dein Erstgeborener. Willst du, dass er seinen Status verliert wegen einer fremden Frau aus diesem Land?«, rief sie verzweifelt. »Ihre Kinder werden über ihn herrschen. Das ist nicht recht.«

Eom trat mit gekränkter Miene an Hennis Seite. »Ich habe die Hand deines Sohnes gerettet«, erinnerte er Ralic verbittert. »Ich fand die Heilkräuter, um die gelbe Krankheit zu heilen.« Eom straffte die Schultern. »Du hast mir diese Frau versprochen. Willst du dein Wort jetzt brechen?«

»Du sollst deine Belohnung haben, Priester«, gab Ralic zurück. »Die geehrte Gefährtin meiner Jugend wird deine erste Gemahlin werden.« Er ergriff Marnes Hand und schob sie in seine Richtung. »Ich dachte, dass sie sich damit zufrieden geben würde, meine zweite Frau zu sein, aber sie hat es deutlich zum Ausdruck gebracht, dass diese Lösung für sie unannehmbar ist.«

Ralic wandte sich an Marne, und seine Augen wurden plötzlich weich. »Du bist mir eine gute Frau gewesen. Es tut mir Leid, dass du so unglücklich bist, aber ich werde dafür sorgen, dass dieser Mann dich gut behandelt. Was unseren Sohn betrifft, so werde ich ihn immer als meinen Erstgeborenen anerkennen, aber er wird sich mit seinen Brüdern messen müssen, so wie jeder, der herrschen will, zuerst beweisen muss, dass er würdig ist, Herr der Herde zu sein.«

Eom versuchte, seinen Zorn zu zügeln. Wie konnte dieser Mann es wagen, seine Frau zu verstoßen, als ob sie ein Nichts wäre? Aber dann musste er an Yana denken und daran, wie schnell er selbst bereit gewesen war, sie um der Macht willen zu opfern. Er zuckte zusammen unter der Ironie der Göttin. Sein Blick fiel auf Henni, deren Gesicht weiß geworden war. Allein bei dem Gedanken, dass Ralic sie berühren könnte, stieg Übelkeit in ihm auf.

Entschlossen trat Eom vor. »Henni ist eine Tochter der Göttin, und sie hat ihre Macht gezeigt«, verkündete er. »Sie ist keine Sklavin. Bei uns ist es Brauch, dass eine Priesterin selbst ihren Gefährten wählt.«

Ralics Augen wurden schmal. »Ich gebe dir Recht, dass sie

Macht hat und eine starke Frau ist, eine Führerin unter den Frauen. Vielleicht wäre es klug zu erfahren, welchen Hengst diese Stute sich wählen würde.« Er wandte sich an Henni und bedeutete ihr zu sprechen. Rea trat vor, um zu übersetzen.

Hennis Augen flogen von einem Mann zum anderen. Sie wollte wirklich nicht mit diesem Barbaren verheiratet werden, aber sie war sich ganz sicher, dass Ralic Eom zum Kampf fordern würde, fiele ihre Wahl auf ihn. Zu einem Kampf auf Leben und Tod. Sie brauchte ihn lebend. Sie straffte die Schultern und warf Ralic einen herausfordernden Blick zu. »Ich bin keine Stute, die du neben deinem Zelt festbinden kannst«, erklärte sie stolz. »Ich bin eine Tochter der Göttin.« Sie hielt inne, um ihre Worte wirken zu lassen. »Aber ich sehe die Weisheit in deiner Rede. Es ist besser, die Kräfte zu verbinden, als sie zu trennen. Ich werde zustimmen, deine Frau zu sein, unter der Bedingung, dass die Hochzeitszeremonie noch eine Weile aufgeschoben wird.«

Mit zusammengekniffenen Augen hörte sich Ralic Reas zögerliche Übersetzung an. »Den Zeitpunkt unserer Hochzeit bestimme ich!«, fiel er Rea ins Wort.

Henni schürzte provozierend die Lippen. »Ich werde die Schlafmatte meines Gatten nicht teilen, solange ich nicht in der Lage bin, ihm meine Leidenschaft ins Ohr zu flüstern. Eure Sitten sind mir fremd, und ich möchte dir nicht missfallen. Du hast selbst gesagt, dass wir viel voneinander zu lernen haben.« Ihre Augen glänzten mutwillig unter den schweren Lidern.

Ralic hörte sich sorgfältig Reas Übersetzung an, dann warf er den Kopf zurück und lachte laut. Er stützte sich träge auf sein Zepter und sah ihr lächelnd in die Augen. »Du hast die Krallen einer jungen Bergleopardin, Frau«, meinte er gut gelaunt. »Aber es wird mir Spaß machen, dich schnurren zu hören. Wie lange wirst du brauchen, bis deine Zunge mit den Worten meiner Sprache fertig wird?«

Henni hörte Rea zu und war überrascht, dass Ralic auch witzig sein konnte. Sie sah ihn genauer an. Trotz seines barbarischen

Äußeren wirkte der Mann intelligent. Sie richtete sich auf. »Ich werde zwei Mondspannen benötigen, bis ich die harten Laute deiner Sprache beherrsche«, erklärte sie, wobei sie das Wort ›beherrschen‹ betonte.

Ralic hörte auf zu lächeln. »Du verlangst zu viel, Frau. Ich gebe dir eine Mondspanne, um dich mit den Sitten meines Volkes vertraut zu machen. Mehr nicht! Rea wird Tag und Nacht mit dir in deinem Zelt verbringen und dich unterrichten, bis der Mond wieder so rund wie die untergehende Sonne ist. An dem Tag wirst du auf meine Schlafmatte kommen, und meine geehrte Gefährtin wird zur Matte des Priesters gehen.«

Eom stieß einen Fluch aus, und Marne begann wieder zu schluchzen.

Ralic kehrte ihnen den Rücken zu und schlenderte davon. Aber noch bevor er das Lager zur Hälfte durchquert hatte, blieb er plötzlich stehen und rief Henni zu: »Bis wir verheiratet sind, wirst du in deinem Zelt bleiben. Du wirst ständig verschleiert sein, damit meine Augen dich nicht sehen, sonst findest du dich auf meiner Schlafmatte wieder, noch bevor du dazu bereit bist.«

Einige Zuschauer lachten laut über die Worte ihres Anführers. Die Frauen kicherten. Henni wurde rot vor Zorn, aber Ralic war schon zu weit weg, um es noch zu bemerken.

Rea fasste sie beim Arm. »Komm, Henni«, flüsterte sie. »Du weißt es vielleicht noch nicht, aber heute wurde ein großer Sieg für die Göttin errungen. Provoziere nicht den Zorn des Hetmans und mache nicht alles wieder zunichte, was sie für uns erreicht hat.«

Henni wusste, dass Rea Recht hatte. Sie atmete tief durch und schluckte ihren Ärger hinunter. Sie nickte und wollte schon zum Zelt zurückgehen, da verstellte ihr Eom den Weg. »Du hast gut getanzt, Henni«, sagte er höhnisch und konnte seine Bitterkeit nicht verbergen. Dann hielt er ihr ein großes Tongefäß hin, in das sie vorsichtig die Schlange legte. Eom verschloss das Gefäß und stellte es nieder. Er streckte die Hand aus und berührte die höl-

zerne Schlange, die zwischen Hennis Brüsten hing. »Die Schlange hat den Falken heute nicht nur gebissen, sondern ganz verschlungen.«
Henni wollte nach seiner Hand fassen, aber dann hielt sie inne. Mit hängenden Schultern sagte sie: »Eom, nach allem, was dieser Mann mir angetan hat, kannst du doch wohl nicht glauben, dass ich mit ihm verheiratet sein möchte?« Sie schauderte. »Ich brauche deine Freundschaft. Ralic hätte dich getötet, aber ich brauche dich lebend.« Sie zeigte müde auf das Lager und die Zelte. »Hier herrscht der Wahnsinn.«
Eom sah ihr in die Augen und erkannte, dass sie die Wahrheit sagte. Zum ersten Mal seit vielen Jahren ließ er seine Maske fallen und eine Frau bis tief in sein Herz sehen. »Ich habe mich seit langer Zeit nach dir gesehnt«, sagte er ruhig, »seit dem ersten Mal, als ich deine Augen suchte und fand. Du bist einer der Gründe, warum ich mich auf diese Wanderung begeben habe. Ich wollte dich wieder finden. Es ist ein grausamer Scherz der Göttin, dass ich dich nun, da ich dich endlich gefunden habe, Schwester nennen muss statt Ehefrau.«
Henni sah zu ihm auf. Sie erkannte, wie tief sein Schmerz war. »Unter allen Lebenden stand mir nie jemand näher als mein Bruder Dagron«, sagte sie mit erstickter Stimme. »Ich würde mich geehrt fühlen, wenn du mich Schwester nennen würdest.«
Eom blinzelte, schluckte schwer und nickte.
»Aber ich glaube, dass wir unsere Freundschaft zunächst nicht zu deutlich zeigen sollten«, fuhr Henni fort. »Der Anführer scheint ein ziemlich gerissener Mann zu sein.«
»Ich werde alles tun, was du willst«, sagte er bedauernd. »Aber komm zu mir, wenn du mich brauchst. In diesem Augenblick fühle ich das Gewicht der weißen Göttin auf meiner Brust, und wenn es der Tod ist, den sie für mich bestimmt hat, bin ich bereit.«
Henni legte ihm die Hand auf den Arm. »Dieses Gefühl wird für uns beide vorübergehen«, tröstete sie ihn leise.

Eom zuckte zurück und versuchte zu verbergen, wie verletzt er war. »Geh und leg deinen Schleier an, Henni. Meine Augen schmerzen von deinem Anblick.« Er drehte sich um, hob das Gefäß mit der Schlange auf und schritt rasch fort.
Henni sah ihm seufzend nach.
»Es ist besser so«, flüsterte Rea. »Du tust gut daran, den Priester zu meiden, solange Ralics Verlangen nach dir so stark ist. Mit der Zeit vielleicht, wenn die Gefühle des Priesters für dich langsam abflauen, könnt ihr beide freundschaftlich für die Sache der Göttin zusammenarbeiten. Aber jetzt ist es erst einmal das Klügste abzuwarten.«
Henni stieß einen verzweifelten Seufzer aus. »Göttin«, betete sie leise, »zu welchem guten Ende kann dieser Schmerz wohl führen? Zeige mir die Hoffnung in dieser Lage. Damit ich die Kraft finde, dies zu überstehen.«
Entschlossen hob sie den Stoff an, der lose um ihre gegürtete Taille fiel, und bedeckte damit ihren bemalten Busen. Dann begab sie sich in das Zelt, das für die nächsten Wochen ihr Gefängnis werden sollte.

KAPITEL 19

»Yana, bist du wach?«

Es war Terns Stimme. Schnell zog Yana ihr Kleid an. »Ich bin gerade aufgewacht«, rief sie zurück. »Ich kann kaum glauben, dass ich so lange geschlafen habe.«

»Die Priesterin Großmutter meinte, dass du nach dem vergangenen Abend Ruhe brauchen würdest. Wir alle hielten es für das Beste«, fügte er hinzu. »Ich habe die Babys hier. Die Frau, die sie versorgt hat, hat gesagt, dass sie ihnen heute Nachmittag nur wenig Milch gegeben hat. Sie müssen Hunger haben.«

Yana kletterte die Leiter hinauf. Es fiel ihr schwer, Tern in die Augen zu sehen, als sie ihm die Kleinen abnahm. Aus irgendeinem unerfindlichen Grund war sie plötzlich verlegen und schüchtern. Aber noch bevor sie die Leiter wieder hinunterklettern konnte, berührte Tern ihren Arm und hielt sie zurück. »Ich werde hier auf dem Dach auf dich warten«, sagte er ernst. »Komm herauf, wenn du die Babys gestillt hast. Ich muss dir etwas sagen.«

Yana setzte Atum auf die Hüfte und nickte. Was ist los, fragte sie sich mit plötzlicher Sorge, während sie wieder in ihr Zimmer hinunterstieg. Hatten Dagron und Tern etwa doch noch beschlossen, dass sie Atum nicht haben wollten? Yana stillte die Kinder und versuchte, ihre Angst zu beherrschen.

Atum musste an diesem Nachmittag ausgiebig gespielt haben. Noch während sie ihn stillte, fielen ihm die Augen zu. Er schlief ein, schreckte dann wieder auf und suchte schlaftrunken nach ihrer Brust. Stattdessen nahm er seinen Daumen und steckte ihn in den Mund. Yana legte ihren Sohn lächelnd nieder. Er rollte sich zufrieden zusammen. Ischa sah mit großen Augen zu. Sie muss wohl schon vorher geschlafen haben, ging es Yana durch den Kopf.

Mit Ischa im Arm kletterte Yana die Leiter wieder hinauf und ließ den schlafenden Atum im Zimmer zurück. Sie stieß die Tür auf und reichte Ischa zu Tern hinaus, der unter der Veranda gewartet hatte. Tern nahm Yanas Arm und führte sie in den Schatten, wo Kuchen, Nüsse und etwas zu trinken für sie bereitstanden. Yana begann zu essen. Tern reichte ihr eine Schale gekühlte Ziegenmilch, und sie lächelte dankbar, vermied es aber, ihn anzusehen.

Tern holte tief Luft. »Yana, bitte, überleg es dir noch einmal«, sagte er flehend. »Entschließe dich nicht vorschnell, in den Schoß der Göttin zurückzukehren. Ich weiß, dass es nicht leicht für dich sein wird, den Ältesten unseres Dorfes entgegenzutreten, nach allem, was du durchgemacht hast. Aber sie sind nicht so streng, wie du vielleicht glaubst.«

Yana ließ ihren Blick zum Horizont schweifen. Ein sanfter lauer Wind zupfte an ein paar losen Haarsträhnen und trug den Geruch von frisch geernteter Gerste zu ihnen herüber. Im Fluss, der sich in der Ferne dahinschlängelte, spiegelte sich das Licht. Ischa plapperte glücklich in Terns Schoß und zeigte auf einen Vogel, der über sie hinwegzog.

Tern wies Yana und Atum nicht zurück, im Gegenteil, er wollte, dass sie den Entschluss des vergangenen Abends noch einmal überdachte.

Er räusperte sich und strich über Ischas Haar. »Als ich ein Junge war«, begann er langsam, »bin ich ein ganzes Jahr lang allein in meinem Heimatdorf herumgewandert, bevor Dagrons Volk mich aufnahm. Es war schlimm, so einsam zu sein und von den Essensresten und kärglichen Gaben anderer Leute leben zu müssen.«

Er schluckte schwer, und Yana wartete, dass er fortfuhr.
»Weißt du, ich hatte aus Versehen ein Feuer neben der Hütte entfacht, in der meine Eltern schliefen, um der Nachmittagshitze zu entgehen. Ich hätte nicht mit den Kohlen spielen dürfen. Aber ich wollte ein kleines Dorf aus Lehm und Zweigen bauen, mit winzigen Kochfeuern zwischen den Hütten. Doch das Feuer geriet außer Kontrolle, und ich bekam es mit der Angst zu tun. Ich war noch zu klein, um die Gefahr zu erkennen, und rannte einfach davon. Meine Familie kam in den Flammen um, einschließlich meiner Großeltern. Auch die Hütte neben der unseren fing Feuer, und zwei weitere Kinder wurden schwer verletzt. Einer der größeren Jungen sagte später, er habe gesehen, dass ich in der Nähe des Feuers mit Zweigen gespielt hätte, und ich konnte es nicht leugnen.« Tern holte tief Luft und atmete langsam wieder aus. Die Qual der Erinnerung stand deutlich in seinem Gesicht.
»Aber du warst doch noch ein Kind«, hauchte Yana. »Wie konnten sie dir das zum Vorwurf machen?«
Tern drückte Ischa fester an sich. »Das war auch die Meinung von Dagrons Volk«, antwortete er leise. »Sie hatten keine Angst vor meinem Schicksal. Ich war ein halb verhungerter, verstörter Junge, als sie mich zu sich nahmen. Ich konnte niemandem mehr trauen, Fremden am allerwenigsten.« Er sah ihr in die Augen.
Yana hatte das Gefühl, als würde ein helles Licht in ihren Kopf hineinscheinen. Ein Lächeln erhellte ihre Augen und ihr Gesicht. Die Großmutter hatte Recht gehabt. Der kleine Tod war schwer gewesen, aber sie hatte etwas dabei gelernt. Sie hatte sich ganz dem Volk übergeben. Und Tern hatte sich selbst in ihrer Geschichte wieder erkannt und dadurch den Mut gefunden, ihr von seiner eigenen Vergangenheit zu erzählen, einer Vergangenheit, die sie verstand. Vielleicht leben wir den Tod, wenn wir in der heilenden Wärme der Sonne wandern, dachte sie.
Yana streckte die Arme nach Ischa aus. Sie sah Tern an, und ihre Augen trafen sich voller Verstehen. »Der Schoß der Mutter wartet auf uns alle«, sagte sie. »Ich werde noch eine Weile Ischas

Mutter sein. Vielleicht haben die Ältesten ja Verständnis. Ich kann es nicht wissen, bevor ich ihnen nicht begegnet bin.«
Tern stieß einen Freudenschrei aus und strahlte. Yana lachte mit ihm. Er sprang auf. »Das muss ich Dagron und den anderen erzählen!« Er packte sie bei der Hand, zog sie hoch und drückte sie fest an sich. Ischa quäkte zwischen ihnen. »Wir gehen nach Hause!«, rief er glücklich über die Dächer und lief davon. »Wir gehen nach Hause!«

KAPITEL 20

Rea machte sich Sorgen um Henni. Anfangs schien sie sich damit zufrieden zu geben, eingesperrt im Zelt zu sitzen und so viel wie möglich über die Sprache und die Sitten der Pferdeleute zu lernen. Aber je näher der Tag der Hochzeitszeremonie kam, desto teilnahmsloser wurde Henni. Sie hörte auf, Fragen zu stellen, und Rea musste sie immer wieder ermahnen zuzuhören. Wenn sie im Freien waren und sich um die Pferde kümmerten, starrte sie sehnsüchtig in die Richtung, in der ihre Heimat lag, und seufzte tief. Rea hatte dergleichen schon öfter beobachtet, und es bekümmerte sie. Oftmals waren es gerade die Willensstarken unter den gefangenen Frauen, die es nicht schafften. Wenn sie erst einmal die Aussichtslosigkeit aller Fluchtversuche erkannt hatten, siechten sie an irgendeiner seltsamen Krankheit dahin oder bereiteten ihrem Leben selbst ein Ende. Irgendwie muss ich eine Möglichkeit finden, dachte Rea, ihre Lebensgeister wieder zu wecken.

Reas Sorgen um Henni waren berechtigt. Es fiel ihr wirklich zunehmend schwerer, Interesse am Leben aufzubringen. Die Sprache der Barbaren war wie raues Holz in ihrem Mund, hart und unnachgiebig, und ihre Sitten erniedrigten die Große Mutter. Rea versuchte sie davon zu überzeugen, dass die Göttin auch in diesem Volk wieder geboren werden konnte, aber Henni wollte ihr nicht glauben.

Die Frauen schienen in ihrer Unterwürfigkeit gegen die Männer

geradezu zu schwelgen. Aber was Henni am meisten entmutigte, war die Erziehung, die die Mütter ihren Töchtern zukommen ließen. Die Mädchen wurden geschlagen, wenn sie ihren Brüdern widersprachen, selbst wenn die Jungen Unrecht hatten. Eine Lieblingsbeschäftigung der Jungen war es, sich ein Mädchen zu suchen und es den ganzen Tag lang herumzukommandieren. Niemand gebot ihnen Einhalt. Die Jungen durften Kinder sein, wurden verzogen und brauchten gar nichts zu tun, während die Mädchen lernen mussten, Kleider zu nähen, zu putzen und das Essen zuzubereiten, wodurch sie gezwungen waren, lange vor der Zeit erwachsen zu werden. Wenn ein Mädchen ins heiratsfähige Alter kam, hatten ihre Augen bereits allen Glanz verloren, und ihr angeborener Mut und ihre Lebensfreude waren verschwunden. Henni wollte lieber überhaupt nicht leben als so wie die Frauen der Pferdeleute. Sie seufzte tief und ließ den Gürtel, an dem sie gerade webte, in den Schoß fallen.
»Du wirst diesen Gürtel niemals rechtzeitig fertig kriegen«, tadelte sie Rea. »Ralic erwartet den Hochzeitsgürtel von dir, und es sind nur noch zwei Tage bis zum Fest.«
»Du brauchst mich nicht ständig an meine Hochzeit zu erinnern«, entgegnete Henni kühl. »Dank deiner Bemühungen weiß ich sehr genau über meine künftigen Pflichten Bescheid.«
»Du hast nicht einmal bei der Hälfte von dem, was ich dir gesagt habe, richtig zugehört«, erklärte Rea hart.
Henni sah sie überrascht an.
»Das ist wahr«, fuhr Rea fort und versuchte, Henni in Zorn zu bringen. »Seit einer Handspanne von Tagen hast du nichts anderes getan, als dazusitzen und dich selbst zu bemitleiden. Die Göttin hat dir ein großes Geschenk angeboten, und dennoch weigerst du dich, ihr zu dienen. Stattdessen tust du so, als würdest du am liebsten in den Schoß der Großen Mutter zurückkehren.«
Henni wurde rot. »Es tut mir Leid, wenn ich es nicht als großes Geschenk betrachten kann, mit diesem Mann verheiratet zu werden«, sagte sie sarkastisch.

»Du wirst seine Frau und nicht seine Sklavin sein. Die Große Mutter hat dir viel Einfluss auf dieses Volk gegeben.«
Henni versuchte, sich gleichgültig zu geben, aber ihr Zorn wuchs. »Ich könnte genauso gut seine Sklavin sein«, fauchte sie. »Die Frauen sind hier weniger als Dreck.«
»Aus dem Dreck wächst die Ernte«, erinnerte sie Rea.
Henni schleuderte den Gürtel, an dem sie gearbeitet hatte, durch das Zelt und sprang wutentbrannt auf. »Wie kannst du es wagen, ein Urteil über mich zu fällen! Du sagst, du willst hier etwas ändern, und doch kriechst du vor den Füßen eines jeden Mannes im Lager im Staub herum. Ein Mann braucht dich bloß anzusehen, und schon machst du die Beine für ihn breit. Du behauptest, du hättest keine andere Wahl, aber ich würde lieber sterben, als meine Würde an einen Mann zu verlieren.«
»Ich habe meine eigene Art von Macht«, antwortete Rea gelassen und mit einem Anflug von Stolz.
»Ja, die Macht der Schwäche«, höhnte Henni.
»Nicht alle Frauen können so sein wie du, Henni!«
»Und ich würde lieber sterben, als so zu sein wie du«, gab Henni zurück.
Reas Augen wurden schmal. »Du weißt nichts von mir und meiner Macht«, sagte sie mit einem durchdringenden Blick. »Die Frauen hier brauchen dich, aber du bist verschlossen und bemitleidest nur dich selbst, statt an deiner Aufgabe zu wachsen. Kehre in den Schoß der Großen Mutter zurück, wenn du nicht anders kannst, aber ich bezweifle, dass sie für solch eine verletzende Person Verwendung hat.«
Henni war verblüfft. Rea hatte Recht. Sie hatte sich nur mit sich selbst beschäftigt und sich nicht um die Leute gekümmert. Sie wusste nichts über Rea, ihre Vergangenheit oder ihre Wünsche. Sie hatte sich nicht einmal die Zeit genommen, sich nach den anderen Gefangenen zu erkundigen, die vermutlich sehr viel schlechter dran waren als sie selbst.
Henni setzte sich und zog die Knie an die Brust.

Rea stand vor dem Zelt, das harte Profil ihr zugewandt.
Henni schwieg eine Zeit lang. Dann sagte sie leise: »Ich war tatsächlich eigensüchtig und habe mich um nichts gekümmert. Es ist wahr, ich weiß nichts von dir, Rea.«
Mit einer Handbewegung forderte sie Rea auf, sich zu ihr zu setzen. »Erzähl mir von der Großen Mutter«, sagte sie leise. Ich finde so wenig Stärke in den Frauen hier. Aber vielleicht habe ich ja an den falschen Stellen danach gesucht.«
Rea nahm Platz, aber gekränkt, wie sie war, hielt sie einigen Abstand zu Henni. »Ich bin immer allein in diesem Lager gewesen und habe gewartet. Unter allen Gefangenen habe ich nach einer willensstarken Frau gesucht, und jetzt, wo ich sie endlich gefunden habe, verachtet sie mich.«
»Ich wusste nicht, dass ich dich verletzte, Rea.«
»Ja, das habe ich mir auch gesagt«, gab Rea zu. »Aber dieses Wissen hat es mir nicht leichter gemacht.«
Henni schwieg und dachte nach. Schließlich begann sie zu reden. »Wie schaffst du das?«, flüsterte sie. »Wie kannst du es als Sklavin eines jeden Mannes im Lager hier aushalten? Wie erträgst du das?«
Rea hob stolz den Kopf. Einen Augenblick lang war sie unentschlossen, aber dann schloss sie die Augen und holte tief Luft. »Ich will dir verraten, welche geheime Gabe die Göttin mir geschenkt hat, als ich hierher kam.«
An Reas Gesichtsausdruck und Tonfall erkannte Henni, dass das Geheimnis ein tiefes war, eines, über das sie noch nie mit jemandem gesprochen hatte. Und wenn sie es je verraten würde, würde es der jungen Frau das Herz brechen.
»Ich war noch sehr jung, als ich entführt wurde«, begann Rea. »Kein Kind mehr, aber auch noch keine Frau.« Sie seufzte. »Aber die Männer benutzten mich wie eine Frau.«
Hennis Gesicht verfinsterte sich, und sie wollte etwas einwerfen, doch Rea ließ sie nicht zu Wort kommen. »Es gibt nichts, was du dazu sagen könntest, Henni. Das alles gehört nun der Vergan-

genheit an. Manchmal wache ich mit Albträumen über diese Zeit auf, aber meistens denke ich nicht mehr daran. Nach kurzer Zeit wurde ich schwanger. Das Kind starb in meinem Leib.«
Henni stöhnte voller Mitgefühl auf.
Rea zuckte die Achseln. »Es war gut so. Ich war noch zu jung, um ein Kind aufzuziehen, aber oft frage ich mich ...«, sie seufzte und fuhr dann entschlossen fort. »Ich bekam eine schwere Krankheit, und mein Leib wurde unfruchtbar. Im Laufe der Jahre wurde mir klar, dass ich niemals ein Kind an meiner Brust nähren würde ... es ist gut so.«
Bei Reas Worten weiteten sich Hennis Augen vor Entsetzen. »Das kann doch nicht dein Ernst sein«, rief sie aus. »Kinder sind ein Geschenk der Göttin. Sie lehren uns eine Fürsorge, die über uns selbst hinausgeht.«
»Das habe ich zuerst auch gedacht. Aber die Göttin hat mir gezeigt, dass ich viele Kinder und sehr viel Liebe habe«, erklärte Rea scheu. »Während meiner Krankheit hatte ich einen immer wiederkehrenden Traum: Mein Baby war in der Erde vergraben, es war dunkel, und es weinte nach mir. Ich grub mit den Händen wie wild, um mein Kind herauszuholen, aber das Baby war immer gerade so weit weg, dass ich es mit den Fingerspitzen nicht mehr erreichen konnte. Aus jeder Hand voll Erde, die ich hinter mich warf, entstand eine Frau mit einem Baby im Arm. Es wurden immer mehr Frauen, und sie brachten mir ihre Babys und legten sie mir zu Füßen. Die Babys bekamen Wurzeln und verwandelten sich in Bäume, und in ihren Zweigen lachten und sangen immer noch mehr Kinder.«
Henni schüttelte verwundert den Kopf. »Diesen Traum hat dir ganz sicher die Göttin geschickt.«
Rea nickte wissend. »Ja, aber ich habe Jahre gebraucht, um zu verstehen, was die Göttin mir damit sagen wollte.« Sie hielt inne. »Weil mein Leib unfruchtbar ist«, sagte sie nachdenklich, »gehöre ich keinem bestimmten Mann im Lager, sondern allen zusammen. Und so habe ich ein gewisses Maß an Freiheit.«

Henni nickte, aber ihr verwirrtes Gesicht verriet, dass sie nicht recht verstand, was Rea ihr sagen wollte.
»Ich trage das schwarze Kleid der wertlosen Frauen«, fuhr Rea geduldig fort. »Ich komme den Männern gerade so weit entgegen wie nötig, sodass zu keinem eine zu enge Bindung entsteht. Die anderen Frauen im Lager haben das beobachtet, und sie sind mir dankbar dafür. Sie wissen, dass ich keine Bedrohung für sie darstelle. Manchmal, besonders wenn eine Frau hochschwanger ist, bittet sie mich, ihren Mann abzulenken. Oft werde ich auch gebeten, auf die Kinder aufzupassen.«
Henni zog fragend die Brauen zusammen. »Ich verstehe immer noch nicht, welche Macht dir das gibt.«
Rea hob verzagt die Hände. »Siehst du das denn nicht? Ohne ein Kind, das mich an einen Mann bindet, bin ich frei. Ein Kind hält das Herz seiner Mutter gefangen und veranlasst sie, Dinge zu tun, die sie niemals täte, wenn sie nicht gezwungen wäre, ihr Kind zu schützen. Meine Macht ist die Freiheit.«
»Ja, aber wie kann deine Freiheit der Göttin nützen?«
»Wenn die Männer es nicht merken, spreche ich mit den Frauen über die Große Mutter. Wir reden und lachen. Sie bringen mir ihre Kinder, und ich unterrichte sie.« Ihre Augen leuchteten in fieberhafter Intensität. »Ja, ich lehre sie in aller Stille.«
Endlich dämmerte Verständnis in Hennis Augen. »Der Traum«, sagte sie ehrfurchtsvoll. »Wegen des Traumes bist du frei, und du hilfst den Kindern, die Göttin zu verstehen!«
Rea hatte nicht einmal gemerkt, dass sie den Atem angehalten hatte. »Ja«, erwiderte sie. »Endlich hast du's verstanden. Was glaubst du, warum die Leute so aufgeregt waren, als du den Schlangentanz vorführtest?«
»Du hast sie darauf vorbereitet«, sagte Henni mit einem Ausdruck der Verwunderung.
Die junge Frau hob stolz den Kopf. »Jetzt verstehst du mich endlich, und auch, warum du so wichtig für den Plan der Göttin bist. Ich bin die Saat, die ausgesät wurde, du bist die Verkörperung

der Göttin, die sie sehen können. Ich muss im Verborgenen wirken, aber du … du wirst die Frau des Anführers sein.«

Henni saß mit gefurchter Stirn gedankenverloren da. Dann sah sie auf. »Dieser Traum, dein Plan, es wird sehr lange dauern, ihn zu verwirklichen, vielleicht sogar Jahre.«

Rea nickte bedächtig und zuckte die Achseln.

»Ich werde mir von Anfang an Achtung verschaffen müssen«, sagte Henni leise und wie zu sich selbst. »Ich muss dafür sorgen, dass Ralic mich respektiert, vielleicht sogar liebt.« Sie sah rasch auf. »Ich weiß nicht, ob ich das fertig bringe, was du da vorschlägst.« In ihrem Gesicht zeichnete sich Widerwillen ab. »Und Eom wird meinen, dass ich ihn betrogen habe und ich wirklich Freude an meinem Mann habe.«

Rea unterbrach sie. »Was weißt du von Eom? Kannst du allen Ernstes sagen, dass du ihm traust?«

Henni richtete sich auf. »Warum sollte ich ihm nicht trauen?«

Rea wich ihrem Blick aus und hob das Kinn. »Er ist ein Mann«, stellte sie in aller Ruhe fest. »Er kann verführt werden.«

Henni sah sie verständnislos an.

»Von Ralic und den anderen Männern«, beharrte Rea. »Ich glaube nicht, dass er schon einmal eine Sklavin besessen hat. Es könnte sein, dass er das … genießt. Macht kann sehr verführerisch sein.«

»Aber er ist ein Priester«, widersprach Henni, »ein Diener der Göttin. Er wird sie nicht betrügen, es sei denn …« Mit besorgtem Gesicht brach Henni mitten im Satz ab.

»Es sei denn?«, bohrte Rea.

Henni zerknüllte den Stoff ihres Rocks in der Hand und suchte nach Worten. Sie warf Rea einen scharfen Blick zu. »Was weißt du von ihrem Gott?«, fragte sie. »Ist er mächtiger als die Göttin?«

Rea dachte nach und schüttelte dann langsam den Kopf. »Ich würde nicht sagen, dass ihr Gott mächtiger ist, aber er hat eine andere Art von Macht«, sagte sie leise. »Das Pferd ist ein sehr starkes Tier. Diese Leute zähmen Pferde, so wie unsere Völker Hunde und Schafe zähmen. Die Pferde verschaffen ihnen verschiedene Vorteile, das ist alles.«

»Aber du hast doch gesagt, dass Eom durch ihre Sitten verführt werden könnte.«

»Hier ist der Mann der Herr. Frauen sind Eigentum. Falls Eom sich nach Macht sehnt, wird er sie hier finden.«

»Ich muss mit ihm reden, noch bevor ich mit Ralic verheiratet bin. Eom ist schon jetzt bitter, weil ich mich nicht für ihn entschieden habe. Ich muss sicher sein, dass er versteht, warum ich nicht anders handeln konnte. Ich muss wissen, ob er mir noch immer vertraut, ob er noch ein bisschen Hoffnung hat, dass …«

»Es ist klüger, nichts zu hoffen«, riet Rea sanft.

Henni stand auf und lief im Zelt auf und ab. »Nein«, sagte sie zornig und entmutigt. »Du verstehst mich nicht. Ich bin diejenige, die Hoffnung braucht. Dieser Ort ist zu …« Plötzlich wirbelte sie herum. Ihre Augen glänzten vor Erregung. »Rea, gib mir dein Kleid!«

Rea machte ein entsetztes Gesicht. »Du kannst dich nicht für mich ausgeben. Das ist viel zu gefährlich. Du wirst nur erreichen, dass wir beide getötet werden!«

Hennis Wangen waren gerötet, und sie lachte bitter. »Dieser Ort ist schlimmer als der Tod. Ich muss irgendwie kämpfen.« Ihre Augen blitzten.

Henni war ganz Zorn und Trotz. Die trauernde Gefangene war verschwunden. Sie würde nicht mit sich reden lassen. Rea stieß einen leisen Fluch aus. »Wie du willst«, sagte sie schließlich. »Aber nur dieses eine Mal, und du musst warten, bis es dunkel ist. Es wird heute Abend wieder kalt werden; du kannst einen Schal tragen und dir einen Schleier über den Kopf legen.« Rea wandte sich zum Gehen. »Ich sage Eom, dass du kommst.«

Henni packte Rea beim Arm. »Nein«, stieß sie hastig hervor.

»Ich will nicht, dass er weiß, dass ich es bin. Ich möchte ihn vieles fragen und bin mir nicht sicher, ob er Henni, der Priesterin, auch eine ehrliche Antwort geben würde.«

»Aber ich muss ihm doch sagen, dass du kommst«, widersprach ihr Rea. »Er teilt das Zelt mit einem anderen Mann. Irgendwie müssen wir sicherstellen, dass er alleine ist.«

Henni schürzte die Lippen. »Ich will aber nicht, dass er weiß, dass ich es bin. Sag ihm, dass du ihn allein sprechen musst. Es ist mir egal, was du sagst, solange du ihn nur nicht wissen lässt, dass ich es bin.«

Rea nickte grimmig und schlüpfte aus dem Zelt.

Henni sah ihr nach. Sie sah zu, wie Reas schwarzer Rock zwischen den verstreuten Zelten hin und her schwang. Gelegentlich blieb sie stehen, wenn ihr jemand etwas zurief, und einmal kauerte sie sich auch nieder, um mit einem Kind zu plaudern und mit einem Stock ein paar Bilder in den Staub zu zeichnen. Henni schüttelte den Kopf. Rea hatte wirklich eine gute Art, mit Kindern umzugehen. Sie liebten sie.

Als ob sie Gedanken lesen könnte, warf Rea quer durch das Lager einen Blick zu Henni zurück. Sie sah, wie Henni am Eingang ihres Zeltes darauf wartete, dass Eom auftauchte. Und sie wünschte, Henni würde wieder hineingehen. Wenn auch nur eine einzige misstrauische Person sie beobachtete, konnte ihr Plan in einem Augenblick zunichte gemacht werden. Rea begann nervös zu schwitzen.

Ich muss verrückt sein, mich auf so etwas einzulassen, sagte sie sich, aber ich habe einfach schon zu lange auf eine Frau wie Henni gewartet.

Rea rief nach Eom. Sie hörte schlurfende Schritte im Zelt, dann wurde der Eingangsvorhang zurückgeschoben. Eom blinzelte ins Sonnenlicht, und als er Rea erkannte, machte er ein überraschtes Gesicht.

Rea lächelte über seine Verwunderung. »Was ist mit dir los, Priester?«, spottete sie. »Ich kann mir kaum vorstellen, dass du

noch nie von einer Frau im schwarzen Kleid der reinen Lust besucht worden bist.«
Eoms Mund verzog sich zu einem schiefen Grinsen. »Nach allem, was ich gehört habe, Rea, bedeutet dein schwarzes Kleid, dass du eine wertlose Frau bist. Und was die reine Lust angeht, so denke ich, dass ich nicht allzu viel versäume.«
Rea unterdrückte ein Lachen. Sie war nicht verlegen, wie Eom erwartet hatte. »Nein, vermutlich nicht«, gab sie zurück, und ihre Augen funkelten boshaft. »Aber die Männer hier können einfach nicht aufhören, es auszuprobieren. Ich bin so etwas wie eine Herausforderung.«
Eom grinste böse und verschränkte die Arme über der Brust. »Das kann ich mir vorstellen«, meinte er belustigt. »Und ich bin wohl eingeladen, an dieser so genannten Herausforderung teilzunehmen?«
Rea hob das Gesicht zu ihm auf. Zu Eoms Überraschung errötete sie. Einen Augenblick lang wirkten ihre Augen wehmütig, aber nur kurz. Sie wandte den Blick ab und lachte. Es war das harte, trockene Lachen einer erfahrenen Frau. »Vielleicht können wir ja eine Weile Spaß miteinander haben«, meinte sie.
Sie drückte sich an ihn und rieb ihre Brüste an seinem Oberarm. Ihre Körperhaltung war sinnlich, aber irgendwie spürte Eom, dass ihr Verhalten ein Schauspiel für die umstehenden Leute war. Sie legte die Hand an den Mund und flüsterte ihm ins Ohr: »Ich muss heute Abend zu dir kommen. Wir müssen über Henni reden. Kannst du es einrichten, allein zu sein?«
Eom erschrak und warf einen raschen Blick auf Hennis Zelt. »Fehlt ihr etwas?«
»Nein«, versicherte Rea. »Aber ich muss unbedingt mit dir sprechen, und wir müssen dazu alleine sein.«
Eom nickte. »Ich werde das regeln«, sagte er leise und grinste. »Ich glaube, die Männer haben sich schon gefragt, wann ich mir wohl eine Frau auf meine Schlafmatte holen würde.«
Rea warf den Kopf hoch. »Und wundere dich nicht, wenn der

Abend nicht ganz so verläuft, wie du es dir vorstellst«, erklärte sie geheimnisvoll, als sie sich zum Gehen wandte. »Priester«, rief sie ihm noch über die Schulter zu, sodass alle es hören konnten, »erwarte mich, wenn es dunkel wird, und es könnte eine gute Idee sein, ein Bad im Fluss zu nehmen, bevor ich komme.«

KAPITEL 21

Es war leicht und angenehm, am Flussufer entlangzuwandern, aber je herbstlicher es wurde, desto kürzer wurden die Tage und desto kühler die Nächte. In der frischen Morgenluft musste Yana die Kinder warm einwickeln, und der Atem stand ihnen als weiße Wölkchen vor dem Mund, doch wenn der Tag fortschritt, musste sie ihnen eine Schicht nach der anderen wieder ausziehen. An diesem Morgen lag zum ersten Mal Reif auf dem Boden. Yana weckte die Kinder, um ihnen ein prachtvolles Spinnennetz zu zeigen, das zwischen den Gräsern hing und in tausend Farben im Sonnenlicht schillerte. Das reifbedeckte Gras knirschte unter ihren Füßen.

Die Wanderer hatten schweres Gepäck zu tragen. Die Männer hatten mit dem Leopardenvolk ihren letzten Tauschhandel abgeschlossen, und er war lohnend gewesen. Sie kamen deshalb nur noch langsam voran. Auch die Babys wurden allmählich schwerer, und Yana konnte die beiden zappelnden Bündel nicht mehr den ganzen Tag lang tragen. Tern und Lolim halfen ihr jedoch gern.

Yana war immer glücklich, wenn Tern mit ihr ging. Seine fröhliche Art, mit den Kindern umzugehen, und sein jungenhaftes Lächeln ließen die langen Stunden der Wanderung schnell vergehen. Doch in Lolims Nähe fiel es ihr schwer, unbefangen zu sein. Yana hatte das Gefühl, dass sie sich beide zu sehr darum bemühten. Sie spürte, dass Lolim mit Dagrons Entschluss, sie mit nach

Hause zu nehmen, nicht ganz einverstanden war. Lolim war älter und zurückhaltender als die anderen, und Yana vermutete, dass die Ältesten in Dagrons Dorf ähnlich geartet sein würden.
Atum hatte den Daumen im Mund und betrachtete mit großen Augen die vorüberziehende Landschaft. Er sah auf zu seiner Mutter und fing ihren lächelnden Blick auf. Da nahm er den Daumen aus dem Mund und grinste und warf seinen gedrungenen kleinen Körper auf ihrer Hüfte herum. Yana lachte.
Tern, der mit Ischa ein paar Schritte hinter ihr herging, beeilte sich, sie einzuholen. »Ich werde dich eintauschen«, sagte er und warf einen betrübten Blick auf seine Tochter, die die Unterlippe übellaunig vorgeschoben hatte. »Sie war schon den ganzen Morgen so«, beschwerte er sich. »Wenn sie nicht brüllt, macht sie ein beleidigtes Gesicht und zieht an ihrem Ohr.«
Yana blieb mit besorgtem Gesicht stehen. »Hoffentlich wird sie nicht krank«, meinte sie. »Hier, nimm Atum. Ich sehe mal nach, ob ihr etwas fehlt.«
Sie tauschten die Babys aus. Nun war auch Atum beleidigt. Er brüllte zornig und streckte die Arme nach Yana aus. Ischa stimmte in sein Geheul mit ein, was den Lärm noch verstärkte. Yana rollte entmutigt mit den Augen und setzte Ischa ins Gras. »Na«, sagte sie, »das ist ja wunderbar. Jetzt sind sie gleich beide böse mit uns.«
Tern zuckte entschuldigend die Achseln. »Vielleicht sollten wir sie einfach hier am Wegrand sitzen lassen, damit sie sich gegenseitig anbrüllen können«, schlug er belustigt vor.
»Bring mich nicht in Versuchung«, gab Yana zurück und beugte sich nieder, um Ischas Wangen zu befühlen. Sie waren ein bisschen wärmer als sonst, doch nicht allzu heiß. Sie schob einen Finger in Ischas Mund, um ihr Zahnfleisch zu betasten. Dann lächelte sie und wusste Bescheid. »Da haben wir das Problem.« Sie sah Ischa mitleidig an und gab ihr schnell einen Kuss. »Da kommt gerade ein böser Zahn durch, mein kleines Mädchen.«
Yana ließ sich auf die Fersen nieder und sah zu Tern auf. »Es ist

nichts Ernstes, aber Ischa tut das Zahnfleisch weh. Wir sollten einen kurzen Halt einlegen. Ich habe schmerzstillende Kräuter, aber ich werde sie einweichen und einen Tee kochen müssen. Es wird ein Weilchen dauern, bis sie sich beruhigt.«
Tern kratzte sich unbehaglich hinterm Ohr. »Dagron wird mit einer Verzögerung nicht einverstanden sein.«
Yana strich sich ungeduldig das Haar aus der Stirn. »Dagron muss sie auch nicht schreien hören«, meinte sie.
Tern nickte grimmig. »Ich werde ihm sagen, dass wir warten müssen.« Er eilte davon und ließ Yana mit den Kleinen allein.
Yana suchte in ihrer Tasche nach den Kräutern, die sie brauchte. Dann ging sie das kurze Stück zum Fluss, um Wasser zu holen. Auf dem Rückweg sammelte sie kleine Stöckchen für das Feuer. Sie ließ die Babys einfach schreien, weil sie wusste, dass es sowieso keine Möglichkeit gab, sie zur Ruhe zu bringen, wenn sie beide gleichzeitig brüllten. Als Atum feststellte, dass sich niemand um ihn kümmerte, hörte er auf zu weinen und wandte seine Aufmerksamkeit seiner Umgebung zu. Er fand einen Tannenzapfen, mit dem er spielen konnte. Ein zweiter lag knapp außerhalb seiner Reichweite. Yana sah, wie er sich auf den Bauch rollte und die Knie unter sich zog. Auf allen vieren schaukelte er vor und zurück, dann warf er sich nach vorn, um nach dem Tannenzapfen zu greifen, und fiel auf den Bauch. Yana musste lachen. Ihr Sohn war wirklich kräftig und würde bald krabbeln.
Tern kam aus der Richtung zurückgeeilt, in die Dagron und die anderen verschwunden waren. Er hob Ischa auf, die immer noch jammerte. »Wir werden später nachkommen. Dagron sagt, dass sie nah beim Flussufer bleiben und frühzeitig das Lager aufschlagen wollen. Wir werden vor der Dunkelheit bei ihnen sein.«
Yana schüttelte den Kopf. »Dein Bruder ist wirklich unglaublich ungeduldig.«
»Dagron war schon immer so«, erwiderte Tern und bückte sich, um das Feuer zu entzünden. »Schon als wir noch Jungen waren, wollte er immer der Erste sein; der Erste, der einen Speer warf,

der Erste, der auf einen Baum kletterte oder in eine Höhle vordrang. Das Einzige, womit er es nicht so eilig hat, ist das Heiraten. Seine langen Reisen dienen ihm als Ausrede.«

Einen Augenblick lang wussten beide nicht, was sie sagen sollten. Das Thema war für beide noch immer schmerzlich.

Yana senkte den Blick und rührte in ihrem kleinen Kochtopf. Sie warf noch ein paar getrocknete Datteln in den Tee, um ihn zu süßen. Dagron hatte ihr gesagt, dass die Ältesten ihr einen Gefährten zuweisen würden, wenn sie von seinem Volk angenommen werden sollte. Sie wusste, dass das auch auf Tern zutraf, doch vermutete sie, dass er sich noch nach Dala sehnte. Sie sah auf und begegnete seinem nachdenklichen Blick.

»Ich würde einen Hochzeitsstab für dich schnitzen, Yana«, sagte er leise.

Yana errötete bei seinen unerwarteten Worten und wurde plötzlich verlegen. Sie konnte ihn nicht ansehen und musste erst einmal tief Luft holen. Atum war zu nah ans Feuer geraten, und sie griff nach ihm und zog ihn auf ihren Schoß. Sie warf Tern einen raschen Blick zu und wandte die Augen dann wieder ab. »Wir wissen noch nicht einmal, ob wir von den Ältesten aufgenommen werden«, meinte sie.

»Du wirst ganz bestimmt aufgenommen«, antwortete Tern und versuchte, zuversichtlicher zu wirken, als er es tatsächlich war. »Und wir würden gut zusammenpassen, weil Ischa dich schon jetzt für ihre Mutter hält.«

Er hätte gerne mehr gesagt: wie sehr er sie brauchte, wie sehr Ischa sie brauchte. Er hätte sie gerne an seine Brust gedrückt und die Wange an ihren Kopf gelegt. Er erwartete nicht, dass er die gleiche Leidenschaft für sie empfinden würde wie für Dala oder dass sie ihm das Lachen wiederbringen würde, das Dala ihm geschenkt hatte. Er wusste, dass all das für immer verloren war. Aber er empfand eine sanfte, unausgesprochene Zuneigung für Yana. Er verstand sie, verstand ihren Schmerz. Er wusste nun endlich, dass er sie liebte, schon seit langem geliebt hatte. Er wollte sie an sich drücken und diese Leere vertreiben, die sie beide empfanden. Aber sie sah ihn nicht an. Sie wirkte ängstlich und unsicher. Konnte es sein, dass sie noch immer an Lokuitum dachte? Er erinnerte sich an die Enttäuschung in ihrem Gesicht, als Lokuitum beim Erntefest Atum nicht hatte haben wollen. Vielleicht liebte sie ihn ja noch.

Er sah sie an. Yana war still, doch ihre Wangen brannten. Sie gab vor, beschäftigt zu sein, aber ihre Hände zitterten, als sie ein paar Tropfen des gesüßten Tees in die kleine Holzschale mit den Kräutern goss.

»Vergiss, dass ich etwas gesagt habe«, presste er rau hervor. »Ich wollte dich nicht in Verlegenheit bringen.«

Yana blickte hastig auf. Ihre Augen trafen sich, und das Blut wich aus ihrem Gesicht. »Ich fühle mich schon jetzt als Ischas Mutter. Schon deshalb würde ich deinen Hochzeitsstab annehmen, Tern«, sagte sie leise.

»Ischa hat dich nicht gefragt, ob du die Schlafmatte mit ihr teilen willst«, antwortete er kurz und wagte es nicht, ihr seine Gefühle zu offenbaren. Ischa weinte wieder.

Tern setzte Ischa in Yanas Schoß, stand auf und nahm Atum in die Arme. Er ging zum Flussufer, legte sein Gepäck nieder und hockte sich mit dem Rücken zu Yana auf einen flachen Stein.

Sie sah ihm nach. Sie war verwirrt und verletzt. Was hatte sie falsch gemacht? Tern war offensichtlich enttäuscht von ihr, aber was hatte er erwartet? Ich bin nicht Dala, schrie sie lautlos seinen starren Rücken an. Ich kann deine Gedanken nicht lesen, und ich kann dich nicht zum Lachen bringen. Ich weiß nicht einmal, ob die Ältesten mich annehmen werden. Ich habe dir gesagt, dass ich deine Schlafmatte teilen möchte, was willst du noch mehr?

Ischa zappelte. Yana probierte die kühlende Mixtur, aber sie war noch zu bitter. Sie zerdrückte die aufgeweichten Datteln und entfernte die Kerne mit den Fingern, dann rührte sie wieder um und probierte noch einmal. Diesmal schmeckte die Medizin süß. Sie gab Ischa einen Löffel voll. Die Kleine schluckte gierig und

kaute auf den vollgesogenen Datteln herum. Danach stillte Yana sie. Der Tee hatte das Baby müde gemacht, und bald war sie in ihrem Tragetuch fest eingeschlafen. Yana strich mit dem Finger über die weiche Wange des Kindes und wischte einen kleinen Milchtropfen weg, der ihm aus dem Mund herauslief.
In vieler Hinsicht sah Ischa Tern sehr ähnlich. Sie hatte sein welliges helles Haar und seine hohe Stirn. Ihre Glieder waren lang und schlaksig wie die seinen. Aber die warmen, lachenden Augen musste sie von Dala geerbt haben. Ein plötzliches Gefühl der Dankbarkeit gegenüber Dala überkam Yana. Sie sehnte sich danach, die Mutter des Babys zu kennen, so wie man sich nach einem alten Freund sehnt. Sie sah zu Tern hinüber, der noch immer am Fluss saß. Ob auch er an Dala dachte?
Yana stand auf, trat das Feuer aus und ging zu ihm hinüber.
Tern hörte sie kommen, und er fragte sich, ob er wohl zu schnell zu viel erwartet hatte. Seit dem Nachmittag, an dem Yana sich entschlossen hatte, mit ihnen in ihre Heimat weiterzuwandern, hatte er sie sich als Gefährtin gewünscht. Sie schien sich in seiner Gesellschaft wohl und glücklich zu fühlen. Ihr Gespräch war nicht so verlaufen, wie er es sich vorgestellt hatte, aber zurückgewiesen hatte sie ihn auch nicht.
Yana stellte mit Erleichterung fest, dass Terns Miene sich wieder geglättet hatte. Seine Augen waren freundlich, wenn auch reserviert. Sie kam sich ungeschickt vor und fühlte sich unsicher. Sie sehnte sich danach, zu dem unbefangen scherzhaften Ton zurückzukehren, der noch vor kurzem zwischen ihnen geherrscht hatte, aber sie wusste, dass das nicht möglich sein würde.
»Ich glaube, wir können weitergehen«, flüsterte sie. Ischa wird jetzt eine Zeit lang schlafen.«
Tern nickte und stand auf. Er hob sein Bündel auf und nahm Atum auf die Schultern, sodass der Junge einen weiten Blick auf die vorüberziehende Landschaft hatte.
Schweigend gingen sie nebeneinander her. Nach einiger Zeit blieb Tern stehen und sah Yana mit bekümmertem Gesicht an.

»Ich fürchte, ich habe alles verdorben«, sagte er matt. »Ich hätte dir nichts von meinen Gedanken sagen sollen.«
»Nein. Ich freue mich, ich war nur nicht darauf gefasst.« Sie wandte den Blick ab, und ihre Wangen begannen zu glühen.
Atum legte seine weiche Wange an Terns Kopf und steckte den Daumen in den Mund. Tern blieb stehen, um ihn zum Schlafen in sein Tragetuch zu legen. Sie gingen weiter.
»Du hattest dich in Lokuitum verliebt«, stellte Tern fest und versuchte, so zu tun, als ob er sie verstehen könne.
Yana schüttelte den Kopf. »Nein. Zuerst habe ich das geglaubt. Aber jetzt weiß ich, dass Lokuitum wie ein Junge ist, der niemals richtig erwachsen geworden ist. Er war verführerisch, aber ich würde mich bei ihm niemals wirklich sicher fühlen.«
Tern sah sie mit erhobenen Augenbrauen fragend an.
»Ja«, sagte Yana einfach und ein wenig verlegen. »Bei dir fühle ich mich schon sicher, Tern.«
Tern lächelte sie erleichtert an. »Mir geht es mit dir genauso«, gestand er ihr rau.
Yanas Gesicht wurde ernst. »Aber ich weiß nicht, ob ich dich wirklich glücklich machen kann. Nicht so wie …« Sie brach mitten im Satz ab und sah ihn unsicher an.
»Dala ist tot«, flüsterte Tern und nahm Yana in die Arme. Er legte die Wange auf ihr Haar, so wie er es schon vorher so gern getan hätte. »Ein Teil von mir wird immer ihr gehören, aber ich habe festgestellt, dass für dich in meinem Herzen auch noch Platz ist.«
Yana seufzte an seiner Brust. »Sie war eine gute Frau.«
»Du bist auch eine gute Frau, Yana«, flüsterte Tern in ihr Haar. »Sie hätte dich gern gehabt.«
Yanas Augen schmerzten von ungeweinten Tränen. »Dann werden wir dich also teilen«, meinte sie leise. »Das heißt, wenn eure Dorfältesten es gestatten.«

KAPITEL 22

Henni legte das schwarze Kleid und den dunklen Umhang an. Sie bedeckte Gesicht und Haar mit einem Schleier und trat in die kalte Nachtluft hinaus. Ein Pferd schnaubte, Grillen zirpten, und der Geruch der Abendmahlzeit hing noch in der Luft. Henni sah sich schnell um und hoffte, dass niemand sie bemerkte, als sie durch das Lager eilte.

Sie hörte Stimmen in Eoms Zelt. Erschrocken fuhr sie zurück. Eine Frau aus einem Zelt am anderen Ende des Lagers rief Reas Namen und winkte, um ihre Aufmerksamkeit auf sich zu lenken. Henni winkte zurück und schlüpfte schnell zu Eom hinein, um ein Zusammentreffen zu vermeiden. Ihre Hände waren kalt und klamm, und ihr Herz schlug heftig.

Eom und ein anderer Mann saßen unter einer Öllampe beieinander. Sie sahen auf, als sie hereinkam. Henni blieb im Schatten stehen, den Schleier über dem Gesicht.

»Komm zu uns, Rea!« Der rotgesichtige Mann an Eoms Seite lachte. »Nicht nur Eom kann heute Nacht deine Wärme brauchen.«

Henni trat noch tiefer in den Schatten.

Eoms Augen wurden schmal, sein Gesicht hart.

Der Mann lachte gutmütig auf und schlug Eom auf den Rücken. »Du nimmst die Sache zu ernst, und du gebärdest dich wie ein junger Hengst, der seine Stute verteidigt. Du hättest dir schon früher eine Frau holen sollen. Heute werde ich tun, worum du

mich gebeten hast, und euch beide allein lassen, aber das nächste Mal …« Er grinste die verschleierte Frau an.
Er ergriff seine Schlafmatte und schleifte sie zum geöffneten Zelteingang. Im Vorbeigehen rieb er sich an Henni und streichelte ihre Oberschenkel. »An dir ist mehr dran, als ich in Erinnerung habe«, meinte er. Der faulige Geruch seiner schlechten Zähne drang bis unter ihren Schleier.
»Ich würde ja mit Vergnügen hier bleiben und euch zusehen, aber der Priester will dich heute ganz für sich allein haben«, beschwerte sich der Mann. Er sah Eom lachend an. »Komm morgen Abend noch einmal vorbei, Rea. Ich möchte dem Priester zeigen, wie ein Mann der Herden eine Frau nimmt. Er wird das Zelt nicht verlassen müssen, damit ich meinen Spaß habe.«
Hennis Kehle wurde eng vor Angst und Hass. Sie hielt den Atem an.
Eom sah den großen Mann angewidert an.
»So übel sind unsere Gewohnheiten nicht!« Der Mann lachte und schlug Henni auf den Hintern. »Bestimmt würde es dir Spaß machen zuzuschauen.« Damit ging er aus dem Zelt. Henni hörte ihn immer noch vor sich hinlachen, als er durch das Lager ging, um am Küchenfeuer zu schlafen.
Eom bedeutete ihr, aus dem Schatten herauszukommen. Sie ging langsam zu ihm und setzte sich auf ein Kissen. Eom schöpfte augenblicklich Verdacht. Etwas an Rea war anders als sonst. Sie ging anders, ihre Körperhaltung war anders. Irgendjemand war verkleidet zu ihm gekommen. Er wurde vorsichtig. Seine Hochzeit mit Marne sollte bereits in zwei Tagen stattfinden. Eom fiel gleich eine ganze Hand voll Leute ein, die diese Verbindung sicher nicht billigten. Er musste auf der Hut sein, eine Weile so tun, als merke er nichts, um herauszubekommen, wer da verzweifelt genug war, ihm eine Falle zu stellen.
Eom musterte die verschleierte Frau. Sie saß ruhig vor ihm, Rücken und Schultern gerade, die Beine unter dem Kleid ge-

kreuzt. Der Schleier über ihrem Gesicht bewegte sich sanft, wenn sie atmete.

Eom lehnte sich an die Kissen, mit denen Ralic ihn ausgestattet hatte, und verschränkte die Arme über der Brust. »Also, Rea«, sagte er gleichgültig. »Wozu diese Geheimnistuerei?«

Die Frau beugte sich vor. »Sprich nicht so laut«, flüsterte sie. »Jemand könnte uns hören.«

Erstaunt runzelte Eom die Stirn. Diese Frau sprach seine Sprache zu gut, um eine der Frauen aus Ralics Volk zu sein. Es konnte sich also nur um eine der Gefangenen handeln, oder ... Bei dem Gedanken weiteten sich seine Augen. Das musste Henni sein! Sie war die Einzige, der Rea ihr Kleid leihen würde, damit sie zu ihm kommen konnte. Aber warum? Eom beruhigte sich, aber er beschloss, das Spiel noch eine Weile mitzuspielen. Er lehnte sich vor und flüsterte in vertraulichem Ton: »Wenn ich mich recht erinnere, Rea, wolltest du mit mir über Henni reden.«

Die verschleierte Gestalt nickte. »Bald wird Henni mit Ralic verheiratet werden.« Sie spuckte den Namen des Anführers aus, als habe er einen üblen Geschmack. »Und sie weiß nicht, ob sie die Zeremonie durchstehen kann. Sie hat mir gesagt, dass sie lieber in den Schoß der Großen Mutter gehen würde, als mit ihm die Schlafmatte zu teilen.«

Eom erschrak. Henni sagte ihm, dass sie sterben wolle, das hatte er nicht von ihr erwartet. Sein eigenes Entsetzen überraschte ihn. Warum tat sie das?

»Ich habe ihr gesagt, dass sie weiterleben muss«, fuhr die verschleierte Frau ernst fort. »Ich habe versucht, ihr klarzumachen, dass die Göttin in diesem Volk wieder geboren wird, wenn sie da ist, um die Leute anzuleiten, aber Henni hat mir erklärt, dass meine Wunschträume ihr nicht genügen. Sie sagt, die Aussicht, Ralics Gefährtin zu sein, sei einfach zu schrecklich.«

Eom hatte das dringende Bedürfnis, sie an sich zu ziehen, zu schützen. »Was kann ich tun?«, flüsterte er rau.

Henni zitterte. Es fiel ihr schwer vorzugeben, sie sei Rea, aber sie

wollte sich Gewissheit verschaffen. Sie musste die Wahrheit wissen. Sie musste herausfinden, ob Eom sie und die Göttin verraten würde. »Henni lässt fragen, ob du bereit bist, deine Macht aufzugeben, deine Macht Henni und der Göttin zu opfern.«
»Und wie soll ich meine Macht an Henni weitergeben?«, fragte er misstrauisch.
»Ralic muss wissen, dass Henni die Stärkere ist«, erwiderte sie. »Er muss wissen, dass ihre Macht als Priesterin von niemandem in Frage gestellt wird. Du musst dich ihr unterordnen. Wenn du die Kraft der Göttin für dich in Anspruch nimmst und Henni erst an zweiter Stelle kommt, wird Ralic sie niemals als gleichberechtigt anerkennen. Du wirst in diesem Volk einen immer höheren Status gewinnen, weil du ein Mann bist. Sie könnten dich sogar dazu bewegen, dich von der Göttin abzuwenden.«
»Meine Macht ist mein Schutz«, erklärte Eom kalt.
»Sie ist auch Hennis Schutz«, gab sie leise zurück.
Beide saßen schweigend da und belauerten einander. In Gedanken umkreisten sie sich mit erhobenen Krallen, wie zwei Raubkatzen, die zum Sprung ansetzen.
Eom griff als Erster an. »Du vertraust mir nicht, Henni«, sagte er bitter.
Sie fuhr überrascht zusammen, fasste sich aber schnell. »Ich kann es mir nicht leisten, irgendjemandem zu vertrauen.«
»Wenn Ralic wüsste, dass du hier bist, würde er uns beide töten.«
»Das weiß ich.«
»Willst du dich wirklich der Göttin opfern, wenn Ralic dich schlecht behandelt?«
Zum ersten Mal, seit Henni das Zelt betreten hatte, ließ ihre Wachsamkeit nach. »Ich weiß es nicht.« Ihr ganzer Jammer wurde sichtbar.
Eom griff abermals an. Er zog ihr den Schleier vom Kopf. Es wurde ihm heiß, und seine Augen funkelten erregt. Er rückte näher. Mit dem Handrücken strich er ihr über die Wange. Er wollte sie haben, und er wollte ihre weibliche Macht. Er packte sie grob

bei den Haaren im Genick und zog ihren Kopf zurück, sodass sie ihm in die Augen sehen musste. Sie schluckte schwer. »Sag es«, befahl er.

Ihre Lippen öffneten sich. »Tu es nicht, Eom«, bat sie ihn.

Er grub seine Finger in ihr Fleisch. »Sag es! Sag, dass du mich brauchst!«

Ihre Augen waren schreckerfüllt.

»Eine Art von Macht für eine andere, Henni«, flüsterte er heiser. Seine Hand und sein Blick zeigten kein Mitleid.

Henni schüttelte den Kopf, soweit es ihr unter seinem Griff überhaupt möglich war. Zornestränen standen ihr in den Augen.

Eom wurde wütend. Er drehte die Hand in ihren Haaren, zog noch fester an und legte die andere Hand auf ihren weißen Hals. Dann nahm er ihr Gesicht in die Hände, ohne den Blick von ihren entsetzt aufgerissenen Augen zu wenden. Er beugte sich über sie, küsste sie mit schmerzhafter Heftigkeit und stieß ihr die Zunge zwischen die Lippen.

Etwas in Henni zerbrach. Sie wusste, dass ihr so etwas schon einmal widerfahren war, aber damals war sie hilflos gewesen und hatte sich nicht wehren können. Seine eindringende Zunge brachte sie in Wut. Sie entwand sich seinem Griff und schlug ihn mit aller Kraft ins Gesicht. »Kein Mann wird mich jemals wieder in dieser Weise berühren!«

Sie drehte sich um und stolperte auf den Zeltausgang zu, blind vor Tränen. Ein erstickender Schmerz durchfuhr ihre Brust. Sie fühlte sich beschmutzt. Sie war aus Not zu ihm gekommen, aber Eom hatte ihr gezeigt, dass er sie verraten und verletzen würde. Er wollte sie ihrer Kraft als Frau berauben.

Kalte Angst erfasste Eom. Er hatte sie verletzt, schwer verletzt, und nun würde sie ihn verlassen. Mit einem Satz sprang er hinter ihr her, fasste sie von hinten und schlang die Arme um sie. »Henni«, flüsterte er eindringlich in ihre Haare. »Es tut mir so Leid.«

Henni wehrte sich gegen seine Arme, aber er hielt sie fest, bis sie die Verwirrung in seiner Stimme hörte. »Bitte, tu das nicht«,

keuchte er. »Ich werde dich nicht mehr verletzen. Das verspreche ich dir. Bitte bleib bei mir.«
Henni hörte auf zu kämpfen. Ihr Atem ging keuchend, und eine erstickende Trauer überwältigte sie. Sie sank gegen seine Brust, presste die Hände vors Gesicht und schluchzte hemmungslos.
Eom drehte sie herum und schloss sie in die Arme. »Henni«, sagte er mit belegter Stimme. Er führte sie wieder zu den Kissen, und sie setzten sich. Er nahm ihre Hand, und sie saßen schweigend da. Henni schniefte und versuchte, ihre Gefühle wieder unter Kontrolle zu bringen. Als sie sich beruhigt hatte, sah sie mit einem tapferen, tränenfeuchten Lächeln zu ihm auf, und er zog sie sanft näher zu sich heran. »Wirst du das alles ertragen können?«, fragte Eom.
»Ich weiß es nicht«, antwortete sie ehrlich. »Es ist so schrecklich, bei diesen Leuten zu sein, und ich fühle mich so schwach.«
»Ich werde mit dir zusammen versuchen, in diesen Leuten die Hoffnung auf die Göttin lebendig zu halten. Ich will nicht, dass dir etwas passiert, Henni.« Eom war überrascht, wie überzeugend seine Stimme klang, und plötzlich wurde ihm klar, dass er es wirklich ehrlich meinte. »Ich werde deine Macht nicht in Frage stellen.«
Henni hielt den Atem an. An seinen Augen sah sie, dass er aufrichtig war. Sie hob die Hand und berührte sein Gesicht. Dann wandte sie sich ihm ganz zu und küsste ihn dankbar.
Er erwiderte ihren Kuss mit brennender Leidenschaft, aber dann wandte er sich ab. Er vermied es, sie zu berühren, und sein Gesicht verzerrte sich vor Sehnsucht und Not. »Kannst du dir vorstellen, wie sehr ich mich nach dir sehne?«, fragte er heiser. »Wie schwer es für mich ist, so nah bei dir zu sitzen und zu wissen, dass du bald auf der Schlafmatte eines anderen Mannes liegen wirst, eines Mannes, den du verachtest? Und ich kann nichts dagegen tun!« Er legte den Kopf in die Hände.
Beim Gedanken an Ralic verfinsterte sich Hennis Gesicht. In

zwei Tagen würde sie mit dem Mann verheiratet werden, der sie missbraucht hatte. Sie erschauerte. Vielleicht sollte sie die Gabe der Mutter mit Eom teilen. Vermutlich war dies ihre letzte Gelegenheit, die Gabe mit einem Mann zu erfahren, der an die Macht der Göttin glaubte. Sie legte die Hand auf Eoms gebeugten Kopf und fühlte seine festen Locken zwischen ihren Fingern.

Er sah erregt und mit gerötetem Gesicht zu ihr auf.

»Wenn wir dies tun«, flüsterte sie ihm zu, »müssen wir es auf meine Art tun. Ich will dich so lieben, wie ich es von den Priesterinnen gelernt habe«, erklärte sie. »Ich bin zu schwach, als dass ich dir gestatten könnte, mich anzufassen. Ich würde nur wieder vor dir davonlaufen. Ich würde wieder wütend werden.«

Eom sah sie an, sah das Gefühlschaos in ihrem Gesicht und verstand. Sie war vergewaltigt worden und hatte sich nicht wehren können. Jetzt bat sie ihn, sie bei ihrer Vereinigung die Führung übernehmen zu lassen. Er nickte stumm.

Henni drückte ihn rücklings auf die Schlafmatte. Energisch machte sie sich daran, ihm Beinkleider und Tunika auszuziehen, bis er nackt im flackernden Lichtschein dalag. Sie wagte es nicht, seinen Penis anzusehen. Dann ließ sie sich auf die Fersen nieder und atmete tief, um ihrer Nervosität Herr zu werden. Sie fing Eoms belustigten Blick auf und wusste, dass er dergleichen schon erlebt hatte, vermutlich schon viele Male. Sie straffte die Schultern. Ich werde ihm nicht die Genugtuung gönnen, meine Angst zu sehen, dachte sie und erinnerte sich daran, wie übel Ralic sie bei seiner Vergewaltigung zugerichtet hatte. Henni stand auf und drehte Eom den Rücken zu. Sie hatte das Bedürfnis davonzulaufen, und gleichzeitig ärgerte sie sich über ihre eigene Furcht. Wenn sie dieser Schwäche nicht Herr werden konnte, würden Ralic und jeder andere Mann immer die Möglichkeit haben, sie zu beherrschen. »Frühlingsgöttin der Fruchtbarkeit«, flüsterte sie unhörbar, »fülle mich mit deiner Gegenwart. Mach mich heute Nacht zu deiner Priesterin.«

Sie beschwor die Bilder herauf, die sie gelehrt worden war. Sie hörte die Worte der Priesterin, die ihr alles über die Fruchtbarkeitsgöttin beigebracht hatte. »Tochter«, hatte sie gesagt. »Die Fruchtbarkeitsgöttin ist ein Geheimnis für den Mann, ein Geheimnis, das er nie ganz verstehen kann. Darum muss auch die Priesterin geheimnisvoll sein. Sie darf sich ihm nie ganz enthüllen. Sie nimmt sich die lebensspendende Energie des Mannes, bis er nichts mehr zu geben hat. Sie muss ihn ganz und gar aussaugen, ihn verzehren, ihn in Lust ertränken.«

Henni stand mit dem Rücken zu Eom. Sie begann, die schwermütigen Töne eines Liedes zu singen. Ihr Körper wiegte sich im Rhythmus. Durch die Melodie spürte sie die Hand der Göttin auf ihrer Haut. Sie ließ den Umhang zu Boden gleiten und öffnete dann langsam, ganz langsam den Knoten auf ihrer Schulter, der ihr Kleid hielt. Es glitt herab und legte sich um ihre Fußgelenke. Jetzt verhüllte nur noch ein Lendentuch die geheimsten Stellen ihres Körpers. Sie war die Göttin, das hungrige Gefäß, das darauf wartete, gefüllt zu werden. Henni zog die Knochenkämme aus dem Haar und ließ es über die Schultern bis zur Taille herabfallen. Erst jetzt wandte sie sich zu Eom um, aber es war nicht mehr Henni, die ihn ansah. Sie war das hungrige Gefäß der Göttin.

Eoms Brust weitete sich, und er begann zu schwitzen. Er war schon mit vielen Priesterinnen zusammen gewesen, die sich der Göttin des Verlangens überlassen hatten, aber Henni schien vor seinen Augen zu wachsen, während sie vor sich hinsummte und ihren Körper in Anbetung der Göttin hin und her schwingen ließ.

Als sie sich umwandte, hielt er den Atem an. Das Haar fiel ihr über die Schultern und teilte sich über ihren Brüsten. Ganz in Trance sah sie ihn nicht einmal an. Ihre Augen glühten vor Leidenschaft. Auf ihrer Oberlippe glänzten Schweißtropfen, die sie genüsslich ableckte. Eom erschauerte. Diese Geste beunruhigte ihn auf seltsame Weise, wie die Vorfreude einer hungrigen Raubkatze beim Anblick ihrer Beute. Endlich sah sie ihn an, und ihre

Augen trafen sich. Sie bemerkte sein Unbehagen und seine Erregung, und er stellte fest, dass Henni keine Angst mehr hatte.
Träge bewegte sie sich in ihrem Lendentuch auf ihn zu. Die beiden Halsketten der Vogelgöttin und der Schlangengöttin schaukelten zwischen ihren Brüsten. Eom ließ sich zurück in die Kissen fallen, aber sein Körper verriet ihn. Sie spreizte ihm die Beine und nahm sein Glied in die Hände. Sie umwickelte es mit ihren langen, schimmernden Haaren und begann langsam zu reiben, ohne ihre fiebrigen Augen von den seinen zu wenden. Er stöhnte laut und drängte sich ihr entgegen. Er musste sich mit aller Kraft zurückhalten, um seinen Lebenssaft nicht in ihre Hände und ihr Haar zu verströmen. Er zog sie rau an sich, aber sie wurde steif und knurrte zornig. Er brauchte nur einen Blick in ihre Augen zu tun, um zu wissen, dass sie ihn nicht befriedigen würde, wenn er noch einmal versuchte, sie zu nehmen.
Es war ungeheuer erregend für Henni, solche Macht über Eoms Körper zu haben. Die süße Lust an seiner Qual war wie eine heilende Salbe für die böse Erfahrung der Vergangenheit und ihre geschundene Scham. Sie wurde nass vor Verlangen, gefüllt zu werden. Sie war der Schoß der Mutter, ihre hungrige Leere trieb sie an. Sie beugte sich über ihn, leckte sein Ohr, flüsterte ihm ihr Verlangen zu. Eom versuchte, an ihrem Lendentuch zu ziehen, aber sie hielt seine Hand fest. »Die Göttin zeigt sich niemals ganz.« Sie lachte heiser. »Sie bleibt immer ein Geheimnis.«
Eom stöhnte enttäuscht auf. Noch nie hatte ihn eine Frau auf solche Weise genommen. Er hatte das Gefühl, als müsse er explodieren, wenn er nicht endlich in sie hineingelangen würde. Sie berührte ihn wieder. Er verzog schmerzlich das Gesicht. Ihre Finger auf seinem Glied waren wie Flammen. Zitternd unterwarf er sich ihren Händen.
Sie schob den inneren Teil ihres Lendentuchs zur Seite und ließ sich langsam auf ihm nieder. Dann streifte sie ihr ganzes Selbst über seinen Schaft. Sie fühlte sich an wie flüssiges Feuer, blendend und weiß. Er verfiel in unkontrollierbare Zuckungen. Sein

Körper gehörte ihm nicht mehr. Er warf sich ihr entgegen, aber sie entzog sich ihm, verspottete, verlachte ihn und ließ ihn kalt und zuckend allein. Er stöhnte auf.

»Du musst still halten«, zischte sie ihm ins Ohr.

Wieder ließ sie sich auf ihm nieder und hielt ihn mit ihren kräftigen Oberschenkeln fest. Er drückte die Augen zu, versuchte sich still zu halten und zu konzentrieren. Sie begann, sich vor und zurück zu bewegen. Er atmete schwer. Wieder warf er sich ihr entgegen, und diesmal ließ sie ihn gewähren. Diesmal stöhnte sie mit ihm. Ihr Schweiß tropfte auf ihn herab. Ihre verhüllten Hüften bewegten sich über den seinen. Sie saß hoch aufgerichtet, den Kopf zurückgeworfen, den Hals gewölbt. Sie drückte ihren Busen mit beiden Händen aufwärts, so als wolle sie ihn der Göttin anbieten. Er zog ihre Hände weg, sie beugte sich vor und hielt ihre Brüste vor sein Gesicht. Er umschloss sie mit dem Mund.

»O Mutter«, stöhnte er.

Henni begann sich schneller zu bewegen. Jetzt verzehrte sie ihn, nahm seine Lebenskraft. Je näher sie dem Augenblick der Erfüllung kam, desto mehr begann ihr Inneres zu pochen und zu schwellen. Sie brauchte mehr, noch mehr Leben. Sie nahm Eoms Gesicht in die Hände und ließ ihn das verzehrende Verlangen in ihren Augen sehen. Sie küsste ihn rau. Eom versuchte, sich ihr zu entziehen, wieder die Herrschaft über sich selbst zu gewinnen, aber es war zu spät. Er hatte ihr ungehemmtes Verlangen gesehen, und seine eigene Lust flammte zur Antwort auf. Henni zog ihn hoch, bis sie aneinander geklammert saßen, ihre Beine hinter seinem Rücken verschränkt. Er bewegte sich mit ihr im gleichen Rhythmus, ihr Atem ging keuchend, und ihr Schweiß vermischte sich. Henni wölbte den Rücken. Ein seltsamer Laut entfuhr ihren Lippen. Er beugte sich über sie. Sie öffnete die Augen weit und gestattete ihm, die Intensität ihres Höhepunktes zu sehen. Eom hielt den Atem an. Mit diesem Blick hatte sie ihn überwältigt, und schon spürte er das wunderbare Pulsieren seiner eigenen Erlösung.

Das ganze Zelt schien von der Leidenschaftlichkeit ihres Verlangens zu vibrieren. Sie schmiegten sich schwer atmend aneinander, noch ganz gefangen im Zauber ihres Zusammenseins. Keiner sagte ein Wort.

Henni wusste nicht, wie lange sie so beieinander lagen. Ihr schien, als seien Körper und Geist voneinander getrennt. Sie hatte das Gefühl, weit weg zu sein und ihren Körper aus der Ferne zu beobachten. Sie war traurig, wusste aber nicht, warum. Während sie darüber nachsann, strich sie geistesabwesend mit den Fingern über das raue Haar auf Eoms Oberschenkel. Sie suchte nach etwas, das die Priesterin ihr vor langer Zeit gesagt hatte, und dann fiel es ihr ein: Um die Göttin voll und ganz zu erfahren, mussten Mann und Frau einander gleichberechtigt begegnen. Beide Hälften waren ein Ausdruck von ihr, die Frau leer und verzehrend, der Mann zustoßend und füllend.

Henni wusste, dass ihre Enttäuschung daher rührte, dass sie Eom beherrscht hatte. Sie hatte ihn genommen, und er war unter ihr zusammengebrochen. Ja, sie hatte Kraft und Erleichterung gefunden, aber jetzt fühlte sie sich noch einsamer als zuvor. Sie wandte den Kopf ab und seufzte. Eine heimliche Träne lief ihr übers Gesicht.

Und auch Eom dachte nach. Er hörte Henni seufzen, doch verstand er ihre Trauer falsch. Er zog sie an sich. In Henni hatte er die Schönheit der verzehrenden Göttin entdeckt. Er fühlte sich in unaussprechlicher Weise an sie gebunden. Er glaubte, dass ihre Trauer vom Gedanken an ihre Heirat mit Ralic kam, einem Mann, der ihre Stärke nicht würdigen würde. »Ich werde immer für dich da sein«, sagte er leise. »Dies wird nicht das letzte Mal sein, dass wir die Gabe der Mutter teilen.«

Henni sah erschrocken auf. »Das ist zu gefährlich«, widersprach sie. »Der Hetman darf niemals Verdacht schöpfen …«

Er legte ihr einen Finger auf den Mund. »Die Göttin will, dass wir zusammen sind«, erklärte er fest. »Vielleicht nicht jetzt, aber …«

»Nein«, widersprach sie entsetzt. »Ralic wird immer an erster Stelle kommen. Ich muss ihn dazu bringen, mich zu respektieren, mich gar zu lieben … und du wirst mit Marne verheiratet sein. Wenn wir unter diesen Menschen leben sollen, muss es unser erstes Anliegen sein, der Sache der Göttin zu dienen, nicht unsere eigenen Leidenschaften zu befriedigen.«

Eom seufzte. Er wusste, dass sie Recht hatte. »Ich werde dich nicht in Gefahr bringen«, sagte er leise. »Aber ich werde niemals aufhören zu hoffen, dass unser Schicksal irgendwann eine andere Wendung nehmen wird.«

Sie brachte Eom mit einem Kuss zum Schweigen. »Nähre keine gefährlichen Gedanken«, flüsterte sie. »Daraus kann nichts Gutes erwachsen.« Sie zog sich zurück, setzte sich auf und schlang die Arme um die Knie.

Eoms Gesicht wurde hart, er wandte den Blick ab. »Es wird mir ein Gräuel sein, dich mit dem Hetman zusammen zu sehen.«

Henni hörte die Bitterkeit in seiner Stimme und empfand plötzlich Reue. Sie hatte Eom gebeten, ihr ihre Macht als Priesterin nicht streitig zu machen, und er hatte ihr viel mehr gegeben, als sie eigentlich erwartet hatte. Sie musste ihm verständlich machen, dass sie nicht bereit war, ihr Herz irgendeinem Mann zu schenken. »Ich will nicht Ralics Gefährtin sein«, sagte sie eindringlich. »Aber ich muss so tun, als würde ich mir genau das wünschen.« Sie sah ihn beschwörend an. »Ich kann es mir nicht leisten, mich in irgendeinen Mann zu verlieben, jedenfalls nicht jetzt. Das wäre viel zu gefährlich für mich.« Sie fuhr sich verzagt mit der Hand durch das Haar. »Verstehst du denn nicht, was ich dir sagen möchte?«

Eom empfand ihre Worte wie einen Schlag ins Gesicht. Er verstand sehr wohl, was Henni ihm mitteilte. Sie erwiderte seine Gefühle nicht. Hinter einem eisigen Gesichtsausdruck versuchte er zu verbergen, wie tief gekränkt er war. »Vermutlich hast du Recht«, antwortete er sarkastisch. »Ein Mensch wie du kann es sich nicht leisten, jemanden zu lieben.«

»Ach, Eom«, sagte sie ungehalten. »Jetzt sei doch nicht so zornig! Ich glaube, dass die Göttin irgendetwas mit uns vorhat, aber im Augenblick ist das alles einfach zu verwirrend.«

Eom nickte kurz angebunden. »Du bist mir keine Erklärung schuldig, Henni.«

Henni griff nach seiner Hand. »Du hast mir so viel gegeben. Ich habe keine Angst mehr davor, Ralic entgegenzutreten«, sagte sie mit einem raschen Blick auf seine Schlafmatte.

Eom sah sie kalt an. »Ich habe dir schon gesagt, dass du mir keine Erklärung schuldig bist.«

»Aber du bist zornig.«

»Das braucht dich nicht zu kümmern.«

»Eom, du weißt ja gar nicht, wie viel du heute Nacht für mich getan hast.«

»Doch, das weiß ich.« Seine Stimme klang ungehalten.

»Nein, du weißt es nicht.« Sie versuchte, ihre Frustration zu verbergen. Aber dann wurde ihre Stimme sanft. »Hier, nimm das.« Sie zog die Halskette mit der kupfernen Darstellung der Vogelgöttin über den Kopf und legte sie Eom um. »Sie ist ein Geschenk meines Bruders Dagron, das Kostbarste, was ich besitze. Wenn ich sie in der Hand halte, denke ich an meine Lieben zu Hause. Aber jetzt möchte ich, dass du sie hast. Wenn du sie ansiehst, sollst du dich immer daran erinnern, wie dankbar ich dir bin.«

Eom schloss die Hand um den Talisman und spürte noch die Wärme ihres Körpers in dem Metall. Seine Ablehnung schmolz dahin. Er dachte daran, wie sehr er sich die Macht dieses Talismans gewünscht hatte, doch jetzt sehnte er sich nur noch nach Henni.

Er nickte ernst. Sie schmiegte sich an seine Brust, und er legte behutsam die Arme um sie. O Henni, dachte er, wenn du nur wüsstest, wie schwer es für mich ist, auf dich zu verzichten. Die Brust wurde ihm eng, und er atmete schwer. »Es ist besser, wenn du jetzt gehst«, sagte er rau.

Henni sah mit verschwommenen Augen zu ihm auf und löste sich von ihm. Der Verlust ihrer Wärme war wie ein körperlicher Schmerz.

Henni kleidete sich rasch an und vermied es, ihm in die Augen zu sehen. Sie zog den dunklen Umhang zurecht und band sich den Schleier übers Gesicht. Sie versuchte, all ihre Dankbarkeit und Trauer in ihren Abschiedsblick zu legen, bevor sie schweigend das Zelt verließ.

Eom griff nach dem Halsschmuck, den sie ihm geschenkt hatte. Er war noch warm. Er sah Henni nach, die durch das Lager schritt. »Göttin«, sagte er leise, »wieder verlachst du mich.«

KAPITEL 23

Dagron warf neugierige Blicke auf Tern und Yana, als sie sich ans Feuer setzten und sich von dem Gericht aus Fleisch und Getreiden nahmen, das Lolim zubereitet hatte. Irgendwie betrugen die beiden sich anders als sonst. Der leichte, scherzhafte Ton zwischen ihnen hatte sich verändert. Dagrons Brauen zogen sich nachdenklich zusammen, als er sah, wie die beiden scheue, bedeutungsvolle Blicke wechselten. Dagron fühlte einen plötzlichen Stich von Eifersucht. Das war es. Sie betrugen sich wie ein Paar, das gerade die Liebe zueinander entdeckt. Er fluchte leise vor sich hin. Das ist nur meine Schuld, dachte er verzweifelt. Ich habe ihnen eine wunderbare Gelegenheit verschafft, allein zu sein, bloß weil ich nicht auf sie warten wollte. Er runzelte die Stirn und dachte nach. Vielleicht würden die Ältesten ihre Zustimmung ja verweigern. Er musste diese aufkeimende Liebesgeschichte zwischen Tern und Yana unterbinden, bevor sie sich noch weiterentwickeln konnte.

Er ging zu Yana hinüber, die gerade ihre Essschale mit getrocknetem Moos auswischte. »Ich möchte gerne mit dir reden, sobald du hier fertig bist und die Kleinen schlafen«, sagte er abrupt und eine Spur zu scharf.

Yana sah erschrocken auf.

Dagron bemerkte die plötzliche Angst in ihren Augen und verfluchte sich zum zweiten Mal an diesem Abend. »Es ist alles in Ordnung«, fügte er schnell hinzu und lächelte. »Ich möchte dich

nur etwas fragen und würde damit lieber warten, bis wir ungestört sind.« Er gab sich Mühe, leichthin zu reden, aber seine Worte klangen gekünstelt, und seine Augen lächelten nicht mit. Yana machte ein verwirrtes Gesicht, stellte aber keine Fragen. Sie nickte nur geistesabwesend und rieb weiter ihre Schale sauber.
Dagron kam sich ausgesprochen töricht vor. Er trat von einem Bein auf das andere, mied ihren Blick und suchte verzweifelt nach einer Ausflucht. »Komm zum Fluss, wenn du hier fertig bist«, sagte er ungeschickt. »Dort werde ich auf dich warten.«
Yana spürte, wie angespannt er war, und nickte. »Es wird nicht lange dauern«, versprach sie leise und fügte noch hinzu: »Ich werde mich beeilen.«
Aus irgendeinem unerfindlichen Grund brauchten die Kinder an diesem Tag mehr Aufmerksamkeit als sonst, und es kostete sie mehr Zeit, sie hinzulegen. Yana fragte sich schon besorgt, ob Dagron wohl noch am Fluss auf sie wartete.
Tern und Dak saßen am Feuer, vertieft in ein Gespräch über die Unterschiede zwischen den Obsidianmessern der Leopardenleute und ihren eigenen Feuersteinmessern. Einen Augenblick blieb Yana stehen und hörte zu, aber als sie sah, dass Dagron nicht bei ihnen war, eilte sie weiter. Es war Neumond, und der Himmel war stockfinster. Da die Abendluft kühl war, legte sich Yana für den Weg zum Fluss eine Decke um die Schultern.
Dagron saß auf einem Baumstamm. Gedankenverloren sah er über den Fluss, dachte an Yana und an das, was er ihr sagen wollte. Das Glucksen des fließenden Wassers wirkte einschläfernd auf seine Sinne. Er hörte Yana kommen, wandte sich aber nicht nach ihr um, sondern wartete, bis sie sich neben ihn gesetzt hatte.
»Schlafen die Babys?«, fragte er leise, während er weiterhin über das Wasser blickte.
Sie bejahte. »Ich habe mich bemüht, schnell zu machen, aber wenn es um ihr Abendritual geht, lassen sie sich nicht drängen.«

»Du machst das sehr gut mit ihnen, Yana«, sagte er langsam und nachdenklich. Er hielt inne, holte tief Luft. »Wir haben wirklich Glück, dich bei uns zu haben.«
Sie betrachtete sein Profil im schwachen Licht. Sein Gesicht wirkte abgespannt, so als habe er mit unangenehmen Gedanken und Gefühlen zu kämpfen. »Was ist los, Dagron?«, fragte sie leise. »Was habe ich getan?«
Dagron wandte sich ihr zu. »Es handelt sich nicht um das, was du getan hast, sondern um das, was du tun willst.«
Sie sah ihn verwundert an.
Dagron mied ihren Blick. »Bitte warte noch, Yana«, flüsterte er rau. Er sah sie besorgt an. »Tern trauert noch immer um Dala. Du hast mehr verdient.«
In Yanas Gesicht dämmerte Verstehen. »Du weißt es also«, meinte sie erschrocken. »Aber Tern und ich haben doch niemandem etwas gesagt!«
»Ich wusste es in dem Augenblick, als ihr heute Abend ins Lager kamt. Ihr beide seid in letzter Zeit so gut miteinander ausgekommen. Es war wirklich dumm von mir, euch allein zurückzulassen. Ich hätte auf euch warten sollen.«
»Aber ist das denn so schlimm?«, fragte sie und versuchte, ihre Gekränktheit zu unterdrücken. »Wir verstehen einander, und wir haben Bedürfnisse ...« Ihre Stimme erstarb zu einem verwirrten Flüstern.
»Ich bitte dich nur, noch zu warten.«
Die Intensität seines Blicks erschreckte Yana, und sie senkte den Kopf.
Er hob ihr das Kinn mit einem Finger an, bis sie ihn wieder ansah. »Ich habe dich gern, Yana«, flüsterte er drängend. »Und ich will nicht, dass du Kummer hast. Es könnte sein, dass die Ältesten etwas anderes für dich beschließen. Hänge dein Herz nicht zu sehr an Tern.«
»Tern wird sehr unglücklich sein«, flüsterte sie.
»Er ist mein Herdbruder«, antwortete Dagron. »Er wird es ver-

stehen, wenn ich ihn bitte, bis zur Entscheidung der Ältesten zu warten.«

»Ich möchte es ihm selber sagen«, erklärte Yana entschlossen. Sie wollte nicht, dass Tern sich von ihr zurückgestoßen fühlte.

Dagron nickte. »Dann erkläre du ihm die Sache eben auf deine Weise. Ich werde dann auch noch mit ihm reden. Vielleicht versteht er es dann.«

KAPITEL 24

Henni war überzeugt gewesen, dass sie keine Angst haben würde, aber nun fürchtete sie sich doch. Sie stand auf einer aus rohen Stämmen eilig errichteten Plattform. Sie trug ein kurzes Wickelkleid aus gebleichtem Pferdeleder, das mit seltsamen Symbolen für den Gott des leuchtenden Himmels und seines Pferdes bemalt war. Eine der Sklavinnen hatte ihr dickes Haar zu einem langen Zopf geflochten, so wie die Mähnen von Ralics Pferden.

Die Frauen des Dorfes hatten sich nicht weit von der Plattform entfernt versammelt. Der Wind trug ihr erregtes Geschnatter herüber. Henni holte tief Luft, ballte die Hände zur Faust, öffnete sie wieder und versuchte, ihr wild pochendes Herz zu beruhigen.

Plötzlich rief eine Frau aus der Menge: »Ich sehe sie! Da drüben! Sie kommen!«

Am Horizont wurde eine Staubwolke sichtbar. Henni warf rasch einen Blick auf Eom, der abseits von den anderen dastand. Er sah der herandonnernden Horde von Reitern mit gerunzelter Stirn entgegen. Marne und ihr Sohn standen neben ihm. Die Frau ließ den Kopf hängen, während ihr Sohn Henni drohende Blicke zuwarf.

Hennis Hände wurden feucht, ihr Atem ging flach. »Es ist ja nur eine Zeremonie«, sagte sie sich immer wieder, während die Pferde heranbrausten.

Jetzt konnte sie ihn schon erkennen. Ralic ritt voran, das Gesicht vor Entschlossenheit verzerrt. Der große Hengst raste mit geblähten Nüstern auf sie zu. Henni musste allen Mut zusammennehmen, um nicht davonzurennen. Ralic parierte keuchend sein Pferd. Der Hengst wieherte laut und stieg, wobei seine Hufe über Hennis Kopf durch die Luft wirbelten. Henni fuhr zurück und stürzte fast von der Plattform. Ralic beugte sich zu ihr, und Henni stellte einen Fuß auf den seinen und streckte die Hand aus. Er zog sie vor sich aufs Pferd. Sie fühlte die Muskeln des Hengstes unter den Oberschenkeln. Als Ralic an den Zügeln zerrte, die an einer Knochentrense im Maul des Pferdes befestigt waren, stieg der Hengst wieder, drehte sich um und schoss auf die heranrasenden Pferde los. Die Tiere preschten auseinander. Die Reiter hoben die Fäuste in gespieltem Zorn und wendeten ihre Pferde, um Ralic zu verfolgen.

Henni lehnte sich so weit vor, wie sie es wagte. Sie krallte sich an der geflochtenen Mähne fest, ihre Beine schlugen gegen die Flanken des Pferdes. Ralic wollte sie an sich ziehen, aber sie wehrte sich gegen seine Umarmung. Er packte sie fester, sodass die Muscheln und Zähne an seinen Halsketten ihr in den Rücken schnitten. »Wenn du Widerstand leistest, Henni, nehme ich dich hier und überlasse dich dann meinen Männern«, knurrte er ihr ins Ohr.

Henni schauderte und lehnte sich in seine Arme zurück. Die Landschaft flog vorbei. Sie senkte den Kopf und schloss die Augen. Menschen waren nicht dazu geschaffen, sich so schnell fortzubewegen, dachte sie zitternd. Das Donnern der Hufe schien ewig zu dauern, und ihr war übel. Sie war am Ende ihrer Kräfte, als der Hengst endlich in Schritt verfiel. Sie sah auf.

»Wir haben die Männer abgehängt, Weib«, flüsterte ihr Ralic ins Ohr.

Nein, wollte sie schreien. Ich kann einfach nicht. Sie musste ihrer Panik Herr werden. Er darf nicht merken, dass ich Angst habe, dachte sie. Er muss die Macht der Göttin in mir spüren. Sie lehnte sich an ihn und drehte das Gesicht zu seinem Ohr hin.

»Bring mich zum Fluss, mein Gemahl. Ich möchte im weichen Gras mit dir liegen.« Sie bemühte sich, ihrer Stimme einen verführerischen Klang zu verleihen.
»Ich wollte sowieso zum Fluss«, stimmte Ralic zu. »Nach dieser Hetzjagd braucht mein Pferd Wasser.«
Henni runzelte die Stirn bei diesem feinen Hinweis, dass diese Leute die Bedürfnisse ihrer Pferde für wichtiger hielten als die ihrer Frauen. Sie verkniff sich eine ärgerliche Antwort, fürchtete sich aber nicht mehr so. Der Zorn gab ihr Kraft. Trotz ihrer misslichen Lage sah sie sich beherzt um.
Die Landschaft flog nun nicht mehr so schnell vorüber, und obwohl sie sich auf dem Pferd äußerst unbehaglich fühlte, erkannte sie, wie überlegen die Reiter dem Fußvolk waren. Von ihrem erhöhten Sitz aus konnte sie den blauen Umriss der fernen Berge erkennen. Große Vogelschwärme erhoben sich aus den Eichen, an denen sie vorüberritten. Eine Gruppe von Gazellen hörte auf zu grasen und lauschte erschreckt auf den sich nähernden Hufschlag.
Henni sog die frische Luft ein und war plötzlich in Hochstimmung. Es war kein Wunder, das diese Männer das Pferd verehrten und sich gegenüber ihren Frauen und Kindern wie Götter fühlten. Der Hengst verlieh Henni ein Gefühl der Unbesiegbarkeit, die Stärke seiner Muskeln war wie die Erweiterung ihres eigenen kräftigen Körpers.
Henni begann Ralic um die Leichtigkeit zu beneiden, mit der er den Hengst beherrschte. Er saß vollkommen entspannt und selbstverständlich auf seinem Tier. Mann und Pferd schienen einander zu verstehen, ihre Muskeln bewegten sich im Gleichklang. Henni versuchte, nicht an die Schmerzen im Rücken und in den Oberschenkeln zu denken. Sie bezweifelte stark, dass sie sich ohne Ralics Hilfe auf dem Pferd würde halten können.
Der Hengst roch das Wasser, lange bevor Henni das blaue Band in der Ferne erkennen konnte. Er schnaubte und wollte losgaloppieren, sodass Ralic am Zügel ziehen musste, um ihn in einem

gemächlichen Trab zu halten. Henni wusste nicht, warum, aber sie hatte das Gefühl, dass Ralic das Pferd um ihretwillen zurückhielt.
Als sie sich umwandte, sah sie, dass er sie angrinste. Sie erwiderte sein Lächeln mit einem streitlustigen Blick. »Warum lachst du?«, fragte sie etwas stockend in seiner gutturalen Sprache.
»Dir müssten inzwischen alle Knochen wehtun«, antwortete er laut lachend und klopfte ihr auf die Schenkel. »Ich muss sagen, du hältst dich tapfer. Die meisten Frauen würden inzwischen klagen.«
Zu ihrer Überraschung verstand Henni fast alles, was er sagte; sie war Rea für ihren strengen Unterricht dankbar.
»Das liegt daran, dass ihr sie niemals auf eure Pferde lasst, es sei denn, ihr wollt sie vergewaltigen oder aus ihrer Familie entführen«, erwiderte sie hitzig.
Er hob belustigt die Brauen. »Es ist bedauerlich, dass du deinen Hochzeitstag als Entführung empfindest, Henni. Ich kann dir versichern, dass die Frauen meines Stamms nicht so denken. Sie finden die Hochzeitszeremonie sehr aufregend.«
»Aber es gibt keine heiligen Eide«, wandte Henni ein. »Niemanden, der die Hochzeit gutheißt, und kein Hochzeitsfest, um die Fruchtbarkeit des Paares zu feiern.«
Ralics Gesicht verfinsterte sich. »Ein Mann der Herden braucht keine Zustimmung von wem auch immer. Wenn er eine bestimmte Frau haben will, bietet er ihrem Vater eine seiner besten Stuten an. Ist jemand mit der Heirat nicht einverstanden, muss er bei der Hochzeitszeremonie um das Mädchen kämpfen.«
Henni begann allmählich zu verstehen. Das ist also der Grund, warum sie uns verfolgt haben. Es war ein Teil ihres Hochzeitsrituals. Sie überlegte sich, was wohl passiert wäre, wenn jemand Ralic zum Kampf gefordert hätte.
Ralic beantwortete ihre unausgesprochene Frage, als habe er ihre Gedanken erraten. »Niemand würde es wagen, mich herauszu-

fordern«, erklärte er stolz. »Der Letzte, der es versucht hat, liegt samt Frau und Kindern tief unter der Erde.«
Henni wurde bleich. Sie sah in Ralics hochmütiges Gesicht und hatte plötzlich wieder Angst. Ärgerlich verscheuchte sie ihre Schwäche und beschloss, nicht mehr mit ihm zu reden. »Ich möchte schneller reiten«, sagte sie energisch und strich sich, ohne ihn anzusehen, das Haar aus dem Gesicht.
Ralic spürte ihre Entschlossenheit und hob mit widerwilliger Bewunderung eine Augenbraue. Er lehnte sich vor und drückte die Fersen in die Flanken des Pferdes. Der Hengst schoss vorwärts.
Henni hielt den Atem an, aber diesmal zwang sie sich, die Augen offen zu halten. Die Bäume glitten als grüne Schatten an ihr vorbei. Sie fühlte, wie Ralic sie fester umfasste, und spürte den Schweiß des Pferdes unter ihren Händen. Der Wind zerrte an ihrem Zopf. Die Brust wurde ihr eng vor Anspannung. Aber sie hielt die Augen offen und stellte sich ihrer Angst. Diese neue Erfahrung übertraf alles, was sie bisher erlebt hatte. Je schneller das Pferd galoppierte, desto mehr hatte sie das Gefühl, dass sie sich veränderte. Sie konnte nicht anders. Das Pferd verlieh diesen Menschen Macht. Dieser Mann, dieses Pferd hatten sie gewonnen. Die Erkenntnis war wie ein Donnergrollen in ihrer Seele. Es schien an der Zeit, ihr Schicksal in die Hände der Göttin zu legen.
Henni war seltsam betäubt und schwindlig, fast euphorisch. Das ist der Tod, dachte sie. Sie fühlte sich wunderbar frei und ließ die Mähne des Pferdes los. Dann hob sie das Gesicht in den Wind und atmete tief den warmen Geruch des Tieres und der Erde ein. Sie wandte sich zu dem Mann um, der sie gezwungen hatte, sich ihrer Angst zu stellen, und lachte ihm ins Gesicht. Etwas Neues keimte in ihrer Seele. Wieder hielt sie das Gesicht in den Wind, aber diesmal presste sie selbst die Schenkel gegen die Flanken des Hengstes und spornte ihn an, noch schneller zu galoppieren. Sie sprengten einen Hügel hinauf, und der Fluss lag vor ihnen. Ralic

zügelte das Pferd zum Trab und hielt schließlich neben dem rasch dahinfließenden Wasser an.
Henni keuchte ebenso wie das Pferd. Ihre Augen waren fest auf die goldene Wasserfläche gerichtet. Sie spürte die Anspannung des Hengstes, der auf das Wasser zudrängte. Sie leckte sich die Lippen. Das Pferd hatte Durst und sie ebenfalls. Ihr ganzer Körper lechzte nach Wasser.
Ralic ließ sich vom Pferd gleiten und half ihr herunter. Henni sah an ihm vorbei; er spielte keine Rolle mehr. Bevor Ralic sie noch aufhalten konnte, rannte sie los. Ihre Beine waren wackelig und schwach vom schnellen Ritt, aber es war nicht weit bis zum Fluss. Sie stürzte sich hinein und freute sich über das kühle Wasser. Dann ließ sie sich von der Strömung herumwerfen und tragen. Sie kämpfte nicht dagegen an. Wozu kämpfen? Das Leben, das sie gekannt hatte, war vorüber. Sie hatte keine Angst mehr.
Sie hörte undeutlich, wie Ralic vom Ufer aus nach ihr rief. Es war ihr gleichgültig. Von diesem anderen Leben hatte sie sich gelöst. Sie war eins mit dem Wasser, dem Leben spendenden Wasser der Mutter. Die Wellen schlugen ihr ins Gesicht, und sie wusste, dass sie schwimmen musste. »Nein, Göttin«, flüsterte sie. »Ich möchte hier bei dir bleiben.«
Die Antwort der Göttin kam sofort. Henni fühlte den kalten Sog der Unterströmung und sank in die Dunkelheit hinab. Sie wehrte sich nicht. Sie war sogar ein wenig belustigt. Schwarz, die Farbe der Fruchtbarkeit und des Schoßes der Göttin? Warum zeigst du mir das jetzt, Mutter, da der Tod mir so nahe ist?
Jemand packte sie bei den Haaren. Arme umschlangen sie wie ein Schraubstock. Sie konnte sich nicht wehren, das wusste sie, aber sie verstand nicht, warum er so heftig kämpfte. Er ruderte frenetisch, um an die Oberfläche zu gelangen, und schnappte keuchend nach Luft.
Er zerrte sie aus dem Wasser ans Ufer und schleuderte sie zu Boden. Wutentbrannt schlug er sie ins Gesicht. »Was hattest du vor! Was hast du dir dabei gedacht?«, brüllte Ralic sie an.

Henni ertrug seine Gewalttätigkeit und musterte ihn mit erstaunter Neugier. In seinen Augen standen Angst und Verwirrung. Hustend und keuchend ließ er sich neben sie ins Gras fallen.

Er hatte hart zugeschlagen, aber nicht so hart, wie es der Fall gewesen wäre, wenn er sie nicht vorher aus dem Fluss hätte ziehen müssen. Die Kälte des Wassers wirkte betäubend auf ihre Haut. Ihr Kinn schmerzte ein bisschen, weiter nichts. Sie vermutete, dass das Schwimmen gegen die Strömung ihn geschwächt hatte.

Ralic erhob sich schwankend auf die Füße und zerrte sie grob mit sich zu dem Hengst, der ruhig am Wasser stand und trank. Dort ließ er sie gerade lange genug los, um seine Schlafdecke loszubinden und seine Reisetasche abzuladen. Er führte sie zu einer kleinen Lichtung unter einem großen Baum und stieß sie zu Boden. Dann nahm er eine Hand voll getrocknetes Fleisch aus seiner Tasche, setzte sich hin und begann schweigend zu essen, ohne ihr etwas anzubieten.

Anschließend sammelte er trockenes Holz und machte sich daran, ein Feuer zu entfachen. Henni sah ihm teilnahmslos zu. Er entnahm seiner Tasche zwei Feuersteine, die er zusammenschlug, bis ein Funken sprühte und in die dürren Blätter und Zweige flog, die er zu einem kleinen Haufen aufgeschichtet hatte. Behutsam blies er in die Flamme und fügte langsam größere Zweige hinzu. Bald wurde das Feuer kräftig und groß, und die Flammen erfassten die größeren Holzstücke.

Während er arbeitete, warf Ralic einen vorsichtigen Blick auf Henni. Die Furcht vor dem dunklen Wasser zitterte noch in ihm nach. Wie konnte sie nur so ruhig, so gleichgültig sein? Wusste sie nicht, dass sie beide nur um Haaresbreite dem Tod entgangen waren? Ihr gleichmütiges Gesicht entsetzte ihn. Es erschien ihm unmöglich, dass sie versucht haben sollte, sich zu töten. Bei ihrem Schlangentanz und auf dem Pferd hatte er ihre Tapferkeit kennen gelernt. Sie konnte unmöglich solche Angst vor ihm haben. Gedanken wirbelten ihm durch den Kopf. Er würde die Quelle ihrer Gleichgültigkeit und ihrer Kraft schon noch finden.

»Du hast wohl gedacht, dass deine Göttin dich retten würde?«, fragte er höhnisch.

Henni sah ihn ausdruckslos an. »Mich retten?«

Ralic schnaubte ratlos. »Wolltest du deinen Geist den Göttern anbieten, oder nicht?«

Henni neigte den Kopf zur Seite und runzelte gedankenverloren die Stirn. »Ich weiß nicht«, sagte sie nachdenklich. »Ich kann mich nicht daran erinnern, dass ich etwas empfunden hätte. Ich hatte Durst ... ich wollte Wasser.«

»Wir wären beide fast ertrunken«, knurrte er vorwurfsvoll.

In Hennis Kopf summte etwas. Sie wollte diesem Mann nicht mehr zuhören. Sie presste die Hände auf die Ohren und kniff die Augen zu.

Ralic sprang auf sie zu und riss ihr die Hände weg. »Hör mir gefälligst zu, Frau«, schnaubte er.

Henni versenkte sich noch mehr in sich selbst. Das summende Geräusch in ihrem Kopf verschwand. Sie öffnete die Augen und sah ihm unbeteiligt ins Gesicht.

»Mach das nicht noch einmal«, sagte er drohend.

Ralics Zorn schien Henni nicht weiter zu berühren. Am liebsten hätte er sie erneut geschlagen, aber er wusste, dass sie ihn nur kühl mustern und noch mehr in Wut bringen würde. Was sollte er tun? Wie war es nur möglich, dass eine Frau ihn so um seine Selbstbeherrschung bringen konnte? Er schauderte vor der Macht ihrer Göttin. Eigentlich müsste er sie jetzt mit seinem Samen füllen, aber er brachte es nicht über sich, sie anzufassen. Es wäre, als würde er sich an einer Leiche vergehen.

Der Nachmittagswind wehte über das gekräuselte Wasser des Flusses und brachte den ersten Hauch abendlicher Kälte mit. Ralic zog seine Schlafdecke um die Schultern, um sich zu wärmen, auf seinen Armen und Beinen bildete sich Gänsehaut. Henni

hingegen schien nicht zu frieren. Was war los mit ihr? Sie war nass. Es musste ihr doch einfach kalt sein! »Zieh deine Kleider aus«, sagte er grob, »und leg sie zum Trocknen ans Feuer.«
Gehorsam folgte Henni seinem Befehl. Sie schlüpfte aus dem nassen Wickelkleid und breitete es ins Gras. Als sie am Feuer vorüberging, blieb sie unvermittelt stehen. Es war, als würde ihr Körper auf einmal die Wärme wahrnehmen. Mit ausgestreckten Händen schien sie die Hitze der Flammen zu genießen. Lange verharrte sie so, ohne auf ihre Nacktheit zu achten.
Ralic konnte sich kaum noch beherrschen. Sie verhielt sich einfach zu seltsam. Da stand sie nackt vor ihm und schien seine Anwesenheit überhaupt nicht zu bemerken. Er ging zu ihr hinüber und packte sie bei den Schultern. »Was ist los mit dir?«, schnauzte er. Er war gleichermaßen aufgebracht wie verzagt. Er schüttelte sie grob und sah ihr in die Augen. »Bist du irgendwie in Trance, Priesterin?«
Henni sah mit weit aufgerissenen Augen zu ihm auf. In ihrem Kopf war ein dicker Nebel. Dieser Mann schüttelte sie ärgerlich, aber sie hatte keine Ahnung, warum. Tief in ihrem Inneren wusste sie, dass sie eigentlich Angst haben müsste, aber wovor? Irgendetwas war geschehen, etwas Wichtiges, aber sie konnte sich nicht entsinnen, was es war. Sie hatte Kopfschmerzen und war plötzlich sehr müde. »Ich glaube, ich muss schlafen«, flüsterte sie.
»Du hast noch nichts gegessen.«
»Nein …, ich möchte schlafen.«
Ralic zuckte die Achseln und deutete auf eine Grasfläche am Feuer. Er hoffte, dass ihre Seltsamkeit sich bis zum Tagesanbruch verflüchtigen würde.
Henni legte sich so nah wie möglich am Feuer nieder, rollte sich zusammen wie ein kleines Kind und schlief sofort ein.
Der Hengst graste nicht weit von ihnen entfernt. Ralic pfiff nach ihm, das Pferd spitzte die Ohren. Schließlich band Ralic das Tier an einen Baum und ließ sich für die Nacht nieder. Unter dem sich

langsam dunkel färbenden Himmel saß er am Feuer, kaute auf dem lederartigen Fleisch herum und dachte nach.
Er hatte es nur ein einziges Mal erlebt, dass sich jemand so betrug wie Henni. Damals hatte einer von seinen Leuten bei einem Überfall einen Schlag auf den Kopf davongetragen. Für den Rest des Tages war der Mann mit demselben glasigen Blick herumgelaufen. Aber Henni war nicht auf den Kopf geschlagen worden, jedenfalls nicht so fest. Was also war los mit ihr?
Er sah zu ihr hinüber. Sie hatte sich gegen die Kälte zusammengerollt. Einmal erschauderte sie im Schlaf. Ihr Kinn war schlaff und ein wenig geschwollen, wo sein Hieb sie getroffen hatte. Ihr langes Haar hatte sich im Wasser gelöst und lag wie eine Decke über ihren Körper gebreitet. Zwischen den Haarsträhnen schimmerte warme, honigfarbene Haut hervor. Im Feuerschein sah Henni weich aus, und sie wirkte seltsam verletzlich. Sie war schön, aber sie jetzt zu nehmen wäre, als würde er sich an einem kleinen Mädchen vergreifen. Ralic kannte Männer, die nur bei einem Kind Erleichterung finden konnten, aber zu dieser Sorte zählte er nicht.
Er seufzte müde auf, erhob sich steifbeinig und ging durch den Rauch auf die andere Seite des Feuers, wo Henni lag. Er setzte sich neben sie auf den Boden, dann legte er sich hin, den Rücken zum Wärmen gegen den ihren gedrückt. Er zog seine Schlafdecke über sie beide und schloss die Augen.

Henni fuhr aus dem Schlaf. Jemand berührte sie und bohrte mit den Fingern zwischen ihren Beinen herum. Sie versuchte, sich aufzusetzen, aber er hielt sie nieder und rollte sich über sie.
Ralic drückte ihre Schenkel auseinander und fand den Ort, den seine Finger ertastet hatten. Er stieß grob zu. Sie bog abwehrend den Rücken durch, aber er presste sie auf den Boden.
»Es ist Zeit, Weib«, grollte er ihr ins Ohr.
Sie kämpfte gegen ihn an, doch er war zu stark. Sie konnte sich nicht wehren. Ihre Finger gruben sich in Gras und Erde, und sie

vermied es, ihn anzusehen. Stattdessen blickte sie an Ralics Rücken vorbei in das Laub des Baumes über ihr, biss die Zähne zusammen und versuchte, nicht daran zu denken, wie sein Körper gegen ihre Oberschenkel schlug. Aber es war schwer. Sie war trocken; er tat ihr weh. Sein pochender Penis stieß in sie hinein, bis sie wie betäubt war.

Ihre Gedanken wanderten zu dem donnernden Ritt auf dem Pferd. So also paarten sich die Männer der Herden mit ihren Frauen. Ihr Magen drehte sich vor Abscheu um. Männer durften sich nicht wie Hengste benehmen.

Als Ralic fertig war, rollte er keuchend von ihr herunter. Henni blieb eine Weile liegen und atmete tief durch, um wieder zur Besinnung zu kommen. Dann stützte sie sich auf die Ellenbogen und stand auf. Ihre Beine zitterten nach Ralics Überfall. Sie stolperte ins Gebüsch, um sich zu übergeben und zu erleichtern. Innerlich weinte sie wie ein kleines Mädchen vor Demütigung und Schmerz. Göttin, wo bist du?, dachte sie bitter. Warum hat das Glück mich verlassen?

Ralic rief nach ihr. Sie achtete nicht darauf und wandte sich zum Flussufer. Da brach Ralic durch die Büsche. Er holte sie ein, packte sie am Arm und drehte sie zu sich. »Wo willst du hin?«, herrschte er sie an.

Henni sah ihn hasserfüllt an und entwand ihm ihren Arm. »Ich gehe zum Fluss, um den Geruch von Pferdemist abzuwaschen«, höhnte sie.

Ralic achtete nicht auf die Beleidigung. »Du gehst nicht zum Fluss.« Seine Augen verengten sich drohend. »Nicht ohne mich!«

Henni hob den Kopf, sah ihm in die Augen und rümpfte verächtlich die Nase. »Du kannst gerne mitkommen. Dir würde ein Bad auch nicht schaden.«

Ralic hob die Hand, um sie zu schlagen, aber Henni duckte sich nicht wie andere Frauen. Sie zuckt nicht einmal, dachte er verwirrt. Sie beträgt sich nicht wie eine normale Frau. Selbst die

Männer meines Stammes würden sich nicht ohne Angst in den Augen gegen ihren Anführer erheben.
Henni bemerkte seine Verwirrung und musterte ihn verächtlich. »Warum schlägst du mich nicht, Hetman«, fragte sie aufreizend.
Er starrte sie mit leerem Gesicht an. »Du bist nicht wie die Frauen meines Stammes«, sprach er seine Gedanken aus. »Ich könnte dich totschlagen, aber ich nehme an, dass dein Herz selbst dann noch frei von Furcht bliebe.«
»Meine Angst wirst du niemals zu sehen bekommen«, zischte sie. »Und du wirst mich nie wieder so besitzen wie heute Morgen, oder wir werden beide den Weg in den Schoß der Mutter antreten.«
Ralic trat einen Schritt zurück. Hennis Gesicht trug den gleichen Ausdruck wie damals, als sie die Schlange an ihre Wange gehalten hatte. Er wusste, dass sie dazu fähig war. Diese Frau kannte keine Furcht vor der Unterwelt, keine Angst vor dem Tod. Wie war das möglich? Wie sollte er sie mit seinem Samen füllen, wenn sie sich nicht nehmen lassen wollte? »Du bist mein Weib, und es ist die Pflicht des Weibes, das Verlangen ihres Mannes zu befriedigen. Tut sie das nicht, hat der Mann das Recht, ihr das Leben zu nehmen.« Er hielt inne und wählte seine nächsten Worte mit Bedacht. »Willst du wirklich sterben, Henni?«, fragte er und suchte ihren Blick.
Henni hob das Kinn. »Ich habe keine Angst vor dem Schoß der Mutter wie du, Hetman. Aber sterben möchte ich dennoch nicht.« Zu Hennis eigener Überraschung waren ihre Worte wahr.
Ralic warf sich in die Brust. »Dann musst du meine Berührung dulden, Frau. Nur so wirst du leben.«
Henni lachte zornig auf. »Dann werde ich eben sterben«, sagte sie. »Geh zu deiner Herde schwacher Frauen. Über deine Macht über sie kann ich nur lachen.« Sie wandte sich ab und schritt auf den Fluss zu.
Ralic wusste nun wirklich nicht mehr, was er denken sollte. Er

schüttelte hoffnungslos den Kopf. Wie nahmen die Männer von Hennis Volk eine solche Frau? Sie hatte gerade gesagt, dass sie nicht in die Unterwelt wollte, und das glaubte er ihr. Doch warum war sie dann bereit, ihr Leben einfach so wegzuwerfen? War seine Berührung so abstoßend für sie, dass sie lieber ihren Geist zu den Göttern schickte? Ralic wusste plötzlich, dass er nicht wollte, dass sie starb. Er erkannte in ihr die Wildheit und den Stolz eines Herrschers. Ihre Kinder würden Eroberer werden, die den Göttern wohlgefielen.

Ralic holte Henni ein, bevor sie den Fluss erreichte und drehte sie um, sodass sie ihn ansehen musste. Sie musterte ihn kalt. Er packte sie bei den Haaren und zog sie an sich. »Ich könnte den Tod sehr lang und unangenehm für dich gestalten, Frau«, knurrte er.

Angst flackerte in Henni auf. Sie fürchtete sich nicht vor dem Tod, aber konnte sie auch Folter ertragen? Sie hatte gehört, wie die Männer über männliche Gefangene gelacht hatten, die sie gequält hatten, und bei den Geschichten, die sie erzählt hatten, hatte ihr gegraut. Dennoch konnte sie diesem Mann nicht gestatten, ihr die Seelenkraft zu nehmen und ihren Geist zu töten. »Was willst du von mir?«, schrie sie ihm ins Gesicht. »Ich kann nicht so leben wie die Frauen deines Stammes!«

»Du bist mein Weib, meine Frau«, stieß Ralic hervor und rieb seine Hüfte an der ihren.

Wenn sie nicht gefoltert und getötet werden wollte, musste sie ihm ihren Körper überlassen, so viel war Henni klar. Aber sie durfte ihm nie wieder gestatten, sie so zu nehmen, wie er es an diesem Morgen getan hatte. Das musste sie ihm verständlich machen. Henni sah ihm ernst ins Gesicht. »Die Gabe der Mutter kann nicht einfach genommen werden«, erklärte sie.

Er sah sie verwirrt an.

»Die Gabe der Mutter muss geschenkt werden.«

Henni sagte nicht, dass eine Frau jedes Mal, wenn sie gegen ihren Willen genommen wurde, einen Teil ihrer Seelenkraft verlor.

Nein, das brauchte er nicht zu wissen. Aber plötzlich hatte sie eine Idee. Konnte sie ihm seine Kraft nehmen, so wie er die ihre genommen hatte? Ja, dachte sie kalt, und bei ihm würde sie hinterher nicht so betrübt sein, wie sie es bei Eom gewesen war.

Ralic ließ sie los. »Was meinst du, wenn du von der Gabe der Mutter sprichst?«

Henni fuhr sich aufgebracht mit der Hand durch das Haar. »Die Vereinigung von Mann und Frau«, sagte sie fest und atmete tief durch, um ihre Gedanken zu sammeln, damit er die Halbwahrheit nicht durchschaute, die sie ihm nun sagen wollte. »Eine Priesterin lässt sich nicht von einem Mann nehmen. Sie ist diejenige, welche die Vereinigung inspiriert. Sie ist diejenige, die den Mann erregt, ihn einlädt, seinen Lebenssaft zu verströmen und ihren Schoß zu wecken.«

Ralic runzelte verblüfft die Stirn. »Der Samen des Mannes dringt in den Schoß der Frau ein«, stellte er fest. »So ist es immer gewesen.«

»Nein«, widersprach Henni und schüttelte heftig den Kopf. »Deine Gefolgsleute zählen zum Volk der Herden, meine zum Volk der Ernte. Wir pflanzen unsere Saat auf andere Weise. Ein starker Mann kann seine Männlichkeit beherrschen, bis die Frau für ihn bereit ist.«

Henni richtete sich auf. »Ich lasse mich nicht als Frau der Herden nehmen«, erklärte sie. »Wenn du mich haben willst, dann nur wie eine Frau der Ernte – oder gar nicht.«

Ralic sah die Entschlossenheit in ihrem Gesicht. War es wirklich möglich, dass ihre Art der Vereinigung so anders war? Auf welche Weise auch immer, sie würde schwanger werden. Er lächelte. Vielleicht war es ja auch ganz vergnüglich, ihr eine Zeit lang den Willen zu lassen. Wenn sie sich erst an seine Berührung gewöhnt hatte, würde sie sich ihm schon noch unterwerfen. Er grinste sie an und zuckte die Achseln. »Also gut, ich will es dir überlassen, wie mein Samen in dich hineingelangt, Frau. Aber ich warne

dich: Ich habe einen herzhaften Appetit auf den Schoß einer Frau. Mach es, wie du willst, aber ich bestimme, wie oft.«
Henni nickte kurz. Bis zu diesem Augenblick war ihr nicht klar gewesen, wie groß ihre Angst war. Was wäre passiert, wenn er nicht zugestimmt hätte? Sie wandte sich ab, damit er ihre zitternden Lippen nicht sah. Sie würde diese List sehr sorgfältig ausspielen müssen, wenn sie Ralics Kraft schwächen wollte.

KAPITEL 25

Der Pfad, dem sie folgten, war nun breit und ausgetreten vom Gebrauch vieler Jahre. Offensichtlich näherten sie sich dem Dorf. Yana war froh. An diesem Morgen waren ihre Schlafdecken dick mit Reif bedeckt gewesen. Über Nacht war es ernsthaft kalt geworden. Im Laufe dieses Tages würden sie im Dorf ankommen, und nach einer Mondspanne des Wanderns hatte Yana Ruhe nötig.

Nach dem Gespräch, in dem Dagron sie gebeten hatte, abzuwarten, hatten Yana und Tern sich voneinander fern gehalten. Aber manchmal, wenn Tern ihr half, die Kinder zu versorgen, berührten sich ihre Hände, und ihre Augen trafen sich mit scheuer Wärme. Yana war überrascht über die Heftigkeit der Gefühle, die seine Berührung in ihr auslöste. Sie konnte nicht verhindern, dass sie sich immer wieder heimlich zulächelten. Tern schien sich seiner Sache so sicher zu sein. Wenn sie mit ihm zusammen war, verflüchtigte sich all ihre Angst um die Zukunft.

Atum zappelte in seinem Tragetuch. Er war schwer, aber sie bemitleidete sich nicht. Alle hatten heute schwer zu schleppen. Selbst die Jungen trugen kleine Lasten. Dagron hatte sein Gepäck auf die anderen verteilt und war vorangeeilt, um ihre Ankunft im Dorf anzukündigen.

Er hatte ihnen gesagt, dass er die Ältesten informieren wolle, damit bei ihrer Ankunft nicht Angehörige vergeblich nach ihren Lieben Ausschau hielten, die nicht mehr bei ihnen waren. Yana vermutete, dass er auch erklären wollte, warum sie eine Fremde bei sich hatten, und sie hoffte, dass Dagrons Erklärung die Ältesten überzeugen würde.

Als Yana feststellte, dass Tern und die anderen schneller gingen, beschleunigte sie ihren Schritt, um sie einzuholen. Atum lachte und freute sich über den holprigen Ritt. Yana erreichte Tern. »Was ist los?«, fragte sie außer Atem.

Er deutete aufgeregt nach vorn. »Dort, auf dieser Erhebung. Wenn wir auf diesem Hügel ankommen, kannst du das Tal und unser Dorf sehen.«

Die anderen waren vorausgerannt. Sie hatten den Gipfel des Hügels schon erreicht und verschwanden gerade auf der anderen Seite. Tern und Yana eilten hinterher.

Yana war ein bisschen enttäuscht, als sie auf die kleine Siedlung hinunterblickte, die sich in ein enges Tal schmiegte. Die umliegenden Hügel waren in Terrassen angelegt. Rechteckige Holzhäuser mit steinernen Fundamenten scharten sich um ein größeres Gebäude in der Mitte des Dorfes. Dünne Rauchfahnen stiegen aus Öffnungen in den Dächern auf. Ein grauer Nebel hing im Tal, zu schwach, um sich aus der Niederung zu erheben, und verlieh der Landschaft ein ödes Aussehen.

Dieses Dorf war viel kleiner als das, in dem Yana aufgewachsen war, und nach der prächtigen Stadt der Leopardenleute hatte sie sich mehr erwartet. Yana versuchte, ihre Enttäuschung zu verbergen, denn sie wusste, dass Tern eine Meinungsäußerung von ihr erwartete. Sie lächelte und deutete auf die Bergflanken mit den Terrassen. »So etwas habe ich noch nie gesehen. Wie bringen die Leute das Wasser zu den Pflanzen?«

»Die Wachstumszeit ist bei uns nur sehr kurz, und gewöhnlich gibt es genug Regen, um die Felder zu bewässern«, antwortete er. »Aber wenn es sehr trocken ist, verwenden wir Vieh, um das Wasser vom Brunnen zu den Pflanzen zu schaffen.«

Tern hatte das so leichthin gesagt, aber Yana konnte sich vorstellen, welch eine harte Arbeit das war. Kein Wunder, dass die Ältesten so sparsam mit dem Getreide umgingen. Tern zeigte auf den Brunnen, der neben dem großen Gebäude in der Mitte des Dorfes lag. »Dort holen wir unser Wasser«, erklärte er ihr. »Und es fließt das ganze Jahr über. Die Quelle heißt ›die alten Wasser der Göttin‹ und ist unserem Volk heilig. Während der Pflanzzeit reinigen sich die Frauen im Brunnen, um die Fruchtbarkeit der Felder und der Dorfbewohner sicherzustellen.«

Yana nickte gedankenverloren. Sie setzte Atum auf die andere Hüfte und ließ ihren Blick weiter über das Tal und das Dorf schweifen. Die Sonne bahnte sich ihren Weg durch den Nebel. Die Luft leuchtete in allen Farben auf, dann wichen die winzigen Wassertröpfchen dem strahlenden Tag. Das gelbe Licht glättete die dunklen Linien des Landes und verlieh dem Tal eine schlichte Schönheit. Yana beobachtete die zarte Veränderung der Landschaft mit angehaltenem Atem. Ein Vogel tauchte mit ausgebreiteten Schwingen aus der Höhe herab und flog an ihr vorbei in das Tal hinunter. Yana tat unabsichtlich einen Schritt nach vorn, um ihm zu folgen. Tern fasste sie am Arm und zeigte auf den Pfad unter ihnen.

Dagron eilte mit ausholenden Schritten den Hügel hinauf. Yana sah, dass sein Gesicht verärgert war. Sie hatte eine bedrückende Vorahnung und hob mit einer hilflosen Geste die Hand an den Mund. Tern fasste sie fester.

Endlich kam Dagron mit geröteten Wangen keuchend bei ihnen an. Schwer atmend beugte er sich vor und legte die Hände auf die Knie. »Ich wollte bei euch sein, bevor … bevor die anderen kommen.«

»Welche anderen?«, fragte Tern laut. »Was ist passiert?«

»Sie wollen ihr nicht gestatten, im Dorf zu bleiben«, antwortete Dagron und richtete sich auf. Seine Brust hob und senkte sich heftig, und er wagte nicht, in Yanas entsetztes Gesicht zu sehen. »Sie schicken Leute, die uns helfen sollen, eine Winterhütte für sie zu bauen. Sie muss hier oben auf dem Hügel bleiben, und die Ältesten wollen, dass sie das Tal im Frühling verlässt.«

Tern sah ihn ungläubig an, dann blitzte ein gefährlicher Zorn in seinen Augen auf. »Wer sagt, dass sie nicht im Dorf bleiben darf?«, brauste er auf.

Dagron schaute ihn an, und sie tauschten einen wissenden Blick. »Sie sind alt genug, in den Schoß der Mutter zurückzukehren«, stieß Tern hervor. »Man sollte meinen, saß sie inzwischen gelernt hätten, Mitleid zu haben.«

Dagron nickte zustimmend. »Ich glaube, dass sie sich gegenseitig mit ihrer Angst anstecken.«

»Hast du sie nicht dazu bewegen können, sich ihre Geschichte anzuhören? Wenn sie sie sehen würden, würden sie ganz bestimmt erkennen, dass sie keine Bedrohung für sie darstellt.«

Dagron schüttelte verzweifelt den Kopf. »Alle sind erregt und zornig über den Verlust von Henni und den anderen. Keiner kann klar denken. Ich kann sie nicht dazu bewegen, auf Vernunftgründe zu hören.«

»Geben sie mir die Schuld?«, fragte Yana mit schriller, fast hysterischer Stimme.

Dagron sah sie voller Mitleid und Sorge an. »Nein, Yana. Ich glaube nicht, dass sie dir die Schuld geben. Ich habe ihnen von dem Angriff auf die Leopardenleute erzählt, und davon, wie du versucht hast, Henni zu retten. Sie sind ganz einfach alt, und sie fürchten sich vor jeder Veränderung.«

Yana riss sich los und presste Atum fest an sich. Sie vergrub das Gesicht in seinem Nacken. Die Tränen, die sie so lange zurückgehalten hatte, begannen nun, ihr aus den Augen zu fließen. Ich will doch nur bei meinem kleinen Jungen sein, dachte sie verzweifelt. Ich wünsche mir doch nur eine eigene Familie. Göttin, ist das wirklich zu viel verlangt?

Tern wurde die Kehle eng, und er schluckte schwer. Er sah Yanas Kummer und streckte die Arme nach ihr aus. Sie aber drehte sich abrupt um und ging ein Stück weit beiseite. Mit hochgezogenen Knien und gesenktem Kopf setzte sie sich hin und schlang die Arme besitzergreifend um Atum. Manchmal zuckten ihre

Schultern, wenn sie versuchte, ein Schluchzen zu unterdrücken. Atum spielte mit ihren Haaren, ohne etwas von ihrer Verzweiflung zu bemerken. Ischa, die Yanas Schmerz und den ungeduldigen Zorn ihres Vaters spürte, fing an zu wimmern.

»Was können wir tun?«, wollte Tern von Dagron wissen.

Dagron verzog den Mund zu einer grimmigen Linie und runzelte die Stirn. Es war schwer für ihn gewesen, sich mit der Hartnäckigkeit der Ältesten auseinander zu setzen.

»Wir können nur versuchen, das Beste aus der Sache zu machen«, erklärte er entschlossen. »Wir werden Yana die schönste Hütte bauen, die dieses Dorf je gesehen hat. Ich weiß nicht, was du vorhast, aber ich werde für sie jagen und ihr meine kostbarsten Felle bringen, damit sie immer gut versorgt ist.«

Tern nickte ernst. »Ja, wir werden beide für sie jagen. Und irgendwie müssen wir die Ältesten dann im Laufe des Winters davon überzeugen, dass sie zu uns gehört.«

Die beiden Männer wandten sich zu Yana um, die aufgehört hatte zu weinen. Sie saß hoch aufgerichtet da und starrte an ihnen vorbei auf den Pfad unter ihnen. Männer mit langen Holzpfählen zogen den Hügel herauf.

KAPITEL 26

Henni stieg ins flache Wasser. Es war so kalt, dass ihr fast die Zehen abstarben. Sie erschauerte. Das Wasser, das gegen ihre Knöchel schlug, war erstaunlich klar und ließ die Steine am Grund des Flusses vergrößert erscheinen.

Sie wusch sich langsam und versuchte, Zeit zu gewinnen. Sie würde eine Handspanne von Tagen mit Ralic alleine bleiben. In dieser kurzen Zeit musste es ihr gelingen, seine Kraft zu schwächen. Rea hatte ihr gesagt, dass es als Beweis für die Potenz eines Mannes galt, wenn die Frau im ersten Monat nach ihrer Hochzeit schwanger wurde, und Henni wusste, dass Ralic sich oft mit ihr würde vereinigen wollen.

Sie zermarterte sich das Gehirn nach allem, was sie während ihrer Ausbildung als Priesterin gelernt hatte. Es stand so viel auf dem Spiel. Sie musste ihn nehmen, ihn besitzen, und er musste es selbst wollen, sich ihr willig überlassen. Sie wusste, dass eine verlängerte Vorfreude sowohl für den Mann als auch für die Frau gut waren und ihre Leidenschaft noch verstärkte. »Göttin, gib mir Kraft«, flüsterte sie. »Gib mir Macht. Hilf mir, ihm deine Wege so zu erklären, dass er sie versteht.«

Eine kaum fingerlange Forelle stieß das Maul gegen Hennis Fußgelenk, eine Forelle, die so klein war, dass sie Henni für Nahrung hielt. Henni lächelte. Der kleine Fisch brachte sie auf eine Idee. Sie hob das Kleid, wusch sich rasch und kehrte zu Ralic zurück, der auf dem grasbewachsenen Ufer ausgestreckt dalag.

Sie ließ sich mit gekreuzten Beinen vor ihm nieder und sah ihn fragend an. Dann räusperte sie sich und rutschte unbehaglich hin und her. »Rea hat mir gesagt, dass du versuchen wirst, gleich in den ersten Tagen unseres Zusammenseins meinen Schoß mit einem Kind zu wecken.«
Ralic nickte langsam und grinste. »Ich werde mein Bestes tun.«
Henni wusste, dass sie rot wurde, fuhr aber dennoch fort. »Auch mein Volk glaubt, dass es ein Geschenk der Göttin ist, wenn ein Kind im ersten Monat der Ehe gezeugt wird. Es ist ein Zeichen, dass das Paar glücklich und fruchtbar sein wird.«
Das Grinsen auf Ralics Gesicht wurde breiter. »Es scheint, dass wir doch ein paar gemeinsame Sitten haben, Frau.« Er zwinkerte belustigt über Hennis Verlegenheit.
Hennis Augen verengten sich; Zorn stieg in ihr auf. »Es ist ein Geschenk der Göttin, eine Frau zu sein. Aber ich höre keine Ehrerbietung in deiner Stimme, wenn du das Wort ›Frau‹ aussprichst. Wenn du es nicht freundlich sagen kannst, nenne mich Henni.«
Ralic beugte sich vor. Er grinste noch immer, aber seine Augen lachten nicht mehr. »Das Volk der Herden hält es nicht für eine Ehre, als Frau geboren zu werden, aber einstweilen will ich tun, was du möchtest, Henni.« Er sprach ihren Namen im gleichen herablassenden Ton aus, in dem er vorher das Wort ›Frau‹ gesagt hatte.
Henni richtete sich mit blitzenden Augen auf, als hätte sie jemand geschlagen. Sie wollte etwas erwidern, aber dann fiel ihr ein, dass ein Streit in diesem Augenblick für ihre Sache gefährlich sein konnte. Also neigte sie nur den Kopf zur Seite und sah ihn mit immer noch blitzenden Augen stolz an. »Wie ich schon gesagt habe: Ein Kind ist ein Geschenk der Göttin.«
Ralic ließ sich wieder zurücksinken. »Ein männliches Kind ist ein Geschenk des Gottes«, er deutete auf die Sonne, »der in den Bergen schläft.«
Henni schnaubte ungeduldig ob seines Starrsinns. »Das ist deine

Überzeugung«, sagte sie kurz. »Aber könnten wir uns wohl darauf einigen, dass ein Kind für uns beide ein willkommenes Geschenk wäre?«

Ralics Augen begannen zu tanzen, und er bedachte sie mit einem schiefen Lächeln. Bei den Göttern, diese Frau hatte Geist. »Ein Sohn wäre eine Freude«, meinte er. »Aber wenn unsere Tochter so wäre wie ihre Mutter, würde ich sie auch nicht im Schmutz vergraben.«

Hennis Wangen wurden heiß. Sie wusste, dass er ihr ein Kompliment gemacht hatte, aber der Gedanke, ein Kind im Schmutz zu vergraben, nur weil es ein Mädchen war, schien ihr ungeheuerlich, und sein Kompliment machte sie verlegen. Sie warf den Kopf in den Nacken, als hätten seine Worte keine Wirkung auf sie.

Ralic hob eine Augenbraue mit gespielter Unschuld. »Und was schlägst du vor, Henni«, fragte er spöttisch, »wie wir es anstellen sollen, dieses Kind zu zeugen?«

Hennis Herz begann schneller zu schlagen. Jetzt kommt es darauf an, dachte sie aufgeregt. Jetzt hat er die Frage gestellt. Wenn ich ihn nur dazu bewegen könnte, meinem Plan zuzustimmen. Henni hoffte nur, dass Ralic ihre Absichten nicht erriet. Sie wusste, dass keine der Frauen seines Stammes für die Gabe der Fruchtbarkeitsgöttin ausgebildet war, und ihre Ausbildung war nun ihr Vorteil. Sie beugte sich zu ihm vor und flüsterte heiser: »Es gibt ein Geheimnis, das nur die Priesterinnen meines Dorfes kennen.«

Ralic merkte sehr wohl, dass er manipuliert werden sollte, wehrte sich aber nicht.

»Das stärkste Kind wird dann gezeugt, wenn das Verlangen von Mann und Frau am gewaltigsten ist … und es gibt bestimmte Dinge, die sie tun müssen, damit ihr Verlangen wirklich so wird.«

Er sah sie neugierig an. Hennis Bewegungen wirkten auf einmal seltsam sinnlich. Sie schien ihre Worte zu hauchen, was seine

Aufmerksamkeit darauf lenkte, wie sanft sich ihre Brust beim Atmen hob und senkte. Sie leckte sich die Mundwinkel. Es war keine aufdringliche Geste, aber plötzlich stellte er sich ihre vollen Lippen auf seiner Haut vor. In seinen Lenden wurde es warm, und seine Männlichkeit begann sich zu regen. Wie macht sie das nur? dachte er. Sie hat nichts getan, als zu reden, und schon bin ich bereit, sie zu nehmen.

Er lehnte sich an sie. »Meine Männlichkeit ist immer stark, wenn ich bei einer Frau liege. Jetzt wäre zum Beispiel eine gute Zeit, um dir die Macht des Gottes des leuchtenden Himmels zu zeigen.«

Henni schob ihn spielerisch zurück, doch innerlich war sie angespannt. Seine Potenz war überwältigend, und sie konnte sein Verlangen fast riechen. Wie sollte sie einen solchen Mann dazu überreden zu warten? Er war wie eines seiner Pferde, das am Zügel zog und losstürmen wollte, wenn es eigentlich Schritt gehen sollte. Beim Gedanken an sein Pferd musste sie plötzlich auflachen.

»Ich glaube dir, dass du stark bist, Hetman«, sagte sie mit mutwillig zwinkernden Augen. »Aber ich bezweifle, dass du stark genug bist.«

Ralic musterte die stolze Frau mit gerunzelter Stirn. »Sag mir, worauf du hinauswillst, Frau.«

»Ich heiße Henni«, berichtigte sie ihn.

Seine Nasenflügel blähten sich ob ihrer Unverschämtheit. Aber er sah sie nur schweigend an und wartete darauf, dass sie ihm erklärte, was sie zu sagen hatte.

»Selbst dein Hengst wartet mit der Paarung, bis seine Stute den Schweif für ihn hebt.«

Ralics Gesicht nahm plötzlich einen wachsamen Ausdruck an. »Wenn du von mir erwartest, dass ich noch abwarten soll, bevor ich dich schwängere, dann irrst du dich sehr. Noch bevor der Sommer beginnt, wird mein Sohn in deinem Bauch am Daumen lutschen.«

Henni strich mit der Hand über das raue Haar auf seinen muskulösen Schenkeln, um ihn zu beruhigen. »Nein, nein, du missverstehst mich«, sagte sie besänftigend. »Ich bitte dich nur, so lange zu warten, bis dein Sonnengott die Göttin der Erde trifft und sich mit ihr vereinigt. Dann wird unsere Vereinigung von beiden gesegnet sein.«

Ralic zuckte die Achseln. »Es ist mir egal, ob ich von deiner Göttin gesegnet werde oder nicht. Ich habe keine Lust, bis zum Sonnenuntergang zu warten, Henni.«

»Auch nicht um unseres Kindes willen?«

»Willst du behaupten, dass unser Kind stärker wird, wenn wir warten, bis die Sonne ihren Abstieg in die Unterwelt beginnt? Ich glaube dir nicht. Die Unterwelt bedeutet Träume und Tod. Warum soll ich dich ausgerechnet zu dieser Zeit schwängern?«

Henni musste ihre Ungeduld unterdrücken. Wie konnte dieser Mann nur so begriffsstutzig sein? Wie sollte sie ihm nur begreiflich machen, dass das Leben aus der Dunkelheit kam, aus der Fruchtbarkeit des Schoßes? Sie biss die Zähne zusammen. »Der Hengst geduldet sich, bis er seine Stute decken kann«, wiederholte sie hartnäckig. »Ist das so schwer für dich zu verstehen? Die Stute ist diejenige, die weiß, wann die beste Zeit zur Paarung ist. Ich sage es dir noch einmal: Unser Kind wird dann am stärksten werden, wenn auch unser Verlangen am stärksten ist.«

»Aber mein Verlangen ist immer stark«, widersprach Ralic. »Es macht keinen Unterschied, ob die Sonne hoch am Himmel steht oder der Mond mir ins Gesicht scheint, mein Verlangen ist immer gleich.« Er runzelte verwirrt die Stirn. Henni versuchte, seine Zustimmung zu erzwingen, aber warum? Sollte es wirklich eine Zeit geben, in der sein Samen die meiste Kraft hatte?

Henni holte tief Luft. Es hing sehr viel davon ab, wie Ralic auf ihre nächsten Worte reagieren würde. Sie lächelte gewollt spröde und beugte sich vor, sodass er ihre Brüste zwischen den Falten ihres Kleides erkennen konnte.

»Dein Verlangen mag sehr wohl stark sein«, sagte sie sanft, »aber

du hast noch nie die Berührung einer Priesterin kennen gelernt.« Wieder strich sie mit der Hand über seinen Oberschenkel. »Mein Verlangen wird am stärksten sein, wenn die Sonne untergeht.«
Ralic wusste sehr genau, dass Henni ihn zu ködern versuchte; aber hatte sie nicht vielleicht doch Recht? Nie hatte er die leidenschaftliche Berührung einer Priesterin gefühlt. Seine Neugier war entfacht. Im Augenblick wollte er auf ihre Wünsche eingehen, aber zu seinen Bedingungen. Grob stieß er ihre Hand zur Seite. »Wenn du von mir erwartest, dass ich bis zum Abend warte, darfst du mich nicht so anfassen«, schnauzte er.
Henni konnte ein triumphierendes Lächeln nicht ganz verbergen. Sie lehnte sich an ihn und sah unter schweren Lidern zu ihm auf. »Aber, Hetman«, sagte sie. »Das gehört doch dazu.« Ihre Hand glitt unter sein Lendentuch. »Auf diese Weise nimmt dein Glied noch an Stärke zu. Wenn du wirklich stark bist, wirst du meinen Berührungen bis zum Sonnenuntergang widerstehen können. Unser beider Kraft muss langsam wachsen.«
Ralic packte sie bei den Schultern und stieß sie grob zu Boden. Drohend beugte er sich über sie. »Ich habe es dir doch gesagt, Frau«, zischte er ihr ins Gesicht. »Ich bin bereits stark, und ich brauche deine Hände nicht, um mich daran zu erinnern.«
Einen Augenblick lang hatte Henni Angst. Sie schloss die Augen und holte tief Luft. Dann öffnete sie die Augen wieder und sah ihn gleichmütig an. »Wenn du nicht wartest, bis ich bereit bin, wirst du die leidenschaftliche Berührung der Priesterin niemals fühlen, und die Macht meiner Göttin auch nicht«, sagte sie leise.
Ralic rückte frustriert von ihr ab und strich sich mit der Hand über die Stirn. Mehr als alles andere wünschte er sich Macht. »Du redest Unsinn, Frau. Wie soll ich deinen Berührungen widerstehen, wenn ich so dringend Erleichterung brauche?«
»Je länger wir warten, umso wunderbarer wird die Erleichterung für uns beide sein. Wir werden den ganzen Tag miteinander reden und immer wieder Zärtlichkeiten austauschen. Unser Verlangen wird langsam wachsen. Und wenn es dir zu viel wird, gibt

es immer noch die Möglichkeit, dich im Fluss abzukühlen, um deinen Appetit zu zügeln.« Sie musste lächeln und dachte an die Berührung des kleinen Fischchens, das ihr Fußgelenk für Nahrung gehalten hatte. »Aber wenn die Zeit gekommen ist, musst du versprechen, mir zu gestatten, dir die Wege der Göttin zu zeigen. Ich verspreche dir, dass unser beider Verlangen sich mit aller Macht begegnen wird.«

Ralic nickte zögernd. Schließlich war er neugierig auf die Kraft ihrer Göttin, und Henni war bei weitem stärker als alle Frauen, die er je gekannt hatte. Er würde ihr nachgeben, aber nur dieses eine Mal.

Ralic verbrachte den Tag wie in einem seltsamen Traum, auf einer unerklärlichen Suche, die immer aufregender wurde, während die Sonne sich zum Zenit erhob und wieder zum Horizont herabsank.

Lange Zeit saßen sie am Flussufer und unterhielten sich. Sie fragte ihn nach seiner Jugend und wie er zum Anführer aufgestiegen war. Aufmerksam lauschte sie den Geschichten seiner Kindheit. Ralic war der jüngste von drei Brüdern gewesen, und er hatte schwer um Aufmerksamkeit und Nahrung zu kämpfen gehabt. Sein Vater war bei einem Überfall getötet worden (das war ihm jedenfalls gesagt worden, aber er hatte seine Zweifel), und so war seine Familie auf die Hilfe anderer angewiesen gewesen, bis die Jungen alt genug waren, selbst auf die Jagd zu gehen. Die drei liefen ohne jede Aufsicht herum und wurden aus reiner Notwendigkeit die härtesten Kämpfer und die besten Jäger der Gruppe. Eines Tages wurde sein ältester Bruder auf der Jagd getötet. Ralic hätte an einen Unfall geglaubt, wäre nicht sein zweiter Bruder kaum eine Mondspanne später auf fast die gleiche Weise ums Leben gekommen. Von da an wurde er vorsichtig. Der Anführer des Stammes entwickelte eine plötzliche Abneigung gegen ihn, und Ralic vermutete, dass er alle Männer ausrottete, die ihm seine Position streitig machen konnten. Aber Ralic nahm sich in Acht. Er hörte auf zu kämpfen und an Spielen mit den anderen

Jungen teilzunehmen, bei denen man Mut und Geschicklichkeit unter Beweis stellen musste. Er beobachtete abwartend, wie andere Männer ohne erfindlichen Grund ums Leben kamen. Als Ralic alt und stark genug war, forderte er den älteren Mann zum Kampf. Stolz zeigte er Henni die Narben auf Rücken und Oberarmen, die er bei dem Kampf davongetragen hatte. Dann beschrieb er ihr genau, wie seine Hände in seinem eigenen Blut abgerutscht waren, als er den tödlichen Stich in das Herz des anderen führte.

Er beobachtete Henni, als er von seinen weiteren Eroberungen sprach, und bemerkte ihren Abscheu. Ihre Körperhaltung und ihre gefurchte Stirn drückten Ablehnung aus, aber in ihrem Blick glitzerte noch etwas anderes. Henni hat keine Angst. Sie ist ebenso neugierig auf meine Kraft wie ich auf die ihre, sagte er sich.

Ralic stellte fest, dass er Henni mit anderen Augen zu sehen begann. Nicht nur als Frau, sondern als Anführerin, als jemanden, der sich nicht scheute, der Gefahr ins Auge zu sehen, um neues Wissen zu erlangen. Er begann weniger prahlerisch zu reden. Wie brachte sie das nur fertig? Er sprach mit ihr so, wie er es mit einem seiner Männer getan hätte, und wartete mit respektvollem Schweigen auf ihre Meinungsäußerungen.

Nach der langen Unterhaltung bekamen sie Hunger. Henni bestand darauf, dass sie abwechselnd für ihre Mittagsmahlzeit fischten, und sie war die erste, die mit dem Speer eine zappelnde Forelle aus dem Wasser zog. Ihre Augen lachten, als sie den großen Fisch neben ihn ins Gras warf und ihm den Speer in die Hand drückte. Mit Hennis Hilfe versuchte sich Ralic im Fischen, aber er war nicht geübt darin und erklärte schließlich, dass das Volk der Herden nur selten Fisch aß. Henni lachte und meinte, dass ihr Fisch groß genug für sie beide sei. Geschickt nahm sie die Forelle aus und reichte ihm eine Scheibe des immer noch zuckenden Fleisches.

Ralics Verlangen nach Henni wurde immer stärker. Wenn sie den Kopf auf eine bestimmte Weise neigte oder ihn anlächelte, hatte er ein fast unüberwindliches Bedürfnis, sie zu besitzen. Manchmal ging sie ganz normal, dann wieder veränderten sich ihre Bewegungen kaum merklich, und seine Augen wanderten zum Schlitz in ihrem Kleid und der weichen Haut darunter. Und erst ihre Berührungen! Immer wieder berührte sie ihn, sie streichelte sanft seinen Arm oder seinen Oberschenkel, ihre Augen lachten zu ihm auf und forderten seine Widerstandskraft heraus. Ralic begann das Spiel zu genießen. Er erwiderte ihre aufreizenden Blicke, ließ seine Hände auf ihrer Hüfte verweilen oder strich über ihren Busen.

Als sie gefischt und gegessen hatten, schlenderten sie am Flussufer entlang, vorbei an der Wiese, auf der Ralics Hengst graste. Während des ganzen Tages hatte Henni zur Fruchtbarkeitsgöttin um Führung gebetet. Sie spürte, wie ihre Macht um sie herum wuchs und die Schönheit der Landschaft vergrößerte. Als die Nachmittagssonne zum Horizont sank, legte sich ein rosiger Schein über das Land. Auf dem Boden schimmerte eine blauschwarze Feder. Sie hob sie auf und drehte sie im Gehen geistesabwesend zwischen den Fingern. Sie wusste, dass die Vogelgöttin die Feder für sie dorthin gelegt hatte, um sie an ihre Ausbildung als Priesterin zu erinnern, und sie steckte sie sich in den Gürtel. Ob auch Ralic die Gegenwart der Göttin spürte?

Der Hengst hob den schweren Kopf und schnaubte, als sie vorübergingen. Henni dachte noch immer mit bangem Staunen an ihren Ritt auf dem Pferd. Sie wollte alles über diese Pferde wissen und stellte viele Fragen. Dann lauschte sie Ralics leidenschaftlichen Schilderungen, und je mehr sie über die Tiere erfuhr, desto besser konnte sie den Mann an ihrer Seite verstehen. Mut und Kraft waren Schönheit für ihn, und ein Teil von ihr bewunderte diese Eigenschaften ebenfalls. Um seinen Respekt zu gewinnen, durfte sie jetzt nicht schwanken. Sie musste ihm den Mut und die Kraft der Göttin zeigen.

Als der Nachmittag langsam in den Abend überging, wurde Hennis Betragen kühner. Ihr physisches Verlangen nacheinander wurde immer größer, und sie hörten auf, lange Gespräche zu führen. Sie wechselten nur noch kurze Satzfetzen und Worte, die ihre Bedeutung verloren, sobald ihre Blicke sich trafen. Die Zeit der Worte war vorbei. Ihre Berührungen waren nun nicht mehr neckend, sondern drängend und beharrlich. In ihren Augen stand ein glühender Ernst, den sie vorher nicht gehabt hatten. Ralic verlor die Beherrschung. Er fasste Henni um die Taille und rieb seine Hüfte an ihren Oberschenkeln.

Diesmal legte sie die Arme um ihn und zog seinen Kopf zu ihrem Mund. »Warte, mein Gemahl«, flüsterte sie mit belegter Stimme. »Wir sind so nah am Ziel. Ich will dir so viel von der Gabe der Mutter zeigen, aber die Priesterin in mir ... muss noch warten.«

Ralic warf den Kopf zurück. Es war ihm eine Qual, sie so zu halten. Er strich mit den Händen über ihren Körper, dann schob er sie zögernd von sich. Langsam glaubte er ihr, dass sie Recht hatte. Die Erfahrung, die er heute Nacht mit ihrer Göttin machen würde, war es wert, Henni jetzt zu widerstehen. Er lenkte sich damit ab, Holz zu suchen und ein Feuer zu entfachen.

Die Abendluft wurde kalt, und Ralic wärmte seine Hände an den Flammen. Er sah Henni nicht an, war sich aber ihrer Anwesenheit intensiv bewusst. Sie ging auf der Lichtung herum und bereitete ein weiches Lager aus Laub unter ihren Schlafdecken.

Die Sonne stand nun tief am Horizont. Henni bückte sich und legte ein paar große Äste in das Feuer. Sie fühlte seinen glühenden Blick auf ihrem Körper. Langsam richtete sie sich auf, sah ihn an und nickte. »Es ist Zeit«, sagte sie leise.

Ralic sprang auf sie zu. Sie trat erschrocken einen Schritt zurück und schüttelte den Kopf. Er sah sie fragend an.

»Ich will in den Schatten dort gehen«, erklärte sie ihm bestimmt und deutete auf eine Baumgruppe am anderen Ende der Lichtung. »Du musst dich nackt hier ans Feuer legen. Wenn ich aus dem Schatten heraustrete, wirst du die Fruchtbarkeitsgöttin vor dir sehen. Sie wird für dich tanzen und dich auf eine Weise berühren, wie du noch nie berührt worden bist. Du musst ihre

Liebkosung ertragen, ohne dich ihr aufzuzwingen; du musst ihr bei der Vereinigung die Führung überlassen. Denn wenn du die Göttin des Verlangens beleidigst, wendet sie ihre Kraft von unserer Vereinigung ab und kehrt niemals wieder zurück.«

Ralic nickte entschlossen. Während des ganzen Tages hatte er die Anwesenheit fremder Götter gespürt. Er hatte nicht die Absicht, Hennis Göttin zu beleidigen, er wollte ihre Macht verstehen. Aber er fühlte auch die Gegenwart seines eigenen Gottes in der goldenen Stille der sinkenden Sonne, und plötzlich hatte er das Bedürfnis, Henni an seine eigene Macht zu erinnern. »Bleib nicht zu lange im Schatten, Henni«, sagte er warnend. »Wenn du versuchst zu fliehen, wird auch deine Göttin dich nicht retten können.«

Hennis Gesicht versteinerte. Sie nickte kurz, neigte den Kopf in Richtung auf die Schlafdecken und bedeutete ihm, sich vorzubereiten.

Henni war dankbar, dass Ralic diese Warnung ausgesprochen hatte. Das physische Verlangen zwischen ihnen war immer stärker geworden, aber seine Worte erinnerten sie daran, dass mehr auf dem Spiel stand als nur die Befriedigung ihrer Leidenschaft. Wenn die Göttin Ralics Kraft nicht verzehren konnte, würde sie für den Rest ihrer Tage nicht mehr sein als eine Sklavin seines Volkes.

Henni atmete tief ein und griff nach dem Schlangenamulett, das sie um den Hals trug. »Bitte, Göttin«, flehte sie. »Ich brauche deine Kraft. Führe meine Hände, fülle meine Berührung mit Feuer, und was am wichtigsten ist: Lass mich die Stärkere sein.«

Henni zog sich aus und steckte die schwarze Feder, die sie am Nachmittag gefunden hatte, in die Falten ihres Lendentuchs. Dann stimmte sie den Gesang an, der sie in die Trance der Göttin versetzen sollte.

Ralic lag wartend am Feuer und sog mit allen Poren die Hitze des Feuers ein. Er spürte das Atmen fremder Mächte um sich herum und verschloss die Augen vor den Nachtgeistern, die im Schatten darauf warteten, dass die Sonne endlich versank. Auf einmal wurde er von bösen Ahnungen erfüllt, verwarf aber seine Besorgnis als Torheit. Er würde nicht zulassen, dass seine Macht gemindert wurde. Henni war schließlich nur eine Frau, und auch ihre Göttin war weiblich. Schließlich war er ein Mann, der schon viele Frauen besessen hatte. Er konnte Henni dieses eine Mal gewähren lassen, um seine Neugier zu befriedigen, aber dann würde er sie als Mann nehmen, ihr seine Stärke zeigen und sie schwängern. Es gibt keinen Grund, sich Sorgen zu machen, sagte er sich.

Als er die Augen öffnete, trat Henni aus dem Schatten. Sie trug nichts als das Lendentuch und das Schlangenamulett, das zwischen ihren Brüsten hing. Das Haar fiel ihr auf Schultern und Busen herab und sah aus wie ein goldener Glorienschein vor dem Hintergrund der sinkenden Sonne.

Ralic schnappte nach Luft. Diese Frau, die da mit erhobenem Kinn und hungrigem Gesicht vor ihm stand, war mehr als das Mädchen, als das er Henni kannte. Henni war stark, aber diese Frau war mächtig. Sie begann sich langsam im Tanz zu wiegen, doch er wusste, dass sie nicht für ihn tanzte. Ihre Arme waren in Anbetung zu einer anderen Gottheit erhoben, so als wäre er gar nicht da. Sie tanzte verführerisch und berührte immer wieder ihren Busen und ihre Scham. Sein Glied fing an zu schwellen, aber irgendwie war er losgelöst von der Szene vor seinen Augen. Sein Verlangen galt einer Frau, nicht diesem fremdartigen Wesen, das seine Anwesenheit nicht einmal wahrzunehmen schien.

Sie schien seine Gedanken zu erraten. Plötzlich öffnete sie die Augen und sah ihn mit gierigem Blick an, seltsam wild vor Verlangen. Ralic fiel ein, wie er einmal auf einem Baum sitzend beobachtet hatte, wie sich ein Leopard an ein Reh herangepirscht hatte. Der Leopard hatte die gleichen hungrigen goldenen Augen gehabt.

Henni glitt vorwärts und kauerte sich neben ihn auf die Decke. Ihr brennender Blick suchte den seinen, ihre Lippen waren ein

wenig geöffnet, sodass die glänzenden Spitzen ihrer harten, weißen Zähne zu sehen waren. Sie starrten einander an. Er konnte kaum atmen und musste alle Selbstbeherrschung aufbieten, um in die ungezähmten Augen der Göttin zu sehen und Hennis verzehrende Leidenschaft zu ertragen.
Er schloss die Augen, atmete tief in der Hoffnung, sich zu beruhigen. Er versuchte zu verstehen, was das alles wohl zu bedeuten hatte. Aber dann riss er die Augen wieder auf. Etwas Seltsames hatte ihn berührt.
Henni hielt die Feder vor Ralics Gesicht. »Du musst die Berührung der Vogelgöttin ertragen«, flüsterte sie.
Ralic schloss die Augen wieder. Henni legte noch ein paar große Äste aufs Feuer, und Ralic spürte die aufflackernde Wärme. Dennoch erschauderte er. Er wehrte sich nicht gegen die Berührung der Feder. Sie bewegte sich langsam von seinem Hals zu den Schultern und glitt über die Haare auf seiner Brust. Sie streichelte ihn und drang in verborgene Stellen ein, Stellen, von denen er nicht gewusst hatte, dass sie so empfindlich waren. Seine Muskeln erschlafften, aber sein Geist war wach und voller Erwartung. Die kleine Feder wirbelte herum, drang in alle Höhlungen seines Körpers ein, entschwand wieder, wurde immer schneller. Es war, als ob die Luft selbst ihn streichelte, der Geist einer Göttin, die ihn untersuchte und bis in sein Innerstes vordrang. Er wagte es nicht, sie aufzuhalten. Sein ganzer Körper, nicht nur sein Glied, war stark und bereit für sie.
Henni neigte sich über sein Gesicht. Ihre fiebrigen Augen leuchteten noch immer golden und hungrig. »Die Vogelgöttin hat dich verzehrt«, murmelte sie. »Jetzt will die Göttin eines Geschöpfes der Erde, der Schlange, ihren Anteil haben.«
Ralic fühlte Hennis Zunge an seinem Hals und schloss wieder die Augen. Sein Körper war für ihn verloren. Hennis Göttin hatte ihn sich angeeignet. Er war zu betäubt und erregt, um sich ihr zu entziehen. Hennis Zunge glitt fordernd um sein Ohr herum und über seinen Hals. Sie glitt über seinen ganzen Körper, um-

kreiste seine Brustwarzen, die Innenseite seiner Oberschenkel, mied aber seine Genitalien. Ihre Zunge war dick und schwer; sie fühlte sich an wie ein Urgeschöpf aus der Unterwelt. Ralic keuchte, seine Lenden zuckten im Rhythmus ihrer Zunge. Er war gleichermaßen erstaunt, erschreckt und erregt.

Dann kniete sich Henni über ihn, und einen Augenblick lang waren sie beide sehr still. Ihre Brust hob und senkte sich schwer. Langsam ließ sie sich auf ihm nieder, nahm ihn, verschlang ihn mit ihrem Körper. Er warf sich ihr zitternd entgegen, keuchte, befand sich am Rande der Finsternis. Die Göttin verschlang ihn, und er war hilflos. Er war verloren, und doch wünschte er sich nichts sehnlicher als das in seinem Leben. Er war der Göttin nicht gewachsen, er fühlte die Kluft, die zwischen ihnen bestand. In süßer Qual stöhnte er auf, und sein Schrei klang entfernt, als sei er von den Lippen eines anderen Mannes gekommen. Sie war über ihm mit ihrer Leere, dem süßen Quell künftigen Lebens, und er war hilflos. Er betete zum Gott des leuchtenden Himmels um Kraft und zwang sich, die Augen geöffnet zu lassen.

Henni war über ihm, den Kopf zurückgeworfen, den Rücken durchgebogen, in Trance verloren. Sie fühlte die Macht der Göttin in ihrem Hunger, jenseits allen Verlangens.

Ralic hatte alle Kraft eingebüßt. Er wünschte sich, er könnte wieder die Oberhand gewinnen. Ein Teil von ihm wollte sie an sich ziehen, ein anderer Teil wollte sie von sich stoßen, doch sein Körper gehorchte ihm nicht mehr. Er brauchte eine Frau, nicht eine Göttin. »Henni«, keuchte er, ihre Hüften umklammernd. »Henni«, rief er noch einmal.

Henni hörte auf, sich auf und ab zu bewegen. Jemand hatte sie gerufen, sie aus ihrer Trance geweckt.

»Nein«, zischte sie zornig. »Nicht jetzt!«

Ralic sah die Wut der Göttin in ihrem Gesicht und erschrak. Das Verlangen brannte in ihren Augen, und er war hilflos. Er fühlte, wie sein Glied in sie hineinwuchs. »Henni!« Er verzog das Gesicht. »Deine Göttin ist ...«

Henni sah ihm in die Augen. Seine Kraft war geschwunden. Er war allein. Er hatte keinen Anteil an der verzehrenden Göttin. Sie war ihm fremd, und er verstand ihr Verlangen nicht. Sie erschreckte ihn. Henni musste an ihre eigene Entführung denken, ein fremder Gott, das Eindringen eines fremden Seins, eine Perversion, und sie wusste, dass sie diese Wiederholung ihres eigenen Erlebens nicht ewig fortführen konnte.
Sie beugte sich zu ihm hinunter und legte die Lippen auf seinen Mund, mischte ihren Atem mit dem seinen.
»Henni«, flüsterte er ehrfurchtsvoll.
Während die Sonne in der Erde versank, liebten sich Henni und Ralic.

KAPITEL 27

Yanas Hütte war nach Süden ausgerichtet, sodass sie von ihrer Haustür aus das Dorf am Fuß des Hügels überblicken konnte. Sie beobachtete das Kommen und Gehen der Leute vor dem großen Schrein in der Mitte des Ortes. Daneben befand sich ein großer Brunnen, der von Felsbrocken umgeben war und von einer natürlichen Quelle gespeist wurde. Yana sehnte sich nach dem Geplauder der Frauen und Kinder, die dort zusammenkamen. Von ihrem Aussichtsplatz aus war es ihr gerade noch möglich, Amoons schlaksige Gestalt zu erkennen, dem Seke stets dicht auf den Fersen folgte. Sie rannten herum und spielten Stockspiele mit den anderen Kindern. Die Jungen mit ihren fröhlichen Scherzen fehlten ihr. Ihr Augen verfinsterten sich. Sie fragte sich, ob sie sie wohl auch vermissten und ob sie glücklich waren bei ihrer neuen Familie. Wenn man es den Jungen wenigstens gestattet hätte, sie zu besuchen, dann würde ihr der Aufenthalt an diesem Ort vielleicht etwas erträglicher erscheinen.

Manchmal kamen Lolim und Dak vorbei, aber ihre Besuche waren nur kurz, und sie fühlten sich unbehaglich bei ihr. Yana wusste, dass die Ältesten es nicht billigten, dass sie immer noch den Kontakt zu ihr aufrechterhielten. Sie gab ihnen zu verstehen, wie dankbar sie ihnen für ihre Treue war, aber das schien sie nur noch mehr in Verlegenheit zu bringen.

Manchmal besuchte auch Ischas Großmutter Nachen ihr Enkel-

kind, aber wenn sie da war, wanderte ihr Blick nervös in der Hütte herum, und sie blieb niemals lange.
Dagrons Mutter Galea trotzte den Ältesten und besuchte sie oft, um mit Atum und Ischa zu spielen. Yana spürte, dass Galea sich verzweifelt nach Henni sehnte. Sie hätte ihr gerne gesagt, dass auch sie Henni vermisste, ebenso wie Napore und die anderen. Sie hätte ihr auch gerne gesagt, wie quälend es für sie war, die Dorfbewohner von ihrer einsamen Hütte aus zu beobachten. Sie hätte gerne so vieles gesagt, aber sie wusste, dass es für sie beide zu schmerzlich war.
Galea kannte Yanas Not, auch ohne darüber zu reden. Sie war herzlich und freundlich ihr gegenüber. Sie erzählte ihr vom Alltag im Dorf, und Yana hörte sehnsüchtig zu. Sie setzte sich zu ihr und half ihr, Bodenmatten für die Hütte zu weben, aber Yana wusste, dass der Hauptzweck für Galeas ständige Besuche darin bestand, mit Atum, dem Enkel ihres Bruders, zu spielen und ihn im Arm zu halten. Also richtete sie es so ein, dass Galea mehr Zeit damit verbringen konnte, mit dem Kleinen zu spielen als zu arbeiten. Yana wusste, dass die alte Frau ihn schmerzlich vermissen würde, wenn die Zeit für sie gekommen war, fortzugehen. Sie seufzte bekümmert.
Dagron und Tern wurden im Dorf von den Ältesten mit den verschiedensten Aufgaben beschäftigt, besuchten Yana jedoch, sooft sie nur konnten. Aber das genügte nicht. Nach den vielen Monaten freundlicher Kameradschaft während des langen Marsches hatte sie sich daran gewöhnt, von den anderen akzeptiert zu werden, sodass es jetzt schwer für sie war, wieder allein zu leben. »Göttin«, flüsterte sie. »Warum spielst du ein solches Spiel mit mir? Warum zeigst du mir deine Schönheit in den Menschen und nimmst mir das Geschenk dann wieder weg?«
Yana fand, dass sie ein bisschen Abwechslung brauchte. Vielleicht würde ein Spaziergang ihre trübe Stimmung heben. Sie zog die Babys warm an und nahm ihre Tragetücher aus einem Korb in der Ecke. Allzu weit würde sie nicht kommen mit ihnen, denn

die Kleinen wurden zu schwer. Aber die frische Luft würde ihnen allen gut tun.
Yana trat aus der Hütte und begann, den Hügel hinaufzustapfen. Der Herbstwind wehte ausgesprochen kalt, besonders im Schatten, aber in der Sonne war es warm und angenehm. Yana sah sich um. Die Gräser, die noch vor einem Monat aufrecht gestanden hatten, waren nun umgeknickt und für die lange Winterruhe bereit. Yana wusste, dass sie bald unter einer dicken Schneedecke verborgen sein würden.
Der Herbst war Yanas liebste Jahreszeit. Es schien ihr, als wollte sich die ganze Erde in den weichen, vom Feuerschein beleuchteten Dämmerstunden des Lebens zur Ruhe legen. Der Herbst war die Zeit des Nachdenkens. Sie fragte sich, ob alte Leute in ihren letzten Lebensjahren wohl die gleiche süße Trauer empfanden, wenn sie sich langsam loslösten und dennoch die letzte Schönheit des Lebens genossen. Der Herbst war eine Zeit des Rückblicks und auch eine Zeit, sich auf die Winterträume zu freuen.
Jemand rief ihren Namen und riss Yana aus den Gedanken. Das Rufen kam von ihrer Hütte. Sie drehte sich um und sah den Hügel hinunter. Eine Gruppe von Leuten stand am Eingang ihres neuen Heims. Sie erkannte Dagron, der heftig winkte, um ihre Aufmerksamkeit zu erregen, sowie Tern, Galea und Ischas Großmutter, aber es waren auch noch andere dabei. Sie hoffte, dass es kein Unglück im Dorf gegeben habe, und eilte schnell hinunter, um ihre Besucher zu begrüßen.
Keines der Gesichter, die Yana entgegenblickten, war fröhlich. Einige der Leute traten unbehaglich von einem Fuß auf den anderen und mieden ihren Blick. Ihre Augen flogen zu Tern, der ungewöhnlich blass war und wütend wirkte. Sie wurde unruhig. Was war nun wieder los? Erwartungsvoll sah sie Dagron an. Dieser nickte kurz, ergriff sie am Ellenbogen und schob sie in ihre Behausung. Die anderen drängten sich hinter ihnen hinein. Yana setzte die Babys auf eine Matte und wandte sich zu der Versammlung um. Ihr Blick suchte den von Tern.

»Es ist nicht meine Idee, Yana«, stieß Tern hervor. Er konnte seinen Zorn kaum im Zaum halten.
Dagron trat einen Schritt vor. »Yana, diese Sache wird schwer für dich werden«, brachte er mühsam hervor. »Aber die Ältesten meinen, dass es das Beste wäre …«
Yana wurde von wachsender Angst erfasst. Ihre Augen flogen von einem zum anderen.
Galea fasste sie mitleidig am Arm und sagte mit sanfter Stimme: »Es ist beschlossen worden, dass Ischa bei der Familie von Dala leben soll …« Die alte Frau sah das Entsetzen in Yanas Gesicht, und ihre Worte erstarben zu einem Flüstern.
»Nein«, schrie Yana schrill. »Nicht so! Noch nicht! Ischa ist meine Tochter!« Sie fuhr herum und riss das kleine Mädchen in ihre Arme. »Tern hat um mich angehalten. Wir wollen Ischa zusammen aufziehen.«
Ischas Großmutter trat vor und streckte die schweren Arme nach dem Kind aus. »Ischa ist nicht deine Tochter«, erklärte sie fest. »Und die Ältesten stimmen mir zu, dass Tern in dieser Angelegenheit nichts zu sagen hat. Er ist nur ein Mann, und die Gaben der Mutter werden von den Frauen weitergegeben, das weißt du genau. Dala ist nicht mehr da, um dafür zu sorgen, dass Ischa den ihr zustehenden Platz einnehmen wird, wenn ich in den Schoß der Mutter zurückkehre. Jemand muss Ischa von ihrer Familie erzählen.«
Yana wich den Armen der Alten aus und presste Ischa an sich. Das kleine Mädchen sah sie neugierig und besorgt an. Nein. Ich werde dich nicht hergeben, dachte Yana.
Bevor jemand sie aufhalten konnte, fuhr sie herum und schoss aus der Hütte hinaus. Sie wusste, dass Galea sich um Atum kümmern würde. Sie rannte mit Ischa in den Armen den Hügel hinunter und auf den Dorfschrein zu. Die Ältesten müssen einfach Vernunft annehmen, dachte sie voller Angst und Zorn. Sie können mir Ischa nicht nehmen. Ich bin jetzt ihre Mutter. Verstehen sie denn nicht, dass die Göttin mir Ischa gegeben hat?

Yana hastete an den Dorfbewohnern vorbei, die ihr erschrocken nachsahen. Tern stürzte hinter ihr her und erreichte sie gerade noch, bevor sie in den Schrein eindringen konnte.

»Geh da nicht hinein, Yana«, keuchte er außer Atem. »Die Ältesten sind nicht bereit, mit dir zu reden. Sie werden …«

»Wütend sein?«, beendete Yana sarkastisch seinen Satz. »Sie werden wütend sein?« Sie riss sich von ihm los. »Jetzt bin erst einmal ich wütend! Ich bin ohne jeden Grund aus der Dorfgemeinschaft ausgeschlossen worden, und jetzt wollen sie mir auch noch Ischa nehmen. Das werde ich nicht zulassen! Wenn sie meine Tochter haben wollen, werden sie sich mit mir auseinander setzen und sie mir mit Gewalt aus den Armen reißen müssen!«

»Genau das werden sie auch.«

Yana hörte die Sorge in Terns Stimme und zögerte erschrocken. Aber dann hob sie mit blitzenden Augen den Kopf. »Die Ältesten werden mich erst einmal anhören müssen«, erklärte sie entschlossen.

Tern sah, dass nicht mit ihr zu reden war. Er konnte nichts anderes tun, als zu versuchen, sie vor dem Zorn der Ältesten zu schützen. »Ich komme mit dir«, sagte er leise.

Mehrere Leute hatten sich um Tern und Yana versammelt und ihren Wortwechsel verfolgt. Yana stürzte an ihnen vorbei in den Dorfschrein.

Der Raum war nur schwach beleuchtet. In seiner Mitte stand ein hoch gebauter Herd mit einer Platte aus Stein, in dessen Höhlung die Glut eines ewigen Feuers glomm. Weiße Asche quoll auf den Fußboden. Der Rauch stieg durch eine kleine Öffnung im Dach auf, und das Licht, das kreisförmig durch dieses Loch fiel, warf kalte, graue Schatten durch den Raum. Nicht weit vom Feuer entfernt thronte eine große Tonstatue der schwangeren Göttin mit massivem, birnenförmigem Körper auf einer Plattform. Ihre Glieder verschwanden in den Falten ihres weichen Fleisches. Auf dem langen Hals saß ein kleiner Kopf. Augen und Mund waren teilnahmslose Schlitze. Die Statue flößte Ehrfurcht

und Angst vor der Größe der Göttin ein. Yana spürte die Gegenwart anderer Personen im Raum, aber bevor sie sich umsah, verneigte sie sich tief vor der Göttin.
»Wer dringt hier unaufgefordert in das Haus der Göttin ein?«, bellte eine zornige Männerstimme.
Yana fuhr herum. Unwillkürlich presste sie eine Hand vor den Mund, um einen Schreckensschrei zu unterdrücken. Der alte Mann war blind, und seine weißen Augen rollten. Ein Bein war verkrüppelt und unbrauchbar, und er stützte sich auf einen Stock.
»Wer ist da?«, fragte eine zittrige Stimme.
Yana trat einen Schritt zurück und schüttelte ungläubig den Kopf. Die Ältesten waren Missgeburten. Tern legte ihr beruhigend die Hand auf die Schulter.
Eine Frau stellte sich neben den blinden Mann. Einer ihrer Arme war nur halb so lang wie der andere. Mit ihrer winzigen, verkümmerten Hand hielt sie den Mantel über ihren großen Brüsten zusammen. Ein weiterer alter Mann gesellte sich zu ihnen. Er hatte einen Klumpfuß, viel schlimmer als der von Atum, und zog den Fuß beim Gehen nach. Zwei junge Priesterinnen, die auf der Seite gesessen hatten, standen schnell auf, durchquerten den Raum und stellten sich vor die Ältesten, um sie vor Yanas Blicken zu schützen.
Eine andere Priesterin trat mit zornig blitzenden Augen vor. »Warum ist sie hier?«, schnauzte sie Tern an und deutete auf Yana. »Du weißt genau, dass nur die Auserwählten den Schrein betreten dürfen, und selbst die nur auf Aufforderung.«
»Sie besteht darauf, mit den Ältesten zu reden. Sie will sich nicht von Ischa trennen. Ich konnte sie nicht aufhalten. Ich habe versucht, ihr zu sagen …«
»Genug!« Die Frau hob die Hand und unterbrach seine Erklärung. »Sie muss den Schrein sofort verlassen!«
Yana konnte kaum noch atmen. Die Ältesten waren Missgeburten! Hundert Schlussfolgerungen wirbelten ihr durch den Kopf.

So vieles, was sie gehört hatte, der Sinn von Äußerungen, die Henni und Dagron gemacht hatten, wurde ihr mit einem Mal klar. Das Volk meines Vaters hat sich gegen die Göttin aufgelehnt … ihr Blut ist schwach! Mein Blut ist …

»Nein«, sagte Yana unhörbar und dann noch einmal lauter: »Nein!«

Die Priesterin, die gesprochen hatte, drehte sich mit zusammengekniffenen Augen zu ihr um. »Was hast du gesagt?«, fragte sie mit gefährlich leiser Stimme.

Yana bemerkte, dass die Frau sich an sie wandte. Sie war verwirrt. Dieses Volk hatte gegen ein Tabu verstoßen, aber ihr eigenes Blut war mit ihrer Missetat verbunden. Warum duldete die Göttin diesen Betrug? Wie konnten diese Menschen ohne Angst hier in ihrer Gegenwart leben? Sie hätten gleich nach ihrer Geburt geopfert werden müssen, und dennoch waren die Ältesten alt, und jeder hatte ein langes Leben gelebt.

»Sie leben«, sagte Yana verwundert. »Und die Göttin hat sie nicht vernichtet.«

»Natürlich nicht«, stieß die Priesterin hervor. »Die Ältesten sind die Wurzel des Volkes. Ohne ihre Weisheit würde das Volk untergehen.«

»Aber ihr Blut ist schwach«, widersprach Yana. »Sie hätten …«, ihre Worte erstarben zu einem wirren Flüstern.

»In den Schoß der Mutter zurückkehren müssen?«, beendete die Priesterin spöttisch ihren Satz. »Dein Volk verfährt so mit seinen schwachen Kindern, aber wir halten es anders. Es ist schmerzlich genug für uns alle, wenn eine unserer Frauen ein Kind bekommt, das die Geburt nicht überlebt oder verkrüppelt ist und ein Leben vieler kleiner Tode führen muss. Es ist eine Mahnung, dass die Göttin für ihren Überfluss als Gegenleistung den Tod verlangt. In einem schwachen Körper entwickelt sich ein starker Geist. Unser Volk hat sehr viel Kraft aus der Weisheit der Ältesten geschöpft.«

Yana sah die hochmütige Frau verständnislos an.

»Es sind nicht viele von ihnen übrig, Yana«, erklärte Tern leise. »Schon seit langer Zeit senden die Ältesten Händler aus, um Kinder zu suchen, solche Kinder wie mich, um die Blutlinien zu stärken.«

»Aber mein Blut ist schwach!« Bei der unerwarteten Erkenntnis wurde Yana die Kehle eng. »Atum hat einen schwachen Fuß und ...«, sie hob die Hand vors Gesicht, »und mein erster Sohn hat die Geburt nicht überlebt. Alle meine Kinder werden verflucht sein.« Ihre Augen füllten sich mit Tränen. »Und wenn ich zum Leopardenvolk zurückkehre, werden sie glauben, dass ich ihnen Unglück bringe. Meine Kinder ...« Sie schluchzte auf. »Meine Kinder werden ...«

Tern nahm Yana in die Arme, sodass Ischa zwischen ihnen gedrückt wurde. Über ihren Kopf hinweg starrte er den Ältesten ins Gesicht. »Seht ihr denn nicht, dass Yana zu uns gehört? Derks Blut fließt in ihren Adern. Sie ...«

Die Frau mit dem verkrüppelten Arm hob die Hand und gebot ihm Schweigen. »All das haben wir doch schon besprochen. Yana hat keine Mutter in diesem Dorf, doch die Blutlinien einer Familie werden durch die Mutter vererbt. Niemand hier wird Yana als Tochter annehmen wollen. Es gibt keinen Beweis.«

Da trat Galea mit Atum im Arm in den Raum. Sie hatte am Eingang gestanden und die Worte der Alten gehört. »Ich werde Yana als Tochter annehmen«, sagte sie laut. »Derk war mein Verwandter«, fuhr sie fort. »Und Yanas Sohn hat große Ähnlichkeit mit meinem jüngeren Bruder.« Galea streckte beschwörend ihre abgearbeiteten Hände aus. »Seht ihr denn nicht, dass die Göttin uns verlacht? Derk hat einen Fehler begangen, und hier steht sie und nährt eines unserer Kinder. Dala ist in den Schoß der Großen Mutter zurückgekehrt, und an ihrer Stelle ist nun Yana da. Es ist ein Geheimnis, das Wirken der Geister. Seid ihr wirklich sicher, dass es richtig ist, sie zu den Leopardenleuten zu schicken?«

Von draußen drang wirres Gemurmel in den Schrein.

Eine Priesterin trat vor. »Galea, du bist eine geachtete Mutter. Deine Tochter hätte die Hohepriesterin des Dorfes werden sollen, aber sie war zu ungeduldig. Die Ältesten hofften, dass sie durch den langen Marsch reifer werden und ihr Geist zur Ruhe kommen würde. Stattdessen haben wir sie verloren. Wir alle vermissen Henni.« Die Priesterin sprach mit sanfter Stimme und gab zu verstehen, dass sie Galeas Zuneigung zu Yana auf den Verlust von Henni zurückführte.

Galea wandte sich an die Ältesten. »Es geht hier nicht um Henni.« Sie errötete. Der Schmerz um die verlorene Tochter war ihr deutlich anzumerken. »Meine Tochter ist fort. Ich kann nur hoffen, dass sie bei der Göttin geborgen ist. Aber wer soll Yana beschützen?«

»Sie versteht unsere Sitten nicht«, knurrte der Blinde. »Ihre Gedanken werden den Geist des Volkes vergiften und Angst säen.«

Im Raum herrschte Schweigen.

Yana trat einen Schritt vor, um zu widersprechen, aber dann zögerte sie. Endlich setzte sie unsicher an: »Du hast Recht, Erhabener«, sagte sie leise. »Ich verstehe eure Sitten nicht. Ich bin noch nie einem Menschen begegnet, der von Geburt an blind ist, oder jemandem, dessen Arm und Hand so klein sind wie die eines Kindes. Solche Dinge sind mir fremd.« Sie räusperte sich und versuchte, ihre Angst zu unterdrücken. »Ich kenne eure Bräuche nicht«, fuhr sie fort. »Aber mein Sohn ist nicht vollkommen. Er hat einen einwärts gedrehten Fuß, wie du«, sie nickte dem Lahmen zu. »Und doch hat die Göttin Atum mit Leben und Kraft gesegnet.«

»Die Geister haben Yana zu uns gebracht«, versicherte Tern laut. »Sie hat mich gerettet, als ich bereit war, Dala in den Schoß der Großen Mutter zu folgen. Nun ist sie Ischas Mutter.«

»Ja«, stimmte Galea zu. »Ich habe gesehen, wie sie mit dem Kind umgeht. Yana ist Ischa eine gute Mutter.«

Da bahnte sich Dalas Mutter den Weg durch die Menschenansammlung. »Ischa ist meine Enkeltochter«, rief sie mit vor Erre-

gung schriller Stimme. »Das Kind gehört in die Familie seiner Mutter.«
Bei den Worten der älteren Frau krümmte Yana sich zusammen. Jeder Satz war wie ein Schlag. Da war es wieder, dieses Wort: »Familie«. Würde sie sich jemals sicher fühlen können? Göttin, selbst unter diesen Menschen, die sich gegen deinen Willen vergangen haben, muss ich noch um meinen Platz kämpfen, dachte sie bitter.
Yana sprach mit bewusst sanfter Stimme. »Großmutter«, sagte sie zu Nachen. »Ich will dir dein Enkelkind nicht nehmen ... aber bitte, lass sie uns miteinander teilen. Ischa hat Kraft aus mir gesogen. Meine Milch erhält sie am Leben. Mein Leben liegt in ihren Augen. Wenn du sie mir jetzt aus meinen Armen reißt, wirst du einen Teil von mir mit fortreißen. Die Göttin hat mir Ischa geschenkt; und die Zeit unseres Zusammenseins ist noch nicht zu Ende. Es ist noch zu früh, sie abzustillen.« Sie sprach mit wachsender Verzweiflung. »Reiße uns nicht auseinander«, flehte sie.
»Du wirst zur Pflanzzeit in die Stadt der Leopardenleute aufbrechen«, fiel ihr Nachen ins Wort. »Es ist besser für alle, wenn Ischa jetzt abgestillt wird.«
Da verlor Yana alle Hoffnung. Ohne zu antworten, starrte sie vor sich hin, eine Hand schützend über Ischas Kopf gelegt. »Bitte, Göttin, nicht ...«, flüsterte sie vor sich hin.
Aus den Augenwinkeln sah sie nach der Gruppe der Ältesten und wartete auf ein erlösendes Wort. Sie blickte zu Tern hinüber, dessen Gesicht vor ohnmächtiger Wut brannte. In gewissem Sinn wurde Ischa auch ihm weggenommen.
Der alte Mann mit dem Klumpfuß räusperte sich. »Yana«, sagte er leise. »Du hast Ischa gut versorgt, und wir alle sind dir dankbar dafür. Jedes gesunde Kind ist ein Segen für unser Dorf. Aber unsere Traditionen bleiben bestehen. Es werden nur Kinder von unserem Volk aufgenommen. Du würdest unsere Aufnahmezeremonien niemals überleben. Du musst unser Dorf im Frühling

verlassen, damit die Göttin unsere Ernte segnet. Wir dürfen kein Unglück über unser Dorf heraufbeschwören.«
Eine Priesterin mit langen weißen Haaren streckte die Hände nach Ischa aus. »Bei uns, ihrem eigenen Volk, ist sie sicherer. Es ist Zeit, dass sie uns kennen lernt.«
Yana sah zu Ischa hinunter. Es war ihr, als befände sich das kleine Mädchen am Ende eines langen, dunklen Tunnels. Und Ischa sah mit den gleichen weisen, traurigen Augen zu ihr auf wie das erste Mal, als Yana sie im Arm gehalten und gestillt hatte. Yana wollte durch den Tunnel nach ihr greifen, sie dem Zugriff der Priesterin entziehen. »Tochter«, flüsterte sie, »ich hoffe, dass das Leben nicht immer so traurig für dich sein wird. Du bist zu kostbar. Deine erste Mutter wollte dich nicht loslassen ... und ich will es auch nicht.«
Plötzlich waren ihre Arme leer, doch immer noch seltsam schwer, so als hätten sie den Verlust nicht bemerkt. Die weißhaarige Priesterin hielt Ischa fest und redete auf sie ein.
Tern und Yana wechselten schweigend einen schmerzerfüllten Blick. Sie spürte, wie hilflos er war. Sie schüttelte den Kopf, um sich in bitterer Enttäuschung abzuwenden. Wie töricht sie doch gewesen war zu glauben, dass sie sich bei irgendjemandem sicher fühlen durfte. Aber jetzt musste sie erst einmal wieder ihre Arme füllen; ihre Arme sehnten sich danach, etwas zu halten. Mein Sohn, dachte sie, ich muss Atum bei mir haben.
Yana wandte sich um, nahm ihren Sohn aus Galeas Armen und verließ mit aufrechter Haltung den Dorfschrein. Rasch stieg sie den Hügel hinauf.

KAPITEL 28

Eom wusste, dass seine Eifersucht auf den Hetman gefährlich war. Es half ihm nichts, dass seine neue Frau voller Wehmut nach Ralic seufzte, wenn sie glaubte, dass er es nicht hörte. Marnes Verhalten machten ihn wütend, aber er konnte ihr nichts vorwerfen. Er verstand ihre Gefühle. Schließlich verzehrte sich sein Herz in ihrer Nähe nach Henni. Nicht, dass Marne seine Bedürfnisse nicht befriedigt hätte. Im Gegenteil, sie war eine sehr pflichtbewusste Frau, aber Henni beherrschte seine Gedanken.

Er sah zu Ralic hinüber, der auf sein Zepter gelehnt dastand und sich die Berichte seiner Männer anhörte. Er schien absolute Macht über sein Volk zu haben. Allmählich lernte Eom die Feinheiten der Sprache des Stammes, und je mehr er begriff, desto deutlicher wurde ihm, dass diese Leute Ralic geradezu anbeteten. Es war ihren Gesten und dem Tonfall ihrer Stimmen deutlich zu entnehmen. Selbst wenn Ralic nicht in der Nähe war, sprachen sie mit Ehrerbietung von ihm. Er war mehr als nur der Anführer des Stammes, er war auch ihr Weiser und Schamane. Sie glaubten, dass seine Herrschaft ein Ausdruck des Willens ihres Gottes sei. Von Ralic berührt oder gar anerkannt zu werden galt als große Ehre.

Aber nun hatte ihr Gott auch noch eine Göttin. Henni spielte ihre Rolle perfekt. Eom schüttelte bewundernd den Kopf. Er dachte daran, wie die beiden auf dem Hengst ins Lager zurückgekehrt waren. Henni hatte erhobenen Hauptes und mit blitzenden Augen stolz auf dem Pferd gesessen. Eom fragte sich, wie sie Ralic wohl dazu gekriegt hatte, ihr in den wenigen Tagen ihrer Abwesenheit das Reiten beizubringen. Er wusste, dass die Frauen des Stammes eigentlich nicht reiten durften, außer wenn ihre Männer sie begleiteten. Aber Henni saß ganz selbstverständlich auf dem Hengst.

In der kurzen Zeit, die Ralic und Henni fort gewesen waren, schienen die beiden zu einer Verständigung gekommen zu sein. Ralic schien Henni ehrlich zu bewundern; er fügte sich auf unauffällige, aber bedeutsame Weise ihren Wünschen. Sie durfte sich frei im Lager bewegen, und es wurden ihr Sklavinnen zur Verfügung gestellt, die sich um ihre Bedürfnisse zu kümmern hatten. Sie hatte eine eigene Stute, die sie ritt, wenn Ralic sie begleitete. Man sah sie oft zusammen ausreiten.

Henni fing Eoms Blick auf und runzelte besorgt die Stirn. Sie wandte sich um, um zu sehen, ob Ralic sie beobachtete, aber er war mit ein paar Männern in ihrem Zelt verschwunden.

Henni machte sich Sorgen um Eom. Jedermann wusste, dass der Priester über ihre Heirat mit Ralic nicht erfreut gewesen war; und Henni hatte ein für alle Mal klargestellt, dass sie die Repräsentantin der Göttin war. Aber nun war Eoms Stellung im Lager in Frage gestellt. Henni spielte nervös mit den Tonperlen ihrer Halskette. Die größte Bedrohung für Eom war Marnes Traurigkeit, und er wusste es nicht einmal.

Henni war sich im Klaren, dass Marnes Kummer von Ralic sehr wohl zur Kenntnis genommen wurde. Sie vermutete, dass der Hetman es bedauerte, dass sie nicht mehr seine Gefährtin war, und ihre Gesellschaft vermisste. Marne war ihm vertraut und bequem, so wie Henni mit ihrer fremden Göttin aufregend und berauschend für ihn war, doch Henni war noch nicht bereit, ihren Mann mit jemandem zu teilen. Die Erfahrung, die Gabe der Mutter miteinander zu teilen, war in einer Weise bindend, wie Henni es niemals für möglich gehalten hatte. Er schien sich seiner selbst und seines Gottes so sicher. Ihre Unterhaltungen waren kleine Machtkämpfe, die durch die Wärme ihrer körperlichen Liebe ausgeglichen wurden. Nein, Ralic würde sie nicht um Marnes willen verlassen, aber sie spürte, dass er sich manchmal eine weniger anstrengende Beziehung wünschte. Sie hatte den Verdacht, dass er Marne bald zu seiner zweiten Gemahlin machen und Eom zu diesem Zweck aus dem Weg räumen würde. Und es machte die Situation nicht besser, wenn Eom ständig dabei ertappt wurde, wie er Henni sehnsüchtig anstarrte. Die Spannung zwischen Ralic und Eom wurde sowieso immer größer. Es musste also etwas geschehen.

Henni schob den Vorhang vor dem Eingang zu Eoms Zelt zur Seite und trat ein. Eom blickte erschrocken auf, und Marne sah sie hasserfüllt an. Sie wandte sich Eom zu und wartete darauf, dass er sie begrüßte.

Eom nickte ihr zu und musterte sie vorsichtig. »Marne«, sagte er leichthin. »Ich habe etwas mit der Priesterin zu besprechen.« Er deutete auf einen Krug in der Ecke. »Wir haben kaum noch Wasser. Geh doch bitte zum Fluss und hole welches.«

Marne wusste, dass sie entlassen war. Sie nickte steif und hob den Krug auf. Während sie rasch an Henni vorbeiglitt, warf sie ihr einen Blick zu, als wären ihre Augen Dolche. Henni trat zur Seite, um Marne vorbeizulassen. Sie fühlte den Hass der Frau wie einen giftigen Lufthauch.

Als Marne das Zelt verlassen hatte, atmete Henni erleichtert auf. Diese Frau stellte eine Gefahr dar, und Eom musste das wissen. Sie ging zu ihm hinüber und nahm neben ihm Platz. »Wir müssen etwas besprechen«, sagte sie kurz.

»So?«, fragte er immer noch vorsichtig. »Du hast in letzter Zeit den Eindruck erweckt, als sei ich die letzte Person, mit der du reden wolltest.«

»Eom, es ist wichtig«, flüsterte Henni aufgebracht. »Ich habe Angst um dich. Du machst es Ralic nicht leicht zu vergessen, dass du gegen unsere Heirat warst. Jedes Mal, wenn er in der Nähe ist, ziehst du ein grimmiges Gesicht. Du grüßt ihn nicht richtig,

und du hast bei den heiligen Zeremonien deine Dienste nicht angeboten …«
»Das erledigst doch schon du«, fiel er ihr sarkastisch ins Wort. »Die Hochzeit des großen Gottes mit der Göttin. War es nicht dein Vorschlag, das heißt, hast du mich nicht gebeten, dir keine Konkurrenz um die Macht der Göttin zu machen?«
Henni fuhr auf. »An dem, was Ralic sagt, könnte durchaus etwas dran sein. Woher sollen wir wissen, ob die Göttin nicht um seinen Gott wirbt, damit aus ihrer Vereinigung etwas Größeres entstehen kann. Schon jetzt gewinnen die Frauen dieses Stammes mehr Einfluss in ihren Haushalten, und es hat keine Überfälle mehr auf die umliegenden Dörfer gegeben.«
Eom lehnte sich in sein Kissen zurück und schaute sie abschätzend an. »Ich sehe die Dinge anders, Henni. Ich sehe nur eine Frau, die ihrem Mann wie ein kulleräugiges junges Hündchen nachläuft, ein Hündchen, das eine Zeit lang geduldet wird, weil es das viel Versprechendste aus dem Wurf und deshalb das Lieblingshündchen ist. Wie viel Macht hat die Göttin denn gewonnen? Die Frauen tun nach wie vor alles, was ihre Männer ihnen befehlen. Sieh dir doch Marne an. Ich habe ihr gesagt, sie soll zum Fluss gehen, und schon ist sie unterwegs.« Er zuckte die Achseln. »Keine Widerrede, keine Fragen. Die Frauen in meinem Heimatdorf wurden mit mehr Achtung behandelt.«
»Solche Dinge brauchen eben Zeit«, widersprach Henni. »Ich bin ja erst seit kaum einer Mondspanne …«
»Und was ist mit deinen Sklavinnen, Henni?«, fiel Eom ihr ins Wort. »Sind sie nicht Töchter der Göttin, Frauen, die zur gleichen Zeit gefangen genommen wurden wie du? Und welche Rechte haben sie?«
»Aber ich muss Sklavinnen haben. Ich bin die Frau des Hetmans. Die Leute würden die Göttin nicht achten, wenn ich meine Kleider selbst waschen und mein Essen selbst kochen würde. Selbst die Priesterinnen in meinem Dorf haben Diener …«
Eom beendete ihre hohlen Beteuerungen mit erhobener Hand.

»Du weißt genau, dass Diener nur dann nötig sind, wenn eine Priesterin sich ganz und gar dem Schrein der Großen Mutter weiht.«

Henni wurde allmählich wütend. »Marne hat auch Sklavinnen«, gab sie hitzig zurück. »Du schaffst es doch auch nicht, dagegen etwas zu tun.«

»Ich bin hier ja auch nicht der Repräsentant der Göttin«, gab er zu bedenken. »Du hast ausdrücklich gesagt, dass du nicht willst, dass ich dir die Macht streitig mache.«

»Aber wir wollten doch für die Sache der Göttin zusammenarbeiten«, gab sie zurück.

»So? Wollten wir das?« Er grinste höhnisch. »Aber jedes Mal, wenn ich in deine Nähe komme, wendest du dich ab.«

Henni sank in sich zusammen und wusste plötzlich nicht mehr, was sie zu ihrer Verteidigung vorbringen sollte. Wie konnte sie ihm ihre Verwirrung und Schuld gestehen? Sie hatte Eom auf unerlaubte Weise genommen, ihn sich im Namen der Göttin ganz und gar unterworfen. Ralic hatte sie fast das Gleiche angetan. Sie wusste, dass sie ihre Macht missbraucht hatte. Sie wusste, dass Eom ihr Gefühle entgegenbrachte, die sie niemals würde erwidern können. Es stand deutlich in seinen Augen, wann immer er sie ansah. Warum verstand er nicht, dass seine Liebe ihn in Gefahr brachte?

»Eom«, sagte sie leise und drängend. »Marne ist nicht glücklich. Jeder kann das sehen. Du schenkst ihr nicht genug Beachtung, und sie sehnt sich nach Ralic. Ich vermute, dass Ralic sie ebenfalls vermisst. Wir können es nicht riskieren ...«

»Du meinst, du kannst es nicht riskieren«, verbesserte Eom bitter.

»Hör auf, Eom«, rief Henni hitzig. »Du bist in Gefahr. Du musst mehr Achtung für den Hetman und den Gott des Pferdes an den Tag legen.« Plötzlich kam ihr ein neuer Gedanke, und ihre Augen leuchteten auf. »Du musst lernen, auf einem Pferd zu reiten«, rief sie aufgeregt. »Das würde dir die Achtung der Männer

verschaffen. Ja, du musst reiten lernen ... dich in die Lage versetzen, vor Ralic zu fliehen ...«
»Vielleicht bist du ja diejenige, die in Gefahr ist«, erwiderte er gleichgültig. Er streckte die Hand aus und berührte ihr Haar. »Du dachtest, ich würde mich von der Macht verführen lassen, aber jetzt bist du genauso wie die anderen Frauen im Lager: Du bemühst dich um die Aufmerksamkeit eines Mannes. Was Marne anbelangt ...«
Henni konnte ihren Zorn nicht mehr beherrschen und sprang auf. »Du Narr«, zischte sie.
Eom ging auf Henni zu. »Ich tu ja alles, was du willst, Henni«, sagte er leise. »Nur lass mich nicht mehr so links liegen.«
Seine Demut und Aufrichtigkeit erschreckten Henni. O Göttin, dachte sie entsetzt. Was habe ich ihm angetan? »Eom, Marne stellt eine Bedrohung dar. Irgendwie musst du die Beziehung zwischen euch beiden in Ordnung bringen. Und Ralic gegenüber solltest du mehr Achtung zeigen.«
Eom verzog den Mund. »Ich werde tun, was du verlangst. Aber denke daran, dass die Göttin am Ende uns alle aufzehrt«, antwortete er und schloss die Hand um das Amulett der Vogelgöttin, das Henni ihm geschenkt hatte. »Selbst die Männer der Pferde können nicht gegen ihre Macht anreiten.«
Henni nickte stumm und wandte sich zum Gehen.
Gerade in dem Moment, als sie Eoms Zelt verließ, öffnete Ralic den Vorhang seines eigenen Zeltes. Er runzelte die Stirn, als ihre Blicke sich trafen. Henni hielt den Atem an; es wurde ihr klar, dass sie soeben eine unausgesprochene Übereinkunft zwischen ihnen gebrochen hatte. Ralic hielt Eoms Leidenschaft für sie für harmlos, solange Henni sich dem Priester gegenüber gleichgültig verhielt. Plötzlich wussten beide, dass sie einen wunden Punkt gemieden hatten. Sie eilte auf ihn zu, um ihm den Zweck ihres Besuchs bei Eom zu erklären. Er aber kehrte ihr den Rücken zu. Gekränkt von seiner Zurückweisung blieb sie stehen.

Marne kam mit dem Krug im Arm den Hügel hinauf. Und in diesem Augenblick wusste Henni, dass sie noch einen weiteren Fehler begangen hatten. Ralic hielt an, um mit seiner alten Gefährtin zu reden, die man wie eine Sklavin zum Wasserholen geschickt hatte.

KAPITEL 29

Die Nächte waren nun sehr kalt. Morgens musste Yana eine dünne Eisschicht in ihrem Krug durchstoßen, bevor sie das Wasser für ihren Tee herausschöpfen konnte. Dagron brachte ihr noch mehr Felle und Decken von seiner Mutter, damit sie es in den eisigen Nächten auch warm genug hatte. Bei seinen Besuchen betrug er sich seltsam, so als wolle er ihr etwas sagen. Sie bedrängte ihn nicht. Seit man ihr Ischa weggenommen hatte, fehlte ihr einfach die Kraft, sich auch noch um die Probleme anderer zu kümmern.

Ischa. Wie sehr sie sich nach dem kleinen Mädchen sehnte! Jeden Tag saß Yana auf ihrem Lieblingsplatz in der Sonne, sah auf die Siedlung hinunter und hoffte, einen Blick auf Ischas kleine Gestalt in Nachens Armen zu erhaschen. Yanas Blick verfolgte das Baby begierig. Das Loch in ihrem Herzen wurde immer größer und breitete sich langsam in ihrer ganzen Brust aus wie ein gähnender Abgrund. Dann rief Atum sie mit einem ärgerlichen Schrei oder ansteckenden Lachen in die Gegenwart zurück. Aber Atum war nicht Ischa. Er war ein unternehmungslustiger kleiner Bursche, der nichts von ihren Stimmungen bemerkte. Er sah nicht mit weisen Augen zu ihr auf, in denen ein geheimes Einverständnis stand. Er berührte ihr Gesicht nicht mit neugierigen Babyfingern und suchte nach einem Lied. Ob die Leute, die jetzt für Ischa sorgten, begriffen, wie tief die Trauer eines Babys

sein konnte? Ischa war sehr sensibel. Redete jemand mit ihr und sagte ihr, wie wichtig sie sei?
Yana gewöhnte sich wieder an die Einsamkeit. Es war eine alte Angewohnheit von ihr, sich von den anderen Menschen zurückzuziehen, in die sie nun wieder verfiel. Aber sie fand keinen Trost mehr in der stillen Hoffnung auf die Große Mutter. Die vollkommene Einsamkeit hatte nicht mehr den gleichen Reiz für sie wie früher. Sie wünschte sich, sie könnte an die Vergangenheit anknüpfen, an die Zeit, in der sie zufrieden gewesen war, als es nur sie selbst und die Schönheit der Göttin gegeben hatte. Aber die Freundschaft hatte sie verändert. In der Göttin war nun auch Schmerz enthalten. Der Gedanke an Napore, Henni, Tern und Dagron erfüllte sie mit Sehnsucht und lähmender Trauer.
Yana legte Atum für seinen Nachmittagsschlaf auf sein Lager und kehrte wieder auf ihren Sonnenplatz vor der Hütte zurück. Sie nähte sich einen schweren Wintermantel aus Fellen, die Tern ihr gebracht hatte. Manchmal schaute sie bei der Arbeit auf das Dorf hinunter.
Irgendetwas war dort los. Sie richtete sich auf, um besser sehen zu können. Vor der Tür von Nachens Haus versammelten sich Menschen. Da kam Nachen mit Ischa auf dem Arm heraus. Die Leute traten zurück, um ihr Platz zu machen. Sie wurde von zwei anderen Frauen begleitet, die sich auf den Weg den Hügel hinauf zu Yanas Hütte machten.
Yanas Herz begann schneller zu schlagen. »O Göttin?«, hauchte sie. »Sie bringen Ischa mit. Ich werde meine Tochter sehen.«
Yana rannte in die Hütte, um Teewasser aufzusetzen. Dann griff sie nach einer Ledertasche, die an einem Haken hing, zog ein paar kostbare getrocknete Datteln heraus und warf sie zum Einweichen ins Wasser.
Als sie fertig war, lief sie wieder nach draußen, um ihre Gäste zu begrüßen, aber sie waren nur langsam vorangekommen und befanden sich noch weit unten am Hügel. Yana konnte nun erkennen, dass die Frau, die in der Mitte den Hügel herauf hinkte,

eine der Ältesten war, die Frau mit dem verkürzten Arm. Lolim stützte sie auf der einen Seite und Nachen, die gleichzeitig Ischa trug, auf der anderen. Ohne nachzudenken rannte Yana den steinigen Pfad hinunter, um zu helfen.

Ischa quiekste zur Begrüßung und schenkte Yana ein strahlendes Lächeln. Das kleine Mädchen streckte ihr die Ärmchen entgegen und zappelte so sehr auf dem Arm ihrer Großmutter, dass diese Mühe hatte, das Baby fest zu halten und gleichzeitig die alte Frau zu stützen.

Yana kämpfte mit widersprüchlichen Gefühlen. Auf Grund ihrer Erziehung wusste sie, dass es ihre erste Pflicht war, der Ältesten zu Hilfe zu kommen. Dennoch zögerte sie, bevor sie es tat. Würde es Unglück bringen, die alte Frau zu berühren? Würde die Göttin sie und Atum zurückweisen und sie abermals auf die Geisterreise schicken?

Die Alte sah, dass Yana zögerte, und entzog sich ihrem hilfreichen Griff. Yana glaubte, einen Funken von Angst in ihren trüben Augen zu erkennen.

»Die Töchter meines Volkes werden sich um mich kümmern«, murmelte sie. »Kümmere du dich um das Kind.«

Yana streckte glücklich die Arme nach Ischa aus. Die Kleine warf ihr die Ärmchen um den Hals und klammerte sich an Yana fest. Dann lehnte sie sich kichernd zurück und steckte einen Finger in Yanas Mund.

»Nein, ich kann jetzt nicht für dich singen«, flüsterte Yana mit plötzlich feuchten Augen.

Yana führte die Frauen den Hügel hinauf und ließ Ischa auf ihrer Hüfte herumhüpfen. Das Baby lachte fröhlich und deutete auf Wolken und Vögel, als frage sie nach einer Erklärung für die Schönheit der Göttin. »Ach, mein kleines Mädchen«, flüsterte Yana in ihre verstrubbelten Haare. »Ich hatte solche Sehnsucht nach dir. Die Große Mutter ist so schön, nicht wahr?«

Als sie bei der Hütte ankamen, war der Tee fertig und die Datteln waren genügend eingeweicht. Yana setzte Ischa mit einer Perlenkette zum Spielen in eine Ecke. Dann stapelte sie ihre besten Decken neben den Herd und bot sie der Ältesten als weichen Sitzplatz an. Die alte Frau ließ sich mit einem Seufzer niedersinken und lächelte Yana dankbar an. Yana lächelte nervös zurück und beschäftigte sich damit, ihren Gästen Tee und Datteln anzubieten. Die Frauen aßen schweigend. Lolim hielt den Tee für die Älteste, welche die warme Flüssigkeit mit Freuden schlürfte und, offensichtlich angetan von dem unerwarteten Genuss, auf den Datteln herumkaute.

Als sie ausgetrunken hatten, wartete Yana respektvoll darauf, dass die Älteste zu sprechen begann. Diese sah sich jedoch zuerst einmal mit tränenden Augen im Raum um, und Yana versuchte, nicht an ihren verkrüppelten Arm zu denken. »Die Männer haben dir ein schönes Haus gebaut«, sagte die Alte mit brüchiger Stimme. »Ich nehme doch an, dass es dir hier gut geht?«

Yana nickte und stotterte. »Ja, ich bin gut versorgt.«

Ischa, der ihre Perlen langweilig geworden waren, kam aus ihrer Ecke herausgekrabbelt, kletterte auf Yanas Schoß und zog an ihren Haaren, um ihre Aufmerksamkeit zu erregen. »Nein, Ischa, nicht jetzt«, flüsterte Yana. Sie gab ihr eine Dattel zum Kauen und setzte sie wieder auf den Boden.

»Es muss einsam für dich sein hier oben«, fuhr die Alte fort. »Was machst du denn den ganzen Tag lang?«

Yana sah nervös auf ihre Hände und sagte das Erstbeste, was ihr gerade einfiel. »Ich nähe mir einen Wintermantel aus Fellen, die Tern mir gebracht hat ... und ich webe.« Sie sah auf. Die Älteste wartete geduldig, dass sie fortfuhr. »Manchmal nehme ich Atum und unternehme lange Spaziergänge«, sprudelte sie hervor. »Er freut sich, wenn ich ihm etwas von der Göttin vorsinge.«

»Du kannst singen?«, fragte die alte Frau neugierig.

Yana sah auf und antwortete vorsichtig: »Manchmal summe ich nur eine Melodie, aber manchmal gehören auch Worte dazu. Meistens sind es Lieder über die Verwandlungen der Göttin.«

»Hmm ...«, murmelte die Alte nachdenklich. Dann sah sie Yana fest an. »Sing für mich.«
Yana blinzelte und hustete nervös. Sicher machte die alte Frau nur einen Scherz. Doch sie sah sie mit ernstem Gesicht erwartungsvoll an. Yana durchforschte ihr Gedächtnis aufgeregt nach einer einfachen Melodie, die ihre Besucherinnen verstehen würden. Sie räusperte sich und begann zögernd die süßen Töne eines Liedes anzustimmen, das ihr am Tag zuvor eingefallen war.

All meine Blätter sind
Still zu Boden gefallen.
Und doch muss ich nackt hier stehen,
Muss lauschen auf den Wind,
Der mir das Leben genommen.

Ischa krabbelte auf Yanas Schoß, steckte ihr die klebrigen Finger in den Mund und versuchte wieder, die Töne zu fangen. Yana presste ihre Tochter mit tränenfeuchten Augen an sich und vergrub ihr Gesicht in den Haaren der Kleinen. Sie sah auf und wischte sich rasch über die Augen. »Es tut mir Leid«, erklärte sie mit einem etwas zittrigen Lächeln. »Aber es war das einzige Lied, das mir im Augenblick einfiel.«
»Du hast eine schöne Gabe«, sagte die Älteste leise. »Ich höre die Inspiration der Göttin in deiner Stimme.«
»Es ist ein wunderschönes Lied, Yana«, fügte Ischas Großmutter hinzu. »Alle Mütter fühlen sich so, wenn ein Kind ihren Armen entrissen wird. Dala war eine gute Tochter ...«
Yana sah sie an und merkte, wie sehr ihr Lied Dalas Mutter berührt hatte. Sie nickte. »Ich habe das Gefühl, als würde ich Dala kennen. Alle, die sie geliebt haben, haben einen besonderen Gesichtsausdruck, wenn sie von ihr sprechen, und Ischas Augen ...«
»Yana hat mitgeholfen, Dalas Geist zur Heimstatt der Ahnen zu schicken«, warf Lolim ein. »Ihr Geist wollte sich nicht von Tern

und Ischa trennen. Er folgte uns viele Monate lang. Schließlich haben wir eine Zeremonie abgehalten. Dalas Geist hat durch Yana gesprochen ...«

Die Älteste hob die Augenbrauen. »Ist das wahr?«

Nachen seufzte tief und nickte. »Ja. Tern hat mir die gleiche Geschichte erzählt.« Sie wandte sich an Yana. »Auch er hat gesagt, dass Dala durch Yana gesprochen hat. Dadurch konnte die Gruppe ihren Geist dazu bewegen, sich von ihnen zu trennen und zu den Ahnen zurückzukehren.« Sie hielt inne. »Ich bin froh, dass meine Tochter nicht verloren ist.«

»Wir waren alle erleichtert«, sagte Lolim schnell.

»Ich hatte Angst vor dir«, fuhr Nachen zu Yana gewandt fort. »Als ich erfuhr, dass meine Tochter tot war, hatte ich das Gefühl ...« Sie schwieg und senkte den Blick. Dann fuhr sie fort: »Ach, ich habe vieles gefühlt. Es tat mir weh, mein Enkelkind in deinen Armen zu sehen. Ich dachte, du wolltest dir etwas aneignen, was dir nicht zustand.«

Yana sah zu Ischa hinunter. »Sie ist ein Geschenk der Großen Mutter. Ich habe sie nicht geboren, doch habe ich sie mit meiner Milch am Leben erhalten. Ohne sie bin ich schwach.«

»Ja«, stimmte Nachen ihr zu und lächelte voller Mitleid. »Das haben wir deinem Lied entnommen.«

»Die kleinen Tode lehren uns, dass es nichts gibt, was wir behalten dürfen«, murmelte Yana traurig vor sich hin.

Die Augen der Ältesten wurden plötzlich stechend. »Das sind die Worte einer Priesterin. Wo hast du das gehört?«, wollte sie wissen.

Yana sah sie erschrocken an. »Ich beginne erst jetzt, die Bedeutung der Worte einer Freundin zu verstehen. Sie war eine alte Frau, die in der Stadt der Leopardenleute lebte. Wir haben viele Gedanken ausgetauscht.«

»Yana ist sehr bescheiden«, warf Lolim ein. »Die Frau, von der sie spricht, ist die Großmutterpriesterin des Leopardenvolkes.«

Die Älteste lehnte sich zurück, die Stirn nachdenklich gefurcht. Dann hob sie entschlossen das Kinn. Langsam beugte sie sich vor und streckte den gesunden Arm aus. Das Fleisch ihres Armes hing welk herab und zitterte vor Alter. Sie drehte die Hand um und hielt die Handfläche nach oben. »Leg deine Hand auf die meine, Kind.«

Während des Gesprächs hatte Yana die Missbildung der alten Frau fast vergessen, doch jetzt kam sie ihr wieder voll zu Bewusstsein. Sie versuchte, ihre Angst zu unterdrücken. Die alte Frau möchte mit mir die Berührung der Priesterinnen tauschen, dachte sie erschrocken. Das darf ich nicht tun.

Die Alte spürte ihre Furcht. »Es wird dir kein Unheil geschehen, wenn du mich berührst, Yana«, sagte sie beruhigend und fragte dann: »Ist ein verkrümmter Baum denn weniger schön als ein gerader? Der Handwerker sucht sich das knorrigste Holz aus, um seinen Schnitzereien Form und Schönheit zu geben. In einem verkrümmten Stumpf findet er die schönste Schale oder den schönsten Becher. Die Schönheit der Göttin tritt in vielen Gestalten auf, es liegt nur an uns, sie zu sehen.«

Tief im Herzen spürte Yana, dass die Worte der alten Frau wahr waren. Sie sah der Ältesten in die Augen und nickte. Sie musste an ihre Söhne denken, an den einen, der gleich nach der Geburt getötet worden war, und an Atum. Der Gedanke, was sie zu tun hatte, kam ihr wie eine Erleuchtung. Statt ihre Handfläche auf die ausgestreckte Hand zu legen, beugte sie sich vor, ergriff die verkümmerte Hand der Alten und schob ihre Handfläche darunter.

Kleine Finger schlossen sich um Yanas Hand. »Nun teilen wir unser innerstes Wesen, Tochter«, sagte die Alte feierlich, und ihre gelblichen Augen tränten. »Heute haben wir uns beide unserer Angst gestellt. Jetzt bin ich überzeugt, dass deine Mutter eine Priesterin war und dein Vater einer der unseren. Der Gedanke, dass eine Fremde so nah bei unserem Dorf wohnt, ist mir noch immer unangenehm, aber aus irgendeinem Grund hat die Göttin

dich hierher gebracht. Darüber will ich nun mit den Priesterinnen und den anderen Ältesten reden.«
Die Alte versuchte aufzustehen. Die Frauen um sie herum sprangen auf, um ihr zu helfen, und geleiteten sie zur Tür. Plötzlich hielt sie inne und entzog Nachen ihren Arm.
»Der Abstieg ist viel leichter als der Aufstieg, Tochter«, sagte sie zu Nachen. »Es genügt, wenn Lolim mir hilft. Bleib du noch eine Weile bei Yana. Teile deine Enkelin mit ihr.«
Yana hob vor Überraschung die Hand vor den Mund. »Danke, Große Mutter«, flüsterte sie.
In diesem Augenblick wachte Atum auf und brüllte nach ihr. Yana holte ihn von seinem Schlafplatz in einer Ecke des Raumes. Sie hob ihn hoch und drückte ihn fest an sich. »Sieh nur, wer da gekommen ist«, sagte sie lachend.
Yana setzte ihren Sohn neben ihre Tochter, die ihn sogleich kichernd umstieß.

KAPITEL 30

Der Tag war strahlend und klar, aber kalt. Henni beugte sich über den Hals ihrer Stute und galoppierte hinter Ralic her. Der Wind pfiff ihr eisig ins Gesicht und brachte ihre Augen zum Tränen. Die Kälte schnitt ihr in die Lunge und verursachte schmerzhafte Hustenanfälle. Sie wusste, dass sie eigentlich vorsichtiger sein sollte, aber sie war einfach zu glücklich. Die Göttin hatte sie gesegnet, und sie war sich jetzt ganz gewiss: Ein Kind wuchs in ihrem Leib. Wenn alles gut ging, würde es gegen Ende der Pflanzzeit geboren werden.

Ralic parierte sein Pferd durch und wartete auf sie. Vor den Mäulern der Pferde standen Dampfwolken, die Tiere stampften in der frischen Morgenluft. Ralic sah Henni ins Gesicht; er bemerkte das Leuchten in ihren Augen und die frische Röte ihrer Wangen. Henni war anders als alle Frauen, die Ralic je gekannt hatte. Er hatte das Bedürfnis, ständig mit ihr zusammen zu sein, mit ihr zu reiten, sie immer besser kennen zu lernen und sich niemals von ihr zu trennen. Sie betete ihn nicht an wie die anderen Mitglieder seines Stammes. Stattdessen lachte sie ihm zuversichtlich und selbstsicher als Ebenbürtige in die Augen. Je mehr er über Henni und ihre Göttin erfuhr, desto mehr wollte er wissen. Seine eigene Kraft wuchs in ihrer Gegenwart, aber er spürte auch, dass ihre Stärke eine Gefahr für ihn darstellte. Jetzt, da er Henni hatte, konnte er sich ein Leben ohne sie nicht mehr vorstellen. Sie war seine Schwäche und seine Stärke zugleich.

Sie stellte eine geistige und körperliche Herausforderung für ihn dar, aber er merkte auch, dass sie nicht an ihn gebunden war. Ein Teil von ihr blieb unerreichbar, unzähmbar, wie der wilde Hengst, den er einmal in einer Schlucht gefangen hatte. Es erschreckte ihn, dass er sie ausgerechnet wegen der Eigenschaften wieder verlieren konnte, die er am meisten an ihr bewunderte. Er runzelte besorgt die Stirn.
Henni neigte den Kopf. »Du siehst aus, als hättest du eine Fliege verschluckt«, sagte sie lachend. »Vielleicht solltest du ja lernen, mit geschlossenem Mund zu reiten.«
Ralic sah sie mit einem schiefen Grinsen an. »Wer bist du, Weib, dass du mir sagen willst, wie ich zu reiten habe?«
Henni zwinkerte ihm spöttisch zu, und der Gedanke an ihr Geheimnis machte ihr Lächeln noch strahlender. »Du hast doch selbst gesagt, dass wir viel voneinander zu lernen haben.«
»O ja!« Er lachte. »Aber wann wirst du dich endlich wie eine ordentliche Frau betragen?«
»Ich habe nur dich als Lehrer, mein Gemahl.« Ihre Augen weiteten sich mit gespielter Unschuld. »Und du benimmst dich nicht wie eine ordentliche Frau.«
Ralic grunzte. »Das möchte ich nicht hoffen. Soweit es nicht die Macht deiner Göttin betrifft, sind mir die Geheimnisse der Frauen völlig gleichgültig.«
»Da wäre ich an deiner Stelle vorsichtig«, antwortete Henni geheimnisvoll. »Alle Geheimnisse der Frauen sind der Göttin wichtig, und einige davon betreffen die Männer in hohem Maße.«
Ralic hörte die Angriffslust in Hennis Stimme. »Drück dich klar aus, Henni«, verlangte er.
Henni straffte die Schultern und warf hochmütig den Kopf zurück.
»Ist das eine Art, eine Frau anzusprechen, die von der Göttin gesegnet worden ist?«, fragte sie und gab vor, gekränkt zu sein.

Sie fasste die Zügel fester. »Ich würde meinen, dass die Mutterschaft einen Mann durchaus betrifft, besonders einen, der auf seine Manneskraft so stolz ist wie du.« Sie lachte mutwillig, stieß die Fersen in die Flanken ihres Pferdes und galoppierte davon.

Ralics Augen weiteten sich vor Überraschung. Sprachlos vor Staunen klappte er den Mund auf und zu. »Sie erwartet ein Kind«, murmelte er und folgte ihr mit den Augen. Sein Puls beschleunigte sich vor Schreck. Nein. Sie darf nicht so schnell reiten ...

Henni hörte das Donnern von Hufen hinter sich. Ihre Augen leuchteten, und sie lachte glücklich auf. Ralic tauchte mit zornigem Gesicht neben ihr auf. Das Lachen gefror ihr auf den Lippen. Sie zog die Zügel an, parierte das Pferd zum Trab durch und blieb schließlich stehen.

Ralic sprang vom Pferd, noch bevor es stand, und rannte auf sie zu. Er riss ihr die Zügel aus der Hand. »Steig ab!«, herrschte er sie an.

»Aber ich dachte, du würdest dich freuen ...«

»Steig ab, habe ich gesagt!«

Henni wurde blass, bestürzt über seinen Zorn. Warum war er so wütend? Ihr Magen zog sich zusammen. Plötzlich wurde ihr die Kälte der Morgenluft bewusst. Eom ... Ralic hatte sie nie nach ihrem Besuch in Eoms Zelt gefragt, bei dem sie über Marne gesprochen hatten. Hatte Ralic etwa den Verdacht, dass ihr Baby Eoms Kind sein könnte?

Henni musste sich endlich einem Gedanken stellen, den sie absichtlich unterdrückt hatte. Sie konnte sich nicht sicher sein, dass Ralic der Vater ihres Kindes war. Ihr Zusammensein mit Eom war zu kurz vor ihrer Hochzeit gewesen. In ihrer Heimat hätte das keine Rolle gespielt, das Kind gehörte der Mutter, aber hier ...

Angstvoll sah sie in Ralics wütendes Gesicht hinunter. Er würde sie doch jetzt nicht schlagen? Sie wich ihm aus. »Bitte, das

Baby …«, stammelte sie und legte instinktiv die Hände schützend auf den Bauch.
»Steig ab!«
Vorsichtig schwang Henni ein Bein über den Rücken ihres Pferdes und ließ sich zu Boden gleiten. Ralic fasste sie bei den Schultern und schüttelte sie grob. »Was hast du vor, Frau«, stieß er hervor. »Willst du meinen Samen zerstören, bevor er den Sonnengott anbeten kann?«
Henni sah ihn verständnislos an.
Ralic seufzte frustriert. »Ich hätte dir niemals ein eigenes Pferd geben dürfen.« Er runzelte besorgt die Stirn, fuhr sich mit der Hand durch die Haare und begann, auf und ab zu laufen. »Die Macht deiner Göttin hat mich blind gemacht«, sprudelte er hervor. »Ich habe dir zu viel Freiheit gelassen. Es gibt schließlich Gründe, warum unsere Frauen keine Pferde reiten. Das Wesen des Sonnengottes ist in den Pferden, und seine Kraft ist zu stark für den Leib einer Frau.«
Henni holte tief Luft und atmete erleichtert wieder aus. Nicht der Gedanke an Eom machte ihn also wütend, er war nur besorgt um ihren Bauch. Zärtlich berührte sie sein Gesicht. »Dem Kind ist nichts passiert. Bis zur Pflanzzeit wird es in meinem Bauch am Daumen lutschen.«
Er hob überrascht die Augenbrauen. »So bald schon?«
Henni nickte heftig. »Meine Monatsblutung war schon im letzten Monat sehr schwach, aber diesmal ist sie ganz ausgeblieben.«
»Dann wird mein Sohn also während der Pflanzzeit geboren werden?«, fragte Ralic ungläubig.
Henni rollte die Augen. Ralic schien ihrem Anteil an der Entstehung des Kindes keinerlei Bedeutung beizumessen. »Das Kind nährt sich von der Mutter, wächst in der Mutter. Wie kannst du es für dein alleiniges Eigentum halten?«, fragte sie aufgebracht.
»Weil die Kraft meines Samens es gezeugt hat«, antwortete er bestimmt.

Henni schob ihn scherzhaft zur Seite. »Du magst meinen Schoß ja geweckt haben, mein Gemahl, aber ohne diesen Schoß, der dem Leben Form verleiht, gibt es kein Leben.«
»Ich habe keine Lust, solche Wortspielereien mit dir zu treiben, Henni. Du gehörst jetzt zum Volk der Herden, und ich sage: Das Kind gehört mir!«
Sein giftiger Ton überraschte Henni. Sie trat einen Schritt zurück. »Du bist zornig auf mich«, flüsterte sie gekränkt.
Ralic sah den Kummer in ihren Augen und schüttelte verzagt den Kopf. »Ich bin nicht zornig«, sagte er nachdenklich. »Ich wünschte mir nur manchmal, du würdest dich so betragen, wie man es von einer Frau erwartet.«
»Ich kann keine solche Frau sein wie …« Erschrocken schloss Henni den Mund, ohne ihren Satz zu beenden.
»Marne ist eine gute Frau«, erklärte Ralic vorwurfsvoll.
Marne, dachte Henni betrübt. Warum nur waren sie jetzt auf Marne zu sprechen gekommen? Dies war doch eine Angelegenheit, die nur sie beide anging. Ihre Augen wurden feucht. »Ich hatte gedacht, du würdest dich freuen«, sagte sie klagend. »Schließlich habe ich das Kind im ersten Monat unseres Zusammenseins empfangen. Der Gott und die Göttin haben beide unsere Vereinigung gesegnet.«
Ralics Kopf fuhr überrascht hoch. »Im ersten Monat?«
Ihre Augen leuchteten auf. »Ich bin mir fast sicher.«
Einen Augenblick lang zeichneten sich Verwirrung und gemischte Gefühle in Ralics Gesicht ab. Er dachte nicht gerne an ihre erste gemeinsame Nacht. Da war ihm etwas passiert, das er nicht verstand. Die Göttin hatte all seine Kraft aufgezehrt. Das erste und einzige Mal in seinem Leben war er hilflos und unsicher gewesen. Irgendwann würde er Mut fassen und Henni fragen, was damals mit ihm geschehen war. Aber wenn sie bei dieser Gelegenheit ein Kind gezeugt hatten … Er wischte den Gedanken weg und blickte zu Henni hinunter, die ihm neugierig ins Gesicht sah. Er schüttelte den Kopf und versuchte seine Ge-

danken zu ordnen. Dann legte er die Hand besitzergreifend auf Hennis Leib. »Sicher wird mein Sohn ein großer Mann werden, ein Anführer vieler Herden. Der Gott des leuchtenden Himmels ist erfreut.«

Henni legte eine Hand auf die seine. »Und die Göttin ist es auch«, flüsterte sie.

Einen Augenblick lang hielten sie sich umschlungen, dann führte Ralic sie zu seinem Pferd. Er half ihr auf den Hengst und schwang sich hinter ihr auf das Tier. Schützend schlang er die Arme um sie, und sie ritten langsam zum Lager zurück. Hennis Stute trottete in kurzem Abstand hinterher. Das Volk der Herden versammelte sich um seinen Anführer und seine Gefährtin. Ralic erhob sein Zepter und schwenkte es hoch durch die Luft. »Heute Abend wird es ein großes Fest geben!«, rief er laut. »Der Samen der Sonne hat Wurzeln in meiner Gefährtin geschlagen!«

Ein lautes Freudengeheul erhob sich. Die Leute begannen zu tanzen und zu singen. Kinder schrien aufgeregt, Frauen rannten in ihre Zelte, um Kräuter und getrocknete Früchte zu holen. Krüge mit vergorenem Saft wurden von den Vorräten herbeigebracht.

Henni hielt Ausschau nach Reas dunklem Umhang und überlegte, wie sie die Nachricht wohl aufnehmen würde. Rea hatte sich so seltsam betragen, und Henni vermutete, dass sie erraten hatte, dass sie schwanger war. Rea war der einzige Mensch, der wusste, dass sie vor der Hochzeitszeremonie bei Eom gewesen war. Hatte sie den Verdacht, dass das Baby von Eom sein könnte?

In diesem Moment trat Rea aus dem Schatten heraus. Sie wirkte besorgt. Das Baby würde die Ausführung ihres Plans erschweren, dennoch lächelte sie Henni wehmütig an.

Henni nickte ihr herzlich zu.

Ralics Blick fiel auf Marne, die ihn unglücklich ansah. Sie mussten beide an die Vergangenheit denken. Es hatte ein volles Jahr gedauert, bis sie endlich schwanger geworden war. Seine triumphierende Ankündigung und das anschließende Freudenfest fielen Marne ein, aber die Erinnerung daran war zu viel für sie. Sie wandte sich ab und verschwand in ihrem Zelt, um ihre Tränen zu verbergen. Im selben Augenblick entdeckte Ralic Eom auf der anderen Seite der Lichtung. Mit nachdenklich gerunzelter Stirn starrte er Henni an. Ralic unterdrückte seine Abneigung gegen ihn. Dieser Mann fürchtete und achtete den Sonnengott nicht. Kein Wunder, dass Marne nicht glücklich mit ihm war. Es musste bald etwas geschehen. Vielleicht sollte er darauf bestehen, dass Eom Reiten lernte und ihn zur Jagd begleitete …

KAPITEL 31

Hör auf, Atum«, rief Yana aufgebracht. »Lass endlich los!« Doch Atum zog nur noch fester an ihrem Zopf.

»Jetzt reicht es aber«, schrie Yana auf und versuchte, seine Finger aus ihrem Haar zu lösen. »Du tust deiner Mutter weh!«

Ein Schatten fiel über den Fußboden, und von der Tür her erklang das herzliche Lachen eines Mannes.

Yana fuhr herum.

Atum hielt ihr Haar noch immer fest im Griff.

»Au!«, jammerte sie und fasste ihren Zopf oberhalb von Atums Hand, um sein Gezerre abzufangen.

Tern lehnte breit grinsend in der Tür. Er hatte eine Hand auf Duues' verstrubbelten Haarschopf gelegt; lachend beugte er sich hinunter, die sandfarbenen Augenbrauen mit gespielter Sorge hochgezogen, und flüsterte dem Jungen deutlich hörbar ins Ohr: »Was meinst du, Duues? Sollen wir Yana retten? Atum scheint ja überhaupt keinen Respekt vor seiner Mutter zu haben.«

Das Kind sah Yana mit großen Augen besorgt an. »Ist Atum kein braver Junge?«

»Doch, Atum ist ein sehr braver Junge«, versicherte Yana und warf Tern einen vernichtenden Blick zu. »Aber er kann sehr eigensinnig sein. Und manchmal muss man ihn dafür bestrafen.«

Sie packte Atum und kitzelte ihn, bis er lachend ihren Zopf losließ.

»Yana! Yana!«

Amoon und Seke kamen keuchend und vom Rennen erhitzt in den Raum gestürzt. Bevor Yana aufstehen konnte, warfen sie die Arme um sie, sodass sie das Gleichgewicht verlor. Gemeinsam rollten sie auf den Boden. Atum quietschte vor Vergnügen und versuchte, den Haufen verknäulter Arme und Beine zu erklettern.

Duues merkte, dass er einen Spaß verpasste. Tern versetzte ihm von hinten einen sanften Stoß. Es bedurfte nur einer geringen Ermutigung, und schon rannte der Junge los und schlang seine Arme ebenfalls um Yana. »Yana!« Duues zog an ihrer Hand. »Ich möchte eine Geschichte hören. Kannst du mir eine Geschichte erzählen?«

»Ja, eine Geschichte«, stimmte Amoon begeistert ein. »Yana erzählt die besten Geschichten!«

Tern hob abwehrend die Hand. »Nicht jetzt. Ich habe mit ihr zu reden.«

Die Jungen murrten.

Yana sah in die eben noch strahlenden Gesichter hinunter, die plötzlich enttäuscht dreinschauten. »Ich sag euch was«, flüsterte sie verschwörerisch. »Gestern habe ich im Gras eine große Raupe gesehen. Versucht, sie zu finden, dann erzähle ich euch später die Geschichte, wie aus der Göttin ein Schmetterling wurde.«

»Das machen wir«, rief Seke und sprang aufgeregt herum. »Wetten, dass ich sie als Erster sehe.«

Yana hob Atum hoch und drückte ihn Amoon in die Arme. »Amoon, du musst auf die Kleinen aufpassen. Achte darauf, dass Atum die Raupe nicht zerquetscht, wenn ihr sie findet.«

Amoon nickte ernst. »Das lasse ich bestimmt nicht zu.«

Tern und Yana sahen zu, wie die Jungen auf der Wiese vor dem Haus herumhüpften wie junge Kaninchen.

»Du kannst es wirklich gut mit ihnen, Yana«, sagte Tern rau. »Ich wünschte, du wärest noch immer Ischas Mutter.«

Yana blinzelte und biss sich auf die Lippen. »Nachen bringt

Ischa fast täglich zu mir, aber ich bin immer noch traurig, dass ich sie nicht mehr stillen darf.«

»Du solltest Ischas Mutter sein«, grollte Tern. Nachen ist zu alt, um noch eine Tochter großzuziehen.«

»Das klingt ja so, als ob du Ischa auch vermissen würdest.«

Tern zuckte hoffnungslos die Achseln. »Es ist nicht so, wie es bei dir war. Ich muss darauf warten, dass Nachen mich einlädt, in ihr Haus zu kommen. Alle erwarten von mir, dass ich jemand anderen heirate, mit einer anderen Frau Kinder aufziehe. Sie wollen anscheinend, dass ich vergesse, dass Dala und Ischa jemals zu mir gehört haben.«

»Das wusste ich nicht«, sagte Yana voller Mitleid.

»Ich war so sicher, dass sie dich aufnehmen würden«, fuhr er bekümmert fort. Er sah sie an, als suche er nach einer Erklärung. »Derks Samen hat den Schoß deiner Mutter geweckt«, fuhr er fort. »Das bezweifelt jetzt niemand mehr. Wusstest du eigentlich, dass du einem Mädchen im Dorf sehr ähnlich siehst? Ihr beide könntet Geschwister sein. Sie heißt Niam und ist eine entfernte Verwandte von Dagron.«

»Dann ist sie auch eine entfernte Verwandte von mir.«

»Ich glaube, dass sie Dagron sehr gerne mag. Ich habe gehört, dass sie die Ältesten gebeten hat, ihn ihr als Gefährten zu geben. Wahrscheinlich werden sie im Frühling zur Pflanzzeit heiraten.«

Yana wandte sich traurig ab. »Während der Pflanzzeit werden die Ältesten auch dir eine Gefährtin zuweisen«, seufzte sie. »Bald werden sie nicht mehr gestatten, dass du mich besuchst. Der Winter hat schon fast begonnen. Du solltest deine Zeit mit den jungen Frauen deines Dorfes verbringen.«

»Das hat Zeit«, grollte er. »Außerdem gibt es noch Hoffnung für uns. Die Ältesten betrachten dich jetzt mit anderen Augen. Vielleicht werden sie bis zum Frühling …«

Ein Schrei Amoons schreckte Yana und Tern auf. Mit Triumphgeheul rannte der Junge auf sie zu und streckte ihnen eine Hand entgegen. »Atum hat die Raupe gefunden!«, rief er atemlos.

»Beinah hätte er sie zerquetscht. Wie gut, dass ich aufgepasst habe.«

Yana bückte sich zu dem Jungen hinunter und streckte die Hand nach der Raupe aus. »Oh«, sagte sie bewundernd, »ist sie nicht schön?«

»Erzählst du uns jetzt die Geschichte, Yana?«, bettelte Amoon und sah Tern vorwurfsvoll an. »Du hast jetzt wirklich schon sehr lange mit ihm geredet.«

Yana sah lächelnd zu Tern auf.

Tern lachte. »Lauf und hol die anderen Jungen.«

Amoon stieß einen Freudenschrei aus und rannte davon. Er nahm Atum auf den Arm und bald drängten sich die Kinder um Yana.

Sie führte sie zu einem warmen Fleck in der Sonne und ließ sich mit verschränkten Beinen nieder. Alle setzten sich. Yana ließ die kitzelnde Raupe über ihre Hand und an ihrem Arm hinaufkrabbeln. »Dies ist die Geschichte des Werdens«, flüsterte sie geheimnisvoll. »Die Raupe ist eine Dienerin der Göttin, die zwei Leben hat: eines als Geschöpf der Erde und eines als Geistergeschöpf des Himmels. Es ist die Geschichte, wie die jungfräuliche Göttin ihren haarigen Wurmleib aufgab und ein Schmetterling wurde ...«

KAPITEL 32

Das Dorf ist klein«, sagte ein Mann mit dicken Lippen aufgeregt. »Es ist leicht zu erobern, und die Frauen …«

»Wir haben schon genügend Münder zu stopfen«, widersprach ein anderer lautstark. »Und was mich betrifft, ich brauche nicht noch mehr Sklaven.«

»Dann vergnügen wir uns eben mit den Frauen, nehmen uns aus dem Dorf, was wir brauchen, und verschwinden wieder.«

»Ist euch nicht aufgefallen, wie klein unsere Pferdeherde geworden ist? Ich sage euch, wir müssen uns ein warmes Tal suchen und uns ein festes Lager bauen, damit die Herde sich erholen und wieder vermehren kann.«

Die Männer, die um das Feuer herumsaßen, murmelten zustimmend. Ralic hörte seinen Kriegern schweigend und mit undurchdringlichem Gesicht zu.

»Im Dorf gibt es reichlich Getreide«, gab der kleine Mann zu bedenken und spuckte ins Feuer. »Damit hätten wir genug zu essen für den ganzen Winter.«

»Wir sind keine Körnerfresser«, schrie jemand von der anderen Seite des Feuers. »Ich habe keine Lust, mich den ganzen Winter lang von irgendwelchen Pflanzen zu ernähren.«

»Erzähl mir nicht, dass dir die süßen Kuchen nicht schmecken, Gath, die deine fremdländische Frau für dich zubereitet. Ich habe gesehen, wie du dir damit den Mund voll stopfst!«

Einige Männer lachten, andere stimmten spöttisch ein.

»Wenn die Männer kein Getreide essen wollen, dann gebt es doch den Frauen und Kindern«, fuhr der kleine Mann fort. »Wenn erst die Hungermonate über uns kommen, werden sie froh darum sein.«
»Warum erobern wir das Dorf nicht einfach und bleiben den Winter über dort?«, schlug ein großer, bärtiger Mann vor. »Ich könnte eine neue Schlafdecke gut gebrauchen, und sie haben auch Vieh, das wir uns aneignen könnten.«
»Hast du dir das Dorf mal angesehen?«, widersprach ein anderer. »Das Tal ist zu klein, um unserer Herde für den ganzen Winter Platz zu bieten.«
Ralics Sohn strich mit seinen Freunden in der Nähe herum und versuchte möglichst unauffällig mitzuhören, was da gesprochen wurde. Ralic fiel auf, wie groß der Junge während des Sommers geworden war. Er winkte ihm und seinem Anhang, sich zu den Männern ans Feuer zu setzen. »Was meinst du, Enak?«, fragte er und deutete mit seinem Pferdezepter auf seinen Sohn. »Sollen wir das Dorf überfallen?«
Marnes Sohn erschrak, fasste sich aber schnell und warf sich stolz in die Brust. »Ich finde, dass die jungen Männer die Erlaubnis bekommen sollten, das Dorf zu überfallen«, sagte er kühn. »Einige von uns sind alt genug, um eigene Frauen zu bekommen, und es sind nicht genug junge Mädchen für alle da. Außerdem könnten wir auch Getreide rauben, um die Sklaven den Winter über zu ernähren.«
Ralic nickte bedächtig. Sein Sohn hatte Recht. Die jungen Burschen waren unruhig. Die gefangenen Frauen waren immer den älteren, erfahreneren Kriegern zugeteilt worden. Die Jungen brauchten eine Gefährtin für den Winter. Es gab nur wenige ungebundene junge Mädchen im Lager. Die Väter töteten ihre Töchter oft gleich nach der Geburt. Er hatte zwar versucht, gegen diese Gewohnheit einzuschreiten, aber viele Männer wollten nicht die zwei Jahre abwarten, die es dauerte, bis man ein Baby abstillen konnte. Und er konnte es ihnen nicht zum Vorwurf ma-

chen. Nur die Jungen stärkten die Blutlinie eines Mannes. Er sah seinen eigenen Sohn an, der groß und stolz dastand, und plötzlich wurde er von Ehrfurcht vor dem Gott des leuchtenden Himmels erfüllt. Es war an der Zeit, dass Enak als erwachsener Mann ritt.

Ralic stand auf und stieß das stumpfe Ende seines Zepters auf den Boden. Dann erhob er den Stab mit befehlender Geste. »Die jungen Männer werden gegen das Dorf reiten«, verkündete er laut. Wir anderen werden im Lager alles für den Aufbruch vorbereiten. Gath«, er deutete auf den großen Mann, »suche dir ein paar Gefährten aus. Du erhältst den Auftrag, ein warmes Tal zu suchen, wo die Herde den Winter verbringen kann.«

Die Jungen stießen aufgeregte Freudenschreie aus, rannten im Lager herum und warfen mit imaginären Speeren nacheinander.

»Und was ist mit meiner Schlafdecke?«, brüllte der Bärtige Enak quer durch das Lager zu.

»Ich werde dir eine andere Decke bringen, um deine Knochen zu wärmen, alter Mann«, rief Enak lachend zurück. »Und wenn du mit ihr fertig bist, werde ich schon einen anderen Verwendungszweck für sie finden.«

Henni und Rea traten aus dem Zelt, um zu sehen, was es für einen Aufruhr gab. Henni brauchte nicht lange, um festzustellen, was los war. Sie wurde rot vor Zorn. »Sie wollen es also doch tun«, zischte sie Rea zu. »Nach allem, was wir geredet haben, wollen sie es trotzdem tun!«

Mit blitzenden Augen und verkniffenen Lippen suchte sie in der Menge nach Ralics Gestalt. Er saß am Feuer und lachte mit seinen Männern. Sie durchbohrte ihn mit den Augen. Sie wusste, dass er ihren Blick bemerkt hatte, aber er nahm bewusst keine Notiz von ihr. Der Zorn brannte wie Feuer in ihrer Kehle. Sie wollte auf ihn zugehen, aber Rea packte sie am Arm. »Tu es nicht«, flüsterte sie ihr angstvoll zu. »Nicht jetzt, wo seine Männer bei ihm sind.«

»Ich bin eine Tochter der Göttin!«, fauchte Henni und riss sich los. »Ich werde mich nicht wie die schwachen Weiber der Herde betragen.«
Eom beobachtete, was sich da anbahnte. Er sah Hennis Wut und die Gefahr, die sie heraufbeschwor. Als sie auf den Anführer zuging, schnitt er ihr den Weg ab. »Nicht, Henni!«, sagte er und fasste sie bei den Schultern. »Du denkst nicht klar. Er wird dich verletzen!«
»Du hattest Recht«, flüsterte sie mit zusammengebissenen Zähnen. »Mein Gemahl hat keine Achtung vor der Göttin. Ich hoffe, dass mein Kind deine Augen hat und nicht die seinen.«
In Eoms Gesicht zeichnete sich zuerst Schrecken, dann Verwunderung ab.
Plötzlich stand Ralic vor ihnen. »Nimm deine Finger von meiner Frau, Priester!«, knurrte er drohend.
Henni wirbelte herum. »Wie kannst du es wagen, ihm etwas zu befehlen. Er ist ein Priester der Göttin, und du bist nichts als ein Lügner!«
Die Umstehenden schnappten entsetzt nach Luft. Viele der Frauen traten zurück und bedeckten das Gesicht mit den Händen.
Die Sehnen an Ralics Hals traten hervor. »Versteck dich im Zelt, Frau«, zischte er.
Ihre Blicke trafen sich, und Henni wusste, dass es zwecklos war, mit ihm zu reden.
Rea trat an ihre Seite und zog sie am Arm. »Bitte«, flüsterte sie unter Tränen. »Komm ins Zelt.«
Henni schüttelte die Hand der Sklavin ab. Sie sah an Ralic vorbei zu dem atemlos wartenden Volk und hob beschwörend die Hände. »Seht ihr denn nicht, dass die Göttin diese Überfälle verabscheut«, sagte sie flehentlich zu der Menge. »Wir haben genügend Vorräte. Es ist an der Zeit, ein Tal für die Herde zu suchen. Die Göttin wird …«
Hennis Rede wurde von Ralics Faust unterbrochen. Ein wuchti-

ger Schlag traf ihre Schläfe, ihr Kopf flog zurück und ihr wurde schwarz vor Augen. Sie taumelte zu Boden.
Eoms Augen verengten sich. Rasch stellte er sich schützend zwischen Ralic und Henni.
»Aus dem Weg, Priester!«, brüllte Ralic.
Eom musterte ihn kalt. »Ich will nicht die Frau schützen«, log er. »Aber ich werde das Kind des Hetmans schützen, das in ihrem Leib wächst.«
Ralic sah auf Henni hinunter, die zusammengekrümmt am Boden lag, nach Luft rang und den Leib mit den Armen bedeckte. Mit nassen Augen sah sie zu ihm auf. »Bitte, mein Gemahl«, keuchte sie. »Ich will dieses Kind behalten.«
Ralics Gesicht glättete sich ein wenig, aber der Zorn brannte immer noch in seinen Augen.
Er bückte sich zu ihr, zog sie an den Haaren hoch und verkündete laut: »Die Macht deiner Göttin ist nichts im Vergleich zu den donnernden Hufen des Pferdegottes, der über den Himmel sprengt. Und du, Frau, sollst mit eigenen Augen die Zerstörung eines Dorfes mit ansehen, das nichts als eine Göttin zu seinem Schutz hat.«
Ralic ließ Hennis Haar los und stieß sie von sich. Mit erhobenem Zepter wandte er sich an sein Volk. »Heute werden wir reiten. Die jungen Männer können sich alle Frauen nehmen, die sie haben wollen. Alle anderen Dorfbewohner werden erschlagen. Niemand soll am Leben bleiben.«
Henni vergrub laut schluchzend das Gesicht in den Händen.
Ein paar Freudenrufe ertönten, aber die meisten Leute sahen sich unbehaglich an, als sie gingen, um die Vorbereitungen für den Überfall zu treffen. Es beunruhigte sie, ihren Gott und ihre Göttin im Streit zu sehen.
Ralic wandte sich ab und stampfte auf sein Zelt zu. Dort wartete Marne mit einer Schale Wein auf ihn. Dankbar nahm er sie ihr aus den Händen und leerte sie in einem Zug. Er sah ihr in die Augen. Marne verstand ihn und wusste, wie sie ihn beruhigen konnte. Er

bedeutete ihr, mit ihm ins Zelt zu kommen. Sie lächelte, und er lächelte zurück. Dann blieb er abrupt stehen und drehte sich zu Eom um, der immer noch über Henni gebeugt stand. »Du wirst mit mir reiten, Priester«, rief er ihm über die Schulter zu. »Es ist höchste Zeit, dass du ein richtiger Mann der Herden wirst. Du musst dir endlich selbst eine Frau gefangen nehmen!« Damit legte Ralic einen Arm um Marnes Schultern und führte sie ins Zelt.

Marne war warm und tröstlich. Sie half ihm, sich für den Überfall umzukleiden, murmelte leise vor sich hin und streichelte seine Brust. Ihr Geruch war ihm ebenso vertraut wie ihre Hände, die sein Haar zum Zopf der Krieger flochten. Sie reichte ihm noch eine Schale Wein. Er warf den Kopf zurück und trank mit tiefen Zügen. Der Wein beruhigte ihn.

Er bemerkte das befriedigte Lächeln in ihrem Gesicht. Er wusste, dass sie auf ihre Weise um ihn gekämpft hatte; in diesem Augenblick hatte sie einen Sieg errungen. Er ließ ihr die Freude an ihrem Triumph. »Bald wirst du wieder meine Frau sein«, sagte er leise und strich mit der Hand über ihr dichtes dunkles Haar.

Marne nickte glücklich, aber dann verdunkelten sich ihre Augen. Sie schmiegte sich an ihn, drückte den Busen gegen seine Brust und presste das Gesicht an seinen Hals. »Mach mich zu deiner ersten Frau«, flüsterte sie leise. »Ich muss deine erste Frau sein.«

Ralic erstarrte. Meine erste Frau ist Henni, ging es ihm durch den Kopf, und er sah sie vor sich, wie sie gebrochen im Staub lag, die Arme vor dem Leib. Was habe ich nur getan?, dachte er erschrocken. Hätte sie mich doch nur nicht so in Zorn gebracht. Wäre sie doch nur ins Zelt gegangen, anstatt mir weiter zu widersprechen. Wahrscheinlich hat der Priester ihr das Leben gerettet. Bei dem Gedanken, dass er Henni beinah mit eigener Hand getötet hätte, erschauerte Ralic. Kein anderer als der Priester der Göttin hätte es gewagt, ihm entgegenzutreten. Zum ersten Mal in seinem Leben war Ralic einem Menschen ehrlich dankbar, der ihm getrotzt hatte.

Vor dem Zelt wieherte ein Pferd. Ralics Kopf flog herum. Der Überfall! Seine Männer warteten auf ihn. Er löste sich aus Marnes Umarmung. Sie ging in eine Ecke, holte seinen Speer und reichte ihn ihm mit glühenden Augen. Diesmal verursachte Marnes Verehrung ihm Unbehagen. Mit einem flüchtigen Lächeln verließ er das Zelt.

Draußen wartete Gath mit dem Hengst, um Ralic die Zügel zu reichen, wie er es schon so oft getan hatte. Aber dieser Raubzug ist etwas anderes, dachte Ralic unbehaglich. Der Geierpriester saß bereits auf einem Pferd. Das ist unrecht, überlegte Ralic. Ich zwinge einen Mann der Göttin gegen Leute seiner eigenen Art zu reiten, und Henni muss die Vernichtung eines Volkes mit ansehen, das sie doch nur beschützen wollte. Ralic schluckte schwer und wünschte sich, er könnte seine hitzigen Worte zurücknehmen. Hätte sie ihn nur nicht vor aller Augen herausgefordert. Später hätte er ihr erklären können, dass nur ein paar Mädchen entführt und ein kleiner Teil der Getreidevorräte des Dorfes geraubt werden sollten. Nun musste, nur wegen seines Zorns, das ganze Dorf zerstört werden. Tief in seinem Herzen wusste Ralic, dass die Göttin damit nicht einverstanden war, und er hatte eine böse Vorahnung.

Gath hatte sich um alles gekümmert. Henni saß vor einem alten Krieger, der nicht mehr an dem Überfall teilnehmen sollte, auf dessen Pferd. Ralic fragte sich, ob sie ihm jemals verzeihen würde. Als ob sie seine Gedanken lesen könnte, hob sie den Kopf. Er musste sich abwenden, um den Schmerz in ihren Augen nicht sehen zu müssen. Irgendwie werde ich das wieder gutmachen, Henni, schwor er sich.

Ralic bemerkte, dass Eom sich auf seinem Pferd äußerst unsicher fühlte. Er winkte dem Priester, sich an seiner Seite zu halten. Er könnte bei dem Überfall verwundet werden, und Ralic wollte ihn im Auge behalten. Schließlich war er Eom dankbar, weil er Henni vor seinem Zorn geschützt hatte. Vielleicht gab es in seinem Lager ja eine Aufgabe für einen Mann der Göttin.

Die Pferde warteten unruhig stampfend auf das Signal, auf das hin sie über die weite Ebene davonjagen würden. Ralic hob das Zepter, und die Pferde stürmten los. Die Frauen und Kinder jubelten den Männern zu und rannten hinter den donnernden Hufen her, ohne auf die Staubwolken zu achten, die sie aufwirbelten. Bald blieben sie weit zurück und verschwanden am Horizont.

Staub setzte sich in die Falten von Hennis Gewand und klebte an ihren Armen und Beinen. Sie presste ein Tuch über Nase und Mund, um nicht an dem grauen Sand zu ersticken. Endlich zügelte der alte Mann hinter ihr sein Pferd und hielt auf einem Hügel, von dem aus man ein Tal und ein kleines Dorf überblicken konnte. Er sprang vom Pferd und band es an einem Baum fest.

Henni sah auf das kleine Dorf hinunter. Die Ernte war bereits eingebracht, und nicht weit von der kleinen Gruppe von Häusern entfernt spielten Jungen und Mädchen mit Steinen und Stöcken. Doch plötzlich wurden die Kinder aufmerksam und stießen warnende Schreie aus. Männer und Frauen kamen mit Sicheln und Steinäxten aus den Häusern gerannt und drängten die verängstigten Kinder nach drinnen.

Henni schlug zitternd die Hände vors Gesicht. »Die Dorfbewohner sind nicht einmal Jäger«, stieß sie hervor. »Sie haben nicht einmal Speer und Bogen, um sich zu verteidigen!«

Die Reiter ergossen sich ins Tal. Ralic galoppierte an der Spitze seiner Männer, aber aus irgendeinem Grund konnte er den kalten Knoten in seinem Bauch nicht vertreiben, als sich seine Leute auf die wehrlosen Dorfbewohner stürzten. Es ist ein Unrecht, dachte er immer wieder. Henni und die Göttin werden mir niemals verzeihen. Wir sollten das Vieh stehlen und wieder verschwinden. Er sah sich nach Eom um, dem die Angst deutlich ins Gesicht geschrieben stand. Und ich sollte den Priester wegschicken. Seine Angst überträgt sich auf mich.

Einer von Ralics Männern jagte den anderen voraus auf die Hütten zu. Ein Kind kam heraus und schrie nach seiner Mutter.

Der Mann auf dem Pferd drehte sich mit erhobenem Speer zu dem Kind um.
Henni wurde blass. Sie konnte nicht fassen, was sie da sah. »Nein!«, schrie sie und sprang vom Pferd. »Tu dem Kind nichts!«
Sie rannte den Hügel hinunter. In ihrer Eile stolperte sie über die Felsen und zerkratzte sich Hände und Knie. Sie war allein von dem Gedanken besessen, das Gemetzel irgendwie zu verhindern. Der alte Mann stürzte hinter ihr her, doch sie war zu schnell für ihn.
Ralic lenkte sein Pferd neben das von Eom. »Reite zurück!«, brüllte er und deutete mit dem Speer auf den Hügel hinter ihnen. In diesem Augenblick sahen beide Männer, wie Henni mit wehendem Rock den Hügel hinunterrannte.
Eom fuhr erschrocken auf.
Ralic holte tief Luft. Henni schien wie ein bunter Vogel, der sich aus dem Himmel herabstürzt, um sein Volk zu beschützen.
Die Zeit blieb stehen, die Schlacht um Ralic verblasste, und er glaubte, die Göttin vor sich zu sehen. Er war orientierungslos und verwirrt. Die Göttin ist in Gefahr, dachte er. Ich will nicht, dass ihr etwas geschieht. »Zurück!«, brüllte Ralic seinen Männern zu und warf sein Pferd herum.
Der plötzliche Richtungswechsel des Anführers brachte Eoms Pferd zum Steigen, Eom verlor sein ohnehin wackeliges Gleichgewicht und stürzte zu Boden. Als ein Dorfbewohner seine Hilflosigkeit bemerkte, stürzte er sich mit einer Steinaxt auf ihn. Ralic hielt den Angreifer auf und bohrte ihm seinen Speer in die Schulter. Den anderen, der mit einer scharfen Sichel in der Hand von hinten angriff, bemerkte er nicht. Plötzlich entwich die Luft aus seiner Lunge, und er spürte einen brennenden Schmerz. Er tastete nach dem klaffenden Loch, das die halbmondförmige Schneide in seine Seite gerissen hatte. Blut stürzte aus der Wunde hervor, und Ralic sackte auf seinem Pferd zusammen.
Der Dorfbewohner hob die Sichel, um noch einmal zuzuste-

chen, doch Eom durchbohrte ihn mit seinem Speer, und der Mann fiel schreiend rücklings zu Boden.

Ralics Männer sammelten sich ratlos um ihren Anführer. Warum hatte er ihnen befohlen umzukehren? Dann sahen sie das Blut und seine zusammengesunkene Gestalt. Die Dorfbewohner flohen.

Henni rannte weiter. Aber nun rannte sie nicht mehr, um die Dorfbewohner zu schützen. Sie musste zu ihrem Mann. Die Rippen taten ihr weh, und der Schmerz zerriss ihr die Brust. Ralic war verwundet. Sie hatte alles gesehen, Eoms Sturz und Ralics Versuch, ihn zu schützen. Keuchend bahnte sie sich einen Weg durch die Männer, die ihren bewusstlosen Hetman auf den Boden gelegt hatten. Sie wichen zurück und machten einen breiten Weg für sie frei. Hatte diese Frau sie nicht gewarnt und ihnen gesagt, dass die Göttin zornig werden würde, wenn sie dieses Dorf angreifen würden? Und nun lag ihr Hetman, ihr Gott, blutend im Staub.

Henni fiel auf die Knie und barg Ralics Kopf in ihrem Schoß. Sie konnte nichts sagen, nicht einmal weinen. Der Schmerz in ihrer Brust war zu groß. Sie beugte sich über ihn, wiegte sich hin und her und beschwor ihn, am Leben zu bleiben.

Eom kniete sich neben sie. »Er atmet noch«, flüsterte er.

Seine Worte weckten Henni aus ihrer Betäubung. Sie sah rasch auf und nickte. Behutsam hob sie Ralics Kopf aus ihrem Schoß, um ihn wieder auf den Boden zu legen. Dann stand sie auf und suchte zwischen den herumstehenden Männern nach Gaths sorgenvollem Gesicht.

»Gath«, befahl sie und zeigte auf den Baum auf dem Hügel. »Hole Holz und lass die Männer eine Tragbahre bauen. Wir müssen den Hetman ins Lager zurückbringen.«

Gath war überrascht von der Festigkeit ihrer Stimme. Einen Augenblick lang wirkte er unentschlossen, dann aber nickte er kurz, sprang erleichtert, dass er etwas tun konnte, auf sein Pferd und galoppierte auf den Baum zu.

Henni wandte sich mit flehenden Augen an Eom. »Bitte, verbinde seine Wunde. Du bist der Einzige, der das kann.«
Eom machte sich an die Arbeit. Die Wunde war tief, und er runzelte besorgt die Stirn. Henni biss sich auf die Lippen und wandte sich ab. »Göttin«, flüsterte sie, »er darf nicht sterben ... nicht so.«
Sie legten Ralic vorsichtig auf die Bahre. Die Dorfbewohner und ihr Getreide waren vergessen. Einer der Männer sprengte zum Lager zurück, um die Frauen von der Verwundung ihres Anführers zu unterrichten und um zu helfen, ein Krankenzelt für ihn zu errichten. Die übrigen Männer folgten der Bahre mit gesenkten Köpfen.
Der Fall des Hetmans in der Blüte seiner Jahre war ein böses Vorzeichen. Wenn Ralic starb, würden sie zwei Nächte und drei Tage lang trauern, während er auf der Straße zur Unterwelt in das Reich der Toten reiste. Sobald der Geist des Anführers seinen Platz im Totenreich eingenommen hatte, würden die Kämpfe beginnen, mit deren Hilfe ein neuer Anführer gewählt werden würde. Ernüchtert fragten sich die Leute, ob der Gott des leuchtenden Himmels ihre Anstrengungen segnen oder verfluchen würde, wenn sie nun gegen Männer kämpfen mussten, die ebenso kampferprobt waren wie sie selbst. Der schnellste und stärkste der Männer würde ihr nächster Gott werden, aber er würde viele andere in die Unterwelt schicken, bevor er so weit war. Und während der nächsten Tage, bis Ralic entweder gesund wurde oder starb, würde der Stamm ohne einen Anführer sein.
Als der Zug mit der Bahre sich dem Lager näherte, hörte Henni das Klagen der Frauen. Am liebsten hätte sie sich die Ohren verstopft und den Zorn über ihren Verlust laut hinausgeschrien.
Marne war die Erste, die die Bahre erreichte. Sie war blass vor Sorge. Als sie das blutdurchtränkte Tuch sah, das Ralics Wunde bedeckte, verwandelte sich der ungläubige Ausdruck auf ihrem

Gesicht in Entsetzen. Mit einem verzweifelten Schrei warf sie sich über die Bahre. Sie riss ein Stück Stoff aus ihrem eigenen Kleid, um es gegen Ralics blutdurchtränkten Verband zu pressen, als wolle sie so wieder Leben in ihn bringen. Ein ersticktes Schluchzen schüttelte sie, und ihre blutverschmierten Hände zitterten. Henni wandte sich ab von ihren fruchtlosen Bemühungen.

Rea tauchte plötzlich auf und winkte Henni heimlich zu. Die Aufmerksamkeit aller war auf den verwundeten Hetman gerichtet. Henni beugte sich so weit zurück, dass sie Reas eiliges Flüstern verstehen konnte. »Wir müssen miteinander reden«, flüsterte sie beschwörend. »Du bist in Gefahr.«

Henni richtete sich auf zum Zeichen, dass sie die Warnung gehört hatte. Sie wandte sich an zwei Männer, die in der Nähe standen. »Ihr beide tragt den Hetman in das Krankenzelt«, befahl sie. »Und seid vorsichtig mit ihm! Ich werde frisches Wasser und Heilkräuter holen. Wir müssen uns beeilen!« Sie gab Rea ein Zeichen, sie zu begleiten.

Marne beugte sich über Ralic, als die Männer ihn ins Zelt brachten. Rea und Henni liefen zum Fluss, um frisches Wasser zu holen. Als Rea sicher war, dass sie außer Hörweite waren, begann sie zu reden: »Du musst noch heute Nacht fliehen!«, stieß sie mit gedämpfter Stimme hervor, und ihre Augen wanderten hin und her, um sich zu überzeugen, dass niemand sie beobachtete. »Ich habe schon alles geplant. Eom wird mit dir kommen.«

Henni sah sie an, als sei sie verrückt geworden. »Ich kann Ralic doch jetzt nicht im Stich lassen«, widersprach sie. »Und selbst wenn ich es wollte, würde ich nicht weit kommen, wenn die Männer mich mit ihren Pferden verfolgen.«

»Aber du musst verschwinden«, drängte Rea. »Ralic wird sterben, und wenn er tot ist, wirst auch du getötet werden.«

Henni sah sie verständnislos an.

»Die Frau des Hetmans wird stets geopfert, wenn ihr Mann stirbt, damit sie ihn in die Unterwelt begleiten kann!«

Henni schüttelte ungläubig den Kopf. Das durfte doch nicht wahr sein. Sie trug Ralics Kind, und dieses Kind sollte eines Tages der Anführer dieses Volkes werden. Sie erinnerte sich, dass sie schon einmal etwas von diesen Opferbräuchen gehört hatte, aber hatte nicht Ralic gesagt, dass ihre Vereinigung die Geburt eines stärkeren Volkes herbeiführen sollte? Wie konnten sie sie dann töten? Sie musste mit Ralic reden, dafür sorgen, dass seine Leute verstanden …

Rea sah die Verwirrung in Hennis Gesicht. »Sie werden dich töten, Henni«, versicherte sie ihr. »Der nächste Anführer wird nicht jedes Mal an Ralics Macht erinnert werden wollen, wenn er in das Gesicht deines Kindes sieht … und ich fürchte, dass auch Ralic von dir verlangen wird, dass du ihn auf dem Weg in die Unterwelt begleitest.«

Henni erschauerte bei dem Gedanken, dass ihr Fleisch von Würmern gefressen werden könnte. Die Unterwelt … wie konnten diese Menschen den Schoß der Mutter nur so beschmutzen? Die Knochen mussten von den Vögeln des Himmels abgefressen werden, bis sie sauber, trocken und hart waren wie Samenkörner. Erst dann durften sie in den Schoß der Erde gepflanzt werden. Sie legte die Hände über ihren Leib. Mein Kind, dachte sie wehmütig. Es lebt in mir. Sie haben nicht das Recht …«

Rea unterbrach sie in ihren Gedanken und nahm ihre Hand. »Du musst am Leben bleiben«, sagte sie leise. »Du und auch dein Kind. Sonst werden all meine Pläne zunichte gemacht.«

»Deine Pläne?«

Rea ließ ihre Hand los und wandte den Blick ab. »Wir haben nicht genug Zeit, das alles zu erklären«, sagte sie mit einem tiefen Seufzer. »Jetzt müssen wir erst einmal deine Flucht vorbereiten.«

Henni bückte sich, um den Krug mit Wasser zu füllen. »Mein Gefährte liegt im Sterben«, sagte sie. »Über meine Flucht werde ich nachdenken, wenn er seinen letzten Atemzug getan hat.«

»Du wirst im selben Augenblick sterben wie er.«
Henni sah rasch auf und überlegte, ob sich Rea des Doppelsinns der Worte bewusst war, die sie soeben ausgesprochen hatte.
»Wir müssen Ralic bis zum Anbruch der Nacht am Leben halten«, fuhr Rea fort. »Dann muss er sterben.« Sie holte tief Luft. »Du musst fliehen, bevor irgendjemand weiß, dass er nicht mehr lebt. Wenn Ralic tot ist, beginnt die Trauerzeit. Die Männer können dich nicht verfolgen, bevor nicht die Tage und Nächte des Klagens vorüber sind und ein neuer Anführer gewählt ist.«
»Und wenn Ralic die Nacht überlebt?«, fragte Henni, die allmählich zu begreifen begann, dass ein Entkommen möglich war. »Was dann?«
Rea hob das Kinn. »Du musst dafür sorgen, dass er während der Nacht stirbt, und du musst mit ihm allein sein, wenn es geschieht«, sagte sie ruhig.
Hennis Augen weiteten sich. Langsam stellte sie den Wasserkrug ab, den sie in den Händen hielt. »Das kann ich nicht«, flüsterte sie.
»Bedeutet dir dein Leben so wenig?«, wollte Rea wissen. »Die Göttin wird mit dir und deinem Kind sterben. Das Volk wird sie zusammen mit ihrem Anführer in die Unterwelt schicken. Aber wenn du lebst und entkommst, werden sie die Göttin niemals vergessen. Sie wird in ihren Herzen weiterleben.«
»Nein! Ich kann nicht tun, was du da von mir verlangst!«
»Ralic wird auf jeden Fall sterben!«, erklärte ihr Rea und bemühte sich, ihre Ungeduld über Hennis Sturheit nicht zu zeigen. »Du kannst nicht fliehen, solange er noch am Leben ist, weil dann die Männer noch nicht in Trauer sind. Sie werden dich wieder einfangen und foltern. Und wenn sie dich nach seinem Tod noch im Lager vorfinden, werden sie dich erschlagen, damit Ralic seine Reise nicht allein antreten muss. Verstehst du denn nicht, dass es deine einzige Chance ist, dass Ralic stirbt, ohne dass die Leute es wissen?«

Henni hob den Krug auf und drückte sich an Rea vorbei. »Mein Gefährte braucht mich«, erklärte sie entschlossen.
»Eom wird dir ein Zeichen geben«, flüsterte Rea hinter ihr her, ohne auf ihre Zurechtweisung zu achten. »Dann muss es geschehen. Du wirst ihn hier unten zwischen den Bäumen am Fluss vorfinden!«

KAPITEL 33

Yana beeilte sich, ihr langes Haar zu flechten. Sie legte ihren Lieblingsgürtel um die Hüften und warf sich einen bunten Schal um die Schultern. Dann nahm sie Atum auf den Arm und sah Dagron erwartungsvoll an. »Denk nach, Dagron. Weißt du wirklich nicht, warum sie mich sehen wollen?«, fragte sie nun schon zum zweiten Mal.

»Ich bin genauso gespannt wie du«, antwortete er besorgt.

»Soll vielleicht irgendeine Zeremonie stattfinden?«

Dagron bemerkte die Unruhe in ihrer Stimme. Er sah auf seine Füße hinunter und hob dann schnell den Kopf. »Ich weiß es wirklich nicht, Yana«, sagte er leise.

Yana nickte kurz und gab sich mit seiner Antwort zufrieden, vermied es aber, ihm in die Augen zu sehen. Atum zappelte in ihren Armen und wollte hinunter. Yana drückte ihn ungeduldig an sich. »Nein, du kannst jetzt nicht spielen«, sagte sie streng. »Die Erhabenen wollen auch dich sehen.«

Yana folgte Dagron aus der Hütte. Es war ein trüber Tag. Dunkle Wolken hingen am Himmel. Der Wind blies Blätter, Gras und Zweige durch die Luft. Atum rollte sich zusammen und verbarg den Kopf an der warmen Brust seiner Mutter. Die Enden von Yanas Schal flatterten im Wind. Sie zog den Stoff fester um sich und drückte Atum an sich.

Heimlich sah sie Dagron ins Gesicht. In der kurzen Zeit, seit sie ihn kannte, hatte er sich sehr verändert. Sogar in den Linien seines Gesichts war es deutlich zu erkennen. Seine Augen hatten einen verwundeten Ausdruck, und seine Züge zeigten eine Weichheit, wie man sie an Menschen sieht, die leiden, ohne darüber bitter zu werden. Yana hoffte, dass die Frau, die ihn gewählt hatte, behutsam mit ihm umgehen würde.

Der Wind wurde schwächer, und es war wieder leichter zu sprechen. »Tern hat mir gesagt, dass es im Frühling vielleicht eine Hochzeitszeremonie geben wird«, sagte Yana, um sich von ihren Ängsten abzulenken.

Dagron wurde rot vor Verlegenheit. »Ich wollte es dir schon lange erzählen«, antwortete er und vermied es, sie anzusehen. »Aber irgendwie fand ich nie die richtige Gele…«

»Aber, das ist doch wunderbar«, fiel ihm Yana ins Wort.

Dagron sah sie von der Seite an und schenkte ihr ein schiefes Lächeln. »Weißt du, sie sieht so aus wie du«, meinte er.

»Das hat man mir gesagt.« Yana grinste.

»Sie heißt Niam«, fuhr er fort. »Als wir zu unserer Handelsreise aufbrachen, war sie noch ein Kind, aber ihre Gefühle für mich waren anscheinend nicht die eines Kindes. Sie weigerte sich, einen Gefährten zu wählen, bis ich zurückgekehrt war. Sie war ganz und gar unnachgiebig und ließ sich auch von den Vorwürfen der Priesterinnen und Ältesten nicht einschüchtern.«

»Solche Treue bei einem so jungen Mädchen«, neckte ihn Yana.

Dagron wurde ernst. Er sah auf seine großen Hände hinunter. »Sie ist noch sehr jung, aber ihr Lachen …« Seine Worte erstarben, und er konnte nicht weiterreden.

»Lachen ist ein Geschenk«, versicherte Yana. »Ich glaube, da hast du wirklich Glück.«

Dagron räusperte sich verlegen. »Meine Mutter macht sich Sorgen um dich. Sie glaubt, dass du nicht genug lachst. Sie spürt deine Traurigkeit, und, ebenso wie ich, meint sie, dass die Ältesten dich ungerecht behandelt haben. Sie hat keinen Zweifel, dass der Samen ihres Bruders den Schoß deiner Mutter geweckt hat.

Wenn es möglich wäre, würde sie euch beide, dich und Atum, einladen, den Herd unserer Familie zu teilen.«
Yanas Kehle wurde eng, und ihre Augen brannten. Sie schluckte schwer und blinzelte, um nicht in Tränen auszubrechen. Unfähig, etwas zu sagen, lächelte sie Dagron dankbar an.
Sie erreichten die ersten Hütten am Rand des Dorfes. Ein barfüßiges Kind stand in einem Eingang und sah gelangweilt zu, wie sie vorbeigingen. Ein Hund kam angerannt, beschnüffelte Yanas Fersen und lief wieder davon. Die Gerüche des dörflichen Lebens erfüllten die Luft.
Bald erreichten sie den großen Brunnen in der Mitte des Ortes. Große, zu flachen Stufen zurechtgehauene Steinplatten erleichterten den Zugang zu der flachen Höhle, in der eine natürliche Quelle in ein breites Becken sprudelte. Eine Frau tauchte einen Tonkrug ins Wasser und lud ihn sich auf die Hüfte. Ein kleiner Junge spielte ein einsames Hüpfspiel auf den Stufen, während er auf sie wartete.
Yana und Dagron gingen am Brunnen vorbei auf das größte Gebäude des Dorfes zu, einen ovalen Bau aus Lehm und Ziegeln, den Schrein der Göttin. Aus allen Ecken des Dorfes begannen Leute sich zum Schrein zu begeben. Im Vorbeigehen warfen sie neugierige Blicke auf Yana und Atum. Atum sah sie mit großen Augen an. Yana hielt sich ängstlich an Dagrons Arm fest.
Schließlich fasste Dagron sie am Ellenbogen und führte sie in den Schrein und zu einem Kissen, das nicht weit von der dominierenden Steinstatue der Göttin entfernt am Boden lag. Andere folgten ihnen unter aufgeregten Gesprächen und setzten sich auf bereitgelegte Kissen oder gewebte Matten auf den Boden; doch niemand nahm unmittelbar neben Yana Platz. Da es nicht genügend Sitzplätze für alle gab, standen viele im Hintergrund und verdrehten sich den Hals, um einen Blick auf Yana und ihr Kind zu erhaschen. Yana saß nervös auf ihrem Kissen und wartete auf die Priesterinnen und Ältesten.

Plötzlich verstummte die Menge. Die Leute traten zur Seite, um der alten Frau Platz zu machen, die den Raum betrat. Sie hatte ihren verkümmerten Arm mit einem Schal bedeckt. Die Hohepriesterin wurde von jüngeren Priesterinnen und anderen Ältesten begleitet. Sie alle verbeugten sich tief und legten eine Hand ehrfürchtig auf den Bauch der Statue. Dann nahmen sie ihre Plätze auf den Kissen neben Yana ein. Die Hohepriesterin nickte Yana zu, und Yana lächelte schüchtern zurück. Die Alte wandte sich an das Volk. »Heute muss eine Entscheidung getroffen werden«, verkündete sie mit brüchiger Stimme. »Yana und ihr Kind haben nun seit fast zwei Mondspannen in unserer Nähe gelebt, und kein Unglück hat unser Dorf befallen. Viele von euch haben die Bitte an die Priesterinnen gerichtet zu gestatten, dass Yana und ihr Sohn sich bei uns niederlassen.« Die Alte hielt inne. Ihre Augen ruhten zunächst auf Dagron und seiner Mutter und wanderten dann weiter zu Tern, Nachen, Lolim und Dak. »Wir haben eure Bitten gehört«, sagte sie feierlich.
Die Leute begannen aufgeregt zu flüstern.
Eine junge Priesterin erhob sich. Ihr Haar war weiß gebleicht und zu einer königlichen Frisur aufgetürmt. Würdevoll hob sie das Kinn. Im Raum trat wieder Stille ein.
»Wie ihr alle wisst, glauben wir, dass der Mann, der den Schoß von Yanas Mutter geweckt hat, Derk war, der Bruder von Galea. Und Galea möchte nun gern Yanas Sohn Atum an ihrem Herd aufnehmen.«
Yanas Augen flogen zu Galea. Sie hob die Hand an den Mund. »Nein«, flüsterte sie, und ihre Augen flehten Galea an, ihr ihren Sohn nicht zu nehmen.
Dagron sah seine Mutter entsetzt und verärgert an. Galea, die den Ärger ihres Sohnes und Yanas Angst sah, erhob sich und wartete, bis die Hohepriesterin ihr ihre Aufmerksamkeit schenkte. Die Alte nickte ihr zu. »Ich fürchte, Erhabene, dass meine Worte missverstanden wurden«, erklärte Galea zitternd. »Ich habe den Wunsch zum Ausdruck gebracht, dass Derks En-

kel in meiner Sippe aufwächst, aber ich würde Atum niemals Yanas Armen entreißen wollen.«
Die tränenden Augen der Alten verengten sich zu Schlitzen. »Würdest du für Atum sorgen oder nicht, wenn er zu deinem Herd gebracht würde?«
Galea sah in Yanas entsetztes Gesicht und wandte sich wieder an die alte Frau. »Erhabene«, sagte sie leise. »Jetzt, wo Dagron so viel Zeit an Niams Herd verbringt, ist mein Herd leer geworden. Ich sehne mich nach meiner Tochter, die von Fremden entführt wurde, und selbst nach all den Jahren vermisse ich meinen Bruder Derk. Mein Herz ist glücklich, sooft ich Atum ansehe. Ich erkenne meinen jüngeren Bruder im Gesicht des Kindes wieder.« Sie zögerte, bevor sie weitersprach. »Ich würde Yana als Tochter und Atum als meinen Enkel an meinem Herd willkommen heißen«, erklärte sie fest. »Aber ich will das Kind seiner Mutter nicht nehmen.«
Der alte Mann mit dem verkrüppelten Fuß wandte sich mit rauer, fordernder Stimme an Galea. »Yana und Atum werden zu Beginn der Pflanzzeit im Frühling abreisen, und du wirst Derks Enkel niemals wieder sehen«, sagte er rücksichtslos. »Bist du willens, dich damit abzufinden?«
Galea blickte in Yanas blasses Gesicht. »Sie gehören zu meiner Sippe. Warum dürfen sie nicht bleiben?«, flüsterte sie trotzig.
Überrascht von ihrem Widerspruch sah der alte Mann Galea mit erhobenen Augenbrauen scharf an. »Unsere Sitten lassen nicht zu ...«
»Da seht ihr, es fängt schon an!«, rief die weißhaarige junge Priesterin anklagend. Sie wandte sich an die Zuhörer und zeigte auf Galea. »Galea stellt die Weisheit der Ältesten um einer Fremden willen in Frage ... und Yana ist eine Fremde. Sie ist nicht in unserer Heimat aufgewachsen. Sie kennt das Land nicht, und die Wege der Göttin in diesem Land sind ihr fremd. Sie ist nicht in unser Volk hineingeboren, und sie ist zu alt, um Aufnahme zu finden!«

Die Menge murmelte beunruhigt, und Yana wurde es heiß. Sie drehte sich um und sah, dass der Blick der ältesten Priesterin auf ihr ruhte. Die Alte hob den gesunden Arm und gebot Ruhe. »Was sagst du dazu, Yana?«, fragte sie ernst.

Yana sah der Hohenpriesterin in die Augen, und diese Augen waren freundlich. Yana hatte keine Angst mehr vor ihr, seit sie die Berührung der Priesterinnen ausgetauscht hatten. Sie sah an ihr vorbei auf das Standbild der Göttin und sprach ein kurzes Gebet. Wieder trafen ihre Augen die der Alten. »Ich habe gesehen, wie weise du bist, geehrte Mutter«, flüsterte Yana. »Ich werde tun, was du von mir verlangst.«

»Und was ist, wenn ich wünsche, dass du Atum beim Volk seines Vaters lässt?«

Im Raum herrschte Schweigen. Alle warteten atemlos auf Yanas Antwort.

Yanas Augen glitzerten von unvergossenen Tränen. Sie warf Galea einen bedeutungsvollen Blick zu und richtete ihre Augen dann wieder auf die Alte. »Atum sollte in einer Familie aufwachsen«, sagte sie leise. »Ich weiß, wie es ist, ohne Familie aufzuwachsen, und ...«, sie deutete auf den verkrüppelten Fuß des alten Mannes, »jetzt weiß ich auch, dass mein Sohn hier angenommen und ernährt werden wird.«

»Und was ist mit dir, Yana?«, fragte die Alte ernst und freundlich.

Yana hob den Kopf. »Ich werde dem Ruf der Göttin folgen«, flüsterte sie. »In letzter Zeit habe ich oft gehört, wie sie nach mir rief.«

Die Alte nickte ernst. »Willst du im Frühling zum Leopardenvolk zurückkehren?«

Yana zuckte die Achseln. »Ich weiß es nicht.«

Tern stand auf und trat vor. Er zog Yana auf die Füße. »Ich werde im Frühling mit Yana gehen«, erklärte er, ohne seine Empörung verbergen zu können. »Wir werden beide bei den Leopardenleuten ein neues Zuhause finden.«

»Das ist ausgeschlossen«, unterbrach ihn die junge Priesterin. Ihr Gesicht war rot vor Zorn. »Du bist vom Volk adoptiert worden. Du musst eines unserer Mädchen …«

»Genug!«, befahl die Hohepriesterin. »Nehmt alle wieder Platz!«

Das aufgeregte Gemurmel der Leute verstummte, und Yana und Tern setzten sich.

Die Alte wandte sich an Yana. »Ich spüre eine Schwere in deinem Geist, Tochter, und ich muss dich fragen: Hat die Mutter dich in ihren Schoß gerufen?«

Yana ließ den Kopf hängen und nickte stumm.

Die Alte räusperte sich. »Es ist so, wie ich dachte«, murmelte sie. »Viele spüren den Ruf der Göttin, wenn die Tage dunkel werden. Ich glaube langsam, dass du ihrem Ruf folgen solltest, wenn die Pflanzzeit beginnt.«

Tern fuhr erschrocken hoch. Die Leute schnappten nach Luft. Yana sah mit fragenden Augen auf.

»Wenn ein Kind bei uns aufgenommen wird, muss es erst sterben, um dann dem Volk wieder geboren zu werden«, fuhr die Alte fort. »Alle, die in diesem Raum versammelt sind, haben dieses Ritual als Kind durchmachen müssen; aber noch nie hat ein Erwachsener versucht, die Reise durch den Leib der Mutter zu machen. Wenn du diese Erfahrung jedoch nicht mit uns teilst, wirst du immer eine Außenseiterin bleiben.«

»Was schlägst du vor, Großmutter?«, fragte Yana vorsichtig.

Die Alte kratzte sich bedächtig am Kinn und dachte nach. »Ich glaube nicht, dass du das Ritual überleben kannst«, meinte sie traurig. »Aber wenn die Göttin dich bereits in ihren Schoß ruft, solltest du ihrem Ruf vielleicht folgen. Wenn du die Zeremonie des Sterbens und der Wiedergeburt wirklich überlebst, wirst du einen Platz als Priesterin unseres Volkes einnehmen.«

Aus der Versammlung ertönte überraschtes Gemurmel.

Yana hörte gedämpften Protest, aber auch Worte der Zustimmung.

Die Zuhörer schienen verwirrt zu sein, und Yana war es nicht minder.
Tern stand auf. Zorn und Sorge mischten sich in seinem Gesicht. »Es ist ein Ritual für Kinder«, widersprach er. »Yana ist zu alt dafür. Sie wird es nicht überleben.«
Dagron stellte sich neben ihn. »Tern hat Recht. Nach dem tiefen Schlaf können sich selbst die kräftigsten Kinder verirren, wenn sie den Weg aus der Dunkelheit suchen. Viele schaffen es nur mit Hilfe der Geister.«
Die weißhaarige Priesterin hob die Hand. »Schweig!«, befahl sie und wandte sich an Yana. »Es ist verboten, vor den Ohren eines Fremden über das Ritual zu reden.«
Yana begann plötzlich zu verstehen: tiefer Schlaf ... eine Trance. Sie sprachen von der Trance des Todes. Sie erschauerte. Sie hatte einmal eine Priesterin gesehen, die den Todestrank getrunken hatte, um wieder geboren zu werden. Sie erinnerte sich an das Ereignis, weil die Frau mehrere Tage länger in Trance gelegen hatte als erwartet und Eom sie gerufen hatte, um für sie zu singen. Die Frau hatte ausgesehen wie die weiße Göttin des Todes. Sie hatte kaum geatmet, ihre Augen waren glasig gewesen und hatten nichts wahrgenommen. Als die Priesterin endlich aufgewacht war, war sie verändert gewesen. Sie hatte die Augen eines Kindes gehabt und hatte auch wie ein Kleinkind geplappert. Zudem hatte sie erst wieder lernen müssen zu gehen. Yana erschauerte zum zweiten Mal. Auf diese Weise wollte sie nicht wieder geboren werden.
Galea stand neben Dagron hinter Yana. »Gibt es denn keinen anderen Weg?«, fragte sie flehend.
Der Blinde, der neben den anderen Ältesten saß, räusperte sich. Im Raum trat Stille ein, und er begann zu sprechen. »Vor langer Zeit kamen unsere Ahnen aus dem Norden in dieses Tal. Sie entdeckten die heiligen Wasser der Göttin, die immer fließen, und beschlossen, sich in diesem Tal niederzulassen. Seit dieser Zeit sind wir auf dem Pfad der alten Göttin gewandelt. Wir haben sie

verteidigt, und wir haben keinem Fremdling gestattet, in diesem Land zu leben. Wir tragen noch immer die Narben, die wir uns zugezogen haben, indem wir sie verteidigten.« Er deutete auf seine Augen. »Und wir sind immer stolz auf diese Narben gewesen, doch müssen wir uns vor Fremden verbergen, die uns nicht verstehen. Die Göttin hat einer unserer Priesterinnen im Traum befohlen, fremde Kinder zu suchen, sie als die unseren aufzuziehen und sie in den Sitten unserer Vorfahren zu unterweisen. Dadurch sind unsere Blutlinien wieder stark geworden, und die Wunden verheilen. Aber so sehr Yana unsere Gebräuche auch akzeptiert, das Geheimnis vom Schoß der alten Göttin kann sie niemals verstehen, bevor sie dem Volk nicht wieder geboren worden ist. Selbst ich, ein Blinder, musste mir den Weg durch die Dunkelheit erkämpfen, um zu beweisen, dass ich ihrer würdig bin.«

Ein zustimmendes Gemurmel erhob sich. Yana sah in die angstvollen Gesichter ihrer Freunde. Ihre Anteilnahme wärmte ihr das Herz. Konnte sie, würde sie dem Tod ins Auge sehen, um ein Teil dieses Volkes zu werden? Atum zog an ihren Haaren. Sie sah ihm in die Augen und drückte ihn an sich. »Kleiner Junge«, flüsterte sie. »Du hast mich hierher gebracht. Was soll ich tun?«

Über Yanas Schulter hinweg entdeckte Atum Galea. Er kicherte und streckte die Arme nach ihr aus, und zum ersten Mal sagte er etwas, das beinahe wie »Großmutter« klang. Yana holte zitternd Luft. Eine Familie, dachte sie. Atum und ich brauchen beide eine Familie.

KAPITEL 34

Henni betrat das Krankenzelt. Sie trug einen Krug mit frischem Wasser und einen Beutel mit Heilkräutern. Ein Knäuel von rot beflecktem Tuch lag in einer Ecke des Zeltes, und Henni sah, dass Ralics Wunde bereits frisch verbunden war.

Marne kniete über Ralic gebeugt am Boden und strich ihm angstvoll mit der Hand über die feuchte Stirn. Seine Lider öffneten sich zitternd. Langsam griff er nach ihrer Hand und schenkte ihr ein schwaches Lächeln. Die Szene war seltsam innig, sodass Henni sich wie ein Eindringling fühlte. Sie blieb im Schatten stehen, um die beiden nicht zu stören.

»Weib meiner Jugend«, brachte Ralic ächzend hervor. Er schloss die Augen wieder, hielt jedoch ihre Hand fest.

»Ich bin bei dir, mein Gemahl«, flüsterte Marne erstickt. »Ich werde dich nicht verlassen.«

Ralic stöhnte auf. Seine Gesichtsmuskeln krampften sich zusammen.

»Was ist mit dir?«, fragte Marne. Ihre Stimme war schrill vor Schreck.

»Meine Seite«, keuchte er, »sie brennt.«

»Ich habe dir schon eine Medizin für den Schmerz gegeben. Aber ich werde den Vogelpriester holen«, sagte sie schnell und wollte schon aufstehen. »Vielleicht kann er helfen.«

Ralic hielt ihre Hand fest. »Nein«, stöhnte er und knirschte vor Schmerz mit den Zähnen. »Bleib bei mir!«

Marne ließ sich gehorsam wieder auf die Fersen nieder. In ihrem Gesicht stand hilflose Trauer. Ralic stöhnte auf und versuchte sich umzudrehen, um dem Schmerz zu entkommen. Marne hielt ihn fest. Henni trat aus dem Schatten heraus, um Hilfe zu leisten. Doch Marne stieß sie zur Seite. »Du hast schon genug angerichtet!«, fauchte sie. »Nur durch deine Schuld hat der Hetman seine Macht verloren. Seit du hier bist, ist alles anders.«
Ralic ächzte und leckte sich die trockenen Lippen. »Ich habe Durst«, sagte er rau.
Marne stieß einen Wehlaut aus. Hastig riss sie Henni den Wasserkrug aus den Armen und vergaß ihren Ärger einen Augenblick lang. Sie stellte das Gefäß auf den Boden, suchte nach einer Trinkschale und tauchte sie ins Wasser. Dann hob sie behutsam Ralics Kopf in ihren Schoß und hielt ihm die Schale an die Lippen. Henni stand hilflos herum, sie fühlte sich überflüssig.
Marne versuchte, sie mit einer ungeduldigen Handbewegung aus dem Zelt zu schicken. »Geh zu deinem Priester«, sagte sie verächtlich. »Sieh nach, ob er schmerzstillende Kräuter hat.«
Henni erstarrte. Ihre Augen wurden schmal. »Du bist nicht mehr seine erste Gemahlin!«
Ralic leerte die Trinkschale und ließ den Kopf in Marnes Schoß zurücksinken. »Tu, was sie sagt, Henni«, flüsterte er mit versagender Stimme.
Hennis Wangen brannten vor Verlegenheit und Scham. Mit gesenktem Kopf rannte sie blindlings davon. Vor dem Zelt stieß sie mit Enak zusammen, der dort angstvoll herumstrich. Der Junge fing sie gerade noch auf, bevor sie stürzte. Einen Augenblick lang hielten sich die beiden wider Willen unbeholfen umschlungen. Aber Henni fand rasch ihr Gleichgewicht und ihre Fassung wieder. Enaks Augen waren auf gleicher Höhe mit den ihren; plötzlich stellte sie fest, dass er kein Junge mehr war. Enak hatte den durchdringenden Blick seines Vaters.
Henni löste sich aus seinen Armen und versuchte zu erklären, warum sie so eilig aus dem Zelt gerannt war. »Dein Vater braucht

eine andere Medizin«, sagte sie schnell. »Die Kräuter deiner Mutter sind nicht stark genug. Ich muss den Vogelpriester finden. Hast du ihn gesehen?«
In den Augen des jungen Mannes stand eine Mischung aus aufsässigem Zorn und Sorge. »Mein Vater braucht die Magie deines Priesters nicht«, stieß er mit harter Stimme hervor.
Henni drängte sich verärgert an ihm vorbei. »Darüber kann ich jetzt nicht mit dir streiten«, sagte sie fest. »Dein Vater braucht etwas, das seinen Schmerz stillt.«
Enak fasste sie am Arm. Die Aufsässigkeit war aus seinen Augen gewichen. »Wird er am Leben bleiben?«, fragte er angstvoll.
Henni sah ihn unglücklich an, unfähig die Wahrheit aus ihrem Gesicht zu verbannen.
Der junge Mann schien in sich zusammenzusinken. Seine Schultern sackten herab. In seinen Augen stand das blanke Entsetzen, und er schüttelte den Kopf, als habe er nicht richtig gehört, obwohl sie kein Wort gesagt hatte.
Henni legte ihm die Hand auf den Arm. »Das Einzige, was wir tun können, ist, dafür zu sorgen, dass er nicht leiden muss«, meinte sie leise.
Enak nickte kurz und biss die Zähne zusammen. »Ich werde den Priester holen«, stammelte er. »Bleib du hier und hilf meiner Mutter.«

Henni war unfähig, Enak seine Anmaßung zu verübeln. Sie wusste, dass er am liebsten an ihr vorbei ins Zelt gerannt wäre und sich weinend wie ein Kind in die Arme seines Vaters geworfen hätte. Aber der junge Mann würde seinem Vater niemals eine solche Schande machen. Stattdessen stand er steif da und erteilte Befehle, wie es jeder Mann der Herde getan hätte.
Henni räusperte sich. »Bitte sag dem Priester, dass er Kräuter gegen den Schmerz bringen soll und auch einen Schlaftrunk. Ich fürchte, die Kräuter, die wir haben, sind nicht stark genug. Eom weiß besser über diese Dinge Bescheid als ich.«

Ein lautes Stöhnen drang aus dem Zelt. Enak trat einen Schritt zurück und wandte sich rasch zum Gehen. Es war undenkbar, dass Ralic, der Auserwählte, im Sterben lag. Enak sah zur Sonne auf, die gerade ihren abendlichen Abstieg in die Unterwelt begann und einen seltsamen feuerroten Schein über die Landschaft warf. Er erschauerte angesichts des blutigen Omens. Er wusste, dass er als einziger lebender Sohn Ralics mit kampferprobten Männern um sein Leben würde kämpfen müssen. Er richtete sich auf und ging entschlossen zum Zelt des Geierpriesters.

Henni holte tief Luft und machte sich darauf gefasst, Marne wieder entgegenzutreten. Ich bin seine erste Gemahlin, sagte sie sich. Ralic sollte meine Hand halten und nicht die ihre. Sie schlüpfte durch den Zelteingang, blieb jedoch stehen, als sie Gemurmel von drinnen hörte.

Marne hielt Ralics Kopf in ihrem Schoß und flüsterte ihm liebevolle und tröstende Worte zu. Ralic sah zu ihr auf, und in seinen Augen stand etwas, das Henni zuerst nicht verstand. Doch plötzlich wurde es ihr klar. Er liebte sie, hatte sie immer geliebt und begann erst jetzt, es zu begreifen.

Henni fühlte sich aller Kraft beraubt. Ihr Herz war nackt, allem ausgeliefert. Nur mit Mühe verbiss sie sich einen verzweifelten Aufschrei. Am liebsten wäre sie fortgerannt, aber aus irgendeinem Grund vermochte sie es nicht. Sie beugte sich vor und lauschte auf sein mühsames Flüstern. Jeder seiner Sätze drang wie ein Dolchstoß in ihre Seele.

»Wir waren schon als Kinder zusammen«, sagte er leise zu Marne. Du bist meinen Brüdern und mir immer nachgelaufen. Wir haben dich gezwungen, Wasser für uns zu holen, alles Mögliche für uns zu tun …«

»Kinderspiele«, murmelte Marne.

»Aber Henni sagt, dass es den Geist der Mädchen schädigt, wenn die Jungen so mit ihnen spielen.«

»Sie versteht uns nicht.« Marne lächelte zu ihm herunter. »Ich

habe immer gewusst, dass du eines Tages der Anführer sein würdest.«
»Ja, das erkenne ich jetzt. Meine Brüder starben, einer nach dem anderen. Aber du warst immer da, immer bereit, mich zu trösten. Ich fürchte, das waren meine zornigen Jahre.«
Er begann zu husten und spuckte Blut. Marne wischte ihm den Mund ab, beugte sich über ihn und sah ihm in die Augen. »Ruhig … Schone deine Kräfte. Sprich nicht.«
»Das spielt jetzt keine Rolle mehr, Frau«, sagte er. »Ich möchte reden.«
Tränen stiegen in ihren Augen auf. Er wollte die Hand heben, um sie wegzuwischen, aber er war zu schwach.
Da ergriff sie seine schlaffe Hand und drückte sie an ihre Wange. »Ich wünschte nur, mein Leib wäre stärker gewesen. Ich weiß, dass du gerne mehr Kinder gehabt hättest«, flüsterte sie.
»Enak ist ein starker Junge«, sagte er stolz, aber dann versagte ihm die Stimme. »Die nächsten Tage werden nicht leicht sein für ihn.«
»Er fühlt sich wie ein erwachsener Mann.« Marne senkte den Blick. »Ich glaube nicht, dass er dir freiwillig in die Unterwelt folgt.«
»Das würde ich auch nicht von ihm erwarten«, antwortete Ralic rau. »Ich war nicht viel älter als er, als ich Hetman wurde.«
»Aber Enak ist nicht du. Er hat nicht den gleichen Zorn wie du.«
»Die Kraft des Hengstes fließt in seinem Blut«, antwortete Ralic grimmig. »Vielleicht wird er stärker sein als ich. Es war mein Zorn, der …«
Ralics Stimme brach. Wieder begann er heftig zu husten. Marne hielt ihn fest umschlungen, und mit jedem keuchenden Atemzug spritzte sein Blut auf ihre Brust. Er fiel erschöpft zurück. Henni biss sich in die Hand, um den Klagelaut zu ersticken, der in ihr aufstieg. Wo war Eom? Wo blieb die Medizin?
»Du wirst mir fehlen in der Unterwelt«, brachte Ralic mühsam hervor. Jedes Wort kostete ihn entsetzliche Anstrengung.

Marnes Gesicht verzerrte sich vor Schmerz. »Henni verdient es nicht, an deiner Seite zu sein«, schluchzte sie. »Nicht einmal in der Unterwelt. Mein Herz verzehrt sich danach, bei dir zu sein.«
»Dann komm mit mir«, flüsterte er. »Ich brauche dich.«
Henni sog heftig die Luft ein. Marne war willens, Ralic in den Tod zu folgen. Er verlangte es nicht von ihr, aber er bat sie darum. Und was ist mit mir? hätte Henni am liebsten aufgeschrien. Was ist mit meinem Kind? Soll unser Tod denn gar nichts bedeuten?
Eom schob den Vorhang am Zelteingang zur Seite und trat ein. Hundert Gedanken wirbelten in Hennis Kopf herum. Sie fasste Eoms Arm, so als hätte sie ihn hereingeführt. »Er braucht einen Schlaftrunk«, flüsterte sie ihm rasch ins Ohr. »Wenn wir nicht aufpassen, wird er noch vor Anbruch der Nacht sterben. Er verausgabt sich zu sehr.«
Eom nickte fast unmerklich. Marne rutschte zur Seite, um den Weg zu Ralic freizugeben.
Henni sah Eom zu, wie er den Verband wechselte und ihrem Mann eine stark riechende Flüssigkeit einflößte. Sie fühlte sich losgelöst von der Wirklichkeit, so als sei die Zeit, die sie bei dem Volk der Herde zugebracht hatte, ein Trugbild, als näherte sie sich dem Ende eines seltsamen Traums. Sie zermarterte sich den Kopf nach dem Sinn der Ereignisse. Ein Gedanke drängte sich immer wieder in den Vordergrund, Reas Worte: »Die Göttin muss leben.«
Henni wischte sich hastig das Haar aus dem Gesicht. Sie musste das Geschehen irgendwie in die Hand nehmen. Bald würde es dunkel werden, und sie musste eine Möglichkeit finden, mit Ralic allein zu bleiben. Sie warf Eom einen bedeutsamen Blick zu und zeigte mit dem Kopf auf Marne, die sich wieder an der Seite des Hetmans niedergekauert hatte. Eom hob das Kinn zum Zeichen, dass er verstanden hatte. Er schob eine Bodenmatte zur Seite und kratzte mit seinem Stab etwas in den Staub. Dann trat er leise hinter Marne und legte ihr eine Hand auf die Schulter.

»Komm, Weib«, sagte er rau. »Mein Abendessen ist noch nicht zubereitet. Hier gibt es jetzt nichts mehr für dich zu tun. Dein Platz ist jetzt bei mir.«
Ralics Kopf rollte betäubt zur Seite.
Marne ließ ihn nicht aus den Augen. Sie schüttelte Eoms Hand gleichgültig ab. »Ich werde bei ihm bleiben«, erwiderte sie abwesend.
Eoms Augen verengten sich. Er baute sich vor ihr auf und starrte sie wütend an. Marne sah zu ihm auf, ihre Unterlippe begann zu zittern. Lebenslange Knechtschaft machte es ihr unmöglich, sich ihm zu widersetzen. »Bitte«, flüsterte sie hastig. »Ich möchte bei ihm bleiben ... Wir haben miteinander geredet.« Sie begann zu schluchzen. »Er ist immer noch der Hetman. Und er hat mir gesagt, dass ich ihn in die Unterwelt begleiten darf.«
Eom deutete auf Ralic, der inzwischen fest schlief. »Ich habe diese Worte nicht aus seinem Munde gehört.« Er wandte sich an Henni. »Hat der Hetman dir etwas von diesem Wunsch gesagt?«
Henni errötete schuldbewusst, aber sie hob das Kinn. »Ich bin seine erste Gemahlin«, sagte sie fest und musterte Marne mit hartem Blick. »Lass mich mit meinem Gatten allein.«
Ein leises Wimmern kam aus Marnes Mund. Ihre Augen suchten Ralic. Sie beugte sich vor und begann, ihn zu schütteln, um ihn zu wecken. »Sag es ihnen!«, schrie sie. »Sag ihnen, dass sie gehen sollen. Sag ihnen, dass du mich bei dir haben willst ...«
Eom fasste Marne unter den Armen und zog sie auf die Füße. »Er kann dich nicht hören«, sagte er mit beherrschter Stimme. »Komm!« Dann zog er die widerstrebende Marne von Ralic fort zum Zelteingang. Dabei achtete er sorgfältig darauf, nicht auf die in den Boden gekratzten Zeichen zu treten. Er sah noch einmal zu Henni und deutete mit dem Kopf auf die Zeichen. Sie nickte und schaute den beiden nach, wie sie das Zelt verließen und Marne noch einen letzten unglücklichen Blick auf Ralic warf.
Henni folgte ihnen zum Zelteingang. Es begann bereits zu dämmern. Winterliche Kälte lag in der Luft. Die jungen Männer wan-

derten ruhelos um das Feuer, an dem ein paar von den älteren Kriegern saßen. Henni konnte Bruchstücke einer gedämpften Unterhaltung hören. Ihr Name wurde in abfälligem Ton genannt, und schon wälzten sich mehrere Männer kämpfend am Boden. Zwei der älteren Krieger trennten sie.

Mit klopfendem Herzen schlüpfte Henni ins Zelt zurück. Fast wäre sie über die Matte gestolpert, die Eom zur Seite gezogen hatte. Sie bückte sich und sah sich die Zeichen an, die er in den Staub gekratzt hatte. Eulenaugen, die Göttin des Todes, die in der Nacht jagte. Sie erschauerte. In dieser Nacht würde sie die Jägerin sein. Lange starrte sie die Zeichnung an und versuchte, mehr aus der einfachen Botschaft herauszulesen. Ein Geräusch am Zelteingang ließ sie zusammenfahren. Schnell wischte sie die Zeichnung weg.

Gath trat ein. Er nickte kurz und warf einen Blick auf Ralic. »Wie geht es ihm?«, erkundigte er sich. »Die Männer fragen sich …« Er hielt inne. »Sie fragen sich, ob ihr Anführer die Nacht überleben wird.«

Henni holte tief Luft, um sich zu fassen. »Ralic ist ein sehr starker Mann«, sagte sie langsam und wandte den Blick ab. »Die Wunde hat aufgehört zu bluten. Er kann noch viele Tage leben.«

Gath kniff die Lippen zusammen und runzelte die Stirn. »Es wäre besser, wenn er schnell sterben würde.«

Hennis Augen flogen zu seinem Gesicht. Hatte Gath ihren Plan erraten?

»Es ist nicht gut, wenn die Macht des Hetmans langsam dahinschwindet«, beeilte sich Gath zu erklären. Er führte Hennis entsetzten Gesichtsausdruck auf ihre Sorge um Ralic zurück. »Es macht uns schwach«, fuhr er fort. »Die Männer sind ruhelos. Sie spüren den Ruf der Unterwelt.«

Henni erkannte, dass Gath von seiner eigenen Angst sprach. Er war der zweitmächtigste Mann nach Ralic; also würde er derjenige sein, welchen die anderen im Kampf um die Macht herausfordern würden. Sie sah ihm ins Gesicht. Es war nicht das Gesicht eines Anführers. Er verfügte über eine beeindruckende Körpergröße und war unglaublich stark, aber die Linien um seine Augen wirkten weich.

Gath erriet ihre Gedanken und wandte sich von ihrem forschenden Blick ab. »Alle brauchen Ruhe«, sagte er bedächtig. »Es war für uns alle ein langer Tag. In ihrer Erregung werden die Männer zwangsläufig außer Kontrolle geraten.«

»Wer ist außer Kontrolle?«, fragte Rea, die in diesem Augenblick mit Hennis Abendessen das Zelt betrat.

»Die Männer sind heute Abend ruhelos«, antwortete Henni.

»Kein Wunder.« Rea nickte. »In wenigen Tagen werden sie einen neuen Anführer haben.« Sie zuckte die Achseln. »Vielleicht sollte ich ihnen heute ein mildes Schlafkraut in ihren Abendtrunk mischen. Das würde sie beruhigen und uns allen zu der Ruhe verhelfen, die wir so nötig brauchen.« Sie warf Henni einen bedeutungsvollen Blick zu …

Henni war verblüfft über Reas listigen Vorschlag. »Ja, das ist eine gute Idee«, stimmte sie rasch zu. »Und ich könnte für die Leute tanzen.«

Gath schüttelte heftig den Kopf. »Du solltest lieber im Zelt bleiben. Es wäre nicht klug, wenn du dich heute Abend sehen ließest. Einige der Männer würden dich am liebsten noch vor dem Ableben des Hetmans totschlagen. Sie glauben, dass mit deinem Tod seine Kraft zurückkehren würde. Andere sind willens, für dich zu kämpfen. Sie sind der Meinung, dass Ralic auf deine Warnung hätte hören sollen.«

»Und was sagst du, Gath?«, fragte Henni leise und sah zu ihm auf.

Die Muskeln in Gaths Gesicht arbeiteten, und seine Augen wirkten verunsichert. Er wusste, dass einige Männer Henni schützen würden und die Auffassung vertraten, dass sie und ihre Göttin es verdienten, das Volk zu führen. Er fürchtete, dass in dem Moment, in dem Ralic starb, ein Kampf im Lager ausbrechen würde. Dem sah er mit Sorge entgegen. Viele Unschuldige würden verwundet oder getötet werden. Er rieb sich den Nacken, um seine verkrampften Muskeln zu lockern. Dann räusperte er sich und deutete mit dem Kopf auf Ralics reglose Gestalt. »Er hat sich verändert, seit du da bist«, sagte er.

»Und du glaubst, dass ich ihm seine Macht genommen habe?«

»Nein. Das habe ich nicht gesagt.«

Gath nahm die Hand vom Genick und holte tief Luft. »Ralic hat seine Macht mit dir geteilt. Er hat niemals jemandem ohne Grund etwas gegeben.« Gath sah den Hetman bekümmert an. »Leider werden wir jetzt seine Gründe nie erfahren. Sein Geheimnis wird euch beiden in die Unterwelt folgen.«

Rea warf Henni einen raschen Blick zu.

Sie hat Recht, dachte Henni. Die Geheimnisse der Göttin werden sterben, wenn man mich mit Ralic in die Erde legt. Ich muss weiterleben. Das Kind in mir muss leben. Sie richtete sich auf und sah Gath in die Augen. »Heute Abend werde ich zum Volk sprechen. Ich werde den Männern zeigen, dass ich mich vor der Unterwelt nicht fürchte.« Sie hielt inne und deutete auf Rea. »Sorge dafür, dass alle von dem vergorenen Getränk mit den beruhigenden Kräutern trinken. Nicht zu viel. Wir können nicht zulassen, dass die Männer sich betrinken. Angst und Zorn in diesem Lager sind zu groß.« Dann wandte sie sich an Gath. »Heute Abend werde ich euch das Geheimnis meiner Macht verraten und euch den Grund für den Tod des Hetmans erklären.«

KAPITEL 35

Tern lag in Yanas Armen. Sie hatten sich geliebt. Ihre Brüste waren warm unter seiner Wange und rochen nach süßer Milch. Er hatte das Ohr an ihre Brust gedrückt und hörte, wie ihr Herz schlug. Es war ein tröstliches Geräusch. Er ließ seine Hand forschend über ihre straffen Oberschenkel und ihren Bauch gleiten und spürte die Hitze ihrer Leidenschaft noch in seiner Handfläche. Yana bedeckte seine Hand mit der ihren. Er sah auf. Ihre Augen trafen sich. Es war für sie beide eine zärtliche neue Erfahrung, und sie versuchten, sich nicht mehr zu fürchten. Er küsste ihre Brüste und ließ den Kopf wieder sinken. Wie war es nur möglich, dass er hier bei ihr lag, während draußen der Wind heulte wie eine zornige Katze?

Erst vor kurzem hatte er sich gegen den Sturm den Hügel hinaufgekämpft. Eisiges Wasser war ihm in schweren Tropfen gegen Gesicht und Arme geklatscht und hatte seine Haut betäubt. Er hatte sich davon überzeugen wollen, dass es Yana gut ging und dass ihr Haus dem ersten wütenden Sturm des Winters standhielt. Er schob die schwere Holztür zur Seite, die ihre Hütte verschloss, und stolperte an dem ledernen Vorhang vorbei, der vor dem Eingang hing, um die Zugluft abzuhalten.

Yana stand über eine Schüssel mit dampfendem Wasser gebeugt und wusch sich. Langsam richtete sie sich auf. Sie war nackt bis zur Taille, ihr schweres Haar tropfnass. Er hatte sie überrascht, und sie konnte ihm nichts vormachen. Tern sah bis in ihr Inners-

tes. Der Augenblick erschien ihnen beiden wie ein zeitloser Traum. Mit leuchtenden fragenden Augen kam sie auf ihn zu. Die Hitze ihres dampfenden Körpers umfing ihn, und seine Männlichkeit schwoll an. Aufstöhnend drückte er sie an sich, und seine eiskalten Hände fanden ihre erhitzten Brüste. Seine erstarrten Lippen glitten über ihren Hals und ihr Gesicht. Er hob sie hoch und trug sie ans wärmende Feuer. Sie klammerte sich an ihn, und ihre Wimpern strichen über seine kältestarren Wangen. Sie hatten sich heftig und voller Leidenschaft geliebt, hatten lautlos und verzweifelt nacheinander gesucht. Er hatte seinen kalten Körper gegen ihren heißen geworfen, und er hatte bei ihr mehr Wärme und Tiefe gefunden, als er es sich jemals erträumt hatte. Und nun lag Tern zufrieden und erfüllt bei ihr und lauschte auf das Heulen des Sturms und den prasselnden Regen. Immer noch staunte er, immer noch liebkoste er sie. Er hob die Hand, um ihre Wange zu berühren. Sie war nass. »Es ist ja alles gut, Yana«, flüsterte er zärtlich und wischte ihre Tränen fort. »Alles ist gut.«
»Ich fühle mich, als hätte ich endlich mein Zuhause gefunden«, setzte Yana zu einer Erklärung an.
Tern sah ihr lächelnd in die Augen, legte den Kopf wieder auf ihre Brust und lauschte auf ihr Herz und den prasselnden Regen.

KAPITEL 36

Henni stand im Feuerschein. Dunkle Schatten tanzten über ihre Gestalt. Der Himmel hatte das Schiefergrau der sinkenden Nacht angenommen, und der Atem des Winters lag in der Luft. Sie trat näher zum Feuer.

Hennis Haar war geflochten und auf dem Kopf aufgetürmt, so, wie die Priesterinnen ihrer Heimat es trugen. Sie hatte sich Reas dunklen Umhang ausgeliehen: Schwarz, für die Kinder der Göttin die Farbe der reichen Erde und der Fruchtbarkeit. Aber Henni wusste, dass das schwarze Gewand im Herzen des Volkes der Herde Angst auslösen würde; für sie war Schwarz die Farbe des Todes und der Unterwelt.

Die Menge schien seltsam bedrückt. Einige Gesichter waren feindselig, und manche Männer musterten sie voller Verachtung, doch niemand wagte es, ihr entgegenzutreten. Henni dankte der Göttin, dass der Beruhigungstrank Wirkung zeigte, und sie vermutete, dass Rea mehr von den Kräutern hineingetan hatte, als sie vorgeschlagen hatte. Die Leute saßen in unbehaglichem Schweigen da und warteten darauf, dass sie zu sprechen begann.

Henni räusperte sich und streckte die Hände zum Mond aus. »Der Mond lebt in der Dunkelheit. Jeden Monat stirbt er und wird wieder geboren, aber zwei Nächte lang ist der Himmel ohne Licht.« Sie hielt inne und fuhr dann lauter fort: »Das Volk der Herde glaubt, dass der Hetman und ich zwei Tage und zwei

Nächte lang auf der dunklen Straße der Toten zur Unterwelt wandern müssen, bis zum dritten Tag, an dem das Licht dann wieder geboren wird. Ihr glaubt, dass wir nicht in das warme Licht eures Sonnengottes wieder geboren werden, sondern in das kalte Licht des Mondes und die Schatten der Unterwelt. Solange der Hetman lebt, ist er euer leuchtender Sonnengott, und die Hufe seines Pferdes fliegen über den Himmel des Tages. Aber der Tod lässt sein Licht erlöschen und erkalten wie den Mond, und nur in der Zeit des Schlafs und der Dunkelheit wird man sich seiner erinnern.«

»Das weiß doch jeder«, rief jemand aus der Menge. »Warum erzählst du uns Geschichten, die wir seit unserer Kindheit kennen?«

Hennis Augen glühten leidenschaftlich. »Weil die Geschichten meiner Kindheit anders sind«, erwiderte sie. »Mein Volk stirbt nicht, um für immer im kalten Licht der Unterwelt zu leben, und diese Macht habe ich mit eurem Anführer geteilt.«

Aus der Menge erhob sich ein ängstliches und verwirrtes Gemurmel.

Henni gebot Ruhe. »Heute muss ich mich auf die Reise in den Mutterleib der Göttin vorbereiten, aber ich fürchte mich nicht. Einst wurde ich als Säugling aus dem Schoß meiner Mutter geboren. Später, als Kind, wurde ich meinem Volk abermals wieder geboren. Ich musste durch die Dunkelheit der Göttin wandern und meine Furcht überwinden, um wieder geboren zu werden. Ich habe gelernt, dass wir in jedem Augenblick unseres Lebens den Tod atmen und essen. Die Nahrung, die wir verzehren, hat noch einen Augenblick zuvor gelebt und stirbt, um in unserem Körper wieder geboren zu werden. Im Gegensatz zu euch glaube ich, dass die Dunkelheit des Todes die Möglichkeit des Lebens enthält, eines Lebens, das noch ungeformt ist. Dieses Geheimnis habe ich mit eurem Hetman geteilt.«

»Deine Macht hat unserem Hetman den Tod gebracht«, schrie ein Mann und schüttelte die erhobene Faust.

»Ja«, antwortete Henni schnell. »Sein Glaube war noch ungeformt, und sein Gott des Pferdes lag im Kampf mit meiner Göttin. Er hat unser Hochzeitsversprechen gebrochen und das Volk der Ernte angegriffen. Bald werden wir beide das Volk der Herde verlassen. Jeder von euch wird dann für sich selbst entscheiden müssen, wem von uns beiden er folgen will.«
Henni wandte sich ab und schritt erhobenen Hauptes zum Zelt zurück. Die Leute machten ihr schweigend Platz. Doch bevor sie ins Zelt schlüpfen konnte, verstellte ihr Enak den Weg. »Es ist mir gleichgültig, was die anderen denken«, flüsterte er erbittert. »Ich fürchte die Macht deiner Göttin nicht.«
Henni drückte sich an ihm vorbei ins Zelt. Sie zitterte. Zu viel war geschehen, und sie war erschöpft. Sie wollte nur noch Ralic in den Armen halten und ihm zuflüstern, wie groß ihr Schmerz war.
Rea und zwei andere Dienerinnen hatten sich um den Hetman gekümmert, während sie zu den Leuten sprach. »Wie geht es ihm?«, fragte sie etwas zu scharf.
»Er schläft noch immer«, antwortete eine der Frauen.
»Ihr könnt gehen«, sagte Henni und bedeutete ihnen, sich zu entfernen.
Rea zögerte, das Zelt zu verlassen. »Ich habe deine Rede gehört. Die Leute werden sich viele, viele Jahre lang an die Macht der Göttin erinnern«, flüsterte sie aufgeregt.
Henni verlor die Geduld. Mit blitzenden Augen wandte sie sich zu Rea um. »Es ist mir gleichgültig«, zischte sie. »Ich wollte niemals eine Priesterin sein. Ich habe niemals um die Macht der Göttin gebeten. Was hat die Macht mir gebracht, außer Schmerz und Tod für die, die ich liebe? Lass mich mit meinem Mann allein. Ich bin der Macht müde!«
Rea sah aus, als sei sie geschlagen worden. Ihre Augen weiteten sich.
Henni bereute ihre harten Worte augenblicklich. »Du hast meinen Zorn nicht verdient, Rea«, sagte sie leise.

Rea hob das schmale Kinn. »Vielleicht doch«, erwiderte sie schnell. »Ich hatte einen Augenblick lang vergessen, dass Ralic dein Mann ist und du ihn liebst.« Sie sah in das verfallene Gesicht des Hetmans. »Diese Nacht wird schwer für dich werden. Ich werde zur Göttin beten, dass sie dir Kraft gibt.«
Sie senkte die Stimme zu einem leisen Flüstern. »Eom bereitet schon alles für eure Reise vor. Du musst meinen Umhang behalten. Das schwarze Tuch wird dich auf deinem Weg zum Fluss unsichtbar machen.«
Henni nickte und runzelte die Stirn. »Du solltest mit uns kommen«, meinte sie dann. »Dies dürfte die einzige Fluchtmöglichkeit sein, die sich dir jemals bieten wird.«
Reas Augen leuchteten auf, aber sie schüttelte ablehnend den Kopf. »Du und ich, wir sind niemals besonders gut miteinander ausgekommen«, erwiderte sie leise. »Ich weiß, dass ich dir auf die Nerven falle. Vielleicht liegt es ja daran, dass ich mich zu sehr an die Sitten dieser Leute gewöhnt habe. Aber ich habe hier meinen Platz … einen Lebenszweck. Mein Schoß ist gefüllt. Beim Volk der Göttin wäre er leer.« Sie lächelte wehmütig. »Aber ich werde dir nie vergessen, dass du mich gefragt hast.«
Henni verstand, dass ihr Entschluss endgültig war, dass dies ihren Abschied bedeutete. Sie würde nie wieder sehen, wie Rea trotzig ihr schmales Kinn hob. Nie wieder würde sie ihre schlanke Gestalt im Lager herumwandern sehen, sie mit den Kindern reden und mit den Männern flirten hören. Plötzlich hatte sie Angst. Rea war eine ständige Quelle der Kraft gewesen, hatte sie vorwärtsgetrieben, wenn sie nicht mehr konnte. Stumm stand Henni da und wollte sie nicht gehen lassen.
Rea bemerkte die Angst in ihrem Gesicht, und ihre Augen wurden feucht.
Henni war überrascht. Nach allem, was die Sklavin durchgemacht hatte, hatte sie sich nicht vorstellen können, dass sie noch weinen konnte.
Rea nahm Hennis Hand. »Du bist stärker, als du glaubst, Henni«,

sagte sie leise und mit bekümmertem Gesicht. Dann lächelte sie kurz, ließ Hennis Hand los, drehte sich um und verließ das Zelt. Henni sah ihr nach, bis sie in der Dunkelheit verschwunden war. Plötzlich verstand sie die Bedeutung des Wortes »Schwester«. Lange verharrte sie so. Ein Stern nach dem anderen leuchtete auf, uralt und fern. Sie zitterte vor Kälte und wandte sich ab von diesem abweisenden Himmel. Frierend trat sie zum Feuer. Sie stocherte in der Asche und legte noch etwas Holz nach.
Henni kauerte sich neben Ralic und legte eine Hand sanft auf seine Wange. Sie war kalt, zu kalt. Seine Wunde blutete wieder. Sie wechselte ihm den Verband, suchte noch ein paar Decken zusammen und hüllte ihn ein. Er schlief noch immer. Jeder Atemzug löste ein gurgelndes Geräusch in seiner Brust aus. Henni hoffte, dass Eom ihm genug von dem Schlaftrunk gegeben hatte, um ihn sanft in den Tod hinüberzutragen.
Sie stand auf und ging wieder zum Feuer. Die Flammen wärmten ihre Wangen, bis sie brennend heiß waren. Sie versenkte den Blick tief in die Glut, die blau, rot und golden schimmerte. Der Geruch des verbrannten Holzes übertönte den süßlichen Geruch von getrocknetem Blut, und für kurze Zeit vergaß sie, wo sie war.
Ralic stöhnte auf. Henni schreckte aus ihrer Gedankenleere auf und hob den Kopf. Er bewegte sich. »O Göttin, bitte nicht«, flüsterte sie. »Lass ihn jetzt nicht aufwachen.«
Wie zur Antwort öffneten sich Ralics Augen und starrten zum Zeltdach hinauf. »Henni?«, fragte er keuchend.
Henni eilte zu ihm.
»Wasser«, krächzte er.
Henni füllte eine Holzschale, hob seinen Kopf an und hielt das Gefäß an seine trockenen Lippen. Er versuchte, zu trinken. Die Flüssigkeit tropfte aus seinen Mundwinkeln und lief ihm am Hals hinunter. Er legte sich zurück und rang nach Luft.
Henni legte ihm die Hand auf die Brust. »Versuche, nicht so tief zu atmen«, flüsterte sie drängend. »Atme in flachen Zügen.«

Ralic nickte und schloss die Augen. Seine gurgelnden Atemzüge wurden ruhiger. Einen Augenblick lang dachte Henni, er sei wieder eingeschlafen, aber dann öffnete er die Augen. Er verzog das Gesicht. »Ich hatte einen Traum«, flüsterte er. »Du warst eine trächtige Leopardin ... du verfolgtest mich. Deine Augen waren hungrig, aber ich konnte nicht fliehen. Dein Mund und deine Augen zogen mich an. Ich wollte deine scharfen Zähne in meinem Fleisch spüren. Was hat das zu bedeuten?« Das Rasseln in seiner Brust wurde lauter.

Henni wusste, dass die Göttin ihnen beiden diesen Traum geschickt hatte. Sie versuchte, Kraft für die Antwort zu finden, die sie ihm nun geben musste. »Du bist Nahrung«, flüsterte sie. »Dein Tod bedeutet Leben für mich und für das Kind, das in meinem Leibe wächst.«

In der Ferne schrie eine Eule. Eoms Signal.

Eom, dachte Henni verzweifelt, bitte ... noch nicht. Ich kann es noch nicht tun.

Wieder ertönte das Signal, diesmal lauter.

»Denk an mich in deiner Unterwelt«, sagte sie mit kummervollem Gesicht zu Ralic.

»Aber du wirst doch auch ...«

»Nein«, flüsterte sie und legte einen Finger auf seine Lippen. »Ich werde dir nicht in die Unterwelt folgen. Du wirst in meinem Leib weiterleben. Verstehst du nicht, was der Traum bedeutet? Die Göttin hat dein innerstes Wesen schon einmal verzehrt, als dieses Kind gezeugt wurde, und nun wird sie dich wieder verzehren, damit unser Kind wachsen kann.«

Ralic sah sie verwirrt an.

Wieder hörte Henni den Schrei der Eule, des Jagdvogels der Dunkelheit. Sie spürte die Ungeduld in Eoms Ruf.

Sie sah Ralic tief in die Augen und wünschte sich mit aller Kraft ihrer Seele, er möge sie verstehen. Sie küsste seine gesprungenen Lippen und atmete zum letzten Mal seinen Atem ein. Er roch süßlich nach dem geronnenen Blut in seiner Brust und nach Tod.

Schnell griff sie nach einem Kissen. Ralic schien augenblicklich zu begreifen, was sie vorhatte. Sie bedeckte sein Gesicht und drückte zu.
Ralic wehrte sich. Sie lag schwer auf ihm, ihr Haar fiel auf sie beide herunter. Er krümmte sich und bäumte sich unter ihr auf. Henni musste auf seinen Kopf kriechen, um ihn niederzuhalten. Sie hatte Hände und Gesicht im Kissen vergraben und schluchzte laut, während sie mit ihm kämpfte. Der Augenblick erschien ihr wie eine Ewigkeit. Endlich wurde Ralics Widerstand schwächer. Eine Hand erhob sich in einem letzten fruchtlosen Versuch, Henni wegzustoßen, verharrte mitten in der Luft und fiel kraftlos herab. Mit einem seltsam wimmernden Laut stieß er die letzte Luft aus seiner Lunge, traurig, betrogen. Dann schüttelte ihn der Todeskrampf.
Henni hob das Kissen von seinem Gesicht. Seine Züge waren leblos. Er war noch warm, und doch war er tot. Die Endgültigkeit dieser Tatsache wurde ihr schlagartig bewusst. Am liebsten hätte sie ihn zurückgerufen, hätte noch einmal mit ihm geredet. Sie wünschte sich so verzweifelt, dass er sie verstanden hätte.
Mit zitternden Knien stand sie auf. Sie musste hinaus aus dem Zelt, weg von dem, was sie getan hatte. Sie legte die Hände auf ihren Bauch, versuchte, sich mit der kleinen Wölbung zu trösten, die sich dort entwickelte. »Du bist in mir, mein Gemahl«, flüsterte sie. »Dein Tod wird immer in mir fortleben und mein Herz verzehren.«
Wieder ertönte der Eulenschrei.
Sie griff nach einem Schal und rannte blindlings aus dem Zelt.
Da vertrat Marne ihr den Weg. »Er ist schon auf dem Weg zu den Geistern, nicht wahr?«, fragte sie kalt.
Henni wurde blass.
»Ich habe ihm gesagt, dass du versuchen würdest zu fliehen … dass du ihn in der Unterwelt allein lassen würdest.«
Henni trat einen Schritt zurück. Abgrundtiefer Hass schlug ihr entgegen.

»Geh«, zischte Marne. »Lauf so schnell du kannst. Flieh, wenn es dir gelingt. Ich werde heute Nacht mit meinem Mann schlafen. Ich werde euer Schlafgift trinken. Morgen früh werden sie uns eng umschlungen als Mann und Frau vorfinden. Sie werden mich mit ihm in die Unterwelt schicken. Ich will den Platz an seiner Seite nicht mit dir teilen.«

Henni wollte flüchten, aber Marne fasste sie am Arm und grub die Finger in ihr Fleisch. »Nach der Trauerzeit werden sie dich fangen«, sagte sie mit boshaftem Grinsen. »Dein Tod wird langsam und furchtbar sein, und du wirst die Straße des Todes allein gehen müssen, ohne einen Gott des Lichts, der dich schützt.«

»Ich gehöre nicht in deine Unterwelt«, gab Henni flüsternd zurück und riss sich los.

»Du hast mit dem Volk der Herde gelebt. Du hast gesehen, wie mächtig unser Gott ist. Kein Gott und keine Göttin kann vor ihm reiten. Seine donnernden Hufe werden das Volk der Göttin vernichten.«

Henni erschauerte bei ihren Worten.

Marne lächelte triumphierend. »Geh! Ich werde bei meinem Mann bleiben. Niemand wird von seinem Tod erfahren, bis es zu spät ist und du weit fort bist von hier.«

Henni schlang den Schal, den sie in der Hand hielt, um den Kopf und taumelte davon.

Die ersten Schneeflocken des Winters schwebten zur Erde. Das ganze Lager schlief, und niemand bemerkte die Frau in dem dunklen Umhang, die schnell um die Zelte herum zum Fluss eilte. Niemand außer Rea, die atemlos zusah, und Gath, der es für das Beste hielt, sie gehen zu lassen.

KAPITEL 37

Tern drehte den langen Oberschenkelknochen eines Rehs wieder und wieder in den Händen. Der Knochen fühlte sich weich und glatt an, und Tern versuchte hineinzuhorchen. Er bat den Geist des Rehs, ihm die Symbole zu zeigen, die in dem Knochen verborgen lagen. Dieser Hochzeitsstab musste etwas ganz Besonderes werden, anders als der, den er für Dala geschnitzt hatte. Dieser Stab musste die Reife und Vielschichtigkeit seiner Beziehung zu Yana widerspiegeln. Tern war so tief in Gedanken versunken, dass er nicht bemerkte, dass Dagron aufgewacht war und ihn anstarrte.

»Du bist früh auf«, sagte Dagron gähnend und sah Tern forschend an. »Wo ist Mutter?«

Tern schob den langen Knochen hinter sich unter eine Decke. »Gestern hat es spät am Abend aufgehört zu schneien«, antwortete er gleichgültig. »Sie wollte Atum sehen und Yana einen Tee für ihren Husten bringen.«

»Yana sollte hier unten bei uns wohnen«, knurrte Dagron. »Es ist nicht gut, dass unsere Mutter draußen im Schnee herumstolpern muss.«

»Sie hat sich warm angezogen und Niam gebeten, sie zu begleiten.« Tern lächelte trocken. »Ich glaube, Galea hat genug davon, immer nur mit uns zusammengesperrt zu sein. Sie ist beim ersten Morgengrauen aufgebrochen.«

Dagron grunzte zustimmend, streckte den Rücken und erhob

sich von seiner Schlafmatte. Die Decken glitten von seinen Schultern. Er stellte fest, dass es kalt war, griff nach einer Decke und wickelte sie um seinen muskulösen Körper. So ging er zur Tür und schob den dicken Ledervorhang zur Seite.

Die Sonne glitzerte so hell auf der frischen Schneedecke, dass es ihn blendete. Der Himmel war blau und wolkenlos. Dagron atmete tief ein und blies eine Dampfwolke in die Luft. »Heute ist ein guter Tag, um draußen zu sein«, murmelte er und ließ den Ledervorhang wieder fallen. »Wie steht es mit dir?«, fragte er Tern.

»Was?«

»Wir könnten auf die Jagd gehen«, schlug Dagron vor.

Tern sah auf seine Hände. »Nein, ich glaube, ich möchte zu Hause bleiben.«

»Meinst du wirklich, dass es eine gute Idee ist, einen Hochzeitsstab zu schnitzen?«, fragte Dagron geradeheraus.

Tern wich seinem Blick aus.

Dagron schnarchte aufgebracht. »Ich habe den Knochen gesehen. Ich weiß genau, was du heute Morgen gedacht hast, Tern. Du vergisst, dass auch ich gerade dabei bin, einen Hochzeitsstab für Niam zu fertigen. Die Ältesten werden dich nicht gerade loben, wenn du ohne ihre Zustimmung einen heiligen Stab machst.«

Tern zuckte gleichgültig die Achseln.

»Was denkst du dir nur dabei?«, fuhr Dagron besorgt fort. »Es ist schwer genug für Yana, die Ältesten und Priesterinnen davon zu überzeugen, dass sie es wert ist, ein Mitglied unseres Volkes zu werden. Es ist wirklich keine gute Idee, gerade jetzt den Geboten der Erhabenen zuwiderzuhandeln.«

Mit einer heftigen Bewegung wandte Tern ihm das Gesicht zu, und seine Augen wurden schmal. »Sie brauchen ja nicht zu wissen, dass ich einen Hochzeitsstab für sie mache.«

Terns Stimme klang warnend, und Dagron versuchte es auf andere Weise. »Und was ist mit Yana? Was hat sie davon, wenn du ihr Hoffnungen machst? Vielleicht wird sie die Aufnahmezeremonie ja nicht einmal überleben.«

Terns Gesicht wurde hart, und er strich sich verärgert das Haar aus der Stirn. »Sie wird sich dieser Zeremonie gar nicht unterziehen«, erklärte er.

Dagron hob überrascht die Augenbrauen. Er trat auf Tern zu. »Hat sie dir das gesagt?«, wollte er wissen.

Tern schüttelte den Kopf. »Nein.« Er schwieg, und sein Blick wurde unsicher. »Aber ich werde versuchen, sie zu überreden, mit mir zur Stadt der Leopardenleute zu gehen. Wir werden uns bei ihnen niederlassen.«

Dagron ließ sich langsam mit gekreuzten Beinen auf dem Boden nieder und zog seine Decke fester um sich. »Glaubst du, dass sie sich überreden lässt?«

»Ich habe sie dazu gebracht, mit uns hierher zu kommen. Ich werde nicht zulassen, dass sie ihr Leben aufs Spiel setzt.«

»Aber ihr werdet dort beide Außenseiter sein«, widersprach Dagron. »Die Leopardenleute glauben nicht an die Heiligkeit der Ehe. Sie werden deine Bindung an Yana als Schwäche betrachten und alles tun, um Yana dazu zu bewegen, sich viele verschiedene Gefährten zu wählen. Hast du vergessen, wie Lokuitum hinter ihr her war?«

»Das habe ich nicht vergessen«, erwiderte Tern gleichmütig.

»Ich glaube doch«, sagte Dagron drängend. »Was machst du, wenn Yana ihn zum Gefährten nimmt … oder einen anderen? Was machst du dann? Du wirst nie wieder hierher zurückkehren können. Die Ältesten werden dir deinen Ungehorsam nie verzeihen. Sie werden dir nicht mehr gestatten, in unserem Tal zu leben. Du wirst Ischa niemals wieder sehen!«

Bei der Erwähnung von Ischas Namen zuckte Tern zusammen.

Dagron beugte sich vor. »Bruder«, fuhr er fort, »du bist auch schon zu alt, um einen der spezialisierten Berufe des Leopardenvolkes zu erlernen. Sie fangen schon als Kinder an, ihre Kunst zu üben. Du wirst für deinen Lebensunterhalt von den Priesterinnen abhängig sein …«

»Ich kann jagen«, verteidigte sich Tern.
»Kannst du dir wirklich vorstellen, mit Lokuitum und seinen Männern hinter der Beute herzuschleichen?«, fragte Dagron höhnisch.
»Ich werde tun, was ich tun muss«, antwortete Tern und reckte trotzig das Kinn.

KAPITEL 38

Sie ritten ohne Pause die ganze Nacht durch und machten auch am nächsten Vormittag nicht Halt. Das Schneetreiben wurde immer dichter. Der Schnee fiel in großen, dicken Flocken. Durch das Weiß konnte Henni den dunklen Umriss von Eom und seinem Pferd erkennen, der sich vor ihr durch den Schnee kämpfte. Sie saß über den Hals ihres eigenen Pferdes gebeugt und überlegte, wann er es wohl für sicher genug halten würde, eine Rast einzulegen. Sie kamen an einen Fichtenwald. Eom führte sie immer tiefer in den Wald hinein. Die Zweige der Bäume boten Deckung gegen Wind und Schnee, sodass es leichter wurde, vorwärts zu kommen.

Endlich hielt Eom neben einem der größten Bäume an und glitt ungeschickt vom Pferd. Er rieb sich Arme und Beine und versuchte, sein Blut wieder zum Kreisen zu bringen. Dann trat er auf Henni zu, um ihr vom Pferd zu helfen. »Wir werden hier bleiben müssen, bis es aufhört zu schneien«, erklärte er. »Durch die Wolken kann ich die Sonne nicht sehen, und ich fürchte, dass wir uns verirren könnten.«

Henni nickte. Sie war ihm dankbar, dass er alles für ihre Flucht vorbereitet hatte. Er musste den größten Teil des vorangegangenen Tages damit verbracht haben, alles Nötige zusammenzutragen, während sie an Ralics Seite gesessen hatte. Sie trug Marnes dicksten Pelzmantel und auch ihre Beinkleider, um sich vor Schnee und Nässe zu schützen. Marne lag inzwischen vermut-

lich tot in Ralics Armen und würde ihre Sachen nicht mehr vermissen.
Henni klopfte sich den Schnee von Schultern und Armen und schüttelte ihn aus den Falten ihrer Kleidung. Eom ließ sie stehen und ging zu dem riesigen Baum. Er teilte die Äste, die bis zum Boden herabhingen. Darunter sah sie eine dunkle Höhle voll von dünnen, vertrockneten Zweigen. Eom begann, die dürren Zweige abzubrechen und sich so in die trockene Höhle unter dem Baum vorzuarbeiten. Henni wollte ihm zu Hilfe kommen, aber er winkte ab und deutete auf die Pferde und ihre Last. »Sie brauchen Wasser«, erklärte er. »Und sieh zu, dass du unter dem Schnee Gras für sie findest. Ich habe Getreide für sie mitgebracht, aber das sollten wir für später aufheben.«
Henni nickte und ließ Eom bei seiner Arbeit allein. Sie wühlte im Gepäck herum und fand eine Schale und einen Wassersack. Begierig nahm sie selbst ein paar Schlucke, dann tränkte sie die Pferde. Darauf suchte sie nach einer Lichtung, auf der es möglichst viel Gras gab. Als sie einen geeigneten Platz gefunden hatte, machte sie sich daran, den Schnee beiseite zu kehren, und legte eine ziemlich große Grasfläche frei. Sie führte die Pferde dorthin und ließ sie fressen.
Während sie wartete, dachte Henni über die Ereignisse der letzten Nacht nach. Eom war blass vor Sorge gewesen, als sie endlich bei ihm angekommen war, aber er hatte ihr keine Vorwürfe gemacht, weil sie ihn so lange hatte warten lassen. Wortlos war er auf sein Pferd gestiegen und hatte ihr bedeutet, das Gleiche zu tun. Schweigend waren sie hintereinander hergeritten, bis sie in der Morgendämmerung weit von den Pferdeleuten entfernt waren. Dann erst hatte er sein Tier neben das ihre gelenkt und gefragt, wie es ihr ginge. Henni hatte nicht gewagt zu sprechen. Sie hatte nur die Achseln gezuckt und ihm bedeutet weiterzureiten.
Sie konnte ihm nicht erklären, wie qualvoll der letzte Abend gewesen war und dass sie bei jedem Atemzug Ralics Todeskampf, den Augenblick ihres Verrats, wiedererleben musste. Sie spürte

immer noch seinen sich aufbäumenden Körper unter den Händen. Sein letzter Atemzug war voller Trauer gewesen, voller Enttäuschung, dass er das Leben verlassen musste. Sie erschauerte. Wenn sie sich ihm nur hätte verständlich machen können!
Die Pferde hörten auf zu grasen und wühlten mit den Nasen im Schnee, in der Hoffnung, noch mehr Gras zu finden. Sie half ihnen, indem sie eine weitere Grasfläche freilegte. Als sie genug gefressen hatten, führte sie die Tiere zu Eom zurück.
Eom ergriff eine Steinaxt und schlug ein paar von den niedrigeren Zweigen auf einer Seite des Baumes ab, sodass die Pferde unter den höheren Ästen wenigstens teilweise Schutz vor dem Schnee fanden. Er band sie fest und nahm ihnen das Gepäck ab. Dann fasste er Henni am Ellenbogen und führte sie auf die andere Seite der Fichte, teilte die Äste und schob sie sanft in die Höhle. Er selbst ging das Gepäck holen.
Henni war erstaunt. Ohne die vertrockneten Zweige konnte sie fast stehen. Sie zog ihren Umhang aus, schüttelte sorgfältig den Schnee ab und hängte ihn an einen Aststumpf. Erfreut stellte sie fest, dass in der Höhle ausreichend Platz für zwei Personen war. Müde ließ sie sich zu Boden sinken und lehnte sich gegen die raue Rinde des Baumes. Der Boden war mit einer dicken Schicht vertrockneter Fichtennadeln bedeckt und war erstaunlich weich. Nach einer aufwühlenden und schlaflosen Nacht kam ihr Körper nun endlich zur Ruhe.
Eom teilte die Äste des Baumes und betrat das dunkle Versteck. Er hörte, dass Henni ganz leise schnarchte. Behutsam legte er das Gepäck zurecht und aß ein wenig getrocknetes Fleisch, dankbar, dass das Volk der Herden immer einen ausreichenden Vorrat an Nahrung für unterwegs bereithielt. Er setzte sich neben Henni, zog sie an sich, damit sie sich gegenseitig wärmen konnten, und breitete eine schwere Decke über sie beide. Sie schlief fest und regte sich nicht. Seine Hand wanderte über ihren Leib, und er hoffte, dass ihre Flucht dem Leben, das dort wuchs, nicht schaden würde.

Langsam versank er in Schlaf, und seine Gedanken verwirrten sich. War es wirklich erst gestern gewesen, dass Henni gesagt hatte, dass das Baby vielleicht von ihm sein könnte? Die letzten beiden Tage waren so erschöpfend gewesen, dass er nicht viel darüber hatte nachdenken können. Außerdem gehörte ein Kind seiner Mutter. Aber nach einem Monat beim Volk der Herden, bei dem der Mann als derjenige galt, der das Leben weckte, verspürte Eom dennoch besitzergreifende Gefühle für das Baby. Schützend legte er eine Hand auf Hennis Bauch und befühlte ihre vollen Rundungen, bevor er in Schlaf sank.

Er träumte. Es war ein wohl bekannter Traum, den er schon früher geträumt hatte. Henni war nackt und rannte im Licht über eine Wiese. Schwarze Wolkenwirbel bildeten sich und verwandelten sich in einen gigantischen Geier, der mit seinen Schwingen den ganzen Himmel erfüllte. Der Geier stieß auf sie herunter und schrie: »Nein, nein, nein. Ich muss fressen!« Aber Eom merkte, dass der Schrei diesmal aus seiner eigenen Kehle kam. Er war hungrig nach Henni, und sie rannte vor ihm davon. Er schwang sich tiefer herab, um sie mit seinen dunklen Schwingen zu verfolgen. Er war ganz nah bei ihr, so nah, dass er die goldenen Flecken in ihren erschreckten Augen erkennen konnte. Ihre Augen sogen ihn ein. Sein Verlangen wurde stärker, überwältigend. Seine langen Greiffüße griffen nach ihr, rissen ihr Fleisch auf. Vor Schmerz wurden ihre Augen wild, die ungezähmten Augen einer Leopardin. Henni verwandelte sich aus einer fliehenden Frau in den knurrenden weiblichen Leoparden, den er auf der Lichtung gesehen hatte, auf der Ledo gestorben war. Der Bauch der Leopardin war noch immer schwer von ihren Jungen. Die Schulter der Raubkatze blutete, dort, wo er sie mit seinen Greiffüßen verletzt hatte. Sie wehrte sich gegen ihn, schlug nach ihm mit ihrer schweren Pranke. Eom fühlte einen plötzlichen Schmerz und versuchte aufzufliegen. Da füllte sich der Himmel mit seinem Blut, das sich über sie beide ergoss.

Eom fuhr aus dem Schlaf; er keuchte. Henni lag immer noch neben ihm und atmete ruhig. »Göttin«, flüsterte er. »Ein Todestraum. Warum?«

Er dachte an die Leopardin, die er vor langer Zeit gesehen hatte und die darauf gewartet hatte, Ledos Körper zu verschlingen. Die große Katze war trächtig gewesen. Die Leopardin hatte ihm gezeigt, dass er in die Stadt der Leopardenleute gehen und bei ihnen bleiben musste, bis der Winter vorbei war. Eom schüttelte den Kopf über den unwillkommenen Gedanken. Er wollte Henni nicht mit dem Leopardenvolk teilen.

Eom hatte alles geplant. In den Bergen gab es eine Höhle, in der er vor langer Zeit mit Ledo eine Nacht verbracht hatte, kurz bevor sie das Grasland erreicht hatten. Dorthin wollte er Henni bringen. Er hatte so viele Vorräte, wie sie benötigen würden, auf die Pferde gepackt. Wenn ihnen die Nahrung ausgehen sollte, wollte er die Pferde schlachten. Aber der Todestraum flößte ihm böse Vorahnungen ein. Je mehr er über seinen Plan nachdachte, desto weniger sinnvoll erschien er ihm. Der erste Schneefall dieses Winters war früh gekommen, und sie würden lange unterwegs sein, bevor sie die Berge erreichten. Und wenn sie dort waren, war er sich nicht sicher, ob er die Höhle auch wirklich finden würde, bevor das Wetter bedrohlich wurde. Das Grasland war ihnen viel näher. Der Fluss, der zur Stadt der Leopardenleute führte, konnte mit den Pferden nicht mehr als zwei Handspannen von Tagereisen entfernt sein. Eom glaubte nicht, dass die Herdenleute das Leopardenvolk noch einmal angreifen würden. Die Stadt war nur über Leitern auf den Hausdächern zugänglich, und von dort aus konnten die Leopardenleute Pfeile auf die Herdenmänner herunterschießen. Auch die Kraft ihrer Pferde konnte die Mauern nicht ohne große Verluste überwinden.

Eom begann, den Sinn seines Traums zu begreifen. Er hatte Henni ganz für sich allein haben wollen; das war ein eigensüchtiger Wunsch, der für sie beide den Tod bedeuten konnte. Das Erscheinen der trächtigen Leopardin war ein Zeichen der Muttergöttin, dass Henni nur dann am Leben bleiben würde, wenn sie in die Stadt des Leopardenvolkes gelangten.

Er rutschte zur Seite, weg von Hennis warmem Körper. Sie murmelte unwillig. Sorgfältig stopfte er die Decke um sie herum fest und kroch zum Rand ihres Unterschlupfs. Er schob die Äste auseinander und sah hinaus. Am Himmel leuchteten Sterne. Rasch kroch er zurück zu Henni und schüttelte sie sanft. »Henni«, flüsterte er drängend. »Wir müssen weiter. Der Sturm ist vorbei.«

Henni stöhnte verschlafen und schob seine Hand weg.

»Henni«, sagte er lauter und schüttelte sie kräftig. »Du musst aufwachen!«

Henni blinzelte in die Dunkelheit. »Ralic?«, fragte sie flüsternd. Sie war verwirrt und noch nicht ganz wach.

Eom gefror das Herz. »Nein, ich bin's«, knurrte er. »Der Sturm hat sich gelegt, und wir müssen weiter.«

Sie rieb sich die Stirn. »Ich bin noch so müde«, seufzte sie unglücklich.

»Wir müssen weg«, beharrte Eom. »In zwei Tagen werden die Herdenleute einen neuen Anführer wählen …«

»Ja, ich weiß«, fiel Henni ihm ins Wort und rappelte sich auf. Sie zog ihren Mantel an und folgte Eom in die Nacht hinaus.

Der Mond war voll und erhellte die Landschaft. Die Büsche warfen lange Schatten auf die flachen Schneewehen. Henni sah auf. Das Licht der Sterne wirkte schwach, überstrahlt von der Helligkeit des Mondes, der von einem weichen, goldenen Ring umgeben war. Der Wald glitzerte vom Frost, der Schnee dämpfte alle Geräusche. Einen seltsamen Augenblick lang hatte Henni das Gefühl, in der Unterwelt zu sein, und wunderte sich über die unerwartete Schönheit um sie herum. Jeden Moment würde Ralic aus dem Schatten heraustreten und sie tiefer in die vibrierende Stille hineinführen. Sie glaubte, das Schnauben seines Hengstes zu hören und fuhr erschrocken zusammen, als Eom ihre Stute

um den Baum herumführte. Sie seufzte, und das Herz war ihr schwer.
Eom kroch in ihren Unterschlupf und holte das Gepäck heraus. Mit hastigen Bewegungen befestigte er die Sachen auf den Pferden. Er half Henni beim Aufsitzen und reichte ihr die Zügel. Sie sprachen nicht. Die Gefahr war ihnen noch zu nah. Er fand den Stern, der nach Westen wies, und lenkte sein Pferd in diese Richtung. Henni ließ die Zügel schlaff herabhängen und überließ Eom die Führung. Sie starrte noch immer den weißen Mond an.

KAPITEL 39

Der Hochzeitsstab lag kühl und weiß in Terns Hand. Seine Hände hatten den Geist des Knochens erfühlt, und er staunte über das Geschenk der Rehgöttin. Hoffentlich würde Yana die Bedeutung, die er in dem Knochen gefunden hatte, auch gefallen.

Yana hatte Atum niedergelegt und kam von den Schlafdecken zurück. »Atum war so aufgeregt darüber, dich zu sehen, dass es länger gedauert hat …« Sie sah den Stab in seiner Hand und brach mitten im Satz unsicher ab.

Tern bedeutete ihr feierlich, sich neben ihn zu setzen, und reichte ihr den Hochzeitsstab. Sie berührte ihn zögernd, sah ihn kaum an und legte ihn wieder in seine Hände zurück. »Ich wusste nicht, dass es so bald geschehen würde«, murmelte sie. »Ich weiß, dass die Ältesten wollen, dass du dir eine neue Gefährtin wählst, aber …« Ihre Stimme erstarb zu einem verzweifelten Flüstern, und sie bemühte sich, zu verbergen, wie unglücklich sie war.

Tern zog sie an sich. »Ich habe den Hochzeitsstab für dich gemacht, Yana«, sagte er leise. »Möchtest du ihn dir nicht wenigstens ansehen?«

Yanas Augen leuchteten auf. »Aber sie werden nicht zulassen …«

»Sieh ihn dir erst einmal an, Yana«, wiederholte er herzlich und legte ihr den Knochen zum zweiten Mal in die Hände.

Yana nahm den Stab und begann die Schnitzereien aufmerksam zu betrachten. Auf einer Seite befand sich die Gestalt eines Stieres, das Symbol der Fruchtbarkeit, mit einem Halbmond an der Stelle, wo das Hinterbein in die Hüfte übergeht. Auch die Hörner des Stiers waren wie ein Halbmond geformt.
Tern legte seine Finger auf Yanas Hand und zeichnete die Linien nach. »Der Stier ist heilig, weil sein Kopf ebenso geformt ist wie der Schoß der Großen Göttin«, erklärte er und strich mit ihrem Zeigefinger über den Halbmond, der den Eileiter darstellte, und über das breite Gesicht mit dem schmaler werdenden Maul, die Gebärmutter. »Der Stier ist auch deshalb heilig«, fuhr er fort, »weil er das Zeichen dafür ist, dass das Männliche im Inneren des Weiblichen lebt.« Tern sah Yana tief in die Augen. »Genauso fühle ich mich mit dir. Ich kann mir ein Leben ohne dich nicht mehr vorstellen, Yana.«
Yanas Wangen röteten sich vor Glück. Sie senkte die Augen wieder auf den heiligen Stab und betastete ihn. Dann drehte sie ihn um und fand auf der anderen Seite eine zweite Schnitzerei. »Was ist das?«, fragte sie scheu. »So ein Tier habe ich noch nie gesehen.«
»Ich glaube nicht, dass die Bärengöttin in deiner Heimat lebt. Aber die Bärin gilt als die größte von allen Müttern. Sieh nur, wie sie ihr Junges nah bei sich hält«, erklärte er und deutete auf die Schnitzerei. »Die Bärengöttin ist die bedeutendste Ernährerin und Beschützerin des Lebens.« Er strich Yana übers Haar und über ihre Brüste. »Als Mädchen habe ich dich nicht gekannt«, sagte er leise. »In meinen ersten Erinnerungen an dich hast du Ischa an der Brust und Atum in den Armen. Ich habe dich niemals zornig oder ängstlich gesehen, außer wenn jemand deine Kinder bedrohte. Darum hat die Bärenmutter zu mir gesprochen, als ich den Hochzeitsstab geschnitzt habe.«
Yana hielt den Stab schweigend in der Hand, drehte ihn immer wieder hin und her und spürte seine Macht. Plötzlich lächelte sie. »Ich kann mir nicht vorstellen, dass ich dir den hier je über den

Kopf schlagen könnte«, sagte sie. »Das wäre eine Verhöhnung dieser wunderbaren Schnitzerei.«
Tern grinste. »Das ist der ganze Sinn des Hochzeitsstabs.«
Yana hielt ihn mit leuchtenden Augen in der Hand. »Er ist wirklich ein wunderbares Geschenk«, flüsterte sie.
Dann aber verschwand das Lächeln aus ihrem Gesicht. Sie kaute auf ihrer Unterlippe und sah besorgt auf. »Die Ältesten werden zornig sein, weil du dies für mich geschnitzt hast. Die Priesterinnen erwarten von dir, dass du dir bald eine andere Gefährtin wählst. Vielleicht solltest du warten, bis die Aufnahmezeremonie vorüber ist, bis ...« Sie senkte den Blick und konnte nicht weiterreden. Sie schob den Hochzeitsstab in seinen Schoß zurück und verkrampfte die Hände im Wollstoff ihres Rocks.
»Ich möchte, dass du ihn behältst, Yana«, sagte er und drückte ihr den Stab wieder in die Hand.
Yana schüttelte widerstrebend den Kopf. »Die Aufnahmezeremonie ... Vielleicht kann ich nicht ...«
»Du darfst dich dieser Zeremonie nicht unterziehen«, fiel Tern ihr ängstlich ins Wort. »Es ist verboten, darüber zu sprechen, aber ich muss dir sagen, dass kein Erwachsener sie überleben kann. Bitte sag, dass du zur Pflanzzeit im Frühling mit mir gehen wirst. Wir werden Atum nehmen und zur Stadt der Leopardenleute zurückkehren. Sie werden uns aufnehmen, da bin ich mir sicher.«
»Aber was ist mit Ischa?«, fragte Yana. »Die Ältesten werden dir nie wieder gestatten, auch nur in ihre Nähe zu kommen.«
Terns Augen verfinsterten sich. »Ischa gehört zur Familie ihrer Mutter«, antwortete er bitter.
»Ja, aber jetzt kannst du sie wenigstens sehen. Was würde Dala sagen, wenn du ihre Tochter verlässt?«
»Du redest wie Dagron.« Terns Augen flammten auf. Er sprang auf die Füße und begann auf und ab zu laufen. »Dala hat hiermit nichts zu tun. Sie hat mich verlassen und ist in den Schoß der Großen Mutter zurückgekehrt. Ich will dich nicht auch noch verlieren!«

Yana stand langsam auf, trat zu ihm und legte ihm beruhigend die Hand auf den Arm. »Ich habe das Gefühl, dass du bei den Leopardenleuten nicht glücklich wärest.« Sie versuchte, vernünftig zu sein, obwohl ihre Stimme zitterte. »Aber ich werde den Hochzeitsstab erst einmal behalten, wenn dich das glücklich macht. Wir müssen es nur geheim halten.«
Tern schloss sie in die Arme, atmete ihren warmen, weiblichen Geruch ein und küsste sie sanft. Er führte sie zu den Kissen und zog sie neben sich zu Boden. Den Hochzeitsstab legte er ans Kopfende ihrer Schlafmatte.

KAPITEL 40

Es hatte tagelang geregnet. Nichts war zu hören als das Knirschen der Pferdehufe auf dem halbgefrorenen Boden und das Tropfen des schmelzenden Schnees aus den Zweigen der Bäume. Als der Tag fortschritt, schnitten kleine Wasserbäche tiefe Furchen in den Boden und verwandelten sich schließlich in Ströme von Schlamm.

Henni saß verkrümmt auf ihrer Stute. Ihr Körper wehrte sich gegen das beständige Schwingen des Pferderückens, während sich das Tier vorsichtig einen Weg durch Wasser, Schlamm und Eis suchte. Gelegentlich glitt die Stute aus, und ein plötzlicher Stich durchfuhr Hennis Rücken, wenn das Tier wieder ins Gleichgewicht zu kommen suchte. Ein dumpfer Schmerz lähmte ihre Arme und Beine. Die Innenseite ihrer Oberschenkel war wund, wo das nasse Leder ihre zarte Haut aufgerieben hatte. Ihr ganzer Körper war müde bis in die Knochen.

Eine Handspanne von Tagen war vergangen, seit Henni und Eom das Volk der Herden verlassen hatten. Sie hatten immer nur gerade lang genug gerastet, um zu essen, die Pferde zu füttern und ein wenig zu schlafen. Nachts hatten sie sich erschöpft und schweigend aneinander geschmiegt. Henni war betäubt von ihrer Trauer um Ralic, und Eom weigerte sich, ihren Kummer zur Kenntnis zu nehmen. Doch die Traurigkeit in Hennis Brust war abgrundtief. Es gab keinen Trost, sie konnte nicht einmal weinen. Die Tage verschwammen ihr vor den Augen zu einer einzi-

gen endlosen Kette aus schweigendem Weiß, bis es schließlich zu tauen begann.
Die Erwärmung und das Schmelzen des Schnees ließen Eom neuen Mut fassen. Vielleicht hatten sie ja doch noch genug Zeit, um die Berghöhle zu erreichen, bevor der Winter sie mit ganzer Macht überfiel. Er schob die erschreckenden Bilder seines Todestraumes beiseite und begann wieder, hoffnungsvoll von warmen Abenden in Hennis Armen in der Sicherheit ihrer Höhle zu träumen. Er war fest davon überzeugt, dass sie ihn bis zum Frühling mit aller Hingabe lieben würde, zumal sie vollständig abhängig von ihm sein würde, wenn die Zeit ihrer Niederkunft näher kam. Und dass das Kind von ihm gezeugt war, stand für ihn außer Zweifel.
Eom sah sich zu Henni um. Sie wirkte mitgenommen und blass. Er wusste, dass sie müde war, sie waren es beide, aber sie konnten es sich nicht leisten zu rasten. Die Herdenmänner waren jetzt hinter ihnen her. Eom war dankbar, dass der Schnee ihre Spuren bedeckt hatte. Aber jetzt, da es taute, würde es am sichersten sein, sich zum Fluss durchzuschlagen, eine Zeit lang im flachen Wasser zu reiten und dann irgendwo den Fluss zu überqueren, um so alle Spuren zu verwischen. Sie würden auf die Vorberge der Gebirgskette zureiten. Es würde länger dauern, die Höhle zu erreichen als die Stadt der Leopardenleute, aber wohl nur um einige Tage. Henni war eine kräftige Frau. Sie würden es schaffen.
Wie um sich selbst Mut zu machen, sah er sich noch einmal nach ihr um. Zu seinem Schrecken war sie über ihrem Pferd zusammengesunken und begann, nach einer Seite zu rutschen. Rasch wendete er seinen Hengst. Er schwang das Bein über den Rücken des Tieres und sprang hinunter. Dann zog er Henni von ihrer Stute und stellte sie auf die Füße. Sie hing schlaff in seinen Armen. »Henni!«, rief er und schüttelte sie. »Du bist eingeschlafen!«
Hennis Kopf fiel auf Eoms Schulter. »Ich kann nicht mehr«, murmelte sie schlaftrunken.

»Aber wir müssen weiter«, widersprach Eom. »Es ist noch heller Tag.«
Henni schüttelte den Kopf, löste sich von ihm und ließ sich zu Boden sinken. Sie legte den Kopf in die Hände.
Eom beugte sich zu ihr. »Kannst du wirklich nicht mehr weiter? Vielleicht hilft es ja, wenn du etwas isst?«
Henni rührte sich nicht und gab keine Antwort.
Eom packte sie unter den Armen und versuchte vergeblich, sie hochzuziehen. »Steh auf, Henni«, forderte er sie auf.
Ihre Arme schmerzten unter seinem Griff. Sie wollte ihn wegstoßen, hatte aber nicht die Kraft dazu. Sie hing schlaff in seinen Armen, bis er sie wieder zu Boden sinken ließ. Sie hob nicht einmal den Kopf.
Eom stieß sie mit dem Fuß an. »Was ist los mit dir?«
Hennis Kopf sank noch tiefer auf ihre Brust. Sie begann zu weinen. Sie wusste nicht, woher all die Tränen kamen, konnte sie aber nicht aufhalten. Mit jedem Atemzug wurde ihr Weinen lauter, unkontrollierter. Ein trockenes Schluchzen schüttelte ihren Körper. Sie weinte, bis Galle in ihrer Kehle aufstieg. Sie beugte sich vor, stützte sich auf alle viere und ließ sich schließlich in den schmelzenden Schnee fallen. Alles war nass, kalt und wund. Sie krallte ihre Finger in den Schlamm, als ob sie sich daran fest halten könnte. Die klebrige Masse mischte sich mit den Tränen auf ihrem Gesicht. Sie schrie all ihren Schmerz hinaus, bis die Blutgefäße hinter ihren Augen pochten, und konnte immer noch nicht aufhören.
Eom bekam Angst. Durch seine Pflichten als Geierpriester der Göttin kam er mit allen Arten von Schmerz in Berührung, aber was mit Henni geschah, lag jenseits seiner Möglichkeiten. Er konnte ihr nicht helfen. Sie litt unter einem großen Schmerz, hatte vermutlich schon seit Tagen gelitten. Zum ersten Mal fragte er sich, was wohl in jener Nacht geschehen sein mochte, in der er sie zum Fluss gerufen hatte. Er hatte angenommen, dass Ralics Ende leicht gewesen sei, aber jetzt war er sich nicht mehr so sicher.

Eom ließ sich neben Henni auf die Knie nieder und legte einen Arm um sie. Sie zitterte zwischen ihren Weinkrämpfen. »Henni«, sagte er drängend, »so hör doch auf zu weinen. Der Boden ist zu nass.«
Henni antwortete nicht.
Eom zermarterte sich verzweifelt das Gehirn nach etwas, das zu ihr durchdringen würde. »Dein Kind, Henni«, sagte er mit vor Verzweiflung brüchiger Stimme. »Du musst an dein Baby denken.«
Doch Henni weinte weiter, obwohl sie ihn verstanden hatte. Sie gestattete Eom, sie in eine sitzende Stellung zu hieven, zog die nassen Beine an ihre Brust und legte den Kopf auf die Knie. Das laute Schluchzen hörte auf. Sie sog heftig die Luft ein, um wieder zu Atem zu kommen. Dann wurde auch ihr Atem ruhig, aber die Tränen flossen ihr noch immer still übers Gesicht, und ihre Augen starrten ins Leere.
Eom atmete erleichtert auf. Es war klar, dass sie an diesem Tag nicht mehr weiterkommen würden. Also stieg er auf sein Pferd und begann, nach einem guten Platz zum Lagern zu suchen. Nicht weit entfernt fand er einen sonnigen Fleck auf einer Erhebung aus flachen Felsen, wo der Schnee bereits geschmolzen und der Boden relativ trocken war. Er beschloss, ein Feuer zu entzünden.
Während der ersten Nächte nach ihrer Flucht hatten sie sich nur mit ihren schweren Pelzmänteln und der Hitze ihrer eigenen aneinander geschmiegten Körper unter einer dicken Decke gewärmt. Ein Feuer sollte sie jetzt wärmen. Eom stieg vom Pferd und band ein Bündel trockener Knüppel los, die hinter ihm auf seinem Reittier befestigt gewesen waren. Er hatte auch ein verlassenes Vogelnest aufgehoben, das er in den niedrigen Zweigen des Baumes gefunden hatte, unter dem sie die erste Nacht verbracht hatten, das er zum Entfachen eines Feuers verwenden wollte. Er trug immer einen Eisenpyritstein mit sich, den ihm seine Mutter einmal für zeremonielle Zwecke geschenkt hatte.

Er schlug mit einem Feuerstein dagegen und versuchte, den Funken mit dem Vogelnest aufzufangen. Nach einigen Versuchen wurde aus dem Funken eine kleine Flamme, die um Stroh, Zweige und Vogeldaunen züngelte. Er legte Holz nach, bis das Feuer kräftig brannte. Dann bestieg er sein Pferd und kehrte zu Henni zurück.

Sie saß noch immer so da, wie er sie verlassen hatte. Sie weinte nicht mehr, aber in ihren Augen lag ein Ausdruck von Trostlosigkeit. Eom stieg vom Pferd und ließ sich neben ihr auf die Knie nieder. »Ich habe einen guten Lagerplatz gefunden«, sagte er sanft. »Es ist nicht weit von hier, und ein warmes Feuer wartet auf uns.«

Henni sah auf. »Ein Feuer?«

Eom nickte. »Wir haben einen Vorsprung von einer Handspanne von Tagen vor den Herdenmännern. Ich denke, wir können ein wenig rasten, bis dein Mantel trocken ist.«

Henni sah an ihrem nassen Umhang hinunter und errötete schuldbewusst. Aber eigentlich war es ihr gleichgültig. Bald würden sie an dem warmen Feuer sitzen. Unbeholfen stand sie auf und ließ sich von Eoms Hand stützen.

Als sie am Lagerplatz ankamen, half Eom Henni vom Pferd, nahm ihr den Mantel ab und breitete ihn zum Trocknen über einen Felsen. Er legte noch ein paar Zweige aufs Feuer und ging dann die Pferde anbinden und Feuerholz sammeln. Henni blieb allein zurück und starrte in die Flammen.

Zum ersten Mal seit Ralics Verwundung fragte sie sich, wie das Leben ohne ihn wohl weitergehen würde. Es war, als ob ihre Tränen die lähmende Trauer fortgeschwemmt hätten; sie konnte wieder denken. Sie war immer noch traurig, aber sie machte sich selbst keine Vorwürfe mehr. Eom hatte sie an die Bedeutung ihres Entschlusses erinnert. Sie trug neues Leben in sich, ein Geschenk der Großen Göttin. Und dieses Leben musste geschützt werden. Henni lehnte sich an einen Felsbrocken, den Eom ans Feuer gerollt hatte. Sie legte die Hand auf ihren Bauch. Die Wär-

me der Sonne und des Feuers drangen in ihre Glieder, und sie wurde ruhig. Ihre Gedanken verwirrten sich, verschwommene Bilder von Kindern, Erde und Bäumen gingen ihr durch den Kopf. Das Letzte, was sie vor sich sah, bevor sie einschlief, war Rea, die ein Baby im Arm hielt.
Henni fuhr erschrocken hoch. Eom hatte sich bewegt und Holz ins Feuer gelegt. Über ihr funkelten Sterne. Eom bemerkte, dass sie wach war, und brachte ihr eine Schale dampfenden Tee, der nach Minze roch. Henni atmete tief ein und freute sich über den starken Duft des Getränks. Sie nahm einen Schluck und ließ sich die Flüssigkeit genüsslich über die Zunge rinnen. Langsam klärten sich ihre Gedanken, und sie schüttelte ihre Schläfrigkeit ab. Henni lächelte Eom dankbar an. »Du solltest auch ein bisschen schlafen«, sagte sie leise. »Ich werde auf das Feuer aufpassen.«
»Ich habe schon geschlafen«, antwortete er. »Ich bin aufgewacht und habe beschlossen, Getreide zu kochen. Hast du Hunger?«
Henni nickte, und er reichte ihr eine Schale mit weich gekochtem Weizen und Gerste, vermischt mit zerstoßenen Nüssen. Henni aß begierig und bat um mehr.
Eom lachte und füllte ihre Schale noch einmal.
Henni lächelte schwach und aß, bis sie gesättigt war. Dann legte sie ihre Schale zur Seite und lehnte sich an den Felsen. Das Getreide füllte ihr beruhigend den Magen und strahlte in ihren ganzen Körper Wärme aus. Sie sah zum Himmel auf und wurde nachdenklich. »Wo wollen wir hin?«, fragte sie mit abwesender Stimme, die Augen immer noch auf die Sterne gerichtet.
Eom hob überrascht den Kopf. Erst jetzt fiel ihm ein, dass er ihr seine Pläne nicht mitgeteilt hatte, und er überlegte, ob sie womöglich Einwände erheben könnte. »Ich weiß eine Höhle in den Bergen«, antwortete er etwas zu schnell. »Ich habe dort eine Zeit lang mit … hm … einem Freund gehaust, als wir unterwegs waren. Es kann nicht mehr weit sein.« Er bemühte sich, ganz selbstverständlich zu reden. »Mit den Pferden schaffen wir es sehr schnell.«

Eom betrachtete Hennis emporgewandtes Profil. Sie wirkte zerstreut und unbeeindruckt von seiner Mitteilung. Er atmete erleichtert auf. »Ich habe so viel Getreide eingepackt, dass wir bis weit in den Winter hinein damit auskommen können. Und wenn die Jagd schlecht ist, werden die Pferde uns mit Fleisch versorgen.«

Henni neigte den Kopf. Zwischen ihren Augenbrauen stand eine Falte. »Du willst die Pferde schlachten?«

»Wir werden Fleisch brauchen.«

»Wir sollten versuchen, ein Dorf zu erreichen«, stellte Henni ruhig fest.

»Die Herdenmänner werden nach uns suchen«, widersprach Eom. »Sie werden erwarten, dass wir uns in einem Dorf verstecken.«

Henni sank das Herz. »Du glaubst, dass sie auf der Suche nach uns die Dörfer überfallen?«

»Das können wir nicht ändern«, gab Eom kurz zurück. »Aber nach dem letzten Überfall werden die nahe gelegenen Dörfer von den Herdenleuten wissen und sich hoffentlich besser vorbereiten.«

Henni lachte bitter. »Wie soll man sich denn auf einen Angriff von Männern vorbereiten, die auf Pferden reiten und ihre Speere dazu benutzen, Menschen statt Tiere zu jagen?«

»Es wird besser für die Dorfbewohner ausgehen, wenn wir nicht bei ihnen sind.«

Henni konnte nicht umhin, zustimmend zu nicken. Sie schwieg und blickte in das prasselnde Feuer. Langsam schloss sie die Augen. Eom dachte, sie sei wieder eingeschlafen, doch plötzlich begann sie zu sprechen. »Ich wurde dazu ausgebildet, einmal den Platz der Hohenpriesterin meines Dorfes einzunehmen«, sagte sie leise. »Ich habe geglaubt, ich wüsste schon alles über die Göttin, was es zu wissen gibt, aber jetzt bin ich mir nicht mehr so sicher.« Sie setzte sich auf und sah ihn mit aufgerissenen Augen an. »Man hat mich gelehrt, dass die Göttin alles umschließt: Leben,

Tod und Veränderung. Ich habe geglaubt, dass sie unüberwindlich sei ... und dann hat Marne kurz vor unserer Flucht etwas zu mir gesagt, das meinen Glauben ins Wanken gebracht hat. Du bist der Geierpriester der Göttin«, fuhr sie fort. »Meinst du, dass die Göttin ihre Macht an den Gott des leuchtenden Himmels verlieren wird?«

Eom war bestürzt. Er räusperte sich. »Ein alter Mann hat mir einmal gesagt, dass die Göttin in den Gesichtern, Händen und Füßen der Menschen lebt. Wo immer sie ihre Hände hinlegen und ihre Füße und Gesichter hinwenden, dort ist sie.«

Eom räusperte sich noch einmal und fuhr dann fort: »Er war ein alter Jäger und hielt uns viele Mondspannen lang am Leben. Er konnte die Bewegungen der Tiere voraussehen und beherrschte die alte Kunst des Jagens, die den Siedlern in den Tälern, die Getreide anbauen und Vieh halten, langsam verloren geht. In unserem Dorf hatte er keinen hohen Status. Die Leute glaubten nicht mehr an seine Macht.«

»Willst du damit sagen, dass die Macht der Göttin davon abhängt, wie die Leute sie sehen ... und dass sie ihre Macht über die Menschen verliert, wenn die Menschen den Gott des leuchtenden Himmels für stärker halten?«

Eom zuckte die Achseln. »Ich kann deine Frage nicht beantworten«, sagte er leise. »Alles, was ich verstehe, ist meine eigene Macht; und in einigen Fällen haben sich die Hände, Füße und Gesichter der Menschen gegen mich gewandt. Es war einfacher, die Herdenleute zu überzeugen, die keine Vorstellung von der Göttin hatten. Ich konnte ihnen jeden Aspekt der Göttin nahe bringen, den ich ihnen darstellen wollte, weil ihre Vorstellung von ihr noch keine Gestalt hatte.«

Henni saß schweigend da und dachte über ihre eigene Macht in der Großen Mutter nach. Wenn das wahr war, was Eom da gerade gesagt hatte, dann schien ihre ganze Ausbildung als Priesterin sinnlos zu sein.

Henni rieb sich die Stirn. »Alles verändert sich, und ich weiß nicht mehr, was ich denken soll. Ich war die erste unverheiratete Frau, der es gestattet wurde, mit auf eine lange Handelsreise zu gehen. Ich habe darum gebeten und gebettelt. Die Ältesten beschlossen, mich ziehen zu lassen, weil ich noch nicht reif genug war, um meinen Platz als Priesterin einzunehmen, und jetzt bin ich verwirrter als je zuvor. Weißt du, dass mein Bruder und ich schon fast wieder zu Hause waren, als Ralic mich entführte? Wir hatten es fast geschafft.« Sie hielt inne. Ihre Augen verdunkelten sich, und sie lehnte sich gegen den Felsen. »Seit mehr als zwei Erntezeiten habe ich meine Mutter nicht mehr gesehen«, flüsterte sie wehmütig. »Was würde sie wohl zu all dem sagen?«

Eom hielt den Atem an. Wenn Henni wüsste, wie nah sie ihrer Heimat waren, würde sie darauf bestehen, dorthin zu gehen, und er würde seine Macht über sie verlieren. Er musste sie in die Berge bringen. Er war sich noch immer ganz sicher, dass Henni, wenn sie erst einen langen Winter mit ihm verbracht hatte, ihn schließlich doch lieben und brauchen und sich bereit erklären würde, mit ihm in seine eigene Heimat zurückzukehren. »Du musst schlafen«, sagte Eom und zog die Decke fest um sie. »Wir brauchen beide Ruhe. Heute haben wir viel Zeit verloren, und irgendwie müssen wir das wieder aufholen. Wir werden morgen noch vor Sonnenaufgang aufbrechen müssen.«

KAPITEL 41

Galea rückte näher an Yanas Herdfeuer und schenkte sich noch eine Schale Tee ein. Die warme Flüssigkeit vertrieb die Kälte aus ihren Knochen. Der Aufstieg zu Yanas Hütte gestaltete sich immer schwieriger. Die Winterstürme wurden stärker, die Schneewehen tiefer. Bald würde sie ganz aufhören müssen, Yana zu besuchen, es sei denn, sie konnte sie dazu überreden, sie für den Rest der kalten Jahreszeit bei sich wohnen zu lassen.

Galea sah zu Atum hinüber, der in Yanas Schlafdecken spielte. Sie lächelte den Jungen wehmütig an. Yana und Atum waren die Einzigen, die sie den Schmerz über den Verlust ihrer Tochter vergessen ließen. Atum konnte Galea zum Lachen bringen, genauso wie Derk es einst getan hatte; und obwohl Yana ganz anders als Henni war, hatten ihre Augen und ihr Charakter etwas Warmes und Tröstliches. Galea glaubte nicht, dass Yana sich der Aufnahmezeremonie unterziehen würde. Sie war sich fast sicher, dass die junge Mutter im Frühling zur Stadt der Leopardenleute aufbrechen würde, und Galea wollte noch so viel Zeit wie möglich mit ihr und Atum verbringen, bevor sie fortgingen.

Yana schob den Ledervorhang vor ihrer Tür zur Seite und kam mit einem Arm voll Holz in die Hütte. Sie legte den Stapel auf den Boden und warf einen der großen Äste ins Feuer. Dann kniete sie sich vor den Herd und wärmte ihre Finger. Sie sah Galea an. »Es wird kalt, Mutter«, sagte sie leise. »Ich freue mich, wenn du kommst, aber bei so einem Wetter solltest du nicht mehr den Hügel heraufklettern.«

Galea schniefte. »Genau dasselbe hat Dagron heute Morgen auch zu mir gesagt.«

»Nun ja, du solltest auf ihn hören«, ermahnte sie Yana.

Galea lächelte trocken und nahm ihre Webarbeit auf. »Dagron sagt mir seine Meinung nur allzu deutlich, und beide, Tern wie auch Dagron, behandeln mich, als ob ich eine Tattergreisin wäre. Meine Hütte gehört nicht mehr mir selbst.«

»Im Frühling wird Dagron zu Niam ziehen«, erinnerte sie Yana.

»Das ist mir nicht früh genug.«

Yana lachte. »Das ist doch nicht dein Ernst!«

Galea ließ ihre Webarbeit sinken. »Seit seiner Kindheit hat mein Sohn immer versucht, seinen Kopf durchzusetzen. Das hat ihn oft genug in Schwierigkeiten gebracht.«

Yana lachte wieder. »Tern hat mir erzählt, wie Dagron einmal in Schwierigkeiten geriet, als er versuchte, ein Wolfsjunges zu fangen.« Sie warf einen Blick auf Atum, der auf den Decken eingeschlafen war. »Ich hoffe, dass mein Sohn ein bisschen vorsichtiger sein wird.«

Galea seufzte. »Dein Sohn hat die Augen meines Bruders Derk, und du weißt, wie vorsichtig der war«, antwortete sie wehmütig. »Ich fürchte, es ist eine Familieneigenheit. Sei konsequent mit Atum. Lass ihm nicht irgendwelche Dummheiten durchgehen, nur wegen seines mutwilligen Lächelns.«

Yana unterdrückte ein Lachen und nickte ernsthaft. »Atum fängt gerade erst an zu sprechen, und schon erteilt er Befehle.«

Galea nahm ihre Webarbeit wieder auf und schlug die Augen nieder. »Tern meint, dass ich mich zu sehr daran gewöhnt habe, allein zu leben«, sagte sie ausweichend. »Vielleicht hat er ja Recht. Ich beneide dich um deine Einsamkeit hier oben.«

Yana bemerkte den Wink mit dem Zaunpfahl. »Du weißt, dass du hier immer gern gesehen bist, Mutter.«

Galea streckte die Hand aus und klopfte Yana aufs Knie. »Ich fühle mich immer willkommen bei dir, Tochter, aber diesmal hat Dagron Recht. Die Tage sind kalt und dunkel; es wird zu beschwerlich für mich, den Weg den Hügel hinauf zu schaffen. Ich finde den Gedanken schrecklich, bis zum Frühling warten zu müssen, bis ich euch beide wieder sehe.«

Yana wurde blass. Bis zu diesem Augenblick war ihr nicht wirklich klar gewesen, wie sehr sie auf Galeas Gesellschaft angewiesen war. Außer ihr hatte sie kaum Gäste. Nachen besuchte sie nur noch selten mit Ischa. Galeas Gesellschaft hatte sie davon abgelenkt, wie sehr ihr das Mädchen fehlte. Tern kam, sooft er nur konnte, aber mit Rücksicht auf die Ältesten war er vorsichtig und achtete stets darauf, auch einen guten Grund zu haben, sie in ihrer Hütte zu besuchen. Der Gedanke, den Rest des Winters allein zu verbringen, war bedrückend.

Galea sah in Yanas ängstliches Gesicht. »Vielleicht könnte ich eine Weile hier bei dir wohnen«, sagte sie zögernd. »Es wäre wirklich ein Glück, eine Zeit lang nicht mehr mit Dagron und Tern zusammenzuleben.«

Yanas Augen weiteten sich ungläubig. »Du würdest wirklich hier bei mir bleiben?«

»Warum nicht? Ich verbringe sowieso die meiste Zeit hier oben. Dagron könnte mir alles bringen, was ich brauche.«

»Und was werden die Ältesten dazu sagen?«

»Yana, ich glaube, du hast das Herz der Ältesten erweicht«, meinte Galea freundlich. »Ich glaube sogar, dass die Hohepriesterin dich sehr gerne mag. Ich kann mir nicht denken, dass sie sehr viel dagegen einzuwenden haben.«

Yanas Augen leuchteten auf. »Du möchtest wirklich bei mir bleiben?«

Galea schnaubte. »Du bist viele Mondspannen lang mit Dagron und Tern unterwegs gewesen. Frag dich doch selbst, was du an meiner Stelle tun würdest.«

Yana musste lachen. »Tern ist launisch und Dagron anspruchsvoll. Ohne Napore und Henni wäre ich verrückt geworden.«

»Siehst du? Du tust wirklich einer alten Frau einen großen Gefallen, wenn du sie bei dir aufnimmst.«

»Du bist nicht alt, Galea«, widersprach Yana. »Und ich kann nicht glauben, dass es mit Dagron und Tern so schlimm ist, wie du sagst. Aber ich möchte mich nicht mit dir darüber streiten. Hol deine Sachen.« Sie lächelte.

KAPITEL 42

Henni blickte zum strahlend blauen wolkenlosen Himmel empor. Die Sonne blendete sie. Sie blinzelte und wünschte, sie hätte ein Stück Holzkohle vom Feuer aufgehoben. Damit hätte sie einen schwarzen Rand unter ihre Augen malen können, um so das Sonnenlicht zu zerstreuen. Die Helligkeit verursachte ihr Kopfschmerzen, und schon während des ganzen Morgens beunruhigte sie etwas in ihrer Umgebung. Sie runzelte nachdenklich die Stirn und kam zu dem Schluss, dass sie eine kurze Pause brauchte, um nachdenken zu können. Sie trieb ihr Pferd an, um den voranreitenden Eom einzuholen. »Wir sind schon den ganzen Vormittag über geritten«, rief sie ihm zu. »Ich möchte gern ein bisschen rasten.«

Eom zügelte sein Pferd, sodass sie miteinander reden konnten, ohne sich anbrüllen zu müssen. Er runzelte nachdenklich die Stirn. »Ich finde nicht, dass wir Halt machen sollten. Auf dieser Ebene gibt es keine Möglichkeit, unsere Spuren zu verwischen, und wir müssen den Schutz der Bäume dort in der Ferne noch vor Einbruch der Nacht erreichen.« Er zeigte auf die Schatten am Horizont.

Henni kniff die Lippen zusammen, widersprach aber nicht. Sie drehte sich um und betrachtete die tiefen braunen Spuren, die die Pferdehufe im Gras und Schlamm hinterlassen hatten. »Aber müssen die Pferde nicht bald grasen?«, fragte sie und wandte sich ihm wieder zu.

»Heute werden wir keine Rast machen«, erklärte Eom bestimmt. »Die Pferde bekommen genug Ruhe und Futter, sobald wir die Bäume erreicht haben.«

Henni sah in die Ferne. Sie verstand Eoms Sorge, aber sie fühlte sich losgelöst davon. Wusste er denn nicht, dass der Tod im Leben enthalten war? Er war zum Geierpriester ausgebildet worden und somit sollte ihm eigentlich bekannt sein, dass sie so weit fliehen konnten, wie sie nur wollten, der Tod würde immer zur Stelle sein. Aber dann legte Henni die Hand auf ihren Bauch und musste daran denken, dass auch hier Leben war. Sie lächelte und trieb ihr Pferd an.

Später, als die Schatten länger wurden, stellte Eom fest, dass es nun sehr schnell dunkel werden würde. Sein Pferd war erschöpft und ließ den Kopf beim Gehen hängen. Er wagte es jedoch nicht, die Zügel schleifen zu lassen, denn das Tier würde augenblicklich stehen bleiben, um sich ein Maul voll Gras zu rupfen. Eom war dankbar, dass der Schatten am Horizont sich inzwischen in ein grünblaues Band verwandelt hatte. Er hatte befürchtet, dass sie die Bäume bis zum Einbruch der Dunkelheit nicht erreichen würden, doch jetzt war es nicht mehr weit. Er drehte sich um, um Henni für das letzte Stück Mut zu machen, aber zu seinem Schrecken war sie nicht mehr hinter ihm. Er hielt augenblicklich an und glitt vom Pferd. Er durchsuchte mit den Augen die Ebene und entdeckte in der Ferne Hennis friedlich grasendes Pferd.

Eom erschrak. Henni war nirgends zu sehen. Er legte die Hände wie einen Trichter vor den Mund, um nach ihr zu rufen. Einen beängstigenden Augenblick lang erhielt er keine Antwort, aber dann stand Henni auf und winkte ihm zu. Sie hatte im niedrigen Gras verborgen am Boden gesessen.

Eoms Angst verwandelte sich in Wut. Er stieg wieder auf sein Pferd, das ebenfalls begonnen hatte zu grasen, und nötigte das widerstrebende Tier, auf Henni zuzutraben. »Was machst du da?«, brüllte er, als er näher kam. »Warum hast du mir nicht gesagt, dass du anhalten willst?«

Henni biss noch einmal von dem getrockneten Fleisch ab, das sie in der Hand hielt, und kaute gelassen. Ruhig erwiderte sie seinen zornigen Blick und zuckte die Achseln. »Ich habe die Bäume gesehen«, sagte sie einfach. »Ich wusste, dass wir bis zum Abend einen geschützten Ort erreichen würden, und mein Pferd zog ständig am Zügel. Also beschloss ich, die Stute erst einmal fressen zu lassen.«

Noch nie hatte Eom den Wunsch verspürt, die Hand gegen eine Frau zu erheben. Während er bei den Herdenmännern gelebt hatte, hatte er oft miterlebt, wie sie ihre Frauen schlugen, aber in seiner eigenen Heimat war so etwas vollkommen undenkbar. Jetzt wurde ihm klar, dass das Leben bei den Herdenleuten ihn verändert hatte. Er hatte das dringende Bedürfnis, Henni zu schlagen, sie zu unterdrücken und ihr Angst zu machen, so wie sie ihm Angst gemacht hatte. »Die Abenddämmerung beginnt bereits«, fauchte er. »Ich hätte dich den Leoparden überlassen sollen. Man hat mir gesagt, dass sie in der Dämmerung am liebsten jagen. Eine einsame Frau und ein Pferd wären eine einladende Beute für sie gewesen.«

Hennis Augen weiteten sich. Die verwirrenden Eindrücke, die sie den ganzen Tag verfolgt hatten, bekamen plötzlich einen Sinn. Langsam stand sie auf. »Hier gibt es Leoparden?«, fragte sie mit vor Erregung erhobener Stimme.

Eom wusste sofort, dass er einen Fehler gemacht hatte. »Es könnte jedenfalls welche geben«, gab er zögernd zu.

»Das Grasland«, flüsterte Henni verwundert. »Der Schnee hat das Gras flach gedrückt, sodass ich es nicht wieder erkannt habe ... und mit den Pferden kommen wir auch so viel schneller vorwärts. Wir müssen ganz nah bei dem Fluss sein, der zur Stadt der Leopardenleute führt«, sagte sie aufgeregt. Sie sah ihn vorwurfsvoll an. »Du hast das gewusst, nicht wahr?«

Eom beugte sich vor und sah sie lange schweigend an. »Ja, ich habe es gewusst«, bestätigte er schließlich leise und ruhig. »Und ich habe auch gewusst, dass du darauf bestehen würdest, zu deinen Freunden zu gehen. Deshalb habe ich es dir nicht gesagt. Es ist für sie und uns sicherer, wenn wir in die Berge gehen.«

»Aber wir könnten sie warnen«, widersprach Henni. »Sie haben viele geschickte Jäger, und die Pferde der Herdenmänner können nicht in ihre Stadt eindringen, und ...«

Eom neigte den Kopf zur Seite wie ein Raubvogel und sah sie durchdringend an. »Du hast gesagt, dass du nicht willst, dass jemand verletzt wird«, meinte er boshaft. »Und dennoch willst du zu diesen Leuten rennen, nur weil du sie kennst, und willst sie zum zweiten Mal der Gefahr aussetzen, von den Herdenmännern überfallen zu werden. Findest du nicht, dass sie an dem Tag, an dem du entführt wurdest, schon genug Frauen und Kinder verloren haben? Und was würden die Leopardenleute dazu sagen, wenn sie wüssten, dass einige ihrer Frauen deine Sklavinnen waren?«

Hennis Gesicht wurde bleich. Ihr war, als ob man sie geschlagen hätte. Natürlich hatte Eom Recht, aber so, wie er die Sache darstellte, gab er ihr das Gefühl, dass sie das Unglück über die Leopardenleute heraufbeschworen hätte. Sie wandte sich ab und fühlte sich betrogen.

Eom stieg vom Pferd, trat hinter sie und legte die Arme um sie. »Henni, ich will wirklich nur dein Bestes und das Beste für dein Baby«, sagte er gedämpft und atmete den Duft ihres Haares ein. »Du glaubst mir doch, nicht wahr?«

Henni erstarrte in seinen Armen. »Ich weiß nicht mehr, was ich glauben soll«, antwortete sie gleichgültig.

Eom schluckte schwer und ließ die Arme sinken. »Bald wird es dunkel«, flüsterte er. »Ich schlage vor, dass wir uns wieder auf unsere Pferde setzen.«

Wortlos und ohne ihn anzusehen tat Henni, was er verlangte. Auch Eom bestieg sein Pferd und trabte vor ihrer Stute her. Der grüne Streifen am Horizont löste sich auf in einzelne Formen und Linien, und bald befanden sie sich unter den Bäumen. Die meisten waren kahl, nur vereinzelte dürre Blätter hingen noch an den dunklen Zweigen. Das übrige Laub lag in durchnässten, gelben und braunen Haufen verrottend unter den Bäumen und verdeckte den Waldboden. Hier und da gaben immergrüne Gewächse dem Wald noch ein wenig Leben und sorgten für graue und dunkelgrüne Farbtupfer. Bräunliches Moos klammerte sich hartnäckig an die Zweige. Feuchter Farn bewegte sich im Luftzug, als ihre Pferde vorbeizogen.

Henni staunte, wie sehr sich der Wald innerhalb weniger Monate verändert hatte.

Die Abenddämmerung ging in nächtliches Dunkel über. Eom fand eine Lichtung, glitt vom Pferd und band es an einer dicht begrasten Stelle an einen Baum. Dann ging er zu Henni und half ihr ebenfalls beim Absitzen.

Henni seufzte. Ihr Körper hatte sich zwar an die langen Tage auf dem Pferd gewöhnt, aber heute war es besonders anstrengend gewesen. Sie streckte sich. Eom war bereits damit beschäftigt, ein kleines Feuer zu entfachen. Bald brodelten Wasser und Getreide im Topf.

Henni breitete eine Decke auf dem Boden aus und lehnte sich an einen Baumstamm. Sie dachte voller Wehmut an das kleine Tal, in dem sie zu Hause war. Dort lag jetzt wohl schon eine dichte Schneedecke. Es war hart für sie zu wissen, dass ihre Mutter und Dagron nur eine Mondspanne von Reisetagen entfernt waren. Warum musste es gerade Winter sein? Wäre es jetzt Frühling, könnte sie in kurzer Zeit zu Hause sein, besonders mit der schnellen Stute. Henni lächelte bei dem Gedanken, was die Ältesten wohl sagen würden, wenn sie sie auf dem Rücken eines Pferdes sehen würden. Sie würden glauben, dass die Göttin ihr unvorstellbar große Macht gegeben hätte, und würden sie sicher zur Hohenpriesterin machen. Aber allein der Gedanke, Priesterin zu sein, stürzte Henni in Verwirrung und Melancholie.

Eom bemerkte den unsicheren Ausdruck auf ihrem Gesicht und sah sie eindringlich an.

»Warum starrst du mich so an?«, fauchte Henni, die immer noch

wütend auf ihn war und ihm die Bemerkungen vom Nachmittag nicht verzeihen konnte.
»Ich habe mich gefragt, wie lange du wohl noch beleidigt sein willst.«
Henni zuckte gleichgültig die Achseln. »Du benutzt die Menschen«, sagte sie und musterte ihn, als sei er vollkommen bedeutungslos. »Du entdeckst ihre Schwächen und benutzt ihre Ängste gegen sie. Ich habe keine Lust, mit dir zu reden.«
Eom sank das Herz. Er kämpfte darum, seine Gefühle vor ihr zu verbergen. Henni war einfach zu stark. Es gelang ihm nie, sie zu manipulieren. Jedes Mal, wenn er es versuchte, schlug sie zurück, so wie eine zornige Katzenmutter ein ungehorsames Kätzchen züchtigt. »Ich habe dich mehr als einmal gerettet«, warf er ein. »Warum verstehst du nicht, dass ich dich liebe?«
Henni seufzte. Eom schien wirklich zu glauben, was er sagte. »Du liebst mich so, wie es dir möglich ist, Eom«, flüsterte sie. »Aber deine Vorstellungen von Liebe unterscheiden sich von den meinen.«
»Du hast keine Ahnung, was ich empfinde«, knurrte er. »Ich begehre dich, seitdem ich dich zum ersten Mal gesehen habe. Ich bin dir nachgewandert, weil ich das brauchte, was du besitzt.« Er hielt inne und schloss die Hand um das Amulett, das um seinen Hals hing, die kupferne Vogelgöttin, die sie ihm geschenkt hatte. »In der Nacht, in der wir uns trafen, fand ich dies in den Kleidern der kranken Frau«, fuhr er fort. »Ich fühlte die Macht des Amuletts in meiner Hand. Ich wusste, dass ich es haben musste, aber erst viel später habe ich erkannt, dass es deine Macht war.« Wieder hielt er inne. »Ich brauche dich, Henni«, erklärte er ernst. »Dein Atem gibt mir das Gefühl zu leben.«
Henni war plötzlich erschöpft. Ralic hatte sie verletzt, aber er hatte ihre Kraft nicht gebraucht, um selbst stark zu sein. Wie sollte sie Eom klarmachen, dass seine Bedürfnisse gefährlich für sie waren, dass er sie aussaugte? Er würde sie ganz aufzehren, wenn sie das zuließ. Er würde sie in die Tiefe ziehen wie ein Er-

trinkender. »Du weißt nicht, was du von mir verlangst«, seufzte sie. »Ich kann dir nicht geben, was du brauchst.«
Eom kauerte sich neben ihr nieder und sah ihr mit glühendem Blick in die Augen. Er atmete kaum und legte all seine Leidenschaft in seine Augen, um ihr Verstehen zu erzwingen. Er fasste sie bei den Schultern. »Nur du kannst mir geben, was mir fehlt.«
Henni erstarrte innerlich. Ihr Herz war wie ein Eisblock. Mit großer Selbstbeherrschung schloss sie die Augen und wandte das Gesicht ab.
Eom war bitter enttäuscht. Hoffnungsloser Zorn stieg in ihm auf. Wütend sprang er auf und schlug sich an die Brust. »Einmal hast du mich gebraucht! Du ... hast mich ... begehrt!«
Henni öffnete mit unbeteiligtem Gesicht die Augen. »Ich habe dich gebraucht«, sagte sie ruhig. »Ich brauche dich noch immer.«
Einen Augenblick lang verstanden sie sich. Eom wollte sich gegen die Erkenntnis wehren, aber er konnte es nicht. Das Wissen, dass sie auf ihn angewiesen war, musste ihm genügen. Und doch genügte es ihm nicht, und das wussten sie beide. Er war bestürzt und fühlte sich verraten. Warum fühlte er sich immer zu Frauen hingezogen, die seine Leidenschaft nicht erwiderten? Mit Yanas Mutter war es das Gleiche gewesen. Sie war eine starke Frau gewesen; sie hatte ihn verachtet und war ihm schließlich von einem anderen weggenommen worden. Verwirrt und zornig strich er sich über die Stirn. »Warum?«, fragte er angespannt. »Er hat dich verletzt, er hat dich benutzt. Ralic hätte dich in den Schoß der Mutter mitgenommen.«
Henni hörte die Frustration in Eoms Stimme.
Sie schüttelte den Kopf. »Ich verstehe es selbst nicht. Manchmal glaube ich, dass diejenigen, die uns am meisten verletzen, uns am meisten zu lehren haben«, antwortete sie nachdenklich. »Ralic war anders als alle Männer, die ich je gekannt habe. Jeder Tag, den wir miteinander verbrachten, war wie ein Festmahl mit fremdartigen Speisen. Er weckte einen Hunger in mir. Er brachte mich an den Rand meiner Selbstbeherrschung. Er lehrte mich,

das Ausmaß meines Zorns zu erkennen, das Ausmaß meiner Angst, das Ausmaß meines Lebenshungers, und das so sehr, dass ich ihn töten musste. Er hat mir die Grenzen dessen gezeigt, was ich bin.«

Eom hätte sie am liebsten geschüttelt und sie gezwungen zu sehen, dass sie ihm jetzt das Gleiche antat. Er schaute ihr ins Gesicht. »Aber ich würde dich niemals verletzen«, widersprach er. »Ich will nur dein Bestes.« Kaum hatte er diese Worte ausgesprochen, da brannte die Lüge auch schon auf seiner Zunge.

Henni legte ihm die Hand auf den Arm. »Vielleicht würdest du mich ja nicht absichtlich verletzen, aber du würdest dich selbst zerstören. Du würdest dich selbst jedes Mal verletzen, wenn du in meinen Augen nicht die gleiche Leidenschaft finden würdest, die du selbst empfindest. Und irgendwann würdest du deinen Schmerz an mir auslassen. Deine Bedürfnisse ermüden mich, Eom. Du hast mir nichts zu geben.«

Er fuhr zurück, als hätte man ihn geschlagen. Zum ersten Mal in seinem Leben bekam er eine Vorstellung davon, wie andere ihn sahen. Eom hatte immer nur für Eom gelebt, aber er war leer, ein unfruchtbarer Schoß, der darauf wartete, dass jemand ihn füllte. Kein Wunder, dass er sich von starken Frauen angezogen fühlte. Er schüttelte den Kopf und versuchte, diese Vorstellung wieder loszuwerden. »Eines Tages wirst du zu mir zurückkommen«, sagte er mit hoffnungsloser Stimme und wandte ihr den Rücken zu.

KAPITEL 43

Tern ließ sein Bündel zu Boden fallen und schüttelte sich den Schnee von den Füßen und den ledernen Beinkleidern. Seine Wangen waren rot, seine Augen leuchteten. »Es hat aufgehört zu schneien, und die Sonne scheint«, sagte er. »Ich dachte, dass Yana und ich ein bisschen hinausgehen könnten.«

Yana, die gerade damit beschäftigt war, Atum mit weich gekochtem Getreide zu füttern, wurde rot und warf einen Seitenblick auf Galea.

Tern lachte. »Mach dir nur keine Sorgen. Die Ältesten werden nichts dagegen haben. Sie brauchen Brennholz für die Sonnwendfeier. Alle müssen bei den Vorbereitungen mit zupacken.«

»Ich würde gerne mithelfen«, antwortete Yana wehmütig lächelnd.

Tern zwinkerte mit den Augen. »Du bist auch eingeladen, an den Feierlichkeiten teilzunehmen, Yana.«

Yana blieb der Mund offen stehen, und ihre Augen leuchteten auf. »Sie wollen wirklich, dass ich am Sonnwendfest teilnehme?«

Tern nickte. »Es würde Unglück bedeuten, wenn nicht alle zum Fest kämen.« Er lächelte verschwörerisch, beugte sich vor und flüsterte: »Ich glaube nicht, dass die Hohepriesterin viel Freude an dem Fest hätte, wenn sie wüsste, dass du während der Feierlichkeiten allein hier oben sitzt.«

Galea lachte. »Aber das würde sie natürlich niemals zugeben.«

Yana klatschte in die Hände. Ihre Augen tanzten. »Ich liebe das

Wintersonnwendfest, all die Geschichten und die Musik ... und das Essen! Ich habe dieses ewige Fleisch mit Getreide und Kräutern so satt!«

»Und es wird auch schön sein, die anderen Frauen des Dorfes wieder zu sehen«, fügte Galea hinzu.

Yana warf ihr rasch einen besorgten Blick zu.

»Nein, Yana«, versicherte Galea; »ich bin deiner Gesellschaft durchaus nicht müde, aber ich freue mich doch darauf, meine Freunde wieder zu sehen.«

Tern zog Yana am Arm und schenkte ihr ein schiefes Grinsen. Er konnte es nicht erwarten, allein mit ihr zu sein. »Niam leiht dir ihre geölten Beinkleider«, sagte er und deutete auf das Kleiderbündel, das er auf den Boden geworfen hatte. »Sie müssten dir passen. Ihr seid etwa gleich groß.«

Galea nahm Atum auf den Arm, der die Finger in die Grütze gesteckt und den Brei über sein ganzes Gesicht verschmiert hatte. »Dieser kleine Bursche wird mich bestimmt eine Zeit lang in Atem halten«, sagte sie mit gespielter Verzweiflung. »Du kannst ruhig gehen, Yana. Die frische Luft wird dir gut tun.«

Tern verschwand nach draußen, und Yana zog eilig die ledernen Beinkleider an, die reichlich mit Öl getränkt waren, um sie wasserdicht zu machen; sie lagen eng an. Dann zog sie ihre pelzgefütterten Handschuhe und ihren Wintermantel an und ging zu Tern hinaus in die Kälte.

Die frische Luft war belebend. Der Himmel war indigoblau, und der Schnee reflektierte die Sonne in tausend funkelnden Kristallen.

Yana füllte sich die Lungen. Die kalte Luft schärfte all ihre Sinne. Mit leuchtenden Augen sah sie zu Tern auf.

Tern grinste sie an. Er ergriff ihre behandschuhte Hand und zog sie den Hügel hinauf auf eine kleine Baumgruppe zu. Er wollte sich beeilen, aber der Schnee war sehr tief, und sie kamen nur langsam voran. An manchen Stellen musste Yana ihr knielanges Kleid anheben, damit es nicht im Schnee schleifte. Tern führte sie

immer weiter. Gerade als sie den Schutz der Bäume erreichten, stolperte Yana und landete bäuchlings im Schnee.
Sie setzte sich auf und sah entrüstet an ihrem Mantel hinunter. Schnee hing an ihren Augenbrauen, ihrem Haar und ihren Wimpern. »Jetzt sieh dir nur an, was du angerichtet hast«, rief sie aufgebracht. »Du rennst so schnell, dass ich nicht Schritt halten kann.«
Tern brach in schallendes Gelächter aus. »Du siehst aus wie ein Schneehase, der seinen Bau nicht findet!«
»Ich weiß genau, wo mein Bau ist«, antwortete Yana hochmütig und verbiss sich das Lachen. »Und wenn du nicht langsamer machst, gehe ich augenblicklich dorthin zurück, wo ich hergekommen bin, und du musst das Holz alleine tragen.«
Yana versuchte aufzustehen, kam aber nicht hoch, ihre Hände versanken in den weichen Schneewehen.
Tern kicherte über Yanas verblüfftes Gesicht. Sie warf ihm einen trotzigen Blick zu und unternahm einen zweiten Versuch aufzustehen, nur um noch tiefer im Schnee zu versinken.
Tern brach in schallendes Gelächter aus. »Du solltest mal dein Gesicht sehen, Yana«, keuchte er.
Yana wischte sich schnell über die Wangen und versuchte, ihr Haar zu glätten, aber mit ihren schneeverkrusteten Handschuhen machte sie alles nur noch schlimmer.
Tern lachte so laut, dass er selbst fast in den Schnee fiel.
Yana musste nun auch kichern und schließlich so lachen, dass ihr Tränen in die Augen stiegen. »Hör auf«, japste sie, warf sich nach vorn und zog an seinem Bein. Er verlor das Gleichgewicht und plumpste neben sie in den Schnee. Ächzend und keuchend lag er da. Der Bauch tat ihm weh.
Yana hatte einen Schluckauf vor Lachen. »Aufhören!«, rief sie und rieb ihm eine Hand voll Schnee ins Gesicht.
Tern spuckte. Weiße Schneeflocken hingen in seinen Augenbrauen und verstopften ihm die Nase, und die eisige Kälte machte seinem Ausbruch ein Ende. Yana lag keuchend auf dem

Rücken neben ihm und wischte sich die Tränen aus den Augen. Eine ganze Weile lagen sie in einträchtigem Schweigen da, schauten schwer atmend durch die schneebedeckten Zweige zum blauen Himmel auf und wagten nicht, einander anzusehen, um nicht wieder in Gelächter auszubrechen.

Yana musste daran denken, wie glücklich sie doch war. Eom hatte niemals so mit ihr gespielt. Terns Zuneigung war warm und stetig und gab ihr das Gefühl, mit dem Leben um sie herum verbunden zu sein. Und sie hatte Freunde. Niam besuchte sie so oft, wie das Wetter es zuließ, und brachte manchmal auch Ischa mit. Dagrons Besuche waren ebenfalls regelmäßiger geworden, seit seine Mutter in ihrer Hütte lebte. Selbst Lolim und Dak waren im letzten Monat vorbeigekommen und hatten ihr einen kleinen Lederbeutel mit Gewürzen für ihre Fleischkuchen geschenkt. Yana seufzte zufrieden.

Tern rollte sich auf den Bauch, stützte die Ellenbogen in den Schnee und legte den Kopf in Yanas Hand. Er sah ihr in die Augen. »Wir sind schon lange nicht mehr zusammen gewesen, Yana. Ich wünschte fast, Galea wäre nicht zu dir gezogen«, sagte er.

Yana war entsetzt. »Aber dieser letzte Monat wäre schrecklich für mich gewesen, wenn Galea mir nicht Gesellschaft geleistet hätte«, widersprach sie. »Ich wäre …«

Terns Lippen bedeckten die ihren und brachten sie zum Schweigen.

Yana schob ihn sanft von sich. »Wir waren doch übereingekommen, bis zur Pflanzzeit die Gabe der Mutter nicht mehr zu teilen. Ein Kind würde unsere Lage nur noch schwieriger machen.«

Tern seufzte tief, legte sich wieder in den Schnee und sah zum blauen Himmel auf. »Ja«, antwortete er, »aber ich möchte, dass du weißt, dass meine Gefühle sich nicht geändert haben. Ich habe immer noch vor, im Frühling mit dir zu gehen.«

»Lass uns jetzt nicht darüber reden«, sagte Yana schnell, die sich den Augenblick nicht mit ängstlichen Gedanken an die Zukunft verderben wollte. »Ich möchte mich am Schnee und der frischen Luft freuen.«

»Also gut«, stimmte Tern ihr bei, sprang auf und zog sie mit sich auf die Füße. Sie klopften sich gegenseitig den Schnee ab, dann gingen sie in das Wäldchen hinein und begannen, nach Brennholz zu suchen.

KAPITEL 44

Enaks Muskeln schmerzten noch immer. Gath und die meisten anderen Männer hatten es abgelehnt, gegen ihn zu kämpfen; sie hatten es vorgezogen, der Führung von Ralics einzigem Sohn zu folgen. Nur ein junger Mann, den Enak noch nie hatte leiden können, beschloss, ihm sein Recht streitig zu machen.

Der Kampf war lang und blutig gewesen. Enak tastete mit der Zunge nach der Wunde in seiner Backe. Der Speer seines Widersachers hatte ihm die Wange aufgerissen, seine ganze linke Gesichtshälfte war verschwollen und blau. Die Wunde verheilte zwar bereits, aber er würde immer eine große Narbe im Gesicht tragen. Der Mann, der ihn verwundet hatte, war tot und wanderte in der Unterwelt.

Enaks erste Tat als Anführer war es gewesen, das nahe gelegene Dorf zu überfallen und genügend Frauen zu entführen, um die jungen Männer zufrieden zu stellen. Er hatte seinen Leuten befohlen, den Dorfbewohnern den gesamten Wintervorrat an Getreide zu rauben und alles mitzunehmen, was sie sonst noch brauchen konnten. Bei dem Gedanken lächelte Enak. Der Überfall war ein großartiger Erfolg gewesen, und nun wagte niemand mehr, seine Autorität als Hetman in Frage zu stellen. Nur eines blieb noch zu tun. Seine Mutter war mit Ralic in die Unterwelt gegangen, doch Henni war entkommen. Enak wusste, dass seine Leute noch immer über die Macht der Göttin miteinander

tuschelten. Er wollte Hennis Macht aus ihrer Erinnerung löschen, und dazu musste er sie finden und töten.
Einer seiner Späher kam eilig herangeritten. Er sprang vom Pferd und lief zu Enak. »Wir haben die Spuren wieder gefunden«, berichtete er. »Sie haben das Land der Gräser durchquert.«
Enak winkte der kleinen Gruppe von Männern, die ihn bei der Verfolgung begleiteten, mit seinem Zepter. Sie sammelten sich um ihn. »Der Mond wird heute hell scheinen. Wir werden die Nacht durchreiten und sie fangen, bevor sie den Fluss erreichen.«
Die Männer wechselten heimlich Blicke miteinander und scharrten unbehaglich mit den Füßen. Es brachte Unglück, nachts zu reiten. Sie hatten die Fährte eines großen Leoparden gesehen. Jedermann wusste, dass das Raubtier in den abendlichen Schatten lauerte. Jetzt, nachdem Schnee gefallen war, würde die Katze hungrig sein. Die meisten Männer waren der Ansicht, dass sie Henni der Macht ihres Gottes überlassen sollten. Sollte der doch Ralic rächen. Sie täten besser daran, nach einem sicheren Tal für die Pferde zu suchen, anstatt dieser fremden Frau in die kalte Welt des Todes zu folgen.
Enak spürte das Unbehagen seiner Männer. Auch auf ihm lastete die winterliche Dunkelheit, doch er hoffte, dass sie Henni und ihren verräterischen Priester möglichst bald einholen würden.

KAPITEL 45

Eom war die ganze Nacht über wach gelegen. Er war froh, als das silberne Morgenlicht endlich durch die Zweige der Bäume fiel. Es war eine Nacht der Selbsterforschung gewesen. Die Worte, die Henni zu ihm gesagt hatte, bevor sie eingeschlafen war, klangen in seinem Herzen nach und machten ihn ruhelos. Er blickte nach der schlafenden Gestalt. »Deine Bedürfnisse ermüden mich, Eom«, hatte sie gesagt. »Du hast mir nichts zu geben.«

Er konnte sich ihren Worten nicht entziehen, konnte sie nicht ignorieren. Er brütete über die Bedeutung von Dingen nach, mit denen er sich noch nie beschäftigt hatte. Die ganze Nacht lang saß er da und bat die Göttin um Führung. Bilder drängten sich ihm auf, Erinnerungen. Er musste daran denken, wie wenig Interesse seine Mutter an ihrem kleinen Sohn gezeigt hatte, bis er in die Pubertät kam und sich mit einer Priesterin vereinigen konnte. Als er heranwuchs, fand er nichts als Leere um sich herum. Zum ersten Mal in seinem Leben hatte Eom den Verdacht, dass diese Leere in ihm selbst gewesen war. Er sah die drei Gesichter der Göttin vor sich, und sie verlachten ihn.

Die Fruchtbarkeitsgöttin des Verlangens war in Form von Yanas Mutter zu ihm gekommen, und er hatte ihr nichts zu geben gehabt als seine Begierde. Ihre Tochter, Yana, hatte sich verzweifelt gewünscht, ihr Kind mit ihm zu teilen, aber er hatte die Möglichkeit zu einer solchen Erfahrung beiseite geschoben und sich geweigert, das Baby auch nur anzuschauen. Er sah noch immer die Enttäuschung der Muttergöttin in Yanas Augen vor sich. Und jetzt hatte er die Göttin des Todes vor sich, die ihm ins Gesicht blickte und ihn verlachte. »Töte dich selbst ab«, sagte das Traumbild lachend. »Bring Henni zu den Leopardenleuten. Lass sie gehen.«

»Nein!« Eom schüttelte zornig die Faust. »Zumindest das habe ich verdient. Henni wird mich lieben.«

Eoms laute Stimme weckte Henni. Sie setzte sich auf und rieb sich die Augen. »Ich habe meinen Namen gehört«, murmelte sie noch im Halbschlaf.

»Du hast geträumt«, antwortete Eom unfreundlich und mied ihren Blick. Er stand auf, ging zu seinem Pferd und suchte in seinem Packen nach einer Hand voll Getreide und Nüsse. Henni rappelte sich auf und tat es ihm gleich. »Wir werden am Fluss entlangreiten«, sagte er kauend. »Und wir werden uns im flachen Wasser halten, bis wir eine Furt finden, wo wir den Fluss überqueren können.«

»Das kann viele Tage dauern«, widersprach Henni.

»Wir müssen den Fluss aber überqueren, wenn wir die Berge noch vor dem nächsten Schneefall erreichen wollen.«

Henni spitzte die Lippen. »Ich habe eine bessere Idee.«

Eom sah sie zweifelnd an.

»Du gehst in die eine Richtung am Fluss entlang und ich in die andere«, sagte sie. »Um die Mittagszeit hören wir beide auf zu suchen, machen kehrt und treffen uns noch vor Einbruch der Nacht wieder. Wenn einer von uns schon früher eine flache Stelle findet, dreht er sofort um und versucht, den anderen einzuholen. Vielleicht finden wir auf diese Weise innerhalb eines Tages eine Furt und nicht erst in zwei oder drei Tagen.«

»Aber wenn wir keine Furt finden, haben wir einen ganzen Tag verschwendet«, protestierte Eom.

Henni schüttelte den Kopf. »Nein, das ist keine Zeitverschwendung. Mein Bruder hat mir einmal gezeigt, wie man den Geist eines Flusses deuten und seine Strömung und Tiefe feststellen kann. Wenn der Fluss in nördlicher Richtung flacher ist, werden wir morgen nach Norden reiten, bis wir einen Übergang finden; wenn er im Süden flacher ist, werden wir uns nach Süden wenden. Aber zuerst müssen wir beide Richtungen ausprobieren.«

Eom nickte zögernd. Hennis Vorschlag schien ihm sinnvoll und konnte ihnen vielleicht mehrere Tage des Suchens ersparen, aber der Gedanke, sich von ihr zu trennen, war ihm unangenehm. »Du gehst nach Norden«, sagte er nachdenklich. »Und ich gehe in die andere Richtung. Aber achte darauf, im flachen Wasser zu bleiben. Wir wollen nicht, dass die Herdenmänner unsere Spuren entdecken.«

Henni lächelte freundlich und legte ihm eine Hand auf den Arm. »Es wird schon alles gut gehen, Eom«, versicherte sie. »Ich spüre die schützenden Arme der Göttin um uns.«

Eom erschauerte und dachte an sein Traumbild von der lachenden Göttin des Todes. »Hoffentlich hast du Recht«, sagte er leise.

Nachdem sie die Pferde gefüttert und getränkt hatten, half Eom Henni auf ihre Stute. Ihr schwellender Bauch streifte seine Hand, als er sie hochhob. Er ließ seine Hand auf ihrem Leib liegen. Überrascht von der Zartheit seiner Berührung neigte Henni den Kopf.

Eom zog die Hand weg und räusperte sich, um seine Verlegenheit zu verbergen. »Sei vorsichtig und reite langsam«, riet er ihr mit abgewandtem Blick. »Die Steine im Fluss könnten glitschig sein.«

Henni nickte und lächelte schwach. Eom betrug sich seltsam. Er hatte dunkle Ringe unter den Augen, und er sah müde und sorgenvoll aus. Sie ahnte, dass seine aufgewühlte Verfassung nichts mit ihren Verfolgern zu tun hatte. Sie erinnerte sich vage, dass sie am Tag zuvor wütend auf ihn gewesen war, aber sie konnte nicht glauben, dass ihre Worte ihn so getroffen hatten, dass er darüber

nicht hatte schlafen können. Was auch immer es war, womit Eom kämpfte, sie hoffte, dass er im Laufe des Tages eine Lösung für sein Problem finden würde.
Eom winkte Henni noch einmal zu und nahm dann die Zügel seines Pferdes auf. Das Tier hob den Kopf, schnaubte unwillig und setzte sich flussabwärts in Bewegung. Noch einmal drehte sich Eom nach Henni um. Sie saß immer noch auf ihrer Stute und sah ihm nach. Sie fing Eoms Blick auf und winkte. Dann wandte sie ihr eigenes Pferd nach Norden.
Eom unterdrückte das Bedürfnis, kehrtzumachen und ihr nachzureiten. Das Gefühl der Leere, das sich seit der letzten Nacht in seiner Brust ausbreitete, wurde immer stärker. Die Stadt der Leopardenleute lag nur wenige Tagesritte entfernt im Norden. Er fragte sich, ob Henni das wohl wusste. Ein Teil von ihm hatte das Bedürfnis, ihr das Geschenk zu geben, das sie sich am meisten wünschte: sie zu ihren Freunden zu bringen, und dann weiter zu ihrer Familie; aber er hatte Angst. Es gab so vieles, was er ihr sagen wollte, was er ihr und dem Wind zu sagen hatte.. Noch nie hatte er solche Gefühle gehabt. Sie waren ihm neu und unbekannt und zu zart, um sie mit Vernunft zu hinterfragen. Ja, Henni würde bei den anderen sicherer sein, und das Baby würde größere Chancen haben, am Leben zu bleiben. Sie sollten wirklich nach Norden zu den Leopardenleuten reiten. Aber er fühlte sich wie ein Junge, der sich verzweifelt etwas wünschte. Nein. Sie werden sie mir wegnehmen, dachte er. Ich muss einfach die Chance bekommen, ihr zu zeigen, dass ich nicht leer bin.
Das Pferd suchte sich seinen Weg am flachen Ufer des Flusses entlang. Eom beugte sich müde über das Tier, dessen Mähne sich unter seinen Händen rau anfühlte. Der Himmel war grau von hohen Wolken. Er sah in das klare Wasser hinunter. Kaltes Winterlicht spiegelte sich in den gekräuselten Wellen, die Kiesel und kleine Steine umspülten. Die Zeit ohne Henni verging langsam und so gleichförmig wie der Klang der Hufe auf den Steinen im Wasser. Er fühlte sich schwer und traurig. Vielleicht sollte er sich

nach Norden wenden, sollte versuchen, Henni einzuholen, ihr seine Schwäche eingestehen und sich dazu durchringen, sie mit anderen zu teilen.

Das Wiehern eines Pferdes riss Eom aus seinen Gedanken. Er blickte auf – und sah in Enaks blutrünstige Augen. Violette und grüne Blutergüsse verunstalteten das Gesicht des jungen Mannes. Eine Wunde auf seiner Wange war mit derben Stichen genäht. Enak wirkte wie ein verwundetes, zum Wahnsinn getriebenes Tier. Eom gefror das Herz im Leib. Die Männer umstellten ihn, und das Wissen, was ihm bevorstand, durchfuhr ihn wie ein eisiger Speer. Bald würde er mit den Ahnen wandern. Nachdem er die Unvermeidlichkeit seines Todes akzeptiert hatte, war er überrascht, wie ruhig und gelöst er doch war.

»Wo ist sie?«, zischte Enak.

Eom wandte Enak sein ausdrucksloses Gesicht zu und sah durch ihn hindurch. Es war ihm, als sähe er einen seltsam magischen Tanz sich bewegender Muster. Die Männer und Pferde um ihn herum schienen ihm unwirklich, fast komisch in ihrer Wut. Der Himmel über ihm wurde schwarz. Dicke Wolken türmten sich jenseits der Bäume am Horizont. Bald würde es wieder schneien.

»Wo ist sie?«, grollte Enak erneut. Er trat noch näher an ihn heran und drückte ihm den Speer auf die Brust. »Wenn du mir ihr Versteck zeigst, wirst du am Leben bleiben.«

Eoms Pferd wich dem Hengst des anderen nervös aus. Natürlich log der junge Anführer. Auch ohne ihm in sein verschwollenes Gesicht zu sehen, wusste Eom, dass Enak ihn niemals entkommen lassen würde. Enak würde ihn töten. Er wunderte sich über seine eigene Gleichgültigkeit und starrte weiter an Enak vorbei in den dunklen Himmel. »Ein Sturm zieht auf«, sagte er desinteressiert.

Enak bemerkte erst jetzt die dunkler werdende Wolkenmasse über sich. Er runzelte besorgt die Stirn. Er war jetzt der Anführer vieler Menschen, die sich auf ihn verließen. Es war höchste

Zeit, dass er sein Volk für den Winter an einem sicheren Ort unterbrachte. »Ihr Versteck«, knurrte Enak, »zeig mir ihr Versteck!«
Eom dachte an Henni, die nach Norden ritt. Sie würde die Wolken ebenfalls sehen und zu ihm zurückkommen, aber seltsamerweise machte er sich keine Sorgen um sie. Die Göttin hielt sie sicher umfangen. Hatte Henni das nicht selbst gesagt? Er lächelte. Auf einmal hatte alles seinen Sinn. Er erkannte die Bedeutung aller Zeichen: Da waren der dunkle Himmel, der herabstoßende Geier in seinem Traum, der kämpfende Leopard. Henni würde den Weg zum Leopardenvolk finden, und sein eigenes Blut würde ihre Spuren verdecken. Er öffnete sich in Liebe für die Schönheit dieses Gedankens. Es war so einfach. Er löste sich bereits von der einzigen Existenz, die er je gekannt hatte, er erhob sich, trieb mit ausgebreiteten Schwingen im Wind.
Enak rammte ihm das Ende seines Speers gegen die Brust. »Rede endlich, Priester, oder ich lasse dich deine eigene Zunge fressen.«
Unwillig sah Eom seinem Peiniger ins Gesicht. »Sie ist fort«, entgegnete er ruhig. »Euer Gott und sein Pferd haben sie in der Nacht zu sich geholt. Hennis Stute wollte eurem Hetman in die Unterwelt folgen. Henni verlor die Herrschaft über sie. Ich habe sie seit mehr als zwei Mondspannen nicht mehr gesehen.«
Die Lüge ging ihm so leicht über die Lippen, oder war es vielleicht die Wahrheit? Eom blickte den Männern ins Gesicht, fand erst Verwirrung, dann Glauben in ihren Augen. Natürlich. So musste es sein. Der Gott des leuchtenden Himmels würde niemals einer Frau, nicht einmal einer Göttin, gestatten, sich gegen ihn aufzulehnen. Wovor hatten sie sich gefürchtet? Warum hatten sie ihrem Gott nicht vertraut? Es war vollkommen richtig, dass der Gott der Pferde Henni fortgetragen hatte.
Nur Enak schien unsicher. Er straffte die Schultern und sah Eom ins Gesicht. »Woher soll ich wissen, dass du die Wahrheit sagst, Priester?«, zischte er.

Eoms Brust weitete sich. Er dachte an seinen letzten Blick auf Henni. »Ich habe gesehen, wie sie fortritt«, sagte er nachdenklich. »Ich habe gesehen, wie sie mich für immer verließ. Wäre ich hier, würde ich alleine reiten, wenn sie in der Nähe wäre? Nein. Die Götter haben sie meinem Zugriff entzogen.«
Eom war kaum noch bei Besinnung, als der Speer sein Herz durchbohrte. Er glitt vom Pferd und stürzte schwer auf den Rücken ins flache Wasser. Er griff nach dem Amulett der Vogelgöttin, das Henni ihm geschenkt hatte.
Das Letzte, was er sah, waren die dahinziehenden Wolken über ihm und die dunklen Schwingen der verzehrenden Göttin, die ihn einhüllten.

Henni sah zu den dichter werdenden Wolken hinauf und biss sich besorgt auf die Lippen. Bald würde es schneien. Ihre Finger schmerzten bereits vor Kälte, sodass sie die Zügel kaum noch halten konnte. Sie machte Halt, um ihre pelzgefütterten Handschuhe und eine zweite Tunika aus ihrem Packen zu holen, dann stieg sie eilig wieder aufs Pferd. Sie hoffte, Eom wieder zu finden, bevor die weißen Flocken fielen und es schwer wurde, etwas zu sehen. Sie musste ihn irgendwie davon überzeugen, dass es sinnlos war, in die Berge zu gehen. Es wäre töricht, bei solchem Wetter nach einer Höhle zu suchen. Sie mussten versuchen, die Stadt der Leopardenleute zu erreichen.
Henni beugte sich über ihr Pferd und wärmte sich die Wange an seinem Hals. Die Stute folgte dem Flusslauf, und Henni lenkte sie vorsichtig um Steine und Äste herum, die sich im seichten Wasser verfangen hatten. Plötzlich blieb das Pferd stehen, schüttelte die Mähne und wieherte nervös. Henni richtete sich erschrocken auf.
Zuerst hielt sie die zusammengekrümmte Gestalt im Fluss für einen großen Felsbrocken. Sie trieb die Stute vorwärts, doch sie gehorchte nicht und schnaubte ängstlich. Langsam stieg Henni vom Pferd. Ihre Augen suchten sorgsam die Umgebung ab und

blieben schließlich wieder an der Gestalt im Wasser hängen. Sie presste eine Hand vor den Mund, um einen Aufschrei zu unterdrücken. Das konnte doch nicht Eom sein! Und dann sah sie den zerbrochenen Speer zu ihren Füßen und das Blut, das aus dem toten Körper sickerte.

Henni rannte zu ihm.

Da lag er, zusammengerollt wie ein Fötus. Sie berührte seinen nassen Mantel. Ja, der Mantel war wirklich da. Sie konnte sich nicht überwinden, ihm ins Gesicht zu sehen, noch nicht. Sie schlang die Arme um ihren Körper, wiegte sich vor und zurück und starrte wie betäubt auf seinen Hinterkopf und sein gewelltes Haar.

In ihrem Kopf jagten sich ziellose Gedanken. Er darf nicht im Wasser liegen bleiben, dachte sie. Es wird ewig dauern, bis sein Mantel wieder trocken ist, und so viel Zeit haben wir nicht ... wir müssen die Leopardenleute finden ... oder eine Höhle? Sie musste ihn aus der Kälte herausholen ... begriff er denn nicht, dass es bald schneien würde und dass sie irgendwo Schutz suchen mussten.

Hör auf, sagte sie sich schließlich. Begreife endlich, dass Eom tot ist.

Sie ließ sich auf die Knie nieder, drehte ihn um und zwang sich, ihm ins Gesicht zu sehen. Sie erwartete, Entsetzen und Todesangst darin zu finden, alles, nur nicht die eisige Ruhe, die der Tod in seine Züge gemalt hatte. Er war sehr schön. »Du hast nicht das Recht, mir das anzutun!«, schrie sie und schüttelte ihn heftig. »Du hast gesagt, dass wir Zeit hätten!«

Eoms Gesicht war reglos, außerhalb ihrer Reichweite. Henni hatte das Bedürfnis, ihn zu schlagen. Sie schüttelte ihn wieder. Sein Arm, den er an seine Brust gepresst hatte, kippte zur Seite und fiel klatschend ins Wasser. Ein zerrissenes Lederband war um seine Finger gewickelt, und er hielt den kupfernen Talisman der Vogelgöttin umklammert. Sie nahm das Amulett aus seiner Hand und starrte es an. »Warum, Eom?«, keuchte sie. Ihre Kehle schmerzte. »Ich hätte doch getan, was du wolltest … Ich wäre mit dir in diese Berghöhle gegangen.« Sie erstickte fast an ihren Worten. Mit ihrer behandschuhten Hand strich sie ihm über die kalte Wange. »Ich möchte leben, Eom«, sagte sie und wischte sich ärgerlich die Tränen aus den Augen. »Du hast mir Hoffnung gegeben, und jetzt hast du mich verlassen. Ich verstehe das nicht.«

Henni hörte, dass ihr Pferd wieherte, aber sie war zu tief in Gedanken, um darauf zu achten.

Plötzlich spritzte das Wasser um sie auf. Henni wagte nicht aufzublicken. Alles, was sie aus den Augenwinkeln heraus erkennen konnte, waren die stumpfen Enden von Speeren und muskulöse Beine in gut geölten Beinkleidern. Mutig wartete sie auf den Todesstoß, die Arme um ihren schwellenden Leib geschlungen.

Plötzlich umfassten sie die Arme eines Mannes, und eine vertraute Stimme sprach ihr beruhigend ins Ohr. »Es ist alles gut, Henni«, flüsterte Lokuitum. »Sie sind fort. Wir haben die Barbaren verfolgt, seit unsere Jäger ihre Spuren gefunden haben. Gerade sind meine Männer wiedergekommen. Sie berichten, dass die Eindringlinge den Weg, den sie gekommen sind, wieder zurückreiten und unser Land verlassen. Du bist in Sicherheit.«

Henni ließ sich von Lokuitum hochziehen.

Sie wandte sich ihm zu und ließ den Kopf wie ein Kind auf seine Schulter fallen. »Weißt du, dass ich ein Kind bekomme?«, fragte sie leise.

Lokuitum räusperte sich. »Nein …, nein, das habe ich nicht gewusst.«

Henni schmiegte sich eng an seine warme Brust. »Das Leben des Babys begann, als der Gott des leuchtenden Himmels sich mit der Erdgöttin vereinigte.«

»Henni, du brauchst Ruhe«, antwortete er. »Wir müssen dich in die Stadt bringen.«

Henni nickte, und Lokuitum führte sie auf das Flussufer zu. Aber noch bevor sie das Ufer erreichten, blieb sie unvermittelt stehen. »Er muss mit uns kommen«, sagte sie und deutete müde auf Eom. »Er ist der Geierpriester der Göttin, und die Vögel des Himmels müssen sein Fleisch verzehren. Mein Pferd wird ihn tragen.«

Schnee, die weiße Decke der Totengöttin, begann zu fallen.

KAPITEL 46

Yanas Augen tanzten. Unter normalen Umständen hätte es sie beängstigt, bei der Wintersonnwendfeier so vielen neuen Gesichtern zu begegnen, aber sie war zu aufgeregt, um sich deshalb Sorgen zu machen. Zum ersten Mal in ihrem Leben hatte sie Freunde, und sie alle würden mit ihr zusammen bei der Versammlung sein.

Yana wusste, dass sie gut aussah. Ihr Haar war frisch gewaschen und geflochten, und das warme Wollkleid, das sie sich von Niam geliehen hatte, lag eng an und zeichnete die verführerischen Linien ihres Körpers nach. Eine Kette aus roten und weißen Tonperlen hing um ihren Hals, und perlenbestickte Lederstiefel waren an ihren Füßen verschnürt. Sie sah bewundernd auf ihre Füße hinunter, bewegte die Zehen, freute sich über das weiche Leder und dachte an Terns strahlendes Lächeln, als er ihr die Schuhe gebracht hatte.

»Die Stiefel sind wirklich schön.« Galea, die den Grund für das heimliche Lächeln der jungen Frau erriet, musste grinsen. »Tern hat eine gute Wahl getroffen. Ich kenne die Frau, die sie gefertigt hat. Sie werden sehr lange halten.«

»Du musst sie mir zeigen, damit ich ihr sagen kann, wie wunderbar sie sind.«

»Die Frau ist schon stolz genug«, schnaubte Galea. »Tern hat ihr drei seiner besten Winterpelze für diese Stiefel gegeben.«

Yana lachte, hob Atum hoch und drehte sich mit ihm im Kreis.

»Ich kann das alles kaum erwarten, das Tanzen, das Singen und das Essen ... ganz besonders das Essen. Atum quiekte beglückt, und Yana drückte ihn an sich. »Wir werden deine Schwester treffen und Nachen«, sagte sie und drückte ihre Nase gegen die seine. »Und Niam und Dagron und Lolim und Dak. Alle werden sie dort sein!«

Yana setzte Atum auf die Schlafdecken und half Galea, die süßen Kuchen einzusammeln, die sie für das Fest gemacht hatten. Gerade als sie damit fertig waren, hörten sie ein kratzendes Geräusch vor dem Haus. Dagron öffnete die große Holztür, schob den schweren Ledervorhang beiseite und kam mit einem kalten Luftzug in die Hütte. Tern folgte ihm. Beide Männer lächelten breit. Tern versuchte, sich einen der Kuchen zu schnappen, aber Galea schlug seine Hand weg. »Wenn du jetzt schon mit dem Essen anfängst«, rügte sie, »ist nichts mehr übrig, bis wir im Dorf ankommen.«

»Ach, Mammar«, quengelte er wie ein kleiner Junge und schaute dabei verschmitzt drein.

Galea musste laut lachen. »Also gut«, sagte sie nachsichtig und hob mit gespielter Verzweiflung die Augenbrauen. »Einen kannst du haben.«

Tern schnappte sich schnell einen Kuchen und stopfte ihn sich ganz in den Mund. Krümel quollen aus seinen Mundwinkeln und klebten an seinem Kinn. Er zog Galea an sich und umarmte sie schnell. »Du bist die beste Mammar des Dorfes«, erklärte er mit vollen Backen.

»Hör auf, Tern.« Galea kicherte und schob Tern von sich. »Lass mich los.«

Dagron lächelte Yana trocken an. »Tern hat schon immer gewusst, wie er unserer Mutter etwas abluchsen kann.« Er bückte sich und hob den Korb mit den Kuchen auf. »Es ist besser, wenn ich den hier ins Dorf trage.«

»Kommt nicht in Frage«, rief Galea und nahm ihm den Korb aus den Armen. »Tern fragt wenigstens!«

Dagron zuckte bedauernd die Achseln. »Siehst du, was ich meine?«
Yana grinste verschwörerisch und blinzelte Tern zu. »O ja, ich weiß genau, was du meinst«, pflichtete sie ihm bei.
Galea rollte mit den Augen. »Hilf mir mit meinem Wintermantel, Tern. Ich habe genug von euren Dummheiten. Ich will nicht zu spät zum Fest kommen!«
Tern grinste und holte gehorsam Galeas schweren Wintermantel von dem Holzpflock an der Wand neben dem Herd. Auch Yana schlüpfte in ihren pelzgefütterten Mantel. Dann wandte sie sich um, um Atum auf den Arm zu nehmen. Ihre Hand fuhr zu ihrem Mund, um einen überraschten Aufschrei zu unterdrücken: Atum hielt den Hochzeitsstab, den Tern für sie geschnitzt hatte, in seiner kleinen Patschhand und spielte damit. Er sah auf, grinste und schwenkte den Stab, um ihn ihr zu zeigen. Yana wurde blass. Irgendwie hatte er das geheime Versteck unter ihrer Schlafmatte gefunden. Sie rannte auf ihn zu, um ihm den Stab abzunehmen.
Aber bevor sie ihn wieder unter die Matte schieben konnte, hielt Galea sie auf. »Lass mich mal sehen, Yana«, sagte sie leise.
Zögernd reichte Yana ihr den Hochzeitsstab.
Galea sah sich diesen Stab genau an und gab ihn Yana zurück. »Wer auch immer den für dich gemacht hat«, sie warf Tern einen bedeutungsvollen Blick zu, »muss dich sehr gerne haben.«
Yanas Hals und Wangen wurden heiß. Mit gerötetem Gesicht wandte sie den Blick ab.
»Ja, Mutter, ich habe diesen Stab gemacht«, bestätigte Tern. »Du weißt, wie traurig Yana war, als Nachen ihr Ischa nahm. Mir ist klar, dass die Ältesten das nicht billigen würden, aber ich musste etwas tun, damit sie aufhörte, an die Aufnahmezeremonie zu denken.« Er ergriff Yanas Hand. Sie sah rasch auf. »Ich habe Dala verloren«, sagte er leise. »Ich möchte nicht auch noch Yana verlieren ...« Er hielt inne, dann hob er das Kinn und wandte sich

wieder seiner Mutter zu. »Im Frühling werde ich mit Yana zur Stadt der Leopardenleute gehen.«

Galea sah Tern in die Augen. »Die Ältesten werden zornig sein. Sie werden nicht zulassen, dass du Ischa ... und auch mich ... je wieder siehst.« Ihre Stimme erstarb zu einem verzweifelten Flüstern.

Yana trat schnell vor und legte einen Arm um Galea, die unter ihrer Berührung steif wurde. Verzagt ließ Yana den Arm sinken. Sie sah Tern mit entsetzten Augen an. Galea war inzwischen so etwas wie eine Mutter für sie geworden. Sie konnte es nicht ertragen, sie so bekümmert zu sehen. Langsam nahm sie den Hochzeitsstab aus Galeas Hand und trug ihn zu Tern hinüber. Ihre Augen flehten ihn an, sie zu verstehen. »Es war falsch von mir, so eigensüchtig zu sein«, sagte sie und gab ihm den Stab. Tränen standen in ihren Augen. »So sehr ich es auch möchte, ich darf dich deiner Familie nicht wegnehmen.«

Tern sah den Stab in seiner Hand an, als sei er vergiftet. Er unterdrückte das Bedürfnis, ihn von sich zu schleudern. Tief im Innersten hatte er immer gewusst, dass sein Traum undurchführbar war. Er hatte sich nicht damit abfinden können, Yana zu verlieren, aber er würde bei den Leopardenleuten auch niemals glücklich sein. Er wollte Yana widersprechen, konnte es aber nicht, und er hasste sich selbst dafür. Er drehte sich abrupt um und verließ die Hütte. Galea sah ihm ängstlich nach.

»Mach dir keine Sorgen, Mutter«, sagte Dagron und fasste sie am Ellenbogen. »Wenn ich dich und Yana sicher den Hügel hinuntergebracht habe, werde ich ihm nachgehen.«

Yana blieb zurück. »Ich glaube nicht, dass ich jetzt noch an dem Fest teilnehmen möchte«, meinte sie. Terns abrupter Aufbruch hatte sie vollends aus der Fassung gebracht.

»Unsinn«, erklärte Galea, die immer noch die Tür anstarrte, durch die Tern verschwunden war. Sie drehte sich zu Yana um und sah den Schmerz in den Zügen der jungen Frau. »Die Ältesten wären beleidigt, wenn du ihre großzügige Gastfreundschaft

nicht annehmen würdest«, sagte sie in freundlicherem Ton. »Komm, wir müssen gehen. Wir sind sowieso schon zu spät dran.«
Yana ging hinter Dagron und Galea her den Hügel hinunter. Atum lag schwer in ihren Armen, als sie durch den Schnee stapfte, aber nicht so schwer, wie sie selbst sich innerlich fühlte. Tern lief vermutlich irgendwo da draußen in der Dunkelheit herum und war gekränkt. Warum kann das Glück nicht zu mir kommen und bei mir bleiben, dachte sie bitter. Es war so leicht gewesen, alle Zweifel beiseite zu schieben und zu glauben, dass sie endlich Liebe und Sicherheit gefunden habe. Aber die Wirklichkeit drängte sich ihr wieder auf und brachte ihr ihre Einsamkeit und ihr Außenseitertum mit einem Schlag zum Bewusstsein. Sie fragte sich, ob Galea ihr jemals verzeihen würde, dass sie ihr Tern hatte wegnehmen wollen, und ob seine freundlichen Augen jemals wieder lachend auf ihr ruhen würden, so wie noch vor so kurzer Zeit, als sie beide in den Schnee gefallen waren.
Dagron schob sie in die Wärme des großen Versammlungshauses. Er blieb noch ein paar Minuten lang, um sie vorzustellen. Die Leute lächelten höflich und schnitten Grimassen, um Atum zum Lachen zu bringen. Yana bewegte sich durch die Menge und fühlte sich wie in einem seltsamen Traum. Ihr Lächeln war wie aufgemalt. Es würde eine lange Nacht werden. Die Morgendämmerung schien ihr eine Ewigkeit entfernt.
Niam kam, nahm ihren Arm und führte sie zu einer Matte in der Nähe des Herdes. Ihre Augen funkelten. »Mein Kleid steht dir ganz wunderbar«, sagte sie aufgeregt. »Wir werden heute so viel Spaß haben. Ich kann es kaum erwarten, dass das Tanzen beginnt.«
Yana nickte und lächelte halbherzig.
Niam hielt ihre Reaktion für Nervosität. »Mach dir keine Sorgen, Yana. Ich zeige dir die Schritte des Frauentanzes.«
Atum entdeckte Ischa, die mit Duues nicht weit von ihnen entfernt auf einer Matte spielte. Er strampelte, um aus Yanas Schoß

zu entkommen. Yana hielt ihn fest und stand auf. »Ich würde den Frauentanz gerne lernen«, sagte sie mit einem entschuldigenden Lächeln. »Aber wenn es dir nichts ausmacht, möchte ich erst noch ein bisschen Zeit mit Ischa verbringen, bevor die Festlichkeiten beginnen.«

»Natürlich«, antwortete Niam, verwirrt von Yanas offensichtlichem Desinteresse.

Yana ging zu den Kindern. Ischa quiekte vor Freude, und Duues schlang seine Arme um ihre Beine. Yana ließ sich auf die Matte sinken und setzte Atum neben Ischa. Beide Babys lachten, und für einige Augenblicke vergaß Yana ihren Kummer. Ischa nahm die holzgeschnitzten Tiere, mit denen sie gespielt hatte, und häufte sie in Atums Schoß. Atum griff nach einer wunderbar geschnitzten Ziege, sah sie an und warf sie schließlich nach Ischa. Ischa kicherte und warf sie zurück. Das Spiel wurde wild, aber als sich auch noch Duues in das Vergnügen einmischen wollte, musste Yana eingreifen. Sie packte den Jungen, zog ihn auf ihren Schoß, küsste ihn hinter das Ohr und flüsterte ihm zu, dass er für dieses Spiel schon zu groß sei.

Tern betrat mit Dagron den Raum. Mit keinem Blick gab er zu erkennen, dass er sie bemerkte. Er ging zu einer kleinen Gruppe junger Leute, die Yana nicht kannte, und begann, mit ihnen zu reden und zu lachen. Mit brennenden Augen wandte Yana sich ab.

Der Rest des Abends war schrecklich, aber Yana tat ihr Bestes, um glücklich zu wirken. Sie tanzte die Tänze und sang die Lieder, aber mit dem Herzen war sie nicht bei der Sache. Tern mied sie. Galea war höflich, aber reserviert. Oft ertappte sie Niam und Dagron dabei, wie sie verschwörerisch miteinander flüsterten und dabei vorsichtige Blicke in ihre Richtung warfen. Yana kam die Kluft zwischen ihr und den anderen scharf zum Bewusstsein. Sie war wieder eine Außenseiterin. Es gab Augenblicke, in denen sie am liebsten aus dem Raum gegangen wäre, fort aus dem Leben der Menschen, die ihre Familie und ihre Freunde geworden waren. Mutter, dachte sie niedergeschlagen, was habe ich getan, um das zu verdienen?

Am Morgen, als die Sonnwendzeremonie beendet war, brach Yana als eine der Ersten auf. Dagron begleitete sie den Hügel hinauf zu ihrer Hütte. Angespannt schweigend gingen sie nebeneinander her.

Endlich kamen sie vor ihrer Haustür an. »Es tut mir so Leid, Yana«, sagte er rau. »Ich weiß, wie sehr du dich auf das Fest gefreut hattest. Es ist wirklich schade, dass dir der Spaß so verdorben wurde.«

Yana lächelte tapfer und nahm den schlafenden Atum aus Dagrons Armen. »Für Atum war es wunderbar«, erwiderte sie leise. »Es tut ihm gut, unter Leute zu kommen.«

Dagron räusperte sich. »Gib Tern ein bisschen Zeit, Yana«, sagte er. »Ich bin mir ganz sicher, dass er nicht lange zornig bleiben wird.«

Yana schluckte schwer. »Vielleicht ist es so am besten. Ich glaube nicht, dass er bei den Leopardenleuten glücklich geworden wäre.«

Dagron nickte mitleidig, drehte sich um und machte sich wieder auf den Weg zum Dorf.

KAPITEL 47

Henni stand auf dem Dach ihrer Behausung, eine Hand auf die wachsende Wölbung ihres Bauches gelegt, und starrte sehnsüchtig in die Richtung, in der ihr Heimatdorf lag. Es fiel ihr schwer zu glauben, dass schon wieder zwei Mondspannen vergangen waren, seit die Leopardenleute sie über Eoms Leiche gebeugt gefunden hatten. Bald würde die Pflanzzeit beginnen, dann wollte sie in ihre eigene Heimat und zu ihrer Familie zurückkehren. Mehr als nach allem anderen sehnte sie sich danach, den Kopf in den Schoß ihrer Mutter zu legen und ihr von der Verwirrung ihres Herzens zu erzählen. Sie spürte, dass sie sich veränderte, eine neue Gestalt annahm, genau so, wie ihr Körper seine Form veränderte. Immer öfter wünschte sie sich Einsamkeit und Ruhe. Die Erfahrungen mit Eom und Ralic beschäftigten sie. Beide Männer hatten einen tief greifenden Einfluss auf sie gehabt. Sie brauchte Zeit, um diese Einflüsse in sich aufzunehmen, die Unterschiede zwischen den beiden zu verarbeiten und daran zu wachsen.

Die ersten Tage bei den Leopardenleuten waren schwer für sie gewesen. Es hatte sie verwirrt, dass so viele Menschen um sie herum plötzlich ihre Muttersprache sprachen. Viele wollten etwas über ihre Lieben erfahren, und sie brachte viel Zeit damit zu, ihr Gedächtnis zu erforschen, was sie über die gefangenen Sklavinnen wusste. Die Verwandten kamen mit hoffnungsvollen Augen zu ihr. Und täglich war Hennis Herz zerrissen vom Bewusstsein ihrer Schuld, weil sie sich nicht mehr um diese Frauen gekümmert hatte, deren Lebensumstände so viel schlechter gewesen waren als die ihren. Von den meisten kannte sie nicht einmal den Namen. Wie hatte sie nur so gefühllos sein können? Die Fragen der Leute ermüdeten sie. Nach einer Handspanne von Tagen hörten die Verwandten auf, zu ihr zu kommen, weil sie merkten, dass sie ihnen nichts mehr zu sagen wusste. Henni war froh über die Einsamkeit.

Die Leopardenleute schienen ihr Bedürfnis, nachzudenken, gut zu verstehen. Sie gaben ihr eine Behausung in dem Teil der Stadt, in dem die Klasse der Priester und Priesterinnen lebte. Täglich ging sie zu einem der vielen der Göttin geweihten Schreine, um nichts anderes zu tun, als einfach in der Stille dazusitzen. Sie staunte, wie sehr sich die Welt für sie verändert hatte. Sie konnte nicht an die Göttin denken, ohne dass ihr auch die Macht von Ralics Gott einfiel. Sie hatte den Gott des leuchtenden Himmels niemals ganz verstanden. Das Volk der Herden betete seine Helligkeit an. Er erfüllte ihr Leben mit einem unverrückbaren Lebenszweck. Darin lag Stärke, aber auch Angst. Aber wie stand es um die Angst und die Stärke der Göttin? Sie begann sie in einem neuem Licht zu sehen, und sie wusste, dass das durch die Zeit bewirkt wurde, die sie bei dem Volk der Herden verbracht hatte. Die Göttin war für diese Menschen ebenso erschreckend wie ihr Gott für sie. Die Göttin war Dunkelheit und ungeborenes Leben, der Mutterschoß. Wer konnte ihre Wunder wirklich verstehen, wenn sie bei der Geburt vor Schmerzen aufschrie? Wer konnte gegen ihre empfindungslose Kraft ankämpfen?

Henni legte wieder die Hand auf ihren Leib. »Und was wächst in mir, Göttin?«, flüsterte sie. »Werde ich das Gesicht eines Gottes sehen, wenn dieses Kind geboren wird? Wird es mich immer an die unerschütterliche Kraft des Sonnengottes und seines Pferdes erinnern?« Wieder sah Henni nach dem Pfad, der in ihre Heimat führte. »Mutter«, sagte sie leise. »Mein Kopf und mein Herz sind so voll. Was wird hier geschaffen?«

KAPITEL 48

Yana füllte ihre Holzschale mit Tee und trank einen Schluck. Sie legte die Hände um das Gefäß, genoss die Wärme und sah zu, wie der Dampf aufstieg. Sie nahm noch einen Schluck.

Die Sonne ging gerade am Horizont unter. In letzter Zeit hatte es abwechselnd warme und kalte Tage gegeben, aber gefroren hatte es nur noch in der Nacht. Heute war es angenehm genug gewesen, um die Holztür vor dem Eingang ihrer Hütte zur Seite zu schieben. Bald würde die Pflanzzeit beginnen.

Galea war ins Dorf hinuntergegangen. Jetzt, wo die Tage wärmer waren, machte sie sich gelegentlich auf den Weg, um ihre Freunde zu besuchen. Zuerst hatte der Zwischenfall mit dem Hochzeitsstab einen Keil in ihre Freundschaft getrieben, aber nach einiger Zeit bemühten sich beide, Atum zuliebe die Spannung zu überwinden. Häufig beobachtete Yana, wie Galea den Jungen voller Trauer ansah, so, als sei er bereits fort. Doch sie sprachen nur selten über die bevorstehende Trennung, es war zu schmerzlich; und dann war da auch noch Tern. Yana seufzte und sah in ihre Tasse.

Als sie wieder aufsah, lehnte Tern in der Tür. Sie fuhr auf vor Überraschung und hätte fast ihren Tee verschüttet. Er bedeutete ihr, sitzen zu bleiben, und betrat die Hütte. Atum stieß beglückt gurgelnde Laute aus und krabbelte auf ihn zu. Tern lächelte den Jungen liebevoll an und nahm ihn auf den Arm. Dann setzte er

sich auf Galeas Matte neben das Feuer. »Wie ist es dir ergangen, Yana?«, fragte er ernst.
Yanas Augen brannten. »Ich habe dich vermisst«, antwortete sie ehrlich.
Tern nickte. »Es war selbstsüchtig von mir, nicht früher zu kommen, aber ich hätte es nicht geschafft, mit dir zusammen zu sein, ohne dich zu bitten, die Gabe der Mutter mit mir zu teilen.« Er fuhr sich nervös mit der Hand durch das Haar. »Und dann wäre es für uns beide nur noch schwerer geworden, wenn du weggehst.«
»Und jetzt?«
»An meinen Gefühlen hat sich nichts geändert«, antwortete Tern und versuchte, seiner Stimme einen festen Klang zu geben. »Aber ich will, dass du glücklich bist. Ich möchte, dass du weißt, dass ich die Zeit, die wir miteinander verbracht haben, nicht bereue, wenn du zu den Leopardenleuten gehst.«
Yana nickte und wandte den Blick ab. Dann sah sie ihn wieder an, als ob ihr gerade etwas eingefallen sei. »Haben die Ältesten schon eine Gefährtin für dich ausgesucht?«, fragte sie zögernd und war sich nicht sicher, ob sie die Antwort überhaupt hören wollte.
Terns Mund verzog sich zu einem trockenen Lächeln. »Nein. Ich glaube, sie wissen, dass es ein Fehler wäre, mich jetzt mit jemandem zu verheiraten.«
»Die Ältesten sind sehr weise.«
Tern nickte stumm. Zwischen ihnen trat Schweigen ein.
Atum hörte auf, mit den Perlen an Terns Gürtel zu spielen, hob die Hand und zog ihn boshaft an der Nase. Tern schenkte Atum ein schiefes Lächeln und zwickte das Baby ebenfalls in die Nase. Bald war ein fröhliches Spiel daraus geworden, und Atum lachte begeistert.
Yana beobachtete ihr Treiben. Wie soll ich es nur schaffen, diesen Mann zu verlassen, dachte sie traurig. Er ist so gut zu mir, und Atum liebt ihn. Und wie kann ich Galea und die anderen verlas-

sen? Hier ist mein Zuhause. Das Blut meines Vaters fließt in diesen Menschen. Die Leopardenleute werden immer Fremde für mich bleiben.
Als ob er ihre Gedanken erraten könnte, sah Tern auf. »Ich wünschte, unsere Aufnahmezeremonie wäre nicht so hart«, sagte er bedächtig. Er setzte Atum auf den Boden und lenkte ihn mit einem Lederbeutel mit Nüssen ab. »Aber du wirst wenigstens am Leben bleiben, und ich bin mir sicher, dass die Leopardenleute dich gut versorgen werden. Wer weiß? Vielleicht werde ich sogar eines Tages in die Stadt kommen, um dich und Atum zu besuchen.«
Yana zog die Brauen zusammen. »Tern, seit der Sonnwendfeier hatte ich sehr viel Zeit zum Nachdenken.« Sie hielt inne. Ihre Augen wanderten nervös zu seinem Gesicht und dann wieder weg. »Ich kann mir nicht vorstellen, dass ich mit den Leopardenleuten leben kann. Sie sind nicht mein Volk. Ich gehe hier nicht fort.« Als Yana diese Worte aussprach, wusste sie, wie wahr sie waren.
Tern beugte sich vor. »Aber du musst gehen«, widersprach er heftig.
Yana sah ihm entschlossen in die Augen.
»Yana, nein«, bat Tern. »Bleib nicht hier. Lass dich nicht auf die Aufnahmezeremonie ein. Ich war derjenige, der dich überredet hat, hierher zu kommen. Wenn dir etwas zustieße, würde ich mir das nie verzeihen.«
Eine Welle von Mitleid für Tern überflutete Yana. »Ich will mich dem Schoß der Großen Mutter nicht um deinetwillen stellen«, erklärte sie leise, aber mit Überzeugung. »Ich will der verzehrenden Göttin entgegentreten, weil es das Einzige ist, was ich tun kann.«
Tern hörte ihr nicht zu. Er sprang auf. »Du darfst diese Zeremonie nicht auf dich nehmen!«, rief er zornig. »Das werde ich nicht dulden. Ich werde nicht ruhig danebenstehen, wenn du den Weg der Finsternis antrittst.«

»Bitte setz dich hin, Tern.«
»Nein!«, schrie er. »Ich will nichts mehr davon hören. Glaubst du vielleicht, ich wüsste nicht, wie es ist, allein zu sein? Glaubst du, ich wüsste nicht, wie schwer es ist, ein neues Leben bei fremden Leuten zu beginnen?«
Atum fing an zu brüllen.
»Setz dich hin, Tern«, sagte Yana sanft. »Du erschreckst das Kind.«
»Er hat allen Grund, erschreckt zu sein!«, erwiderte Tern hitzig. »Seine Mutter redet davon, dass sie ihn verlassen will ... dass sie ihn in einem Dorf voll fremder Leute zurücklassen will.«
»Galea ist keine Fremde«, antwortete Yana geduldig und zog Atum auf ihren Schoß. »Sie liebt Atum. Dagron und Niam gehören auch zur Familie. Und ich weiß, dass auch du meinen Sohn gern hast. Er wird hier glücklich sein.« Sie sah den Jungen liebevoll an.
Tern blieb abrupt stehen. Seine Schultern sackten herab, und sein ganzes Elend lag in seinen Augen. »Bitte sag, dass du deinen Entschluss noch einmal ändern wirst«, flüsterte er rau. »Sag mir, dass du wenigstens noch einmal darüber nachdenken wirst und vielleicht doch zu den Leopardenleuten gehst.«
Yana schüttelte den Kopf. »Ich habe lange Zeit darüber nachgedacht. Dein Volk ist in meinem Herzen verwurzelt, die Sitten des Leopardenvolkes sind mir unvorstellbar fremd. Die Großmutterpriesterin war die Einzige, die mich verstand ... und sie wird bald in den Schoß der Großen Mutter zurückgerufen werden. Meine Kinder tragen die Narben des Blutes meines Vaters.« Sie legte die Hand auf Atums leicht gebogenes Bein. »Die Leopardenleute werden dafür kein Verständnis haben. Sie werden meine Kinder unglücklich nennen, und diese Art von Leben habe ich bereits kennen gelernt. Nein. Mein Platz ist hier. Mein Geist wird zu den Ahnen dieses Dorfes gehen.«
Tern hörte, wie entschlossen ihre Stimme klang, und hob zögernd den Kopf. Seine Augen waren verständnislos und kum-

mervoll aufgerissen. »Du darfst das nicht, Yana«, flüsterte er. »Du hast noch viel zu viel zu geben.«

»Deine Worte sind eigensüchtig, Tern«, sagte sie sanft. »So verstehe doch, dass ich das tun muss ... Ich werde durch diese Aufnahmezeremonie gehen, und ich tue es nicht für dich oder wegen dir und bestimmt nicht, um dich zu verletzen. Mir bleibt ganz einfach keine andere Wahl.«

»Du weigerst dich nur, die anderen Möglichkeiten zu erwägen, Yana.«

»Seit meiner Geburt habe ich schwere Entscheidungen treffen müssen.«

»Es gibt immer einen anderen Weg.«

»Ich bin hier zu Hause, Tern.«

»Warum willst du nicht selbst für dich kämpfen?«, fragte er frustriert und trat so fest gegen einen Tontopf, dass er zersprang und sein Inhalt sich über den Boden ergoss. »Du zwingst andere, für dich zu kämpfen«, beschuldigte er sie.

Yanas Augen blitzten. »Mein Kampf hat mich hierher geführt. Wie kannst du es wagen, mich zu verurteilen?«

»Ich habe jedes Recht, dich zu verurteilen«, gab er zurück. »Ich liebe dich.«

Tern stürmte aus Yanas Hütte hinaus und den Hügel hinunter. Sie sah zu, wie er im dunstigen, rot glühenden Licht des Sonnenuntergangs verschwand, und ihr Herz bebte vor unerfüllter Leidenschaft. Sie holte tief Luft und drückte Atum an die Brust. Innerlich ganz erstarrt stand sie auf, setzte das Baby auf den Boden und schob die schwere Tür wieder vor den Eingang, um die Dunkelheit auszusperren – und alles andere auch.

KAPITEL 49

Henni hörte das Rauschen von Röcken und wandte sich um. Die Zwillingspriesterinnen betraten den Raum. Henni war immer wieder fasziniert, wie ähnlich sie sich sahen. Eine der beiden Frauen nährte ein Kind, ihre Brüste waren deshalb größer als die der anderen, und sie trug das rote Kleid der Muttergöttin. Ihre Zwillingsschwester hatte das schwarze Kleid der Fruchtbarkeitsgöttin an.

Beide Priesterinnen blieben vor ihr stehen. »Lokuitum und einige seiner Männer warten mit deinem Pferd vor der Stadt auf dich«, erklärte die Priesterin der Fruchtbarkeitsgöttin.

»Bist du sicher, dass du es dir nicht noch einmal überlegen und deine Abreise verschieben willst?«, warf die Priesterin im roten Gewand ein. »In einer Mondspanne wirst du dein Kind im Arm halten, und dann wirst du viel sicherer reisen.«

Henni sah auf ihren angeschwollenen Leib hinunter. »Ich möchte, dass meine Mutter bei mir ist, wenn dieses Kind geboren wird«, sagte sie leise. »Ich bin schon zu lange fort gewesen. Ich weiß, dass ihr Herz weint, und ich sehne mich nach ihr. Wenn das Gehen zu mühsam für mich wird, wird das Pferd mich tragen.«

Die Priesterin nickte resigniert. »Ich habe meiner Großmutter schon gesagt, dass du dich nicht davon abbringen lassen würdest, aber sie hat mich gebeten, dich …«

»Ich werde selbst mit Henni reden.« Die zittrige Stimme der al-

ten Frau unterbrach sie. Auf den Arm einer Dienerin gestützt schlurfte die alte Priesterin durch den Raum; sie bedeutete der Dienerin, sich zu entfernen.
»Großmutter, du solltest schlafen«, sagte die Frau in Schwarz vorwurfsvoll. »Wie kannst du wieder gesund werden, wenn du dir nicht mehr Ruhe gönnst?«
Die alte Frau winkte ab. »Dieses alte Weib hat genug Ruhe. Geht beide hinaus. Ich möchte alleine mit Henni reden.«
»Aber …«
»Mira, es ist gut.« Sie klopfte der Frau in Rot auf den Rücken. »Tu, was ich dir sage.«
Die Schwestern wechselten besorgte Blicke und verließen widerstrebend den Raum. »Wir werden draußen auf dich warten, für den Fall, dass du uns brauchst, Großmutter«, rief eine von ihnen noch über die Schulter.
»Sie machen sich Gedanken um dich«, meinte Henni.
»Jedermann weiß, dass ich in Kürze in den Schoß der Großen Mutter zurückkehren werde«, antwortete die alte Frau. »Sie meinen, sie könnten meine Abreise hinauszögern, wenn sie mich dazu bringen, still dazuliegen und nichts zu tun.« Sie schüttelte den Kopf. »Aber die Ahnen rufen nach mir.« Die Alte schwankte auf den Füßen.
Henni führte die weißhaarige Frau zu einer mit Kissen gepolsterten Bank. Die Alte setzte sich, lehnte sich dankbar zurück und schloss kurz die Augen. Dann ergriff sie Hennis Hand. Sie streichelte die glatte Haut der jungen Frau. »Für eine, die so jung ist wie du, hast du sehr viel durchgemacht«, sagte sie mit brüchiger Stimme. »Es muss schwer sein, so eine Bürde mit sich herumzutragen. Kein Wunder, dass du so sehr das Bedürfnis hast, bei deiner Mutter zu sein. Aber vielleicht würde es dir ja helfen, mit mir zu reden …«
Henni ließ den Kopf hängen. »Du ehrst mich, Großmutter«, murmelte sie. »Aber ich schäme mich zu sehr, jemandem anzuvertrauen, was mein Herz bedrückt.«

»Wie kannst du dich schämen, Kind? Was dir zugestoßen ist, war nicht deine Schuld.«
»Ich habe kein Glück«, sagte Henni leise. »Die Göttin ist nicht mehr mit mir.« Sie sah auf. »Wusstest du, dass ich dazu ausersehen war, Nachfolgerin der Hohenpriesterin unseres Dorfes zu werden, wenn sie in den Schoß der Großen Mutter zurückkehrt?« Henni senkte den Blick. »Die Göttin hat mir meine Torheit vor Augen geführt. Ich verdiene es nicht, ihre Priesterin zu sein.«
»Henni, du hast gelitten. Wenn du aus deinen Fehlern lernst und es nicht zulässt, dass dein Leid dich verbittert, wirst du eines Tages eine wunderbare Priesterin sein.«
»Ich hatte gedacht, dass ich mich vor dem Schoß der Großen Mutter nicht fürchten würde«, fuhr Henni mit von Selbstzweifeln erstickter Stimme fort. »Aber nun sind zwei Männer an meiner Stelle in ihren Schoß gegangen. Nun weiß ich, dass ich sehr große Angst hatte.«
Die Alte streichelte Hennis Hand. »Alle Geschöpfe wehren sich gegen den Tod. Nur die Ernte gibt sich freiwillig hin. Wir von der Ernte wissen um die Macht des kleinen Todes, der die Frucht der nächsten Ernte hervorbringt.«
»Aber ich hatte Sklaven«, flüsterte Henni gequält. »Töchter der Göttin ... Frauen, die ich nicht beachtete, solange ich meine Rolle als Priesterin der Herden spielte. Ich habe die Macht der Göttin missbraucht.«
Die Alte streichelte Hennis Hand. »Ja«, stimmte sie zu. »Du hast die Macht der Göttin missbraucht. Aber du hast durch dein Leid in kurzer Zeit etwas gelernt, was viele Priesterinnen niemals oder erst im Alter lernen. Von nun an wirst du mit der Macht der Mutter sehr sorgsam umgehen. Gewinne dein Glück wieder, Tochter. Behalte die Dinge, die du weißt, still in deinem Herzen, und gebrauche deine Macht sparsam.«
Hennis Augen glitzerten. Sie blinzelte. »Das Volk der Herden ist stark, Erhabene«, sagte sie leise. »Die Macht des Pferdegottes ist

verführerisch. Ich weiß nicht, wie das Volk der Göttin ihm standhalten soll.«
»Das weiß ich auch nicht, Tochter. Manchmal muss die Saat sich lange in der Dunkelheit verbergen, bevor sie das Licht wieder sieht. Diene der Mutter. Hör auf dein Herz.«
»Was du sagst, klingt wie die Worte einer Frau, die ich bei den Herdenleuten kennen gelernt habe.«
»Eine Freundin?«
Henni musste lachen, als sie an Rea dachte. »Mehr ein Dorn in meinem Fuß, aber doch, wir waren Freunde.«
Lachfältchen formten sich um die Augen der Alten. »Manchmal sind solche Menschen die besten Freunde.« Sie streichelte noch einmal Hennis Hand. »Bist du dir wirklich sicher, dass du nicht bleiben willst, Tochter?«, fragte sie.
Hennis Ungeduld stand ihr ins Gesicht geschrieben. »Ich muss jetzt fort, Erhabene. Die Pflanzzeit hat begonnen, ich kann nicht länger warten. Ich möchte, dass mein Kind im Haus meiner Mutter geboren wird.«
Die Alte nickte verständnisvoll. Sie erhob sich, um zu gehen, blieb dann aber noch einmal stehen und legte nachdenklich einen Finger an die Lippen. »Noch etwas, Henni«, sagte sie. »In der Gruppe, die mit deinem Bruder reiste, war eine junge Mutter. Sie hieß Yana.«
»Ja, ich kenne sie.«
»Ich möchte ihr gerne eine Botschaft schicken.«
Henni neigte neugierig den Kopf zur Seite.
»Sag ihr, dass manche, die von der Göttin berufen sind, ein Leben in der Dunkelheit ihres Schoßes führen und in der Möglichkeit dessen, was sie werden können, schwelgen. Aber irgendwann kommt die Zeit, wo sie sich daraus befreien und in kindlichem Glauben über sich selbst hinauswachsen müssen. Tun sie das nicht, laufen sie Gefahr, eine Totgeburt zu werden.«
»Diese Botschaft verstehe ich nicht, Erhabene.«
Die Augen der Alten zwinkerten. »Das liegt daran, dass du im

Licht geboren bist, Henni, und die Göttin dich zur Reise nach innen beruft. Es ist ein Geheimnis.«
Plötzlich lief das Gesicht der alten Frau rot an, und sie ergriff Hennis Arm. Ein heftiger Hustenanfall schüttelte ihren schwachen Körper. Die beiden Priesterinnen, die vor dem Zimmer gewartet hatten, kamen hereingestürzt und riefen nach Dienerinnen, die Wasser und Kräuter brachten. Sie betteten die alte Frau auf die gepolsterte Bank und flößten ihr ein dickflüssiges Gebräu ein. Bald legte sich der Husten. Die Alte ließ mit geschlossenen Augen den Kopf sinken.
»Wird sie sich erholen?«, fragte Henni flüsternd die Priesterin Mira.
»Für kurze Zeit, ja«, antwortete diese bekümmert. »Wenn wir Großmutter nur dazu bewegen könnten, ihre Pflichten als Priesterin ruhen zu lassen.«
»Sie ist eine sehr weise Frau«, sagte Henni leise.
»Nicht, wenn es um ihre eigene Gesundheit geht«, meinte die junge Frau seufzend und wechselte das Thema. »Konnte meine Großmutter es dir ausreden, die Heimreise anzutreten?«
Henni schüttelte den Kopf. »Ich werde jetzt aufbrechen.«
»Also gut. Die Vorräte sind gepackt, und Lokuitum und die anderen warten. Ich habe mir die Freiheit genommen, dir eine Heilerin mitzugeben. Wenn du unterwegs in Schwierigkeiten gerätst, wird sie zur Stelle sein und dir helfen.« Die Priesterin lächelte. »Anscheinend hast du gutes Reisewetter. Dann werden wir dich wohl ziehen lassen müssen.«
»Ich danke dir«, sagte Henni förmlich. »Die Töchter meines Haushalts werden dem Leopardenvolk stets Dank schulden.« Sie verneigte sich.
Die Priesterin nickte. Henni wandte sich zum Gehen, nicht ohne noch einen letzten Blick auf die schlafende alte Frau auf der Bank zu werfen.

KAPITEL 50

Die älteste Priesterin ließ den Blick über die versammelten Menschen schweifen, bevor sie sich an Yana wandte. Sie sprach laut und mit klarer Stimme: »In einer Handspanne von Tagen werden wir unsere ersten Feldfrüchte pflanzen, und wir dürfen kein Unglück über die Ernte heraufbeschwören.« Sie nickte Yana zu. »Du bist hier eine Fremde.« Sie deutete mit weit ausladender Geste auf die Umgebung. »Dennoch hältst du ein Kind in den Armen, welches das Gesicht von einem der Unseren hat. Du sprichst und handelst wie eine Priesterin und bist doch nicht zur Priesterin ausgebildet. Du bist jung, und doch beweist du eine Weisheit, die weit über deine Jahre hinausgeht. Glück und Unglück sind in deinem Leben Hand in Hand gegangen. Die Göttin hat sich viel Zeit gelassen, dich zu formen, wie es oft der Fall ist bei denen, die ihre Diener werden sollen. Wir haben die Berührung der Priesterinnen ausgetauscht, mein Kind.« Sie deutete mit ihrem runzeligen Arm auf die anderen Ältesten. »Meine Gefährten und ich sind alt. Bald werden wir in den Schoß der Mutter zurückgerufen werden.«
Der blinde alte Mann räusperte sich und humpelte nach vorn. »Dagron hat uns von Männern aus dem Norden erzählt, die in unser Gebiet eingedrungen sind. Sie haben keine Ehrfurcht vor der Göttin, und wir spüren, dass sich alles ändern wird. Vielleicht ist es dir ja bestimmt, Yana, ein Teil dieses Wandels zu sein.« Er hielt inne und fuhr dann mit noch lauterer Stimme fort:

»Aber zuerst musst du von unserem Volk angenommen werden. Du musst teilhaben an unserem Wissen um die alte Göttin und ihre Finsternis.«
Die große Statue der schwangeren Göttin ragte vor Yana auf. Sie ließ die Augen rasch durch den rauchigen Raum schweifen. Terns Gesicht war blass, seine Lippen zusammengepresst. Sie versuchte, ihn anzulächeln, doch es gelang ihr nicht. Sie wandte sich an Galea und reichte ihr Atum. »Ich weiß, dass du gut auf ihn aufpassen wirst, Mutter«, flüsterte sie ihr heimlich zu und streifte Atums Wange mit den Lippen.
Galea schloss Atum schützend in die Arme
Yana sah Nachen an, die Ischa umschlungen hielt. Das Baby war während des Winters sehr gewachsen. Yana unterdrückte das Bedürfnis, zu dem kleinen Mädchen hinüberzugehen. Es hätte zu sehr nach Abschied ausgesehen. Angst stieg in ihrer Brust auf.
Die Priesterin mit den gebleichten Haaren winkte Yana, zu ihr zum Standbild der Göttin zu kommen. Yana atmete tief ein und ging auf sie zu.
»Um in unser Volk aufgenommen zu werden, mein Kind, musst du dich zuerst in den heiligen Wassern der Göttin reinigen. Hast du das getan?«
Yana nickte. »Ich habe mich gereinigt, Erhabene.«
»Deine Monatsblutung muss beendet sein und darf während der nächsten drei Wochen nicht wieder beginnen.«
»Meine Monatsblutung ist beendet.«
»Du musst nach der Göttin hungern.«
»Die letzte Mahlzeit habe ich vorgestern Abend zu mir genommen, Erhabene.«
»Um dich im Tod mit der Göttin zu vereinigen, musst du alles ablegen, was deine Haut bedeckt, wie einst bei deiner Geburt. Du musst vor dem Herdfeuer der Göttin stehen, sodass der Rauch ihres Geistes bis in dein Innerstes dringt. Nur dann kann die Göttin deine Geburt in den Hort der Ahnen erkennen.«

Yana schritt ruhig zum Herd vor der Statue der schwangeren Göttin und ließ ihren Mantel fallen. Darunter war sie nackt. Sie atmete tief ein, füllte sich die Lunge mit Rauch und ließ ihn um Kopf und Haare kreisen. Sie bemerkte den leicht säuerlichen Geruch und spürte einen Geschmack von Holz und Kräutern auf der Zunge. Ihr Mund fühlte sich geschwollen an. Noch einmal atmete sie den Rauch ein und schwankte.

Die Priesterin streckte die Hand aus, um sie zu stützen, dann drehte sie Yana um, sodass sie den Anwesenden zugewandt war. »Diese Frau will von unserem Volk aufgenommen werden«, sagte sie mit ernster Stimme. »Gibt es hier eine Frau, die Yana und die Töchter, die ihr nachfolgen werden, als Kinder ihres eigenen Haushalts anerkennen möchte?«

Galea trat mit Atum in den Armen vor. »Yana und ihre Kinder sollen zu mir gehören«, erklärte sie ruhig und sah Yana voller Mitgefühl und Sorge an.

Yana spürte ein Zittern unter der Haut, und Schweißperlen traten auf ihre Oberlippe. Sie konnte das flüssige Salz schmecken. Ein wenig überraschte es sie, wie klar ihre Sinne die Umgebung wahrnahmen. Die Wirkung des Rauchs machte sich bemerkbar, und sie vernahm das Schwärmen von Geistern um sich herum. Der Raum nahm eine seltsame Symmetrie an. Ein Husten, das Scharren eines Fußes, das Blinzeln eines Auges – alles hatte plötzlich Tausende von Bedeutungen, deren tieferen Sinn sie erkennen konnte. Auf einmal war es, als ob all die Augen, die auf sie gerichtet waren, ihre eigenen Augen seien. Sie sah sich selbst in ihren vielen Erscheinungsformen an.

Die Hohepriesterin mit dem verkümmerten Arm kam auf Yana zu. »Es ist Zeit, dich mit der Göttin zu vereinigen, Tochter.«

Sie nahm einen Topf mit Ocker und Tierfett, und bemalte Yanas Gesicht mit den Farben. Die Leute begannen zu singen. Die Worte klangen uralt und zeitlos. Es war ein Geburtsgesang. Yana lächelte. Das Lächeln nahm an ihrem Mund seinen Anfang, wuchs und reichte bis in die Tiefen ihrer Seele. Nun wurden Yanas Hände und Füße mit dem roten Fett bedeckt, den Symbolen der gebärenden Mutter. Die alte Priesterin hielt Yanas glitschige Hand.

Yana sah ihr tief in die Augen. Sie waren dunkle Seen des Verstehens.

Yana blickte in ihr eigenes Spiegelbild in den Pupillen der alten Frau, und ein Gefühl von Ehrfurcht und Schönheit überwältigte sie. Sie ergriff den verkümmerten Arm der Alten, badete ihn im Fett ihrer eigenen Hand und streichelte ihn. »In mir bist du geheilt, Großmutter«, flüsterte sie.

»Ach, Yana«, flüsterte die Alte in plötzlicher Erkenntnis mit feuchten Augen. »Du bist wirklich zur Priesterin geboren.«

Der alte Mann mit dem verkrümmten Bein ging langsam auf Yana zu. Er trug eine Schale mit einer dunklen Flüssigkeit, die er ihr reichte. Yana betrachtete die ölige Mischung. Dann richtete sie die Augen auf die Gruppe von Menschen, die angstvoll abwartend dastanden. Tern hatte Ischa im Arm und weinte hemmungslos. Dagrons Gesicht war angespannt. Er biss die Zähne zusammen, um seine Gefühle unter Kontrolle zu halten. Lolim und Dak wirkten wie versteinert, so als hätten sie es niemals für möglich gehalten, dass sie sich der Aufnahmezeremonie wirklich unterziehen würde. Yana wünschte, sie könnte sie alle irgendwie trösten, könnte ihnen erklären, wie sehr der Schoß der Großen Mutter sie schon immer angezogen hatte.

»Wenn du aufwachst, wirst du dich im Schoß der Großen Mutter befinden«, unterbrach die alte Frau ihre Gedanken. Du musst dir deinen Weg aus der Finsternis ins Licht erkämpfen. Nur so wirst du verstehen, welche Bedeutung der alte Ort für unser Volk hat.«

Die Hohepriesterin neigte sich dicht zu Yanas Ohr. »Werde wieder zum Kind, und du wirst den Weg aus ihrem Schoß finden«, flüsterte sie.

Yana warf noch einen letzten Blick auf Atum. Der Junge war ausnahmsweise still. Seine dunklen Augen waren weit geöffnet, und er hatte den Daumen im Mund. »Werde glücklich, mein Sohn«, flüsterte sie und leerte die Schale in ihrer Hand.

In Yanas Kopf begann alles zu kreisen. Die Flüssigkeit glitt ihre Kehle hinunter, brennend und beißend wie eine Schlange. Sie traf ihren Magen wie ein Schlag, und Yana musste sich zusammennehmen, um nicht zu würgen. Sie krümmte sich zusammen, die Hände auf den Bauch gepresst, dann wurde alles schwarz.

KAPITEL 51

Henni Gesicht rötete sich. Wieder erfasste sie der Schmerz im Rücken und verbreitete sich weiter nach außen. »Warte noch ein Weilchen, Kleines«, flüsterte sie. »Bald sind wir zu Hause.«

Die Heilerin sah, dass Henni stehen blieb, und beeilte sich, sie einzuholen. »Ist alles in Ordnung?«, fragte sie atemlos.

»Ja, ich glaube schon.« Henni legte die Hände hinter die Hüften, streckte sich und blickte zum blauen Himmel empor.

»Wo tut es weh?«

»Im Rücken.«

»Ist das schon öfter passiert?«

»Erst einmal … heute Morgen.«

Das aufmerksame Gesicht der kleinen Frau entspannte sich, und sie lächelte. »Manchmal hat die Mutter schon Tage, bevor das Kind geboren wird, solche Schmerzen. Dennoch sollten wir eine Rast einlegen.«

»Es geht mir gut«, widersprach Henni. »Ich möchte lieber weitergehen.«

Die Heilerin runzelte die Stirn. »Du solltest dich wirklich ausruhen. Wir sind jetzt ganz nah bei eurem Dorf. Wenn das Kind kommt, kann Lokuitum vorauslaufen und deiner Mutter Bescheid geben.«

»Nein«, antwortete Henni eigensinnig. »Ich möchte, dass dieses Kind im Haus meiner Mutter zur Welt kommt.«

Die Heilerin seufzte ungeduldig. »Gehen kann die Wehen beschleunigen«, gab sie zu bedenken. »Vielleicht solltest du ja auf dem Pferd reiten.

Henni rümpfte die Nase. »Ich bin zu dick dazu; es ist mir unangenehm.«

Lokuitum kam zu den beiden Frauen gelaufen. »Warum haltet ihr an?«, fragte er und sah forschend von einer zur anderen.

»Wir müssen langsamer gehen«, stellte die Heilerin fest. »Und Henni sollte nicht mehr auf den Beinen sein.«

»Es geht mir ausgezeichnet«, erklärte Henni, ohne auf die Worte der Heilerin zu achten. »Die Wehen kommen in sehr großen Abständen.«

Lokuitum grinste sie gleichmütig an. »Wie mir scheint, ist die Katzenmutter ein bisschen schlecht gelaunt.«

Henni warf ihm einen wütenden Blick zu.

»Komm, Henni«, meinte Lokuitum gutmütig. »Ich helfe dir aufs Pferd. Wir werden bald in deinem Dorf ankommen. Du solltest glücklich sein.«

Henni grinste wider Willen. »Natürlich hast du Recht. Vielleicht bin ich ja wirklich ein bisschen müde vom Gehen.«

Lokuitum und zwei andere Männer hoben Henni auf die Stute, und Henni kam zu dem Schluss, dass das Unangenehmste an ihrer Schwangerschaft war, dass sie sich so unbeholfen und dumm vorkam. Es schien ihr, als könnte sie nichts mehr alleine tun. Aber als sie erst einmal auf dem Pferd saß, ließ sie ihren Blick über die Landschaft schweifen, die ihr zunehmend vertrauter wurde. Sie lächelte. Ich bin fast zu Hause, dachte sie voller Staunen.

KAPITEL 52

Yana erwachte an einem seltsamen Ort. Eine Lampe flackerte in einer Nische in der Wand. Ihr Kopf fühlte sich schwer an wie ein Stein. Sie versuchte, ihn zu heben, aber so sehr sie ihre Nackenmuskeln auch anspannte, sie konnte es nicht. Hinter ihren Augen pochte ein dumpfer Schmerz, und es fiel ihr schwer, etwas zu erkennen. An den Wänden um sie herum schienen wilde Tiere zu tanzen, von denen sie einige als Rehe und Rinder erkannte, aber manche von ihnen waren ihr auch ganz und gar fremd.

Sie schloss die Augen wieder.

Yana lag still da und versuchte, sich über den Zustand ihres Körpers klar zu werden. Die Luft roch seltsam modrig und fühlte sich feucht an. Sie stellte fest, dass ihre Finger und Zehen ein wenig taub waren, aber sie konnte sie bewegen. In ihren Ohren dröhnte ein hohles Geräusch, daneben hörte sie jedoch noch einen anderen Ton: das beständige Tropfen von Wasser. Lange lag sie still da und lauschte, dann öffnete sie vorsichtig die Augen und drehte den Kopf. Sie lag neben einem dunklen Wasserbecken, das von einem kleinen Bach gespeist wurde, der im felsigen Boden verschwand.

Langsam versuchte sie, sich aufzusetzen. Diesmal ging es schon etwas leichter. Ihr Kopf dröhnte, aber es gelang ihr, ihn vom Boden zu heben. Schließlich saß sie da und wartete, bis die Welle von Übelkeit verging, die sie erfasste. Es schien eine Ewigkeit zu dauern, bis sie es endlich wagte, sich umzusehen. Ihr Herz schlug schnell. Sie befand sich an einem heiligen Ort.

Die Höhle war riesig. Große, altertümlich aussehende Tiere bewegten sich im flackernden Schein an den steinernen Wänden. Die gemalten Tiere schienen voller Leben. Ein Stier starrte mit bösartiger Intensität auf sie herab, als wollte er fragen, wie sie es wagen könne, diesen Ort zu betreten. Sie hielt den Atem an und wandte den Kopf. Neben ihr kämpften zwei Rothirsche, während eine große Raubkatze sie beobachtete. »Göttin«, flüsterte sie. »Dein Schoß. Ich verstehe das nicht. Ich sollte das nicht sehen.«

Yana war noch nie in einer Höhle gewesen. Sie konnte ihre Umgebung nicht einordnen. Der Ort erschien ihr unwirklich. Sie war fest davon überzeugt, dass diese Höhle ein Traumbild war. Tief atmend zwang sie sich, die Augen offen zu halten und stellte sich schwankend auf die Füße. Langsam ging sie am Rand des Wasserbeckens entlang und verrenkte sich den Hals, um all die Gestalten an der Wand zu betrachten. Sie schienen sich auf sie zuzubewegen. Sie schlang die Arme um den Körper, um dem Zittern Herr zu werden.

Die Bilder lachten und tanzten vor ihren Augen in Schwarz, Rot und Gelb, den Farben der Göttin. Und dann bemerkte sie noch etwas anderes, das sie erschreckte. Deutlich erkennbar befand sich ein menschlicher Handabdruck in einem zarten Kranz roter Farbe. Sie hatte oft einen Teil ihres Wesens geopfert, indem sie die Hand in eine Schale mit roter Ockerfarbe getaucht und der Göttin auf den Leib gedrückt hatte. Aber dies hier kam ihr anders vor. Die Farbe war um den Umriss der Handfläche und der Finger verteilt. Ein Geist hatte dieses Opfer hinterlassen. Sie trat zurück und schnappte nach Luft. Plötzlich wusste sie, dass auch die Tiere um sie herum Geistertiere waren. Sie erinnerte sich, dass sie Priesterinnen von mystischen Reisen hatte reden hören und davon, dass sie Geistertiere gesehen hatten. Yana fiel auf die Knie. »Göttin«, flüsterte sie. »Dein Schoß ist so voll, umso viel voller, als ich es mir je vorgestellt hätte. Er ist ein wunderbarer und schrecklicher Ort.«

Yana taten die Knie weh. Sie sah auf den Boden und entdeckte eine Einbuchtung im Fels, die den Schmerz verursacht hatte: Ein kleiner Fußabdruck war in den Stein gehauen. Sie sah genauer hin. Es war der Fußabdruck eines Kindes. Es gab viele davon, und alle zeigten sie in die gleiche Richtung. Ihr Herz schlug wie rasend vor Aufregung. Stolpernd kam sie wieder auf die Beine. Das ergab einen Sinn. Die alte Priesterin hat gesagt, dass ich wie ein Kind denken muss, um wiedergeboren zu werden, überlegte sie. Ich werde den Fußabdrücken folgen. Die Geisterkinder werden mich zu den Menschen zurückführen.

Yana nahm die Öllampe aus der Wandnische und schritt hinter den Fußabdrücken her vorsichtig durch die ganze Höhle. Auf ihrem Weg sah sie Gemälde von seltsamen Geschöpfen, die in den großen formlosen Schatten lauerten, die die Lampe auf die Wände warf. Sie wanderte zwischen sonderbar glänzenden Felsformationen hindurch, die von der Decke herabhingen. Endlich erreichte sie das Ende der Höhle und fand eine kleine Öffnung in der steinernen Wand. Offensichtlich waren die Geisterkinder in diesen Tunnel hineingekrochen, aber sie würde kaum Platz darin finden. Die zerklüfteten Steine würden ihr das Fleisch aufreißen, und doch wollte die Priesterin offenbar, dass sie diesen Pfad nahm.

Sie leuchtete mit der Lampe in die Öffnung. Sie konnte das Ende des Tunnels nicht sehen; er war sehr dunkel und eng. Sie würde mit ausgestreckten Armen flach auf dem Bauch kriechen müssen. Es war unmöglich, die kleine Öllampe mitzunehmen.

Yana versuchte, die Angst zu unterdrücken, die in ihren Eingeweiden aufstieg. Sie hatte das Gefühl, als gehorchten ihr ihre Glieder nicht. »Das ist zu schwer, Göttin«, flüsterte sie. »Ich kann nicht ohne Licht in diese Finsternis kriechen.« Sie atmete tief und versuchte, sich zu beruhigen. Ich muss, überlegte sie. Ich muss mich aus dem Schoß der Großen Mutter herauskämpfen

und der Göttin beweisen, dass ich das Leben annehmen will, das sie mir anbietet.
Yana wartete, bis ihr Herzschlag sich wieder beruhigte, dann stellte sie die Lampe vorsichtig auf einen Felsvorsprung neben der Tunnelöffnung in der Hoffnung, dass sie wenigstens einen Teil ihres Weges beleuchten würde. Sie kroch in das Loch und schob sich vorwärts. Die Steine waren kalt und scheuerten unbarmherzig an ihren nackten Brüsten und ihrem Bauch. Vorsichtig arbeitete sie sich voran. Der Tunnel wurde weiter und machte einen Bogen. Sie stellte fest, dass sie sich auf die Knie erheben konnte. Dadurch kam sie zwar schneller voran, doch nach der Biegung befand sie sich in vollständiger Dunkelheit.
Yana kroch weiter. Sie tastete sich mit den Fingern voran und versuchte ihre Angst zu überwinden, die sie zum Licht zurückziehen wollte. Sie stieß sich den Kopf an einem Felsvorsprung. Der Tunnel wurde wieder enger. Die Wände bedrängten sie, erstickten sie. Wieder lag sie auf dem Bauch und schob sich mühsam vorwärts. Sie streckte die Hände aus. Aber es ging nicht. Selbst wenn sie die Arme vor sich hielt, war der Tunnel zu eng für ihre Schultern. Die Kehle wurde ihr eng, und ein ersticktes Stöhnen kam von ihren Lippen.
Einen Augenblick lang war es ihr, als ob die Wände um sie herum noch enger würden und sie bedrängten. »O Göttin, nein«, flüsterte sie, und Tränen rannen ihr übers Gesicht. »Ich passe nicht durch. Ich bin eine Frau. Wie kannst du von mir erwarten, dass ich ein Kind sein und hier hindurchkriechen soll?« Yana spürte die kalte Gleichgültigkeit der Wände um sich herum. Die Göttin schien sie nicht zu hören. Ich muss hier wieder heraus, dachte sie angstvoll, zurück in die Höhle, solange noch Öl in der Lampe ist. Vielleicht gibt es ja einen anderen Ausgang.
Sie versuchte, sich auf die Ellenbogen zu stützen und sich rückwärts zu schieben, aber es war zu eng, als dass ihre Ellenbogen hätten Halt finden können.
Angst schnürte ihr die Brust ein. Sie begann, in kurzen Stößen zu

atmen. Steine bohrten sich bei jedem Atemzug in ihre Brüste. Kalte Finsternis machte sich in ihrem Kopf breit, und ihr wurde schwindelig. Vergeblich klammerte sie sich an das Bewusstsein.

Als Yana in der Dunkelheit wieder erwachte, wusste sie nicht, wie lange sie schon ohne Bewusstsein gewesen war, aber der Hunger nagte mit neuer Heftigkeit an ihr. Sie hob verwirrt den Kopf, dann fiel ihr alles wieder ein. Sie legte den Kopf wieder auf den kalten Stein, und ein Gefühl der Hoffnungslosigkeit überwältigte sie. Sie wunderte sich, warum die Göttin ihr noch nicht den Tod gebracht hatte. Sie bewegte die Finger und Zehen und fühlte sich seltsam verletzlich und unwirklich in dieser Finsternis. Wieder presste sie die Hände gegen die Steinwand und drehte die Hüften. War das ein Irrtum? Hatte sie sich rückwärts bewegt? Sie versuchte es noch einmal. Diesmal war sie sich sicher. Ich werde es schaffen, dachte sie aufgeregt.

Langsam arbeitete sich Yana durch den Tunnel zurück. Ihre Oberarme und ihr Rücken schmerzten, aber sie gestattete sich nicht, darüber nachzudenken. Endlich gelangte sie zu der Stelle, wo der Tunnel sich weitete. Sie erhob sich auf Hände und Knie und drehte sich um. Sie weinte vor Erleichterung, als endlich trübes Licht ihre Augen grüßte. Die Öllampe brannte noch.

Yana schob sich aus dem Tunnel. Mit weichen Knien blieb sie stehen und atmete tief. Sie sah an sich herunter. Ihr Körper war mit verkrustetem Blut und Schmutz verklebt, manche Stellen bluteten noch, aber sie hatte nicht die Zeit, sich um ihre Schürfungen und Verletzungen zu kümmern. Sie holte die Lampe von ihrem Felsvorsprung und biss sich auf die Lippen. Es war nur noch wenig Öl übrig. Eilig untersuchte sie die nächstgelegenen Wände nach einem anderen Fluchtweg. Es gab keinen weiteren Tunnel, also ging sie zum Wasserbecken zurück und prüfte auf ihrem Weg alle dunklen Winkel, in der Hoffnung auf eine Öffnung.

Yana trank schnell einen Schluck von dem dunklen Wasser, dann richtete sie sich auf, um ihre Suche fortzusetzen, aber die Flamme begann zu flackern, tanzte und leckte noch das letzte Öl vom Boden des kleinen Tongefäßes. Hilflos sah Yana zu, wie der letzte Funke erlosch.

Plötzlich wurde sie wütend. Zornbebend verfluchte sie die Göttin und schleuderte die Lampe von sich. Sie zerschellte, das Echo des Aufpralls zitterte in der Höhle nach. »Warum quälst du mich mit Hoffnung«, schrie sie und dachte an Atum und Tern. »Warum bietest du mir immer wieder ein Stückchen Freude an und nimmst es mir dann wieder weg?«

Sie sank zu Boden und legte den Kopf in die Hände. »Ich hasse dich«, stieß sie mit zusammengebissenen Zähnen hervor. »Niemals würde ich ein Kind meines Leibes so behandeln. Warum lässt du mich immer im Stich, wenn ich dich am nötigsten brauche?«

Sie lehnte sich an die Felswand. Ihr Kopf sank zur Seite. Sie war aller Gefühle entleert, als ob ihr etwas Kostbares genommen worden sei. Sie musste an das letzte Mal denken, als sie sich so gefühlt hatte, an den Tag des Angriffs der Barbaren. Sie hatte gesehen, wie sie das Herz der Göttin zerstört hatten. Sie erinnerte sich an die alte Frau, die ihr den Kopf gestreichelt und ihr ein Lied des Trostes und der Wiedergeburt ins Ohr gesummt hatte. Die Erinnerung beruhigte sie, und irgendwann vergaß sie in der Dunkelheit ihren Zorn und überließ sich dem Schlaf.

Als sie zum dritten Mal in der Finsternis erwachte, war Yana erheblich schwächer. Sie hatte nicht einmal mehr die Kraft, sich einen Schluck Wasser aus dem Wasserbecken zu schöpfen. Wie viele Tage waren vergangen, seit sie zum letzten Mal etwas gegessen hatte? Die Zeit hatte ihre Bedeutung verloren. Sie fühlte sich von allem losgelöst. Das andere Leben, das sie einmal gelebt hatte, schien ihr weit weg zu sein.

Sie ließ ihre Gedanken treiben und fragte sich, ob sie bereits im Reich der Geister sei. Aus irgendeinem Grund war es ihr plötzlich gleichgültig.

Yana schloss die Augen und öffnete sie wieder. Es machte keinen Unterschied. Sie war in der Finsternis und hatte das Licht des Tages nie gesehen. Sie ließ die Augen wieder zufallen; es war leichter, als sie offen zu halten. Langsam wurde ihr Körper gefühllos. Schwärze breitete sich in ihrer Seele aus. Wenn sie ganz still hielt, fühlte sie, wie sie sich in die Steinwände um sie herum ausdehnte, in die feuchte Luft, in das ständige Tropfen des Wassers. Ihr langsamer Herzschlag füllte die Leere der Höhle. Sie spürte den abwartenden Atem von Geisterwesen, wenn ihre Brust sich weitete. Der Druck möglichen Lebens füllte sie. Formen, die sie sich nie erträumt hätte, kreisten in ihrem Kopf und versetzten sie, erschreckend und schön, wie sie waren, in stummes Erstaunen. Sie brauchte nur die Hand auszustrecken, das Wort zu sagen, eine davon zu wählen.

Aber etwas in ihr lehnte sich auf. »Ich bin Yana«, flüsterte sie fast flehentlich. Aber die Finsternis wollte nicht weichen und ließ sie nicht nach dem Traumbild greifen.

Yanas Gedanken wanderten zu anderen Dingen. Sie erinnerte sich daran, wie es sich angefühlt hatte, wenn Tern sie in die Arme nahm. Es war seltsam. Hier in der formlosen Dunkelheit konnte sie seine Arme beinahe wieder fühlen. Sie erinnerte sich an die letzten, gequälten Worte, die er zu ihr gesprochen hatte. »Yana, es gibt Möglichkeiten für dich. Du weigerst dich nur, sie zu erwägen.«

Warum hatte sie nicht auf ihn gehört? Natürlich hatte er Recht. Es hatte Möglichkeiten für sie gegeben. Warum nur hatte sie diese gewählt, diesen Tod in der Göttin?

Ihre Gedanken wanderten weiter zu Atum. Nun wusste sie es wieder: Um ihres Sohnes willen hatte sie diesen Weg gewählt. Aber in der Dunkelheit, die ihre Seele umfing, wurde ihr klar, dass sie sich selbst belog. Nein, flüsterte ihr Herz. Du hast diesen Weg gewählt, weil du müde bist; müde, Entscheidungen zu treffen, die dir nicht weiterhelfen; müde, nach Liebe zu suchen und sie nicht zu finden.

»Also gut«, flüsterte sie und gab ihrem Kummer nach. »Atum war nicht der Grund.«
Sie dachte an ihren kleinen Jungen, der nun ohne Mutter war. Ach, mein Sohn, schrie ihr Herz voller Verzweiflung, ich habe dich noch kaum gekannt, als ich fortging. Wir hatten gerade erst angefangen, miteinander zu reden. Du hast gerade zu sprechen gelernt. Sie dachte daran, wie seine kleinen Lippen sich bemüht hatten, die ersten Wörter zu formen, und wie schwer es ihm gefallen war. Sie dachte an ihre gemeinsamen Spiele und wie sie ihm die Wörter geduldig immer und immer wieder vorgesagt hatte. Ich bin seine Mutter, ich bin für meinen Sohn die Göttin, dachte sie, die ihn gelehrt und seine Welt geformt hat. Und plötzlich wurde die Finsternis in ihrem Kopf ein wenig heller. »Ich glaube, ich verstehe dich, Göttin«, flüsterte sie. »Die Priesterin hat gesagt, dass ich denken muss wie ein Kind. Ich muss daran glauben, dass du mich liebst, so wie ich Atum liebe. Ich muss mich von dir durch diesen Glauben formen lassen.«
Yana verbannte Atum und Tern aus ihren Gedanken. Sie ließ ihren Geist dem tropfenden Wasser folgen. Gefühllosigkeit setzte sich tief in ihrer Seele fest. Ihre Hände und Füße, ihr ganzer Körper verschmolzen mit der Höhle um sie herum. Zum zweiten Mal hatte sie das Gefühl, sich in ihre Umgebung auszudehnen, aber statt Angst zu haben, statt ihren eigenen Namen zu flüstern, überließ sie sich der Leere, die sie mit Liebe und der Möglichkeit neuen Lebens erfüllte. Neue Bilder wirbelten in ihrem Kopf herum, veränderten sich, verblassten und erschienen wieder mit neuem Gesicht. Sie betrachtete die Szenen als Beobachterin und fürchtete sich plötzlich nicht mehr vor den Geistern.

Tern war der Letzte, der die kleine Höhle verließ. Zwei Tage waren verstrichen. Einer nach dem anderen waren die Wartenden traurig davongegangen. Lange hatte er in der Dunkelheit gewartet, und dann hatte das rosige Licht des Morgens die Höhle erfüllt. Er starrte auf die Öffnung, durch die Yana hätte hindurch-

kriechen sollen. »Yana, ich war noch nicht bereit, dich zu verlieren«, flüsterte er mit brennender Kehle. »Göttin, hast du mir denn noch nicht genug genommen?«
Er wandte sich zum Gehen, und die Hoffnung in seiner Brust erstarb.

Yana wusste nicht, ob ihre Augen offen oder geschlossen waren, aber ein beständiger Lichtschein kämpfte mit den wirbelnden Bildern um sie herum. Er wollte nicht verschwinden. Und sie fühlte sich vom Licht angezogen. Sie wollte damit tanzen und spielen, denn es war so ganz anders als die Geister des möglichen Lebens, die sie umgaben. Die Göttin in ihr lachte. Es war ein nachsichtiges Lachen, so wie eine Mutter lacht, wenn ihr Kind etwas Neues entdeckt.
»Geh nur hin«, sagte das Lachen. »Geh und spiel mit dem Licht, wenn du möchtest.«
Yana streckte die Hand aus und stellte fest, dass das Licht nass war. Aus irgendeinem Grund freute sie sich darüber. Sie folgte dem Licht und griff noch tiefer in die Nässe hinein. Mit Verblüffung stellte sie fest, dass sie noch immer einen Körper hatte. Sie verschmolz mit dem Wasser und ließ ihren Körper zu Wasser werden, immer auf der Suche nach dem verlockenden Licht. Es zog sie tief hinunter, sie war vollständig eingetaucht, ganz aufgesogen von ihrer Sehnsucht nach dem Licht.
Was wählst du nun für mich, Große Mutter?, fragte ihre Seele.
Das Licht wurde heller. Sie schwamm tiefer und tiefer und folgte dem unterirdischen Fluss. Manchmal forderte ihr neuer Körper, dass sie auftauchte und atmete. Dann stieß sie mit dem Kopf an die Decke des engen Tunnels, doch fand sie immer genügend Raum zum Atmen. Bald erweiterte sich der Tunnel. Die Strömung wollte sie noch tiefer hinabziehen, aber sie sah das Licht über sich; sie schwamm darauf zu. Ihr Kopf durchstieß die Oberfläche, und kleine Wellen kräuselten sich um sie. Sanftes Morgenlicht grüßte ihre Augen.

Eine Frau ließ den Krug, den sie gerade aus dem Wasser hob, fallen, sodass er zersprang. »Die Göttin«, schrie sie auf und rannte davon.

Yana hätte sie gerne aufgehalten und ihr gesagt, dass es keinen Grund gab zur Furcht. Sie stieg aus dem Wasser auf die Stufen, die zum Brunnen führten. Die Steine waren wunderbar warm unter ihren Sohlen, und sie setzte sich einen Augenblick nieder, um sich von der Sonne bescheinen zu lassen. Dann stand sie auf und stieg langsam die Stufen hinauf.

Die Dorfbewohner hatten sich um den Brunnen versammelt. Sie wichen zurück, als sie näher kam. Angst und Staunen standen ihnen ins Gesicht geschrieben. Der alte Mann mit dem verkrüppelten Fuß fiel auf die Knie, machte das Zeichen der Göttin und vergrub sein Gesicht im Staub. Wie konnte sie ihm klarmachen, dass er sich nicht zu fürchten brauchte? Wie sollte sie ihm nur sagen, dass er nicht zu knien brauchte?

Yana wandte sich um und ließ ihren Blick über die Leute schweifen. Sie entdeckte Tern, der mit freudestrahlendem Gesicht dastand, aber in seinen Augen sah sie auch Sorge. Ihr fiel auf, wie verwirrt er war. Sehe ich wirklich so anders aus, als ich mich fühle?, überlegte sie. Er weiß, dass ich mich verändert habe, aber er muss doch auch wissen, dass wir uns wieder finden werden. Sie lächelte ihn herzlich an, und er erwiderte das Lächeln zögernd. Dann blieben Yanas Augen an Galea hängen, die Atum in den Armen hielt. Sie weinte vor Glück, und Atum streckte die Ärmchen nach ihr aus. Sie ging zu ihrem Sohn, und Galea drückte ihr den Jungen so ehrerbietig in die Arme, als überreiche sie ihr ein kostbares Geschenk. Yana lächelte dankbar und drückte Atum fest an ihre Brust. Atum sah sie neugierig an und betastete ihr nasses Haar. »In Zukunft werde ich vorsichtiger sein mit meinen Entscheidungen«, versprach sie. »Wir haben noch so viel miteinander zu lernen, so viel zu sehen.«

Die Dorfleute erkannten in Yana, die nackt und nass glänzend mit Atum in den Armen vor ihnen stand, eine neue Macht und neuen Frieden. Sie war aus den heiligen Wassern der Göttin aufgetaucht, strahlte Schönheit und Einverständnis aus. Die Leute fühlten sich zu ihr hingezogen. Die alte Priesterin mit dem verkümmerten Arm trat mit leuchtenden Augen auf Yana zu und streckte den gesunden Arm aus, um mit ihr die Berührung der Priesterinnen auszutauschen. Yana legte ihre Hand unter die der alten Frau.

»Wieder tauschen wir die Berührung der Priesterinnen aus, Tochter«, sagte die Alte mit vor Rührung stockender Stimme. »Du hast die uralte Finsternis der Göttin erfahren und bist nun in das Volk aufgenommen. Aber nach dem Willen der Göttin wurdest du nicht als Kind, sondern als Frau wieder geboren. Du bist nicht nur ihrer Höhle der Finsternis entkommen, sondern du hast auch ihre heiligen Wasser durchquert. Das ist noch nie geschehen. Ihre Wege sind ein Geheimnis, aber dich hat sie für würdig befunden. Du sollst die Mutterpriesterin unseres Volkes sein, wenn ich im Tod in ihren Schoß zurückkehre.«

Lautes Aufstöhnen und erregtes Gemurmel ging durch die Menge der Zuschauer. Yana spürte, wie die Zuneigung der Leute sich ihr zuwandte, sie liebkoste und einhüllte wie eine warme Decke. Sind diese Schönheit und diese Zärtlichkeit immer schon da gewesen, Göttin, fragte sie sich, und ich habe sie nur nicht gesehen? Yana schaute zu den Hügeln und dann zum blauen Himmel empor und wurde eins mit ihnen. »Was werden wir heute schaffen, Göttin?«, flüsterte sie. »Was werden wir sehen?«

Auf einem entfernten Hügel erschien eine Gestalt. Yana deutete darauf. Die Leute wandten sich alle gleichzeitig um. Eine Frau kam auf dem Rücken eines Pferdes den Hügel herunter. Ihr rötliches Haar schimmerte im Sonnenschein. Sie saß stolz auf ihrem Reittier, und sie war hochschwanger. Sie war umgeben von Männern des Leopardenvolkes, die sie geleiteten.

Galea stieß einen Freudenschrei aus. »Henni«, rief sie und rannte auf den Hügel zu. Die alte Frau bewegte sich mit der Behändigkeit eines Kindes, und ihre Röcke flatterten im Morgenwind. Ein überraschtes Murmeln ging durch die Menge. Yana sah, wie das Pferd mit seiner kostbaren Last sich vorsichtig seinen Weg den Hügel hinunter suchte. Sie lächelte, tief und warm.

»Es gibt so viel zu sehen, Göttin«, flüsterte Yana. »So viele Möglichkeiten.«

EPILOG

Die Kinder sahen ehrfürchtig zu dem runzeligen Gesicht der alten Geschichtenerzählerin auf. Keines der Kleinen kannte ihren richtigen Namen, alle nannten sie »Großmutter«. Rea bezweifelte, dass auch nur ein einziger Einwohner der Stadt wusste, wie sie hieß, doch sie selbst konnte sie alle beim Namen nennen. Manchmal sah eine Tochter ihrer Mutter sehr ähnlich, oder ein Sohn hatte Eigenschaften seines Vaters oder Großvaters. Dann zögerte sie ein wenig, berichtigte sich aber schnell, und das Gesicht des vor ihr stehenden Kindes strahlte vor Erleichterung, wenn sie sich an seinen Namen erinnerte.

Ein kleines Mädchen namens Rene riss sie aus ihren Gedanken. »Wie ging es weiter, Großmutter?«, fragte das Kind mit bittender Stimme. »Du hast gerade aufgehört zu erzählen.«

Rea lächelte das Mädchen nachsichtig an. »Rene, du hast diese Geschichte doch schon so oft gehört!«

»Erzähl weiter, Großmutter«, drängte ein großer Junge, der im Hintergrund stand. »Erzähl die Geschichte zu Ende. Niemand kann das besser als du.«

Rea sah mit ihren altersgelben Augen über die Köpfe der Kleinen hinweg zu dem Jungen hinüber. Oh, Melkezda, dachte sie. Die Männer wären zornig, wenn sie wüssten, dass der künftige König dieser Stadt sich meine Geschichten anhört, anstatt seine Pflichten zu erfüllen.

Rea räusperte sich: »Der Gott des Lichts kam aus einem weit

entfernten Land und führte Krieg mit der Göttin des dunklen Schoßes. Der Kampf war lang und hart, bis sie schließlich gemeinsam ins Nichts stürzten. Daraus wurde der Nährboden, aus dem das Leben des Samens wächst. Der Gott des leuchtenden Himmels verzehrte die Pflanzen der Erde, und dabei bemerkte er, dass er die Erdgöttin liebte, und er umarmte sie.«

Ein paar von den Kindern kicherten und legten eine Hand auf den Mund.

»Ihrer Vereinigung entsprangen alle Göttinnen und Götter, und sie verstreuten sich über die Erde. Das ist der Grund, warum jede Stadt ihr Abbild einer Gottheit hat, die über sie herrscht und sie schützt.«

Viele der kleinen Zuhörer nickten ernst.

»Aber die männlichen Götter glichen ihrem Vater und verehrten das Licht und das Pferd, das den strahlenden Gott über den Himmel trägt. Die Göttinnen dagegen liebten das Geheimnis und den Stier, der das Symbol für den Schoß der Göttin und die ständige Erneuerung allen Lebens ist. Sie machten sich über die Götter des Lichts lustig, und bald führten sie Krieg miteinander. Es schien, dass die Göttinnen durch die unerschütterliche Zielstrebigkeit ihrer Brüder ihre Macht allmählich einbüßen würden.

Der Gott des Lichts und die Göttin des Mutterschoßes waren betrübt zu sehen, dass ihre Kinder im Kampf miteinander lagen. Sie sahen sich an und sagten: »Wir wollen noch ein Kind zeugen und es vor seinen Brüdern und Schwestern verbergen. Dieses Kind werden wir sowohl die tiefen Geheimnisse des möglichen Lebens lehren als auch die Wahrheit in den Geschöpfen des Lichts. Dieses Kind soll ein Gott des Friedens sein. Und so floh die schwangere Göttin auf dem Rücken des Pferdes in die Wildnis und wurde niemals wieder gesehen.«

Die Kinder klatschten vor Freude in die Hände. Eines der kleinen Mädchen schlang die Arme um Rea. »Diese Geschichte ist die allerschönste, Großmutter«, beteuerte sie.

Der zahnlose Mund der alten Frau verzog sich zu einem Lächeln. Sie streichelte das kleine Mädchen und dachte sich dabei, dass es diese Geschichte vermutlich nie mehr wieder von ihren Lippen hören würde. Sie war müde. Der Schoß der Großen Mutter erwartete sie.

Die Kinder rannten fort, um zu spielen; nur einer blieb zurück. Rea bedeutete Melkezda, sich zu ihr zu setzen. »Etwas bereitet dir Sorgen, mein Junge«, sagte sie leise.

Melkezda ließ den Kopf hängen. »Ich soll die Kunst des Kämpfens erlernen. Meine Lehrer sagen mir, dass ich zu viel Zeit damit zubringe, den törichten Geschichten alter Frauen zuzuhören.«

Rea sah den künftigen König der Stadt an. Er war ein willensstarker Junge, und Hoffnung brannte in ihrem Herzen. Einen Augenblick lang verspürte sie wieder die Leidenschaft, die sie als junge Frau empfunden hatte, als sie Henni kennen gelernt hatte. Ebenso wie Henni würde auch dieser Junge das Leben verändern. »Zeig den Männern, dass du stark bist«, flüsterte sie. »Das werden sie respektieren. Halte die Saat deines Glaubens in deinem Herzen verschlossen. Verberge sie, wie es die Götter tun. Es wird die Zeit kommen, da du diese Stadt in deiner Hand hältst. Sie wird eine Oase des Friedens sein.«

Melkezda nickte.

»Wundere dich nicht, wenn eines Tages ein Mann zu dir kommt. Es wird ein Mann sein, denn wir leben anscheinend in einer Zeit, in der alle Macht den Männern gehört. Diesem Mann höre gut zu. Wenn er seinen Bruder ehrt, wenn er von einem neuen Gott spricht, einem Gott, von dem es keine Abbilder gibt, einem Gott, der alles umschließt, dann segne ihn; und er wird dich ebenfalls segnen. Seine Zeit wird alle Möglichkeiten des Mutterschoßes und des Neubeginns in sich bergen.«

»Ich glaube dir, Großmutter«, sagte der Junge leise.

»Melkezda!«, rief eine ungeduldige Männerstimme.

»Das ist mein Lehrer. Ich muss gehen.«

Rea nickte, und der Junge lief davon.
Sie sah ihm nach, und ihr wurde leicht ums Herz. Lange saß sie in der Nachmittagssonne und freute sich an ihrer Wärme. Dann nickte die alte Frau ein, zu schlafen … zu träumen …

DANKSAGUNG

Der Entstehungsprozess dieses Buches wurde durch die Vorstellungskraft und Unterstützung mehrerer Menschen erleichtert. Die größte Hilfe kam und kommt von meinem Lebenspartner und Helden, Judd Smith. Nie wird er es müde, mich begeistert zu unterstützen. Jeden Tag opfert er einen Teil seiner kostbaren Zeit, um meine Arbeit zu lesen und zu beurteilen. Er hilft mir auch im Haushalt und unterstützt mich in vieler Hinsicht bei der Erziehung unserer wunderbaren Söhne.

Meiner Agentin, Jean Naggar, und ihrem Stab danke ich für ihr fachkundiges Engagement. Es ist sehr tröstlich zu wissen, dass sie mir zur Seite stehen. Jean, du sorgst dafür, dass tatsächlich etwas geschieht – du machst meine Träume wahr. Ich danke dir. Du bist die Allerbeste.

Mein Dank gilt auch Phillip Margolin, der mir ein Stück von seiner kostbaren Zeit schenkte, um sich mit mir zu treffen und mir mit seinem Wissen über die Welt der Verlage behilflich zu sein. Dank schulde ich auch meiner Herausgeberin Hilary Ross und vielen anderen Mitarbeitern von Penguin Putman, die dieses Buch durch die verschiedenen Stadien seiner Entstehung begleitet haben.

Mein besonderer Dank gilt Jennifer Duncan, durch deren konstruktive Kritik und redaktionelle Bemühungen die Arbeit an diesem Buch nicht ins Stocken geriet. Ferner habe ich Paula Hoiland, Phil Ruhmshottle, Marilee Smith, Joe und Lynn Zenisek,

Sue Sumpter und Nancy Karwin für ihre Ermutigung und ihre Ratschläge zu danken. Mein Dank geht auch an Kari Salis für ihre Informationen über unterirdische Wassersysteme und an Greg Smith und Ross Stout, die mir zur Seite standen, wenn mein Computer und ich Probleme miteinander hatten. Marilyn Bohan, du bist ein Engel. Vielen Dank fürs Zuhören.

Auch den Mitgliedern meiner Familie habe ich zu danken. Sie alle sind kostbare Bestandteile dessen, was ich bin und was ich tue. Ich danke meiner Mutter Judy Gates für ihre Spiritualität, meinem Vater Ken Gates für seine Entschlossenheit, meinem Bruder Dough dafür, dass er immer für mich da ist und an mich glaubt, meiner Schwester Amber für ihre immer währende Begeisterung. Ich danke Karen Rothgery, die mir meinen ersten Thesaurus geschenkt hat, und den Frauen von Phillipsen, die mit allen Schwierigkeiten zu Rande kommen.

Viele Autoren und Forscher haben meine Fantasie angeregt: Joseph Cambell, Marija Gimbutas, James Mellaart, Riane Eisler, Fred Wolf, Merlin Stone, Amit Goswami. All diese Träumer und Denker haben meinen Leben Tiefe und Farbe verliehen und mir vor Augen geführt, dass es immer noch etwas zu lernen gibt.

Zuletzt möchte ich zwei Frauen nennen, die mir den Weg ebnen, indem sie mir das unschätzbare Geschenk freier Zeit machen. Pam Savory, ich danke dir, dass du meine Kinder liebst und mir hilfst, für sie zu sorgen. Debbie Montoya, du hältst geduldig Ordnung in meinem Leben und in meinem Haus, wenn »meine Augen umwölkt sind«. Ihr beide seid ein Segen und ein gutes Beispiel dafür, wie Frauen Frauen helfen können. Ohne euch hätte ich dieses Buch nicht schreiben können.

VERBRECHEN, BEGIERDE UND VERRAT
IM ALTEN ROM

Tessa Korber

Der Medicus des Kaisers

Roman

In der Nacht, in der der Kaiser von Rom ermordet werden soll, zieht Claudius Galenos, Leibarzt des Kaisers und Medicus der Gladiatoren, Bilanz. Das brodelnde Leben der Arenen mit ihren blutigen Gladiatorenkämpfen und tödliche Intrigen am Hof des Kaisers bestimmen sein Leben.
Drei Frauen entfachen seine Leidenschaft. Doch keine vermochte ihn so zu verzaubern wie Lucilla, die jetzt eine Entscheidung von ihm verlangt, von der die Zukunft des römischen Weltreichs abhängt …

»Tessa Korber erzählt so sachkundig und nah
aus dem antiken Leben, als wäre sie
selbst dort gewesen.«
Rhein-Zeitung

Knaur